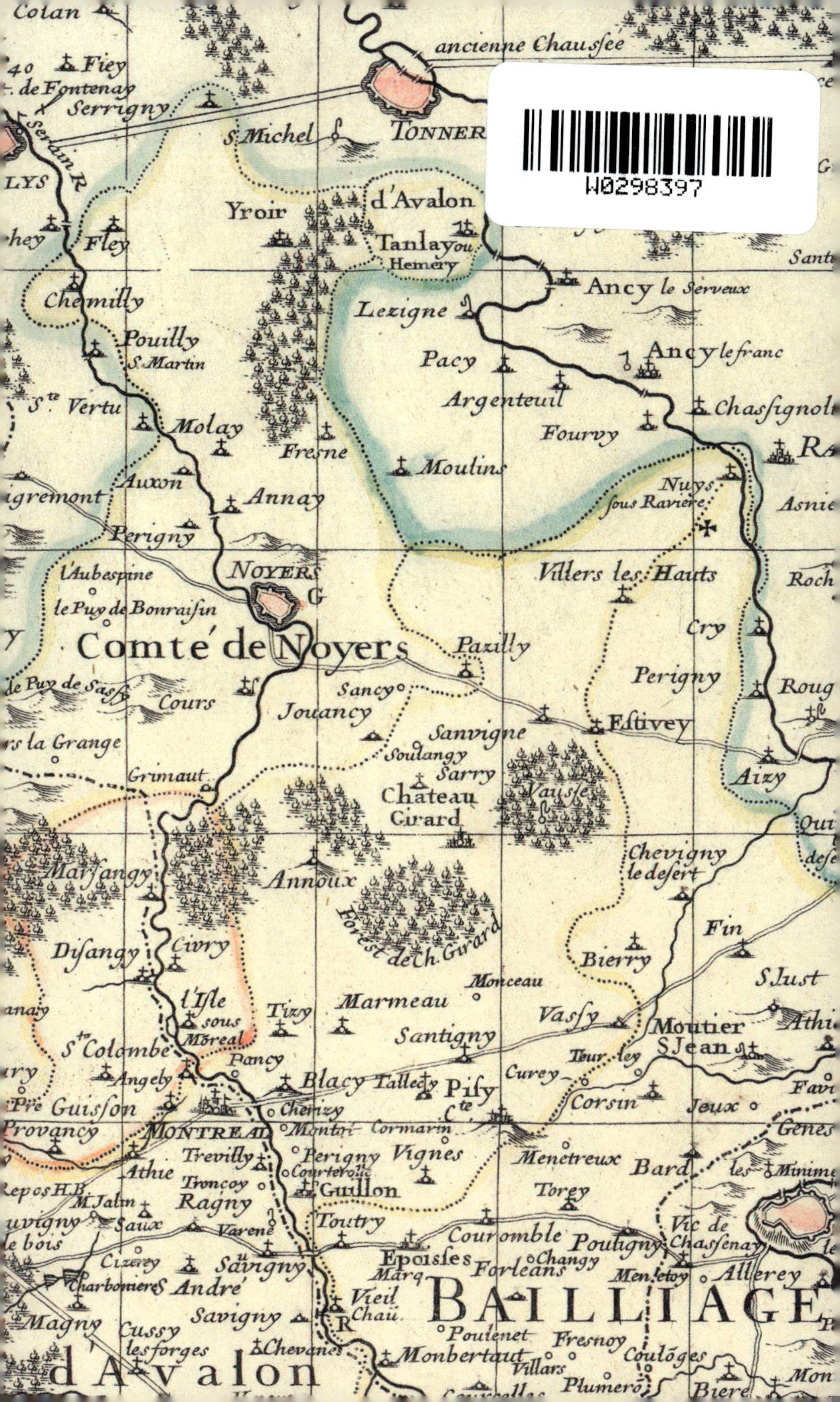

ancienne Chaussée
TONNER
Fiey
de Fontenay
Serrigny
S. Michel
Serain R.
d'Avalon
Yroir
Tanlay ou Hemery
Fley
Chemilly
Ancy le Serveux
Lezigne
Pouilly S. Martin
Pacy
Ancy le franc
Argenteuil
Chasfignol
S.te Vertu
Molay
Fourvy
Fresne
Moulins
Auxon
Annay
Nuys sous Raviere
Perigny
l'Aubespine
NOYERS
Villers les Hauts
le Puy de Bonraisin
Cry
Comté de Noyers
Pazilly
Perigny
Puy de Sasse
Cours
Sancy
Jouancy
Estivey
la Grange
Sanvigne
Soulangy
Aizy
Sarry
Grimaut
Chateau Girard
Vausse
Marsangy
Chevigny le desert
Annoux
Forest de Ch. Girard
Fin
Disangy
Civry
Bierry
Monceau
S Just
l'Isle sous Moreal
Tizy
Marmeau
Vassy
Moutier S Jean
Santigny
S.te Colombe
Pancy
Teur ley
Angely
Blacy
Talleuy
Pisy
Curey
Guisson
Cherizy
Corsin
Jeux
Provancy
MONTREAL
Montoi
Cormarin
Genes
Trevilly
Perigny
Vignes
Menetreux
Bard
Athie
Courterolle
Troncoy
Guillon
Torey
M. Jalin
Ragny
Toutry
Saux
Varene
Courombie
Poutigny
Vic de Chassenay
le bois
Cizerey
Savigny
Epoisses
Forleans
Changy
Allerey
Charbonieres
André
Marq
Vieil Chau
BAILLIAGE
Savigny
Magny
Cussy les forges
Poulenet
Fresnoy
Chevanes
Monbertaut
Coulôges
d'Avalon
Villars
Plumero
Biere

Rétif de la Bretonne

MONSIEUR NICOLAS

Rétif de la Bretonne

MONSIEUR NICOLAS
oder
DAS ENTHÜLLTE MENSCHENHERZ

Ausgewählt, aus dem Französischen übersetzt
und mit einem Nachwort versehen
von Reinhard Kaiser

Galiani Berlin

MIX
Papier aus verantwortungsvollen Quellen
FSC® C083411

Verlag Kiepenheuer & Witsch, FSC® N001512

1. Auflage 2017

Verlag Galiani Berlin

Umschlaggestaltung Manja Hellpap und Lisa Neuhalfen, Berlin
Umschlagmotiv Zeichnung von Charles-Léopold Grevenbroek, Ansicht von Paris, um 1740, aufgenommen von unterhalb des Pont-Royal in Richtung Pont-Neuf und Ile de la Cité. Musée Carnavalet, Collection Bulloz.
Lektorat Rainer Wieland
Gesetzt aus der Fournier
Satz Buch-Werkstatt GmbH, Bad Aibling
Druck und Bindung CPI books GmbH, Leck
ISBN 978-3-86971-161-4

Weitere Informationen zu unserem Programm finden Sie unter *www.galiani.de*

Inhalt

Monsieur Nicolas
oder
Das enthüllte Menschenherz

Herausgebracht von ihm selbst

'Een 'ékástos mandáken komizai.
*Suam quisque pellem portat.**

Einleitung

Ich gehe daran, Ihnen hier das ganze Leben eines Ihrer Mitmenschen vorzulegen, ohne etwas zu verschleiern, weder von seinen Gedanken noch von seinen Taten. Der Mensch, dessen Seele ich hier anatomieren werde, konnte allerdings kein anderer sein als ich selbst. Auch ohne Montaigne bisher gelesen zu haben, weiß ich, dass er gesagt hat: »Wenn man über sich selbst spricht, kommt man doch nie davon, ohne Schaden zu nehmen: Urteilt man ungünstig über sich, glauben die Leute, man habe noch längst nicht alles gesagt; und wenn man sich lobt, glauben sie einem kein Wort.«* Trotzdem halte ich an meinem Vorhaben fest: Ich schildere hier nicht mein Leben, sondern die Geschichte eines Menschen.

Es gibt zwei Vorbilder für mein Unterfangen: die *Bekenntnisse* des Bischofs von Hippo und diejenigen des Bürgers von Genf. Ich habe viel vom Charakter des Augustinus; weniger Ähnlichkeit habe ich mit J.-J. Rousseau. Aber nachahmen werde ich weder den einen noch den anderen. Ich kann beweisen, dass J.-J. Rousseau einen Roman geschrieben hat; und was Augustinus betrifft, so sind dessen *Bekenntnisse* in Wahrheit nur eine Rechtfertigungsschrift. Genauigkeit und Aufrichtigkeit sind für mein Vorhaben absolut notwendig, denn ich muss das Menschenherz an meinem eigenen Inneren anatomieren und in mir selbst die Tiefen des Ichs ergründen. *Bekenntnisse* lege ich hier eigentlich gar nicht ab, ich *enthülle* vielmehr die *Triebfedern des menschlichen Herzens.* Möge Nicolas-Edme verschwinden und allein der Mensch bleiben! … Und doch ist es Nicolas-Edme, der sich opfert und den Moralisten nicht seinen kranken Körper, sondern seine verderbte Seele übermacht, auf dass es ihnen gelinge, sie mit Nutzen vor den Augen ihres Jahrhunderts und künftiger Zeitalter zu sezieren. Ich werde auch dann wahrhaftig sein, wenn mich die Wahrheit der Verachtung aussetzt. Hier kommt es darauf an, sich allem zu stellen oder sich zu verkriechen; den Mittelweg einzuschlagen wäre schändlich.

Ich bin mit heftigen Leidenschaften zur Welt gekommen: Sie haben mich glücklich und unglücklich gemacht. Wenn man mich unter dem ersten Gesichtspunkt betrachtet, gab es nie einen Herrscher, nie einen Günstling des Schicksals, dem mehr Genüsse zuteilgeworden wären als mir. Wenn man hingegen die Entbehrungen und Schmerzen betrachtet, die ich erlitten habe – wer wäre da jemals heftiger zu beklagen gewesen als ich! Gehasst, verachtet, verfolgt, verraten, durch Armut unentwegt zu härtester Arbeit verurteilt, mit Schmach überhäuft, von nichtswürdigen Leuten herumkommandiert, von den Frauen in jeder Hinsicht unglücklich gemacht, lange Zeit verdammt, das Nötigste zu entbehren, um meine Freiheit zitternd und für mein Leben fürchtend, von schrecklichen Selbstmordgedanken heimgesucht, Freude oder vielmehr Trost nur noch in der Aussicht auf baldige Vergängnis findend – das war mein Los, und dieses schaurige Bild ist keine Übertreibung.

Lenkt man den Blick auf meine guten Eigenschaften, so wird man feststellen, dass ich immer genügsam, arbeitsam, sparsam und mitfühlend im Übermaß war; dass ich weder Spieler noch Trinker, noch Schlemmer war. Stets bescheiden, was mich selbst anging, errötete ich, wenn man mir mit Wertschätzung begegnete. Seither bin ich oft der strengste Zensor meiner Werke gewesen und manchmal auch der hellsichtigste, und oft habe ich den Lohn für meine Arbeit herabgesetzt mit den Worten: »So viel habe ich gar nicht verdient.«

Andererseits war ich jähzornig, roh, erfüllt von Wut und Ungeduld, hart und herrisch, opferte alles meinem rasenden Verlangen nach den Frauen und überließ mich, um dieses Verlangen zu befriedigen, sträflichen Exzessen; nahm keine Rücksicht auf Schamgefühl oder Anstand; überließ mich selbst und noch unbefleckte Seelen den scheußlichen Folgen der Ausschweifung, und stieß junge Mädchen, die sich ihm noch kaum genähert hatten, vollends in den Abgrund der Schande. Geizig bis zur Unmenschlichkeit, verweigerte ich manchmal ein winziges Sümmchen; verschwenderisch bis zur Verzagtheit, die sich widerstandslos ausnehmen lässt, finanzierte ich oft das Laster, erfüllt von schmählichem Stolz, versessen auf Lob und dabei so tuend, als würde ich es verachten; leichtsinnig und uneigennützig aus Trägheit; zynisch aus hochmütiger Einbildung hinsichtlich meiner Verdienste; gefallsüchtig bis zur Lächerlichkeit; eifersüchtig, missgünstig, scharfzüngig, extravagant, schamlos – gab es ein Laster, dem ich mich nicht überließ? Und doch habe ich manchmal dem Armen zuliebe auf das Notwendigste verzichtet; oft war ich den Leuten auch insgeheim gefällig; ich habe meinen Feinden gedient und beigestanden, ohne dass sie es je erfuhren; meinen Freunden war ich im Namen von Leuten zu Diensten, die an jene Freunde niemals gedacht haben, während ich lieber als Freund denn als Wohltäter dastehen wollte; einem Todkranken habe ich seine letzten Augenblicke gelindert, indem ich behauptete, man habe mich gebeten, eine Versöhnung herbeizuführen, die ich dann nachher wirklich noch zustande brachte; etlichen Straßenmädchen habe ich die Ehre gerettet und auch drei Frauen; ich habe die heftigsten Leidenschaften bezwungen; kränkendes Gerede habe ich zumeist in freundlichen Worten weitergegeben, um Feindschaften beizulegen. Aber es kam auch vor, dass ich aus Unachtsamkeit oder Leichtsinn Streit zwischen Freunden entfachte; ich habe mit treuherziger Miene gelogen; ich habe Frauen und junge Mädchen mit liederlichen Redensarten beleidigt …

Unbegreifliches Labyrinth des Menschenherzens! O Chaos, das alle Gegensätze in sich schließt, wer findet sich je in dir zurecht? Ich – in mir selbst! Und ich werde nichts verschleiern, mein Leser, weder die Laster noch die Verbrechen, noch die Schandtaten, noch die Obszönitäten! Ja, alles werde ich gestehen, bis hin zu den heimlichen Gründen, die mich veranlassen, meine Geschichte aufzuschreiben. Dieses Verdienst zumindest möchte ich haben – Staunen zu erregen durch ein Übermaß an Aufrichtigkeit! Ach, mein Leserfreund (denn Sie werden mich lieben, wenn Sie mich lesen – und vielleicht werden Sie mich sogar schätzen, trotz meiner Fehler), gedulden Sie sich! Lassen Sie mir Gerechtigkeit widerfahren und urteilen Sie über mich erst, wenn Sie das Ganze gelesen haben. Ich übergebe Ihnen hier ein Buch der Naturgeschichte, das mich über Buffon stellt; ein philosophisches Werk, das mir einen Platz neben Rousseau und Voltaire und neben Montesquieu verschafft. Ich werde Ihnen das Leben eines natürlichen Menschen erzählen, der nur eines fürchtet – die Lüge. Ich hinterlasse dieses Muster den künftigen Geschlechtern. Es nachzuahmen ist nicht leicht! Zwanzigmal bin ich daran verzagt.

Mein erster Beweggrund war es, mich in Szene zu setzen. Verwöhnt von einigen Erfolgen, die mir allerlei Geschmeichel eingetragen hatten, hielt ich mich für eine Persönlichkeit … Dieser Irrtum währte sechs Monate. Als ich wieder zur Vernunft gekommen war, zog ich aus meiner zeitweiligen Verblendung immerhin den Nutzen, dass sie mir die Idee zu einem ebenso weitläufigen wie hilfreichen und philosophischen Werk eingab, dessen Gegenstand nur ich selbst sein konnte. Wie hätte ich denn auch bei dem Vorhaben, die Triebfedern des menschlichen Herzens zu enthüllen, die Beweggründe, die irgendeinen anderen leiten, darstellen sollen? In jedem Augenblick hätte ich mich irren können! Und wie hätte ich, ohne je sicher zu sein, dass meine Schlüsse zutreffen, das Vertrauen anderer gewinnen können?

Indem ich nun aber aufschreibe, was ich getan habe, indem ich Rechenschaft ablege von dem, was ich gefühlt habe, indem ich meine Beweggründe einer strengen Prüfung unterziehe, indem ich mich also gleichsam selbst seziere, wird es mir mit dieser schmerzhaften Zergliederung vielleicht gelingen, meiner Nation ein höchst nützliches Buch vorzulegen, mein Zeitalter zu erleuchten und einer Nachwelt von Nutzen zu sein, in der es vielleicht keinen Menschen mit so viel Mut zur Wahrheit mehr gibt – denn ich lebe in einem Zeitalter, das reich ist an außerordentlichen Menschen und Geschehnissen, die mich immer wieder in Begeisterung versetzen. Außerdem weist mein Leben sehr viele gewöhnliche, allgemeine Züge auf, so dass sich jeder darin wiederfinden kann; zugleich aber auch außergewöhnliche, fremdartige Züge, die geeignet sind, durch Erstaunen und Überraschung die Neugier wachzuhalten. Aber (noch einmal sei es gesagt) ich muss mich peinlich genau an die Wahrheit halten. Jene, die mich kennen, mögen mir widersprechen; aber sie sollen ihre Namen nennen, wenn sie eine Erklärung oder Rechtfertigung bekommen wollen.

Ich liefere in *Monsieur Nicolas* auch die Geschichte meiner bisherigen Werke und den Schlüssel zu ihnen: Alle Abenteuer, von denen ich dort berichte, haben eine wahre Grundlage. Manchmal bedurfte es jedoch einer gewissen Verschleierung, sowohl bei meinen eigenen Abenteuern als auch bei denen, die von anderen stammen. Hier jedoch soll nun die Wahrheit vom Flitter des Fabelhaften befreit werden und die Fiktion sie nicht länger verhüllen.

ERSTE EPOCHE

Meine frühen Jahre
1734–1746

Sunt et queis virtus contigit ante diem;
Ingenium coeleste suis velocius annis
Surgit, et ignavae fert male damna morae.
Ovid, *Ars amatoria I*, v. 184–186.*

Freund der Wahrheit, fürchte dich nicht, dies zu lesen! Weder wirst du durch Flitter betrogen, noch über die Tatsachen getäuscht werden. Romane, deren wahrhafte Fundamente das Phantasieren doch nie ausschlossen, habe ich genug geschrieben. Nun dürstet es mich nach der reinen Wahrheit, und die werde ich dir vorlegen, denn nur durch sie kann dieses Werk von Nutzen sein.

Ich erblickte das Licht der Welt am 22. November 1734*, in dem Dorf Sacy oder lateinisch: *Saxiacus* – von *saxum*, Stein, wie Antoine Foudriat, der Pfarrer des Ortes, immer sagte. Tatsächlich ist das ganze Gebiet meiner Heimat mit Kalkstein gespickt, der sich bei der Bearbeitung eines Bodens leicht ablöst, dessen Muttererdschicht nur zwei oder drei Zoll dick ist.

Mein Vater hat zweimal geheiratet: zuerst Marie Dondène, von der er sieben Kinder hatte; später dann Barbe Ferlet de Bertrô.* Von ihr hatte er ebenfalls sieben Kinder, unter denen ich das erste bin. Mir wurde von Edme-Nicolas, dem ältesten Sohn aus der ersten Ehe, der Name meines Großvaters mütterlicherseits, Nicolas Ferlet, gegeben. Und Anne, das älteste von allen Kindern, gab mir in Vertretung von Anne-Marguerite Simon, meiner verstorbenen Großmutter väterlicherseits, deren Namen. Der greise Großvater konnte wegen des schlechten Wetters nicht nach Sacy kommen. Ich bekam also den Namen Nicolas-Anne-Edme, denn mein Vater wollte, dass sein Name der letzte sei. Bei der Eintragung in das Kirchenbuch jedoch ließ Jacques Bérault, der Schulmeister, den Namen Anne weg. Er wurde auch später nicht nachgetragen, obwohl er während der Zeremonie bei den Anrufungen genannt worden war. Mein Vater bestimmte, dass Nicolas mein Rufname sein sollte. Es ist ein sehr schöner Name, aus zwei griechischen Wörtern gebildet – *Nike* (Sieg) und *Laos* (Volk): Er bedeutet also *Sieger* oder *Herrscher über die Völker.*

Meine Mutter vereinigte in sich zu gleichen Teilen geistige Regsamkeit, Herzensgüte und leibliche Schönheit. Obwohl blond, war sie lebhaft bis zum Übermut. Aber sie wusste sich zu zügeln, so dass Sanftmut und Liebenswürdigkeit sie nie verließen. Mein Vater wusste sich ebenfalls zu mäßigen: Er war jähzornig und zeigte sich doch als äußerst sanftmütiger Mann. Bei der Arbeit und allen nützlichen Beschäftigungen war er jedoch stets voller Eifer. So wurde ich zu drei Teilen aus Feuer und zu einem Teil aus den anderen Elementen geformt. Darauf lassen jedenfalls die heftigen Leidenschaften schließen, die in mir allesamt eine unvorstellbare Kraft erlangten – Liebe, Kühnheit, Furcht, Ungeduld, Zorn, Empörung, Fleiß, Mitgefühl. Ich wurde ohne Zweifel in einer heißen Umarmung gezeugt, aus der mir die Grundlage meiner Wesensart erwuchs. Hätten sich lasterhafte Anlagen beigemischt, so wäre aus mir ein Ungeheuer geworden. Aber meine angeborene Treuherzigkeit ist ein Beweis für die Herzensreinheit meiner Eltern. Um mein Blut und meinen Charakter vollends zu erhitzen, bekam ich die temperamentvollste Frau der ganzen Gegend zur Amme (denn meine Mutter konnte mich nicht stillen; mein Vater war dagegen und sicherlich aus gutem Grund). Die gute Lolive Lemoine entwöhnte ihre schon kräftige Tochter Nannette, als sie mich nahm. Aber diese liebenswürdige Frau konnte dem Verlangen ihres Mannes, der sich ihrer seit achtzehn Monaten enthalten hatte, nicht mehr lange widerstehen. Daher hielt man es für nötig, mich mit sechs Monaten abzustillen. Mein Temperament hat darunter gelitten, aber ich bin meiner Amme deshalb nicht böse. Sie hat mich immer so zärtlich geliebt, dass es undankbar wäre, wenn ich es meiner zweiten Mutter gegenüber an schuldigem Respekt fehlen ließe!

Schon in meinem ersten Jahr trug man mich zur Christmette – es war eine abergläubische Idee meiner Schwestern, die mir hierdurch unverzüglich den Schutz des Jesuskindes verschaffen wollten. Sie taten es in guter Absicht, denn sie liebten mich wegen meiner Schönheit.

Ich war neun Monate alt, als man mich am Sonntag nach dem Fest des Schutzheiligen unserer Gemeinde, Mitte August, zu Monsieur Collet mitnahm, dem Notar in Vermenton, einem Freund meines Vaters. Es heißt, damals hätten sich zwei kleine Mädchen, das eine fünf, das andere dreieinhalb Jahre alt, heftig darum gestritten, welches von beiden meine Frau werden dürfte. Später hat man mir gesagt, wie sie hießen, und das war nun tatsächlich höchst sonderbar! Geheiratet habe ich weder die eine noch die andere, aber ich habe beide glühend verehrt.*

Die erste Begebenheit aus meiner Kindheit, die mir in Erinnerung geblieben ist, führt an das Ende meines zweiten Lebensjahres zurück. Ich war ungeduldig, weil man mich nackt und ungewickelt liegengelassen hatte, und ließ meinen Zorn schließlich an dem Toilettenspiegel aus, in dem meine Schwester Margot mir mein verzerrtes Gesicht zeigte: Mit dem Griff eines Tafelmessers zertrümmerte ich ihn. Die Sprünge im Glas machten mich noch hässlicher, aber in den Scherben vervielfachten sich die Dinge. Ich glaubte, eine Welt hinter dem Spiegel zu sehen! Dieser Anblick unterbrach den Fluss meiner Tränen, und ich erlebte mein erstes Erstaunen, meine erste Verwunderung, meine erste Spiegelung. Ich wurde nicht bestraft; meine Mutter begnügte sich damit, ihren erst kürzlich gekauften Toilettenspiegel zu beweinen.

Die zweite Begebenheit trug sich sechs Monate später zu. Anne, meine Schwester und Patin, hatte nach Vermenton geheiratet. An dem Tag, als sie in das Haus ihres Mannes zog und wir ihr das Geleit gaben, hatte mich jemand bis zu der kleinen Mühle auf dem Arm getragen. Tags darauf nutzte ich den ersten unbewachten Augenblick, um mich noch einmal auf den Weg zu machen. Ich ging und ging … Eine Frau aus dem Dorf, die gute Claudine Sirop, begegnete mir unterhalb der Côte-des-Prés, eines Hügels in der Nähe der kleinen Mühle. Als sie ein Kind, das kaum laufen konnte, ganz allein auf dem Weg sah, glaubte sie, eine oder zwei von meinen Schwestern seien in unserem Weingarten. Sie rief nach ihnen. Da aber niemand antwortete, kam sie zu mir und sagte: »Nanu, wo gehen Sie denn hin, Monsieur Nicolas?«

»Ich geh meine Schwester Anne besuchen, in Vermenton, bei ihrem Mann, der sie geküsst hat.«

»Ganz allein, mein Kleiner?«

»Ja.«

»Kommen Sie lieber mit mir zurück, mein Herzchen. Die großen Wagen könnten Sie überfahren.«

Sie nahm meine Hand und wollte mich mit zurücknehmen. Ich wehrte mich und rief: »Bringen Sie mich nach Vermenton!«

Aber gegen eine Hand, die stärker war als meine, kam ich nicht an. Um mich zu bändigen, packte mich Mutter Sirop in ihre Kiepe und trug mich davon. Ich schimpfte und nahm mir vor, sie bei meinen Eltern anzuschwärzen und zu sagen, sie habe mich geschlagen. Als wir dann bei uns waren, erzählte sie, was gewesen war. Alle bedankten sich überschwänglich bei ihr. Ich hingegen nannte sie *Böse Frau!* – und brachte meine Anschuldigung vor. (Was für ein Ausmaß an Verdorbenheit, schon damals! Diese wohlüberlegte Rachsucht! Zum Glück hat eine andere Leidenschaft sie inzwischen erstickt!)

»Wie bitte, Freundchen?! Ich hätte Sie geschlagen?«

Ich bekam meine Strafe. Alle nannten mich einen Lügner. Ich

schmollte, wagte meiner Angeklagten nicht ins Gesicht zu sehen, weinte und spielte das verwöhnte Kind, das behauptet, man habe es geschlagen, während man ihm doch nur widersprochen hatte. Dieses Erlebnis verleidete mir dank der Umsicht meiner Eltern das Verleumden.

Ich weiß noch, wie mich die Lobsprüche, mit denen man mein Gesicht bedachte, verblüfften. Für solches Lob war ich aber nur empfänglich, wenn ihm die Liebenswürdigkeit der Person, die es mir spendete, entsprach, vor allem, wenn es von einem Mädchen kam. Seit frühesten Kindertagen fühlte ich mich instinktiv zum anderen Geschlecht hingezogen, während mich verheiratete Frauen und der ständige Ärger im Haushalt mit dem äußersten Widerwillen erfüllten! Ich zog die Mädchen vor, deren Farbe ins Rosige ging. Thomas Piôt, der Partner meines Vaters im Zehnthof für das damalige Bistum und Kapitel von Auxerre, hatte vier große Töchter: Marie, die zweite, hatte eine schöne Farbe; Madeleine, die dritte, war weiß und mollig; Nannette, die letzte, hatte hübsche, regelmäßige Züge. Ich gab Marie den Vorzug, die außerdem ein rot geblümtes Schultertuch aus Baumwolle besaß, das ihren strahlenden Teint noch hervorhob. Als ich älter geworden war, hätte mir Madeleine wohl besser gefallen als ihre Schwester. Im besten Mannesalter lief ich hageren, mageren Frauen wie Agathe nach, der ältesten der vier Schwestern … Aber kehren wir zu der rosigen Marie Piôt zurück.

Sonntags, sobald ich gegessen hatte, machte ich mich davon, zu meiner Schönen – weniger wegen der Leckereien als wegen der sehr lebhaften Zärtlichkeiten, mit denen mich Marie überhäufte, und um mich von ihr auf dem Arm zum Vespergottesdienst tragen zu lassen. Ich halte es für meine Pflicht, diese Zärtlichkeiten hier näher zu bezeichnen, die nicht nur meinen Sitten, sondern auch meiner Gesundheit abträglich waren, weil sie aus der Erinnerung, bevor die Kräfte wirklich entwickelt waren, meine hitzige Phantasie immer wieder zu sehr anfeuerten. Marie küsste mich auf die Wangen und meine stets einladenden Lippen. Sie ging noch weiter, obgleich alles, was sie tat, in der größten Unschuld geschah: Sie schob ihre Hand unter mein Röckchen und machte sich ein Vergnügen daraus, mich durch Kitzeln zu reizen. Schließlich ging sie sogar noch weiter und verschlang mich mit ihren Küssen…⁺ Ich wiederhole es, Marie war genauso unschuldig wie ich. Aber sie überließ sich einem blinden Drang. Sie hatte mitbekommen, wie ihre Schwestern und alle anderen Mädchen an mir Gefallen gefunden hatten, und der Vorzug, den sie bei mir erlangte, schmeichelte ihr so sehr, dass ihre Neigung zur Leidenschaft wurde. Mein fein geschnittenes, mädchenhaftes Gesicht gefiel ungemein in einem Land, wo das Blut wegen der sumpfigen Luft, die man dort in früherer Zeit atmen musste, schwer und träge fließt. Ich war hier ein Phänomen! Wenn Marie mich auf dem Arm zur Kirche trug, umringten sie die hübschesten Mädchen, und alle, eine nach der anderen, wollten mich abküssen. Ich erinnere mich noch an die Worte, die eines Tages ein großer Junge an meine Trägerin richtete: »Marie! … Wenn man sieht, wie Sie dieses hübsche Kind lieben, ahnt man schon, was für eine gute Mutter und Frau Sie mal sein werden. Ich möchte wetten, dass Sie auch so eins haben wollen! Ich würde es genauso wollen, und ich wäre auch gern der, der es Ihnen macht!«

Marie errötete und senkte die Augen. Im nächsten Moment sah sie wieder auf und folgte jenem Jean Nôlin so lange mit den Blicken, wie sie ihn sehen konnte. Er hat sie dann später auch geheiratet, und ich war bei der Hochzeit.

⁺ Um dies auszudrücken, werde ich mich allerdings einer gelehrten Sprache bedienen, die die Männer den Frauen dann in geziemender Weise übersetzen mögen: *Mentulam testiculosque titillabat, quoadusque erigerem; tunc subridebat velatis oculis humore vitreo et aliquoties deficiebat.* (Sie kitzelte mir das Glied und die Hoden, bis es steif wurde; dabei lächelte sie mit glasig verschwimmenden Augen und war manchmal einer Ohnmacht nahe.) … Und ich erwiderte ihre Zärtlichkeiten mit einem wohlig verwirrten Lächeln. So trug eine Folge kleiner Ursachen dazu bei, ein erotisches Temperament zu entwickeln und zu kräftigen, über das man sich noch wundern wird und das mich später auf so viele Abwege führte! Eine wichtige Lektion für alle Eltern, deren Kinder ein angenehmes Äußeres haben!

Eine vierte Begebenheit aus demselben Jahr beweist vollends, wie gefährlich die Freiheiten, die zwei Eheleute sich erlauben, für Kinder sein können – und dies schon in einem Alter, wo die ahnungslosen Wesen noch gar nichts verstehen. Eines Tages war ich bei einem Mann namens Cornevin, der kurz vorher Nannette Bêlin geheiratet hatte, ein hübsches Mädchen. Sie bewohnten ein kleines Haus, das ihnen mein Vater vermietet hatte. Der Mann richtete Rebstecken her, und jedes Mal, wenn er einen angespitzt hatte, kam er, umarmte seine Frau und nahm sich andere Freiheiten heraus, die mich in ein unbedarftes Staunen versetzten. Dabei muss ich so komisch dreingeblickt haben, dass mich die junge Frau jedes Mal, wenn ihr Mann sie streichelte, ansah und und in Lachen ausbrach. Ich lachte mit, worauf ihr Gelächter noch lauter wurde. Der Mann sagte sonderbare Sachen zu ihr, die mir missfielen – bestimmt wegen ihrer Frechheit oder vielleicht noch mehr aus jenem Eifersuchtsgefühl, das von Natur aus zwischen männlichen Wesen herrscht und das bei den Menschen schon zutage tritt, bevor die Manneskraft entwickelt ist. Der Hass, den dieser Cornevin damals in mir weckte, ist noch heute da. Bei einer dreisteren Zärtlichkeit ging ich schließlich verdrossen davon. Das Lachen der jungen Frau fand ich bezaubernd. Aber der Mann schien mir so hässlich, dass ich gar nicht verstand, wie Nannette seine Zärtlichkeiten aushalten und erwidern konnte. Die Bilder dieser schlüpfrigen Szene sind nie verblasst und hatten schon in meiner zartesten Jugend eine schlimme Wirkung auf meine kaum entwickelten Sinne.

Die fünfte Begebenheit aus meiner frühen Kindheit ist von anderer Art: nur eine kleine Betrügerei, um die versprochene Belohnung dafür zu bekommen, dass ich nachts nicht ins Bett machte. Ich schlief im Zimmer meines Vaters zwischen zwei Schränken unter einem großen, achteckigen Bild der Jungfrau Maria mit ihrem Sohn. Als es mir passierte, erwachte ich von den Geräuschen, die die Drescher beim Lichtholen machten. In meiner Verzweifelung über dieses unangenehme, demütigende Missgeschick kam mir die Idee, meinen Platz mit meiner Körperwärme zu trocknen. Der nächste Tag war ja noch fern! Es gelang! Beim Aufstehen wurde ich mit Lob überhäuft. Bescheiden nahm ich es entgegen, wagte aber nicht, an die für mein gutes Betragen in Aussicht gestellte Belohnung zu erinnern. Eine meiner Schwestern tat es für mich. Ich bekam Johannisbeergelee, das ich so gern aß. Ich griff nach der Schnitte. Aber dann fiel mir ein, dass die Jungfrau Maria immer weinte, wenn ich die Unwahrheit sagte – meine Augen wanderten zu dem Bild hinüber, und ich glaubte sie weinen zu sehen! Ich nahm die schon angebissene Schnitte wieder aus dem Mund und bot sie meiner Schwester Margot an. Sie lehnte ab. Alle wundern sich! Sie glauben, ich sei krank. Sie stellen mir Fragen. Ich erröte, senke den Blick und zeige auf die Jungfrau: »Sie weint!«, sage ich schluchzend.

Meine Mutter verstand mich. Sie umarmte mich und wollte, dass ich die Schnitte äße – zur Belohnung dafür, dass ich die Wahrheit gesagt hätte. Doch die nachteiligen Folgen meiner Einfalt blieben nicht aus. Meine Schwestern lachten darüber. Sie tuschelten. Aber ich hatte ein gutes Gehör. Ich hörte, wie eine von ihnen meine Schwester Margot, die fast genauso einfältig war wie ich, fragte: »Kann denn ein bemaltes Stück Leinwand weinen?« Mit einem Blick erkannte ich, dass die bemalte Leinwand die Jungfrau Maria war. Später sah ich immer genau hin, wenn meine Schwestern mir sagten, sie würde lachen oder weinen. Ich sah, dass es nichts damit auf sich hatte, und so verlor ich den Glauben, noch bevor ich zur Vernunft gelangt war. Trotzdem sprachen die Tatsachen für meinen Glauben. Vor jener Bemerkung hatte ich die Jungfrau nämlich immer weinen gesehen, wenn ich gelogen hatte. Doch auch nachher sprachen die Tatsachen für mich, denn nun klagte die Jungfrau nie mehr, egal, wie sehr ich log. Hätte man der Abscheu vor dem Lügen, die man mir einflößen wollte, eine andere Grundlage gegeben, wäre sie anfangs vielleicht weniger wirksam gewesen, dafür aber dauerhafter.

Meine unmäßige Angst vor Hunden (sie ist derart stark, dass

mich der Anblick dieser Tiere noch heute zum Zittern bringt) hat ihre Ursache in dem sechsten Erlebnis meiner frühen Kindheit. Ich spielte vor unserer Scheune mit einem großen Hofhund namens Jupiter, und ich muss ihm wohl irgendwie weh getan haben, während ich mich mit ihm im Stroh balgte. Er biss mich tief in die Wade, wo der Strumpf sie nicht mehr bedeckte. Im selben Augenblick stürmte ein tollwütiger Hund, verfolgt von Leuten aus dem Dorf, in unseren Hof und versteckte sich hinter einem großen Kükenkäfig. Mein Vater, aufgeschreckt von dem Geschrei, kam mit seinem Gewehr nach draußen, zielte auf den kranken Hund und schoss ihn tot. Ich erschrak und stieß einen Schrei aus. Alle kommen gelaufen, sehen mich voller Blut … Mein Vater erblasst! … Er selbst untersucht mich. Die Wunde am Bein beruhigt ihn ganz und gar nicht. Der Arzt erscheint. Man stelle sich das Entsetzen vor! Er erklärt, ich sei von einem Hund gebissen worden! Schon halten alle mich für verloren. Aber man fragt mich doch aus. »Der da hat mich gebissen, heimtückisch!«, sage ich und zeige auf Jupiter, mit dem ich immer wie mit einem Kumpel umging. Ich erklärte auch, wie es geschehen war. Mein Vater und meine Mutter beruhigten sich ein wenig. Unser Hund bekam zu essen und zu trinken, aber man sperrte ihn ein, um zu sehen, wie es mit ihm weitergehen würde. Er wurde dicker. Ich spürte die Aufregung um mich herum. Ich sah, wie Jupiter eingesperrt blieb. Es hieß, man wolle sehen, ob er nicht tollwütig würde. Ich hatte den großen schwarzen Hund gesehen, wie er sich blutend am Boden wälzte – dazu das Entsetzen, der Schrecken auf allen Gesichtern! Dieses Bild, zusammen mit dem, was der Arzt sagte, den ich sehr viel besser verstand, als die anderen ahnten, muss einen tiefen Eindruck in meinem Kopf hinterlassen haben!

Meine Angst vor Hunden und die Schauder, die mich nachts überkamen, hatten die gleiche Ursache: die heftige Erschütterung meiner Vorstellungskraft. Sie wurde vor allem nachts, wenn sie an äußeren Gegenständen keinen Halt mehr fand, empfindlich und hitzig und stellte mir gruselige Bilder vor Augen, die mir gerade die

Zeit zum Ausruhen besonders anstrengend machten. Die religiösen Wahrheiten, die mir allzu früh eingepflanzt wurden, waren eine zweite Ursache für dieses Durcheinander. Sobald das Licht gelöscht war, sah ich vor mir grausige Gestalten mit Hörnern auf dem Kopf, die scheußliche Fratzen schnitten! Ich schrie auf vor lauter Schrecken und weckte meine Mutter.

»Was ist denn, Nicolas?«

»Ich habe Angst.«

»Das ist doch sonderbar!«, sagte mein Vater. »Was hat der Junge? Er wird nicht überleben!«

»Als ich klein war«, sagte meine Mutter, »habe ich mich genauso gefürchtet wie er, sobald ich im Dunkeln lag.«

Das alles hörte ich, und schon das bloße Reden beruhigte mich. Da sah ich nun plötzlich Prozessionen – Priester, jeder in seinem Pluviale. Die Teufel nahmen Reißaus. Ich liebte diese frommen Visionen ... Ich vermute, meine älteren Schwestern, vor allem Margot, die jüngste und dümmste von ihnen, erzählten mir Geschichten von Teufeln, oder erzählten sie sich untereinander, wenn ich dabei war. Aber ich kann mich auf keine besinnen, obwohl ich mich an die Träume erinnere, die wie ein Widerschein davon waren. Was beweist, dass auch solche Eindrücke in uns haften bleiben, die uns zuteilwerden, bevor der Verstand sich entwickelt.

Ich erinnere mich, dass mein Vertrauen zu Frauen und Mädchen damals vollkommen war. Für mich waren nur sie gutartige Wesen, mitfühlend, unfähig, mich zu täuschen und zu verspotten. Ironie war nämlich eine rhetorische Figur, mit der man mich jederzeit in Wut versetzen konnte. Kurz, in meinen Augen waren die Frauen herrliche Geschöpfe, denen nichts ferner lag, als mir etwas Böses zu tun, die mich vielmehr nach Kräften mit allem erdenklichen Guten bedachten. Genau die entgegengesetzte Vorstellung hatte ich von den Männern, meinen Vater ausgenommen. Ich fand sie hart, streng, spöttisch, bösartig: Sie machten mir Angst. Ich floh vor ihnen fast mit dem gleichen Entsetzen, das mir Hunde einjagten. Aus welchem Grund? Sie nahmen mich ernst. Sie hielten mich für vernünftig und ließen mir nichts durchgehen. Später machte mich die einsame Lage von La Bretonne* so scheu wie die kleinen Katzen, die in einem Versteck großgezogen werden. Mein Stolz und das Unvermögen, das ich an mir wahrnahm, entfernten mich noch mehr von den Männern. Und schließlich erschreckten mich meine beiden älteren Brüder*, die damals das Priesterseminar besuchten, mit ihrer jansenistischen Strenge.

Nach dem Plan, den ich hier verfolge, darf ich nichts auslassen, was irgendwie Eindruck auf mich gemacht hat: Das gilt auch für die Begebenheit, von der ich nun berichten möchte. Sie steigerte meinen Hass auf die Männer und lieferte mir den ersten Beweis dafür, dass auch Erwachsene irren und ungerecht sein können. Was für eine schreckliche Entdeckung! Kinder sollten sie nicht machen müssen, bevor sich nicht ihr Verstand vollständig entwickelt hat. Mir flößte sie Misstrauen statt des blinden Vertrauens ein, das ich bisher in die Klugheit von Leuten gesetzt hatte, die älter waren als ich. Ein frommer Irrtum! Und die erste Gewissheit, die mir abhandenkam!

Es geschah gegen Ende meines fünften Lebensjahres, im Oktober oder November. Ich ging mit meiner Schwester Margot in die Schule des Lehrers Jacques Bérault, dessen Haar nicht nur rot, sondern auch gekräuselt war. Er arbeitete während des Unterrichts – das heißt, er spaltete Weidenruten oder schnitt Rebstecken zurecht, während die jüngsten Kinder das lateinische Syllabarium lasen, das er auswendig kannte. Wenn sie etwas falsch buchstabierten, ließ er sie es wiederholen, ohne in ihr Buch zu schauen. Ich kam beim *Pater noster – Vater unser* an die Reihe und hielt mich an den alten Gebrauch, wonach man den meisten Konsonanten einen Vokal voranstellt, was die Wörter sehr entstellt. Ich buchstabierte *n-o-s-t-e-r* und las dann *enneossetèerre*. Ich begann zu weinen und glaubte, Magister Jacques wolle sich über mich lustig machen, als ich *noster* sagen sollte. Das wiederum machte ihn ärgerlich.

Mit meinem Daumen musste ich wohl zwei Aufstriche in dem Wort *tuum* weggekratzt haben, so dass nur noch ein Aufstrich von dem zweiten *u* und zwei Aufstriche von dem *m* übrig blieben. Ein schwarzes Fleckchen, das von dem verschwundenen Aufstrich des *u* übrig geblieben war, bildete einen Punkt über dem anderen, so dass dort ganz deutlich die beiden Wörter *tu in* zu lesen waren, und so buchstabierte ich sie auch – zwanzigmal hintereinander. Der Lehrer ließ nicht locker. Meine Schwester und alle meine Kameraden flüsterten mir zu: *tu-um* – aber ich sah klar und deutlich vor mir *tu in*, und mir wäre es wie eine Lüge vorgekommen, wenn ich etwas anderes gesagt hätte. Dann machte der Lehrer seinen Fehler: Er verlor die Geduld und schlug mich mit dem Stock, ohne einen Blick in mein Buch zu werfen. Erst nachher sah er genauer hin, und seine Verwunderung entging mir nicht. Er verließ für einen Moment das Klassenzimmer. Alle Schüler sahen sich das fatale Wort an, und alle sagten, Magister Jacques habe unrecht. Meine Schwester Margot weinte, und ich, der ich zum ersten Mal in meinem Leben den Stock zu spüren bekommen hatte, musste feststellen, dass diese Schläge heftig brannten – selbst im Winter! Ich schluchzte. Edmond Rameau und seine Schwester Madelon, die mir schon damals feindlich gesinnt waren, zeigten mir in einem anderen Syllabarium, dass es *tuum* heißen müsse. Und alle, die das *Pater noster* auswendig kannten, lachten über sie: »Wenn der kleine Monsieur Nicolas, statt zu lesen, sein Gedächtnis benutzt hätte, hätte er gesagt *sanctificetur nomen tuum!«** Der Lehrer kam zurück, aber er erklärte mir nichts, wie es seine Pflicht gewesen wäre. Von da an hielt ich ihn für dümmer als alle seine Schüler.

Dieser Vorfall trug dazu bei, dass ich zum ersten Mal in Pension gegeben wurde – zu meiner Schwester Anne nach Vermenton. Miché Linard, ihr Mann, war ein eigenartiger, seltsamer Mensch. Der Schaden, den er meinem Charakter zufügte, indem er unbesonnen über meinen Vater und meine Mutter sprach, war zweifellos nicht wiedergutzumachen. Ich, der ich meine Eltern als Gottheiten ohne Fehl und Tadel ansah, musste hören, wie jemand ihnen Schwächen nachsagte. Miché, dieser Schwätzer, machte sich einen Spaß daraus, vor mir und trotz der Zeichen, die ihm seine Frau machte, Verleumdungen hervorzukramen, die ich hier nicht wiedergeben werde. Trotzdem gefiel es mir ganz gut bei meiner Schwester, denn bei diesem ersten Aufenthalt war ich noch nicht völlig menschenscheu geworden. Ich besuchte die Schule des Monsieur Convers, der viel mehr wusste als Magister Jacques. Die Freundlichkeit meiner Schwester, die Zärtlichkeiten, die mir wegen meiner Liebenswürdigkeit überall zuteilwurden, besonders im Haus des Notars und Richters Collet, der ein alter Freund meines Vaters war und mehrere bezaubernde Töchter hatte, machten mir die Tage in Vermenton zu den schönsten meiner ganzen Kindheit. Ein zweiter, späterer Aufenthalt dort verlief dann allerdings ganz anders.

Eine nicht besonders wichtige Begebenheit aus der Zeit nach meiner Rückkehr von Vermenton zeigt immerhin meine sehr ausgeprägte körperliche Empfindlichkeit. Meine Schwester Margot kam eines Tages auf den Gedanken, mich beim Anziehen zu kitzeln, worauf ich in eine tiefe Ohnmacht fiel. Man vermutete, sie habe mir einen Schlag versetzt. Ich beteuerte, es treffe sie keine Schuld, aber man glaubte mir nicht. Auf Drängen der älteren Schwestern, Marie, Marianne und Madeleine, alle drei große Tugendwächterinnen, sollte der Pfarrer Margots vermeintliche Lüge mittels der Beichte aufdecken, denn auf dem Land dient die Beichte zu allen möglichen Zwecken. Aber das junge Mädchen konnte sich von den Vorwürfen reinwaschen, was meine Eltern nur noch besorgter machte. Unter sich sagten sie: »Er wird uns nicht lange erhalten bleiben.«

Auch wenn Margot sich in diesem Falle durch die Beichte vollständig rechtfertigen konnte, weiß ich doch nicht, wie sie sich bei einer anderen, eigentlich unfassbaren Unbesonnenheit aus der Affäre gezogen hat, die im Grunde aber doch ihre Unschuld beweist.

Eines Tages führte sie mich und Marie-Louison, ein Mädchen ungefähr in meinem Alter, in ein Feld, wo der Hanf sehr hoch stand, und dort *disposuit nos ignorantissime, quemquem nostrum sedentem e regione, dicendo: »Hem! coite!« Maria-Ludovicella, pro sua intelligentia, obediebat; ast ego nec voluntatem, neque facultatem habebam, et nihil nisi conatus inertes efficiebam. Erubuit tandem Margaritella, et nos dimisit integros, fando: »Stulti vos, abite!«** Ich habe nie begriffen, was die damals dreizehn Jahre alte Margot eigentlich vorhatte. Sicherlich wird ihr irgendein Junge etwas erzählt haben, oder sie hatte eine Szene mitangesehen, wie ich sie schon beschrieben habe. – Da sage noch einer, die Unschuld lebe auf dem Dorfe! Überall wo Männer und Frauen einander begegnen, machen sich Gärung und Sittenverfall breit.

Meine erste Freundschaft schloss ich, als ich sechs Jahre alt war … Du köstliche Empfindung, für die ich stets genauso empfänglich war wie für die Liebe! Ach, könntest du doch die Liebe in meinem Herzen überdauern, so wie du ihr vorangegangen bist! Mein erster Freund war ein Junge aus der Nachbarschaft, am gleichen Tag geboren wie ich, und auch er hieß Edme oder, wie man in dieser Gegend sagt, M'lo Bérault.

Die Verbundenheit mit ihm war bei mir ungeheuer stark! Ich spürte aber auch, dass er dieses Gefühl nur lau erwiderte und dass seine taube Seele nicht so empfindsam und feinfühlig war wie die meine. Das schmerzte mich, und um ihn für mich einzunehmen, machte ich ihm Geschenke: ein schwächliches Mittel, das bei undankbaren Freunden genauso wenig bewirkt wie bei undankbaren Frauen, diesen nichtswürdigen Attrappen ihres Geschlechts! Ich begann, die Einsamkeit zu lieben, infolge einer Gefühlsregung, die ich heute benennen kann: Stolz! Ich hatte das Gefühl, ich könnte aus eigener Kraft nicht glänzen. Ich kannte nicht den Wert meiner Schönheit in einem Land, wo man die der Blumen nicht wahrnimmt und Tiere nur nach ihrer Kraft und ihrem Nutzen beurteilt. Und hatte mir nicht die meine in Sacy bloß Unannehmlichkeiten eingetragen? Ich fühlte mich schwach, ahnungslos, unfähig. Ich war das Spielzeug der großen Mädchen, die mich küssten, um sich zu amüsieren, oder vielmehr, um die großen Jungen anzustacheln. Die aber konnte ich nicht ausstehen, mit ihrer spöttischen Art und ihrer Bosheit. Alle Männer schienen mir verstockt. Die alten Leute beiderlei Geschlechts mochte ich ganz gern, weil sie mich lobten, weil sie sich vernünftig mit mir unterhielten und sich nie über mich lustig machten.

Die Gesellschaft meines Schulkameraden jedoch war etwas Köstliches! Mit ihm fühlte ich mich im Einklang und genoss den Zauber der Gleichheit. Ich tat, als spräche ich mit ihm von Mann zu Mann, und ahmte nach, was mir mein Vater manchmal über seinen Umgang mit den Kameraden seiner Kindheit erzählte. Hätte er mir nur von irgendwelchen unmoralischen Großtaten erzählt, wie es manche Eltern taten, so wäre mein Charakter für immer verdorben und mein Urteilsvermögen beschädigt worden…

Ich weiß nicht, wo ich von Höhlen hatte reden hören, oder ob wir von Natur aus ein Vergnügen an solchen Schlupfwinkeln haben, aber in der Nähe meines Vaterhauses gab es eine kleine Tongrube, an der ich Gefallen fand. Ich baute dort eine Art Sitzbank, schleppte allerhand Krimskrams von meiner Mutter und meinen Schwestern herbei und richtete mit meinen Spielzeuggerätschaften einen kleinen Haushalt ein, wobei ich auch den Betstuhl und das zugehörige Kruzifix nicht vergaß. Als alles nach meinem Geschmack hergerichtet war, nahm ich M'lo Berault bei der Hand und führte ihn hin. Ich wollte sein Staunen und seine Dankbarkeit genießen, als ich ihm erklärte, ich würde ihm die Hälfte des Eigentums an meiner Höhle überlassen. Er war nicht sonderlich beeindruckt oder überrascht, aber der Platz als solcher gefiel ihm wegen der Kühle. Wir verabredeten, jeden Tag herzukommen, ohne irgendwem etwas davon zu erzählen. Ich war außer mir vor Freude! Ich machte mir ein Vergnügen daraus, M'lo jeden Tag etwas zu essen mitzubringen. Die Gerichte waren nicht kostspielig und auch nicht schwer zu beschaffen. Die Kleinbauern aßen nur Graubrot. Bei uns zu Hause hingegen gab es Weißbrot, und für M'lot war das ein Genuss. Mal tat ich Nüsse dazu, mal rohe, mal geröstete Erbsen, wie man sie am ersten Sonntag in der Fastenzeit isst, manchmal auch Linsen, und an den Tagen, an denen Brot gebacken wurde, Pfannkuchen oder Fladen. Diese Letzteren vor allem schmeckten uns köstlich! Manchmal schenkte mir meine Amme, die viele Bienen hatte, etwas Honig, ein andermal Traubenmarmelade, Rosinen, Haselnüsse. Ich brachte alles mit in unsere Höhle, und Edmlot, indem wir uns die Sachen teilten, verdoppelte mir das Vergnügen beim Verspeisen dieser Leckereien. (Genauso habe ich mir später die Freuden der Liebe verdoppelt, indem ich meinem Freund Loiseau* davon erzählte.) Ich verband mich mit ihm durch meine Gaben und war sehr zufrieden.

Eines Tages aßen wir rohe Erbsen und warfen die, die von Würmern angefressen waren, auf die Erde, die in die Grube gerutscht war. Am nächsten Tag und die ganze Woche über regnete es, was uns daran hinderte, unseren Schlupfwinkel aufzusuchen. Als es nach acht Tagen wieder schön geworden war, kehrten wir zurück und – o Wunder! – fanden dort ein Feld mit lauter aufgegangenen Erbsen! Unsere Überraschung war so groß wie unsere Freude, und die war größer, als wir es je erlebt hatten, besonders, als wir an einer Erbse, die nicht ganz mit Erde bedeckt war, erkannten, dass es eine von unseren wurmstichigen war. »Sind das unsere Erbsen?«, fragten wir uns voller Verwunderung. Pflanzen, die durch unser Zutun entstanden waren! Das war eine Art von Vaterschaft: was für ein Ruhm! Ein Armeegeneral nach einem glanzvollen Sieg hätte keine höhere Meinung von sich haben können. Wir betrachteten unsere erste Hervorbringung mit einer trunkenen Freude, die nicht nachließ. Das war unser Feld, unser Garten, unser Beet, unser Gemüsefeld, unser Landgut, unser Königreich. Wir spürten das ohnmächtige Verlangen, es mit einem Zaun zu umgeben … So entsteht der Sinn für das Privateigentum, Ursache so vieler Laster und so vielen Unheils unter den unglücklichen Sterblichen! Es war unmöglich, dass er nicht entstand. Jeden Tag besahen wir unser Feld. Jedes Blatt, das sich neu bildete, ließ unser Dasein heller strahlen. Dieses Glück war zu viel – ich konnte es nicht für mich behalten.

»Papa«, sagte ich eines Abends, »ich habe Erbsen gesät, und die wachsen nun, als hätten Sie selbst sie gesät!«

»Oho! Umso besser! Wenn es mit unserem Feld nichts wird, dann können wir uns mit deinem behelfen.«

»Aber es gehört mir nicht allein. Eine Hälfte gehört Edmlot Bérault!«

»Dann teilen wir eben die Ernte.«

Was für eine Freude! Im tiefsten Grunde meines Herzens wünschte ich mir, dass aus dem Feld meines Vaters nichts würde, damit meines aushelfen könnte. Denn von nun an bestand für mich der einzig wahre Ruhm darin, nützlich zu sein, und der Richtigkeit dieser Anschauung verdanke ich alles, was ich später geleistet habe.

Etwas später – nach zwei weiteren Regentagen – fanden wir unsere Erbsen in Blüte stehen: neues Entzücken! Alles ließ uns staunen! Alles war außerordentlich und eine Lust für uns … Die Schoten bildeten sich. Sie füllten sich.

Die Zeit der Ernte rückte heran, als ich eines Tages, nachdem ich M'lo nirgendwo gefunden hatte, allein zu unserer Domäne ging. Großer Gott, was für eine Wüstenei! Was für eine Zerstörung! Die Erbsen waren abgerissen! Die Schoten, frisch geöffnet, hatte anscheinend ein Schlemmer geleert, der sich daraus sein Mittagsmahl bereitet hatte, denn auf dem Boden sah ich Graubrotkrümel. Es fehlte nicht viel, und ich wäre in Ohnmacht gefallen. Mit Tränen in den Augen und schweren Herzens fasste ich mich … Ah! wenn ich erwachsen und ein König gewesen wäre – was für einen grausamen Krieg hätte ich gegen die Räuber geführt, die mir die Ernte des ersten von mir selbst bestellten Feldes entrissen hatten!

Von der Schule läutete es. Ich ging hin. Ich sah M'lo, die Augen auf sein Buch geheftet, aber ich war zu arglos, Verdacht zu schöpfen. Erst zehn Jahre später erfuhr ich die Wahrheit … Dieses unselige Abenteuer heilte mich für lange Zeit vom Wahn des Privateigentums. Er erlosch vollständig in mir, um dann viel später noch einmal zu erwachen.

Es war kurz vor meinem siebten Geburtstag. Da wurde ich Zeuge eines Vorgangs, der viele überraschen wird und einmal mehr beweist, dass die Menschen, wenn sie zahlreich beisammenleben, auf dem Land fast genauso leicht ins Verderben geraten wie in der Stadt – jenes Verderben noch gar nicht eingerechnet, das von der Stadt auf das Land übergreift, wenn die Dienstboten beiderlei Geschlechts und die Milizsoldaten in ihre Dörfer zurückkehren, nachdem sie in der Ferne verlottert sind.

Ein Dutzend Jungen, doppelt so alt wie ich, also in der Pubertät, veranstalteten am helllichten Tage beim *Untertor* (das nach Osten hinaus nannte sich *Obertor*), diese Jungen also veranstalteten eine *Ausstellung*, die ich hier nicht näher beschreiben kann…[+]

Ich würde auf dieses Erlebnis nicht ohne gewichtigen Grund zu sprechen kommen. Aber wird man am Ende der Jugendjahre von der Natur selbst über die körperliche Seite der Liebe unterrichtet, oder geschieht dies nur durch das, was man um sich herum sieht und hört? Ich glaube, die Natur würde sich mehr Zeit nehmen, und sie würde sich durch Träume mitteilen. Ein einziges Wort genügt ja schon, und auch wenn die Eltern allein und ohne Bedienstete auf

[+] *Omnes, sine verecundia mentulas exhibentes, ad retractionem praeputii certatim ludebant. An ad emissionem usque seminis eruperunt, non potui, pro aetate mea, distinguere: sed erubescere vidi neminem.* (Ohne Scheu stellte jeder von ihnen sein Glied zur Schau, und sie machten ein Spiel daraus, die Vorhaut gleichsam um die Wette zurückzuziehen. Ob sie dabei zum Erguss kamen, konnte ich wegen meines Alters nicht erkennen, aber erröten sah ich keinen von ihnen.) Meiner Erinnerung nach habe ich um die Zeit dieser *Ausstellung* auch den berühmten Kometen von 1740 oder 1741 gesehen. Ich hörte den Abbé Thomas hierüber mit einem anderen Seminaristen aus Auxerre diskutieren.

dem Lande lebten, würde dieses Wort in jedem Fall ausgesprochen werden.

Was aber soll man tun, wenn Aufklärung unumgänglich ist? Man sollte die Natur nachahmen, die die Einsichten nach und nach vermittelt, so wie die Kräfte sich einstellen. – Aber wenn diese Einsichten durch Zufall und willkürlich vermittelt werden, soll man dann mit den Kindern darüber sprechen? – Ja, und zwar, um sie mit den körperlichen Folgen zu erschrecken. Ein weiser Freund bewahrte mich zwischen meinem einundzwanzigsten und meinem fünfundzwanzigsten Lebensjahr vor der Ausschweifung, indem er mich erschreckte. Und wenn es gelingt, bei der Jugend die erste Explosion hinauszuzögern, ist alles gewonnen, denn die Gefahr erwächst vor allem aus dem Missverhältnis zwischen den Körperkräften und den vorzeitigen Begierden. Um vorschnelle Erkenntnisse zu verzögern, müssten die Eltern auf dem Lande, wie früher, ihre Kinder vom Tisch fernhalten, sobald Fremde daran Platz nehmen. Sie müssten sie unter ihrer Aufsicht mit Landarbeit und dem Hüten der Herden beschäftigen, was aber heute nur noch am Scioto* möglich ist. Den Eltern in den großen Städten bleibt wohl nur das schwache Mittel, ihre Kinder selbst zu unterrichten und ihnen mit dem Gift auch das Gegengift zu verabreichen.

Schließlich ging mein siebtes Jahr zu Ende. Ich war noch immer mit M'lo Bérault befreundet und hegte nicht den geringsten Verdacht wegen seiner Unredlichkeit oder vielmehr Naschhaftigkeit, die ihn dazu gebracht hatte, die Ernte von unserem gemeinsamen Feld ganz allein zu vertilgen.

Eines Tages, als ich ihn zur Schule abholen wollte, sagte seine Mutter zu uns: »Meine Kinder, heute seid ihr sieben Jahre alt geworden, denn ihr seid beide am gleichen Tag und fast um die gleiche Stunde geboren. Jetzt seid ihr in dem Alter, wo ihr sündigen könnt und eure Unschuld verliert. Bisher konntet ihr noch nicht sündigen, weil euch der Verstand fehlte, ab jetzt aber müsst ihr beide ganz brav sein.«

M'lo hörte diese Lektion, die doch durchaus nützlich klang, stumpfsinnig an. Ich hingegen erschrak! Ich war zwar entzückt, sieben Jahre alt und ein vernünftiges Wesen geworden zu sein. Aber die Idee der Sünde, mit der mich meine Mutter in ihren Reden immer erschreckte, machte mir großen Kummer! Ich verließ das Haus der Mutter Bérault mit Tränen in den Augen. Ergriffen vom Respekt vor meinem neuen Verstand, blickte ich ganz bescheiden und zerknirscht drein, wie ein Mädchen, das zum ersten Mal zur Kommunion geht. Wir liefen zur Schule. Dort legte ich ein Betragen von beispielhafter Bravheit an den Tag – ich, der sonst immer ein bisschen zappelig war. Magister Jacques bemerkte es und fragte mich lachend: »Was ist denn los, Monsieur Nicolas?«

»Ich bin ab heute sieben, Monsieur. Ich kann jetzt sündigen und mich gegen Gott vergehen! Wenn ich bloß wüsste, was ich dagegen tun soll.«

»Ganz einfach, Sie brauchen nur immer Ihre Pflicht zu tun.«

Diese schwammige Antwort stellte mich zufrieden, und mir scheint sogar, es war die einzige gute, die mir der Magister Jacques je gegeben hat.

Nach dem Unterricht gingen wir hinaus. Ich dachte nur noch an den Vorteil meiner sieben Jahre, dass ich nun kein unverständiges Kind mehr war, denn ich schrieb meinem neuen Alter eine wirkliche Kraft zu. So wurde ich denn vor lauter Begeisterung Dichter. Ich nahm die Hand von M'lo und die eines anderen Kameraden, seines Cousins Etienne Dumont, der zwei Monate älter war, und gemeinsam sangen wir meine ersten Verse:

Tra-la-la, ihr Lieben!
Von nun an sind wir sieben!

Ich überbrachte diese Neuigkeit meinen Schwestern. Meine überschwängliche Freude erstaunte sie, weil sie deren Ursache nicht ahnten, die in nichts anderem bestand als dem Verlangen, groß zu werden und ein Mann zu sein. Mein Vater und meine Mutter wollten es genauer wissen. Sie erkundigten sich danach, wie man mich über mein Alter unterrichtet hatte, und nutzten die Gelegenheit, mir einige Lehren zu erteilen, die ich mit vollkommen verständiger Miene anhörte. Ich hörte sogar heraus, dass sie mit dem, was mir Mutter Bérault gesagt hatte, nicht ganz einverstanden waren. Aber die Gründe, die sie nannten, gingen über meinen Horizont.

Ein Jahr war vergangen seit unserem Umzug nach dem Hofgut La Bretonne. Ich war ungefähr neun, und die natürlichen Anlagen, deren Wirkung ich schon seit der frühen Kindheit verspürte, machten sich mit zunehmendem Alter immer deutlicher bemerkbar. Wenn ich an dieser Stelle noch nicht darauf zu sprechen käme, würde man mir das wohl noch abnehmen, zumindest für eine gewisse Zeit. Eine Leidenschaft, die vornehmste von allen, schwelte in meiner Brust und ließ bisweilen Funken sprühen, bevor noch die körperlichen Fähigkeiten darauf reagieren konnten. Sie war eine Auswirkung des körperlichen Wachstums und daher unbezwinglich. Außerdem verwandelte sie sich nun in einen schmerzhaften Drang, wie ihn Eunuchen gewöhnlich verspüren. Es war diese ohnmächtige Leidenschaft, die mich auch scheu machte. Ich war schön. Das goldbraune Haar, das ich damals hatte, lockte sich und gab mir das Aussehen von Engeln, wie sie der heiteren Phantasie italienischer Maler entsprungen sind. Mein feingeschnittenes Gesicht wurde durch eine Adlernase, durch die Schönheit meiner Augen und die Frische meiner Lippen geadelt, die mir so viel Glück gebracht haben. Ich war blass und weiß wie eine Lilie, schlank und zartgliedrig in einem Land, wo die Leute wohlbeleibt sind, was mir angeblich einen Anflug von Pfiffigkeit verlieh.

Noch heute erinnert man sich daran, wie mich die großen Jungen damals hänselten, die es nicht leiden konnten, dass die Mädchen einen schönen Knaben so freimütig küssten wie ein kleines Kind: »Er hat ein Mädchen am Hals!« Nur zu gut gelang es ihnen, mir Scham einzuflößen! Die Mädchen aber, die dies durchschauten, fanden nur desto mehr Gefallen an ihrem Treiben. Eines Sonntags, nach der Messe, fand ich mich plötzlich umringt von Reine Miné, Jeanne und Madeleine Champeaux, Agathe Tilhien, Madelon Blondin, Marie Menant, Mathron oder Marthe Bérault, Ursule Ledme, Nannon Fouard, der älteren Schwester von Marie – kurz, von allen Mädchen im heiratsfähigen Alter. Sie küssten mich eine nach der anderen, auf die Wangen, auf den Mund, und einige ließen dabei sogar ein leises Schmatzen hören. Mein Widerstand vervielfachte nur ihre Attacken und machte sie noch kühner. Ich litt und hatte doch zugleich meinen Spaß daran. Und als sie von mir abließen, riefen die großen Jungen: »Er hat zehn Mädchen am Hals!« Dieses spöttische Geschrei beschämte mich, und ich machte mich aus dem Staub.

Seit diesem Tag konnte ich nicht mehr ausgehen, ohne dass die Jungen mir nachliefen, um mir ein Mädchen an den Hals zu hängen. (Da sie selbst es wegen der Eltern und dem Pfarrer nicht wagten, die Mädchen zu küssen, machten sie sich einen Spaß daraus, zuzusehen, wie sich die Mädchen mit mir abgaben.) Ich nahm Reißaus. Die Mädchen liefen mir nach. So wurde es bald üblich in Sacy, den kleinen Monsieur Nicolas mit Gewalt zu küssen, was mich sehr kränkte und mir den letzten Rest von Vertrauen in die Menschheit raubte. Aber der Zwang, dem ich da unterworfen war, und die Zärtlichkeiten in aller Öffentlichkeit, die meine natürliche Schamhaftigkeit empörten, zögerten zweifellos doch auch den Ausbruch des Vulkans heraus, der mich verschlungen hätte. So brachten mich Zwang und Spott von dem ab, wonach es mich von Natur aus verlangte.

Bisweilen bewegte ich in meinem kleinen Kopf weit vorauseilende Ideen! Und doch muss es überraschen, dass ich mir vorstellte, es könnte mir Freude machen, ein Mädchen gegen seinen Willen zu küssen, ihm solche Furcht einzujagen, dass es weglief, und es dann zu verfolgen. Ich hatte das Gefühl, dies sei meine eigentliche Rolle, und ich brannte darauf, sie zu spielen. Meine Schönheit machte mich nicht etwa stolz, sie schien mir vielmehr das Zeichen einer erniedrigenden Verweichlichung zu sein, das Gegenteil von jener männlichen Haltung, die mir, wie ich glaubte, den Respekt der Mädchen verschaffen würde. Eine Anekdote aus jener Zeit mag diese merkwürdig anmutende Vorstellung veranschaulichen.

Zu uns kam oft eine Kurzwarenhändlerin aus Noyers mit einem großen Weidenkorb, in dem sie ihre Sachen präsentierte, eine Madame Geneviève. Ihren Wagen kutschierte ein Mann, der nicht ihr Ehemann war (was mir zum ersten Mal eine Vorstellung von Sittenverderbnis eingab): ein dicker, starker, obendrein pockennarbiger Kerl aus der Franche-Comté mit stolzer Miene, den Hut schräg auf dem Kopf. Sein Aussehen gefiel mir. Mir schien, so müsste ein Mann aussehen, und auch ich wollte das. Ich malte mir aus, wie die Mädchen bei solch imposanter Hässlichkeit vor mir weglaufen würden, und bebte vor Vergnügen bei diesem Gedanken. Denn man brauchte sich nur anzusehen, wie meine Schwestern und die beiden Dienstmädchen vor dem furchterregenden Mann aus der Franche-Comté Reißaus nahmen und wie er sie trotzdem immer fing! Ich bemerkte die Ängstlichkeit auf ihren Gesichtern, wenn er sie festhielt: Das war ein Held, ein schrecklicher Sieger! Wie gut mir diese Rolle an ihm gefiel! Betrübt verglich ich sie mit der meinen. »Ach, wenn ich erst pockennarbig bin!«, rief ich und bekundete vor aller Welt mein Verlangen, die Blattern zu bekommen, um nachher auszusehen wie dieser Mann. Und alle lachten mich aus, denn er war einer der hässlichsten Leute, die man zu Gesicht bekommen konnte, aber groß und breit – ein Klotz. Außerdem gefiel er Madame Geneviève, die auch mir keineswegs missfiel: ein Grund mehr, ihn um sein Glück zu beneiden – hässlich sein und geliebt werden!

Nach und nach gewannen mein Vorstellungen von den Frauen an Klarheit. Ich spürte, dass nur sie liebenswürdig waren. Lieber wäre es mir allerdings gewesen, wenn ich *sie* geküsst hätte und nicht sie *mich*. Diese zweite Rolle missfiel mir. Doch die erste zu übernehmen, wäre für einen kleinen Jungen von neun Jahren lächerlich gewesen. Während meine Eltern sich also in vollkommener Sicherheit wähnten und überzeugt waren, ihr Hippolyt* könne die Frauen nicht ausstehen; während sich das Gerücht von meiner Abneigung gegen das schöne Geschlecht wegen der vielen Leute, die mein Vater bei sich empfing, in der Nachbarschaft immer weiter verbreitete und man den kleinen Monsieur Nicolas für einen Narziss zu halten begann, kreisten dessen Gedanken, sobald er allein war, bei Nacht und am Tage, um nichts anderes als dieses Geschlecht, vor dem er zu fliehen schien! Die Mädchen, die sich mit der größten Sorgfalt zurechtmachten, gefielen ihm selbstverständlich am besten. Und da der Körperteil, der sich am wenigsten leicht sauber halten lässt, jener ist, der den Boden berührt, waren es die Schuhe, denen er unwillkürlich seine größte Aufmerksamkeit widmete. Die schon genannten Mädchen, Agathe Thilien, Reine Miné und vor allem Madeleine Champeaux, waren damals die elegantesten. Ihre gepflegten, sorgfältig ausgesuchten Schuhe hatten statt der Schnüre Schleifen, die in Sacy noch nicht üblich waren, vorzugsweise blau oder rosa, je nach der Farbe des Rocks. Ich dachte an diese Mädchen voller Rührung. Ich begehrte – ich wusste nicht was, aber ich begehrte etwas. Etwas, bei dem es darum ging, sie zu unterwerfen.

Etwa um diese Zeit erblickte ich in Sacy ein Fräulein. Sie trug feine, farbige Schuhe wie in der Stadt, die Schnallen mit Glasperlen besetzt, und außerdem war sie eine bezaubernde Person! Ich war hingerissen und hielt sie anfangs für die entzückende Colette, die mich, als ich noch klein war, in Vermenton mit Zärtlichkeiten überhäuft hatte. Doch dann hörte ich, sie sei ein Fräulein aus Noyers, eine Verwandte des Herrn Pfarrers namens Suzanne Colas … Mit ihren zarten, frischen Reizen kam sie mir vor wie eine Fee, denn von Göttinnen wusste ich noch nichts. Ich träumte nur noch von ihr. Mademoiselle Colas ließ mich meinen robusten Schönheiten aus Sacy untreu werden, zweifellos, weil ich selbst zierlich und schwach war und deshalb den Eindruck hatte, bei ihr würde mir das Unterwerfen leichter fallen. Suzanne verschwand wieder und geriet in Vergessenheit. Aber den Zauber, der mich an die Mädchen fesselte, hatte sie noch verstärkt und den tiefen Eindruck vorbereitet, den eines Tages eine himmlische Frau auf mich machen sollte!

Ich bezweifele, dass die so frühzeitig entwickelten kleinen Negerjungen, die mit neun oder zehn Jahren schon Vater werden können, früher anfangen, die Frauen zu begehren, als ich es tat. Man wird bald sehen, dass auch ich diese Kraft besaß, und es ist dies nicht das am wenigsten verblüffende und uninteressanteste Phänomen in meinem Leben.

Aber die Vorliebe für schöne Füße, die bei mir so stark war, dass sie mein Begehren unweigerlich erregte und mich sogar über alles Hässliche hinwegsehen ließ – hat sie ihre Ursache im Körperlichen oder im Seelischen? Bei allen, die sie hegen, ist sie überaus stark – aber was liegt ihr zugrunde? Etwa ihre Beziehung zur Leichtfüßigkeit? Zur Anmut und Wonne des Tanzes? Die künstliche Vorliebe für Schuhe ist nur der Abglanz des Vergnügens an schönen Füßen, die ja selbst den Tieren Eleganz verleihen. Irgendwann gewöhnt man sich daran, die Hülle für die Sache selbst zu nehmen. So war die Leidenschaft, die ich schon in meiner Kindheit für feine Schuhe hegte, eine künstliche Vorliebe, die auf einer natürlichen beruhte. Die Vorliebe für kleine Füße hat ihre Ursache aber allein im Körperlichen, worauf auch das Sprichwort hinweist: *Parvus pes, barathrum grande!** – wobei die Erleichterung, die dieses Letztere bietet, der Fortpflanzung zustattenkommt. Ich will versuchen, mich in der Fußnote verständlicher auszudrücken…[+]

Wenn ich ein Haus betrat und dort die Festtagsschuhe nebeneinander aufgestellt sah, wie es der Brauch ist, bekam ich Herzklopfen

[+] *Aperta vulva semper facilitat intromissionem ac projectum seminis in uterum.* (Eine weite Vulva erleichtert immer das Einführen des Gliedes und das Herausschleudern des Samens in die Gebärmutter.)

vor lauter Freude: Ich wurde rot, ich senkte den Blick wie vor den Mädchen selbst. Erfüllt von dieser heftigen Vorliebe und den wollüstigen Gedanken, die bei einem Zehnjährigen eigentlich nicht vorstellbar sind, floh ich – von einer unwillkürlichen Scham getrieben, die der Schamhaftigkeit dieser jungen Personen sehr ähnlich war – die Mädchen, die ich, gleich einem zweiten Anakreon, bis in ihren seelenlosen Aufputz anbetete!

Zwei alte Männer, Monsieur Restif aus Noyers, der Großvater der Restifs in Grenoble, und mein Onkel Droin aus den Dörfern am Fluss*, sahen mich beim geringsten Lob, das mir zuteilwurde, die großen Augen mit ihren langen Wimpern niederschlagen und sagten, von meiner äußeren Erscheinung getäuscht, zu meinen Eltern: »Aber Ihr Sohn benimmt sich ja wie ein zaghaftes Mädchen – sind Sie sich sicher, dass er ein Junge ist?«

Ich glaube, die Männer, die es am heftigsten zu den Frauen zieht, verspüren in ihrer unreifen Jugend allesamt die gleiche Befangenheit, die gleiche Scham, die gleichen künstlichen Vorlieben: weil sie schon fühlen, was die anderen noch nicht empfinden. Genauso muss man das schamhafteste Mädchen, das besonders leicht errötet, für dasjenige halten, das am ehesten geneigt ist, sich den Freuden der Liebe zu überlassen. Eine Beobachtung wird bestätigen, welches der wahre Grund der Ohnmacht war, die mich vor den schönen Mädchen fliehen ließ, nämlich diese: Ich ging weder den alten noch den hässlichen Mädchen aus dem Weg und wurde auch nicht rot vor ihnen, weil ich vielleicht schlecht angezogen war oder irgendetwas falsch machte. Oft kam es den Hässlichsten aus Sacy in den Sinn, mir nachzustellen, und ich blieb. Sie zeigten sich darüber verwundert, und alle Welt zog daraus den Schluss, ich würde die Alten und Hässlichen lieben. Ich habe gehört, wie selbst mein Vater sich über meinen sonderbaren Geschmack wunderte und fürchtete, er könnte völlig verderben, vor allem nachdem ich durch mein Betragen Anlass zu einigen Klagen gegeben hatte: Denn ich wollte alles anfassen, alles verbessern und verdarb doch das meiste; was mir den wenig ehrenhaften Spitznamen *Murkser* eintrug. Eines Tages ließ mein Vater mich durch unseren Pflugknecht Germain nach den Gründen für mein sonderbares Betragen fragen. »Nein«, erwiderte ich, »ich liebe nicht die Hässlichen; aber ich habe auch keine Angst vor ihnen.« Dies beruhigte Edme Restif.

Drei oder vier Jahre zuvor hatten die unverdienten Prügel, die mir der Magister Jacques verabreicht hatte, meinen Vater und meine Mutter bewogen, mich in Vermenton bei meiner Schwester Anne in Pension zu geben. Nun wollten sie mich zum zweiten Mal dort unterbringen – aus mehreren Gründen. Auch deshalb, weil mein ältester Bruder in Vermenton zum Vikar ernannt worden war. Meine Eltern ahnten nicht, wie sehr der Parteigeist die Schüler jansenistischer Priester davon abbringt, sich um die eigenen leiblichen Eltern zu kümmern. Sie fassten ihren Entschluss am 6. Dezember. Er wurde aber erst am 29. Juni 1745 in die Tat umgesetzt, an dem in Sacy der Schulunterricht aufhört, um erst nach der Weinlese wieder zu beginnen.

Der Platz, wo es mir in meinem Exil am wenigsten missfiel, war die Schule – wegen der Jungen in meinem Alter, mit denen ich es dort zu tun hatte. Obwohl ich inzwischen sehr schüchtern war, vergnügte ich mich manchmal mit den jungen Viards, von denen einer Maler werden wollte, und mit den Boudards, den Neffen der Mutter meiner Schwestern aus der ersten Ehe. Diese Kameraden nahmen mich zu Monsieur Collet mit, dem Notar und Richter, der außerdem ein alter Freund meines Vaters war. Damals gab es vier oder fünf Mädchen in diesem Haus, von denen eine, die so hieß wie ich – Colette –, mir besonders freundlich begegnete. Sie schlug sich auf meine Seite, wenn andere sich über meine bäurische Art lustig machten oder meine Naivität ins Lächerliche zogen. Als ich dann wieder nach Sacy zurückkehrte, dachte ich oft an Colette. Die Erinnerung an sie war noch lieblicher als ihre Gegenwart, und ihr geliebtes Bild verschönte mir lange Zeit meine Träume. Zwei- oder dreimal bin ich, solange die schöne Jahreszeit noch währte, sogar auf den Gipfel des kargen Terrapion-Hügels gestiegen, um einen Blick auf den Ort zu werfen, der mir vor kurzem noch so unliebsam gewesen war, und voller Rührung zu sagen: »Dort lebt sie, Mademoiselle Colette, die gute Freundin meines Vaters und meiner Mutter.« Aber nichts auf der Welt hätte mich dazu gebracht, hinabzusteigen und Vermenton noch einmal zu betreten. Mich plagte die vage Befürchtung, man würde mich dort festhalten.

Bei der Rückkehr in mein Dorf (zu der zweifellos Mademoiselle Colette meine Eltern bewogen hatte) glaubte man, der Aufenthalt in der Fremde habe mich abgehärtet. Aber es dauerte nicht lange, da zeigte sich, dass ich nur noch schüchterner geworden war, und die Mädchen begannen von neuem, mir nachzulaufen. Die Gefahr ging jedoch nicht von meinen arglosen Landsmänninnen aus, sondern von einer Fremden. Schon hier, obwohl ich noch so jung bin, steht mir das außergewöhnlichste Abenteuer meines Lebens bevor – für sich genommen und in Anbetracht seiner Folgen!

Man erinnert sich, dass meine Schulkameraden die jungen Rameaus waren: Edmond, François, Charles und Louis, die, wie ihre Schwester Madelon, ausschließlich Unterricht bei Magister Jacques nahmen. Ihre Mutter hasste mich und überhäufte mich trotzdem mit Zärtlichkeiten. Ihre Söhne waren Dickschädel und nicht besonders helle. Im Dorf galten sie weniger als ich, obwohl sie reicher waren. Ihre Mutter wusste das, und ihre Liebe zu ihnen litt darunter. Sie hatte versucht, mich bei Antoine Foudriat, dem Pfarrer, schlechtzumachen, und bei jedem anderen wäre ihr dies auch gelungen. Er jedoch durchschaute sie. Dennoch ließ sie mir, wenn ich bei ihr war, reichlich Komplimente und Aufmerksamkeiten zuteilwerden. Man weiß allerdings auch, dass sie all dies nur in der Hoffnung tat, ich könnte einen Fehltritt begehen, der ihr helfen würde, mich in Verruf zu bringen. Der Mutterhass, den mir diese Frau entgegenbrachte, ist eine der großen Merkwürdigkeiten meiner jungen Jahre. Sie schadete mir eigentlich nur dadurch, dass sie den Herrn Antoine davon abbrachte, mir die Grundlagen des Lateinischen beizubringen, wie er es gern getan hätte. Aber man kann sich nicht vorstellen, wie einschneidend und irreparabel dieser Schaden war! Herr Antoine war ein Philosoph, der mich rasch vorangebracht hätte.

Madame Rameau hatte im August dieses Jahres eine hübsche Schnitterin aus Précy-le-Sec bei sich, aus der Gegend, wo ihr Mann lebte. Dieses Ehepaar hatte nämlich, obwohl es sehr einträchtig war, getrennte Wohnsitze. Die Mutter mit den Kindern wohnte auf dem Gut in Sacy, und der Vater bewirtschaftete das noch größere Anwesen in Précy. Die Schnitterin, eine dicke Frau mit freundlichem Gesicht, hatte etwas so Sinnliches an sich, dass sie die Eifersucht der Madame Rameau erregte – zu Unrecht, wie ich bestätigen kann. Der Automat, den sie ihren Mann nannte, war mit seinen Feldern verheiratet. Er schlief mit dem Vermögen seiner Frau und fand seine Genüsse nur in ihm. Ehemann und Ehefrau tauschten also ihre Schnitterinnen. Eine dicke Mathron aus Sacy, hässlich wie das Gewissen einer Pfandleiherin, wurde nach Précy geschickt, und die appetitliche Nannette kam zu der Frau ihres Herren. Ich entdeckte Nannette in der Kirche, an Mariä Himmelfahrt, wenn alle Mädchen in Weiß erscheinen. Ihr Anblick verdutzte mich, aber so, wie ich es noch nie erlebt hatte! Es waren Gelüste und nicht Liebe, die ich verspürte; eine Gluthitze kreiste in meinen Adern. Nannette war für mich die erste Frau. Dieser neue, ungeheure Eindruck verblüffte mich! War dies die Wirkung ihrer Art von Schönheit, die nur zu den Sinnen sprach wie die Schönheit so vieler Frauen, denen ich seither begegnet bin, im Laufe der dreißig Jahre meines vollkommenen Menschseins? Als Nannette die Kirche verließ, folgte ich ihr, um sie besser betrachten zu können, und dabei setzte sie meine Phantasie vollends in Flammen: Es war etwas Lüsternes an ihr, das ich noch nicht erblickt hatte, auch nicht bei der schönen Ursule Lamas aus Nitry. Ich ging ihr nach, so nah wie nur möglich, bis zum Tor der Rameaus, und die Wollust überkam mich. Als ich dann im Hof von La Bretonne war, fiel mir jene *Ausstellung* wieder ein, die die fünfzehnjährigen Jungen beim Obertor veranstaltet hatten, von der ich schon gesprochen habe, und ich legte Hand an mich – ohne Erguss, wohl aber auf der Suche nach der Ursache eines neuartigen Phänomens, *altae rigidaeque erectionis.**

Als ich am nächsten Tag zur Messe wollte, ging ich, obwohl ich mich schämte, bei den Rameaus vorbei, um sie und auch ihre Schwester Madelon abzuholen und gemeinsam hinzugehen. Ich hörte, wie Mademoiselle Rameau ganz leise zu der schönen Schnitterin sagte: »Hör mal, Nannette, siehst du den langen Einfaltspinsel da? Wenn du den zu küssen versuchst, nimmt er Reißaus!« Nannette begann zu lachen, aber da wir es eilig hatten und nicht zu spät kommen wollten, gingen wir alle gemeinsam los. Auf dem Rückweg von der Kirche ließ mich das Verlangen, Nannette wiederzusehen, jene natürliche Scham überwinden, die mich so lange dazu gebracht hatte, dem, was mir am meisten gefiel, sorgfältig aus dem Weg zu gehen. Ich gab den drängenden Einladungen meiner Kameraden und Madelons höflichem Drängen nach. Ich war in diesem Haus inzwischen so willkommen, dass ich mich schon ein wenig heimisch fühlen konnte. Als wir im Hof waren, sah ich, wie Mademoiselle Rameau der aufreizenden Schnitterin etwas ins Ohr flüsterte. Madelon war ganz anders als sie – eines dieser Wesen ohne Geschlecht und ohne Anmut, die weder schön noch hässlich sind, mit denen einfach nichts los ist. Denn es gibt auch Frauen, die so sind, nicht bloß Männer. Bei den Frauen liegt es daran, dass sie nichts haben, womit sie gefallen.

Ich spielte mit meinen Kameraden. In einem Augenblick, wo ich mich allein hinten im Maultierstall versteckt hatte – Vater Rameau benutzte diese Tiere zum Pflügen –, kam Nannette leise hinter mir her, überraschte mich und nahm meine beiden Hände: »Ich muss Sie jetzt einfach mal nach Herzenslust küssen«, sagte sie und lachte. Ich tat, als wollte ich mich von ihr losmachen, was ihre Lust nur verdoppelte. Sie drückte mich an ihre Brust, die schönste, die ich bisher gesehen hatte. Heftig bewegt, erwiderte ich ihre Küsse. Eine wahre Liebeswut schien Nannette zu packen. Sie drückte mich an sich, bemächtigte sich meiner ganzen Person und ließ mich die ihre betasten. Anscheinend hatte dieses Mädchen Temperament im Übermaß. Sie wurde bleich, ihre Knie gaben nach; sie drückte mich an sich und stieß mich wieder zurück, wieder und wieder. Schließlich überkam sie ein solcher Sinnenrausch, dass sie genommen werden wollte, und sie tat, was dazu erforderlich war. Gleich einer zweiten Sappho half sie der Natur, ließ sie ihre Wirkung tun und löste in mir eine unbekannte Erschütterung aus. Ah, dieser Moment des ersten Zeugungsakts, ungeheuerlich! – ich fiel in Ohnmacht…!

Als ich wieder zu mir kam, war ich mit Wasser übergossen. Meine Kameraden umringten mich. Madelon sagte zu Nannette: »Ja, hast du ihn denn gekitzelt? Ich habe vergessen, dir zu sagen, dass man das nicht tun soll. Denn ich weiß von seiner Schwester Margot, dass er umkippt, wenn man ihn kitzelt.« Nannette wurde rot und stammelte: »Oh, das habe ich nicht gewusst!« Damit war das Gespräch beendet. Ich hatte nur noch eine vage Erinnerung an das, was geschehen war. Dreizehn Jahre müssen noch vergehen, ehe ich die Folgen davon zu Gesicht bekomme. Erst sie werden mich eines Tages begreifen lassen, dass ich mit zehneinhalb Jahren zum Mann geworden bin. Traurig begab ich mich nach Hause, immer noch einer Ohnmacht nahe – und in einem Zustand, der das bekannte Sprichwort bestätigt, zugleich aber auch die Hälfte der Ausnahmen, die es macht, widerlegt: *Omne animal post coitum triste; excepto gallo-gallinaceo, et scholastico futuente gratis.**

Wie gesagt, die Mädchen liefen mir weiter nach. Die älteste Tochter meiner Amme, eine Nachbarin von Madame Rameau, hatte von der Szene im Maultierstall etwas mitbekommen, und eines Tages schimpfte sie mit den anderen und hielt ihnen vor, ich sei kein Kind mehr und ihr Betragen mir gegenüber würde sie alle in ein schlechtes Licht rücken.

Zu mir sagte sie: »Sie sind zu gutmütig. Wenn die Mädchen kommen, um Sie zu küssen, dann küssen Sie zurück, wie bei Nannette ... aber nicht so doll! Sie brauchen das nur zweimal zu machen, dann haben Sie Ruhe vor ihnen.«

Die Mädchen glaubten, die Vorhaltungen gingen auf meine Amme zurück. Die hübsche Marguerite Bourdillat, die nicht älter war als ich, begegnete mir eines Abends allein und getraute sich trotzdem noch und rief mir zu, sie werde mir »ein Mädchen an den Hals hängen«. Sie kommt auf mich zu. Ich laufe nicht weg. Sie umarmt mich. Ich drücke sie. Sie küsst mich. Ich erwidere den Kuss. Ich gebe ihr einen dritten, einen vierten. Erst muss sie sich wehren, und dann bleibt der kecken, kleinen Angreiferin nichts anderes übrig, als Reißaus zu nehmen, wobei sie ruft: »Aber ich dachte, Sie wären es, der wegläuft!« Ich antwortete ihr, seit kurzem würde ich nicht mehr weglaufen, sondern alle Mädchen dreimal küssen.

»Na, da werden Sie alle erwischen, denn ich werde nichts weitersagen.«

Ich war recht zufrieden mit dieser Probe. Ich ging weiter und stieß bald auf eine Gruppe großer Mädchen, die mich sogleich umringten. Im ersten Moment wollte ich fliehen, doch dann besann ich mich und warf mich Reine Miné an den Hals.

»Na, so was, der küsst ja dich!«, rief Madeleine Champeaux. Sie kam als Nächste an die Reihe und ließ mich machen, *solange ich wollte*. Dann lief ich zu Agathe und schäkerte mit ihr. Die drei Mädchen sahen sich überrascht an. Die Frauen und die anderen Mädchen kamen dazu, und als sie sahen, wie ich mich aufführte, klatschten sie Beifall und riefen: »Gut gemacht! Glaubt ihr noch immer, ihr hättet es mit einem Kind zu tun?«

»Ich will mir alle Mädchen an den Hals hängen!«, rief ich.

Seit diesem Tag getraute sich kein Mädchen mehr, mir nachzulaufen. Eines von denen aus der Nachbarschaft, hübsch und immer bescheiden, beglückwünschte mich zu meiner Entschlossenheit und verriet mir errötend, wie sehr ihr die Aufdringlichkeit der großen Mädchen immer missfallen habe. Es fehlte nicht viel, und das Abenteuer im Maultierstall hätte sich wiederholt. Aber Marguerite war dann doch nicht dazu aufgelegt … Erst vier Jahre später sollte sich zwischen ihr und mir eine sehr interessante Szene* abspielen.

Ende Juli, wenn das Grummet so weit gewachsen war, dass die Pferde darauf weiden konnten, versammelten sich die halbwüchsigen Jungen und Mädchen, die die Tiere hüteten, auf der grünen Wiese und amüsierten sich bei allerlei Spielen, die eine Vorstellung vom Leben der Hirten geben können, wie es früher war. Fest steht nämlich, dass in den alten Zeiten der Gleichheit, als die Kinder der Reichen noch das Gleiche taten wie die der Armen, die Herden von den Söhnen und Töchtern des Hauses gehütet wurden, weil es die leichteste Arbeit war, verglichen mit dem Pflügen oder der Arbeit im Weinberg oder dem Dreschen in der Scheune usw. Daraus folgt, dass die Hirten und Hirtenmädchen bei den Landwirtschaft treibenden Völkern tatsächlich über den anderen Landarbeitern standen; dass ihre Betätigung weniger beschwerlich, vornehmer und höher geachtet war; dass die Weideflächen damals weniger häufig durch bestellte Felder zertrennt waren und die Herden nach Lust und Laune darauf herumstreifen konnten, so dass die Hirten nichts weiter zu tun hatten, als sie vor wilden Tieren und Dieben zu schützen. Daher lebten sie in ständiger Muße und verfielen dennoch nicht dem Müßiggang, was ihren Belustigungen mehr Witz und Würze verlieh. Ich hatte schon in dem Alter, in dem ich hier gerade bin, das Gefühl, Untätigkeit sei eine schändliche Quälerei, die mußevolle Betätigung hingegen eine wirkliche Lust. So widmeten sich die Hirten und Hirtenmädchen bedenkenlos und unbefangen allerlei unschuldigen Spielen – beobachteten die Sterne, die Vögel, das Wetter, dachten sich Geschichten und Lieder aus und gaben sich, nachdem sie sie besungen hatten, der Liebe schließlich auch hin. Dies alles sind keine gelehrten Spekulationen. So habe ich es in meiner Kindheit gesehen, so habe ich es gemacht – ich, ein Kind vermögender Eltern. Nur Kinder wie ich, die jungen Rameaus, die Dissons, die Piôts, die Fouards, die Dumonts, die Béraults, die Dondènes, die Daugis, die Roards, die Minés, die Gautiers, die Champeaux, die Tilhiens usw., hüteten im Sommer ihre Herden. Die Kinder der ärmeren Leute, die Paulos, die Couchats, die Lemmes, die Blaizots usw., mussten härtere, dringendere Arbeiten verrichten. Nie begegnet man in den Büchern über alte Sitten und Gebräuche der Wahrheit, weil man sie nicht dort gesucht hat, wo sie ist – in den Dörfern fernab der großen Städte und der großen Straßen, etwa in meinem, wo der Reiche und der Arme, wenn auch unterschiedlich bemittelt, doch noch gleichermaßen geachtet waren. Ich will hier nicht darauf eingehen, mit welcher Verachtung ich dann später las, wie man das Hirtendasein ins Lächerliche zog. Oberflächliche Leser beklatschten renommierte Schriftsteller für ihre Unwissenheit, aber weder die einen noch die anderen hatten je andere Schäfer gesehen als die, die ihre Tiere in Paris zu den Fleischhauern treiben.

Wie gesagt, die jungen Leute versammelten sich abends zum Spielen auf der Wiese. Mir hatte man in meinem Vaterhaus noch keine Arbeit zugeteilt. Deshalb war ich immer frei, solange kein Schulunterricht war, und vollkommen frei während der Getreideernte und der Weinlese. Aber ich verabscheute die Untätigkeit. Für mich war sie eine unerträgliche Schmach. Tagsüber kümmerte ich mich um die Bienen, die Lämmer, die verschiedenen Arten von Federvieh. Ich jätete den Garten und brachte das Unkraut den Kühen. Wenn ich erschöpft war, las ich Latein, das ich zwar nicht verstand, aber in der Kirche gern sang. Französisch konnte ich noch nicht lesen und wollte es doch für mein Leben gern können. Aber mein Vater hielt die Bücher in dieser Sprache unter Verschluss und las uns nur abends, nach dem Essen, wenn die ganze Familie versammelt war, daraus vor. Bei Einbruch der Dunkelheit, angelockt von den Rufen und dem Gelächter der jungen Leute, lief ich hinaus auf die Wiese, wo wir *Schaukel* und *Ziege* und *Stiefmutter* spielten, auch *Aschenputtel* und schließlich *Wolf* – wenn man im Dunkeln nichts mehr sah und wenn auch ältere Mädchen dabei waren.

Das *Wolfsspiel* hatte keinen moralischen Zweck, jedenfalls keinen offenkundigen. Ein Pflock wurde in die Erde gerammt und daran eine lange Leine aus mehreren Pferdehalftern befestigt. Dann wurde der erste Wolf gewählt. Diese Rolle war meistens sehr begehrt. Der Wolf wurde mit der Leine an den Pflock gebunden, und außerdem bekam er eine Augenbinde. Dann gingen alle auf Abstand zu ihm. Die Jungen warfen ihm ihre Hüte und Mützen zu, die Mädchen ihre Schürzen und Tücher, manchmal sogar ihre Hemden und Mieder. Der Wolf versuchte zu erraten, wem der Hut, die Schürze, das Tuch gehörte, und wenn er es nicht erriet, legte er das Kleidungsstück an den Pflock, und die anderen versuchten, ihre Sachen zurückzuholen. Wenn der Wolf dabei einen Jungen erriet, wurde der Wolf. Hatte er aber ein Mädchen erraten, dann ernannte dieses einen Jungen, der an Stelle des Mädchens Wolf wurde. Bekam der Wolf einen Jungen direkt zu fassen, so rüttelte er ihn gründlich durch. Wenn er ein Mädchen erwischte, dann fraß er es – das heißt, er fuhrwerkte ziemlich unverfroren mit ihm herum. Aber eigentlich konnte man dem Wolf nur in die Fänge geraten, wenn man von den Pfändern, die sich um den Wolfspflock häuften, eines zurückholen wollte. Dieses Spiel war zwischen Kindern, wie ich eines war, vollkommen harmlos, trotz meines Abenteuers mit Nannette. Aber manchmal kamen auch Burschen von fünfzehn oder zwanzig Jahren dazu, und dann passierten allerhand unschickliche Sachen. Trotzdem weigerte sich Hochwürden Antoine Foudriat, das Spiel zu verbieten oder mehr Anstand zu fordern. Er sagte, seit mehr als fünfhundert Jahren habe man nie gehört, dass irgendetwas Ernstliches dabei vorgefallen sei – aber man brauche es nur zu verbieten, dann würde es sogleich kriminell … Der weise Seelenhirte starb; sein Nachfolger, Hochwürden Louis Jolivet, verbot das Spiel, das damit kriminell wurde. Auch die Zivilverwaltung musste es untersagen. Seit der Zeit gibt es keine Spiele mehr in Sacy. Traurig fristet man nun dort sein Leben so wie anderswo auch: Der Purismus war immer der größte Feind der Menschheit.

Als ich zum ersten Mal *Wolf* spielte, waren wir lauter Kinder, und alles ging ganz harmlos vor sich. Ich hatte einen ungeheuren Spaß dabei. Es war kindisch, aber zuerst fürchtete ich mich davor, selbst Wolf zu werden. Als er mich dann jedoch erraten hatte, fand ich ein solches Vergnügen an meiner Rolle, dass ich sie am liebsten immer gespielt hätte. Bei diesem Wolfsspiel wurde ich mit den Mädchen rasch vertrauter. Für die erste Probe meiner Männlichkeit, von der ich berichtet habe, hatte ich noch meinen ganzen Mut zusammennehmen müssen.

In diesem Alter und nach allem, was man inzwischen hier gelesen hat, wusste ich doch immer noch nicht, wie süß ein Kuss sein kann. Hier also die Gelegenheit, bei der ich dieses köstliche Gefühl zum ersten Mal verspürte – dank einem Mädchen, von dem ich mit dem Dichter sagen kann:

Tam tremulum crissat, tam blandum prurit, ut ipsum
*Mastupratorem fecerit Hippolytum.**

Martial, Epigramme 203, Buch XIV.

Eines Abends, als ich aus der Schule kam, hörte ich, dass zwei meiner Cousinen Gautherin aus Aigremont im Haus waren – die Töchter einer Halbschwester meines Vaters. Die blonde Marie, die ältere von beiden, wollte demnächst heiraten und war gekommen, um ihren Herrn Onkel davon zu unterrichten, und die brünette Nannon, ihre jüngere Schwester, begleitete sie. Marie hatte ein schönes Gesicht, soweit ich mich erinnere. Ich habe sie nämlich nie wieder gesehen. Sie ähnelte jener hübschen Guéant, die nur wenige Jahre im Théâtre-Français* gespielt hat. Nannon, die Jüngere, war nur hübsch. Ihre dunklen Sommersprossen machten ihr Gesicht nicht etwa hässlich, sondern sogar reizvoller. In ihren Augen lag das leicht affektierte, kytherische Lächeln der Aurore Marie Parizot* (der Kürschnerin in der Rue de la Comédie-Française), in dem Laden, wo sich früher das Café Baptiste befand; oder das Lächeln der liebenswürdigen Filette, der jungen, hübschen Uhrmacherin in der Rue Saint-Honoré, drei Läden oberhalb der Kreuzung Rue d'Orléans. Sie war brünett wie Aurore. Der einzige Unterschied bestand in der gesunden Leibesfülle. Davon hatte meine Cousine mehr. Ich war damals ungeheuer scheu. Es kostete mich Mühe, das Zimmer zu betreten. Aber der Anblick meiner beiden hübschen Verwandten, ihre Freundlichkeit und vor allem die kleinen Aufmerksamkeiten von Nannon nahmen mir bald die Befangenheit. Nachdem Marie mich umarmt und mir Zuckermandeln geschenkt hatte, überließ sie mich ihrer Schwester, die mich bei sich behielt und ganz in Beschlag nahm. Zuletzt küsste sie mich, aber freundschaftlich, nachdem wir Bekanntschaft geschlossen hatten. Noch nie hatten sich so zarte Wangen den meinen genähert. Ich verspürte ein wollüstiges Erschauern! Noch immer ist mir dieser Kuss gegenwärtig, und wenn meine Erinnerung ihn wieder hervorholt, kommt es mir vor, als würde ich ihn fühlen. Ich wagte es, ihn zu erneuern, und meine hübsche Cousine widersetzte sich nicht. Im Gegenteil, sie schien entzückt und verdoppelte ihre Zärtlichkeiten. Im Haus gab es damals ein Dienstmädchen aus Nitry, eine vortreffliche Person und ziemlich hübsch, namens Catherine Panneterat, die mich, wenn mir die Mädchen nachliefen, manchmal in Schutz genommen hatte. Sie flüsterte meiner Cousine zu, ihr werde da eine ganz besondere Gunst zuteil. »Ich weiß«, erwiderte Nannon, »und deswegen liebe ich meinen kleinen Cousin nur noch mehr.« Ich fühlte mich geschmeichelt. Mein junges Herz schwamm in einer Wonne, die sich umso heftiger bemerkbar machte, als sie noch ganz unschuldig war. Aber sosehr mich Nannons Zärtlichkeiten erfreuten – ich erinnere mich doch, wie die hübschen Füße von Marie meine heimlichen Blicke auf sich zogen.

Mit dieser kleinen Szene wird ein neues Kapitel in meinem Leben aufgeschlagen, denn hier tritt eine neue Fähigkeit hervor – einen Kuss genießen zu könnnen. Ach! In jenem Alter lernt man ständig dazu, so wie man in dem, das ich inzwischen erreicht habe, immerfort einbüßt. Nur eines kommt mir dabei noch immer ungewöhnlich vor: dass mir diese Empfindung nicht vor dem Erlebnis im Maultierstall zuteil wurde, sondern erst nachher. Aber das liegt ohne Zweifel daran, dass jene andere Erschütterung gleichsam herbeigezwungen worden war.

Als ich nach dem Besuch meiner Cousinen das erste Mal wieder zum Spielen auf die Wiese kam, achtete ich besonders auf jene Mädchen in meinem Alter, die eine zarte Haut hatten wie Nannon Gautherin. Es waren zwei und beide sehr hübsch: Die eine hieß Marie Fouard, die andere Madeleine Piôt, eine Cousine, keine Schwester jener rosigen Marie, die mich als kleines Kind zum Vespergottesdienst getragen hatte.* Marie Fouard hatte schöne, dunkle Augen und dichte, schön geschwungene Augenbrauen. Alles an ihr verhieß Kraft und Temperament. Ihr gab ich den Vorzug. Madeleine hatte einen blasseren Teint und wirkte sanfter, zärtlicher, kindlicher. Auch sie hatte ich von Herzen gern…

Wir spielten *Wolf*. Mein Freund Etienne Dumont war auch dabei. Er war ein ganz und gar unverdorbenes Kind, obwohl ein Unbesonnener seine Unschuld in Gefahr gebracht haben soll, so wie meine Schwester Margot mich und Marie Louison in Gefahr gebracht hatte.* Aber die vortrefflichen Grundsätze, die ihm seine Mutter beibrachte, hatten ihn bewahrt. Er wurde als Erster Wolf. Was Marie Fouard betraf, so war er mein Rivale, und er versuchte auch gleich, sie zu packen. Es gelang ihm sogar, aber brav, wie er war, raubte er ihr nicht mal einen Kuss, sondern begnügte sich damit, die Hand seiner Geliebten zu drücken und ihr den Arm um die Taille zu legen. Danach ließ ich mich fangen.

»Mein Kamerad«, flüsterte mir Etienne zu, »wenn Sie sich fürchten, Wolf zu werden, dann errate ich Sie jetzt nicht, obwohl ich überhaupt keine Lust mehr habe, Wolf zu sein.«

»Aber ich will es sein!«, antwortete ich. »Damit ich meine Cousine Madeleine Piôt fressen kann, so wie Sie eben Marie Fouard gefressen haben.«

Die Leidenschaft machte mich zum Diplomaten, das heißt, zum Lügner, denn auch ich wollte Marie fressen. Laut und vernehmlich erriet mich Etienne, und so wurde ich Wolf. Marie machte es mir leicht, sie zu fangen, denn sie mochte mich lieber als Etienne. Als ich sie festhielt, fielen mir alle wollüstigen Empfindungen wieder ein, die ich schon verspürt hatte – die ungewollte Berührung von Ursule Rameau*, die glühenden Küsse von Nannette der Schnitterin und zuletzt die Berührung der weichen Wangen meiner Cousine Nannon Gautherin, und nun versuchte ich, sie an der brünetten Marie wieder zu erleben. Ich tat, als wollte ich sie fressen. Ich umarmte sie und ließ mich umarmen – *manus insertae pertractabant inguina, inpuberemque concham.** Das unschuldige Mädchen war zu allem bereit, und das Verlangen nach dem Genuss machte sich bemerkbar. Aber ich sagte zu ihr: »Marie! Etienne, mein Kamerad, liebt Sie sehr und ich auch. Welchen von uns lieben Sie mehr?«

»Sie, Monsieur Nicolas! Etienne ist doch nur ein Hänfling.«

In der Tat, Etienne war klein von Statur, und seine Arme waren kaum dicker als meine Finger. Diese Antwort entzückte mich, aber ich fürchtete, Etienne weh zu tun, wenn ich Marie noch länger umschlungen hielt, und so versuchte ich, bevor ich mir einen Nachfolger besorgte, Madeleine zu fangen, was mir leichtfiel. Denn sie war eifersüchtig auf Marie und wollte für ihr Leben gern gefressen werden wie sie. Mir fällt auf, dass ich schon damals und auch später in Courgis, als mich die Augen Jeannette Rousseaus entflammten, und selbst in der Stadt, als ich vor lauter Liebe für Madame Parangon ganz außer mir war, und überhaupt mein Leben lang nie ein vollkommener *Monerast*, sondern immer ein *Polyerast* gewesen bin.* Es sei denn, man heißt die Gründe gut, die ich zu gegebener Zeit anführen möchte, um zu beweisen, dass ich immer nur eine einzige Frau geliebt habe.

»Fürchten Sie nichts, meine liebe Madeleine«, sagte ich zu der hübschen Piôt, als ich sie ergriff, »ich werde bei Ihnen kein böser Wolf sein. Ich werde Ihnen nicht weh tun!«

Ich küsste sie mehrmals, statt sie zu beißen (wie es meinen Wolfskollegen gelegentlich unterlief). Ich tat mit ihr das Gleiche wie mit Marie, und als mir dann noch einfiel, dass mir Nannette auch ihre Brust überlassen hatte, suchte ich nach der von Madeleine, aber ohne etwas zu finden. Schließlich ließ ich sie frei. Ich hatte keine Lust, noch länger Wolf zu sein. Etienne hatte mir die Augen sehr nachlässig verbunden. Ich konnte etwas sehen, erriet einen Hut und wurde abgelöst.

Seit wir La Bretonne bezogen hatten, hatte mein Vater eine große, eingezäunte Weide und alles, was nötig war, um Kühe, Schweine und eine Schafherde zu ernähren, und außerdem auch einen Geflügelhof mit allem erdenklichen Federvieh, sogar solchem, das einen Teich nötig hat. Er vernachlässigte nichts, was zu einem ordentlichen Anwesen gehört. Er stellte einen Hirten ein, während er früher seine Schafe dem Schäfer des Dorfes überlassen hatte. Der erste eigene Hirte, den wir hatten, hieß Jacques Guerreau. Er war der Sohn des Dachdeckers und Landarbeiters Blaise Guerreau. (In Sacy gab es nämlich niemanden, der nur einen Beruf ausübte. Die Chevannes waren Maurer und Winzer, die Cornevins Weber und Pflüger, die Costols Pflüger und Schuster usw.) Dieser Blaise Guerreau war der phlegmatischste Mensch, der mir je begegnet ist.

Aber hier soll von Jacquot die Rede sein, dem zweiten Sohn von Blaise. Er hatte viel vom Charakter seines Vaters, ähnelte ihm jedoch nicht in allem. Er redete mehr, war aber genauso apathisch. Wir wurden bald gute Freunde. Ich war gern mit ihm zusammen, und um dieses Vergnügen häufiger genießen zu können, bediente ich mich einer kleinen List. An den Tagen vor Sonn- und Festtagen schwänzte ich den Unterricht am Nachmittag und besuchte stattdessen Jacquot auf der Weide. Ich ging dabei von der Überlegung aus, dass der Lehrer in der Zwischenzeit mein Fehlen vergessen haben würde, und es ging tatsächlich immer gut. Aber ich glaube allerdings auch, dass Jacques Bérault mir gegenüber ein wenig Nachsicht walten lassen wollte.

Ich kann gar nicht recht erklären, warum es mir solche Freude machte, mit dem Schäfer Jacquot in der Gegend herumzulaufen und mir von ihm irgendwelche Geschichten erzählen zu lassen, auf die ich immer ganz versessen war. Aber das beweist einmal mehr, dass die Hirten in der alten Zeit die ersten waren, die in ihren Mußestunden Verse und Märchen und Geschichten gemacht haben. Denn bei den Pflugknechten, den Weinbauern und selbst den Dreschern in der Scheune, die sich die Zeit vertreiben wollen, lässt es deren schwere Arbeit nicht zu, ihrer Phantasie freien Lauf zu lassen und längere Erzählungen zu fabrizieren. Die heben sie sich deshalb für die geselligen Abende im Winter auf.

Acht Tage vor Sankt Michael, am 21. September, also genau nach der Tagundnachtgleiche, machte sich Jacquot heimlich auf den Weg nach Saint-Michel in der Normandie, mehr als achtzig Meilen von Sacy entfernt. Diese Pilgerfahrt ist für die Jungen von fünfzehn und sechzehn Jahren bestimmt, so wie die Wallfahrt nach Sainte-Reine, die nur vierzehn Meilen weit führt, für die Mädchen bestimmt ist. Damals waren sie beide so heilig wie die Pilgerfahrt nach Santiago-de-Compostella oder wie die der Muselmanen nach Mekka. Ein Junge, der nicht in Saint-Michel gewesen war, galt als Feigling und Schwächling. Und der Schamhaftigkeit eines Mädchens schien etwas zu fehlen, solange sie nicht das Grab einer Jungfrau besucht hatte, der an ihrer Jungfräulichkeit so viel gelegen hatte wie der schönen Königin Alise. Falls ein Mädchen krank oder von schwacher Konstitution war, konnte es stattdessen nach Harbeaux pilgern. Bemerkenswert ist auch, dass es in Sacy den jungen Männern verboten war, ihre Verlobten auf dieser Jungfrauenwallfahrt zu begleiten, die immer an Pfingsten stattfand, also sechs Monate vor der Hochzeit, denn bei uns heiraten die Bauern erst nach der Saatzeit, zwischen Sankt Martin und dem letzten Adventssonntag.

Nachdem nun Jacquot nicht mehr da war, fehlte der Herde ein Hirte. Ich wollte diese Aufgabe unbedingt übernehmen – aus zwei Gründen: weil sie mir Freude machte und um eine Beschäftigung zu haben, die mich mit den anderen Jungen und Mädchen des Dorfes zusammenbrachte, die ebenfalls ihr Woll- und Milchvieh hüteten. Mein Vater und meine Mutter zögerten. Doch schließlich – weil es so sehr an Leuten fehlte, weil Jacquot nur vierzehn Tage abwesend sein würde, weil es die schönste Zeit im Jahr war und alle Weiden zur Verfügung standen – gab man meinem Drängen nach, unter der Bedingung, dass ich immer in der Nähe von La Bretonne bliebe, so dass man mir, falls nötig, gegen die Wölfe helfen konnte.

Die Zeit der Weinlese nahte, und Jacquot war noch immer nicht zurück. Blaise, dieser Stoiker, meinte kaltherzig, Jacquot sei wahrscheinlich umgekommen, als er keck versucht habe, den Fuß des Mont Saint-Michel bei steigender Flut zu erreichen. Ich beweinte meinen alten Kameraden.

Aber im Haus meines Vaters gab es so viel zu tun, dass man weiterhin mir die Herde überlassen musste, obwohl die Tage wieder kürzer wurden. Man fragte mich nicht einmal, welche Weiden ich aufsuchen würde. Man gab mir nur vorsichtshalber, wegen der Wölfe, drei große Hunde mit auf den Weg – Pinçard, Babillard und Friquette (Letztere war ein Muster an Zuverlässigkeit und Intelligenz). Die Große Wiese, an der ich Gefallen gefunden hatte, wurde nun obendrein auch meine bevorzugte Weide. Ich begab mich auf dem kürzesten Weg dorthin.

Die Leute von Nitry, immer aufs Feiern versessen, besorgen ihre Weinlese sehr früh, so dass ich in ihren Weinbergen frei und nach Herzenslust üppige Nachlese halten konnte, denn die nachlässigen Nitritater hatten von ihren sämtlichen Erzeugnissen – Trauben, Pfirsiche, Birnen, Äpfel, Quitten – alles hängen lassen, was bei der Ernte noch nicht reif war. Aber sie tun das nicht bloß aus Achtlosigkeit, es kommt bei ihnen auch eine gewisse Großherzigkeit und Freigebigkeit ins Spiel. Sie nehmen es mit ihrer Ernte nicht so genau wie die Leute von Sacy. Der Nitritate sagt: »Man muss auch dem Armen etwas lassen, der keinen Weinberg hat, damit er von den Trauben kosten kann. Denn in früherer Zeit, als es nur wilde Früchte gab, da gehörte allen alles. Deshalb muss man dem Armen, der nun nichts mehr hat, ein wenig von den kultivierten Früchten lassen, um ihn vor Dieberei und Verzweiflung zu bewahren, und auch damit der Wanderer oder der Hirte, wenn es sie in diese abgelegenen Hügel verschlägt, ihren Durst löschen können.« So fand ich reichlich Früchte in den Weinbergen von Montgré, während meine Schafe, meine Schweine und die Ziegen auf der Großen Wiese oder auf dem Land von Jean Simon dem Kugeldreher[+] herumstreiften, wo der Thymian und andere für die Schafe vorzüglich geeignete Feldkräuter im Überfluss vorhanden waren. Ah, wie ich auflebte, inmitten dieser Hügel! Was für köstliche Momente, und wie schmerzlich habe ich sie später vermisst! Aber wie sehr habe ich sie dann auch wieder aus der bloßen Erinnerung genossen! Der Tag verging viel zu schnell. Bekümmert kehrte ich in das Vaterhaus zurück. Ach, dass ich von den Hirten in den Apenninen noch nichts wusste, die ihr ganzes Leben im Gefolge ihrer Herden zubringen, über die sie nur einmal im Jahr Rechenschaft ablegen! Ich wusste ja nicht mal, dass es eine Gegend gab, wo mein Glück tatsächlich existierte. Ich stellte mir das Universum vor wie mein Dorf: *Tutto il mondo è come nostra*

[+] Das war ein Mann, dem die Religion mit der Angst vor der Hölle den Kopf verdreht hatte. Er ging nicht mehr zur Messe und arbeitete sonntags und an Feiertagen in seinem Weinberg. Er fabrizierte kleine Kugeln aus Tonerde, um den Teufel abzuwehren, der ihm in Gestalt einer Spinne erschien. Nach zehn Jahren ließ man diesen Unglücklichen einsperren, obwohl er nie Unordnung gestiftet hatte. Es war ein Unrecht. Mein Vater weigerte sich, die Eingabe zu unterschreiben.

*famiglia.** Dennoch machte ich es fast so wie diese italienischen Hirten. Abends, wenn ich heimgekommen war, aß ich allein, und früh am Morgen trieb ich die Herde wieder hinaus.

Sie gedieh gut unter meinen Händen. Die Tiere waren immer satt, wenn ich sie heimbrachte, und meiner Friquette ist es zu verdanken, dass die Wölfe sie nicht dezimierten. Ganz allein verfolgte diese vorzügliche Wächterin manchmal sogar zwei Wölfe und trieb sie in die Flucht. Merkwürdig war bei alledem, dass ich, der ich eine Heidenangst vor fremden Hunden hatte, die Wölfe dennoch mit großer Verwegenheit attackierte. Ich verfolgte sie ohne Waffe außer ein paar Steinen, mit denen ich sie bewarf. Und weil ich schnell laufen konnte, gelang es mir, sie zu ermüden und zu verjagen. Oft verpasste ich ihnen auch blutige Wunden.

Gegenüber den Weinbergen von Montgré und hinter dem Wald von Boutparc lag eine kleine Talmulde, in die ich mich noch nicht hineingetraut hatte. Der Waldsaum aus hohen Bäumen verlieh ihr etwas Düsteres, das mich erschreckte. Am vierten Tag nach der Weinlese in Nitry begab ich mich mit meiner ganzen Herde dann doch dorthin. Im hinteren Teil des Tals, am Rand einer Schlucht, standen Büsche für meine Ziegen auf einem Rasen, wo auch die Kälber weiden konnten wie auf der Großen Wiese. Als ich schließlich dort war, packte mich ein heimlicher Schauder, der wohl auf Jacquot und seine Geschichten von in Tiere verwandelten Exkommunizierten zurückging.

Doch dieser Schauder hatte auch eine vergnügliche Seite: Meine *vierfältige* Herde weidete. Die Ferkel fanden reichlich eine Art wilder Möhren, die die Bauern *échavie* nennen, und wühlten sie aus der Erde, während sich die größeren Schweine und vor allem ihre Mutter dem Wald näherten. Ich folgte ihnen und wollte sie daran hindern, ihn zu betreten, als ich plötzlich unter einer Eiche ein gewaltiges Wildschwein, einen Keiler, erblickte. Vor Schreck und Vergnügen zuckte ich zusammen, denn dieses Tier verstärkte noch den Eindruck von Wildnis, der mich so sehr bezauberte. Ich näherte mich so weit, wie es mir möglich war. Das stolze Tier sah mich, hatte aber für ein Kind nur Geringschätzung übrig und fraß weiter. Der Zufall wollte es, dass unsere Sau gerade brünstig war. Sie näherte sich dem Keiler, und der kam gelaufen, sowie er sie witterte. Ich war trunken vor Freude über das Schauspiel, das die beiden mir boten, und hielt meine drei Hunde fest an der Leine, damit sie den Keiler nicht störten. Im gleichen Augenblick erschienen noch ein Hase und ein Rehbock. Mir war, als hätte man mich ins Märchenland versetzt. Ich wagte kaum zu atmen. Doch dann stieß ich einen heiseren Schrei aus, denn nun erschien auch noch ein Wolf. Gegen diesen Staatsfeind musste ich meine Hunde nun doch loslassen. Die Befürchtung, er könnte die Herde angreifen, zerstörte den Zauber seiner Anwesenheit (denn all diese wilden Tiere erhöhten in meinen Augen den Reiz der Einsamkeit). Meine Hunde erschreckten sowohl den Hasen als auch den Rehbock und den Keiler. Alles verschwand im Wald. Aber der Zauber blieb. Er wurde sogar noch verstärkt durch einen schönen Wiedehopf, der sich in zwei großen Birnbäumen zu schaffen machte, deren Früchte bei den Bauern Honigbirnen heißen, weil sie, wenn sie reif sind, so süß und zuckrig werden, dass Wespen und Bienen sie fressen. Ich kannte diese Frucht schon. Die Eltern von Etienne Dumont hatten einen Honigbirnbaum am unteren Ende eines Feldes in der Nähe ihres Hauses, und mein Freund hatte mich schon einige Male dorthin geführt, um von den herabgefallenen kleinen Birnen zu essen. Aber wie köstlich schmeckten mir nun erst diese – und obendrein in einem Land der Freiheit! Außerdem waren sie noch viel reifer und dicker, und ich war niemandem zu Dank verpflichtet, denn die Bäume standen auf der nicht bewirtschafteten Wiese an der Schlucht. Ich bewunderte den Wiedehopf, einen Vogel, den ich noch nie gesehen hatte. Ich aß von den Birnen und stopfte mir die Taschen damit voll, um meinen jüngeren Brüdern und Schwestern eine Freude zu machen.

Da kam mir ein Gedanke: »Dieses kleine Tal gehört niemandem: Also nehme ich es in Besitz und eigne es mir an. Das ist mein kleines Reich. Dazu muss ich hier ein Monument errichten, wie es mein Vater aus der Bibel vorgelesen hat – ein Monument, das meinen Anspruch bezeugt.« Ich ging sofort ans Werk. Als ich fertig war, stieg ich hinauf, um mein Reich von oben zu betrachten. Und da ich niemanden weiter sah, war nun ich hier der Herr. Dank meiner lebhaften, zupackenden Vorstellungskraft spürte ich, was man in Europa vielleicht noch nie gespürt hat – wie man sich als Mensch in einer Zeit fühlt, in der es noch keine Könige gab, ohne irgendwelche Schranken, ohne Gesetze. Dieser glückliche Tag endete viel zu früh.

Zu Hause angekommen, war ich traurig und schweigsam: Die alltäglichen Scherereien, der Trubel, die Unterordnung, all das machte mich ungeduldig. Meine liebe Mutter glaubte, ich sei krank, und überhäufte mich mit kleinen Wohltaten. »Es geht mir doch gut!«, sagte ich in einem etwas barschen Ton zu ihr. »Trotzdem wäre ich lieber ein Reh oder ein Wildschwein, aber kein Wolf, und würde gern geruhsam im Wald leben, am liebsten in dem kleinen Tal, wo ich heute war.«

»Aber wo warst du denn, Nicolas?«

»Noch hinter dem Wald von Boutparc.«

»Oh, so weit, mein Junge!«

»Wäre es doch noch weiter gewesen! Wenn Sie wüssten, wie schön es da ist!«

Ich schwieg. Mir fehlten die Worte. Dann verteilte ich die Honigbirnen unter meinen kleinen Brüdern und Schwestern, und sie bekräftigten lautstark, wie gut sie schmeckten. Sogar meine Mutter aß eine, was meinen Ruhm und meine Zufriedenheit verdoppelte. Beim Abendessen bekam ich wieder Lust zu plaudern. Ich erzählte, wie der Keiler unsere Muttersau gedeckt hatte, was meinem Vater Freude zu machen schien. Er riet mir von sich aus, in mein Tal, wie ich es nun nannte, zurückzukehren.

Am nächsten Tag im Morgengrauen zog ich wieder los, ausgerüstet mit meinem kleinen Vorratssack, einer Flasche Wasser mit einem Schuss Rotwein, Hundekuchen usw. Alles wurde den beiden größten Hammeln aufgeladen (denn die Mutterschafe waren gerade brünstig geworden, und die beiden Widder, die sonst die zwei Quersäcke trugen, sollten sich frei bewegen können). Ich hatte Feuerzeug dabei, denn auch Jacquot machte oft Feuer mit Reisig, um sich seine Mahlzeit aufzuwärmen oder Vogeleier oder die Wachteln und Lerchen zu braten, die er fing, denn er war ein Leckermaul. Ich tat es ihm nach und machte Feuer zwischen zwei Steinen.

Mit allem Nötigen versehen, kehrte ich munter in mein wildes Tal zurück. Ein Hochgefühl packte mich, als ich die Pyramide wiedersah, die ich auf einem der hohen Haufen von Steinen errichtet hatte, die die Bauern in dem trockenen Gelände auflesen und zusammentragen. Ich fügte einen Anbau hinzu, eine Art Altar, auf dem ich nun mein Feuer entzündete, wegen der morgendlichen Kühle. Kaum war ich mit diesen Zurüstungen fertig, da sah ich einen Raubvogel, der hoch über mir seine Kreise zog und schließlich in ein Gebüsch herabstieß. Ich rannte hin – er hatte begonnen, eine Lerche zu rupfen. Ein Schlag mit dem Knüppel brach ihm einen Flügel, als er sich gerade wieder aufschwingen wollte. Dann schlug ich ihn tot. Die Lerche zuckte noch. Mir kam eine Idee. In der Bibel, aus der uns mein Vater jeden Abend vorlas, war bisweilen von Opfern die Rede, zum Beispiel von denen Abrahams. Mir schien, als König meines kleinen Tals könnte ich wohl auch dessen Priester sein. Ein freies Wesen wie ich musste sich selbst genügen – als König, Oberpriester, Richter, Schäfer, Bäcker, Landwirt, Jäger. In meinen Augen war der Raubvogel ein Übeltäter, der den Frieden dieses unberührten Fleckens Erde störte. Sein Tod war nur gerecht, und ich beschloss, ihn Gott in einem Opfer darzubringen. Mir schien diese Idee besonders schön! Der Mittag nahte.

Um diese Zeit werden die Zugtiere nach der Arbeit auf die Weide geführt. Ich hörte die Rufe der Hirten und Schäferinnen. Der

Mensch ist geboren, seinen Nächsten zu lieben. Trotz meiner Vorliebe für die Einsamkeit hörte ich diese Rufe nicht ohne freudige Erregung. Ich verschob mein Opfer in der Hoffnung auf ein Publikum. Ich ließ selbst einen Ruf ertönen, mit dem ich mich zu erkennen gab. Und schon erblickte ich Etienne Dumont, Edme Droin, Laurent Tilhien, Marie Fouard, Madeleine Piôt und ein paar andere Mädchen und Jungen meines Alters, die entweder ihre Mutterschafe oder die Zugochsen und Zugkühe hüteten. Ich ließ einen zweiten Ruf ertönen, auf den sie antworteten. »Kommt, kommt hierher!«, rief ich. »Das ist ein wildes Wundertal. Hier gibt's *gutes Gras!* Hier gibt's Honigbirnen!« Dieses Wort gab den Ausschlag – schon trieb der ganze Trupp die Tiere in meine Richtung. Ich hieß sie förmlich willkommen in meinem Tal, das sie weniger bezauberte als mich. Immerhin fanden sie es angenehm. Sowie ich Marie Fouard und Madeleine Piôt erblickte, fand ich es noch märchenhafter als zuvor. Ich erklärte dem Trupp meine Besitzrechte, wobei ich auch auf meine Pyramide und ihren Altar verwies. Diese Ansprüche seien unantastbar. Meine Kameraden erkannten die Unverletzlichkeit dieser Rechte an. Danach lud ich sie zur Teilnahme an meinem Opfer ein, und sie betrachteten die Opfertiere mit Staunen. Als alles bereit war, begann ich mit der Zeremonie.

Ich errichtete aus dem Holz einen Scheiterhaufen, und als das Feuer lichterloh brannte, warf ich die bereitliegenden Innereien des Vogels hinein, denn ich hatte gehört, dass die jüdischen Priester die Innereien ihrer Opfertiere genauso ins Feuer warfen. Danach legte ich den Leichnam auf meinen Altar und beobachtete unter Aufwallungen von Frömmigkeit, wie der Rauch meines Opfers, begleitet von einigen Psalmversen, die ich sprach, gen Himmel stieg. Dabei stand ich aufrecht, sehr ernst und ganz durchdrungen von der Großartigkeit meines Tuns. Gleichzeitig röstete ich an einem Holzspieß die Lerche. Den Raubvogel, einen Bussard, nahm ich vom Feuer, als ich sah, dass er gar war. Ich aß als Erster von ihm und verteilte den Rest unter den übrigen Anwesenden, die es mir gleichtaten. Die drei

Hunde wurden nicht vergessen. Wir gaben ihnen die Knochen und die knorpeligen Teile. Mit der Lerche endete die Speisung bei meinem Opfer.

Dann führte ich den Trupp zu *meinen* Birnbäumen, um alle mit Honigbirnen und Weißbrot vollends zu sättigen. Ich konnte ihnen sogar *meinen* Wiedehopf zeigen, und bald hatte ich auch das Glück, verkünden zu können: »Da! *Mein* Keiler!« Denn das furchterregende Tier kam wieder zu der Muttersau. Es erschreckte all meine Kameraden, vor allem die Mädchen. Da konnte ich nun einen Triumph feiern: Ich ging ganz nah an das Wesen heran, das ihnen solche Angst machte, und spielte so lange, wie es mir gefiel, den Rodomont.* Der Keiler, von seinen Liebesangelegenheiten ganz in Anspruch genommen, dachte gar nicht daran, sich an mir zu stören. Etienne Dumont jedoch, noch furchtsamer als die Mädchen, drängte sie, sich in Sicherheit zu bringen, und lenkte seine Zugkühe behutsam nach der Großen Wiese. Ich hielt ihn zurück, indem ich sagte, ich könnte den Keiler jederzeit dazu bringen, davonzulaufen. »Und außerdem«, fügte ich hinzu, »will ich euch doch noch *meinen* Rehbock und *meinen* Hasen zeigen. Aber ihr dürft keinen Lärm machen. Vielleicht seht ihr dann auch noch *meinen* Wolf – seid nur ganz still.«

Wir setzten uns alle auf den Steinhaufen, an den Fuß meiner Pyramide, um die Herden im Auge zu behalten. Von dort aus zeigte ich ihnen – als berauschter Besitzer – *meine* Sträucher, *meinen* Rasen, *meine* Schlucht, *meine* mit Früchten bedeckten Brombeerranken, an denen wir uns wenig später auch gütlich taten, denn die Luft über diesen Hügeln macht hungrig. Um meinen Ruhm vollständig zu machen, tauchte der Hase auf, und Friquette, die ich auf ihn hetzte, fing ihn und legte ihn mir, wie sie es immer tat, vor die Füße. Wie mich das stolz machte! Eine kleine Kränkung musste ich allerdings hinnehmen: Weder *mein* Rehbock noch *mein* Wolf taten mir den Gefallen, sich blicken zu lassen. Aber ich wurde doch reichlich entschädigt durch die Erbeutung *meines* Hasen. Danach kümmerte ich mich um das Wohlergehen meiner Herde, indem ich mich mit ihr weiter hinaus in unberührte und deshalb üppigere Weidegründe vorwagte, die ich aus Misstrauen gegen *meinen* Wolf noch nie aufgesucht hatte. Meine Kameraden staunten nicht schlecht! Als die Herden schließlich satt waren, wohingegen die Hirten schon wieder neuen Hunger in sich aufkommen fühlten, wanderten wir hinunter auf die Große Wiese, um von dort in die Weingärten von Montgré zu gehen und Nachlese zu halten bei Trauben, Äpfeln und Birnen. Und tatsächlich kamen wir uns dort vor wie in einem *Gelobten Land*. Nach kurzer Suche fanden wir uns wieder zusammen. Eine üppige Nachlese kam da auf dem mit Esparsetten bedeckten Boden zusammen. Ich ließ mir von jemandem meinen zweiten, noch gut gefüllten Quersack holen, den ich meinem großen Hammel aufgeladen hatte. Darin fanden wir frisch eingesalzenes Fleisch vom Schwein. Dieser Schmaus geriet noch viel besser als der in meinem Tal – dank des reichen Nachtischs. Im Triumph wurde ich bei Sonnenuntergang zu meinem Vaterhaus geleitet.

Dieser große Tag war mein letzter glücklicher – jedenfalls in diesem Jahr. Denn zu Hause musste ich feststellen: Jacquot war wieder da.

Ich muss hier auf etwas zu sprechen kommen, das ich bisher ausgelassen habe, um nicht Dinge ganz anderer Art unter meine Schafe zu mischen. Seit meiner Rückkehr aus Vermenton hatte ich Französisch lesen gelernt. Aufs Feld oder in den Garten zu den Bienen nahm ich einen lateinisch-französischen Psalter mit und ein anderes Buch, das nur in Französisch geschrieben war: die visionären *Meditationen* eines Mönchs, der, glaube ich, Père Busée hieß.* Wir waren damals sieben Kinder aus der zweiten Ehe meines Vaters (genauso viele, wie er aus seiner ersten Ehe hatte, nämlich: Nicolas-Edme (ich), Marie-Geneviève, Catherine, Baptiste, Charles, Elisabeth und Pierre, der Letzte von allen, der – ohne Talent für die Landwirtschaft – eines Tages dennoch der Nachfolger meines Vaters werden sollte). All diese Kinder kamen in meine Obhut: im Sommer auf der eingefriedeten Wiese, wo sie in Sicherheit waren; im Winter an einem warmen, sauberen Ort wie dem Schafstall. Dort war ich dann fast genauso König wie in meinem kleinen Tal. Denn das Herrschen verdoppelt, ja, verhundertfacht dem, der es ausübt, das Leben. In jedem Augenblick gab es etwas für mich zu tun. Die beiden größten meiner jüngeren Geschwister ließ ich Latein lesen. Beim Französischen bediente ich mich eines Tricks, weil Margot es mir nicht beibringen wollte.

Meine Mutter hatte mir ein *Leben Jesu Christi* in Französisch geschenkt, einen Quartband mit schönen, breiten Rändern, auf denen die im Text vorkommenden Bibelverse in Latein gedruckt waren. Zwei Stöcke, zwischen die Steine der Mauer geschoben, dienten mir als Pult, um die Verse in dem Ton vorzutragen, wie die Episteln gelesen wurden. Margot hörte zu. Ich forderte sie heraus: Sie sollte eine Seite auf Französisch so schön vorlesen, wie ich Latein las. Sie bemerkte meine List nicht und las laut und deutlich. Ich folgte ihr mit den Augen und konnte mir mit meinem vorzüglichen Gedächtnis Wort für Wort alles merken. Sobald meine sieben Jahre ältere Schwester weggegangen war, nahm ich mir die Seite wieder vor und entzifferte sie nicht ohne andächtige Bewunderung. Wenig später verschaffte ich mir die Bibel meines Vaters, deren ganze Geschichte ich auswendig kannte und daher auch flüssig lesen konnte. So war ich seit der Zeit, von der hier die Rede ist, imstande, das Französische zu lesen. Aber damit bin ich, was meine Vergnügungen angeht, noch nicht am Ende.

Vorne in meinem Psalter fand ich eine *Ordnung der Messe*, ebenfalls in Latein und Französisch. Eines Sonntags, als Jacquot bei uns geblieben war, weil zwei der Kinder krank waren, sagte ich, ich wolle jetzt Pfarrer spielen. Jacquot erbot sich, die Antworten zu sprechen. Ich streifte mein weißes Hemd über die anderen Sachen. Ein Tisch wurde zum Altar, und alle Zeremonien – wir kannten sie längst auswendig – wurden genau befolgt. Die Kinder waren außer sich vor Freude, als ich sie zur Kommunion antreten ließ und ihnen gesalzenes, in dünne, runde Scheiben geschnittenes Brot reichte. Streit gab es nur wegen der Dicke ihrer Hostien. Beim Essen erzählten die Kinder, sie seien zur Messe gegangen, die ich für sie gelesen hätte, und sie seien *all ihren religiösen Pflichten nachgekommen*. Auch seien sie folgsam und bescheiden gewesen. Die anderen achteten kaum darauf. Nur Madeleine, eine der älteren Schwestern, ließ sich alles genauer erklären und wollte ihnen schon eine Rüge erteilen. Aber ich bemerkte, wie mein Vater ihr mit einer Geste zu verstehen gab, sie solle schweigen.

Abends feierten wir Kinder dann auch noch den Vespergottesdienst. Dazu bastelte ich mir eine Stola aus Papier. So erfuhr ich, wie angenehm es ist, sich seine Religion selbst zu machen – sie ist die einzige, die von Herzen kommt. Ich richtete eine Kapelle ein oder vielmehr einen Altar im Freien. Meine jüngeren Schwestern überließen mir ihre Puppen, die man ihnen aus Paris mitgebracht hatte. Ich machte daraus Statuen oder Fetische, die wir dann schmückten. Zuletzt ging es darum, Gott darzustellen. Ich fragte Jacquot um Rat. Er antwortete mir lakonisch: »Ich habe ihn noch nie gesehen.« Ich überlegte und hatte dann folgenden Einfall: Gott ist ewig, anscheinend wie ein Rad oder eine Kugel. Denn ein Rad und eine Kugel drehen sich, ohne je an ein Ende zu kommen … Mir schien, dies sei ein passendes Sinnbild für die Göttlichkeit Gottes. Ich wählte also einen runden, ziemlich dicken Stein und legte ihn als ein Zeichen für Gott in die Mitte der Kapelle. Meinen Brüdern und Schwestern erklärte ich, Gott sei noch unendlich viel größer. Und dann folgte ein Gedanke, der mich noch heute erstaunt.

»Seht ihr die Sonne da?«, fragte ich sie. »Die ist das rechte Auge Gottes. Und der Mond, den ihr heute Nacht leuchten sehen werdet und der doch so weit weg ist von der Sonne, der ist sein linkes Auge. Da seht ihr, was für ein großes Gesicht Gott hat! Und die Sterne – das sind die Augen der Engel und der Heiligen.«

Jacquot war ganz hingerissen vor Bewunderung und sagte, so etwas Schönes habe er noch nie über Gott gehört. Er fragte mich, woher ich das denn schon hätte, da ich doch erst seit kurzem Französisch lesen könnte.

»Nirgendwoher – das habe ich aus meinem Kopf.«

Nach diesem (meiner Meinung nach) physikalischen Beweis von Gottes Größe begann sich mein Ruf als großer Geist zu verbreiten, und zwar nicht bloß in Sacy, sondern auch in den Nachbarorten, nämlich durch die Bauern aus der Umgebung, die jeden Sonntag kamen, um ihre kleinen Zwistigkeiten dem Schiedsspruch meines Vaters zu unterbreiten. Denn Edme Rétif, der als Vertreter des Bailli, also als Notar und Friedensrichter, eigentlich nur in seinem Dorf wirkte, war dank seiner Redlichkeit und seines ausgezeichneten Rufs mit der Zeit zum Friedensrichter des ganzen Kantons im Umkreis von sechs oder sieben Meilen geworden, ausgenommen nur Vermenton und Joux, wo eine Sorte von Bürgern wohnte, die sich Anwälte nahmen, weil ihnen der gesunde Menschenverstand für ihre so ungeheuer wichtigen Angelegenheiten nicht genügte. Und ich glaube, sie hatten recht.

Meine Brüder aus der ersten Ehe meines Vaters und ihre Schwestern wie auch meine Eltern selbst staunten über den Ruf als kluger Kopf, den ich schon genoss, bevor ich richtig Französisch lesen konnte. Das Lernen fiel mir tatsächlich leicht. Aber mit fast elf Jahren anfangen, seine Muttersprache zu lesen, das war nun wirklich nicht frühreif.

Ich hatte mich in den Besitz der Bibel meines Vaters gebracht. Ich verschlang dieses Buch, denn mit Hilfe meines ausgezeichneten Gedächtnisses konnte ich mir alles erschließen, was mein Vater vorgelesen und erläutert hatte. Am Ende meiner ersten Hirtenzeit hatte ich folgende Teile der Bibel gelesen: die fünf Bücher Mose, also Genesis, Exodus, Leviticus, Numeri und Deuteronomium, das Buch der Richter, das Buch Ruth, das erste und zweite Buch der Könige und die Bücher der Chronik. Und nach dem Lesen ging ich zu den Dreschern in die Scheune und erzählte oder vielmehr rezitierte ihnen die ganze biblische Geschichte. So kam es, dass man mich für ein Wunderkind hielt! Die braven Frauen erhoben sich, wenn ich vorüberging, und nannten mich *Monsieur Nicolas.* Man lobte mich gegenüber meinem Vater. Der aber hielt alles, was er da hörte, nur für das Gerede unwissender Bauern, die sich von ein paar meinem Gedächtnis entsprungenen Gedankenblitzen blenden ließen.

Nachdem ich die Bibel einschließlich der Apokalypse beendet hatte, erbat ich mir die *Leben der Heiligen.* Tief ergriffen las ich die der Märtyrer. Die der anderen Heiligen bewegten mich allerdings weniger. So weit war ich noch nicht, auch friedliche Tugenden zu schätzen.

Meine Mutter hatte ein Buch, das ich seit langem begehrte, weil ich gehört hatte, wie mein Großvater Nicolas Ferlet einen Abschnitt daraus vorlas – *Der gute Hirte* von Juan de Palafox, dem Bischof von Osma. Eines Tages ging ich mit Tränen in den Augen zu ihr und bat es mir aus.

Ich war im Garten auf einen alten Apfelbaum geklettert, um dort in aller Ruhe meinen lateinisch-französischen Psalter zu lesen. Denn mir schien, indem ich mich unerreichbar machte, sicherte ich mir meine Unabhängigkeit. Zu Beginn des Buches stieß ich auf den Psalm *Super flumina Babylonis,* den ich nun zum ersten Mal auf Französisch las. Dieses Klagelied berührte mich sehr. Zweimal las ich den Psalm und fand ihn nicht so trocken wie die anderen. Dann stieg ich hastig von dem Baum herunter und suchte nach meiner Mutter.

»Maman«, sagte ich, »hier – ein schöner Psalm! Soll ich Ihnen den vorlesen?«

»Du kannst ihn mir vorlesen, mein Junge, aber ich verstehe kein Latein.«

»Ich werde Ihnen den auf Französisch vorlesen.«

»Ja, kannst du denn Französisch lesen?«

»Aber ja doch, Maman! Und deshalb bitte ich Sie, mir den *Guten Hirten* zu geben, der so schön ist!«

»Dann zeig mal, wie du lesen kannst.«

Ich las: »An den Wassern zu Babel saßen wir und weinten, wenn wir an Zion gedachten. Unsere Harfen hängten wir an die Weiden dort im Lande. Denn die uns gefangen hielten, hießen uns dort singen und in unserm Heulen fröhlich sein. ›Singet uns ein Lied von Zion!‹ Wie könnten wir des Herrn Lied singen in fremdem Lande?«*

Ich sah Tränen in den Augen von Barbe Ferlet. »Du liest gut, mein Junge! Du liest sehr gut!«

»Ich habe es mir selbst beigebracht, Maman. Mit dem *Leben Jesu Christi*, wo es so schön gekringelte Buchstaben gibt. Sie hatten mir versprochen, wenn ich lesen könnte, würden Sie mir den *Guten Hirten* geben, bevor Sie mir dann, wenn ich ganz viel gelernt habe, auch Ihr goldenes Buch geben.« (Das war ein anderes *Leben Jesu Christi*, mit Goldschnitt und in rotes Maroquin gebunden.)

Meine Mutter gab mir den *Guten Hirten*.

»Nimm ihn gut in Acht, mein Junge. Ich habe ihn seit meiner Kindheit aufbewahrt, ich habe ihn von meiner armen Mutter selig.«

Mit Herzklopfen nahm ich das Buch entgegen und lief, um mich wieder in die Einsamkeit meines Apfelbaums auf den Rôs-Wiesen zu begeben und ungestört zu sein. Und jedes Mal, wenn ich später während meiner Kindheit noch einmal darin las, sah ich mich wieder auf diesem Baum sitzen.

Es gab noch zwei Dinge, die mich ungeheuer neugierig machten: Ich wollte mit eigenen Augen das *Buch der Weihnachtslieder* sehen, aus dem mein Vater uns an den Abenden der Adventszeit vorsang, wobei er aber immer viele Lieder überschlug, die ich gern kennengelernt hätte. Das andere war die *Bibliothèque bleue*. Mein Vater hatte eine raffinierte Art, uns zum Lesen anzuspornen – er erzählte uns wunders was über diese blauen Geschichten. Er gab uns auch einige von ihnen zum Besten – *Jean de Paris* zum Beispiel oder *Robert le Diable* und vor allem *Fortunatus* mit seinem Wunschhütlein, dessen Geschichte mir die wunderbarste von allen zu sein schien. Sie hätten mich sehen sollen, lieber Leser, wie ich da zuhörte: Mit halboffenem Mund hing ich an seinen Lippen, reglos – außer wenn ich vor Freude bebte. Aus lauter Gier nach Geschichten blieb ich abends immer auf, bis auch mein Vater zu Bett ging, und lauschte den Geschichten von Dieben und Gespenstern, die einen so starken Eindruck auf mich machten, dass ich mich nachher nicht allein in mein Bett getraute. Solche Erzählungen brachten meine Verdauung durcheinander, und nachher hatte ich schauerliche Träume oder eher noch Visionen.

Dies waren nicht die einzigen Dinge, die meinen ganzen Organismus erschütterten. Andere Geschichten wirkten sich ebenso stark auf meinen Körper aus. Etwa die von seltenen Krankheiten, die mein Halbbruder mütterlicherseits, Edme Boujat*, Student der Chirurgie, so gern erzählte, wenn er uns besuchen kam. Ich hörte ihm begierig zu, doch sobald die Rede auf ein gerissenes Blutgefäß oder auch nur auf eine Blutung oder irgendeine ekelerregende Krankheit kam, wurde ich ohnmächtig. Zuerst wusste keiner, was die Ursache solcher Zufälle war. Aber Boujat war ein guter Beobachter und traf Vorkehrungen, um mir zu helfen. Er beruhigte meine erschrockenen Eltern. Ich konnte nicht das kleinste bisschen Blut sehen, ohne bewusstlos zu werden. Dabei sah ich immer zu, wenn man Tiere schlachtete – selbst Schweine, deren Tod der allerschrecklichste ist. Anders als die herausgeputzten jungen Damen in Paris, die wegen allem Möglichen in Ohnmacht fallen, hegte ich menschliche Gefühle nur für Geschöpfe meiner eigenen Art, dies allerdings im Übermaß: Ein Schlag auf eine empfindliche Stelle oder ein Aderlass an mir selbst oder bei anderen Leuten ließen mich ebenfalls in Ohnmacht fallen. Aber so etwas kommt häufiger vor, und ich wollte eigentlich nur von der sehr seltenen Wirkung sprechen, die schon das bloße Reden über solche Dinge haben kann – zumal bevor Bildung und Denken überhaupt vorhanden sind. Vor allem möchte ich zu bedenken geben, welche Macht eine aufrüttelnde oder aufrührerische Ansprache auf ein Volk haben könnte, das aus lauter Leuten wie mir bestände. Und welche verheerenden Folgen hätten für mich mit dreizehn oder sechzehn Jahren, als ich in die Stadt kam, oder auch mit einundzwanzig, erst die wollüstigen Werke gehabt, deren Titel hier zu nennen ich mich hüten werde!

Leser! Es ist diese körperliche Verfassung, die Sie berücksichtigen müssen, wenn Sie über mich urteilen, wenn Sie nun bald sehen werden, wie ich den Leidenschaften nicht zu widerstehen vermochte. Auch meine Eltern, die mich für die Medizin bestimmt hatten, sahen sich genötigt, das Bild, das sie sich von mir machten, zu ändern. Für den geistlichen Stand war ich ebenso wenig geeignet, zumal ich dort schon zwei Brüder hatte. Man wusste nicht, welchen Beruf man mich ergreifen lassen sollte. Ich aber hatte den gefunden, der zu mir passte: die Landwirtschaft.

Alle Talente, alle guten Eigenschaften sind Gaben der Natur. Unterweisung erleichtert und erklärt ihre Ausübung, stiftet sie aber nicht. Ich habe erwähnt, dass ich mich um die Mutterschafe kümmerte, aber meine Aufmerksamkeit galt doch vor allem den Lämmern. Es gelang mir, sie vor dem Tod zu bewahren, der diesen Tieren droht, wenn es kalt wird und man sie vernachlässigt. Etwas, das ich Pierre Guerreau, den älteren Bruder von Jacquot, einmal sagen hörte, setzte mir ein Licht auf: Ich hackte Stroh und Heu klein und mischte Kleie dazu. Diese Nahrung kräftigte die Lämmer ebenso wie die säugenden Schafe. Im Jahre 1745 starb kein einziges Lamm.

Auch um die Bienen kümmerte ich mich sehr aufmerksam. Jeden Winter gingen wenigstens die Hälfte unserer Bienenstöcke und fast alle neuen Schwärme ein. Deshalb ließ sich der Verlust der alten Bienenstöcke nicht ausgleichen. Ich suchte nach den Ursachen für dieses Absterben und fand heraus, dass es an den Waldmäusen und vor allem an der Kälte lag. Ich baute »Viererfallen«*, um die Mäuse zu vernichten. Die Bienenkörbe bestrich ich mit Kalk und Kuhfladen und umkleidete sie mit vorzüglichen Hüllen aus langem Roggenstroh. Doch damit nicht genug. Ich kochte ihnen auch Linsen, und an schönen Wintertagen, wenn die Bienen herauskommen, schmierte ich ihnen davon etwas, mit Urin angefeuchtet, auf ihre Steine. Die stärkehaltige Hülsenfrucht gab ihnen Kraft und bewahrte sie vor dem Durchfall. In den beiden Jahren, als ich mich um die Bienenstöcke und die Lämmer kümmerte, gab es bei uns keine Verluste. Ich rettete die armseligsten Schwärme des vergangenen Sommers ebenso wie die Kümmerlinge der schwächsten Mutterschafe. Meine Eltern und die Hausangestellten staunten über meine hauswirtschaftlichen Talente. Und doch taten diese Talente nicht die Wirkung, die ich erwartet hatte. Im Gegenteil, mein Vater versteifte sich immer mehr darauf, mich in die Stadt zu schicken, sobald mir meine älteren Brüder die Grundlagen des Lateinischen beigebracht hätten.

Der Sommer 1745 erbrachte mehr als einen Beweis für mein Talent, unseren Hühnerhof instand zu halten. In meinen Mußestunden…* (denn damals beschäftigte ich mich hauptsächlich mit Lesen, und lernte mit ungeheurem Eifer, zu kritzeln. Ich fand es beschämend, dass ein Junge in meinem Alter nicht einmal seinen Namen schreiben konnte. Dieser Gedanke war für mich ein größerer Antrieb als der Unterricht bei Magister Jacques. Die Ruhmesliebe ist eine schöne Sache und eine mächtige Triebfeder! Aber sie wohnt nicht in allen Seelen. Bei mir hat gerade das heftige Verlangen, endlich schreiben zu können, verhindert, dass ich auch Schönschreiben lernte. Ich konnte mich nie dazu aufraffen, nur einzelne, große Buchstaben ohne Sinn und Bedeutung niederzuschreiben. Denn nun wollte ich sofort schreiben können und ganze Bücher abschreiben. Man drohte mir mit der Rute, die ich aus zwei Gründen*, die sich der Leser wohl denken kann, mehr fürchtete als jeder andere. Aber die Eitelkeit behielt die Oberhand: Immer habe ich gekritzelt wie ein Erwachsener und nie geschrieben wie ein Kind. Der Lehrer musste nachgeben, und meine Eltern billigten seine Nachsicht, weil sie ohnehin daran dachten, mich bald einem Mann zu überlassen, der eher imstande sein würde, mich gefügig zu machen.)

Und wieder begann für mich ein neuer Lebensabschnitt. Einen Tag nachdem ich Jacquot das kleine Tal gezeigt hatte, wo ich einen herrlichen Tag mit meinen Kameraden und meiner ersten Liebe zugebracht hatte, weckte mich mein Vater frühmorgens.

»Nicolas! Nicolas!«

Ich glaubte, ich sollte von nun an wieder in die Schule von Sacy gehen, und mir schnürte sich das Herz zusammen.

»Ja, Vater, gehen wir.«

»Wir gehen nach Joux, deine Schwester Marianne und deinen Schwager Marsigny besuchen. Bei dieser Gelegenheit werden wir auch Monsieur Christophe Berthier, dem Sohn des guten Monsieur Berthier aus Nitry*, einen Besuch machen.«

Als er das Zimmer verlassen hatte, ergriff meine Mutter das Wort und erklärte mir, ich müsse noch viel lernen, und bei meiner Schwester in Joux sei ich genauso gut aufgehoben wie zu Hause. Was sie da sagte, leuchtete mir nur aus einem einzigen, seltsamen Grund ein: Ich verabscheute Joux nicht so wie Vermenton, weil es im Osten meines Dorfes lag und weil mir von Natur aus vor dem Westen graute, und zwar deshalb, weil der Untergang der Sonne das Gegenteil von ihrem Aufgang ist, der die ganze Natur erfreut.

Christophe Berthier in Joux hatte zwei erwachsene Töchter von fünfundzwanzig und zwanzig Jahren. Joson, die ältere, war das Ebenbild ihrer Mutter. Nannette, die zweite, war viel hübscher, aber hochmütig, herablassend und sogar boshaft. Sie hatte in vollendeter Ausprägung die vornehme Figur der Berthiers und hätte als Römerin gelten können, wäre sie nicht so bleich gewesen. Anfangs war ich von dieser Nannette sehr angetan, doch schon bald gefiel sie mir nicht mehr, weil sie ständig von einem großen Burschen aus Noyers namens Barbier sprach, der bei ihnen in Pension lebte, aber gerade nicht anwesend war. Ich war damals fast elf und wirkte körperlich fast wie erwachsen, aber noch mehr durch meine ernste, gesammelte Miene.

Noch ziemlich spät hatte ich mitunter an der Schwäche gelitten, deretwegen sich die Präsidentin de Mesmes und ihr Gemahl entzweit hatten. Aber zu Hause war mir dergleichen inzwischen schon lange nicht mehr widerfahren. So überkam mich schmerzliche Verwunderung, als ich in der dritten Nacht meines Aufenthalts in Joux feststellen musste, dass sich ein Rückfall ereignet hatte. Wie beschämend für einen Jungen meines Alters und in einem Haus, wo es erwachsene, hübsche Mädchen gab! Ich tat mein Möglichstes, um die Stelle in meinem Bett zu trocknen, aber vergebens: Wolle trocknet so schlecht! Dabei hatte ich ein sehr gutes Bett, was ich nun tausendmal verfluchte – ein Strohsack wäre mir lieber gewesen! Ich stand auf, ging zum Fenster und öffnete es. Aber ich schlief (worüber man sich in Paris gewiss wundern wird) im selben Zimmer auf der ersten Etage mit zwei erwachsenen Mädchen. Ihr Vater und ihre Mutter schliefen im Erdgeschoss. Als ich nach unten zum Unterricht ging, schielte ich nach Nannette, ob sie nach oben gehen würde, um die Betten zu machen. Ich hoffte, das meine würde wieder trocken sein, wenn sie ihre Arbeit auf die Zeit nach Mittag verschob. So geschah es auch. Aber sie merkte trotzdem etwas. Sie lag mit ihren Vermutungen aber so weit neben der Wahrheit, dass sie mir abends beim Zubettgehen sagte: »Monsieur Nicolas! Passen Sie bitte auf, wenn Sie den Nachttopf benutzen!« Danach lachte sie noch viel, während sie mit ihrer Schwester flüsterte.

Die allergrößte Schmach erwartete mich am nächsten Morgen. Ich schlief besonders fest, weil ich mich am Abend zuvor so sehr in Acht genommen hatte. Das Bedürfnis erzeugte einen Traum, in dem ich den Nachttopf zu halten glaubte. Doch ich erwachte gerade während der Entleerung. Ich war untröstlich. Ich ahnte, dass es keine Ausflucht gab (es wurde schon hell) und dass meine Schande offenbart werden würde. Und so geschah es! Nannette, die schon allerlei Zweifel hegte, machte die Betten gleich morgens. Sie fand das noch feuchte Betttuch und die Matratze. Mit großem Trara erstattete sie ihrer Mutter Bericht. Ihr Vater und alle Schüler, die schon zum Unterricht versammelt waren, hörten mit. Mir war das alles unendlich peinlich.

Seit diesem unseligen Tag überhäufte mich Nannette mit Verachtung. Sie sprach mit mir wie mit einem verhassten Kind. Sie ist die einzige Frau, die in mir je den Gedanken geweckt hat, dass man auch die Schönheit hassen kann.

Barbier, der große Bursche, den Nannette in höchsten Tönen lobte, tauchte schließlich wieder auf. Das große Bett, in dem ich schlief, sollten wir uns nun teilen. Und Nannette hatte nach den ersten Komplimenten nichts Eiligeres zu tun, als ihm mitzuteilen, dass er von nun an mit einem Bettnässer zusammen schlafen müsse. Barbier sah mich verblüfft an: »Das gibt es doch nicht! *(Mir ist, als sähe ich ihn noch vor mir.)* Also, das wollen wir doch mal sehen!« Ich wurde rot und sah zu Boden. Plötzlich hatte ich keinen Hunger mehr und konnte nicht mehr essen. Der große Barbier hatte mir schon vor seiner Ankunft missfallen. Seit ich ihn sah, machte er mir Angst.

Nach dem Mittagessen ging er in den Klassenraum und unterhielt sich mit den Fräulein Garnier, den Töchtern des Bailli oder Amtmannes, den Fräulein Barbier und Mademoiselle Mouchou, einem sehr reichen Mädchen, das mir bisher sehr freundlich begegnet war. Ich hatte Tränen in den Augen. Julie Barbier fragte mich, was mit mir sei. Aber mein Mitschüler kam mir zuvor.

»Er hat ins Bett gepisst!«

Lautes Gelächter von allen Seiten! Ich wäre am liebsten im Erdboden versunken. Ich, der ich den großen Jungen spielte – ich, das Orakel von Sacy, ich – schon Vater, doch in Joux das Gespött der Leute, wegen einer Kleinkinderschwäche.

Mademoiselle Julie Barbier, die älteste der Geschwister Barbier, aber nicht verwandt mit meinem Mitschüler, hatte eine zarte, einfühlsame Seele. Sie las sogar schon Romane. Julie kam zu mir und wischte mir mit ihrem weißen Taschentuch die Tränen ab, wobei sie mir zu verstehen gab, diese vorübergehende Schwäche könne mir gar nichts anhaben. Mit Barbier schimpfte sie: »Wie grausam Sie sind! Dabei sehen Sie doch, dass es eine Schwäche ist, für die er nichts kann und die ihn mehr bekümmert als Sie. Nehmen Sie sich das nicht so zu Herzen, Monsieur Nicolas! Das ist kein Laster, sondern bloß eine kleine Schwäche, die Sie in meinen Augen nur umso interessanter macht. Die wird man schneller und sicherer wieder los als diejenigen von Monsieur *(wobei sie auf Barbier deutete)*. Sie lesen gut. Das Rechnen fällt Ihnen leicht, und *(so fügte sie ganz leise hinzu)* falls man wissen will, was mit diesem Herrn hier los ist, der Sie so unhöflich behandelt, braucht man ihm nur zuzuhören.«

Diese letzten Sätze dämpften meine Aufregung. Ich dankte dem freundlichen Mädchen und lächelte. Zwei- oder dreimal tätschelte sie mir die Wange mit ihrer zarten Hand, und plötzlich fühlte ich mich sogar fast glücklich. Da erschien der Lehrer, und alle beugten sich über ihre Arbeit.

Barbier las als Erster – stockend. Julie, die neben mir saß, stieß mich bei jedem falsch gelesenen Wort mit dem Ellbogen an. Schließlich kam ich an die Reihe. Ich las rasch und ohne Stolpern. Stolz kehrte ich an meinen Platz zurück. Barbier starrte mich mit stupider Bewunderung an, und ich fühlte mich ihm in diesem Augenblick und trotz meiner Unpässlichkeit so ungeheuer überlegen, dass er mir keine Beschämung mehr einflößen konnte.

Es waren die Leichtigkeit, mit der ich lernte, und mein zartes Gemüt, derentwegen Julie mich liebgewann. Letztere Eigenschaft lernte sie kennen, als sie mir einige Abschnitte aus einem frommen Roman von ich weiß nicht welchem Père Ange*, einem Kapuziner, vorlas, die mich zu Tränen rührten. Nachher sprach sie von einem anderen Roman, den sie als ein Meisterwerk rühmte. Sie brachte ihn mir mit – es war *Polexandre.** Sie las mir daraus vor, weil sie ihn mir nicht ausleihen konnte, und war sehr überrascht, als sie sah, wie diese Lektüre, die ihre Schulkameraden immer gelangweilt hatte, mich in helles Entzücken versetzte – so sehr, dass ich alles andere liegen ließ und vergaß, um ihr, wenn der Lehrer nicht da war, stundenlang zuzuhören.

Als wir uns schon gut kannten, sagte sie eines Tages zu mir: »Monsieur Nicolas, ich habe meinem lieben Vater von Ihnen erzählt. Ich habe ihm geschildert, wie Sie denken, wie Sie lernen, wie Sie argumentieren. Er antwortete mir: ›Meine Tochter, diesem Jungen wird nichts misslingen, dabei ist sein Vater nicht reich, und es gibt bei ihm zu Hause viele Kinder.‹ Ach, Monsieur Nicolas! Ich wollte, ich hätte einen Bruder wie Sie!« Diese junge Person war ebenso sanftmütig wie geistreich.

Trotz der Aufmerksamkeiten, die mir Julie zuteilwerden ließ, fühlte ich mich in Joux nicht besonders wohl – wegen meiner nächtlichen Unpässlichkeit und wegen Nannette. Aber ich langweilte mich nicht wie in Vermenton und später dann in Paris bei meinem Bruder, dem Abbé Thomas. Denn es gab zwei Gründe, die mir Joux erträglich machten: Der erste und stärkste war die Gesellschaft von Julie; der zweite bestand darin, dass ich mich hier im Osten meines Heimatdorfes befand. Dies mag belanglos erscheinen, und doch war es für mich wichtiger als alle anderen Gründe, die es noch geben mochte. Mir war dieser Umstand stets bewusst, und er bewahrte mich vor dem Heimweh, das die Schweizer manchmal nötigt, aus dem hintersten Frankreich oder Italien in ihre Berge zurückzukehren.

Julie war fast fünfzehn Jahre alt. Sie war ausgewachsen und sehr hübsch. Sie konnte gut lesen, mit Gefühl und Anmut. Sie schrieb korrekt, weil sie gern las. Sie kam nicht so sehr um ihrer selbst willen in die Schule als vielmehr, um ihre Brüder und Schwestern zu begleiten, und beaufsichtigte sie mit einer Umsicht, die ihr die Bewunderung von allen eintrug. Ihr Vater, ein sehr gelehrter Mann, erteilte ihr Musikunterricht. Es gab niemanden im Ort, der sie nicht liebte – wegen ihrer Wohltätigkeit. Mir brachte sie fast jeden Tag etwas mit – Marmelade, Kuchen oder Obst. Sie drängte mich, alles zu nehmen, indem sie sagte: »Von Joson habe ich erfahren, dass Sie bei Tisch fast gar nichts essen. Ich glaube, Sie sind zu schüchtern. Nehmen Sie sich in Acht, lieber Nicolas. Manchmal bezahlt man im reifen Alter mit seiner Gesundheit für die falsche Scham, die man sich in der Jugend auferlegt hat. Das sagt jedenfalls mein Vater.«

Eines Tages saßen wir allein am Schreibtisch, und die großen Schüler waren noch nicht gekommen. Da sagte sie lachend zu mir: »Sie waren so untröstlich wegen dem, was Ihnen vor uns anderen so groben Tadel eingetragen hat! Aber eigentlich war es das, was uns zusammengebracht hat. Hätte man Sie wegen dieser kleinen Unannehmlichkeit nicht wie ein Kind behandelt – wie hätte es da ein Mädchen in meinem Alter wagen können, sich mit ihnen einzulassen, wie ich es getan habe?« Ich spürte, dass sie recht hatte, und freute mich nun fast über mein Malheur. Trotzdem war es nicht Liebe, was ich für Julie empfand. Aber sie war für mich ein engelhaftes Wesen. Sie erweckte in mir weder Verwirrung noch Begierde. Ich liebte sie wie einen Freund, nicht wie ein Mädchen. Oft wollte sie mich zum Essen bei sich zu Hause einladen, womit ihre Eltern bestimmt einverstanden waren. Sie bat den Lehrer dafür um Erlaubnis, und der erteilte sie. Aber ich war viel zu schüchtern, ihre Einladung anzunehmen. Ich – in der Stadt essen! Noch mit vierundvierzig Jahren hatte ich meine liebe Müh und Not damit!

In Joux beginnt die Weinlese immer spät, und als es so weit war, hatten wir Regen. Ich wurde nass, ich fror und bekam Fieber. Ich kannte diese Krankheit nicht. Beim zweiten Anfall war Julie Barbier bei mir. Passen Sie auf, lieber Leser, was nun geschah!

Ich fröstelte. Sie fühlte mir den Puls.

»O Gott! Haben Sie Fieber?«, fragte mich das gute Mädchen. »Sie müssen sich hinlegen und viel trinken. Ich würde mich ja um Sie kümmern, wenn es ginge. Aber Madame Berthier kennt sich aus. Die wird Sie bestimmt gut pflegen.«

Ich wollte mich nicht hinlegen. Ich war tapfer, wenn auch von zarter Konstitution. Nein, es lässt sich nicht beschreiben, wie rührend sich Julie um mich bemühte. Sie holte mir etwas zu trinken und lief dann, die Abwesenheit des Lehrers nutzend, zu ihrem Vater, von wo sie mir einen sehr wohltuenden Sirup – ich glaube, von Veilchen – mitbrachte. Ich trank davon so viel, wie sie für richtig hielt.

Wie mitfühlend sie dabei mit mir sprach! Und das alles war bei Julie nur eine Wirkung ihres vortrefflichen Charakters. Sie umarmte mich. Sie ging so weit, mir die Hände zu küssen. Man weiß, wie leicht meine Sinne zu erregen waren und dass ich schon seit meinem Abenteuer mit Nannette einen sechsten Sinn entwickelt hatte, der bei jungen Leuten selten ist. Vom Fieber erhitzt, von Julies Zärtlichkeiten berauscht, spürte ich den Stachel der Wollust und suchte – meinen Erinnerungen an frühere Zeiten folgend – den Genuss. Mademoiselle Barbier leistete nicht den geringsten Widerstand. Sie überließ sich ... mit solchem Zartgefühl, solchem Entgegenkommen, als hätte ihr das Bücherlesen Herz und Sinne schon geöffnet. Ich für mein Teil fühlte mich noch bei Kräften und von den süßen Zärtlichkeiten eines bezaubernden, hingebungsvollen Mädchens erregt. Mir war, als wüchse ich durch die Anspannung der Organe noch über die Natur hinaus. Ich triumphierte ... Aber wie teuer kam mich diese unerwartete Überanstrengung zu stehen! Fast wäre ich daran gestorben.

Julie ihrerseits war älter als ich. Ihr ging es gut, und sie war zur Frau geworden. Sie gestand mir, sie habe alle Wonnen der Liebe genossen, trotz des Schmerzes bei der Defloration, derentwegen ihr ein Aufschrei entfahren war. Nachher war ihre Zärtlichkeit grenzenlos. Ich aber war nahe daran, in ihren Armen zu sterben. Ach, wie einfühlsam ihre Zuwendung war! Sachte erweckte sie mich wieder zum Leben, durch ihre Küsse und ein wenig von ihrem Zaubertrank. Zum Glück hatte sie alle Zeit der Welt. An diesem Nachmittag kamen keine Schüler mehr, und ihre jüngeren Brüder und Schwestern hatte sie daheim gelassen. Die Töchter des Lehrers waren mit ihrer Mutter und Barbier ausgegangen, um Traubenmarmelade bei einer Madame Delétang zu machen. Was für ein Abend! Es war einer der sonderbarsten Momente meines Lebens! Obwohl ich Julie (die ich, ohne es zu ahnen, soeben zur Mutter gemacht hatte) zärtlich liebte, spürte ich doch auch, dass ich sie nicht wie ein Liebhaber liebte, sondern aus reinster, zärtlichster Freundschaft.

Meine ungeheure Erschöpfung verdarb mir diesen zweiten Genuss – so ähnlich, wie es mir bei dem ersten mit Nannette ergangen war. Und noch etwas Seltsames – ich war es, der sich am nächsten Tag vor Julie schämte und verlegen war, während sie mir zuvorkam und mich beruhigte. Zwei Tage lang hatte ich kein Fieber, dann kam ein dritter, noch stärkerer Anfall. Julie verdoppelte ihre Fürsorge. Aber zu neuen Gefühlsaufwallungen kam es bei mir nicht. Stattdessen war ich umso empfänglicher für die Pflege, die mir meine Freundin zuteilwerden ließ. Und dennoch, wer würde es für möglich halten?! Ich, der ich sie lieb hatte, der ich von ihrer Sorge um mich so tief berührt war, dass ich oft Freudentränen vergoss – wer würde es für möglich halten, dass ich sie nachher nie mehr wiedergesehen habe? ... O du liebenswürdiges, großherziges Mädchen, wer würde es für möglich halten, dass ich dich fast zwanzig Jahre lang vergessen habe, obwohl du nur eine Meile von Sacy entfernt wohntest und immer über mich im Bilde warst? O Julie, wenn es dich noch gibt, lass mich dir hier in Dankbarkeit und unter Tränen huldigen.

*Ingratis Jupiter non dedit esse beatis.**

Horaz

Glücklich der Wohltäter, wenn die Undankbaren ihn nicht noch wegen seiner Wohltat mit Verachtung strafen, wie es sehr vielen Männern gegenüber so vielen Frauen widerfährt.

*Est aliqua ingrato exprobare voluptas.**

Aber vielleicht findet man mein Betragen doch verzeihlich, wenn man die folgenden Vorgänge betrachtet.

Tags darauf war ich so schwach, dass ich mich nicht aufrecht halten konnte. Ich bat um Erlaubnis, zu meinen Eltern zurückzukehren. Man wollte sie mir nicht geben. Ich sagte es meiner Julie. Sie schüttelte nur den Kopf und fügte hinzu: »Warten Sie noch.«

Am nächsten Tag hatte ich kein Fieber. Julie schien zufrieden. Doch am dritten Tag kündigte der Schüttelfrost eine schreckliche Attacke an. Julie war bei mir, als sie begann.

»Sie werden blasser, nicht wahr?«

»Ja, ich spüre das Fieber, wie es mich überkommt.«

»Ach, ich wollte, Ihre Heimat wäre weiter entfernt. Wenn Sie hier wenigstens keine Schwester hätten! Ich würde Sie zu uns bringen. Ich würde Sie pflegen, wie ich meinen Vater gepflegt habe, der nachher sagte, noch nie habe dies jemand bei ihm so gut gemacht wie seine Julie. Aber Sie haben eine Schwester hier, und Sie kommen aus der Nähe. Glauben Sie mir und kehren Sie zu Ihren Eltern zurück: Krankheit will nicht bei fremden Leuten behandelt werden, auch wenn diese Leute noch so gutwillig sind. Und wenn Sie es bei ihnen aushalten, dann halten Sie es doch mit sich selbst nicht aus. Es fällt mir schwer, Ihnen diesen Rat zu geben. Aber ich denke, Sie kennen mich so gut, dass Sie mir glauben.«

Das Fieber und Julies Güte erschütterten mich. Ich küsste ihre Hand. Ihre Augen füllten sich mit Tränen.

»Mein Gott! Ich wünschte, du wärst aus Paris oder Dijon, mein Lieber!«

»Adieu, Mademoiselle!« (Ich ahnte nicht, dass es ein Abschied für immer sein würde!) »Ich gehe nach Hause.«

»Nicht heute, bei diesem Anfall!«

»Es ist ja nicht mal eine Stunde zu Fuß, ich werde dort sein, bevor das hohe Fieber kommt…«

Sie schenkte mir zwei Apfelsinen, vielleicht die einzigen in der ganzen Gegend, und die ersten, die ich je gesehen habe. Ich solle mir mit ihnen den Mund parfümieren, sagte sie, wenn ich an einem Brunnen getrunken hätte.

»Adieu, Mademoiselle Julie!«

Sie antwortete nichts, sie schluchzte, als sie mir ihre beiden Hände auf die Schultern legte.

Ich verließ das Klassenzimmer, ohne dem Lehrer etwas zu sagen.

An der Tür zur Straße drehte ich mich um. Julie war mir nachgeeilt. Tiefbewegt winkte sie mir nach. Schließlich sah ich sie nicht mehr.

Ich ging zu meiner Schwester und sagte ihr, ich wolle zurück nach Hause. Sie fand das Fieber so heftig, dass sie mir ein Bett zurechtmachen wollte, damit ich mich hinlegen könnte. Ich nutzte den Augenblick, als sie in ein anderes Zimmer ging, und machte mich davon.

Es wurde Nacht, aber ich kannte den Weg. Damals machten mir Zauberer und Gespenster und vor allem die in Tiere verwandelten Exkommunizierten die größte Angst. Und das Fieber befeuerte noch meine Phantasie. So kam es, dass ich unterwegs zwei Visionen hatte.

Nicht weit von der Stelle, wo der Weg von Oudun in den von Joux mündet, bemerkte ich hinter mir ein großes Tier. Ich erbebte, aber zutiefst erschrocken war ich nicht. Als ich mich umdrehte, sah ich, wie es seine langen Pfoten nach mir ausstreckte, als wollte es mich umarmen. Ich stieß einen schrillen Schrei aus und glaubte nun, statt des Tiers, fünfzig Schritt entfernt auf dem Weg von Oudun, den Herrn Lehrer Berthier zu sehen, mit einer Nachtmütze auf dem Kopf. Ich versteckte mich in einem Gebüsch und dachte, er werde vorübergehen. Aber ich hörte niemanden. Also musste er wohl den Weg nach Joux genommen haben in der Annahme, er werde mir dort begegnen. Seltsam ist, dass ich aus einer Entfernung von fünfzig Schritten das Gesicht und die Hakennase von Monsieur Berthier genau erkannt hatte, was in Wirklichkeit unmöglich sein dürfte. Ich setzte meinen Weg fort. Gegenüber meinem kleinen Tal, auf der Großen Wiese, erblickte ich Julie. Lächelnd winkte sie mir, ich solle zu ihr herüberkommen. Ich erschrak und entfloh, denn ich war mir sicher, dass es Julie nicht sein konnte. In Schweiß gebadet kam ich zu Hause an und wurde beim Eintreten ohnmächtig. Man brachte mich sofort zu Bett, und das Liegen beruhigte mich.

So ging mein Aufenthalt bei Monsieur Berthier zu Ende, der ein unvergessliches Ereignis in meinem Leben ist, mit dem nun mein elftes Lebensjahr endet. Denn inzwischen haben wir den Beginn des Novembers erreicht.

Den ganzen Winter über hatte ich das Dreitagefieber. Da ich an zwei von drei Tagen kein Fieber hatte, beschäftigte ich mich fleißig mit Lesen, Schreiben und Rechnen. Ich versorgte die Bienen, die Schafe, die Lämmer, den ganzen Hühnerhof. Meine Krankheit beunruhigte mich nicht. Ich hatte sie bei mehreren Kameraden gesehen, und keiner war daran gestorben.

Als meine Mutter im Frühling sah, dass meine Anfälle mit hohem Fieber und Delirium noch immer so stark waren wie am Anfang, holte sie sich brieflichen Rat bei meinem Bruder Boujat, der ihr empfahl, mir Manna* und Rhabarber als Abführmittel zu geben. Während dieser Behandlung blieb ich im Bett – und stand nachher nicht wieder auf. Mit meiner Schönheit war es vorbei. Schon am ersten Tag nach der Einnahme dieser Mittel zeigten sich alle Symptome der Blattern. Ein ständiges Fieber überkam mich. Der Ausschlag begann, und drei Tage lang machte ich das schrecklichste Delirium durch. Vor allem Hunde und Schlangen ängstigten. Ich floh aus dem Bett, weil ich glaubte, ich würde von Hunden verfolgt oder auf meiner Brust ringelten sich Schlangen. Ich schüttelte mein Hemd aus, um sie loszuwerden. Selbst mein Vater konnte mich mit all seiner Kraft kaum bändigen. Alle hielten mich für verloren. Ich kann mich an dieses Delirium genau erinnern, dem dann eine so heftige Phase von Übelkeit folgte, dass ich die Blattern seither mehr gefürchtet habe als alle anderen Krankheiten.

Schließlich klangen die Schmerzen ab, und ich konnte schlafen. Aber der Ausschlag war so stark, dass es siebzehn Tage dauerte, bis sich meine Augenlider durch ständiges Befeuchten wieder voneinander lösen und öffnen ließen. So habe ich eine Vorstellung davon bekommen, was Blindheit ist, aber auch von dem Entzücken, das der Blinde empfindet, wenn er das Augenlicht zurückgewinnt. Meine

Mutter pflegte mich unermüdlich. Sie wurde auch Zeugin meiner Begeisterung, als ich – anfangs noch undeutlich – den ersten Lichtstrahl wahrnahm, nachdem sie mir die Augenlider lange Zeit mit einem Brei aus Entengrütze betupft hatte. Hochwürden Antoine Foudriat kam mich besuchen, nahm mir aber nicht die Beichte ab, wie meine Mutter es erbeten hatte. Sie selbst solle dies tun, sagte er, »damit Sie, nachdem Sie in seinem Herzen gelesen haben, wissen, was getan werden muss, um ihn zu retten«.

Nachdem ich die Blattern überstanden hatte, war mein Gesicht so hässlich, wie es vorher schön gewesen war. Meine Züge hatten sich vergröbert und vollkommen verändert. Mein goldig kastanienbraunes Lockenhaar war mir ausgefallen. Schwarz und glatt kehrte es schließlich zurück. Als ich mich zum ersten Mal in einem Spiegel sah, packte mich das Entsetzen. Von da an wurde ich noch verschämter und scheuer. Es gab nichts mehr, was mir Halt gegeben hätte. Früher hatte ich mich danach gesehnt, so auszusehen wie jener Mann aus der Franche-Comté, der den Wagen der Madame Geneviève kutschiert hatte. Doch nun fand ich, dass die Natur entschieden zu weit gegangen war, und vielleicht war es meine Hässlichkeit, die mich davon abhielt, Julie Barbier je wiedersehen zu wollen – zumal ich mich auch meinem Lehrer nicht zu zeigen gewagt hätte. Er hatte meinem Vater einen schroffen Brief geschrieben, der ihr Verhältnis sehr abkühlen ließ.

In dem Sommer, der nun folgte, besserte sich mein Zustand in wunderbarer Weise. Ich las, ich schrieb und war von den *Leben der Heiligen* so hingerissen, dass ich am liebsten in die Türkei gegangen und dort Märtyrer geworden wäre. Vollends auf andere Gedanken brachte mich dann, dass Jacquot sich, als die Ernte nahte, unbedingt daran beteiligen wollte. Für die Armen ist die Getreideernte eine gute Gelegenheit. Sie werden in Weizen bezahlt und haben auf diese Weise die Möglichkeit, sich für einen Teil des Winters ihren Lebensunterhalt zu beschaffen. Mein Vater gewährte seinem Hirten die Bitte und erinnerte sich außerdem an eine Witwe in Nitry, eine entfernte Verwandte, die zwei Söhne aus einer unglücklichen Ehe mit einem gewissen Courtcou hatte. Er wollte einen von ihnen bitten, als Hirte für ihn zu arbeiten.

François, der ältere und angeblich weniger liederliche von beiden, war soeben von seinem Herrn entlassen worden. Er kam mit dem Dienstmädchen, das ihn abholen gegangen war. Diese Nannon war furchtbar hässlich und hatte Triefaugen. Trotzdem hatte ihr François etwas antun wollen – in einem Wald, durch den er sie unter dem Vorwand führte, dies sei eine Abkürzung. Später behauptete sie, sie habe sich nicht unterkriegen lassen. Aber die Attacke hatte ihr so geschmeichelt, dass sie dem Täter nichts nachtrug.

Es wäre besser gewesen, mich den Wölfen auszuliefern, als mich mit diesem Kerl zusammenzubringen. Aber schon am ersten Tag wurde mir erlaubt, den neuen Hirten zu begleiten, denn irgendjemand musste ihm ja das Gelände und die besten Weidegründe zeigen. Beim Auftauchen Courtcous geschah es, dass meine bisher unbehelligte Herzensunschuld schweren Schaden nahm.

François Courtcou und sein Bruder Pierre, der dann später nachkam, waren seit dem Tod ihres Vaters immer mehr verlottert. Sie waren ungehorsam und lehnten sich auf gegen die Vorhaltungen ihrer braven Mutter, der es in ihrer Armut nicht gelang, sie zu bändigen. Sie waren fünfzehn oder sechzehn, vielleicht sogar schon siebzehn Jahre alt und durchlebten gerade jene Gärung, die durch das Aufwallen neuer Kräfte verursacht wird. Das Elend, in dem sie lebten, hatte zur Folge, dass alle Welt auf sie herabsah. Dies hatte ihnen den Mut genommen, und es hatte sie neidisch und bösartig gemacht. Wahr ist auch, wofür ich später immer wieder Beweise gefunden habe, dass die niederen Leidenschaften bei den nicht völlig abgestumpften Armen ungeheuer stark sind und dass ihre Lüsternheit viel wilder ist als die der Reichen. Die Armen, die nichts besitzen, begehren alles mit Gewalt. Alle Mädchen stehen über ihnen, und am liebsten würden sie sie alle vergewaltigen. Denn von Zärtlichkeit weiß ihre erniedrigte Seele nichts. Man muss die Auswirkungen dieser Leidenschaft bei den kräftigen Armen gesehen haben, um sich eine Vorstellung davon zu machen. Ich spreche hier von dem, was ich gesehen habe[+] – nicht bloß bei den Brüdern Courtcou, sondern auch bei dem einarmigen Lemme, dem ehemaligen Milizionär Quentine usw., lauter missgestalteten, sehr kräftigen Leuten. Aber die Courtcous übertrafen in ihrer Unflätigkeit alles, was mir sonst begegnet ist.

Sie kamen aus Nitry, wo die Köpfe heller sind, die Luft reiner und das Herz verderbter als in Sacy. Mein Vater kannte die beiden Brüder flüchtig. Aber er stammte noch aus einer Zeit, in der die allgemeine Verkommenheit weitaus geringer war und man sich diejenige

[+] Mitbürger Leser! Es gibt unter Ihren gesitteten Schriftstellern und Ihren netten Poeten nur wenige, die Ihnen berichten könnten, was ich Ihnen hier berichte. Lesen Sie nur tapfer weiter, trotz all der kindlichen Einzelheiten, die ich hier einflechte, weil sie notwendig sind. Nachher werden Sie erkennen, dass Sie nun Dinge wissen, von denen Sie nichts geahnt haben. Ich erhebe nicht den Anspruch, wie Ihre Dramatiker und Ihre Philosophen dies tun, große Wahrheiten vor Ihnen auszubreiten, die Ihnen längst bekannt sind: All das lasse ich so weit wie möglich beiseite. Hierfür haben Sie Voltaire, Rousseau und Buffon, die Ihnen dies, trotz ihrer zahlreichen Irrtümer, besser auseinandersetzen können als ich. Ich bitte Sie nur, auf das Neue zu achten, das ich Ihnen hier in einfachen, klaren Worten mitteile. Bedenken Sie, dass dies Sie mehr interessieren müsste als die Geschichten, die Ihnen ein verlogener Reisender nach dem Hörensagen aus fernen Ländern, die Sie nie sehen werden, auftischt, der für Sie aus Afrika mit seinen Boschis, seinen Kaffern und vor allem seinen Hottentotten einen Roman zusammenbraut, wie es ein gewisser Vaillant [François Le Vaillant, 1753–1824] getan hat. Ich hingegen berichte Ihnen nur aus Ihrem eigenen Land, wie es dort, fünfzig Meilen von der Hauptstadt entfernt, aussieht. Ich spreche nur über das, was ich selbst erlebt und selbst gesehen habe und was ich sicher weiß. Mitbürger! Lauter ungeschönte Wahrheiten werden Sie in diesem Werk finden! Und wenn ich auf die Gegend zu sprechen komme, in der Sie leben, dann vergleichen Sie sie mit dem, was ich hier sage. So können Sie sich selbst ein Urteil über meine Wahrhaftigkeit bilden. Möge es mir gelingen, dieses wichtige Werk in Freiheit zu vollenden! Möge es mir gelingen, meinem Jahrhundert dieses einzigartige Denkmal zu hinterlassen, wie ich ihm schon die *Contemporaines* in 65 Bänden übergeben habe, inbegriffen die *Françaises*, die *Parisiennes*, die *Nationales* und die *Filles du Palais-Royal;* wie ich ihm den *Paysan-Paysanne pervertis* überlassen habe; wie ich ihm die *Nuits de Paris* überlassen werde! Lieber Mitbürger! Möge es mir gelingen, den sechsten und letzten Band der *Idées singulières* zu beenden. Zufrieden werde ich sterben, wenn ich all das zu Ende gebracht habe. An diesem 18. Mai 1784, inmitten von Befürchtungen und Bedrohungen, die meinen *Paysan-Paysanne* (mit Abbildungen) betreffen.

von François gar nicht vorstellen konnte, geschweige denn die von Pierre. Die Courtcous hatten ungefähr den Charakter jenes Menschenfressers aus dem Languedoc, den man 1783 in Toulouse festgenommen und aufs Rad geflochten hat. Er fraß vor allem junge Mädchen und sagte in schauerlichem Ton zu seinen Richtern: »Ah, wenn Sie wüssten, wie gut das schmeckt!«

Schon am ersten Tag fragte ich François, ob er Geschichten wüsste. Mit einem abscheulichen Lächeln antwortete er: »Aber ja doch, Monsieur Nicolas! Ich weiß Geschichten, und zwar sehr gute! Von Zauberern, von Gespenstern, von Teufelspakten, von Exkommunizierten, die in Tiere verwandelt wurden, die Teufelsfell statt Haut am Leib haben und Menschen fressen, von Dieben, die Leute umbringen und Mädchen in ihre Höhlen schleppen, ihnen dort Gewalt antun und sie dann später erwürgen und verspeisen, wenn am Beginn der Schwangerschaft ihr Fleisch besonders zart ist (wie man ja auch Kühe bespringen lässt, damit sie fett werden), Geschichten von Hirten, die zaubern können, von einem Mann, der sich Flügel gemacht hatte und damit herumflog wie ein Habicht, der nur von Weißbrot lebte, das er aus den Bäckerläden in den Städten stahl, von Wild, das er auf dem Lande fing, und von Vögeln – von Wildgänsen, Enten, Schnepfen, Kibitzen, Staren, Rebhühnern und Krähen, aus denen er sich eine leckere Suppe kochte, oder auch von Hühnern, die er sich aus den Dörfern holte. Also, wovon soll ich Ihnen nun erzählen…«

Ich war ganz verlegen! Mich reizte einfach alles, was er aufgezählt hatte. Nach kurzem Überlegen, um nicht noch mehr Zeit zu vergeuden, entschied ich mich für den *Mann, der fliegen konnte.* Diese Geschichte würde hier viel Platz einnehmen, wenn ich sie nicht schon in der Erzählung von Victorin in meinem Buch *La Découverte australe** verarbeitet hätte – ungefähr so, wie François sie mir damals erzählte.

Nachdem er mir seine Geschichte von dem *Mann, der fliegen konnte* erzählt hatte – wobei er noch ein übles Abenteuer einbaute, das sein Bruder in dem Haus in Coutarnoux erlebt hatte, wo er in Diensten gestanden hatte –, vergnügten wir uns damit, Pläne zu schmieden, was wir alles täten, wenn wir Flügel hätten.

François fiel kein einziges Projekt ein, bei dem es tugendhaft zugegangen wäre. Er sprach von Mädchen aus Nitry, die er entführen und auf einen Felsen mitten im Wald verschleppen wollte, wo er sie füttern würde, um später ihre Gunst, ihre Tränen, ihre Ängste und ihren Abscheu vor ihm zu genießen. Er ließ diese widerwärtige Raffinesse tatsächlich in die Aufzählung seiner Freuden einfließen, denn die Blattern hatten ihn schrecklich entstellt. Selbstgefällig malte er mir in obszönen Szenen aus, was er von diesen Unglücklichen alles verlangen würde und wie er ihnen auf diese Weise ihre Verachtung heimzahlen wollte. Er stellte sich vor, wie sie ihn fürchten, anflehen und liebkosen würden – immer aus Angst vor ihm. Angst war der einzige Beweggrund, der ihm schmeichelhaft erschien. Es ist tatsächlich das einzige natürliche Gefühl in einer verbitterten, von Schmach und Elend beschmutzten Seele: *Armut ist kein Laster; aber sie ist das Feld, auf dem das Laster gedeiht.* Zum Glück fand ich in meinem Herzen nichts, was mich auf wollüstige Gedanken von solcher Brutalität gebracht hätte. Ich hatte eine zarte Seele, wenn auch erfüllt von ungestümen Leidenschaften.

Am Tag nach Saint-Christophe, dem Patronatsfest in Nitry, begleitete ich François wieder auf die Felder. Ich schloss mich diesem Jungen an – nicht aus Freundschaft wie bei Jacquot, sondern aus Neugier, weil ich nach und nach Gefallen fand an seinen freimütigen Reden, die in mir das wachkitzelten, was fromme Leute als Fleischeslust bezeichnen. Er vermischte die obszönen Erzählungen mit den Geschichten, die er mir versprochen hatte, und kam hierdurch immer wieder auf sein Lieblingsthema zurück, die Lüsternheit. So zauberten die Zauberer eigentlich nur, um die Mädchen dahin zu bringen, dass sie ihnen in den Wald folgten und dort die Gelüste des Magiers befriedigten. Wenn er von einem Hexensabbat erzählte, entwarf er vor mir empörende Bilder der schändlichsten Ausschweifungen. Und wenn es um einen Exkommunizierten ging, der in der Haut des Teufels steckte, stillte dieser Unselige seine Begierde unweigerlich an den schönsten Mädchen. Aber die größte Freude machten ihm Geschichten von Dieben, die Höhlen hatten, wohin sie die Damen schleppten, die sie in ihren Kutschen auf der Landstraße oder in ihren Schlössern gefangen hatten! Da wurden seine Schilderungen so raffiniert wie ausschweifend. Was für ein Unterschied zu der Art, wie Jacquot erzählte, einfach, gutmütig und um des Erzählens willen.

Aber so freizügig die Geschichten von François Courtcou auch waren, nie ging er so weit wie sein Bruder Pierre, der einen Monat nach ihm bei uns auftauchte. Ich glaube, François wurde nur wegen der Nachlässigkeit entlassen, mit der er seinen Pflichten als Hirte nachging. Die Schafe starben ihm nämlich unter den Händen weg. Wenn ich ihn nicht begleitete, führte er die Herde auf irgendeine magere Weide, legte sich hin und schlief, statt sich die Mühe zu machen und bis in mein kleines Tal hinaufzusteigen. Nun sollte sein Bruder ihn ersetzen, von dem man wusste, dass er viel tüchtiger war – und was das anging, täuschte man sich in ihm tatsächlich nicht.

Vielleicht hat es nie einen schlimmeren Taugenichts gegeben als diesen Pierre Courtcou und nie einen, der seine Laster besser zu verbergen wusste. Doch seine lauernde Miene, der feurige, ängstliche und zugleich boshafte Blick verrieten ihn und gaben seine hässliche Seele zu erkennen. Er missfiel meiner Mutter auf den ersten Blick, und sie verbot mir, mich mit diesem Jungen anzufreunden. Aber es dauerte nicht lange, da hatte dieser Schurke auch ihre Gunst erworben – nämlich durch seine Tüchtigkeit, indem er so tat, als wäre ihm für unseren Hof keine Mühe zu schwer, und seine schlechten Eigenschaften so geschickt verbarg, dass meine Mutter manchmal sagte: »Bei diesem Pierre darf man nicht nach dem Gesicht gehen. Denn er sieht ja wirklich ganz furchtbar aus. Im Wald würde ich mich vor ihm fürchten, aber ein guter Junge ist er trotzdem…« Sogar mein Vater ließ sich von diesem gefährlichen Speichellecker täuschen. Und bei mir reichten ein paar gute Geschichten, um mich zu gewinnen. Von denen hatte er einen großen Vorrat und konnte sie besser erzählen als sein Bruder.

Die letzte von all diesen Geschichten war eigentlich gar keine Geschichte, sondern etwas, das er selbst erlebt hatte. Das hätte mir die Augen öffnen und mich misstrauisch machen müssen. Aber ich war zu unerfahren. Außerdem hatte ich eine Eigenschaft, die meiner Familie und mir immer wieder schlecht bekam – eine tiefe Verschwiegenheit.

»Als ich Hirte bei Monsieur Gouneaux in Coutarnoux war, gab es da drei Mädchen im Haus. Die beiden ältesten waren sehr hübsch, aber die erste – sie hieß Amable – war stolz und verachtete mich, und die zweite, Dorothée, war gutmütig, aber für gewisse Spielchen hatte sie nichts übrig. Christine jedoch, die dritte, war ein aufgewecktes Ding, immer zum Tanzen aufgelegt, immer ausgelassen. Zehnmal am Tag tauchte sie bei mir auf, um mich zu necken. Aber sie war noch kaum zwölf oder dreizehn Jahre alt. Sie sollte Nonne werden, und sie wusste es. Manchmal kam sie auch zu mir und sagte: ›Courtcou, mir wäre es lieber, mein Vater gäbe mich einem Schäfer oder einem Kuhhirten, statt dass ich ins Kloster komme.‹ – ›Na ja, Mademoiselle Christine‹, gab ich zurück, ›dann müssen Sie eben meine Frau werden. Und wenn Sie wollen, lässt sich das im Nu erledigen.‹ – ›Das will ich gern!‹, sagte sie eines Tages zu mir und lachte wie verrückt. So dass ich danach jeden Tag mit ihr herumalberte und herumtändelte – ganz harmlos, denn man hatte ein Auge auf sie. Deshalb suchten ich und sie nach einer Gelegenheit, wo wir ganz allein waren, denn sie hätte nicht gewagt, zu mir in den Schafstall zu kommen, wie es ihre Schwestern tun. Aber eines Tages sagte sie zu einer ihrer Schwestern, Dorothée: ›Ich hätte Lust, dass mich Courtcou, dieser Halunke, mal auf seinen Schultern reiten lässt. Das würde mir gefallen. Aber allein getraue ich mich nicht. Komm doch mit und hilf mir. Wenn ich erst im Kloster bin, bleibt mir noch immer genug Zeit, wo ich nichts mehr tun kann, was mir gefällt.‹ Dorothée war einverstanden, meinte aber, sie müssten aufpassen, dass Amable, ihre ältere Schwester, nichts mitbekäme. ›Also gut, meine Liebe, mach du den Aufpasser‹, sagte Christine zu ihr. Dorothée begab sich auf ihren Posten, und Christine kletterte auf meine Schultern, ohne Sattel, ein Bein hier, das andere Bein da, und ich hielt beide mit den Händen. Dann rief sie: ›Wetten, Courtcou, dass du es nicht schaffst, mich so bis zu dem Heuschober für deine Schafe zu tragen?‹ – ›Ach, herrje! Aber gewiss doch, Mademoiselle Christine‹, sagte ich, ›und gleich danach auch wieder zurück, ohne auszuruhen.‹ Ich trug sie hinauf zu dem Heuschober, und sobald wir dort waren, umarmte mich Christine…«

»Und dann?«, fragte ich ihn.

»Das lässt sich nicht sagen.«

»Na, komm schon! Sag es!« Ich dachte an meine beiden Abenteuer, was mein Verlangen nach weiteren Einzelheiten noch verstärkte. »Ich könnte dir auch etwas erzählen, wenn du mir nichts verheimlichst.«

Da lieferte mir Courtcou, der sich nur ein bisschen bitten lassen wollte, eine Schilderung, wie sie obszöner nicht hätte sein können.

»Du bist ja sonderbar!«, sagte ich, und doch weckte sein empörender Bericht die Lust auf seine Missetaten auch in mir! *(Mastupraverat, fellaverat, mammaverat, tandem futuerat ingentibus conatibus; postea pluries vitiatam puellam irrumarat.* *)

Er erzählte weiter.

»Als ich Christine zurücktrug, war ihre Schwester Dorothée sehr wütend! ›Ich wäre nie und nimmer einverstanden gewesen mit deiner Marotte, das sage ich dir, wenn ich geahnt hätte, dass ihr so lange wegbleibt!‹ Nach diesem ersten Mal gelang es Christine jeden Tag, sich in meinen Stall oder den Heuschober zu schleichen. Und als eines Abends ihre Schwestern vergessen hatten, sie einzuschließen, hat sie sogar bei mir geschlafen, auf meinem armseligen Bett. Ah, wie habe ich sie da durchgewalkt! Ich trug sie dann zurück, denn sie konnte nicht mehr aufrecht gehen, so müde hatte ich sie gemacht! Leider fingen die Hunde an zu bellen. Aber sobald sie mich erkannten, kamen sie winselnd herbei und schmiegten sich an mich, was die Sache noch schlimmer machte. Ich legte meine Beischläferin an der Haustür nieder. Aber jemand sah mich im Hof, so dass ich schleunigst einen Grund für meine Anwesenheit finden musste und mir deshalb auf dem Misthaufen zu schaffen machte! Aber unser Techtelmechtel ging noch gute sechs Wochen so weiter.

Doch dann kam eines Morgens mein Herr zu mir in den Schafstall: ›Hier, dein Lohn!‹, sagte er. ›Und jetzt verschwinde. Wenn du in einer Stunde immer noch in Coutarnoux bist…‹ Ich war sprachlos. Mir schien, nachdem der Wolf zwei oder drei Schafe gefressen hatte, glaubte mein Herr, ich hätte sie an den Fleischer in L'Isle-sous-Mauréal* verkauft, was jedoch nicht stimmte. Ich nahm meinen Lohn, schnürte mein Bündel und machte mich davon. Aber irgendetwas riet mir, nicht den offenen Weg zu nehmen. Ich schlug mich in den Wald und ging zwanzig oder dreißig Schritt neben dem Weg her. Und tatsächlich, in der Nähe von Soulangis sah ich meinen Herrn und seine beiden Söhne, jeder mit einem Gewehr über der Schulter. Die drei Hunde kamen zu mir. Zum Glück bellten sie diesmal nicht! Ich band sie an einen Baum, wie ich es immer machte. Mein Herz klopfte wie rasend. Ich zwängte mich in ein Gebüsch, von wo ich meine Verfolger miteinander reden hörte: ›Wo zum Teufel ist er denn entlanggelaufen?‹ – ›Meine Schwester!‹, begann der ältere Sohn. ›Ah, Christine!‹ – ›Sie ist schwanger‹, sagte der jüngere. – ›Halt den Mund!‹, unterbrach ihn sein Bruder wütend. Ich hatte genug gehört. Ich schlug mich noch tiefer in den Wald, nachdem ich die Hunde losgebunden hatte. Und die Freude über das, was ich da eben gehört hatte, war viel größer als die Angst, dass sie mich aufstöbern könnten. ›Ah, da werdet ihr also bald einen kleinen

Courtcou in der Familie haben, ihr Großkotze!‹, sagte ich mir. ›Na, wunderbar, so ein Glück hätte ich mir nie träumen lassen. Komme, was da wolle!‹ Ich ging dann nicht nach Nitry, sondern nach Noyers, und von dort bin ich zu euch gekommen. Denn das hier ist eine abgelegene Gegend, wo sie mich nicht finden. Außerdem werde ich mich vor allen Herren im roten Mantel* in Acht nehmen, die hier vorüberreiten, und nicht an den Straßen herumstehen. Das könnte mir schlecht bekommen.«

Das war die Geschichte von Courtcou. Ich notiere nicht alles, was er mir erzählte, und auch nicht unsere täglichen Unterhaltungen. Aber dieser Nichtsnutz verdarb mir das Herz, trotz aller Vorkehrungen, die meine Mutter getroffen hatte. Ich will nur noch hinzufügen, dass er mir, als er die Mädchen in meinem Dorf kennenlernte, ständig mit den schmutzigen Gelüsten in den Ohren lag, die sie in ihm weckten, und dass diese obszönen Unterhaltungen sich auch auf meinen Charakter und mein Temperament auswirkten, indem sie mein ganzes Sinnen und Trachten nach der körperlichen Liebe lenkten.

Eines der Hausmädchen meines Vaters war von einer Kühnheit und zugleich von einer Naivität, die in völligem Gegensatz zu meinem Charakter standen. An sie machte sich Courtcou heran, mit der ganzen Schläue und Raffinesse, die ihm zu Gebote standen. Er lockte sie an Orte, wo er mit ihr allein sein konnte, und bedachte sie mit obszönen Zärtlichkeiten, immer darauf aus, angenehme Gefühle bei ihr zu erregen. Er fand heraus, was ihr Vergnügen machte, und von da an bekam er von ihr alles, was ihm ihre zarte Jugend zu geben vermochte. Schließlich erwischte man die beiden. Meine Mutter, untröstlich, dass sie ihre Kinder einer solchen Gefahr ausgesetzt hatte, jagte Courtcou an einem Samstag davon. Germain, der Pflugknecht, hütete die Schafe am Sonntag selbst, während sein Kamerad Simon Droin zu meiner Tante Merrat nach Accolay ging, um einen Schäfer zu suchen, der ein anständiger Kerl war. Meine Tante gab ihm einen jungen Burschen namens Larivière mit, der weder die Fehler von Courtcou hatte noch dessen Fähigkeiten.

Am 28. August, dem Tag vor dem Patronatsfest in Sacy, traf Monsieur Jean Rétif ein, wie er es versprochen hatte. Mein Vater war ihm bis Nitry entgegengegangen – und zwar allein, obwohl ich darum gebeten hatte, ihn begleiten zu dürfen, und er zunächst auch einverstanden gewesen war. Jean Rétif hatte einen Wagen, denn er war sehr reich. Ich war neugierig auf diesen ehrenwerten Mann von strenger Tugendhaftigkeit, über den mein Vater ständig sprach, weil er ihm so viel zu verdanken hatte. Jean Rétif war sehr einfach gekleidet: ein alter Rock aus grauem Tuch, die Schuhe aufgeschnitten wegen der Hühneraugen. Das Gehen fiel ihm schwer. All das bemerkte ich, während ich ihn entlang der Mauern auf der Rückseite der Häuser zur Kirche begleitete, worum er meinen Vater gebeten hatte. Kaum waren wir allein, begann er mich auszufragen.

»Mein lieber Cousin, was lesen Sie?«

»Die Bibel, Herr Advokat, und auch mein Vater liest uns jeden Abend daraus vor.«

»Was hat sich Ihnen dabei besonders eingeprägt?«

»Oh! Die Erschaffung der Welt, und wie Adam gesündigt hat, von Eva in Versuchung geführt, nachdem sie ihrerseits von der bösen Schlange, die zu ihr sprach, verführt worden war. Und wie dann beide aus dem irdischen Paradies vertrieben wurden. Dann Kain, wie er seinen Bruder Abel tötete, und dann die Sintflut. Ach, mir gefällt die Taube so gut, die Noah zweimal ausfliegen ließ und die beim zweiten Mal mit einem grünen Zweig im Schnabel zurückkehrte. Und dann Ham, und dann Abraham, der seinen Sohn Isaak opfern wollte, aber der Engel des Herrn packte ihn bei seinem Arm.«

»Was ist Ihnen in der Bibel zum Betragen der Söhne gegenüber ihren Vätern aufgefallen?«

»Dass alle guten Söhne – wie Isaak, Jakob, Joseph – ihren Vätern mit Achtung begegneten, so wie mein Vater seinem Vater Jean Rétif mit Achtung begegnet, und dass alle schlechten Söhne, wie Ham,

Esau und fast alle Söhne Jakobs, ihren Vätern nicht mit Achtung begegneten, sondern ihnen Kummer machten.«

»Das ist sehr gut! Und was ist Ihnen sonst noch aufgefallen?«

»Moses, der brennende Dornbusch, aus dem Gott zu ihm sprach und wo er sich dann, wie mein Vater sagt, seinen wahren Namen gab. Die Plagen Ägyptens, und wie Pharao böse wurde, auch weil Gott sein Herz verstockte. Und wie dann die Israeliten durch das Rote Meer zogen. Und wie sie in der Wüste Manna aßen. Und wie sie ein goldenes Kalb errichteten und Gott sie dafür strafte.«

»Sie haben ein ausgezeichnetes Gedächtnis, und es wäre unverzeihlich, wenn Sie davon keinen Gebrauch machten! Was wollen Sie denn einmal werden? Welchen Stand würden Sie sich, in Anbetracht der Möglichkeiten, die Ihren Eltern offenstehen, wünschen?«

Diese Frage überstieg mein Verständnis. Ich kannte nur wenige Stände: den des Landmannes, des Winzers, des Pfarrers, des Schullehrers, des Chirurgen. Das war ungefähr alles. Denn die anderen Stände, wie Notar, Richter, Prokurator, kamen in Sacy nicht vor. Deren Aufgaben wurden hier von Landmännern übernommen (eine gute Idee, die für Städte allerdings leider nicht taugt). Ich antwortete, ich wisse es nicht, ich würde aber gern Schäfer werden. Jean Rétif lächelte. Er sagte etwas über die ständischen Berufe in den Städten, aber ich verstand nichts davon.

»Lernen Sie gern? Wollen Sie gern mehr wissen?«

»O, ja«, antwortete ich Jean Rétif, »ich würde gern alles wissen. Was passieren wird – in einem Jahr! Und wie man durch die Luft fliegen kann. Alle Geschichten der Welt. Alles, was man sich auf der ganzen Welt erzählt.«

»So, so! Sie lieben Geschichten?«

»Es ist so schön! Ich freue mich immer, wenn jemand etwas erzählt!«

»Aber wollen Sie denn auch nützliche Dinge wissen – von Geschäften? Wollen Sie wissen, wie man herausfindet, wer recht und wer unrecht hat bei einem Prozess? Die Künste kennenlernen, die

Malerei und die Bildhauerei. Die Wissenschaften, Rechnen, Mechanik, Geographie, Geometrie, die Kunst, Land zu vermessen wie der Geometer?«

»Ich weiß nicht.«

»Sie verstehen mich gar nicht, nicht wahr? Man muss Bescheid wissen, um sich etwas zu wünschen. Und Sie kennen das alles nicht. Aber verstehen Sie diesen Gedanken: ›Man muss Bescheid wissen, um sich etwas zu wünschen‹?«

Weil ich nichts sagte, sprach er weiter.

»Zum Beispiel: Sie lieben Geschichten. Aber bevor Ihnen jemand die erste erzählt hat, haben Sie sich Geschichten nicht so gewünscht wie heute, weil sie gar nicht wussten, was Geschichten sind.«

»Ja, ja, jetzt verstehe ich! Bevor ich Edmée Boissard zum ersten Mal sah, habe ich nie an sie gedacht, kein bisschen.«

Jean Rétif lächelte. »Ich sehe, Sie verstehen mich.«

In diesem Augenblick waren wir bis vor die Kirchentür gelangt, und ich lief zum Weihwasserbecken und zeigte ihm das Weihwasser.

Später, auf dem Rückweg wanderte mein Vater neben seinem ehrwürdigen Verwandten dahin. Ich blieb hinter ihnen, ohne besondere Absicht. Aber von ihrem Gespräch bekam ich einiges mit. Und das Wenige, was ich davon behalten habe, möchte ich hier getreulich wiedergeben.

»Nun denn, mein ehrwürdiger Gevatter?«, sagte mein Vater.

»Ich werden Ihnen sagen, was ich denke…«, sagte Jean Rétif, sah sich nach mir um und sprach dann leise weiter.

»Ja, gut«, sagte mein Vater nach ein paar Minuten, »aber wie ist nun Ihre Meinung? Soll ich einen Landmann aus ihm machen?«

»Nein.«

Das verhängnisvolle Wort, das über mein Schicksal entscheiden sollte, war gefallen. Es macht mir noch immer Herzklopfen, dieses Nein, das von der Güte diktiert wurde und das mir so schlecht bekommen ist! Dann sprach Jean Rétif weiter.

»Dieses Kind hat viel von seinem ältesten Bruder, aber es hat nicht mehr den gleichen Charakter, so wie es auch nicht die gleiche Mutter hat. Diese beiden Kinder gleichen sich in allem, was sie von den Rétif haben. Aber das, was sie von ihren Müttern haben, unterscheidet sie ganz erheblich! (Und noch einmal sagte er: *Ganz erheblich!*) Der andere ist erfolgreich, alle Welt schätzt ihn, wie ich weiß. Bei diesem nun würde ich nicht wagen, ihm die gleiche Wertschätzung zu verheißen.«

»Wie bitte?«, sagte mein Vater. »Haben Sie etwa eine Veranlagung zur Lasterhaftigkeit bei ihm entdeckt?«

»Nein, aber man sollte ihn nicht den Beruf seines Bruders ergreifen lassen. Er liebt die Frauen. Das ist kein Laster, wohl aber eine Neigung, die leicht zum Laster werden kann, so wie auch die Armut kein Laster ist und dennoch dafür sorgt, dass die Armen immer in Gefahr schweben, Spitzbuben zu werden. Der kluge Mann, der sich vorsieht, kann die Armut vermeiden. Aber um in der Neigung zu den Frauen den rechten Weg zu finden, braucht es eine Erfahrung, die sich immer erst einstellt, wenn es schon zu spät ist.«

»Ich werde dafür sorgen, dass er Unterricht bekommt«, entgegnete mein Vater. »Später werden wir dann sehen, was das Beste für den Jungen ist. Im Grunde taugt er doch zum Studieren, meinen Sie nicht auch?«

»Ganz sicher.«

Inzwischen hatte der Abbé Thomas auf die Bitten meines Vaters geantwortet und sich in Übereinstimmung mit unserem älteren Bruder einverstanden erklärt, mich zu sich zu nehmen. Mein Vater hätte mich schon vor der Weinlese nach Paris gebracht, wenn Larivière die Herde nicht im Stich gelassen hätte. So wurde ich denn noch einmal Hirte. Ich war kräftiger geworden, und man hörte mehr auf das, was ich sagte. Noch nie hatte die Herde so prächtig ausgesehen. Ich kehrte also in mein Tal zurück, um dort zu regieren. Aber der frühere Glücksrausch stellte sich nicht mehr ein.

Mir fehlte es an innerer Ruhe. Statt mich, wie im vorigen Jahr, dem Zauber der Gegenwart zu überlassen, versetzte ich mich zurück in die Vergangenheit. Alles, was mir seit dreizehn Monaten widerfahren war, spielte sich in meiner Phantasie noch einmal ab. Von meinen Hügeln entdeckte ich die Ortschaft Joux, und die Erinnerung an Julie Barbier, an ihren Reiz, ihre Vorzüge, ihre Freundschaft mit mir, stürzte mich in eine tiefe Melancholie. Diesem liebenswürdigen Mädchen so nah zu sein und sich nicht getrauen, sie zu besuchen! Immer hatte ich, wie Sokrates, einen Dämon, einen heimlichen Ratgeber, der mich auf unerklärliche Weise vor Gefahren bewahrte. Julie war kürzlich Mutter geworden, ohne dass irgendjemand etwas ahnte, ausgenommen ihr Vater und ihre Stiefmutter. Ein weiterer Anlass zur Unruhe bestand darin, dass ich meinen Vater und meine Mutter jeden Tag von dem Plan reden hörte, mich nach Paris zu meinem zweiten Bruder, dem Abbé Thomas, zu schicken. Das alles störte meine Gelassenheit und verdarb mir jegliches Vergnügen. Ich war nicht mehr allein. Mich begleiteten die wirren Gedanken bis in mein geliebtes Tal, und sie raubten allem, was mich im letzten Jahr noch so bezaubert hatte, seinen Reiz. Trotzdem setzte ich, als ich dort war, meine Pyramiden wieder instand (armseliges Werk! Abbild allen menschlichen Tuns!), und an dem Tag, als ich damit fertig war, nahm ich, als hätte ich eine Vorahnung gehabt, Abschied von dieser geliebten Einsamkeit. Es war der gleiche Tag, an dem ich 1745 nach Joux in Pension gegangen war. Und tatsächlich, am Abend begegnete ich zu Hause einem Mädchen, das von nun an unsere Hirtin sein sollte. Marie Coquolly ging am nächsten Tag allein auf die Weide. Um elf Uhr traf auf ihrem Esel die gute Marguerite Pâris ein, die Haushälterin meines Bruders, des Pfarrers von Courgis. Sie hatte einen Brief des Abbé Thomas dabei, in dem er den Tag meiner Abreise festgesetzt hatte. Mir erschien dieser Brief wie ein Unglück, und heute sehe ich, dass ich mich nicht getäuscht habe!

Leser! Meine glücklichsten Tage sind vorbei! Wie mir die Unschuld zerrinnt, so schwindet auch die Glückseligkeit! Als ein zweiter Ikarus und so unbesonnen wie er, muss ich nun neuen Gefahren trotzen!

Quid fuit ut tutas agitaret Daedalus alas,
Icarus immensas nomine signet aquas?
Nempe quod hic alte, demissius ille volabat;
Nam pennas ambo non habuere suas.

Ovid, *Tristia III*, Elegie 4, v. 21–24.*

ZWEITE EPOCHE

Als Chorknabe in Paris
1746–1747

Felices quibus usus adest! Ego nescia rerum
Difficilem culpae suspicor esse viam.

Ovid, *Heroides XVII,*
Helene Paridi, v. 145–146.*

Bicêtre ist ein Hospital, dessen entehrter Name uns noch immer unangenehm in den Ohren klingt. Man weiß, der eine meiner beiden Brüder aus der ersten Ehe meines Vaters war seit fünf Jahren Priester und seit zwei oder drei Jahren Pfarrer von Courgis, das eine Meile von Chablis und drei Meilen von Auxerre entfernt liegt. Mein anderer Bruder blieb einfacher Geistlicher und wollte, nachdem er das Seminar verlassen hatte, in Paris als Hauslehrer arbeiten. Er fand eine Stelle bei Jansenisten. Er konnte aber die Rechthaberei des Vaters, die Kleinlichkeit der Mutter und die *reizenden* Launen des Kindes nicht ertragen und verließ dieses Haus wieder.

Während er bei seiner Schwester Marie wohnte, erblickte er eines Tages einen jener frommen Abenteurer, deren glattes, schimmerndes Haar schon auf ihre Scheinheiligkeit hindeutet. Der Abbé Thomas verspürte sogleich eine Sympathie für ihn und fühlte sich angezogen.

»Bestimmt ist das ein Ehrenmann!«, sagte er zu Marie. »Er kommt jede Woche durch unsere Straße.«

Der Abbé Thomas passte ihn auf dem Rückweg ab und grüßte ihn. Beim Anblick von Haaren, die so glatt und schimmernd waren wie die seinen, setzte Fusier das heuchlerischste Lächeln auf, das ihm zu Gebote stand.

»Ja, bin ich Ihnen denn bekannt, Bruder?«

»Ich erkenne Ihre Frömmigkeit. Ihr gilt mein Gruß. Treten Sie ein, Mann Gottes.«

Fusier trat ein. Man stelle sich einen stämmigen, gutaussehenden Mann aus der Normandie vor – sechs Fuß groß, mit einem süßlichen Lächeln im Gesicht, wohlbeleibt, mit roten Backen, die großen Augen auf frömmlerische Art halb geschlossen –, der kräftig aß, reichlich trank, wie ein Besinnungsloser schlief, sich stattlich kleidete und dabei ständig von Bußetun und Selbstkasteiung sprach. Er war ein Scharlatan und warf begehrliche Blicke auf Marie, als sie ihn zum Essen einlud und ihm aus dem Mantel half, unter dem ein Quersack zum Vorschein kam. Während im guten Zimmer der Tisch gedeckt wurde, gab sich der Abbé Thomas als Schüler des Monsieur de Caylus* zu erkennen (worauf man ihm um den Hals fiel). Auch erwähnte er beiläufig seine Arbeit als Hauslehrer. Fusier war der Lehrer der Chorknaben von Bicêtre. Aber einfallsreich, wie er war, hatte er seinen Tätigkeitsbereich enorm erweitert. Aus sechs oder acht kurzgeschorenen Knaben mit roten Käppchen war ein Internat von fünfzig Kindern geworden, die meisten aus gutem Hause in Paris oder auf dem Land, die er in Soutanen steckte und die mit Pelerine und Chorhemd – im Chorgestühl auf Plätzen unterhalb der Priester – der Messe beiwohnten. Nachdem Fusier das Internat eingerichtet hatte, leitete er es nun auch. Er hatte sich der Anstalt von Bicêtre durch Almosensammeln sehr nützlich gemacht. Aus seinem Quersack hatte er das Gotteshaus renovieren lassen, und kürzlich war dort sogar eine Orgel eingebaut worden.

Man setzte sich zu Tisch. Er sah die ganze Gutmütigkeit von Thomas, dessen Schwester und dem Schwager. Irgendwann sagte er, ihm fehle ein Hilfslehrer, und nahm den Abbé Thomas schließlich mit. Im Grunde war Fusier mit all seiner Wohltätigkeit nur ein Intrigant, der die Frömmigkeit zum Deckmantel seiner Durchtriebenheit machte, bis ihm am Ende nichts anderes übrig blieb, als sich aus dem Staub zu machen. Dem ehemaligen Hauslehrer – arm, tugendhaft und selbstlos, wie er war – blieb nur das, was der andere zurückgelassen hatte. Der Quersack gehörte nicht dazu. Nachher glaubte der Abbé Thomas, er könne mich nun zu sich nehmen.

Mein Vater und meine Mutter waren überzeugt, dass ich Verstand und ein gutes Herz besäße, und sie zweifelten nicht daran, dass ich mir meine Unschuld auch bewahren würde, wenn ich eines Tages in einer Stadt lebte. Sie hofften, ich würde es zu etwas bringen, und meinten, sie dürften bei mir als dem Ältesten aus der zweiten Ehe nichts versäumen, damit aus mir ein Beschützer meiner jüngeren Geschwister würde. Doch kommen wir zurück auf Marguerite.

Die Weinlese war zu Ende, aber mein Vater hatte für den Rest des Tages noch zu tun. So übergab man mich am Dienstag, dem 15. Oktober der braven Haushälterin. Mein Vater sollte am nächsten Tag zum Mittagessen nach Courgis kommen und dann mit mir nach Auxerre wandern, wo wir übernachten würden, um am Donnerstagmorgen den Schleppkahn zu besteigen.

Am nächsten Morgen nahm mir mein Bruder die Beichte ab. Ich bin mir nicht sicher, ob es ihm nur darum ging, seine priesterliche Pflicht zu tun. Gegen Mittag traf mein Vater ein. Wir verließen Courgis gegen drei Uhr.

Beim Anblick von Auxerre, das sich wie ein Amphitheater einen Hügel hinauf erstreckt, war ich verblüfft. Mich, der ich bisher nie etwas anderes als kümmerliche Dörfer gesehen hatte, überkam die Bewunderung! Wir gingen weiter. Ich hatte auch noch nie eine Brücke gesehen – wieder eine Überraschung! Ich zitterte vor Ergriffenheit und Ehrfurcht.

In der Nähe des Hafens fanden wir unsere Unterkunft. Als wir die Stadt durchquerten, führte mich mein Vater an der Kathedrale vorbei, die mir wie ein Werk von Geisterhand erschien. Die riesige Christofferus-Figur machte mir Angst. Aber sie erinnerte mich auch an Nitry und Montgré. Der große Uhrturm entzückte mich, vor allem die Kugel mit den Mondphasen, wie an der Sorbonne in Paris. Mir kam es so vor, als seien hier alle Leute reich, und ich sagte es auf meine Weise: »Gibt es hier also nur Monsieurs?« Alle Frauen fand ich hübsch – die Kinder genauso, ich war hingerissen von all den Kinkerlitzchen, die diese Puppen bei sich trugen. Als wir zu unserer

Herberge kamen, trafen wir am Hafen auch meine Mutter. Monsieur Chambonnet, ein alter Freund, hatte sie hierherbegleitet und nahm uns dann zu einem Abendessen in seinem Haus mit. Ich war so schüchtern, dass ich mich ohne meine Mutter nicht getraut hätte, etwas zu essen.

Am Donnerstagmorgen fuhren wir, mein Vater und ich, mit dem Schleppkahn ab. Im Augenblick der Trennung fiel meine Mutter in Ohnmacht.

Ich hielt es auf dem Kahn nicht aus – wegen der häufigen Stöße, die die ungeschickten Lenker mit ihren langen Stangen dieser schwerfälligen Gondel versetzten, um sie an den Sandbänken vorbeizulotsen. Trotzdem hatte ich auch meinen Spaß. Wir bestellten uns zusammen mit einer Familie aus Paris die einfache Verpflegung. Zu dieser Familie gehörte auch ein Mädchen in meinem Alter – sanft und höflich wie alle Pariser Mädchen –, das alles tat, um mich zu unterhalten, und mir jeden Wunsch von den Augen ablas. Aber ich war so seekrank, als wären wir auf dem Ozean unterwegs, und konnte nichts essen. Wie hätte ich mich da über irgendetwas freuen können? Beim ersten Anblick hatte ich allerdings eine Anwandlung verspürt, ausgelöst von dem feinen Schuhwerk meiner mitfühlenden Schönen. Doch meinem Vater blieb nichts anderes übrig – er musste den Kahn mit mir verlassen.

Als wir wieder festen Boden unter den Füßen hatten, nahmen wir einen Karren. Da konnte ich nun das Gerüttel nicht ertragen. Ich fühlte mich sterbenselend. So musste denn mein Vater zu Fuß mit mir weitergehen. Meine Launen und meine Menschenscheu machten ihm schwer zu schaffen. Aber wenn er sich einmal beklagte, dann nur mit jener Milde, die ich seither noch oft an ihm bewundert habe.

Wir nahmen die alte Straße. Als wir in die Nähe der neuen kamen, hörte ich einen schrecklichen Lärm, der in meinen Ohren klang wie Donnergrollen. Ich schrie: »Vater! Vater! Da kommt eine Räuberbande!«

Edme Rétif lächelte. »Was du da hörst, das sind Kutschen, die nach Fontainebleau fahren, wo sich der König und der Hof anscheinend gerade aufhalten. Die Wagen rollen über das Pflaster. Es gibt ja nur einen König für ganz Frankreich, und alle Leute, die etwas zu erledigen haben, kommen zu ihm.«

»Um mit ihm zu sprechen?«

»Mit den Ministern, die seine Amtsgewalt ausüben. Aber das verstehst du noch nicht. Merk dir einfach, der König verteidigt alle Teile Frankreichs mit Armeen, die er mit dem Geld aus unseren Steuern unterhält.«

»Gegen wen verteidigt er sie denn, Vater?«

»Gegen die Ausländer, die Deutschen, die Engländer.«

»Wenn die nun kämen, würden dann ganz Sacy, Vermenton, die große Stadt Auxerre und all die Gegenden, die wir gesehen haben, sie besiegen?«

»Vor gut bewaffneten Soldaten würden sie alle davonlaufen.«

Ich verstand das nicht so recht.

Die Umgebung von Paris ist bezaubernd. Mit großem Vergnügen oder vielmehr großem Staunen betrachtete ich die schönen Häuser, die die Straße auf beiden Seiten säumen. Aber diese Großartigkeit weckte in mir keine Wünsche: Nichts davon erfüllte mich mit Neid, ausgenommen die Parks. Gern hätte ich in einem Wald gewohnt, in einer halben Wildnis, wenn nur das Schloss möglichst weit weg war! Ich fühlte, was wenige je empfunden haben – nämlich das, was ein Wilder, den es nach Frankreich verschlagen hat, empfinden muss, wenn er all diese schönen Dinge sieht. Wenn er eine Seele hat, wenn er also keiner von den unter uns so zahlreichen Automatenmenschen ist, die nie etwas gefühlt haben, dann muss ihn dies alles anfangs betrüben. Es mag sein, dass er später Geschmack daran findet, aber selbst dann bleibt diesem neuen Geschmack etwas beigemischt, wodurch er sich von dem unserer Schönlinge unterscheidet. Gäbe es die englischen Gärten nicht schon, so würde er sie erfinden, aber ohne unsere Kleinlichkeit. Ach, wenn ich damals schon einen englischen Garten gesehen hätte, wie sehr hätte er mich in Entzücken versetzt! Ich hätte ihn nicht mehr verlassen. So öffnete sich denn mein Blick – nicht für die Schönheiten, von denen mein Vater glaubte, sie würden mich beeindrucken, sondern für jene, die meinem Geschmack entsprachen. Ich wäre lieber gestorben, als eines jener schönen Häuser zu betreten, von denen ich mich gedemütigt fühlte. Sie verdoppelten meine natürliche Scheu. Mein Vater wusste sehr wohl, dass meine Schüchternheit aus dem Stolz erwuchs und dass niemand je so sehr geglaubt hat, er sei zum Befehlen berufen, wie ich. Wäre ich als Prinz zur Welt gekommen, hätte man meine Seelengröße bewundert. Hätte man die Gründe für die Ungeselligkeit eines kleinen Bauernjungen aus Niederburgund erkannt, der zu Fuß unterwegs ist, um in Bicêtre Chorknabe zu werden, dann hätte mein Stolz nur Mitleid erweckt. Meine Scheu gegenüber so vielen Leuten erwuchs die halbe Zeit über aus meinem Stolz oder einem starken Überlegenheitsgefühl. Beim Umgang mit sehr gebildeten Leuten erwuchs sie aus dem Gefühl meiner Unterlegenheit.

Hinter Villejuif erblickten wir eine ungeheure Masse von Häusern und darüber eine Wolke aus Rauchschwaden. Ich fragte meinen Vater, was das sei.

»Das ist Paris. Eine große Stadt! Man kann sie gar nicht ganz sehen, von hier aus.«

»Ah, wie groß Paris ist! Es ist bestimmt so groß wie das Gebiet von Vermenton bis Sacy und von Sacy bis Joux!«

»Ja, mindestens.«

»Und wie viele Leute es da geben muss!«

»Es sind so viele, dass sie sich untereinander gar nicht kennen, sogar in der Nachbarschaft nicht und nicht mal im eigenen Haus.«

Ich überlegte einen Augenblick und sagte dann: »O Vater! Da möchte ich wohnen, mein Leben lang.«

Mein Vater lächelte.

»Magst du denn die Leute nicht?«

»Jedenfalls nicht die Leute, die mich kennen! Die stören mich. Ich fühle mich nicht frei. Aber da kennt man sich nicht, sagen Sie?«

»Nein.«

»Man grüßt sich also auch nicht?«

»Nein.«

»Da passt dann also auch keiner auf den anderen auf?«

»Nein, nein.«

»Auch auf mich nicht?«

»Nicht im Geringsten.«

Ich bebte vor Freude, als ich sagte: »Das will ich sehen, das will ich sehen.«

Wir gingen jedoch nicht direkt nach Paris. Als mein Vater sah, dass wir vor dem Tor von Bicêtre standen, wo der Abbé Thomas wohnte, trat er ein.

In diesem Haus war ich überhaupt nicht verlegen – ich sah dort ja nur Unglückliche, die mir unterlegen waren. Zuerst besuchten wir die Kirche. Ich hörte, wie mein tugendhafter Vater Gott für den guten Ausgang seiner Reise dankte und wie er Gottes Segen für mich erbat.

Im selben Augenblick zog ein anderes, neues Schauspiel meine Aufmerksamkeit auf sich: dreißig Kinder in Soutane und Pelerine, die auf einen Schlag hereinkamen. Ich betrachtete sie voller Bewunderung und rief ganz unbefangen: »Oh! Lauter kleine Pfarrer!« Es lag daran, dass ich bisher nur Priester gesehen hatte, die auch Pfarrer waren. So glaubte ich, beide Wörter bedeuteten das Gleiche. Und mein Instinkt eines Zwölfjährigen taugte mehr als der Verstand mancher alter Männer.

Nachdem die Kinder der Messe beigewohnt hatten, wollten sie die Kirche mit meinem Bruder wieder verlassen, den wir erst in diesem Augenblick ansprachen. Denn es gehörte zu den Grundsätzen meines Vaters, niemanden bei der Ausübung seiner beruflichen Pflichten zu stören – und am allerwenigsten die eigenen Kinder. Edme

Rétif genoss bei seinen Söhnen den allerhöchsten Respekt, und das hieß auch, er wurde stets empfangen, wie es sich gehört.

Hier muss ich ein Porträt des Abbé Thomas einfügen. Er war ein großer, hagerer Bursche mit einem länglichen, braunen, schwärzlich gefleckten Gesicht und glänzender Haut, einer Adlernase und schwarzen, dichten Augenbrauen. Seit einem Unfall hatte er auf der rechten Backe eine nussgroße Geschwulst. Er war verschlossen und sehr stark, ohne dass man ihm dies ansah – außerdem aufbrausend, leidenschaftlich, sinnlich. Aber die Frömmigkeit hatte ihn gelehrt, sich zu beherrschen. Die Zweitrangigkeit war ihm gleichsam angeboren. Er besaß wenig Willenskraft und eine sehr ehrerbietige Seele, das aber, wie mir scheint, weniger aufgrund seines Naturells als wegen der Verdienste seines älteren Bruders, der ihm in allem überlegen gewesen war. Er hatte weder die Seele noch die Hautfarbe der Rétif, sondern die Seele und die fahle Haut der Dondaines, von denen seine Mutter herstammte. Er war gehemmt, aber auch brutal, wenn er zum Äußersten getrieben wurde. Die Kinder von Barbare Ferlet liebte er nicht und machte sich einen Spaß daraus, sie zu demütigen. Man darf aber nicht vergessen, dass die Religion seine guten Seiten stärkte und seine Fehler schwächte, so dass sich sein Mangel an Verstand manchmal in die liebenswürdigste, offenherzigste Gutmütigkeit verwandelte.

Wir stiegen zum Schlafsaal der Chorknaben hinauf, von wo man eine sehr schöne Aussicht hat: Von den Fenstern sieht man ganz Paris liegen oder zumindest das, was von dieser Seite aus davon sichtbar ist. Ich war sehr froh über die kleinen Pfarrer, zu denen nun auch ich zählen sollte. Alle umringten mich und bereiteten mir einen doppelten Empfang – als ihrem neuen Kameraden und als dem Bruder ihres Lehrers. Nach einer kleinen Erfrischung machten wir uns auf den Weg nach Paris – mein Vater, der Abbé Thomas und ich.

Ich war sehr munter. Es überraschte selbst meinen Vater, dass ich nicht schüchterner war. Aber er verstand, dass Kinder, wie ich eines war, Kinder, die mir nicht überlegen waren, mich auch nicht einschüchterten. Wenn mein Bruder nur einer der beiden Messdiener, Olivier und Paul, gewesen wäre, hätte ich mich vor allen so geniert wie vor dem Erzbischof. Aber er war ihr Lehrer – warum sollte ich mich da schämen?

Weil mich die Blattern so sehr entstellt hatten, dass mein Bruder beteuerte, er habe mich zunächst nicht wiedererkannt, wollte man mich vorgehen und allein bei meiner Schwester eintreten lassen. Damals muss eine regelrechte Woge von Spaß an der Geselligkeit über mich gekommen sein, denn ich erklärte mich, wenn auch zögernd, bereit, bei diesem Streich mitzumachen. So bekam ich einen weiteren Beweis dafür, wie sehr diese arabische Plage meine Schönheit verheert hatte. Meine Schwester* sah mich mit kaltem Blick an und fragte bloß, was ich wolle. Ihr Mann, scharfsichtiger als sie, sagte: »He! Ich möchte wetten, da kommt ein kleiner Burgunder, oder?«

Nun zeigte sich auch mein Vater. Meine Schwester lief ihm entgegen und umarmte ihn mit Tränen in den Augen, begrüßte ihren Bruder und kam dann wieder zu mir.

»Er ist nicht mehr so hübsch wie früher«, sagte sie. »Aber Hauptsache, es geht ihm gut.«

Sie konnte sich gar nicht mehr beruhigen vor lauter Verwunderung über die Veränderung, die ich durchgemacht hatte. Ich war nicht mehr blond wie meine Mutter, sondern dunkelhaarig wie mein Vater. Meine Haare, die früher lockig waren, hingen nun lang an meinem langen Gesicht herunter, das durch die Erschöpfung und die Reise noch schmaler und obendrein schwärzlich geworden war. Und man weiß ja, dass pockennarbige Leute nur mit Hilfe von viel Weiß ein erfreuliches Aussehen zurückgewinnen können. Das Essen wurde aufgetragen, und dabei brachte man mich zum Erzählen.

Mein Vater und mein Bruder hatten auf dem Weg hierher viel miteinander gesprochen, und ich war immer vorausgelaufen und hatte alles, was mir auffiel, voller Verwunderung betrachtet. Ich fühlte mich überhaupt nicht eingeschüchtert von Paris. Es kam mir vor wie mein natürliches Element. Ich wurde gefragt, was mir besonders aufgefallen wäre, und gab ein paar kindliche Beobachtungen über die Läden, die Verkäuferinnen und die Lakaien zum Besten. Zuletzt schilderte ich eine ganze Szene – zum ersten Mal in meinem Leben. Dabei hatte ich die Lektionen von Coqueley-Chaussepierre*, wie man die Menschen ernsthaft zum Lachen bringt, noch gar nicht absolviert.

»Aber … ha! ha! ha! Was mich am meisten gewundert hat *(ich stand vom Tisch auf, um die Szene besser darstellen zu können)*, war ein junges Mädchen, halbnackt, denn ihr zerfetzter Unterrock reichte ihr nur bis zu den Knien, dazu löchrige Schuhe, vor Schmutz starrende Strümpfe und eine kurze Jacke, durch die man die Löcher in ihrem Hemd sah. Sie trug einen Bauchladen vor sich her und sang immerzu: *Bern! Bern! Backnebern!* Sie war so fröhlich und frech und zufrieden, als wäre sie gut angezogen. Sie lachte allen ins Gesicht. Ich hätte trotzdem Mitleid mit ihr gehabt, wenn sie sich nicht über mich lustig gemacht hätte, als ich zu ihr hinging, weil ich sehen wollte, was sie da verkaufte. ›Fü wivel wollnse denn, kleinä Mann? 'ch geb Ihn' fürer zweij Liards.‹ Ich sagte nichts. Da hat sie mich schon böse angeschaut und zu einer von ihren Kameradinnen gesagt: ›Siema, Marie-Louise, dä kleene Sesselfurtzer do, wie blöd der kuckt, Doofkopp därer iss. Wie als wär ich ne Kirmespuppe. Dä kömmt b'stimmt von weit her, mit sin staubije Schuh, dä kleene Dämlak!‹ Und dann fing sie wieder an zu singen: *Bern! Bern!* Die beiden Fäuste in die Hüften gestemmt – so! Ich weiß nicht, was es war, denn sie hatte alles mit einem alten schwarzen Tuch zugedeckt. Aber es roch wie gebackene Birnen.«

Ich erzählte das so einfältig, dass alle, sogar auch mein Vater, herzlich lachten.

»Er gefällt mir sehr gut, mein kleiner Bruder«, sagte Marie. »Geben Sie gut auf ihn acht, Bruder«, fügte sie, an den Abbé Thomas gewandt, hinzu.

»Das ist ja ein Witzbold!«, rief Beaucousin.* »Ich werde ihm noch ein paar komische Sachen beibringen.« Und dann gab er tatsächlich ein halbes Dutzend lahme Witze von sich, über die er selbst viel lachte, die ich jedoch alle vergessen habe. Aber bei Langlois* werden solche von der gleichen Sorte immer noch verkauft. Nachher, während ich draußen vor der Tür *Paris ansehen* war (aber nach drinnen lauschen konnte ich trotzdem), erzählte ihnen mein Vater, wie sehr mein Bruder, der Pfarrer, über mein enormes Gedächtnis gestaunt hatte. Das gefiel dem Abbé Thomas, und er nahm sich vor, mit mir als Vorbild seine Schüler anzuspornen, die fast alle ziemlich nachlässig waren.

Nach dem Essen und einem kurzen Spaziergang in der Stadt musste ich meinen Vater verlassen und mit dem Abbé Thomas nach Bicêtre zurückkehren. Dieser Abschied war nicht allzu schmerzlich, weil mein Vater noch nicht abreiste und ich ihn wiedersehen sollte. Außerdem war ich wie im Rausch.

Unterwegs sagte mir mein neuer Lehrer allerlei sehr vernünftige Dinge. Er machte mich darauf aufmerksam, dass er viele Schüler habe und ich nun einer von ihnen sein würde; dass sich, wenn ich ihn weiterhin als Bruder anspräche, ein Unterschied zwischen mir und ihnen auftäte; dass es unparteiischer wäre, wenn ich mich mit ihnen gleichstellen und ihn, wie es auch die anderen täten, mit *Monsieur* anreden würde. Dieses Wort war für mich wie ein Lichtstrahl, und in meinem Überschwang fühlte ich, dass es meiner würdig wäre, wenn ich den Blutsbanden nichts zu verdanken hätte. Ich würde mich Nicolas-Edme nennen. Der Abbé Thomas erklärte mir, die Jungen untereinander würden sich in ihrer kleinen Gemeinschaft mit *Bruder* ansprechen. Es gebe allerdings auch schon zwei Schüler, die meine Namen trügen, den Bruder Nicolas und den Bruder Edme, und diese Namen könne man ihnen nun auch nicht mehr wegnehmen.

»Aber ich weiß einen anderen, der für Sie passen würde«, fuhr er fort. »Sie könnten Bruder Augustinus heißen, das ist ein schöner Name, der des größten Kirchenlehrers überhaupt. Wären Sie damit einverstanden?«

Ich antwortete, ich fände diesen Namen sehr schön, und er sei genauso gut wie der Name *Monsieur Nicolas*, den man mir auf dem Lande gegeben habe.

»Wie bitte? *Monsieur Nicolas?!*«

»Ja, Monsieur, so heiße ich in Sacy.«

Der Abbé Thomas war hocherfreut, dass ich mich aus freien Stücken so gefügig zeigte, und sah darin ein gutes Vorzeichen, was meinen Gehorsam anging.

Bei unserer Ankunft bekam ich einen Platz – nicht an dem kleinen Tisch, wo mein Bruder mit dem Hilfslehrer, Monsieur Maurice, und zwei von den Jungen aß, die ein rotes Käppchen trugen*, Bruder Nicolas Fayel und Bruder Jean-Baptiste Poquet, sondern an einem der beiden großen Tische, zwischen Bruder Edme und Bruder Joseph: der Erste ein Witzbold, der einen immerzu neckte; der andere ein Rotschopf mit dem dazu gehörigen Charakter. Beide kosteten mich viel Geduld.

Mein Vater war abgereist, und ich war bei seinem Abschied nicht dabei gewesen. Aber gewiss wurde ich mir dessen erst, als ich einen Gruß unter den Neujahrsbrief an ihn setzen sollte. Sowie ich spürte, dass er nicht mehr in Paris war, befiel mich wieder die grausame Krankheit, unter der ich schon in Vermenton so schwer gelitten hatte. Unwillkürlich kullerten mir die Tränen aus den Augen, auch wenn ich gerade ein mühsames Lächeln aufsetzen wollte. Meine Lage erschien all diesen lieben Kindern so interessant, dass sie ihr ganzes Geschick aufbrachten, mich zu zerstreuen. Bruder Nicolas und Bruder Jean-Baptiste, die beiden Lieblingsschüler, kümmerten sich am meisten um mich, und ihre Aufmerksamkeit war von einem Zartgefühl, das mich manchmal beruhigte.

Vor allem Fayel begegnete mir anfangs mit solcher Sanftheit und Liebenswürdigkeit, dass er mein Herz bald erobert hatte. Bruder Jean-Baptiste ähnelte manchmal ein wenig den koketten Mädchen, von denen sein feiner Geschmack, seine Eleganz und sein Reiz herzustammen schienen. Er war aber weder affektiert noch leichtfertig.

Doch nachdem ich Fayel einmal den Vorzug gegeben hatte, stritt er mit mir und quälte mich, sobald ich auch nur ein paar Worte mit dem hübschen Bruder Jean-Baptiste gewechselt oder auf eine Frage von ihm geantwortet hatte. Dessen weibliche Gesichtszüge mit ihren lebhaften, rosigen Farben deuteten eher auf ein verkleidetes Mädchen als auf einen richtigen Jungen hin.

Nach dem Essen spielte ich mit Fayel oft Schach oder *cochonnet* – das war ein Würfel mit zwölf Flächen. Eines Abends jedoch schmollte Fayel mit mir mehr als gewöhnlich. Er wollte nicht mit mir spielen und schwieg, wenn ich ihn etwas fragte. Nachts konnte ich deswegen nicht schlafen.

Am nächsten Morgen sagte ich zu ihm: »Was habe ich dir getan? Sprich: Wenn ich dir Unrecht getan habe, will ich es wiedergutmachen, aber hör auf zu schmollen. Ich brauche deine Freunschaft…« (So ungefähr drückte ich es aus.) Bruder Nicolas sah mich an, und ich sah Tränen in seinen schönen Augen. Ich war so betroffen, dass ich ihm um den Hals fiel.

»Ach, ich werde diese schreckliche Eifersucht nicht los! Mein lieber Augustinus! Ich hasse Bruder Jean-Baptiste. Rede nicht mehr mit ihm.«

»Willst du denn, dass ich undankbar bin? Hat er mich nicht wie einen Bruder gepflegt? – Ah, du willst wirklich, dass ich undankbar bin!«

Ich hielt einen Augenblick inne, und als ich ihn wieder ansah, kam es mir vor, als sei er ganz bleich geworden.

»Also gut«, sagte ich zu ihm, »ich werde undankbar sein, lieber das, als dir Kummer machen.«

Unsere Freundschaft wurde hierdurch noch gefestigt. Aber ich bat Bruder Joseph, der rechts neben mir saß, mich bei dem jungen Poquet zu entschuldigen. Dieses Kind ließ mir ausrichten: »Ich kenne Fayel. Bruder Augustinus braucht sich meinetwegen nicht zu beunruhigen. Ich werde ihn immer lieben, und Fayel auch.«

Der Palmsonntag stand bevor, und ich hatte seit dem vergangenen Oktober weder die Strümpfe noch die Hose, noch die Schuhe gewechselt, mit denen ich gekommen war. Es war eine Folge meiner natürlichen Schüchternheit. Ich hatte nicht gewagt, danach zu fragen. Alles war in Fetzen, aber wegen meiner Soutane hatte niemand etwas bemerkt. Der Abbé Thomas dachte an so etwas nicht, weil sich andere darum kümmerten. Fayel fiel als Erstem auf, dass ich nie in die Kleiderkammer ging. Eines Abends wartete er, bis ich eingeschlafen war, und untersuchte dann mein Unterzeug. Er fand es in einem Zustand von traurigstem Zerfall! Er weinte aus lauter Kummer darüber, dass er nicht früher an meine Bedürfnisse gedacht hatte. Er weckte mich nicht. Aber er rief leise nach dem Burschen, der die Nachtwache hielt.

»Paul«, sagte er zu ihm, »bringen Sie morgen früh vor dem Aufstehen meinem Nachbarn hier die Sachen, die ich Ihnen auf einem Zettel notiere.«

Er schrieb alles auf, und Paul, der wusste, dass Fayel einer der beiden Günstlinge meines Bruders war, führte diese Anordnungen sorgfältig aus. Am nächsten Tag, beim Aufstehen fand ich alles, was ich brauchte. Fayel tat, als würde er mein Erstaunen nicht bemerken. Ich zog mich an. Und im Laufe des Tages bemerkte ich, dass mir Fayel viel freundlicher begegnete als gewöhnlich. Mein Herz erriet die Ursache hierfür. Aber wenn ich noch gezweifelt hätte, so hätte mir eine kurze Unterhaltung, die ich während der Pause nach dem Essen zufällig mit anhörte, die Wahrheit offenbart. Fayel und Poquet hatten das Krankenrevier betreten. Ich wollte ihnen folgen. Sie sprachen über mich.

»Ach, Fayel – wie konnten wir nur…! Der Bruder des Lehrers, so bescheiden, so schüchtern, dass er nicht wagt, das Allernötigste für sich zu erbitten!«

»Er war … er war … ach!«, stammelte Fayel gerührt, erschüttert.

»Heiliger Jesus!«, rief Poquet. »Er hat es aus Bußfertigkeit getan! Aus dem wird noch ein Heiliger.«

Was für ein köstlicher Genuss! Zum ersten Mal verspürte ich die ganze Süße der Freundschaft.

Obwohl mir das *philandrische* Laster* eigentlich völlig fernlag, wäre es um meinen sittlichen Lebenswandel vielleicht doch irgendwann geschehen gewesen, wenn nicht ein Dolchstich in meine Tugendhaftigkeit den Abszess geöffnet hätte, der mir anderenfalls den Tod gebracht hätte. Eines Tages wurden Fayel und ich zur Schwester Oberin geschickt. Wir sollten sie bitten, die Vorräte in unserer Kleiderkammer auffrischen zu lassen. Wir trafen die Mutter nicht an, statt ihrer aber eine hübsche Gehilfin. Sie schickte Fayel zu der Oberin, die ihn sehr gernhatte, und behielt mich bei sich – eine Dunkelhaarige von zwanzig Jahren. Sie stellte mir hundert Fragen nach meiner Heimat und meiner Familie. Von Zeit zu Zeit ging sie zur Tür und sah hinaus. Sie schien sich irgendetwas zu wünschen, und ich musste sie immerzu ansehen. Schließlich erkannte sie, wie meine feurigen Blicke meine Zaghaftigkeit Lügen straften, und erriet … die Wahrheit. Noch einmal lief sie zur Tür, kam dann hastig zurück und streckte mir vor lauter Freude oder Verwunderung die Hände entgegen. Sie setzte sich wieder und zog mich zu sich.

»Wer macht Ihnen denn das Haar zurecht?«, fragte sie.

»Eine Halbschwester von mir.«

»Ist sie jung? Ist sie hübsch?«

»Nein, Schwester.«

»Nein, Schwester, nein, Schwester – rasch, lassen Sie mich das machen.«

Ich ging vor ihr auf die Knie. Schwester Melanie drückte mein Gesicht zwischen ihre Schenkel.

»Ist sie älter als ich?«

»Ach, liebe Schwester, Sie sind jung.«

»Liebe Schwester, liebe Schwester! Ist sie hübscher als ich?«, fragte sie und rutschte dabei auf ihrem Stuhl herum.

»Sie sind die Hübscheste von allen!«

»Ah, Sie kleiner Mann!«

Wieder wackelte sie hin und her. Ein Instinkt, eine doppelte Erinnerung ließ mich aufstehen und ihr um den Hals fallen. Ich bugsierte sie zu ihrer hübschen Liege hinüber.

»Ah, der arme kleine Mann!«, sagte sie lachend und wich nun aus eigenem Antrieb zurück. »Was will er denn bloß?«

Ich war außer mir.

»Was will er denn bloß? Was sucht er denn da?«

Mehr Gegenwehr leistete Schwester Melanie nicht. Sie bekam, was sie wollte … und überschüttete mich mit Zärtlichkeiten. Und als ich ein wenig zu ermüden schien, gab sie mir etwas von einem Elixier. Ich hatte es kaum geschluckt, da kam Fayel zurück. Wir entfernten uns. Während wir nebeneinander hergingen, wurde uns klar, dass wir beide von dem gleichen Elixier getrunken hatten. Aber er blieb diskret – genau wie ich.

Es hatte geheißen, wir sollten in vierzehn Tagen wiederkommen. Weil wir erst sehr viel später kamen, hatte man uns noch den jungen Poquet mitgegeben, den die Schwestern auch sehr gernhatten. Bei der Vorsteherin hieß es, die Oberin und ihre hübsche Gehilfin Melanie seien im letzten Hof bei Schwester Saint-Augustin, die den dortigen Teil der Anstalt leitete. Ich weiß nicht, ob Melanie geplaudert hatte. Die Oberin führte Fayel mit sich fort, Schwester Saint-Augustin nahm Poquet, und ich blieb mit Melanie und der blonden fünfzehnjährigen Rosalie allein, der Gehilfin von Schwester Saint-Augustin. Rosalie verschlang mich mit ihren Blicken.

»Was – der?«, sagte sie zu Melanie.

»Ja, der.«

»Du lieber Gott! … Aber da braucht man doch keine Angst zu haben!«

»Natürlich nicht. Es ist eine gute Gelegenheit, die Sache zu erledigen, dann hast du es hinter dir!«

»Oh! Die Sache?«

»Ja, sicher! Zier dich nicht! Ich kenne dich doch.«

»Und die Mütter?«

»Die sind doch erst einmal zwei Stunden beschäftigt mit…« (Sie lachte schallend.)

»Also los denn! … Was muss ich machen?«

Melanie flüsterte ihr etwas zu.

»Oh, ich soll anfangen?«

»Für ein Straßenmädchen im Krankenhaus stellst du dich ganz schön an!«

Rosalie kam auf mich zu – so freimütig, wie es mir später nur noch einmal passiert ist, am 26. Mai 1756, bei der Massé…* Fast hätten uns die beiden Mütter überrascht. Aber Melanie, die an der Tür aufpasste, hielt sie bei der Tür einen Augenblick lang zurück. Man ließ uns alle drei von dem Elixier trinken, und dann begannen wir von neuem. Für einen frommen, kleinen Jansenisten war meine Moral etwas locker. Aber man hat ja wohl gesehen, dass nicht ich die Gelegenheit gesucht hatte und dass sich das erste Mal rein zufällig ergeben hatte, weswegen es mir dann so leichtfiel … Man darf auch nicht glauben, dass all meine Kameraden es so machten wie ich: Sie waren Kinder, die man liebkoste, aber für alles andere waren sie noch viel zu empfindlich.

Jansenisten sind ordnungsliebende Leute. Das kommt daher, dass sie alles gründlich durchdenken. Die Einteilung unseres Tagesablaufs war bewundernswert! Nicht ein Augenblick ging verloren: Morgengebet nach dem Aufstehen; Mundausspülen mit Wasser und Essig; Frühstück; Bruder Etienne, einer unserer Kameraden, schnitt und verteilte das Brot; bis zehn Uhr schreiben; laut lesen, alle aus demselben Buch, damit der Nächste immer gleich wusste, wo er weiterlesen sollte; eine halbe Stunde singen; Bruder Etienne, der Brotverteiler, war auch der Chorleiter; um zwölf Uhr aßen wir zu Mittag. Die Pause dauerte eine Stunde; dann nahmen wir die Lehrbücher vor – das Neue Testament, den Katechismus, die Grundzüge des Lateinischen (das Buch, das man mir hatte vorenthalten wollen); Rezitieren um drei; dann Schreiben und Rechnen; um vier ein Imbiss; um halb fünf begann jeder für sich zu lesen zur Bildung und zur Unterhaltung; der Bibliothekar, Bruder Jean-Baptiste, führte eine Liste aller begonnenen Bücher und brachte jedem sein Buch, bis man es zu Ende gelesen hatte; dann wählte man aus der Liste einen neuen Band, der gerade frei war. Die ungefähr drei Stunden freies Lesen nach eigener Wahl waren für mich immer eine Zeit, die ich lebhaft herbeisehnte. Schon morgens beim Aufstehen dachte ich daran. Während der glückliche Augenblick näherrückte, klopfte mir das Herz vor Freude. Und wenn die Stunde kam, war es für mich ein Genuss. Ich war glücklich, wie damals, als ich den *Guten Hirten* gelesen hatte. Meine lebhafte Phantasie versetzte mich an den Schauplatz meiner Lektüre. Es waren diese drei Stunden der Ekstase, die mich an das Leben in dieser Anstalt gewöhnten und mir den Aufenthalt dort lieb und teuer machten, so dass ich mich noch immer mit Rührung daran erinnere. (Es sind die gleichen drei Stunden, in denen ich später das gleiche freudige Herzklopfen spürte, sobald sich nämlich in einem unserer drei Theater* der Vorhang hob.) Welche Freude bleibt mir heute? Welche Stunde des Tages ist die glückliche? Ach, alle sind gleich, und mein Herz klopft nur noch vor lauter Schrecken.* Dem Lesen folgte eine halbstündige Besprechung. Einer der Lehrer fragte uns nach Schwierigkeiten, auf die wir gestoßen waren, und erklärte sie uns. Schüler, die sich hierbei nie meldeten, waren schlecht angesehen. Ich muss ganz gut angeschrieben gewesen sein, denn außer bei einer ganz und gar fesselnden Lektüre wie den *Leben der Wüstenväter* von d'Andilly oder den *Akten der Märtyrer* hatte ich immer eine Menge Fragen, vor allem zur *Römischen Geschichte* von Rollin, die mir eine neue Welt eröffnete und mich in tiefes Staunen versetzte! Oft ging der Hilfslehrer Maurice, wenn er meine Fragen nicht beantworten konnte, zum Lehrer. Der hatte mehrere Lexika bei sich und fand auf alles eine Antwort, die er uns dann als seinen Orakelspruch übermittelte. Um acht Uhr aßen wir zu Abend. Die Pause dauerte bis neun, und um halb zehn waren alle im Bett.

Ein Priester der Anstalt namens Aubry, von dem es hieß, er ähnele Santeuil*, sowohl der Gestalt als auch seinem seltsamen Gehabe nach, hielt eines Sonntags die Predigt bei der Vesper. Er sprach über die Verdammnis und versuchte, seinen Zuhörern begreiflich zu machen, wie sich der Übergang aus dem Stand eines lebenden Sünders zu dem eines toten Verdammten vollzieht. Seine Überlegungen erschienen mir so hellsichtig, dass ich ihm meine ganze Aufmerksamkeit schenkte. Im Übrigen interessierte mich dieses Thema nach den kleinen Verfehlungen mit den Schwestern sehr, die meinen eigenen Berechnungen zufolge allesamt Todsünden sein mussten. Außerdem hatte ich solche Angst vor der Hölle wie der junge Epikur vor dem Tartarus.

»Sünder«, rief Aubry, »werft nicht der Gottheit einen Mangel an Macht und Güte vor, wenn sie euch in die Tiefe des Höllenschlunds stürzen lässt! In vollkommener Freiheit habt ihr euer Los selbst gewählt, und zwar so: Gott ist die Ordnung schlechthin. Die Sünde ist ihrem Wesen nach Unordnung. Wenn ihr, erfüllt von Liebe zum Verbrechen oder zur Unordnung, an euer Lebensende gelangt, Sünder, wenn ihr dann sterbt und eure Seele sich im Augenblick des Todes von eurem Körper ablöst, ist sie für neue Eindrücke nicht mehr empfänglich. Auf ewig wird sie diejenigen bewahren, die ihr im Laufe ihres Lebens zuteilgeworden sind – bis zum Augenblick der Trennung von ihrem Körper und dessen Organen. Wenn ihr in diesem entscheidenden Augenblick bereit seid, meine lieben Zuhörer, euch der Liebe zu Gott oder zur Ordnung zu überlassen, wenn ihr euch diese Liebe zur Ordnung durch ein gutes Leben angeeignet oder zur Gewohnheit gemacht habt, so wird sich eure Seele, die nach dem Tod unveränderlich so bleiben wird, zu Gott aufschwingen, zur Ordnung und Vernunft schlechthin. Eine gewaltige Anziehungskraft, stärker als jeder Magnet, wird sie zu ihm hinschnellen lassen. Falls ihr Sünder jedoch im Gegenteil ein Leben geführt habt, bei dem ihr Gefallen am Laster, an der Unordnung, die Gott entgegengesetzt sind, gefunden und euch das Laster zur Gewohnheit gemacht habt, und falls ihr nun in dieser Verfassung sterbt, flieht eure zerrüttete Seele in eine Gegend fern der Ordnung, die sie immer verabscheut hat. Denkt nicht, Gott würde eure Seele verwerfen! Nein, er würde sich ihr öffnen, wenn sie zur Ordnung zurückkehren und diese Ordnung lieben könnte. Aber sie wird die Ordnung und Gott ewig verabscheuen, weil ihre Beschaffenheit nun ein für alle Mal festliegt. Und bildet euch nicht ein, nach einem Leben, in dem euch das Laster zur Gewohnheit und zum Genuss geworden ist, könnte ein schwächliches, von Furcht veranlasstes Bedauern euch die Liebe zur Ordnung oder zu Gott zurückgeben! Solches Bedauern wird eine lange Folge gegenteiliger Empfindungen nicht auslöschen. Ihr werdet in Zweifeln und Zittern sterben, und in Zittern und Zweifeln werdet ihr die ganze Ewigkeit hindurch verharren. Nie wird eure vom Körper getrennte Seele es wagen, sich mit der erhabenen Ordnung, die auch die Glückseligkeit ist, zu vereinigen. In ewigen Abgründen wird sie sich verstecken. Dort, ihr Sünder, wird eure Seele inmitten der Unordnung, also unter Schmerzen, Qualen und Verzweiflung, zu spüren bekommen, dass sie, wie die Verrückten, nicht mehr die Kraft zur Vernunft hat, und dies wird sie nur noch unglücklicher machen. Sie wird sich selbst zu einer unüberwindlichen Schranke, durch die sie für immer von Gott, von der Ordnung, vom Glück ferngehalten wird. Wenn dann die Auferstehung kommt, wird der Körper, der seinerseits unempfänglich geworden ist und sich moralisch oder physisch nicht mehr verändern kann, der Seele in alle Ewigkeit die gleichen Wahrnehmungen übermitteln wie im Leben – mit dem verhängnisvollen Unterschied, dass ein Strahl des himmlischen Lichts die dichte Finsternis, in die die Sünder getaucht sind, durchdringt, um die Illusion, die uns während unseres Lebens täuscht, zu zerstören und ihnen die schreckliche Wahrheit zu zeigen … Ach! Wenn der Verdammte nur einen

Augenblick lang Gott oder die Ordnung lieben könnte, würde die Verdammnis aufhören. Aber das ist unmöglich, die Naturgesetze lassen es nicht zu…«

Heute erscheint mir dieses Stück sehr viel verständiger als die Predigten von Bourdaloue und dem Abbé Poulle* über das gleiche Thema, wo die Sache so dargestellt wird, als würde »die Seele des Verdammten Gott lieben, der sie indessen zurückweist«. Aber könnte Ordnung die Liebe zur Ordnung zurückweisen? Das sind zwei Magneten, und der Jesuit ebenso wie der Abbé äußern hier einen ziemlich groben Unfug. Solange wir leben, fügen die beiden hinzu, sind wir es, die Gott fliehen, der uns wie ein sanfter Vater an sich erinnert. Nach dem Tod hingegen ist Gott derjenige, der uns flieht und sich verweigert. Was für ein kleinlicher, engherziger Gedanke! Was für eine anstößige, niedrige Gleichsetzung des Höchsten Wesens mit einer Geliebten, die lange getäuscht wurde und sich schließlich darüber empört und unerbittlich wird! Ach ihr Genies, ihr angeblichen Genies, genial seid ihr nur in den Augen der Oberflächlichen!

Aubrys Predigt gefiel niemandem außer mir. Ich sah, wie der Abbé Thomas und selbst die Priester der Anstalt die Köpfe schüttelten. Aubry bemerkte es, denn im zweiten Teil seiner Predigt versuchte er sich auf die Kirchenväter zu stützen, die hier jedoch nichts beitragen können.

Als wir in unseren Schlafsaal zurückgekehrt waren, sprachen wir über die Predigt, und der Abbé Thomas erwähnte einige Stellen. Mir fiel auf, dass ihn sein Gedächtnis im Stich ließ. Ich sagte zu Fayel: »Falls es gewünscht wird, könnte ich den ganzen ersten Teil der Predigt wiederholen.« Fayel sagte es Poquet und der wiederum dem Abbé Thomas. Unser Lehrer schien mir sehr überrascht zu sein. Schließlich jedoch mochte er diese Gelegenheit, sich ein Bild von meinem Gedächtnis zu machen, nicht versäumen und wollte gleichzeitig klären, ob die Erinnerung bei mir auch von Verständnis begleitet sei.

Er ließ mich in der Mitte des Kreises Platz nehmen. Dort sammelte ich mich einen Augenblick lang mit geschlossenen Augen. Ich stellte mir Aubry vor, und als ich nur noch ihn vor mir sah, half mir die Erinnerung an seine Miene und seine Gesten so sehr dabei, mich auf seine Rede zu besinnen, dass ich, abgesehen von ein paar Wörtern, die ich gegen andere mit gleicher Bedeutung austauschte, den ganzen ersten Teil seiner Predigt wiederholte. Nachher sagte man mir (denn ich bekam es nicht mit, weil ich in Gedanken den Bewegungen des Predigers folgte), dass auch meine Zuhörer, die Augen auf mich geheftet, mit halboffenen Mündern, sich, während ich sprach, an alles erinnerten. Noch nie hätten sie eine so konzentrierte Aufmerksamkeit und eine so tiefe Stille erlebt.

Nachdem ich geendet hatte, währte diese Stille noch einige Minuten. Schließlich sagte der Abbé Thomas zu mir: »Das war gut! Sie haben wirklich ein vorzügliches Gedächtnis.« Bruder Jean-Baptiste, der sich alles herausnehmen konnte, weil er der Lieblingsschüler war, sah den Lehrer lächelnd an und sagte: »Könnte es sein, dass er die Predigt in seinem Dorf auswendig gelernt hat?« Monsieur Maurice, unser Hilfslehrer, lächelte ebenfalls über diese Bemerkung. Doch der Abbé Thomas warf seinem Günstling einen Blick von solcher Strenge zu, dass der ganz blass wurde. Poquet schlug die Augen nieder und ließ zwei Tränen fallen. Alle meine Kameraden umringten mich, nachdem wir von unseren Plätzen aufgestanden waren. Bruder Edme, mein phlegmatischer Tischnachbar, sagte zu mir: »Ich würde einen Finger dafür hergeben, Ihr Gedächtnis zu haben.« Das seine taugte nämlich nicht viel. Seine Stärke lag allein in seinen Händen. Deshalb ließ man ihn auch zwei Stunden am Tag zeichnen, schreinern, feilen, Schriftzeichen in Kupfer gravieren, bildhauern usw. Als Fayel uns zu Bett brachte, sagte er ganz leise zu mir (denn nach dem *In manus** war das Reden verboten): »Lieber Bruder Augustinus, ich freue mich sehr über den Ruhm, den du dir da erworben hast. Aber ich fürchte, er wird dir schaden. Schon öfter ist mir aufgefallen, dass unser Lehrer dich herabzusetzen versucht. Habt ihr denn nicht die gleiche Mutter?«

»Nein, mein lieber Fayel.«

»Ah, dann sage ich nichts mehr.«

Er schwieg tatsächlich, und nachher haben wir nie mehr darüber gesprochen, denn es dauerte nicht mehr lange, bis sich unsere Wege für immer trennten.

Der Erzbischof von Paris, Gigault de Bellefonds, war gestorben. Kurze Zeit später wurde Christophe de Beaumont* auf diesen Platz berufen. Und kaum hatte er ihn eingenommen, da hielt er es für seine Pflicht, Krieg gegen die Jansenisten zu führen. Ich habe schon gesagt, dass ich kein großer Freund der Jansenisten war. Aber sie sind Christen wie die anderen auch – *y poco mas.** Mir ist es recht, wenn man ihnen keine wichtigen Posten gibt oder sie ihnen sogar wegnimmt. Aber was können reiche Privatleute schon Böses tun, wenn sie sich in einem Hospital dem Dienst an armen alten Leuten widmen und ihre Einkünfte mit ihnen teilen? Was für Proselyten könnten sie unter alten Handwerkern machen, die sich zurückgezogen haben, weil sie nicht mehr arbeiten können, die ihren Lebensabend an einem Zufluchtsort zwischen Krüppeln und Gelähmten verbringen, wo sie ihr Brot, ein Unterkommen und bei ihrem Tod ein Leichentuch haben? Verehrter Kirchenfürst, Sie hätten die Ruhe bewahren können. Ihre Fürsorge war bei uns fehl am Platze und hat nur Unheil angerichtet...

Der neue Erzbischof ernannte einen neuen Anstaltsleiter anstelle eines guten, altgedienten Kirchenmannes, Monsieur Villaret, den man seines Postens enthob. Der Zudringling war ein stürmischer Mann, eine jener kriecherischen Seelen, die den anderen nicht durch ihren Fanatismus zur Plage werden, sondern weil sie glauben, sich den Leuten, von denen sie Förderung erhoffen, ständig bemerkbar machen zu müssen. Zweihundert Jahre früher hätte man ihn erdolcht. Am Tag seiner Amtseinsetzung warf der neue Rektor dem Lehrer der Chorknaben und allen jansenistischen Vorstehern der verschiedenen Abteilungen, die ihn begrüßen kamen, missmutige Blicke zu. Das war ein böses Vorzeichen. Am nächsten Tag erwiderte er ihren Besuch. Ihm folgten die Priester Villaret, Desert, Bonnefoi, Aubry, Maclegny, unser Beichtvater, und ein Priester aus der Gascogne, dessen Name mir nicht mehr einfällt – er war noch hitziger oder arglistiger als der Rektor.

Maclegny war der Wortführer. »Der Herr Rektor möchte Ihre Bücher sehen«, sagte er nach einer kühlen Begrüßung. Unser Lehrer öffnete den Bücherschrank. Der Rektor und Bonnefoi sahen die Bücher durch, während Aubry mit Bruder Jean-Baptiste zu plaudern begann. Villaret und Desert, diese bedächtigen Männer, blieben in bedrücktem Schweigen beim Kamin, während der Priester aus der Gascogne die Jüngsten unter uns ausfragte. Mit seiner gewohnten Sanftmut und Friedfertigkeit gelang es Maclegny, alles, was den Rektor noch mehr hätte erzürnen können, beiseitezuräumen. Bonnefoi war ein eifriger Molinist*, aber mit seiner korrekten oder sogar strengen Art genoss er in der Anstalt allseits großen Respekt. Sein Leben war eine einzige gute Tat. Andere molinistische Eiferer schimpften auf die Jansenisten. Bonnefoi hingegen sagte kein Wort. Er war bestrebt, die Jansenisten an Lauterkeit noch zu übertreffen und es ihnen in der Wohltätigkeit gleichzutun. Auf diese Art mit ihnen zu wetteifern war sehr viel wirksamer als die andere! Er kümmerte sich um die abstoßendsten, am meisten verwahrlosten Armen. Um ihnen beizustehen, verzichtete er für sich auf das Nötigste. In der »Misericordia«, der Krankenabteilung für die Frauen (wo auch die Prostituierten behandelt wurden), habe ich aus seinem Mund die tröstlichsten Glaubenswahrheiten vernommen, vorgetragen auf eine Art, wie man sie sich anrührender nicht vorstellen kann.

Villaret hatte etwas Bissiges an sich, allerdings abgemildert durch die Religion. Den Priester Desert, so schien es, hatte eine liebenswürdige Natur geschaffen, um wie eine heilsame Salbe gegen alle Übel der Gesellschaft zu wirken. Sein offenes Gesicht und sein gefälliges Wesen machten ihn überall beliebt (wie es dann später auch meinem wunderbaren Freund Loiseau gelang). Aber ausgerechnet ihm, der so geeignet war, Frieden zu stiften und die Liebe zum Glauben zu verbreiten, hatte man – unter dem Vorwand, er billige den Jansenismus – die Ausübung seines Amtes soeben untersagt. Aubry sprudelte vor lauter Geist – er war ein Freigeist gewesen, nun aber war er weder Jansenist noch Molinist, noch überhaupt ein Christ, sondern ein nachgeborener Sohn, der aus der Normandie stammte und Priester geworden war, um einen Lebensunterhalt zu haben. Der Bretone Maclegny war ein zurückhaltender Mann, der sich den Anschauungen der Leute, mit denen er zu tun bekam, stets anpasste. Mit uns war er Jansenist und sprach als Jansenist – die gleiche Moral, die gleiche Lehre, die gleiche Strenge. Gegenüber den Molinisten und Leuten mit zartem Gewissen war er sanft und nachgiebig.

Eines Tages, als ich bei ihm beichtete, kam ich auf Nannette und Julie und auf Mélanie, Rosalie und Schwester oder Mutter Saint-Augustin zu sprechen, wobei ich allerdings den Stand der drei zuletzt Genannten verschleierte. Maclegny bekreuzigte sich, fragte mich nach meinem Alter und sagte mir, seit meinen ersten schmutzigen Gedanken an Nannette befände ich mich fortwährend im Stand der Todsünde und sei infolgedessen verdammt. Bei diesen Worten, deren Wahrheit meine jansenistische Erziehung mich nur allzu sehr spüren ließ, wurde ich ohnmächtig. Mein Beichtvater musste mir zu Hilfe kommen. Als ich wieder bei mir war, wiederholte ich unter Tränen: »Bei Monsieur Denattes* steht es auch so. Wenn ich in diesem Stand sterben würde, wäre ich dann auf ewig verdammt, wie Monsieur Aubry es gesagt hat?«

»Nein!«, sagte der Priester erschrocken. »Wenn man bereut und wenn das Bedauern ebenso lebhaft ist, bleibt nur eine lässliche Sünde übrig. Die Zerknirschung verändert deren Wesen, bis die Barmherzigkeit Gottes sie schließlich tilgt.«

So ging er mit mir um, als er mein ängstliches Gewissen erkannt hatte. Mit hartnäckigeren Seelen jedoch, wie es sie bei uns auch gab, mit Bruder Charles und Bruder François, oder mit verstockten Seelen, wie Bruder Denis, oder mit oberflächlichen, einfältigen Seelen, wie Bruder Ambroise, da wetterte er. So kam es, dass auch unser Lehrer ihm Vertrauen schenkte, denn ihm gegenüber kehrte Maclegny den Jansenisten hervor.

Wie gesagt, der Rektor und Bonnefoi überprüften unsere Bücher, und Maclegny schaffte einige von ihnen beiseite. Der Abbé Thomas jedoch – statt beim Verstecken mitzuhelfen – machte sich im Gegenteil geradezu eine Ehre daraus, seine Anschauungen, die in diesen Büchern dargestellt wurden, zu bekennen. Er nannte das: Zeugnis ablegen für die Wahrheit. Bonnefoi erblickte zuerst die *Histoire ancienne et romaine* von Rollin und lobte sie sehr. Doch als er dann auf Bücher über strittige Fragen stieß, sagte er in bedächtigem Ton zu unserem Lehrer, diese Bücher gehörten nicht in eine Bibliothek für Kinder.

»Man kann die Wahrheit gar nicht früh genug erkennen!«, entgegnete der Abbé Thomas. Worauf der Rektor das Wort ergriff: »Wollen Sie – ein einfacher, tonsurierter Kleriker – uns etwa in Fragen der Religion belehren?«

Tiefes Schweigen seitens unseres Lehrers.

Bonnefoi sagte zu ihm: »Ihre Anschauungen sind Ihre Sache. Darauf zu drängen, dass Sie sie ändern – es sei denn aus wirklicher Überzeugung –, wäre eine Ungerechtigkeit, wäre Tyrannei. Aber der Oberhirte oder seine Beauftragten müssen verhindern, dass Sie sie Ihren Schülern beibringen.«

Ein Buch nach dem anderen durchgehend, stieß Bonnefoi schließlich auf das Neue Testament von Quesnel, dessen mystische, manchmal hohle, aber stets von jansenistischem Scharfsinn durchdrungene Auslegungen mir nie gefallen haben, obwohl Hochwürden Antoine Foudriat während der Fastenzeit bei der Abendandacht in der Kirche daraus vorlas.

»Das hier«, sagte Bonnefoi, »verstößt nun allerdings gegen das ausdrückliche Urteil der Kirche!«

»Was ist es denn?«, fragte der Rektor. Er las den Titel und schleuderte das Buch mit einer Miene des Abscheus zu Boden. Der Abbé

Thomas stürzte herbei, um es aufzuheben. Aber Bonnefoi war vor ihm da. Er kniete nieder und küsste die Stelle, wo es aufgeschlagen war, und sagte dann, an den Rektor gewandt, aus tiefer Überzeugung: »Bedenken Sie, Monsieur, dieses Buch enthält den Text des ganzen Evangeliums … Wir sollten aufbrechen! Der Gleichmut hat Sie verlassen.«

Er stellte das Buch an seinen Platz zurück. Der Rektor achtete nicht auf ihn, sondern wollte nun, in seinem Zorn unterstützt von dem Priester aus der Gascogne, alle Neuen Testamente auf den Regalbrettern über unseren Plätzen mitnehmen. Unser Lehrer rief: »O mein Gott, man nimmt Deinen Kindern Dein Wort weg!« Diesen Aufschrei begleiteten die Rufe von uns allen. Ich weiß noch, dass ich mich, hingerissen von meinem geringen Eifer, dem Rektor näherte – ich, der schüchterne Nicolas – und etwas tat, das der kühnste meiner Kameraden nicht zu tun gewagt hätte: Ich richtete das Wort an ihn.

»Ich weiß von meinem Vater, dem ich mehr glaube als Ihnen, dass dies das Testament unseres Vaters Jesus Christus ist, in dem ich jeden Tag lesen muss, um von all dem Guten zu erfahren, das er mir hinterlassen hat.«

»Dein Vater«, herrschte mich der Rektor an, »ist ein Hugenotte.«

»Er geht jeden Sonntag in die Kirche!«, rief ich und begann zu weinen.

Auf dem Land bedeutet das Wort *Hugenotte* nämlich das Gleiche wie *Atheist*. Unterdessen zog Bonnefoi den Rektor am Ärmel aus dem Raum, wobei er ihm zuflüsterte: »Ihr gascognischer Geistlicher verwickelt Sie hier in eine Szene, Herr Rektor. Wir sollten aufbrechen! Lassen Sie uns aufbrechen!«

Villaret und Desert gingen sofort hinaus, den Blick zum Himmel gewandt. Der Gascogner folgte ihnen und rief von der Tür aus unserem Lehrer zu: »Du wirst fliegen, Heuchler! Fliegen wirst du!«

Bonnefoi hörte ihn und kehrte noch einmal zurück.

»Pfui, pfui!«, rief er. »Lieber Bruder! O Himmel! Darf ein Priester, darf ein Christ, so sprechen! Kommen Sie, kommen Sie! Pfui!«

Schließlich umarmte er noch unseren Lehrer, der die Geste auch erwiderte. Maclegny sprach allerlei tröstliche Worte. Aubry, inzwischen ernst geworden, zuckte die Achseln und floh. So verlief der Besuch des Rektors, dem in den Schlafsälen der Armen weitere Auftritte folgten und der, statt Trost zu bringen, überall nur Schrecken verbreitete.

Am siebten Tag nach dem Besuch des neuen Rektors erfuhr mein Bruder, dass der Befehl zur Vertreibung der Jansenisten bald verschickt werden würde. Es war allerdings ratsam, nicht so lange zu warten. Denn das konnte gefährlich werden, und außerdem konnte dieser Befehl unliebsame Weisungen enthalten, etwa die, sich an einen bestimmten Ort zu begeben und dort auszuharren, was wenig betuchten Leuten möglicherweise nur die traurige Wahl ließ zwischen Ungehorsam gegenüber dem Despoten und der Notwendigkeit, sich in eine Zwangslage zu fügen, die ihre materiellen Möglichkeiten überstieg.

Da der Abbé Thomas die Mitteilung jeden Augenblick erwartete, waren unsere Vorbereitungen binnen zwei Stunden getroffen. Zu dritt verließen wir das Haus, wobei wir so taten, als wollten wir einen Spaziergang machen – mein Bruder, der Hilfslehrer Monsieur Maurice und ich. Dies geschah am 22. November 1747, meinem Geburtstag*, dem ersten Tag meines vierzehnten Lebensjahres. Aber wie groß war unsere Überraschung, als wir sahen, dass der Pförtner Bescheid wusste! Er kam und verabschiedete sich von uns mit Tränen in den Augen. Nach zweihundert Schritten stießen wir auf den Vorsteher des Schlafsaals Saint-Mayeul und seinen Stellvertreter, die meinem Bruder eine Geldbörse übergeben wollten. Er weigerte sich, sie anzunehmen, empfahl ihnen aber im Flüsterton, sie Monsieur Maurice zu überlassen. Wir umarmten uns. Ein Wagen brachte die beiden Vorsteher in die Hauptstadt, und wir machten uns auf den Weg nach Vitry.

Nach einer Woche, die ich dort blieb, sorgte man dafür, dass Bruder Olivier mich zu meiner Schwester Marie nach Paris brachte. Der Lehrer und sein Gehilfe trennten sich ebenfalls – auf Nimmerwiedersehen. So löste sich nun alles auf. Ich für mein Teil setzte eine sehr ernste Miene auf. Innerlich war ich von meiner Vortrefflichkeit überzeugt, seit man mich um der Wahrheit willen verfolgte. Ich sah mich als einen kleinen Bekenner Jesu Christi. Ich hatte nicht viel verloren, aber doch alles, was ich zu verlieren hatte – den anderthalb Fuß breiten Platz auf einer Bank und ungefähr genauso viel Tischfläche vor mir. All dessen hatte man mich enteignet. Ich besaß nichts mehr, hatte alles verloren. Ruhelos irrte ich umher, fern meiner Angehörigen, ohne die Mittel, zu ihnen zurückzukehren. Bestimmt war ich ein Verfolgter, ein kleiner Bekenner, und ich verstehe nicht, wie man darüber lachen kann, denn ich war so eigensinnig wie ein Märtyrer. Aber stand ich in solchem Elend, solcher Schmach, solcher Missachtung nicht hoch über unserem verblendeten Verfolger?

So weit also die vielleicht doch interessante Geschichte meines Aufenthalts bei den Chorknaben von Bicêtre.

Während der zwei Wochen, die ich bei ihm blieb, zeigte mir Monsieur Beaucousin Paris oder vielmehr die Kirchen dort. Nicht dass er fromm gewesen wäre, aber er hatte zwei Schwager, die sich der Religion verbunden fühlten, und so wurde er zum Automaten. Die folgende Episode wird zeigen, wie sehr diese Bezeichnung auf ihn passt.

Am 8. Dezember, dem Fest der Unbefleckten Empfängnis, führte er mich zur Abendandacht in die Kathedrale. Der Erzbischof leitete sie. Monsieur Beaucousin war hingerissen und betrachtete ihn voller Bewunderung. Er kniete auch wie alle Leute nieder, um seinen Segen zu empfangen, als der Erzbischof mit großem Pomp durch das Mittelschiff einzog. Ich kleiner jansenistischer Presbyterianer hingegen sah in Christophe de Beaumont den schlechten Hirten, der seine Schäflein misshandelte. In meinen Augen war er nur ein zukünftiger Verdammter und sein pontifikaler Umzug nur der Triumph des Teufels. Für mich war er der Feind der göttlichen Gnade, der Verfolger des Abbé Thomas, der Satan, der mich von meinen jungen Freunden Fayel und Poquet getrennt hatte und mir obendrein – wie ich allerdings nur in meinem tiefsten Inneren wahrhaben wollte, so als würde ich Gott selbst dies lieber verheimlichen – die hübschen Gehilfinnen Mélanie und Rosalie genommen hatte, von denen ich mich nicht mal hatte verabschieden können. Da er somit in meinen Augen ein Ketzer war, kniete ich nicht nieder und war der Einzige in der zahlreichen Menschenmenge, der dies nicht tat. Das Knie beugen vor einem Mann, der hier einen Pomp entfaltete, den das Evangelium verurteilte, den man mit *Monseigneur* ansprach, obwohl das Evangelium dies verboten hatte! »Ach«, dachte ich, »ich allein und die Meinen – wir sind Christen. Alle anderen sind Ketzer!« Im tiefsten Grund meiner Vortrefflichkeit und meiner perfekten Orthodoxie seufzte ich über die Verblendung dieses Prälaten. Ich war damals fünf Fuß groß, so dass ich unter all den knienden Leuten gut sichtbar war, was eine alte Pariserin dazu brachte, ihre Nachbarin mit lauter Stimme zu fragen, *ob ich etwa ein kleiner Jude sei*. Ich warf ihr einen finsteren Blick zu und sagte: »Ich verehre Gott im Geist und in der Wahrheit, Pharisäerin!« – »Was redest du denn da?«, entgegnete sie. »Ich weiß selbst, dass ich Pariserin bin!«

Wieder daheim, erzählte Monsieur Beaucousin alles, was er gesehen hatte, seiner Frau, meiner großen, hübschen, dunkelhaarigen, ernsten, stattlichen Schwester, die er sehr verehrte. Nachdem er alles im Einzelnen beschrieben hatte, rief er voller Bewunderung: »Ach, was ist das doch für ein ehrwürdiger Prälat!«

»Ich würde auch so sprechen wie Sie«, antwortete meine Schwester, »hätte er meinem Bruder nicht die Stelle weggenommen.«

Den braven Pikarden traf dieser Satz wie ein Blitz. Während der ganzen Zeremonie hatte er nicht einen Augenblick daran gedacht. Voller Entzücken, wie geblendet, hatte er den Kirchenfürsten in seiner Herrlichkeit bestaunt. Aber unter den Worten seiner Frau veränderte er sich mit einem Schlag vollkommen.

»Ah, Sie haben recht, meine Große«, sagte er, als würde er aus einem Traum erwachen, »und ich wundere mich, dass ich daran überhaupt nicht gedacht habe. Aber Nicolas hat für uns beide daran gedacht und hat sich nicht hingekniet. In der Tat, nun scheint auch mir, dass ich eine gewisse Extravaganz und etwas Überhebliches im Aufzug des Erzbischofs gesehen habe. Wie ein Pfau hat er sich gespreizt. Das haben die Apostel ganz anders gehalten, nicht wahr? Aber da kommt mir noch ein Gedanke: Ist es nicht eigentlich sehr ehrenhaft, wenn man seine Stelle durch das Wirken eines so hervorragenden Prälaten verliert.«

»Aber gewiss doch«, erwiderte Marie, »genauso ehrenhaft, wie wenn einem kraft eines Urteils, das der König selbst unterschrieben hat, der Kopf abgeschlagen wird.«

»Sie hat Witz!«, sagte er und sah mich an. »Ihr habt Witz in der Familie, vor allem die Älteren! Sieh zu, dass du in dieser Beziehung nicht aus der Art schlägst, mein lieber Meister Nicolas!«

Ich hatte bei meiner Schwester nichts zu tun. Es gab ein paar Bücher, die ich verschlang – darunter *La Cour sainte – Der heilige Hof* von Nicolas Caussin* und ein Buch über Moral, das, glaube ich, *Miroir des passions – Spiegel der Leidenschaften** betitelt war. Sie stammten beide aus dem Besitz der Familie Beaucousin. Sie waren alt, aber sauber. Er hatte sie nie gelesen, aus Angst, sie zu verderben. Ich hatte die dreißig Bücher in seiner Bibliothek in zehn Tagen durchgelesen, und als ich ihn nach mehr Büchern fragte, antwortete er wie jemand, der dreitausend besitzt.

»Ich habe mehr Bücher, als Sie je lesen können.«

Er brachte mir zwei.

»Die habe ich gelesen.«

»Hier?«

»Hier!«

Er legte mir nacheinander alle anderen vor. Meine Antwort war immer die gleiche. Er sah seine Frau an.

»Ich wusste gar nicht, dass er auch lügen kann.«

»Mein Freund, prüfen Sie doch erst einmal nach, ob er lügt. Schlagen Sie das Buch an irgendeiner Stelle auf, lesen Sie etwas aus einer Episode – und wenn er sagen kann, wie es weitergeht, wissen Sie, dass er es gelesen hat.«

Beaucousin schlug sich an die Stirn und umarmte seine Frau. »Darauf wäre ich nie gekommen. Also, dann wollen wir mal sehen, Meister Nicolas.«

Er öffnete den Caussin an der schönen Stelle, wo Emma, die Tochter Karls des Großen, ihren Galan Eginhard auf dem Rücken davonträgt, weil sie fürchtet, seine Fußspuren im Schnee, der während Nacht gefallen war, könnten anzeigen, wo er diese Nacht verbracht hat. Ich wiederholte ihm die ganze Szene. Mit dem *Spiegel der Leidenschaften* machte er es genauso – er las etwas aus *Der Geizhals*. Ich trug ihm die ganze Szene vor, die nach allen erdenklichen anderen Knausereien das Leben des Geizhalses würdig krönt: Ein Apotheker bringt eine Arznei. Der Geizhals streitet mit ihm über den Preis. Der Apotheker überlässt sie ihm für fünf Sous. Der Geizhals ist bereit, sie zu nehmen, aber während er in seinem Geldbeutel kramt, besinnt er sich eines anderen: »Nehmen Sie Ihre Arznei wieder mit. Sterben, weil ich sie nicht genommen habe – oder sterben, weil es mir leidtut, dass ich mein Geld dafür hergegeben habe – da gebe ich dem Ersteren doch den Vorzug.« Dabei sinkt er auf sein Kopfkissen, fest entschlossen, lieber zu sterben, als fünf Sous auszugeben … Monsieur Beaucousin ließ es dabei bewenden.

»Er hat alle gelesen!«, rief er. »In einer Woche! Und ich, der ich sie seit zwanzig Jahren besitze, ich habe keine zwanzig Seiten in ihnen gelesen! Na gut, dann werde ich eben ein paar Bücher für ihn ausleihen.«

Und er brachte mir einige Romane mit, die meine Schwester im Handumdrehen wieder verschwinden ließ, bevor ich auch nur die Titel gelesen hatte – mit einer Ausnahme: *Gil Blas,* von dem ich einige Seiten las, die mich so sehr begeisterten, dass ich acht Tage lang nichts anderes lesen wollte als dieses Buch. Aber ich bekam es nicht wieder zu Gesicht. Nachdem seine Frau ihn zurechtgewiesen hatte, wurde Beaucousin plötzlich sogar noch strenger als sie. Aber ich fand eine Entschädigung – ungefähr so wie die großen Festtage sie boten, an denen man uns die Theater zusperrte.

Seit ich in Paris war, sah ich mit sehnsüchtigem Erschauern die hübschen Personen, die meine Schwester besuchen kamen. Niemand ahnte, wie erfahren ich inzwischen war, vor allem seit meinem Abenteuer mit den beiden jungen Gehilfinnen. Eine bezaubernd gekleidete verheiratete Frau namens Bossu hatte mich am 8. Dezember aus der Fassung gebracht, und ich hatte sie heiß und innig umarmt, bevor sie recht begriff, wie ihr geschah. Ich merkte, wie sie in Versuchung geriet, doch schließlich stieß sie mich zurück und sagte: »Wenn Sie nicht brav sind, sage ich es Ihrer Schwester.« Sie sagte dann aber doch nichts – trotz eines längeren Geturtels.

Eine sehr viel heftigere Empfindung, weil es dabei um etwas Neues ging, verursachte mir jedoch eine junge, hübsche Schwarze, die Kammerfrau einer Amerikanerin, die von einer verführerischen Sanftheit war, wie ich sie mein Leben lang nicht wieder erlebt habe. Sie merkte gleich, dass sie mir gefiel. Eines Tages, als ich allein war und las (ich hatte mir noch einmal die Emma-Geschichte vorgenommen), kam sie in das Haus meiner Schwester und beugte sich über meine Schulter, als wollte sie mitlesen. Ein himmlisches Lächeln, das durch ihre Schwärze noch anrührender wurde, drang mir mitten ins Herz und erinnerte mich an eine schwarze Schönheit, die ich auf dem alten Kupferstich von *Esthers Toilette** gesehen hatte. Ich hob den Kopf und sah sie lächelnd, mit halboffenem Mund an. Sie glaubte, ich bäte sie um einen Kuss. Ganz leicht drückte sie ihre glühenden Lippen auf die meinen. Mir war, als stände ich in Flammen. Meine Eigenschaft als kleiner Bekenner Jesu Christi, die mir seit kurzem einen gewissen Dünkel einflößte, hielt mich dennoch nicht davon ab, mir einige Freiheiten herauszunehmen. Esther, weit davon entfernt, sich zu wehren, fing an zu lachen und sagte: »Mein kleiner Weiße! Mein kleiner Weiße! Ich liebe die Weiße, nicht die Schwarze. Darfst du ausgehen?« Ich sagte ihr, ich wolle nicht ausgehen – aber meine Schwester und mein Schwager würden frühestens in einer halben Stunde zurück sein. Ich sah ein Glitzern in Esthers Augen, und schon drückte sie mich wie von Sinnen an sich. Ich wusste halbwegs Bescheid, Esther nur in der Theorie, das aber sehr gut, und vor allem war sie sehr leidenschaftlich.

»Mein kleiner Weiße«, sagte sie, »du bekommst mich als Erster, wegen deine schöne Schwester, die ich sehr gernhabe. Und nachher kann mich der großer Schwarze heiraten, wenn der will.«

Ich gehe hier nicht auf schlüpfrige Einzelheiten ein. Wenn ich das je tue, dann nur, weil es für meinen Zweck absolut notwendig ist. Ich füge bloß noch hinzu, dass mir nach mehreren Versuchen gelang, was sie begehrte. Der Unfall, der mir immer zugestoßen war und der den hübschen Schwestern von Bicêtre so gefallen hatte, passierte mir auch diesmal wieder, und zwar heftig! Ich wurde ohnmächtig. Die schöne Schwarze erschrak und lief davon. Ich kam wieder zu mir, ehe meine Schwester zurückkehrte. Ich brachte meine Kleidung in Ordnung und hatte Gewissensbisse. Ich kniete nieder und bat mit Tränen in den Augen Gott um Vergebung.

Das Temperament, sobald es durch irgendeine Ursache gedämpft wird, kehrt in seine gewohnte Bahn zurück. Ich habe immer wieder bemerkt, wie mich in diesen Zeiten der Unschuld allein die aufwallende Erregung unternehmungslustig gemacht hat. Aber wenn dann nach der Befriedigung des Verlangens die Ruhe zurückkehrte, überkam mich die Reue.

Esther kam später am Tag noch einmal vorbei, aber voller Scheu. Sie war froh, als sie mich beim Lesen fand. Sechs Tage später, am Tag vor meiner Abreise, hatten wir noch eine ähnliche Begegnung. Wieder wurde ich ohnmächtig und sah darin eine Strafe Gottes. Aber Esther war diesmal viel weniger erschrocken. Sie brachte mich wieder zur Besinnung.

Am 20. oder 21. Dezember nahmen wir den Schleppkahn nach Auxerre. Diesmal vertrug ich es besser als während der Fahrt nach Paris, weil man die Stangen auf der Seine, die viel mehr Wasser führt, zum Steuern kaum braucht. Trotzdem verließen wir das langweilige Fahrzeug in Sens, nachdem der Pfarrer der dortigen Kirche Sainte-Colombe einen Unfall erlitten hatte und durch die rohe Art unseres Steuermannes ins Wasser gefallen war.

Als mir nachher alle Leute sagten, das Unglück sei meinem Lehrer zugestoßen, glaubte ich schon, der Abbé Thomas sei tot.

»Aber er wird wenigstens gerettet werden!«, rief ich. »Denn er ist ein Bekenner Jesu Christi. Er kommt direkt in den Himmel.«

Meine Naivität brachte die Leute zum Lachen, aber einen Kanoniker aus Auxerre namens Bosq machte sie so neugierig, dass er mich freundlich und wohlwollend auszufragen begann. Zum Glück war er sehr jansenistisch gesinnt, denn ich erzählte ihm alles. Mein Bruder fühlte sich erkannt und nicht mehr sicher, und so gingen wir zu viert von Bord: der Abbé Thomas, der Kanoniker, ein Monsieur Decourtives aus Chablis, der Jansenist und obendrein Weinhändler war, und ich. Am nächsten Tag gingen wir ein Stück zu Fuß und fuhren dann auf Karren weiter. Wir übernachteten in Bassou, und am Sonntagmorgen kamen wir in Auxerre an.

Der Abbé Thomas wollte im Kleinen Seminar absteigen, das anstelle des Seminars der Lazaristen in der Orangerie des Bischofssitzes eingerichtet worden war. Dort unterrichteten weltliche Lehrer sowohl die Grundzüge des Lateinischen als auch Theologie. Die Jesuiten hatten ihr Kolleg damals noch, aber es wurde nur von jungen Leuten besucht, die nicht die höheren Weihen anstrebten. Es war der Tag vor Weihnachten. Der Abbé Thomas, ein ehemaliger Schüler des Hauses, wurde als ein Bekenner Jesu Christi empfangen. Man gab ihm ein schönes Zimmer und mir ein kleines. Aber ich hatte einen so heftigen Anfall von Schüchternheit, dass ich mich nicht entschließen konnte, im Refektorium bei den Seminaristen zu erscheinen. Die Küchenjungen brachten mir etwas, das ich dann allein aß.

Am Tag nach dem Fest ging ich nach Courgis, zusammen mit Marguerite Pâris, der Haushälterin des Pfarrers, die gekommen war, um mich abzuholen.

So endete meine zweite Epoche, in der ich nichts ausgelassen habe. Ich werde nun in die dritte eintreten – die erste, in der sich die Leidenschaften wirklich entwickeln, eine wichtige Epoche, die ohne Zweifel mein ganzes übriges Leben geprägt hat. Hier vor allem muss man mir aufmerksam folgen.

DRITTE EPOCHE

Mein Aufenthalt in Courgis.
Die Liebe.
1748–1751

Tantum potuit religio suadere malorum!
Lukrez, *De rerum natura I*, v. 101*

Kourgis oder Courgis, wo ich am 29. Dezember ankam, ist ein ziemlich armes Winzerdorf ohne Wasser, das auf einer Anhöhe liegt – eine Viertelmeile entfernt von Préhy, eine Meile von Chablis, eine Meile von Beine, zwei von Quenne, drei von Auxerre, eine von Chitry und eine von Saint-Cyr-les Colons. Eine halbe Meile südlich liegt der Ecueilly-Brunnen mit dem besten Wasser, das man sich vorstellen kann. Im Norden gibt es einen zweiten Brunnen mit eiskaltem Wasser. Courgis wurde meine zweite Heimat, Auxerre wird meine dritte sein und Paris mein Grab…

Mein älterer Patenbruder nahm mich freundlich auf, und der gütige Kaplan Foynat begrüßte mich herzlich. Man sagte mir, ich würde in Courgis bleiben, um bei meinen Brüdern die Grundzüge des Lateinischen zu lernen, und dann später in das Priesterseminar des Herrn Kanonikus und Superior Viel in Auxerre eintreten. Diese Aussicht gefiel mir fürs Erste, denn so weit ging meine scheue Befangenheit nicht, dass ich mir gewünscht hätte, unwissend zu bleiben.

Der Abbé Thomas musste noch ein paar Tage im Seminar bleiben und dort die Priesteranwärter empfangen. Er kam erst am Tag nach Dreikönige an. Mit seinem Erscheinen verschwand die Gutwilligkeit des Herrn Pfarrers, der mir nur noch mit Gleichmut begegnete – sei es, dass sein jüngerer Bruder aus Gründen, die ich nicht kenne, schlecht über mich gesprochen hatte, sei es, dass dies seinem

Wesen entsprach. Wir machten noch einen Besuch bei meinem Vater und meiner Mutter in Sacy, dann begann der Lateinunterricht.

Es ist dies aber ein mühseliges Studium! Es nimmt einem den Mut! Es stößt einen ab! Man müsste irgendetwas Reizvolles erfinden, das den jugendlichen Anfängern hilft, die ersten Schwierigkeiten zu verkraften. Ich allerdings, der ich mich gegen Mühen und Arbeit nie gesperrt habe, bedauerte die Freiheit meiner ersten Jahre und wie nutzlos ich diese Zeit vertan hatte.

An Karneval bekam ich zwei Mitschüler – alte Kameraden*: Bruder Charles Huet und Bruder François Melin, die jetzt aber nur noch Huet und Melin gerufen wurden. Sie sollten kein Latein lernen. Ihre Eltern wurden von reichen Jansenisten unterstützt, die sich auch um die Erziehung von deren Kindern kümmerten, die aber nicht wollten, dass sie über ihren Handwerkerstand hinausgelangten. Diese Dummköpfe! Sie machten Sektierer aus ihnen und damit zugleich Nörgler, die der Arbeit für immer feindlich gesinnt waren. So war ich der Einzige, der studierte, weil mein Vater es so wollte. Der Abbé Thomas jedoch (ich muss auch hier die Wahrheit sagen) unterrichtete mich nur widerwillig. Nicht bloß, dass er von Natur aus eifersüchtig und neidisch war, wie alle Bauern, denen er sich durch seine Mutter verbunden fühlte – es besteht zwischen Jansenisten und Molinisten außerdem noch ein Unterschied, den bisher vielleicht niemand wahrgenommen hat: Erstere sind Feinde der Wissenschaften, die sie *profan* nennen – sie wollen, dass man nichts anderes lernt und nichts anderes kennt als die Religion. Letztere hingegen verbieten das Lesen der Heiligen Schrift und jedes tiefer gehende Studium der Religion, öffnen aber voller Eifer die Pforte zu den profanen Wissenschaften. Ich überlasse es der Weisheit des Lesers, zu entscheiden, welche der beiden Parteien den Vorzug verdient.

Ich werde hier nicht auf die unergiebigen, langweiligen Einzelheiten meines Studiums eingehen. Möge der Hinweis genügen, dass ich der lateinischen Sprache die Entfaltung und die Klarheit meines Denkens verdanke. Sie hat mich die tiefere Bedeutung der Wörter gelehrt, die ich bis dahin nur oberflächlich verstanden hatte. Vom Griechischen spreche ich hier gar nicht, denn sobald man die Sprache der alten Römer zu studieren beginnt, spürt man von selbst die Notwendigkeit, sich auch eine gewisse Kenntnis des Griechischen anzueignen, weil die lateinischen Fachbegriffe der Sprache Athens entlehnt sind. Tatsächlich muss man, um das Französische wirklich zu verstehen, die Zusammensetzung einer erheblichen Zahl von Wortverbindungen kennen, die aus dem Griechischen stammen, dieser wunderbaren Sprache, deren Elemente sich so leicht und schmiegsam miteinander verknüpfen lassen, wie es in keiner modernen Sprache möglich ist. Hier einige dieser Komposita, die wir dem Griechischen entlehnt haben: *Theologe*, *Philosoph*, *Misanthrop*, *Philanthrop*, *Apologie*, *Bigamie*, *Kakophonie*, *Astronomie*, *Astrologie*, *Didaktik*, *Häresie*, *Ikonoklast*, *Hierarchie*, *Lyzeum*, *Lymphe*, *Nymphe*, *Ökonomie*, *Ornithologie*, *Pyromane*, *Pyramide*, *Pyrit*, *Rhythmus*, *Rhinozeros*, *Symmetrie*, *Sympathie*, *Symphonie*, *Symptom*, *System*, *Theater*, *Theorie*, *Thermometer*, *Typ*. Sobald ich das Lateinische ein wenig zu verstehen begann, brachte ich mir das Griechischlesen selber bei, um dort, wo sie herstammen, nach den Wurzeln all dieser Wörter zu suchen. Allerdings bin ich dabei nicht sehr weit gekommen, wie man noch sehen wird. Ich stieß auf unüberwindliche Hindernisse! Aber ich muss auf meine Geschichte zurückkommen.

Inzwischen wusste ich ungefähr, was mir an den Frauen gefiel: Marie Fouard sprach vor allem zu meinem Herzen, aber es war ein bäuerlicher Hausstand, den ich dabei vor mir sah. Nannette hatte nur die Sinne, Julie die Seele, Ursule die guten Sitten angesprochen, und Edmée Boissard hatte meine Bewunderung erregt. Mélanie und Rosalie hatten mich provoziert. Esther hatte mich durch das Neue an ihr in Staunen versetzt. Aber erst in Courgis geschah es, dass ich die wahre Liebe kennenlernte. In diesem Ort entwickelte der Mann in mir seine ganze Kraft. Ich war zärtlich und schüchtern, und doch viel zu heißblütig, um treu zu sein.

Seit dreieinhalb Monaten war ich in Courgis, Ostern stand vor der Tür, und ich hatte unter den jungen Mädchen noch immer keine gefunden, die mich Julie hätte vergessen lassen. Inzwischen war ich gereift und ausgewachsen, und meine Einbildungskraft, von einer neuen Fähigkeit entflammt, regte sich mehr denn je. Frisch und noch unverdorben, entwarf sie mir eine liebenswürdige Idealgestalt, verlieh ihr alle Vorzüge des Geistes und des Herzens und stellte sie mir unablässig als Quelle meines Glücks vor Augen. Diese Gestalt ähnelte keinem der Mädchen, die ich bisher gesehen hatte. Aber sie hatte etwas von Marie Fouard und etwas von Julie Barbier, auch von Edmée Boissard und Ursule Simon und vor allem von einer neuen Schönheit aus La Loge, Marie-Jeanne – nur dass sie eben vollkommener war als jede von diesen.

Angesichts der prachtvollen Festlichkeit des Ostertages geriet meine Seele in Verzückung. Die Mädchen hatten sich aufs Schönste herausgeputzt. Die Kirche duftete nach üppig gespendetem Weihrauch. Das Hochamt wurde mit Diakon und Subdiakon (dem gütigen Kaplan und dem Abbé Thomas) zelebriert und war von ungeheurer Majestät. Ich geriet in eine Art von Rausch.

Beim Opfergang sah ich die jungen Kommunikantinnen vorbeiziehen. Am besten gefielen mir ein Mädchen namens Nolin, die frische, rosige Tochter einer hübschen Mutter; eine verheiratete Frau ohne Kinder namens Chevrier; und eine junge Person, Patenkind und Cousine von Marguerite, namens Marianne Taboué. Ich verspürte ein freudiges Erschauern, denn sie kam meinem Modell sehr nahe. Als der Augenblick der Kommunion schließlich da war, sah ich, nachdem sich die Männer zurückgezogen hatten, zuerst die Frauen und dann die Mädchen vortreten und unter diesen eine, die ich noch nie gesehen hatte und die alle anderen überstrahlte. Sie war zurückhaltend, schön, groß, eine jungfräuliche Erscheinung mit blassem Teint – zweifellos um die Röte der Bescheidenheit noch mehr erstrahlen zu lassen und ihre Unschuld hervorzuheben. Sie sah aus wie eine der drei Grazien, war mit mehr Geschmack gekleidet als ihre

Gefährtinnen und besaß vor allem jenen allmächtigen Reiz, dem ich nicht widerstehen konnte – einen hübschen Fuß. Ihre Haltung, ihre Schönheit, ihr Geschmack, ihr Stil, ihr jungfräulicher Teint – alles an ihr ließ das verehrungswürdige Trugbild meiner Phantasie Wirklichkeit werden…

»Die ist es! Da ist sie!«, sagte ich halblaut vor mich hin, denn in mir war dieser Gedanke so lebhaft, dass ich ihn aussprechen musste. Sie bemächtigte sich meiner ganzen Aufmerksamkeit, meines ganzen Herzens, meiner ganzen Seele, aller meiner Gedanken, aller meiner Wünsche. Ich sah nur noch sie. Aber ich kannte ihren Namen nicht. Die Messe endete. Ich ging hinaus. Die himmlische Schönheit wandelte ein paar Schritte vor mir.

Marguerite Pâris näherte sich ihr und sagte: »Guten Tag, Mademoiselle Rousseau!« Sie legte ihr den Arm um die Schulter und fügte hinzu: »Meine liebe Jeannette, Sie sind ein Engel – an Leib und Seele. Aber waren Sie denn nicht beim Opfergang?«

»Ich war kurz draußen und habe meiner Großmutter etwas zu trinken geholt«, antwortete eine Stimme, die so sanft war wie ihre hübsche Figur.

Mitbürger Leser! Diese Jeannette Rousseau, dieser Engel hat, ohne es zu wissen, mein Schicksal entschieden. Glauben Sie nicht, ich hätte studiert und all die Schwierigkeiten dabei überwunden, weil ich Willensstärke und Mut besessen hätte. Nein, ich bin immer nur zaghaft gewesen, aber ich habe die wahre Liebe gefühlt. Sie hat mich über mich hinausgehoben und mich mutig aussehen lassen! Fleißig war ich und habe alle Anwandlungen von Überdruss hinuntergeschluckt und alle Hindernisse überwunden, weil Jeannette Rousseau in mir eine unsterbliche Liebe entfacht hatte! All das habe ich getan, um dieses Mädchen zu verdienen, das ich nicht bekommen habe, mit dem ich nie gesprochen habe und dessen Name mich doch mit sechzig Jahren noch erbeben lässt, nachdem ich es seit sechsundvierzig Jahren nicht mehr gesehen habe, in denen ich es nie über mich brachte, das Wagnis einzugehen und mich nach ihr zu erkundigen, und das ich doch immer noch verehre, trotz allem, was Sie hier noch lesen werden, denn mehr als jedes andere Unglück fürchte ich, Nachricht von ihrem Tod zu erhalten! Ja, ihr Tod würde mir den letzten Rest von Kraft nehmen. Ich möchte glauben, dass sie lebt, dass sie bisweilen von mir sprechen hört und dass sie nie geheiratet hat. Ich hoffe … (ach, wie würde mir das gefallen!), dass sie eines Tages diese *enthüllten Triebfedern* meines Herzens erblickt und dass sie sagen wird: »Er hat mich geliebt! Er hat mich immer geliebt!« Mein Leser! Beklagen Sie mich! Barbaren haben mir mein Glück geraubt! Mit einem langsam wirkenden Gift, das ich noch immer in mir trage, haben sie mir mein Leben vergiftet. Ja, noch in diesem Augenblick schwingt sich meine Seele, eingezwängt in einen schwachen Körper, zu diesem Mädchen auf, dessen Seele die meine so sehr gestärkt hat! O verehrte Jeannette! Was haben Sie über den Mann gesagt, wie haben Sie über diesen Mann gedacht, der nie das Wort an Sie gerichtet hat, dessen Gefühle Sie nur an seinen verzehrenden Blicken und an einem Brief ablesen konnten? Aber Sie kannten jene beiden Männer, die natürliche Empfindungen zu einem Verbrechen erklärten, die als Peiniger von ihres Vaters Blut den, der Sie verehrte, vernichtet hätten, um ihn dem Götzen ihres dummen Aberglaubens zu opfern!

Seit der Minute, in der ich Jeannette zum ersten Mal gesehen hatte, dachte ich nur noch an sie. Den ganzen Tag über, bei der Katechismusstunde und bei der Vesper, suchte ich sie mit den Augen und fand sie wieder, als beim *Magnificat* noch einmal Weihrauch gespendet wurde und diejenigen, die im Chor standen, sich dem Kirchenschiff zuwandten. Sie stand neben dem Weihwasserbecken an der Seitentür, die zum Pfarrhaus führt. Bei der Abendandacht, zu der immer auch eine Predigt gehörte, wandte ich mich dem Prediger zu und sah doch immer nur die bescheidene, schöne Jeannette vor mir.

Am nächsten Tag war der Eindruck noch stärker. Ich tat zweierlei: Ich gab mir selbst das Versprechen, mich durch Fleiß beim Studieren würdig zu machen für Jeannette. Und dann, in der Kirche, lautete mein innigstes Gebet so: *Unam petii a Domino, et hanc requiram omnibus diebus vitae meae!* (Nur Eine erbitte ich von Gott dem Herrn, und nach ihr werde ich an allen Tagen meines Lebens suchen.) Ich ahnte nicht, wie wahr ich hierbei sprach. Denn seit sechsundvierzig Jahren ist wohl kein Tag vergangen, an dem der Name Jeannette Rousseaus nicht mit einem schmerzlichen Seufzen von dem Mann ausgesprochen wurde, der sie mehr liebte, als man lieben kann; der nie das Wort an sie gerichtet hat, der nie wusste, was aus ihr geworden ist, ob sie ein Mädchen geblieben ist oder geheiratet hat; ob sie Witwe ist, ob sie Mutter geworden ist, ob es sie noch gibt oder ob sie der Natur ihren Tribut gezollt hat.[+]

Einige Tage später, als ich einen Augenblick allein war, weil der Pfarrer, der Abbé Thomas und meine beiden Kameraden auf dem Feld der Pfarrei mit Säen beschäftigt waren, fiel mir ein, im Kirchenbuch nach dem Taufeintrag von Jeannette zu suchen. Ich schätzte ihr Alter eher nach der Zartheit ihrer Gesichtszüge als danach, wie erwachsen sie wirkte. Ich war vierzehn und hielt sie für zwei Jahre älter als ich war. Ich musste dann allerdings noch über 1732 hinaus weiter zurückblättern. Doch bald hatte ich gefunden, was ich suchte, und es war mir (ob man es glaubt oder nicht) ein köstlicher Genuss,

[+] Am 4. Juni 1788 habe ich endlich Nachrichten über Jeannette Rousseau erhalten – von meiner Schwester Margot, die inzwischen seit fast einem Jahr in Courgis wohnte, nachdem sie ihren Mann verloren und ihr Schmuckgeschäft am Quai de Gèvres [in Paris] aufgegeben hatte. Hier die Einzelheiten: Mademoiselle Rousseau war nie verheiratet. Ehrbare Leute aus Clermont-en-Auvergne engagierten sie als Hauslehrerin für ihre Kinder, die sie erzogen hat. Diese ehrbaren Leute, die reich waren, schätzten sie sehr. Aber nachdem sie gestorben waren, zeigten sich ihre Zöglinge nicht so dankbar, wie sie gesollt hätten, was dem gutwilligen Fräulein missfiel und sie zu dem Entschluss brachte, ihre Tage in Courgis zu beschließen. So lebte Jeannette, während ich von einer Verirrung in die andere taumelte, ein ehrbares Leben. Während ich versuchte, hier oder da ein wenig Ruhm zu erhaschen, übte sie sich in friedlicher Tugend. Sie hat währenddessen auch von mir gehört: Ein Brief zu meinem Buch *La Vie de mon père,* wo Jeannette erwähnt wird, der mich aus der Auvergne erreichte, wurde, wie ich glaube, auf ihre Bitte von einem Schüler meiner Brüder geschrieben. Ich habe ihn nicht beantwortet, wie ich es getan hätte, wenn ich gewusst hätte, dass Jeannette … – Seit 1788 habe ich nichts mehr von ihr gehört.

die folgende Notiz zu lesen: »Am 19. Dezember 1731 wurde Jeanne Rousseau geboren, eheliche Tochter von Jean und Marguerite, geborene Stallin, ihrem Vater und ihrer Mutter; am gleichen Tag wurde sie von mir getauft, dem unterzeichnenden Priester, Pfarrer von Courgis, Diözese Auxerre, Bezirk Villeneuve-le-Roi. Der Pate Jean-Ambroise Stallin, Großvater mütterlicherseits; die Patin Jeanne-Geneviève Denêvres, Großmutter väterlicherseits, die hier unterzeichnet haben: Juliot, Pfarrer-Priester; J.-A. Stallin; J.-G. Denêvres.«*

Ich las das zwanzigmal, für mich hatte es einen Zauber ... unbeschreiblich. Ich ließ mir alle Wörter und all ihre Silben durch den Kopf gehen. Alles daran schien mir merkwürdig und vor allem interessant. Der 19. Dezember wurde für mich zu einem geheiligten Tag.

Ein Geräusch verscheuchte mich von meinem geliebten Kirchenbuch, dem ich jedoch bald wieder einen Besuch machen wollte ... Meine Brüder und meine Kameraden kamen zurück. Voller Inbrunst ging ich wieder an die Arbeit. Da kam mir ein unseliger, höchst beunruhigender Gedanke und drohte, alles zu verderben. Er machte meine Freude zunichte. Jeannette war fast drei Jahre älter als ich, der ich erst am 22. November 1734 zur Welt gekommen war.* Sie war groß und schön (in meinen Augen war sie die Schönheit selbst; wäre ich im Besitz einer Krone gewesen, hätte ich sie zur Herrscherin gemacht); sie war die Tochter eines allgemein geschätzten Vaters: Konnte da nicht jemand um ihre Hand bitten und mich in Verzweiflung stürzen?

... Medio de fonte leporum
*Surgit amari aliquid, quod in ipsis faucibus angat.**

So werden all unsere Freuden mit Schmerzen vermischt, wie um das Nichts und den Tod zu trösten! In einem Heft notierte ich das kostbare Datum mit diesen Worten: *»Felix dies decimanona decem-*

*bris 1731, natalis fuit pulcherrimae puellae Johannae Russicae mihi carissimae.«** (So weit meine erste Übersetzung ins Lateinische.) Diese Aufzeichnungen wurden für mich, solange ich sie aufhob, zu einer Art Talisman. Sie spornten meinen Mut an. Sobald er nachließ, versteckte ich mich, um sie zu öffnen, und Jeannettes Name gab mir neue Kraft zur Arbeit, zum Studieren und zu allen Tugenden.

Während meines Aufenthalts in Courgis ging ich oft über Land, um Aufträge auszuführen, die mir meine Brüder gaben. Außerdem ging jeden Sonntagmorgen abwechselnd einer von uns nach Saint-Cyr, um dort unseren wöchentlichen Vorrat an Fleisch zu holen.

Eine andere Reise, die ich gelegentlich machte und die womöglich noch angenehmer war als die nach Saint-Cyr, führte mich zum Haus meines Vaters. Ich liebte und schätzte meine Eltern, und sie liebten mich. Die Liebe, die mir Jeannette einflößte, schwächte diese Empfindungen keineswegs. Ich bedurfte jenes Wesens, das ihre Quelle war – es flößte mir auch alle anderen Tugenden ein. Nein, ich habe sie nicht vergessen! Colette, die himmlische Colette hatte die gleiche Seele, die gleiche Schönheit. Immer habe ich die natürliche Frau verehrt!

Bei meiner ersten Reise kannte ich Jeannette noch nicht. So hatten meine Freude, meine Trunkenheit, die immer weiter wuchsen, je näher ich Sacy kam, nur eine Ursache. Aber bei der zweiten Reise – allein, frei, das Herz von der Liebe geweitet, erlebte ich in der Einsamkeit zwischen Puitsdebond und Sacy die heftigsten Empfindungen. Beim Anblick der Hügel und Hänge, auf denen ich Schäfer gewesen war, verwandelten sie sich in Rührung. Ich rief in die Weite, nicht wie ein Mensch, sondern wie ein Tier, in undeutlichen Lauten. Ich warf mich zu Boden und küsste die heimatliche Erde. Ich erhob mich, das Gesicht in Tränen gebadet, und wiederholte immer und immer wieder: *»Unam petii a Domino, et hanc requiram omnibus diebus vitae meae.«*

Nach der Ankunft in La Bretonne konnte ich meine Heimat endlich in vollen Zügen genießen – während der schönsten Zeit des Jahres. Der Abend gehörte meinem Vater und meiner Mutter. Ich berichtete ihnen von allem, was sie noch nicht wussten. Am nächsten Tag nach dem Essen verließ ich das Haus. Zuerst ging ich zur Kirche, wo ich mir die Jahre meiner Kindheit in Erinnerung rief, und dann zum Pfarrer, Hochwürden Antoine, der sich ausführlich nach meinen Brüdern erkundigte, zu denen sein Verhältnis ein wenig abgekühlt war. Nachher lief ich zu der braven Lolive, meiner Amme, die sehr gerührt war, als sie mich wiedersah. Dann spazierte ich überall in unserer Gegend herum, suchte all die Stellen auf, mit denen ich angenehme Gefühle verband, und dachte dabei an Jeannette – aber nicht beständig, sondern so, wie es sich ergab, wenn mich etwas mit Rührung erfüllte und mir Tränen der Freude oder der Empfindsamkeit in die Augen traten … In mein früheres Reich jedoch, das geliebte kleine Tal, wo ich regiert hatte, ging ich nicht. Mein Schicksal wollte, dass ich es nie wiedersah.

(Ach, wenn ich eines Tages die Überreste meiner Pyramiden doch noch wiederfände! Wenn ich unter meinen Birnbäumen meine alten Freundinnen versammeln könnte, soweit sie noch da sind – ich würde vor lauter Rührung mein Leben aushauchen! 14. Juni 1793.)*

Bei dieser Reise erlebte ich ein Abenteuer mit einer Frau aus der Nachbarschaft von La Bretonne – ein Abenteuer, das ich nicht verschweigen kann, obwohl es mir den Vorwurf eintragen wird, ich sei *unmoralisch* – ein neues Wort, das mir heutzutage von überallher entgegenschallt. Aber ich muss wahrhaftig sein, sonst bin ich null und nichtig. Ich habe dieses Mädchen schon erwähnt* – sie hieß Marguerite Miné und wohnte im letzten Haus des Ortes an dem Ende, wo La Bretonne liegt. Wir hatten uns immer als gute Nachbarn unterhalten. Da ich länger als eine Woche in Sacy war, weil ich mir dort einen Anzug machen ließ, hatte ich Zeit genug, Marguerite zu sehen.

Bei uns hatte man mir gesagt, sie würde demnächst den Milizionär Covin heiraten. Das war ein großer, gutaussehender Bursche, ein Angeber und Schmeichler. Marguerite war eine hübsche Frau. Monsieur Covin nahm sie aus Neigung, denn er war reicher als sie.

Genauer gesagt: Marguerite hatte Ackerland für ungefähr hundertzwanzig Livres, Covin hingegen hatte sowohl Weideland und Weingärten als auch Äcker für sechshundert Livres – fünfzehn bis achtzehn Tagewerke zu je zwanzig Francs, ein Morgen Rebfläche und einige Viertelmorgen verstreute Wiesen im Weideland, also sechs Tagewerke von jeder Sorte, sechs mit Weizen, sechs mit Gerste oder Hafer und sechs brach liegend. Die Erträge reichten wohl für ein Auskommen – der Morgen Rebfläche reichte, um die Abgaben zu bestreiten und den Durst zu löschen, und spielte dem Gemahl obendrein wohl auch noch ein paar Sous in die Tasche. Seine Frau hatte den Gewinn aus dem Spinnen, die Wolle von sieben oder acht Schafen, die Eier von einem Dutzend Hühner und die Milch von einer Kuh samt der Butter und dem Käse, die dabei herauskamen. Covin hatte sein Haus und seinen Garten. Ich erwähne diese Einzelheiten nur, um dem Leser wenigstens einmal eine Vorstellung davon zu geben, wie es um das Vermögen eines gewöhnlichen Bauern in Sacy und in ganz Niederburgund bestellt ist. Außerdem zeigt sich dabei, wie einfach es für mich gewesen wäre, hier als Bauer mein Glück zu machen. Für Marguerite Miné war Covin jedenfalls eine ausgezeichnete Partie. Und dafür wurde sie von manchen auch ein bisschen beneidet. Ausgerechnet in dem Augenblick, als sie voller Freude und Hoffnung war, zwei Tage vor ihrer Hochzeit, kam ich mit ihr ins Gespräch.

»Guten Tag, Marguerite! Sie werden nun also bald heiraten?«

»Jawohl, Monsieur Nicolas.«

»Und – freuen Sie sich?«

»Ärgern tu ich mich jedenfalls nicht!«

»Marguerite, Sie wissen doch, wir waren immer gute Freunde, nicht wahr?«

»Ja, Monsieur Nicolas, und das sind wir noch immer.«

»Ich möchte, dass Sie mir einen Gefallen tun.«

»Aber gern, Monsieur Nicolas. Ich bin doch Ihre nächste Nachbarin.«

»Da Sie ja nun bald heiraten, werden Sie doch bestimmt auch wissen, was das ist – die Ehe. Sie müssen mir das erklären.«

»Einem anderen würde ich es nicht sagen«, antwortete Marguerite, »aber Ihnen kann ich nichts abschlagen. Ja, ich werde es Ihnen erklären.«

Danach wechselten wir das Thema.

Marguerite heiratete zwei Tage später – in Schwarz. Denn so ist es Brauch auf dem Land – das Hochzeitskleid dient ohne Änderung auch für den Trauerfall, wenn einer von beiden gestorben ist. Der einzige Unterschied besteht darin, dass die Braut bei der Hochzeit Bänder an ihrem Brustlatz und einen rosa Gürtel trägt, während die jungen Mädchen Bänder nur an ihrem Latz tragen, die farbig oder weiß sind, je nachdem welche Farbe ihr Kleid hat. Ich habe Marguerite bei ihrer Hochzeit gesehen, und ich fand sie sehr hübsch.

Das war an einem Dienstag. Ich blieb bis zum Mittwoch der Woche darauf in Sacy. Am Sonntag wurde das Heu gewendet und aufgeschobert, das freitags und samstags auf der eingezäunten Wiese von La Bretonne gemäht worden war. Es war der Brauch, alle jungen Leute zum Heuwenden und zum Stapeln in den Heuschobern neben der Wiese einzuladen. Dieses Vergnügen fand am Sonntag nach der Vesper statt, die der Pfarrer deshalb freundlicherweise früher abhielt als sonst. Meine Mutter, die die ganze Woche über ihre Vorbereitungen getroffen hatte, kredenzte allen Buttermilch zu den *Galotes*, kleinen, in Milch gewendeten und in einer Art Brei gebackenen Pfannkuchen, eine vorzügliche Mahlzeit in einem Land, wo der Appetit riesengroß ist – weil sie wirklich sättigt.

Marguerites »Schöner Sonntag«* wurde wegen des Heuwendens um eine Woche verschoben. So kam auch sie mit allen anderen jungen Leuten zu uns. Ich leistete ihr die ganze Zeit Gesellschaft. Als die Arbeit getan war, holte ich ihr eine Schale Buttermilch und eine Schüssel *Galotes* und setzte mich neben sie in einen der Heuschober. Sie aß, und wir plauderten. Ich wiederholte meine Bitte.

»Gern«, antwortete sie wie beim ersten Mal – mit einer Arglosigkeit, die mich noch immer erstaunt, »denn ich habe Sie immer geliebt. Aber Sie waren nicht für mich gemacht, und ich nicht für Sie. Sehen Sie doch mal nach, ob sonst auch niemand in diesem Heuschober ist...«

»Niemand. Die Jungen und Mädchen und Ihr Gemahl sind alle beim Essen.«

Wir saßen in einem abgelegenen Winkel.

»Ich werde Ihnen alles erklären«, sagte sie. (Ich bin mir sicher, sie war vollkommen arglos und unschuldig. Später habe ich Beweise dafür gesehen. Ich hingegen – mit meiner vorgetäuschten Unwissenheit, meiner Demut und einer anderen Liebe im Herzen – war dreifach schuldig.) Ich erwartete einen rein mündlichen Vortrag. Marguerite jedoch begann praktische Übungen mit mir zu veranstalten. Ich war erstaunt. Aber die Sinne behielten die Oberhand. Nicht ohne ein gewisses Maß an Verdorbenheit ließ ich mich Schritt für Schritt den Weg zur Wollust entlangführen. Marguerite geleitete mich von einer Einzelheit zur nächsten bis in eine Höhe, wo ich ein glücklicheres Ende erlebte als bei allen früheren Gelegenheiten. Ich geriet in einen Freudentaumel, während ich (ob man es glaubt oder nicht) an Jeannette dachte. »Endlich bin ich ein Mann und muss nicht mehr rot werden.« Rosalie und Mélanie hatten sich noch über mich lustig gemacht, obgleich sie aus meinem Unfall ihren Vorteil gezogen hatten.

Mir wurde diesmal allerdings nur eine Lektion zuteil. Sobald ich mich erholt hatte, verließen wir den Heuschober, Marguerite nach der Wiese hin, ich nach der Hofseite. Gerade noch rechtzeitig gesellte sie sich wieder zu ihrem Mann, der, nachdem er gesättigt war, eben anfing, sich ihretwegen Gedanken zu machen. Marguerite sagte ihm, sie habe mit mir etwas klären müssen und dabei auch ein wenig gegessen.

Ich jedoch hatte nicht die reine Freude genossen, die man sich vielleicht vorstellt. Die Erschütterung, die mich traf, war noch viel zu heftig gewesen, und was ich erlebt hatte, fühlte sich eher wie

Schmerz an. Außerdem glaube ich, dass diese Verrichtungen einer frühzeitigen Männlichkeit mich der Ausschweifung nicht etwa näherbrachten, sondern, im Gegenteil, von ihr entfernten. Ich fand aber die Frauen deshalb nicht weniger begehrenswert. Es verhielt sich nur so, dass das Herz bei alledem stärker beteiligt war als die Sinne – vor allem bei Jeannette, die ich nie wie eine Frau geliebt, sondern stets angebetet habe wie eine Göttin.

Als mein Anzug fertig war, kehrte ich nach Courgis zurück. Ich hatte aber nicht meine ganze Zeit vergeudet, hatte vielmehr ein paar Bücher eingesteckt und gearbeitet. Nach der Rückkehr machte ich mich wieder ans Studieren – mit einem Eifer, den der Anblick Jeannettes neu befeuerte.

Doch wie man bald sehen wird, flößten mir, neben der ergreifenden Rousseau, auch andere Frauen neues Begehren ein (oder vielmehr: Jeannette flößte mir überhaupt kein Verlangen ein – war sie anwesend, so erfüllte ihr bloßer Anblick meine Seele ganz; war sie abwesend, so begehrte ich nur ihren Anblick). Das heftigste Begehren in mir erregte eine Person, die ich ständig vor Augen hatte – die Haushälterin. Sie war die Erste, bei der ich Gewissensbisse kennenlernte! Ja, ich spürte dieses peinliche Gefühl, das uns quält, wenn wir uns auf Abwege begeben, die das Zartgefühl einer lebhaften, äußerst heftigen Leidenschaft verletzen. Aber die Sinne behielten die Oberhand: Mein letztes Abenteuer in Sacy hatte dem Organismus Spielraum verschafft und der Vorstellungskraft die Richtung gewiesen. Ich litt, ich brannte, in mir wütete der heftigste Sturm … (Ist es wirklich erstaunlich, dass die jungen Leute in den Städten, denen solche Gelegenheiten immerzu geboten werden, sich so früh verirren?)

In dieser Zeit der Aufwallungen geschah es, dass der Abbé Thomas versehentlich eine Kassette offen herumstehen ließ, in der er einige Bücher verwahrte – die lateinisch-französische Phädra beispielsweise, die er mir weggenommen hatte, Tibull, Terenz, Catull,

Martial, Ovid, Juvenal und einige andere. Ich schob die Hand hinein – und zog *was* hervor? – Terenz!

Während der Pause versteckte ich mich und las diesen Autor. Was für ein hinreißendes Vergnügen! Und was für ein Unterschied zwischen *Die Wahrheit wahrnehmbar gemacht* oder den *Anekdoten zur Constitutio Unigenitus** und dem ersten Komödiendichter des alten Rom! Ich las, ich verschlang drei Akte des ersten Stücks, *Das Mädchen von Andros*. Ich fand darin meine Herzensregungen für Jeannette. Ich bewunderte die Natürlichkeit, nachdem ich bisher – die Bibel ausgenommen – nur geschwollenen Stumpfsinn oder irgendwelche idealischen Machwerke gelesen hatte. Hier erstaunte mich jene schöne Natürlichkeit und nahm mich gefangen! Seit langem wurde Molière in Paris gespielt, aber in Sacy wusste man davon nichts. So löste diese Lektüre eine glückliche Umwälzung in meiner Vorstellungswelt aus – sie verlieh mir Geschmack. Ich war im Vorteil gegenüber den jungen Leuten in Paris, die tausend Albernheiten gelesen oder auf ihren Boulevards gesehen haben, ehe sie auf Vorbilder stoßen, die wirklich etwas taugen. Auch ich hatte Belanglosigkeiten gelesen – aber jansenistische und infolgedessen gründlich durchdachte, wo es keine Paradoxa gab und alles einer strengen Beweisführung unterlag, als ginge es um mathematische Wahrheiten. Ich hatte also nicht das irregeleitete Urteil unserer kleinen Spötter, unserer Nörgler von der Sorbonne oder von Saint-Sulpice; bei mir fielen die Schönheiten des reinsten aller lateinischen Dichter auf frischen, fruchtbaren Boden. Aber es waren nicht nur die sprachlichen Schönheiten, die mich entzückten, es waren auch die Dinge, von denen die Rede war: Ich verehrte Terenz, während ich ihn las. Und als ich, ganz in mich selbst versunken, die Lektüre notgedrungen unterbrechen musste, da bewunderte ich die Schönheit seines Genies und fragte mich, wie menschlicher Geist je so weit hatte gelangen können.

Tags darauf holte ich mir meinen göttlichen Terenz heimlich zurück und las weiter. Meine Bewunderung wuchs in dem Maße, wie die Handlung immer interessanter wurde. Ein nobler Eifer packte mich: »So werde ich es auch machen«, sagte ich mir. »An die Arbeit! Ach, wenn ich erst so ein Stück geschrieben habe, werde ich nicht mehr scheu und schüchtern sein! Ich werde den Vater und die Mutter von Jeannette aufsuchen und ihnen sagen: ›Hier, das habe ich gemacht, und nun bitte ich Sie um die Hand Ihrer Tochter. Ich liebe sie so, wie Pamphilus Glycerium* geliebt hat. Sie wird glücklich mit mir sein, denn ich bete sie an, und Ihnen werde ich Ehre machen!‹«

Diese edlen Gedanken erfüllten mich mit Begeisterung und setzten zugleich zwei meiner Sinne außer Kraft, Sehen und Hören. So geschah es, dass der Abbé Thomas plötzlich hinter mir stand. Er sah, dass ich las, erkannte seinen Terenz, den er mir nicht gegeben hatte, und riss ihn mir aus den Händen: »So, so! Sie verstehen sich darauf, Bücher zu finden, die ich wegschließe!« Er nahm ihn mit. Und ich, in Schmerz erstarrt, musste mit ansehen, wie mir ein hochverehrter Autor abhandenkam, das Vorbild, nach dem ich mich bilden wollte! Man entriss ihn mir, als er mich am heftigsten interessierte, als der Dichter in mir alle Leidenschaften in Bewegung gebracht hatte! Ach, wie ungeschickt war doch der Abbé Thomas! Wie wenig kannte er das Menschenherz! Meinem Begehren hätte er die Hälfte seiner Kraft schon nehmen können, wenn er mich *Das Mädchen von Andros* nur hätte zu Ende lesen lassen. Oder wenn er mir auch die fünf anderen Komödien zu lesen gegeben hätte, die viel weniger interessant sind.

Es verhält sich so, wie es einer unvorsichtigen Mutter vor meinen Augen ergangen ist: Sie hatte die *Gefährlichen Liebschaften** herumliegen lassen, fand dann später ihre Tochter darin vertieft und entriss ihr diesen abscheulichen Roman – mitten im dritten Buch. Die Tochter, fünfzehn Jahre alt (darf ich dies hier erwähnen?), entwickelte ein so glühendes Verlangen nach diesem Werk, dass ein Mann von fünfundvierzig Jahren von ihr die letzte Gunst erlangte – unter der Bedingung, dass er es ihr mitbrächte. So las sie es denn zu Ende. Nachdem sie ihr Verlangen befriedigt hatte, staunte und erschrak sie über ihren Fehler und geriet in tiefste Verzweiflung. Es fehlte nicht viel, und sie hätte sich das Leben genommen. O ihr Mütter, seid vorsichtig!

Unter bitteren Schmerzen musste ich mit ansehen, wie die leibhaftige Bigotterie meinen geliebten Autor wieder in den fatalen Kasten sperrte! Und von diesem Augenblick an träumte ich davon – nachts und tagsüber! Ich wusste nicht, wie das Stück ausging. Ich glaubte, das Ende müsse bewundernswert und großartig sein. Ich zerbrach mir den Kopf darüber, wie es beschaffen sein könnte, und war verzweifelt, weil ich nicht darauf kam. Ich verquickte mein Bild von Jeannette mit dem von Glycerium. Die Leidenschaft des Pamphilus rechtfertigte die meine. So wurde Jeannette denn noch inniger geliebt, und ich ging mit noch mehr Eifer zu Werke als vorher.

In dieser Zeit geschah es, dass ich mit heißem Kopf eine Komödie zu schreiben versuchte. Aber mein Vorbild reichte nicht weit genug. So konnte ich nur ein Ungetüm hervorbringen. Ich schrieb in Latein, aber in Prosa, weil ich von der Verskunst nichts verstand. Trotzdem war mir diese Eskapade nicht unnütz. Ich schrieb mit Feuereifer, und dank meines vorzüglichen Gedächtnisses konnte ich mich dabei einiger Wendungen des lateinischen Dichters bedienen. Ich habe nämlich vergessen zu sagen, dass ich die ganze Komödie auf einen Sitz zu Ende gelesen hätte, wenn ich das Lateinische nicht Satz für Satz mit der Übersetzung verglichen hätte. – Da höre ich einen Zwischenruf: »Sie haben in Latein geschrieben und waren doch über dessen Grundlagen noch nicht hinaus?« – Nun, Herr Zwischenrufer, denken Sie nicht, dass ich so studiert hätte wie Ihre Kinder an Ihren höheren Schulen; so wie Sie, der Sie Eltern ohne Seele und vielleicht ohne Tugend hatten; wie Sie, der Sie keine Jeannette liebten und infolgedessen auch das Studieren nicht; der Sie sich Ihrer Aufgaben entledigt haben, als wären sie eine Last; der Sie nicht dreieinhalb Akte des *Mädchens von Andros* gelesen haben! Ich hingegen hatte dieses Meisterwerk des menschlichen Geistes immerhin zur Hälfte erblickt – eine Komödie, die die allmächtige Leidenschaft der Liebe in Wallung bringt und alle anderen Leidenschaften ebenfalls. Aber ich hatte das Ende nicht gesehen, das diese Leidenschaften wieder besänftigt. Ich hatte eine gute Mutter, die meine geringsten Fortschritte mit der lebhaftesten Freude begrüßte und mit der größten Lust verfolgte, wie ich mir Verdienste erwarb. Ich hatte einen Vater, der von seinem Vater nur voller Ehrfurcht sprach und davon, wie viel Vergnügen es ihm gemacht hatte, dafür zu sorgen, dass sein Vater zufrieden mit ihm gewesen war. Ich liebte, ich verehrte Jeannette und habe doch nie mit ihr gesprochen! Ich sah sie immerzu vor mir, wie sie mich anspornte und zu mir sagte: »Ich bin schön, sanft, voll guter Eigenschaften. Ich bin eine bezaubernde Nymphe. Nun überleg selbst, wie viel Verdienst sich einer erwerben muss, ehe er es wagen kann, auf mich zu hoffen!« So studierte und lernte ich in einem Monat so viel wie Sie in einem Jahr. Mir hämmerte man die Wissenschaft nicht ein wie Ihnen – ich verlangte nach ihr mit unvorstellbarer Begierde. So kam es, dass ich nach einem Jahr mit einer solchen Leichtigkeit Latein sprach und schrieb, dass es dem guten Kaplan Tränen der Bewunderung in die Augen trieb, während meinen Brüdern dies viel weniger gefiel, die (so behaupteten sie) immer noch um mein Seelenheil bangten und ahnten, dass ich das Zeug hätte, Romane zu schreiben.

Eines Tages im Sommer, während einer langen Trockenheit, hatten wir in unserem großen, ausgehöhlten Stein kein Wasser mehr, um den Garten zu gießen. Der Abbé Thomas als Obergärtner der Pfarrei schickte Huet und mich los, Wasser suchen. Der nächste Brunnen befand sich an der Einfahrt zum Hof von Monsieur Rousseau, dem Notar und Schulmeister des Ortes, dem Vater von Jeannette. Aber es war kein Seil da. Monsieur Stallin, der Onkel der jungen Person, auf dessen Seil wir hofften, war nicht zu Hause. Jemand sagte mir, wir sollten zu Monsieur Rousseau gehen und ihn um sein Seil bitten. Ich ging zurück zu Huet, getraute mich aber nicht, ihm zu sagen, wo ein Seil wäre, weil ich dazu den Familiennamen von Mademoiselle Rousseau hätte aussprechen müssen. Das aber hätte ich nicht fertiggebracht, ohne zu stottern, zu zittern, zu erröten, kurz, ohne Höllenqualen zu erleiden. Aber Huet sagte mir von sich aus, er habe Mademoiselle Rousseau gesehen und wolle zu ihr gehen und sie nach einem Seil fragen. Zitternd griff ich nach seiner Jacke und hielt ihn fest. (Denken Sie nicht, lieber Leser, ich hätte das aus Eifersucht getan. Ich verspürte ein ganz anderes Gefühl. Es war Huets Kühnheit, die mich erbeben ließ! »Er wagt es, mit ihr zu reden! Mit meiner Göttin, mit einem Mädchen, das ich nur mit dem Zittern, aber nicht mit der Kühnheit der Liebe anzusehen vermag!«) Inzwischen suchte Jeannette, die unsere Verlegenheit bemerkt hatte, schon nach dem Brunnenseil. Sie brachte es und zeigte uns, wie man es anbringen muss. Ich senkte die Augen, stand reglos da, halb verdeckt von der Seilscheibe, während sich Huet um das Seil kümmerte. Jeannette half ihm, und ich sah, wie seine Hände bisweilen die ihren berührten. Ich war nicht neidisch auf sein Glück. Diese zarten Hände wären für meine wie glühendes Eisen gewesen. Ich konnte kaum noch atmen. Ich hätte nicht sprechen können, auch wenn ich gewollt hätte … Und doch bezauberte, entzückte der melodische Klang einiger Wörter, die sie sagte, mein Ohr. Aus den Augenwinkeln sah ich ihre nymphenhafte Taille … Nein, keine hatte eine Taille wie sie. Die Dorfbewohnerinnen sind nur Bäuerinnen. Die eleganten Städterinnen sind nur Modepuppen. Einzig und allein Jeannette war ein Mädchen, eine *fille,* in der ganzen Bedeutungsfülle dieses bezaubernden Wortes, das die frevlerischen Pariser inzwischen profaniert haben, indem sie ihm die Bedeutung von *catin,* Hure, aufzwangen. Aber selbst hierdurch machen sie die Vorstellung nur noch plausibler, die ich mit jenem hübschen Wort schon immer verbunden habe.

Ich beruhigte mich erst und konnte meinem Kameraden beim Hochziehen des Wassers erst helfen, als die, die mich in solche Verwirrung stürzte, sich wieder entfernt hatte. Ob sie an meiner Verwirrung die Gefühle, die mich bewegten, ablesen konnte? Ich glaube, ja. Sie war siebzehn. Sie sprach nicht mit mir. Warum hätte sie das Wort nicht auch an mich richten sollen wie an meinen Kameraden – es sei denn, sie fürchtete, hierdurch meine Verwirrung noch zu vergrößern? Außerdem bemerkte ich, dass sie von diesem Tag an nicht mehr so frei wie bisher zu meiner Seite herübersah. Bei der Predigt senkte sie den Blick.

Es gab im Pfarrbezirk zwei wohlhabende, fromme Fräulein – die *Schwestern,* wie man sie nannte, weil sie sich unentgeltlich um die Mädchenschule kümmerten und die Armen besuchten, wenn sie krank waren. Eine der beiden, Schwester Droin, eine entfernte Verwandte von uns, hinterbrachte Marguerite Pâris eines Tages die Nachricht, ich würde während der Predigt ständig zu Mademoiselle Rousseau hinüberblicken. Marguerite erzählte mir das gutmütig weiter und fügte hinzu, auch einigen anderen Leuten sei dies aufgefallen. Ich wurde rot, ich wurde bleich, aber meine größte Befürchtung in diesem Augenblick war nicht, dass meine Brüder oder sonst jemand aus der Familie hiervon etwas erfahren würden, sondern dass Jeannette zu Ohren käme, wie ich es gewagt hätte, den Blick auf sie zu richten. Marguerite, die eine schöne Brünette gewesen war und, obwohl wirklich fromm, noch immer ein wenig kokett sein konnte, setzte ein feines Lächeln auf. Sie kannte sich jedoch mit Leidenschaften aus und sagte deshalb nur: »Sie sind noch ziemlich jung!« So kam es, dass sie, die meine heimlichen Gefühle mit Nachsicht durchschaute, mir lieb wurde. Sie hatte bisweilen schon gewisse Wünsche bei mir geweckt, denen sich nun ich weiß nicht was für eine zärtliche Regung hinzugesellte.

Ein paar Wochen später lernte ich die Eifersucht kennen. Jeannette wurde Taufpatin, während als Pate der junge Droin, der Sohn des Steuereinnehmers, in Erscheinung trat. Als mir Marguerite davon erzählte, schnürte sich mir das Herz zusammen. Trotzdem ging ich hin und sah mir die Taufe an, aber von weitem.

Ich beobachtete alles genau und sagte mir tief im Inneren, was ich seither in vielen Romanen gelesen habe: »Kennt er überhaupt, wie ich, den Wert derjenigen, auf die er da zugeht? Würde er das Glück, ihr Gemahl zu sein, überhaupt empfinden, wie ich es empfinden würde? Ach, Jeannette! Verehrte Jeannette! Würde er Sie so lieben, wie Sie es verdienen – so, wie ich Sie lieben würde?«

Tränen flossen, bittere Tränen, wie ich sie noch nie vergossen hatte. Die Eifersucht verdoppelte meine Liebe. Mir schien aber, ich könnte an Droins Benehmen ablesen, dass er zu jenen tauben Seelen gehörte, von denen es so viele gibt. Wie er Jeannette ansah, wie er zu ihr sprach – es wirkte gewöhnlich. Ich hätte sie jedenfalls so nicht angesehen, sondern voller Entzücken! Von Marguerite erfuhr ich dann, dass Jeannette für ihn nicht reich genug, also keine angemessene Partie gewesen wäre. Das tröstete mich. Ich verehrte die schöne Rousseau, aber ich wünschte sie mir arm. Ich hegte den Gedanken, sie werde eines Tages alles meiner Liebe und meinen Talenten zu verdanken haben. Und obwohl ich mich sehr in Acht nahm, zeichnete sich die Freude hierüber auf meinem Gesicht so deutlich ab, dass Marguerite es bemerkte. Aber sie war ebenso klug wie diskret und schwieg.

Ich war nun ganz ausgewachsen. Die seltenen Gelegenheiten, meine Männlichkeit – nun aber bisweilen auch mehrmals – zu erproben, hatten mir eine gewisse Übung verschafft und meine Sinne zum Glühen gebracht. Oft sah ich die vergötterte Geliebte, die mir die Liebe zur Tugend einflößte, während der ganzen Woche nicht. Ich sah sie allerdings in glühenden Farben vor mir, wenn ich, wie es meine Aufgabe war, zu Mittag die Glocke läutete. Doch bei der Rückkehr sah ich Marguerite – eine Frau von vierzig Jahren, zugegeben, aber so frisch wie eine Betschwester oder vielmehr wie ein Mädchen mit Vermögen, das nie Not gelitten hat. Außerdem hindert dieses Alter die Frauen bekanntlich nicht daran, ein Verlangen nach jungen Leuten zu entwickeln, die das Pubertätsalter erreichen. Es scheint sogar, dass die Natur solche jungen Leute vorzugsweise den gestandenen Frauen zuführt, nicht um der zärtlichen Liebe willen, sondern zum Genuss.

Marguerite Pâris hatte eine gute Figur, sie war sauber und gepflegt, und sie frisierte sich mit viel Geschmack und genauso, wie Mademoiselle Rousseau es tat. Ihre Schuhe stammten aus Paris und waren so elegant wie die unserer schönsten Frauen. Wenn sie Holzschuhe trug, waren sie gut gearbeitet und hatten hohe Absätze. An Mariä Himmelfahrt trug sie neue Pantoffeln aus schwarzem Maroquinleder, deren Nähte ihr strahlendes Weiß nicht verloren – Pantoffeln mit einem winzigen Absatz, der das wohlgeformte Bein noch schöner machte. Dieses war in einen Strumpf aus feiner Baumwolle mit blauen Verzierungen gehüllt. Unwillkürlich hefteten sich meine Augen an Marguerites schöne Füße, ich konnte sie nicht mehr von ihnen losreißen.

Es war sehr heiß. Nach der Abendandacht zog die Haushälterin ihr Sonntagskleid aus und erschien in Weiß. Ihr kurzer Rock ließ den unteren Teil ihrer Beine sehen. Da befand ich mich plötzlich in einer ähnlichen Situation wie der, in die mich vier Jahre zuvor Nannette bei Madame Rameau gebracht hatte, nur, dass die Lage diesmal noch eindeutiger war, denn ich hatte den Stimmbruch hinter mir und war ein Mann geworden. Ich brauchte sogar schon ein Rasiermesser.

Marguerite bemerkte, mit welcher Aufmerksamkeit ich sie betrachtete, und fühlte sich anscheinend geschmeichelt. Sie wusste um mein leidenschaftliches Herz und sah in ihm ein Unglück für mich. Sie fürchtete, ich würde bei meiner Verehrung für dieses Mädchen genauso viel leiden, wie sie durch ihre Liebe zu dessen Vater gelitten hatte. Deshalb glaubte sie, eine Ablenkung könnte mir guttun, und hatte nichts dagegen, dabei mitzuwirken.

Wir waren allein. Meine Kameraden spielten. Der Abbé Thomas war beschäftigt. Ich studierte an meinem kleinen Tisch beim Fenster. Nicht weit von mir saß Marguerite und putzte Salat, die Beine übereinandergeschlagen, so dass ich eines von ihnen bis zu den Waden sehen konnte, und der hübsche Pantoffel hing ihr nur noch an der Fußspitze. Meine Phantasie war so erregt, meine Sinne waren so erhitzt, dass es mich nicht mehr an meinem Platz hielt. Unwillkürlich begann da ein mechanisches Reiben – sei es, dass die Natur nach notwendiger Erleichterung verlangte, sei es, dass die Verwirrung selbst es herbeiführte. In einem Rausch von wütendem Verlangen springe ich auf und bin schon bei Marguerite. Aber sie erschrak nicht.

»Mein lieber Junge«, sagte sie sanft, »was haben Sie denn? – He, he! Was soll denn das?«

Ich antwortete nicht, aber ich hielt ihre Hände, drückte sie fest, ohne sie weiter zu bedrängen. Als sie meine verstörten Blicke sah, geriet sie denn doch in Verwirrung.

»Monsieur Nicolas! Ist Ihnen schlecht? – Ich hole Ihnen etwas zu trinken.«

Ich hielt sie mit aller Kraft fest, ohne zu antworten, umklammerte sie mit den Armen, so dass sie kaum noch Luft bekam. Sie fürchtete, ich würde meine Anstrengungen noch verdoppeln, wenn sie Widerstand leistete. Sie drückte mich an ihre Brust ... Mich verließen die Kräfte, eine Wolke schob sich mir vor die Augen, die Glieder gaben nach. Ich wäre gefallen, wenn mich Marguerite nicht gehalten hätte.

Es war das erste Mal, dass ich diese Krise ohne Kopulation erlebte und ohne das Bewusstsein zu verlieren. Entzückt, dass ich sie ganz mitbekommen hatte, sagte ich mir: »Endlich bin ich ein Mann!« Und doch war auch diesmal Jeannette der Hauptgrund meiner Freude: »Ich könnte der Mann von Mademoiselle Rousseau sein.«

Ich erholte mich von meiner tiefen Verstörung, und Marguerite, die sah, wie ich ruhiger wurde, machte mir Vorhaltungen, obwohl sie (das glaube ich jedenfalls) nicht alles mitbekommen hatte, was mir geschehen war. Ich beteuerte, es sei eine Art ungewollter Verirrung gewesen. Ich sei völlig außer mir gewesen und wisse nicht, wie das gekommen sei. Aber ich sei weit davon entfernt gewesen, ihr etwas anzutun. Sie schien mir zu glauben, denn sie lächelte.

Doch dann fragte sie mich: »Aber was hat Sie in diesen Zustand versetzt?«

»Es muss«, antwortete ich (so arglos war ich noch!), »der Anblick Ihres Pantoffels und Ihres Beins gewesen sein, denn ich musste sie immerzu ansehen und kam nicht mehr von ihnen los, als es mich packte. Ich war wie ein Vogel, den eine Schlange in Bann schlägt. Er spürt die Gefahr, aber er kann nicht fliehen.«

»Aber wenn Sie doch Jeannette Rousseau lieben?«

Diese Bemerkung traf mich wie ein Blitz. Ein Zittern überkam mich, ich erstarrte. Die Glocke läutete zur Abendandacht, und ich ging hin. Dort geschah es, dass ich, nachdem ich mich gesammelt hatte, rot vor Scham wurde über meine Tat, obwohl alles ohne Absicht geschehen war. Sie hatte sogar eigenartige Auswirkungen auf meine Phantasie und meine Organe. Um zu verhindern, dass mich die allzu heftige Regung, die das verführerische Bein und der Fuß von Marguerite in mir ausgelöst hatten, noch einmal überkam, musste ich meine Abneigung gegen Blut zu Hilfe nehmen, indem ich mir vorstellte, ein wutentbrannter Soldat würde mit seinem Degen den Körper von Madame Chevrier oder den einer anderen schönen Frau aus dem Ort durchbohren. (So wie das auf den Körper einwirkende Gegengift ein wirkliches Gift ist, so musste ich auf etwas zurückgreifen, das mit dem Tod zu tun hatte, um ein Gegengewicht zur Überfülle an Leben zu schaffen, die in mir zum Vorschein kam: Die seelische und die körperliche Verfassung sind nach dem gleichen Muster angelegt.) Aber bei der Predigt, die der Pfarrer von seiner Kanzel herunter hielt, wurde mir eine viel wirksamere Arznei zuteil, der Anblick Jeannettes. Die schöne, bescheidene Rousseau sorgte dafür, dass sich meine Sinne beruhigten. Sie hatte diese Sinne nie in Unruhe versetzt. Ihre Macht wirkte auf den edelsten Teil von mir, sie flößte mir alle Tugenden ein, bis hin zur Keuschheit! Ich mache Ihnen hier nichts vor, Mitbürger Leser: wenn ich Sie belügen oder Ihnen die Wahrheit auch nur verschweigen wollte, hätte ich Ihnen die letzten Seiten, die Sie soeben gelesen haben, gar nicht überlassen.

Was mir an Mariä Himmelfahrt passiert war, bildet einen Wendepunkt in meinem Leben. Nach dieser Krise, der ersten, die ich vollständig erlebt hatte, liebte ich Jeannette weiterhin mit genauso reinem Herzen wie vorher, ohne an ihre Gunst zu denken. Ich liebte sie unabhängig von jedem anderen Vergnügen, nur aus Freude daran, sie zu lieben. Aber nach acht Tagen Sittsamkeit begannen die anderen Frauen, mir wieder Gelüste einzuflößen. Und da ich Marguerite mit ihrem hübschen Fuß, diesem Reiz, für den ich schon als Kind so empfänglich gewesen war, immerzu vor Augen hatte, war es das Verlangen nach ihrer Gunst, das mich verzehrte.

Diese gute Frau, die sich in meinem Herzen besser auskannte als ich selbst, war weder zügellos noch bigott, sondern eine aufrechte, reine, vortreffliche Seele. Sie war zu mir wie eine Mutter. Sie hatte ein mitfühlendes Herz: Sie hatte geliebt, und sie war geliebt worden, ohne zu lieben. (Ich wusste, dass sie im Frühling ihrer jungen Jahre in einem jungen Mann eine so heftige Leidenschaft geweckt hatte, dass er daran gestorben war – aus Liebe und aus Bedauern darüber, dass er gegen seinen Nebenbuhler, Jeannettes Vater, nicht ankam.) Sie kannte das neue Gefühl, das mich so erregte, und ging deshalb sehr behutsam und schonend mit mir um. Der Altersunterschied zwischen uns gab ihr Sicherheit, ihre früheren Erfahrungen machten sie nachsichtig. Denn sie hatte beide beweint, den Liebhaber, den sie nicht bekommen hatte, und den Liebhaber, den sie ins Verderben gestürzt hatte – den einen aus Liebe, den anderen aus Herzensgüte. Danach hatte sie nie mehr heiraten wollen.

Welche Gefühle hegte sie für mich? Liebe – aber eine mütterliche, zarte Liebe. Ihr konnte allerdings nicht entgehen, welch heftiges Verlangen sie in mir erweckt hatte. Das rührte sie und machte sie dankbar. Kann eine Frau in reifem Alter, so besonnen sie auch sein mag, unempfänglich für die Huldigungen sein, die ein junger Mann den Reizen, die sie noch immer besitzt, entgegenbringt? Er weckte in ihrem Herzen eine doppelte Erinnerung – die an Monsieur Rousseau, den sie zärtlich geliebt hatte, und die an Louis Denêvres, der sie verehrt und den sie zu spät bedauert hatte. Aus Dankbarkeit und in Erinnerung an das, was sie selbst erlebt und erlitten hatte, wollte mich diese feinfühlige Frau vor den Qualen einer unglücklichen Liebe bewahren. Aber sie beobachtete mich – sie versuchte, in meinem Herzen zu lesen, wobei sie mehr auf meine Blicke als auf meine Worte achtete. Sie suchte Gewissheit und wollte nach ihr handeln. Und auch dies muss ich noch hinzufügen: Ihr Beichtvater war der Herr Kaplan, mein guter Freund – fast möchte ich sagen: mein Bewunderer. Sicherlich sprachen diese beiden auch über mich und bestärkten sich gegenseitig in ihren Empfindungen.

Eine Zeitlang befand ich mich in einer schwankenden Lage, hin und her gerissen vom Verlangen nach allen hübschen Frauen des Ortes, die ich schon erwähnt habe. Bisweilen rückte mir meine glühende Phantasie Bilder von einem Serail vor Augen, zu dem Marianne Taboué ebenso gehörte wie eine junge Bourdillat, die Tochter eines Küsters, und ihre noch immer hübsche Mutter, die ich bei der Kollekte sah; außerdem auch Madame Chevrier, Madame Droin, die zweite Frau des Steuereinnehmers, Mademoiselle Droin, ihre Stieftochter, damals die Geliebte, später die Gemahlin des jungen Rousseau, des Bruders von Jeannette; hinzu kamen mehrere Mädchen aus der Katechismusstunde, eine junge Nolin, eine Jeannin, eine Adine, eine Cady, eine Pinon usw. Alles in allem zwölf (denn mit weniger mochte sich mein Heißhunger nicht zufriedengeben). Meine Phantasie verlor sich in einem Labyrinth von Obszönitäten, wenn ich mich mit all diesen Odalisken beschäftigte. Das Fräulein Decourtives aus Chablis, ein Beichtkind meines Bruders, erregte meine Lüsternheit noch viel mehr durch ihre Frische; ihre Kleidung, ihre Blässe und eine abenteuerliche Vergewaltigung, die ihr widerfahren war, machten mich manchmal rasend vor Wollust. Aber das Herz war an alledem nicht im Geringsten beteiligt, und ich würde es für nutzlos halten, über diese Schändlichkeiten zu sprechen, wenn es für die Darstellung der Triebfedern meines Herzens nicht erforderlich wäre, ihnen die gleiche Aufmerksamkeit zu widmen wie meiner

Leidenschaft für Jeannette – einer Leidenschaft, die so anders geartet war, dass ich es, wenn sie sich nicht in meinem eigenen Herzen und tatsächlich zur gleichen Zeit ereignet hätte, aus dem Munde eines anderen nicht glauben würde.

Aber es gab da ein Mädchen, das mein Verlangen noch mehr erregte als diejenigen aus dem Serail meiner Phantasie – durch das, was ihr an Schönheit geblieben war, durch ihren guten Geschmack, ihre Reinlichkeit, ihr schönes Schuhwerk, ihre Frische, ihren liebevollen Ton, ihre Gutmütigkeit und wegen der häufigen Gelegenheiten, sie allein zu sehen, ihr von meinen Gefühlen zu erzählen, mit ihr über junge Mädchen zu sprechen, über Jeannette und Marianne. Man erkennt, von wem hier die Rede ist – von Marguerite.

Eines Abends kam sie von Auxerre zurück, wo sie Besorgungen für den Haushalt gemacht hatte. Ich bekam den Auftrag, ihr entgegenzugehen, um ihr Reittier zu lenken, den sehr störrischen, sehr starken und auf seine Art sehr schönen Esel der Pfarrei. Ich ging meiner liebenswürdigen Vertrauten mit der Beflissenheit eines Sohnes entgegen, der einer geliebten Mutter zueilt. Ich traf sie im Tal von Montalery und war ihr eine große Hilfe, vor allem am Aufstieg zu dem Hügel, der wie ein Zeltdach aussieht und zu dem Buckel von Courgis führt. Als wir ihn hinter uns hatten, bat ich Marguerite, sich wieder auf Martin zu setzen. Dazu musste sie sich auf mich stützen. Ich spürte ein leichtes, freudiges Erschauern. Sie nahm Platz, und ich zog den Rock über ihren Beinen zurecht. Ich berührte ihren Fuß und bekam Herzklopfen. Schwester Marguerite sah, wie es mich packte, und lächelte. Sie brachte das Gespräch wieder auf Jeannette. Sie versicherte mir, es sei Mademoiselle Rousseau, die ich liebte. Ich antwortete ihr mit einem aufrichtigen Geständnis: Ich stellte ihr meine Seele ganz nackt zur Schau, die Beschaffenheit meiner Neigung zu der schönen Rousseau, aber auch mein Gefallen an Marianne; ich ging so weit, ihr zu schildern, welche Gefühle mir die anderen Frauen einflößten. Sie schien überrascht vom Umfang meines Geständnisses. Schließlich kam ich auf sie zu sprechen, in flammenden Worten. Wir stiegen den Buckel hinab, und als wir dabei immer schneller wurden, musste ich den zweiten Sattelkorb gegenüber dem, in den Marguerite ihre Füße geschoben hatte, mit aller Kraft festhalten. Von Zeit zu Zeit umfasste ich dabei ihre Taille, um ihr Halt zu geben, wenn Martin ins Stolpern geriet. Nach dem zu urteilen, was ich von ihrem Profil sah, wurde sie rot wie eine Rose. Ihr blieb keine Zeit mehr, mir zu antworten, denn unversehens gesellte sich der Abbé Thomas zu uns, der gekommen war, den Acker der Pfarrei in Augenschein zu nehmen.

Nach dem Abendessen gingen alle hinaus, um im Garten frische Luft zu schöpfen. Marguerite ging in das Zimmer des Pfarrers, um ihm über seine Aufträge zu berichten. Diesen Augenblick machte ich mir zunutze ... Es gibt Verirrungen, die sich nicht erzählen lassen. Aber wenn ich sie nicht wenigstens andeuten würde, erschienen gewisse Vorkommnisse ganz unglaublich oder wie ein Ausfluss des Wahnsinns. Der Leser wird an dem, was folgt, selbst beurteilen, ob es nötig war, ihn vorzubereiten. Es waren die hübschen Schuhe, die mich an Maguerites Füßen so sehr entzückt hatten, über die ich mich hermachte...

In der Zeit, als die Gelüste, die mir dieses gute Mädchen einflößte, den höchsten Grad ihrer Gärung erreicht hatten, unternahm Marguerite eine weitere Reise in die Stadt. Meine Brüder fassten den Beschluss, dass nach all dem Ungemach, das Martin der armen Schwester bei ihrer letzten Reise bereitet hatte, einer von uns sie begleiten sollte. Melin war ihr nicht recht. Und Huet wollte man ihr nicht mitgeben, nachdem man ihm allerlei grobe Unvorsichtigkeiten mit seiner jungen, hübschen Kameradin zum Vorwurf gemacht hatte. So fiel denn die Wahl auf mich.

In Auxerre erledigte Marguerite zuerst die Angelegenheiten, die den Herrn Pfarrer betrafen. Danach kümmerte sie sich um ihre privaten Einkäufe. Dazu besuchten wir eine Kurzwarenhändlerin, eine Jansenistin, zu deren Kundschaft unsere Haushälterin gehörte. Diese Madame Jeudy lud uns zum Essen ein, was meine Menschenscheu auf eine umso härtere Probe stellte, als diese Madame Jeudy eine bezaubernde Tochter hatte, die erst kürzlich einen jungen Jansenisten aus Clamecy geheiratet hatte, und außerdem eine großgewachsene, sehr attraktive Nichte.

Gegen vier Uhr machten wir uns auf den Heimweg und wollten vor sieben, also gegen Ende des Tages, in Courgis sein. Ich hatte nur wenig gegessen. Aber wir hatten einiges dabei, was von dem Essen bei Madame Jeudy übrig geblieben war. Nachdem wir kurz hinter Saint-Gervais die neue Straße verlassen hatten, beteten wir die None und die Vesper. Danach plauderten wir.

Am Eingang zum Tal von Montalery, der gegenüber dem Ort selbst liegt, kamen wir an eine dunkle, einsame, von lauter Weiden und Pappeln bestandene Stelle, die von einem kleinen Brunnen mit kristallklarem Wasser getränkt wird. Hier überkam uns beide der Appetit. Ich half Marguerite beim Absteigen. Wir setzten uns ins Gras. Sie breitete unsere Vorräte aus, und ich stellte unsere entkorkte Flasche zum Abkühlen in das Brunnenbecken. So hatten wir einen sehr angenehmen Imbiss. Nachdem der Hunger gestillt war und ich meinen Blick von Marguerite gar nicht mehr lösen konnte, kam mit einem Mal alles zusammen, meine Begierde zu entflammen. Ein verzehrendes Feuer loderte in meiner Brust.

»Mir scheint«, sagte ich zu meiner Gefährtin, »einen schöneren Fuß gibt es gar nicht.«

Marguerite lächelte und entgegnete: »Lassen Sie uns weitergehen!«

»Einen Augenblick noch!«

Ich hielt sie mit Gewalt zurück, denn ich wurde damals immer kräftiger.

»Gut! Ist ja gut! Einverstanden. Also lassen Sie uns plaudern.«

Ich legte ihr den rechten Arm um die Hüfte. Meine Augen funkelten. Ich wagte es, sie zu küssen. Sie erschrak.

»Monsieur Nicolas! Monsieur Nicolas! Lassen Sie uns weitergehen!«

»Nein, nein!«, sagte ich mit einer Heftigkeit, die ihr noch mehr Angst machte. Ich küsste sie noch einmal voller Ungestüm.

»Was machen Sie denn ... was wollen Sie, Sie ungezogenes Kind?«

»Ich will ... ich will...« (Ich wagte, auszusprechen, was ich wollte.)

»Nein, nein, mein Kind! Nein! Monsieur Nicolas, das ist Sünde...«

»Aber nein, nein!«

»Doch, ganz bestimmt! Das ist eine Sünde ... Lassen Sie uns weitergehen!«

Ich drückte sie so fest, als wollte ich sie ersticken.

»Mein liebes Kind«, sagte sie. »Was für eine Schuld laden Sie sich da auf Ihr Gewissen! ... Eines Tages, wenn Sie Jeannette heiraten wollen...«

Unter der Heftigkeit, mit der ich sie bestürmte, versagte ihr die Stimme. Aber sie erwehrte sich leicht der ungeschickten Angriffe eines Jünglings, den schon sein allzu großes Ungestüm zu einer nicht sehr furchterregenden Erscheinung machte.

»Lassen Sie uns weitergehen, mein Sohn!«, wiederholte sie. Da plötzlich, vom Klang ihrer Stimme gerührt, verließ mich die Brutalität. Ich wurde zärtlich, umarmte sie und sagte: »Meine liebe Marguerite! Ich weiß nicht ... aber ich glaube, ich werde daran sterben! Wenn Sie wüssten ... Helfen Sie mir, Ruhe zu finden! Ich bin in einer Verfassung, dass ich mich auf eine Frau werfen könnte und ... entweder sie tötet mich oder ich würde unweigerlich sie töten, wenn sie sich mir widersetzen wollte ... Nein, es ist keine Sünde! Gegen das, was ich spüre, kommt man nicht an!«

»Mein liebes Kind, ich kenne das, ich weiß Bescheid – besser als Sie! Aber alles in mir widerstrebt dem ... Wollen Sie denn, dass eines Tages (falls es Ihnen je gelingt, die Hand und das Vertrauen von Mademoiselle Rousseau zu erringen) ein so grausames, unerwartetes Hindernis...«

Bei diesen Worten gab ich – sprachlos, fassungslos, in einem Anfall von Grauen – meinen Angriff auf und stieß einen Seufzer aus.

Marguerite, der Last entledigt, schwang sich geschickt auf Martin, und ich musste ihr folgen.

Nach und nach jedoch kehrte mein Verlangen unmerklich zurück. Unter dem Vorwand, den Sattelkorb am Verrutschen zu hindern, berührte ich alles, was ich berühren konnte. Ich half ihr beim Absteigen, um den steilen Hügel zu erklimmen. Schließlich erreichten wir die Höhe, von der aus man Courgis liegen sieht. Es war schon fast neun Uhr. So lange hatte uns mein Angriff bei dem Brunnen aufgehalten! Eine weitere Rast konnten wir uns nicht erlauben. Aber ich fasste einen kühnen Entschluss, den ich um jeden Preis ausführen wollte.

Man hatte mit dem Abendessen auf uns gewartet. Eine Schwester Pinon, die der Pfarrer als Vertretung für den Fall bestimmt hatte, dass eine der beiden Lehrerinnen in der Mädchenschule einmal ausfiel, hatte an diesem Tag an Stelle der Haushälterin deren Dienst getan. Erst gegen zehn Uhr gingen wir zu Bett.

Das Pfarrhaus, das inzwischen umgebaut worden ist, hatte damals im Erdgeschoss vier Zimmer: das Schlafzimmer des Pfarrers mit einer Kammer zum Garten hinaus; das große Zimmer in der Mitte, das uns als Esszimmer, Klassenraum und Schlafzimmer diente (dort standen vier Betten: das des Abbé Thomas im hinteren Teil, das meine neben der Tür zur Küche und dahinter die beiden kleinen Himmelbetten von Huet und Melin); die Küche, wo Marguerites Bett stand, lag am Ende der Zimmerflucht.

Bei Menschen, die viel im Sitzen arbeiten, steigert bekanntlich frische Luft allein schon die Neigung zur Wollust. Nun denke man sich noch all das hinzu, was ich an diesem Tag gesehen und gefühlt hatte. Ich war außer mir.

Mitten in der Nacht, als mir die Atemgeräusche von allen anzeigten, dass Morpheus das Regiment übernommen hatte, stand ich leise auf. Ohne zu überlegen, worauf ich mich da einließ, schlich ich in die Küche, deren Tür nur mit einem einfachen Schnapper geschlossen war. Tastend suche ich das Bett der Haushälterin – finde es und lausche. Sie schläft … ich schlüpfe zu ihr.

Marguerite träumte. Sie murmelte: »Lass mich, mein lieber Denêvres, lass mich!«

Hierdurch erregt und von der Natur und eigener Erfahrung angeleitet, machte ich aus ihrem Traum behutsam Wirklichkeit. Marguerite erwachte zu spät. Sie teilte sich mit mir den Taumel. Nach einem Ansturm, der an Raserei grenzte, lag ich wie vernichtet in ihren Armen. Statt mit mir zu schimpfen, musste sie mich, ohne Lärm zu machen, wieder beleben, denn zunächst glaubte sie, ich sei bewusstlos geworden. Als ich mich bald wieder besann, war es für sie ein Leichtes, mich wegzuschicken: Schlagartig hatte sich meine Seele ganz und gar verflüssigt, und ich war in einem Zustand völliger Erschöpfung. Ich schlief bis in den helllichten Tag hinein. Man ließ mich ausschlafen wegen der Anstrengungen am Tag zuvor.

Nach dem Aufstehen nutzte ich den ersten freien Augenblick, um in die Küche zu gehen. Dort fand ich Marguerite auf den Knien und in Tränen aufgelöst. Ich stürzte zu ihr und umarmte sie. Das gute Mädchen, dessen Frömmigkeit kein Getue war, stieß mich nicht zurück.

»Ach, könnte ich doch die Last eines so schweren Fehltritts ganz auf mich nehmen«, sagte sie zu mir. »Monsieur Nicolas! Ich bin Ihnen sehr böse, dass Sie Ihr Leben mit diesem Schandfleck besudelt haben! So jung, wie Sie sind, werden Sie das noch lange zu bereuen haben! Sie haben das Glück, das Sie bisher hatten, vergiftet! Und ich zittere bei dem Gedanken, dass ein junger Kerl, dessen Herz immer so gut und zartfühlend war, eines Tages zum Libertin wird und dass ich dazu beigetragen habe! – Liebes Kind! Mein Sohn, der Sie mich so grausam gekränkt haben! Lindern Sie meinen Schmerz und bewahren Sie sich Ihre ersten Gefühle für Jeannette Rousseau. Die Liebe zu ihr ist die einzige reine Liebe in Ihrem Herzen, denn mit ihr erlangen Sie die Tugend! – Werden Sie kein Libertin, Monsieur Nicolas! Darum bitte ich Sie mit diesen Tränen, die Sie allein zum Fließen gebracht haben! Sie würden der Natur Gewalt antun und sie beleidigen, die Sie geschaffen hat, um mit einer geliebten Frau einzigartige, köstliche Freuden zu erleben, und nicht, um die Gier irgendeiner liederlichen Person zu sättigen. Sonst würden Sie Ihren Körper und Ihre Seele zugrunde richten. Ich fürchte Ihre Brüder! Die schaden Ihnen, indem sie mit ihrer Strenge die Leidenschaft für die Frauen bei Ihnen im Übermaß steigern. Ihre Brüder verlangen zu viel von der Jugend und werden am Ende mit leeren Händen dastehen. Sie überschätzen die Kraft der Jugend und ihren Willen zum Guten, das der Sinnlichkeit entgegengesetzt ist. Sie urteilen wohl nach sich selbst, aber es gibt keinen, der ihnen ähnelt. – Da kommt jemand! Gehen Sie!«

Tief durchdrungen von dem, was mir Marguerite gesagt hatte, zog ich mich zurück, aber die Wirkung von alledem hielt nicht lange vor.

Nach dieser Krise, bei der ich alle Erleichterungen und alle Freuden der Nacktheit genossen hatte, wurde die neue, nun völlig entwickelte Fähigkeit übermächtig. Die keuschen Reize der bescheidenen Jeannette bedeuteten mir immer noch sehr viel (oder ohne Umschweife gesagt: Mademoiselle Rousseau erregte in mir so heftige, so köstliche Empfindungen, dass sie weit über das Ziel hinausschossen, und wenn ich sie um zwei Drittel weniger geliebt hätte, wäre es immer noch ausreichend gewesen, den Zweck der Natur zu erfüllen). Auch die anderen Frauen, die ich unendlich viel weniger liebte, begehrte ich nun viel stärker als je zuvor. Ungewollt berauschte sich meine Phantasie an obszönen Vorstellungen. Auf zwei Wegen versuchte ich sie zurückzudrängen – mit Hilfe der Religion und durch Tätigkeit. Aber sie überkamen mich immer wieder. Und die Krisen, die ich bisher erlebt hatte, verhinderten sogar, dass sie weiterhin undeutlich und verschwommen blieben. Sie stützten sich nun vielmehr auf eine solide Grundlage, und heftig begehrte ich alles, was geeignet erschien, mir jene Empfindung zu verschaffen, auf die ich so begierig war. Aber die Gelegenheiten waren ungeheuer selten! Für jeden anderen, der weniger hitzig war, weniger besessen von der körperlichen und gleichzeitig von der moralischen Seite der Liebe, wären sie gar nicht vorhanden gewesen. Man hat gesehen, dass ich mit Marguerite bis an den äußersten Punkt der Verwegenheit gegangen war. Als ich mich dann körperlich nicht befriedigen konnte, trat unmerklich die Libertinage des Geistes an die Stelle der Libertinage der Organe.

Ich hatte, wie gesagt, eine Komödie in lateinischer Prosa nach dem Vorbild des Terenz begonnen. Zwei Akte waren fast fertig. Der erste war nur eine ziemlich konfuse Einleitung, aber im zweiten führte ich einige Mädchen ein. Die jungen Männer ließ ich eine sehr seltsame Sprache sprechen – ohne Zweifel deshalb, weil ich bisher nichts anderes kannte als die Galanterie der Brüder Courtcou. Alle meine Figuren hatte ich in Sacy gefunden, unter meinen früheren Kameraden und den jungen Mädchen des Dorfes. In Bicêtre und auch in Courgis war ich nicht so frei gewesen, dass ich es gewagt hätte, Ort und Zeit der Handlung dort anzusiedeln. Ich befolgte die Grundregel der Einheit von Handlung und Ort, nahm daher wie selbstverständlich alles aus der gleichen Gegend und ließ auch die Handlung am selben Tag beginnen und enden. Es gab drei Verliebte: Ich war der eine, zärtlich und voller Leidenschaft, ein echter Pamphilus; Etienne Dumont, eine Art Charinus, beklagte sich wie der bei Terenz, dass ich ihm seine Geliebte wegnahm – aber dies geschah aus gutem Grund, denn es handelte sich um Marie Fouard, die auch ich schon immer hatte haben wollen; und schließlich Courtcou, ein Sittenstrolch, der die Mädchen nur begehrte, um seine Brutalität an ihnen zu stillen. Diese Gestalt war ganz und gar meine Erfindung – in keiner anderen Komödie ist eine solche jemals vorgekommen. Vorstellen kann man sie sich nur im Gedanken an den Menschenfresser aus der Gegend von Toulouse, von dem ich gesprochen habe. Bei dieser Rolle geriet meine Phantasie in die äußerste Verwirrung. Man ahnt, wie sehr mir daran gelegen sein musste, dass dieses Heft nicht dem Abbé Thomas in die Hände fiel. Ich trug es immer in der Tasche bei mir.

Eines Tages sollte ich über Sacy nach Joux gehen, um dort etwas zu erledigen. Ich wollte mein Heft aus der Jacke nehmen, die ich gerade ausgezogen hatte, und es in eine Tasche meines Reisemantels schieben. Der Abbé Thomas sah das und wollte mir das Heft wegnehmen. Ich hielt es fest und tat so, als wäre alles bloß ein Spaß, obwohl ich innerlich bebte. Er sah, dass darin etwas in Latein geschrieben stand, und glaubte wohl, es seien misslungene Übersetzungen ins Lateinische, für die ich mich schämte, oder vielleicht eine schriftliche Beichte. Er ließ jedenfalls los. Um zu verstehen, wie wichtig es mir war, dass er dieses unselige Heft nicht zu sehen bekam, muss man wissen, dass ich dort in schlechtem Latein, neben vielem anderen, auch all das aufgeschrieben hatte, was sich zwischen Marguerite und mir abgespielt hatte. Ich glaube, ich hätte mich lieber in Stücke reißen lassen, als ihm das zu zeigen.

Kaum war ich seinen Händen entronnen, da begann ich zu zittern wegen der Gefahr, der ich mich ausgesetzt hatte. Noch einmal las ich mein geliebtes Heft durch und beschloss dann, es zu opfern. Nach einer Rast in Sacy ging ich weiter nach Joux. Auf dem Rückweg, unterhalb der Weinberge von Sauloup und Montgré, gegenüber meinem kleinen Tal, das ich aus Mangel an Zeit nicht besuchen konnte, zerriss ich alle Seiten dieses Heftes – allerdings nicht sehr gründlich, weil ich von den Bauern, die dort vorbeikamen, nichts zu befürchten hatte, denn es war ja Latein. Doch der Zufall wollte es, dass ausgerechnet an diesem Tag Hochwürden Antoine Foudriat bei seinem Amtsbruder und Nachbarn, dem Pfarrer von Joux, zum Essen eingeladen war. Nach mir ging er auf dem gleichen Weg zurück nach Sacy, fand die zerrissenen Seiten, sammelte sie ein, fügte sie wieder zusammen und las einen Teil davon. Ich erfuhr dies am nächsten Tag und war erschüttert. Doch als ich noch am selben Morgen zitternd den Pfarrer aufsuchte, sagte er zu mir: »Ich will nachsichtig sein. Ich gebe Ihnen nur einen Rat: Verbrennen Sie beim nächsten Mal, was andere nicht zu Gesicht bekommen sollen.« Dann verbrannte er in meinem Beisein, ohne noch einmal darin zu lesen, alles, was er aufgesammelt hatte. So bekam ich eine Vorstellung von wahrer Höflichkeit, denn ich spürte, dass mein Pfarrer zufrieden war, als ich ihn verließ.

Wegen anderer Aufträge, die ich erledigen sollte, musste ich den Rückweg über Vermenton machen. Unterwegs träumte ich von Jeannette, Marguerite, Marianne und allen Schönen aus dem Pfarrbezirk meines Bruders. Mir kam der Gedanke, ihre Reize und meine Sehnsüchte in französischen Versen zu feiern, von denen ich allerdings nicht wusste, wie sie funktionieren. Denn bisher hatte ich noch keine zu Gesicht bekommen, außer den *Geistlichen Liedern* des Monsieur de Sacy* – lauter platte Verse ohne Schwung, die fast alle aus acht oder noch weniger Silben bestanden und mir keinerlei Vorstellung von der Zäsur vermittelt hatten.

Von solchen Gedanken erfüllt, kam ich nach Vermenton. Ich besuchte meinen Schwager Miché Linard, um mir von ihm erklären zu lassen, wo die Leute wohnten, die ich aufsuchen sollte. Er gab mir seine älteste Tochter als Führerin mit. Sie begleitete mich überallhin, aber immer nur bis zur Tür, ohne einzutreten. Marianne Linard war nämlich sehr hässlich und wagte es nicht, sich zu zeigen.

Zu Monsieur Collet gingen wir ganz zuletzt. Da ich wusste, wo er wohnte, verließ mich die Kleine, sobald wir in die Nähe kamen, nahm aber meinen Hut und meinen Stock mit, so dass ich gezwungen war, in ihr Haus zurückzukehren und mit ihrem Vater zu essen, der mich dazu heftig gedrängt hatte. Schüchtern trat ich bei Monsieur Collet ein, für dessen ältesten Sohn ich einen Brief bei mir hatte, und sah mich dabei auch nach jenem interessanten Fräulein Colette um, das Jeannette mich hatte vergessen lassen. Ich sah sie nicht und hatte nicht die Kühnheit, nach ihr zu fragen. Stattdessen erblickte ich eine bezaubernde Blondine* von acht oder neun Jahren, auf der meine Augen mit Wohlgefallen ruhten, bis der junge Monsieur Collet mir seine Antwort übergab, einen Brief und Geld. Gegen meinen Willen kehrte ich zu dem Mann meiner Schwester Anne zurück, um dort zu essen.

Während wir uns unterhielten, schielte ich nach seiner kleinen

Bibliothek. Ich war ganz versessen auf Bücher. Ich sah mir die seinen an und fand: 1. Die *Sérées**, ein sehr freizügiges Buch in der Art der *Histoires prodigieuses** von Boaistuau und Belleforest, mit dem Unterschied, dass die Geschichten, die man sich abends nach dem Essen in den Schlössern der Edelleute erzählte, fast alle komisch waren. 2. *Le Théâtre du Monde**, ein eher frommes als freies Werk, in dem von allen erdenklichen Missbräuchen die Rede war. 3. Die *Poésies* des Abbé de Montreuil*. 4. Zwei Bände der *Muses françaises**, gedruckt zu Zeiten von Henri IV., zwischen den beiden Mordanschlägen auf ihn. 5. Einige Geschichten aus der *Bibliothèque bleue*.

Ich bat Linard, mir diese Bücher auszuleihen, und konnte sie gleich mitnehmen. Die *Sérées* und die *Poésies* von Montreuil versteckte ich allerdings. Dieses letztgenannte Werk überraschte mich sehr, indem es mir eine erste Vorstellung von der französischen Galanterie gab. Ich konnte es nicht fassen! In meinen obszönen Verirrungen hatte ich manchmal auch verheiratete Frauen begehrt, aber nie hätte ich mir träumen lassen, dass es eine Gegend gäbe, nämlich die Hauptstadt meines Vaterlandes, wo der Ehebruch als eine Liebenswürdigkeit galt!

Ich stillte meinen Wissensdurst mit diesen neuen Erkenntnissen, die zur Läuterung meiner Sitten allerdings nichts beitrugen. Das *Théâtre du Monde* mit seinem immergleichen Klageton langweilte mich, bis auf einige wenige Abschnitte. Ich hatte das Glück, dass ich die *Poésies* und die *Sérées* Linard, als er einmal eine Reise nach Courgis machte, zurückgeben konnte, ohne dass jemand diese Bücher bei mir gesehen hatte. Ich gab ihm auch die *Blauen Geschichten* zurück, denn wie sich herausstellte, kannte ich sie schon. So blieb mir nur das *Théâtre du Monde*, aber da dieses Buch moralisch und ernsthaft war, versteckte ich es gar nicht, und der Abbé Thomas nahm es selbst einige Male zur Hand. Man wird bald sehen, wie wenig ich mich sicher fühlen konnte bei diesen eingefleischten Frömmlern, die obendrein Anlass zur Eifersucht hatten – einer Eifersucht, deren Beweggründe sie nicht wahrhaben wollten, die aber daher rührten, dass ihr jüngerer Bruder eine andere Mutter hatte als sie.

Die *Poesien* von Montreuil hatten mich mit ganz verschiedenen Arten von Versdichtungen bekannt gemacht – etwa mit Elegien, Madrigalen, Stanzen, Rondeaus, Epigrammen, Sonnetten – und folglich auch mit Versen in allen möglichen Versmaßen, vor allem mit den Alexandrinern. Aber ich hatte nicht gründlich genug gelesen oder hatte das Buch nicht lange genug bei mir gehabt – jedenfalls hatte ich darin weder etwas über die Zäsur noch über die Mischung von männlichen und weiblichen Reimen gefunden. Außerdem beschäftigten mich die neuen Sachverhalte, die mir diese Poesien enthüllten, viel mehr als die Wörter. Während ich Terenz gelesen hatte, war ein erster Schleier gefallen und hatte mich die schöne Literatur erblicken lassen. Als ich nun einen französischen und obendrein galanten Dichter las, fiel ein zweiter Schleier, was mir einen Blick auf die gegenwärtigen Sitten meiner Nation gestattete, sowohl bei Hofe als auch in der vornehmen Welt. Die Galanterie fesselte mich umso mehr, als sie mir von einem Abbé vorgeführt wurde. Ich hatte bisher nur fromme und strenge Abbés gesehen. Ein galanter Abbé war für mich ein Phänomen! Dieser Montreuil, der den Mädchen und vor allem den Frauen schöntat, war für mich eine so außergewöhnliche Erscheinung, dass mir mitunter Zweifel kamen, ob es mit den Sitten, die er mir vorstellte, wirklich seine Richtigkeit hatte. Er war es auch, der mir eine angenehme, unbeschwerte Vorstellung von der ehelichen Untreue vermittelte. Denn man darf nicht meinen, ich hätte an Untreue gedacht, als ich Marguerite Miné-Covin gehabt hatte. Mir war es wie ein Geplänkel unter Kindern vorgekommen, und gewonnen hatte ich sie doch durch ein Versprechen, das sie mir gegeben hatte. Als ich dann Frauen zu begehren begann, hatte ich nie daran gedacht, diese Frauen zu verführen, sondern nur daran, ein vorhandenes, dringendes Bedürfnis zu befriedigen. In Courgis, weit davon entfernt, anzunehmen, die Frauen könnten sich bereitwillig, voller Freude und lächelnd einem Verderber hingeben, hatte ich mir immer vorgestellt, wie ihnen Gewalt angetan würde, wie sie stöhnten und sich gegen sündige Zärtlichkeiten wehrten, während die Männer in ihrer Raserei sie zwangen, Launen zu befriedigen, denen die Tugend der Frauen und ihre Reize zusätzliche Würze verliehen.

Wenn es mir bestimmt gewesen wäre, mein Leben auf dem Dorf zu verbringen, wäre mir das Buch von Montreuil, das die Seele und die stumpfen Sinne eines Miché Linard nicht im Geringsten berührt hatte, bestimmt gefährlich geworden. Es hätte mich zum Verbrecher, zum Mädchen- und Frauenverderber machen können, wie der junge Lenain aus Paris einer war, dessen Vater einst Verwalter eines großen Herrn war und nun nach Sacy gekommen war, um sich zu verstecken. Vielleicht wäre ich so geworden wie der alte Mann aus der Champagne, den kurz zuvor ein junges Mädchen mit einer Eisenstange erschlagen hatte, als er sie vergewaltigen wollte wie hundert andere vor ihr.

Mich bestärkte die Lektüre von Montreuil in meiner Leidenschaft für den französischen Vers. Ich fand diese Sprache schön und geeignet, Regungen und Gefühlen Ausdruck zu verleihen, die mir bisher immer übertrieben erschienen waren. Ich muss allerdings zu meinen Gunsten auch anfügen, dass ich, nachdem ich auf meine Art ein paar tausend obszöne Verse fabriziert hatte, keinerlei Gefallen mehr an ihnen fand. Aber nicht Apollon inspirierte mich, sondern ein anderer Gott, und ich verlor den Mut nicht. Aber um zu dichten, brauchte ich ein Thema – und meiner Vorstellungskraft bot sich auch tatsächlich eines an, wie von selbst, ohne Anregung von außen.

Ich malte mir aus, ich hätte eine Heldentat vollbracht und dem Staat einen großen Dienst erwiesen, und zwar auf dem Feld der Kriegskunst, so wie ich sie mir damals vorstellte. Ich hatte eine ganze Armee, die schon die Flucht ergriffen hatte, dazu gebracht, sich wieder zu sammeln und einen neuen Angriff zu wagen. Ich vorneweg, den Degen schwingend, hatte die Feinde in Stücke gehauen und nachher ihre Hauptstadt, mindestens so groß wie Paris, erobert und dem König übergeben. Man ahnt, dass eine solche Tat eine angemessene Belohnung verdiente. Der Monarch fragte mich, was ich mir wünschen würde. Ich antwortete ihm:

»Sire, Reichtümer kümmern mich nicht. Ich erbitte mir von Ihnen, um ein Stück Land einzufrieden, nur die Wiesen von Le Ru, von Les Rôs, von La Grange-à-la-Sœur, von La Chapelle und Le Grand-Pré, das Tal bis zu dem Brunnen von Joux, den Boutparc und alles, was in seiner Richtung liegt (dazu gehörte auch mein kleines Tal), die Brunnen an der Creuse und schließlich das Gebiet von Vaux-du-Puits. Sie werden die Güte haben, alle Leute, die von diesen Ländereien vertrieben werden, großzügig zu entschädigen, und werden meinen Besitz mit Mauern umgeben, die fünfundzwanzig Fuß hoch und sechs Fuß breit sind. Auf dem Hügel von La Meule wird für mich ein hübsches Haus mit achtundzwanzig Zimmern gebaut, mit einem Hof und einem Garten, der von einem aus den Brunnen von Joux gespeisten Bach bewässert wird; dazu ein Stall für Schafe, Rinder und Zugpferde. Sie verschaffen mir Bienen, Hühner, Gänse usw., und vor allem eine Voliere von einem Morgen Grundfläche, sorgfältig vergittert, wo ich Vögel aller Art halten werde, mit Wasserfällen, für die Kühle im Sommer, und Öfen für die Wärme im Winter.«

Nach diesen kindlichen Einzelheiten, die ich in meinem unerfahrenen Kopf dem König aufzählte, kam ich endlich auf mein wichtigstes Anliegen zu sprechen. Aber hier nun kam ich mehrere Tage lang einfach nicht weiter, weil ich nicht wusste, ob ich den König nur bitten sollte, er möge mir *Jeannette zur Frau geben und mich mit ihr auf meinem Landgut leben lassen,* oder ob ich meine Pläne auf dem Feld der Ausschweifung weiterverfolgen sollte. Eine glänzende Idee brachte die Entscheidung: »Wie dumm von mir! Das alles ist doch sowieso nicht wahr. Die Idee mit dem Landgut und den Mädchen, die ich dort haben werde, ist doch nur ein Thema für meine Verse. Das kann mir Jeannette doch gar nicht abspenstig machen, weil sie nie etwas davon erfahren wird.«

Ohne weitere Risiken einzugehen, richtete ich meine letzte Bitte an den König: »Sire, ich möchte Sie zur Krönung von alledem noch um einen Beweis Ihre Gunst bitten: Gestatten Sie mir, zwölf Mädchen auszuwählen, die ich auf meinem Landgut um mich haben werde und die mir niemand verwehren können soll.«

Der König schien sprachlos. Er schien zu fürchten, ich wolle ihn um eine Prinzessin bitten. Aber ich beeilte mich, ihn zu beruhigen: »Sire! Diese zwölf Mädchen werde ich nur in drei Dörfern auswählen: Courgis, Nitry und Sacy.«

Sofort war der König bereit, mir meine Bitte zu gewähren, und er fügte hinzu, *niemand dürfe sich meiner zwölffachen Wahl widersetzen*.

Dies also waren die Grundlagen meiner Dichtung. Aber die Auswahl der Mädchen war für mich keine Kleinigkeit! Immer nahm ich Jeannette als Erste, aber sobald ich sie versuchsweise gewählt hatte, sagte mir meine Phantasie nichts mehr darüber, welche die Nächste sein könnte. Die schöne Rousseau, die vollkommenste von allen, nahm mich ganz und gar in Anspruch. Vergeblich rief ich meine Entschlossenheit und meinen Plan zu Hilfe, vergeblich sagte ich mir, er verlange, dass ich zwölf Mädchen auswählte, von denen jedes für einen Monat im Jahr meine Geliebte sein sollte. Ich blieb bei Jeannette hängen, und dann dauerte ihr Monat das ganze Jahr.

Es ärgerte mich, dass ich mit meinem Werk nicht vorankam. Ich ahnte, wenn ich den ersten Gesang gemacht hätte – ich nannte ihn noch »Abteilung«, weil ich noch keine Dichtung gesehen hatte –, dann hätte ich schon alles gesagt und für die übrigen elf würde mir nichts mehr bleiben. Mir kam die Idee, sie an den Schluss zu setzen. Aber auch damit kam ich nicht zurecht. Um meine Dichtung anzufertigen, musste ich Jeannette ausschließen, wobei ich ihr aus tiefstem Herzen versprach, dass ich für sie ein anderes, viel besseres Stück schreiben würde, wenn ich mich – auf Kosten der anderen, die ihr nicht ebenbürtig waren – geschult hätte. Nachdem ich diese Übereinkunft mit mir selbst getroffen hatte, ging ich an die Arbeit.

Hier die Namen meiner zwölf Heldinnen: 1. *Jeannette*. Trotz all meiner Entschlüsse nahm sie die erste und die letzte Stelle ein. Ich hätte mir gewünscht, der Dezember wäre der erste Monat des Jahres, weil er der Monat ihrer Geburt war und weil in ihm die Tage wieder länger werden. 2. *Marianne Taboué.* Sie sollte die Erste sein und, nach Jeannette, am besten dastehen. 3. *Edmée Boissard* aus Nitry. 4. *Ursule Simon,* meine hübsche Cousine, deren ich mich anders hätte erinnern müssen. 5. Die schöne *Ursule Lamas* aus Nitry. 6. *Marie Fouard* aus Sacy. 7. *Marguerite Bourdillat* aus Sacy. 8. *Nannette Bourdillat* aus Courgis. 9. *Rebecca Levêque,* ein Mädchen aus La Loge, die ältere Schwester von Marie-Jeanne. 10. *Agathe Adine* aus Courgis. 11. *Marie Nolin* aus Courgis. 12. *Madame Chevrier* aus Courgis, die als Mädchen galt, weil ihr frommer Gemahl ein Keuschheitsgelübde abgelegt hatte.

Seit dem Erfolg meines waghalsigen Unterfangens bei Marguerite Pâris war ich Libertin geworden, aber ohne dass ich irgendetwas von meiner Unbefangenheit – ich könnte auch sagen: von meiner Unschuld – verloren hätte. Ich war offenherzig, aufrichtig, unfähig zu irgendeiner Gemeinheit. Mein einziges Laster, wenn es denn eines ist, war die unbändige Lust auf Frauen, denn alle anderen Freuden schienen mir fade. Bevor ich Jeannette gesehen hatte, war mir der Gedanke, dass es auch mehrere zugleich sein könnten, bisweilen gekommen. Aber dieses liebenswürdige Mädchen hatte ihn zum Verschwinden gebracht, und erst die Macht des nicht ausgelebten oder nicht befriedigten Temperaments brachte dieses Gelüst wieder zum Vorschein. Wäre Jeannette meine Frau gewesen und hätte ich dieses Temperament in dem nötigen Maß durch Besitz stillen können, wäre ich lange monogyn geblieben. Aber dem war nicht so, und nachdem Marguerite, einmal überrumpelt, die Tür zu weiteren Gelegenheiten verschlossen hatte, geriet meine Phantasie auf Abwege. Nicht diese Phantasie versetzte meine Sinne in Aufruhr, sondern die Kraft der Sinne führte meine Phantasie in die Irre. Auch meine Dichtung war eigentlich nur ein Delirium in schlechten Reimen, die ohne Zäsur von einem Hiatus zum nächsten stolperten. Sie hätte auch *Die zwölf*

Monate überschrieben sein können oder noch besser *Meine zwölf Arbeiten*. Sie beginnt mit der letzten Abteilung unter dem Titel *November* oder *Madame Chevrier*. Dann folgt *Oktober* und so weiter in umgekehrter Reihenfolge bis zum *Januar*. Schließlich dichtete ich den *Dezember*, und dieser so sehr geliebte Monat wurde ein Werk von ganz anderer Art, was die Schicklichkeit und das Feuer anging. All diese Gesänge waren nicht lang: Zu jedem Mädchen erzählte ich die Geschichte, wie ich sie, bewogen durch ihre Reize, erwählt hatte, beschrieb dann diese Reize im Einzelnen und schilderte zuletzt meinen ersten Genuss.

Dabei ging ich von der Annahme aus, dass alle diese Mädchen sich unter Seufzen und Wehklagen nur dem Zwang ergaben, obwohl ich in der Wirklichkeit das Gegenteil erlebt hatte. Aber anscheinend wurde meine derbe Ader durch die Brutalität der Brüder Courtcou sehr viel mehr erregt. Als ich beim ersten Monat, den ich mir als letzten vornahm, angelangt war, begann ich mit einer Beschreibung meines Landgutes. Und nachdem ich diesen Schauplatz auf meine Art ausgeschmückt hatte, kam ich auf meine Jeannette zu sprechen. Mein Betragen ihr gegenüber war so, als wenn ich nur sie allein geliebt hätte. Um ihr meine Unschuld zu beweisen, machte ich ihr weis, meine Lage verdanke sich nicht etwa einer Belohnung, sondern sei im Gegenteil als Strafe gedacht, bewirkt durch die Ränke eifersüchtiger Feinde. Man habe mich gezwungen, zwölf Frauen zu nehmen und jeder von ihnen ein Kind zu machen, anderenfalls würde ich mit dem Tode bestraft. So rechtfertigte ich mich ihr gegenüber, gelobte ihr, keine andere außer ihr zu lieben, und beteuerte, mich den anderen nur aus Furcht zu nähern. Kaum hatte ich diesen Kunstgriff gefunden, da war mein erster Gesang auch schon beendet und umfasste für sich genommen so viele Verse wie die übrigen elf zusammen.

An diesem Werk arbeitete ich in meiner freien Zeit, während meiner Gänge über Land oder wenn ich ganz allein in unserem Klassenzimmer saß. Schreibzeug hatte ich immer in der Tasche. Die fertigen und die noch unfertigen Teile meiner Dichtung verwahrte ich getrennt im Futter meines Gehrocks. Niemand wusste von meinem Geheimnis. Anfangs war ich mit solchem Eifer bei der Sache, dass ich an jedem beliebigen Ort arbeiten konnte. So verlor ich keine Zeit, wenn ich irgendwo warten musste. In Ermangelung körperlicher Genüsse, die ich heftig begehrte, sättigte sich meine Phantasie an Idealbildern, was schließlich zu einer gewisse Erschöpfung führte. Fertig wurde meine Dichtung im Juni oder Juli 1749, um die Mitte meines fünfzehnten Lebensjahrs.

Eines Sonntags nach der Katechismusstunde, als ich und meine Kameraden gerade vom Pfarrhaus zum Vespergottesdienst in die Kirche zurückkehren wollten, trat Marguerite zu mir, hielt mich am Rock fest und sagte: »Nach der Vesper gehe ich mir die Hecke auf dem Pfarrgrund ansehen. Bitte kommen Sie doch mit. Ich möchte Ihnen etwas sagen.«

Diese wenigen Worte ließen mich das Ende der Vesper mit großer Ungeduld erwarten. Nachher versuchte ich, vor meinen Kameraden aus der Kirche zu kommen. Der Abbé Thomas folgte mir. Aber die Haushälterin fragte nach mir, und ihr wurde nie eine Bitte abgeschlagen.

Unterwegs sprachen wir nur über Belanglosigkeiten. Als wir das Gelände der Pfarrei erreicht hatten, setzte sich Marguerite an die Stelle, wo die Hecke am dichtesten war. Sie war im Sonntagsstaat, ein bezaubernder Anblick. Ich hatte Herzklopfen. Ich wollte mich ihr in die Arme werfen, und sie stieß mich nicht zurück. Im Gegenteil, sie drückte mich an ihre Brust.

»Sie haben die Erinnerung an Louis Denêvres aus diesem Herzen gelöscht, Monsieur Nicolas. Ach, Sie sind mir so lieb und teuer!«

»Dann beweisen Sie es mir«, erwiderte ich. »Gewähren Sie mir, wonach ich mich, wie Sie wohl wissen, so sehr sehne.«

»Ja, ich werde es Ihnen beweisen, aber nicht so, wie Sie es verlangen. Ich fürchte Gott und will mich nicht gegen ihn versündigen.

Aber Sie sind jetzt der Mensch, den ich am meisten liebhaben muss. Ich bin schwanger…«

Ich erbleichte nach dieser unerwarteten Mitteilung – nicht aus Furcht davor, Marguerite zu heiraten. Überwältigt von ihrer Gegenwart, von ihren Reizen und meinem Pflichtgefühl, wäre ich ohne weiteres einverstanden gewesen. Aber ich sah, wie sich über meinem Kopf eine Wolke von Vorwürfen zusammenbraute, während sich unter meinen Füßen ein Abgrund von Niedergeschlagenheit auftat. Wie sollte ich studieren, wenn ich verheiratet wäre? Das war meine erste Befürchtung. Jeannette fiel mir erst wieder ein, während Marguerite, diese wunderbare Frau, zu sprechen begann.

»Du bist erschrocken«, sagte sie. »Fürchtest du dich davor, mich zu heiraten?«

»Nein, nein!«, rief ich. »Nein, Marguerite! Ich habe dich lieb. Und ich habe dich doppelt lieb wegen deiner Schwangerschaft. Du bist mir so lieb, wie Glycerium dem Pamphilus lieb war!«

»Ich bin froh«, entgegnete Marguerite. »Der Vater meines Kindes hat eine einfühlsame Seele. Aber, mein Lieber, eine solche Heirat werde ich nicht von dir verlangen. Fürchte nicht, dass ich meinen Zustand offenbare! Fürchte nicht, dass ich dir zu einer Frau verhelfe, die doppelt so alt ist wie du und die schon alt wäre, während du noch in der Kraft deiner Jugend stehst! Nein, nein, mein Lieber. Denk an Jeannette und kümmere dich nur um sie. Damit sie eines Tages deine Frau wird. Nur mit ihr kannst du glücklich werden. Soll ich dir etwa dein Glück verbauen? Soll ich dir die grausamen Strafen an den Hals holen, mit denen dich deine Brüder und die anderen Leute überschütten würden? Soll ich dir deinen Platz in der Welt nehmen, um deinem Kind einen zu verschaffen? Beruhige dich, mein Freund, ich werde dir keine Vorwürfe machen. Wie sollte ich? Etwa, weil du mich zur Mutter gemacht hast? Aber ich muss dir doch dankbar dafür sein! Von allen Tröstungen ist das die wirksamste, und ich verdanke sie dir!

Sobald ich meinen Zustand nicht mehr verheimlichen kann, gehe ich nach Paris – unter dem Vorwand, ich würde dort meinen Bruder besuchen, der in Versailles bei der königlichen Brotkammer arbeitet. Ich werde einer vertrauenswürdigen Verwandten sagen, wie es um mich steht, ohne deinen Namen zu nennen. Ich werde das Kind zur Welt bringen und meinen Sohn oder meine Tochter einer Amme übergeben. Dann werde ich wieder hierherkommen, für zwei Jahre, also bis mein Kind abgestillt wird. Danach werde ich es nicht mehr verlassen. Ich werde dir nicht schreiben, um jedes Missgeschick zu vermeiden. Bei meiner Rückkehr werde ich dir sagen, ob unser Kind ein Junge oder ein Mädchen ist und wie ich dafür gesorgt habe, dass du eines Tages über es verfügen kannst. Sag mir, wenn du den Eindruck hast, dass mein Zustand sichtbar zu werden beginnt. – Und jetzt müssen wir uns trennen: Wenn die Wände Ohren haben, sind die Hecken noch viel weniger taub.«

Während Marguerite gesprochen hatte, war mir, als tobte um mich her ein Sturm. Meine Gedanken kugelten herum wie Steine, die man in einem Fass durcheinanderwirbelt. Die Freude, in meinem Alter schon Vater zu sein (Ach, was! Ich war es ja längst, seit dem 14. Mai 1746. Aber noch wusste ich nichts davon!), Marguerites Großmütigkeit, das Bild Jeannettes, das sich alledem beimischte, der Schreck darüber, was hätte geschehen können, wenn die Haushälterin so gewesen wäre wie alle anderen Frauen, der Gedanke, was für ein Glück ich gehabt hatte, am Beginn meines Lebens so gutherzige Wesen in meiner Nähe zu finden, als Gegengewicht zum Hass meiner Brüder und zu meiner eigenen Bosheit. All das schwirrte mir durch den Kopf, beschäftigte mich, ließ mich erstarren. Der kurzen Aufheiterung folgte eine grausame Beklemmung des Herzens, die mich in der Erinnerung noch heute schmerzt. Wortlos, mit Tränen in den Augen umarmte ich Marguerite, die hierauf mit den ihren antwortete. Ich sah mir die Hecke dann allein an, während die Haushälterin sich auf den Rückweg machte.

Am Mittwoch darauf wurde ich nach Lichères geschickt, um Kalk* zu holen. Als ich dort ankam, hatte ich großen Durst. Lemoine, der

Kalkhändler, servierte mir einen Weißwein, den ich sehr gut fand, und einen Rahmkäse, den ich über alles schätzte. Wir vesperten zusammen, und ich trank dabei mehr Wein, als ich je zuvor in meinem Leben getrunken hatte. Ich tat es absichtlich, um den strammen Kerl zu markieren: Ich war verliebt, ich war schon Vater … So konnte ich feststellen, dass ich den Wein vertrug wie ein Deutscher. Lemoine begann schon zu brabbeln und tat mir leid.

Als ich Lichères wieder verließ, zog ich meine Dichtung aus dem Futter meines Mantels und begann zu lesen. Bis auf einige unschön klingende Verse gefiel mir der erste Gesang gut. Die anderen erregten meine Lüsternheit, die auch der Wein schon geweckt hatte. Durch den Wald spazierend, deklamierte ich lauthals meine Verse, aber nicht nach Art unserer Schauspieler, die ich noch gar nicht kannte, sondern wie jemand, der eine Predigt hält. Ich brach ab, als ich hinter mir plötzlich schallendes Gelächter hörte. Überrascht drehte ich mich um. Es waren zwei Holzfäller aus Vaucharmes auf dem Heimweg, die mir seit einer halben Stunde folgten und fast alles mit angehört hatten. Ich misstraute allen Leuten und wurde ein bisschen stutzig.

»Was ist denn das?«, fragte mich einer der beiden. »Das reimt sich ja wie die Tragödie von der heiligen Königin!«*

»Das ist ein Plädoyer!«, sagte der andere.

»Ach was! Dann schon eher ein Gebet. Da kam doch was vor von Anbetung – also eine Litanei!« (Seit ich Montreuil gelesen hatte, benutzte ich das Wort *anbeten* statt *lieben*.)

Ich sah mir die beiden Männer, die ich nicht kannte, genauer an, um festzustellen, ob sie sich über mich lustig machten oder ob sie mich in ihrer Dummheit gar nicht verstanden hatten. Denn statt der freien Wörter, die ich später bei Martial und anderen lateinischen Dichtern, aber auch bei Chorier* und in einigen französischen Schmuddelbüchern gefunden habe, hatte ich selbsterfundene Wörter benutzt, die diese Leute gar nicht verstehen konnten. So begriff ich bald, dass sie sich einfach nur miteinander unterhalten hatten.

Aber mir wurde auch klar, was für ein Glück ich gehabt hatte! Was wäre gewesen, wenn mich klügere, kundigere Leute belauscht hätten, Monsieur Stallin, Monsieur Rousseau Sohn oder Vater, oder der Abbé Thomas…! Ich begann zu zittern bei diesem Gedanken. Ich beschloss, meine Dichtung aus dem Mantelfutter zu nehmen und sie in einem Loch in der Trockenmauer des Pfarrgartens zu verstecken, wo ich einen Stein herausziehen und nachher genauso wieder einfügen konnte. So machte ich es denn auch bei meiner Heimkehr.

Ein Monat verging nach dieser Reise. Währenddessen beobachtete ich Marguerite. Mir fiel auf, dass ihre Röcke vorn ein bisschen kürzer wirkten, und sagte es ihr in diesen Worten: »Ihre Röcke halten sich immer mehr an die Mode von Nitry.« Sie verstand mich sofort, denn in unserer Gegend ist allgemein bekannt, dass die Frauen von Nitry ihre Röcke vorn so kürzen, dass sie nach hinten etwas von einer Schleppe haben und ein bisschen lasziv aussehen.

Sie reiste an einem Mittwoch ab – sehr früh morgens, so dass ich leicht noch am selben Tag zurückkehren konnte. Sie wollte nämlich unseren Esel Martin nehmen, und ich sollte ihn führen – und dazu noch einen zweiten für das übrige Gepäck. Unsere Unterhaltung war ebenso liebevoll wie interessant. Es machte mich sehr betroffen, wie Marguerite mit alledem umging: *Sie liebte mich gegen ihren Willen*, seit ich sie zur Mutter gemacht hatte. Unser Gespräch fesselte uns während der drei Stunden unserer Reise so sehr, dass wir ganz überrascht waren, als wir plötzlich vor den Toren von Auxerre standen.

Wir aßen gemeinsam bei Madame Jeudy, wo ich die junge Frau Sophie im Büßergewand erblickte, das heißt mit einer großen Haube und Hörnern aus Papier auf dem Kopf. Ihr Verbrechen bestand darin, dass sie ohne Erlaubnis der Mutter von ihrem Ehemann schwanger geworden war. Den Schwiegersohn hatte die Mutter zurück zu seinen Eltern geschickt, wie einen Libertin, einen Sittenstrolch – und seit ihrer Trennung starben die beiden jungen Leute fast vor Sehnsucht! Marguerite, als fromme Frau, tat, was sie konnte, um Sophies Los zu lindern. Aber sie konnte nichts erreichen. Das Verbrechen war zu finster! *Sich ein zweites Mal mit der Erbsünde besudelt zu haben.* Später habe ich erfahren, dass der junge Gemahl das erste Opfer war und dass die liebenswürdige, unglückliche Sophie ihn nur so lange überlebte, bis sie zwei Zwillinge zur Welt gebracht hatte, einen Jungen und ein Mädchen. Ach, ihr mitfühlenden Herzen, vergießt eure Tränen über diese beiden und verflucht den unsinnigen *Purismus* dieser Rabenmutter!

Nach der Mahlzeit, einer der traurigsten, die ich in meinem Leben zu mir genommen habe, wollte ich mich von Marguerite verabschieden. Da sie aber erst am nächsten Tag, einem Donnerstag, mit dem Schleppkahn abreiste, wollte sie mich bis zur Porte du Pont begleiten, und als wir dann sahen, dass dort sehr viele Menschen waren und wir nicht frei miteinander reden konnten, ging sie noch mit bis Saint-Gervais. Erst dort, unter dem halbverfallenen Gewölbe dieser Kirche, umarmten wir uns zärtlich und vergossen Tränen, deren Bitterkeit einen Abschied für immer vorausahnen ließen.

In den ersten Tagen nach Marguerites Abreise geschah nichts Besonderes. Ich stellte jedoch allerlei Beobachtungen an, die mich unvorsichtiger machten, als ich bisher gewesen war. Der Abbé Thomas war kräftig und gesund, und so mussten ihn seine Lebensart und sogar seine Frömmigkeit in grausame Kämpfe mit dem Dämon des Fleisches verwickeln. Schwester Pinon – jung, feist und blühend, seit dem Ende der Feldarbeit auch wieder blasser geworden, machte mit ihrem unterwürfigen Lächeln, das so ganz anders war als das eindrucksvolle, würdige Auftreten Marguerites, sichtlich Eindruck auf ihn. Er hatte allerdings einen Rivalen. Die neue Haushälterin machte nämlich einen nicht weniger lebhaften Eindruck auf Huet, obwohl dem die Neigung des Abbé Thomas nicht entgangen war. So wetteiferten denn beide mit kleinen Gefälligkeiten um ihre Gunst. Mich hingegen ließ Schwester Pinon mit ihren robusten Reizen und ihrem unansehnlichen Schuhwerk kalt. Mitleidig beobachtete ich das Treiben meines Lehrers und meines Kameraden und dachte insgeheim: »Was für grobe Seelen! ... Aber was rede ich denn? Wie stände es um mich, wenn sie meinen Geschmack hätten und Jeannette verehrten?« So war ich froh über ihre Genügsamkeit und verachtete sie doch um nichts weniger dafür.

Weil ich aber ihre Unbedachtheiten ständig vor Augen hatte, ließ die Wachsamkeit im Blick auf mein eigenes Verhalten nach. Ich missachtete Marguerites kluge Ratschläge. Die häufigen, aber ziemlich harmlosen Neckereien zwischen dem Abbé Thomas und der Schwester Pinon brachten mich – aber sehr zu Unrecht! – auf den Gedanken, er werde in Zukunft weniger streng sein. (In Wirklichkeit war es genau umgekehrt. Was die Männer an sich selbst verlieren, wollen sie bei anderen wiedergutmachen!)

Ich versteckte meine anstößige Dichtung sehr sorgfältig, aber ich las auch immer wieder mit Vergnüngen darin und korrigierte dabei oft etwas. Marguerites Abreise hatte mich in eine sanft melancholische Stimmung versetzt, die dem Schreiben sehr förderlich war. Ich wollte unseren Abschied in Verse fassen und ihn meinem Werk beifügen, obwohl er kaum dazu passte. Sogar an meinem Tisch im Klassenzimmer wagte ich, daran zu arbeiten, wenn der Abbé Thomas seine Kindereien mit Schwester Pinon trieb, wobei Huet sich einzumischen versuchte und Melin sich über alle anderen lustig machte. Meine einzige Vorsichtsmaßnahme bestand darin, meine Verse unter das Heft mit meinen Übersetzungen aus dem Lateinischen zu legen.

Eines Tages bekam Melin, dieser boshafte Petzer, den Titel meiner zweiten Abteilung zu Gesicht – »Marianne Taboué« – und ließ eine Bemerkung fallen, was mich vorsichtig machte. Von nun an schob ich mein Gedicht nicht mehr einfach unter mein Aufgabenheft, sondern trug es zu dem Versteck in der Trockenmauer, wo es in Sicherheit war. Als ich zurückkam, sah ich, dass der Abbé Thomas an meinem Platz herumgekramt hatte. Einige Tage vergingen.

Eines Morgens hieß es, ich solle einen Gang nach Lichères machen. Ich hatte den Weg dorthin so liebgewonnen wie den Kalkhändler Lemoine, seinen Weißwein und seinen Rahmkäse. Ich schlich zu meinem Versteck, nahm das Gedicht heraus und schob es nicht in meine Jackentasche, sondern in meine Hose. Eine kluge Vorsichtsmaßregel! Denn unter irgendeinem Vorwand, mit einem aufgesetzten Lachen, begann mich der Abbé Thomas zu durchsuchen. Es schien ihn zu überraschen, dass er nichts fand. Ich machte mich auf den Weg.

Unterwegs kam mir ein Gedanke: Und wenn man mir nun nachspioniert hatte? Wenn die Schwester Pinon mich gesehen hatte? Wenn man mein Versteck kannte? Zum Glück hatte ich mein Heft bei mir! Ich zog es aus der Hose und begann, darin zu lesen. Ich war versucht, es in tausend Stücke zu reißen oder es auf einem Feld zu begraben, wo es verrotten würde.

»Aber wenn ich es retten könnte? Wenn ich es aufbewahren könnte, um es eines Tages zu überarbeiten, wenn ich besser Bescheid wusste?«

Während ich so sprach, hatte ich das, was Marguerite betraf, schon zerstört und bedauerte es bitterlich. Erfreuliche Phantasien kamen mir während dieses Gangs nicht in den Sinn. Meine wirren, zittrigen Gedanken ähnelten denen eines Übeltäters, der sich überlegt, was er sagen soll, wenn er verhaftet wird.

In Lichères suchte ich dann Lemoine auf, und alles spielte sich wieder so ab wie beim ersten Mal. Der Weißwein und der Rahmkäse mit Knoblauch, Salz und Pfeffer schmeckten vorzüglich.

»Wissen Sie eigentlich, Monsieur Nicolas«, sagte Lemoine zu mir, »dass Sie mal ein ganzer Kerl sein werden? Sie können viel vertragen!«

Ich erwiderte, ich würde sonst nie Wein trinken, sondern Wasser vorziehen – sein Weißwein sei die einzige Ausnahme. Er sah darin ein Kompliment, das ich ihm gar nicht hatte machen wollen, fiel mir um den Hals und jaulte in schiefen Tönen den Refrain eines alten Liedes:

Trinkt, Kameraden, trinkt!

Es machte mich stolz, wie ich hier als Mann behandelt wurde, während unsere Lehrer (ich weiß nicht, ob zu Unrecht oder zu Recht) uns nicht wie Burschen von fünfzehn oder siebzehn Jahren behandelten, die wir – Huet und ich – doch waren, sondern wie Rotzlöffel von zehn Jahren oder noch jünger. Lemoine, mit dem ich hier tafelte, stand mit meiner Familie in enger Verbindung. Er war ein Bewunderer meines Vaters, des Pfarrers von Courgis und auch des Abbé Thomas. Ich trank mein Teil von drei Flaschen. Mein Gastgeber trank sich einen Rausch an und wollte immer noch mehr. Ich erklärte ihm, dass es langsam spät werde und ich bei Geistlichen wohnte.

»Sie haben recht! Aber sackerment! – ist es nicht schade, dass ein Mann in meinem Alter von so einem jungen Kerl geschlagen wird! Aber Sie haben recht. Ich sehe, Sie schlagen nach Ihrer Familie aus – Sie haben Verstand. Adieu, Monsieur Nicolas!«

Frohgemut verließ ich ihn. Ich wollte die wohlige Wärme des Weins nutzen und meinen ersten Gesang erweitern. Ich setzte mich abseits des Weges unter einen Kornelkirschstrauch und schrieb einen Abschnitt, in dem ich – unter falschen Namen – mein Abenteuer mit Marguerite Miné erzählte. Mir ist davon kaum etwas in Erinnerung geblieben, denn ich habe dieses Stück nie wieder gelesen. Es war kurz vor Sonnenuntergang, als ich damit fertig war. Ich hatte noch mehr als eine Meile vor mir und ging so schnell ich konnte.

Als ich ankam, setzte man sich gerade zu Tisch. Ich staunte nicht schlecht, als ich nun auch hier Lemoine erblickte, der obendrein schon länger dort zu sein schien! Gleich nach meinem Aufbruch war eine Lieferung mit vorzüglichem Kalk bei ihm eingetroffen, und dann war Droin, der Sohn des Steuereinnehmers von Courgis, auf einen Sprung vorbeigekommen. Er war zu Pferd, und Lemoine, angeheitert, wie er war, sattelte auch das seine. Nachdem er mit seinem neuen Gast noch ein Glas getrunken hatte, schloss er sich ihm an und nutzte die Gelegenheit, um seinen Kalk noch am gleichen Tag selbst zu liefern. Sie hatten den einzigen Weg genommen, und ich, nebenan im Gebüsch in meine Schreiberei vertieft, hatte sie zwar gehört, aber nicht gesehen. Nun wurde ich in seiner Gegenwart heftig gescholten, und da nach seinem ausführlichen Bericht alle wussten, dass ich Wein getrunken hatte, wollten sie herausfinden, ob ich beschwipst sei, und ein schweres Verbrechen daraus machen. Aber zaghaft und kaltblütig zugleich antwortete ich so, dass sie mir nichts anhaben konnten. Ich war aber doch so aufgeregt, dass ich nicht zu dem Loch in der Mauer ging, um mein Heft dort zu verstecken. (Aber auch wenn ich es getan hätte, wäre ich meinem Schicksal nicht entgangen. Schon am Morgen hatte Marie Pinon, zwischen zwei Beeten mit hochgebundenen Erbsen geduckt, beobachtet, wie ich den Stein von meinem Versteck wegnahm, und dem Abbé Thomas davon berichtet, ohne zu wissen, was ich dort hervorgezogen hatte.) Nach dem Abendessen sah ich zu, dass ich ins Bett kam, und nahm mir vor, früh aufzustehen, um mein Heft zu verstecken. Wäre ich wenigstens so vorsichtig gewesen, es in das Futter meiner Jacke zu stopfen! Aber ich ließ es in der Jackentasche!

Am nächsten Morgen, als ich erwachte, galt mein erster Gedanke dem Gedicht. Hastig, unter dem Vorwand, ich müsse ein Geschäft verrichten, verließ ich mein Bett und das Zimmer. Endlich stehe ich vor meinem Versteck, greife in die Tasche meiner Jacke und ... finde nichts! Erschrocken kehre ich zurück. Ich suche auf, in und unter meinem Bett ... nichts! Schließlich tröste ich mich mit dem Gedanken, dass ich es wohl bei meinem hastigen Aufbruch im Wald fallen gelassen habe.

Am liebsten wäre ich gleich losgerannt, um es dort zu holen und mich erst wieder zu zeigen, wenn ich es in Sicherheit gebracht hätte. Ich wartete auf eine Gelegenheit, aber es ergab sich keine. Im Laufe des Vormittags bemerkte ich, dass der Abbé Thomas mehrmals das Zimmer seines Bruders betrat und wieder verließ. Der verbrachte den Morgen gewöhnlich in der Kirche. An diesem Tag jedoch ging er erst um elf Uhr hin und las keine Messe! Noch ahnte ich nicht, dass ich die Ursache von alledem war und dass er sich einbildete, meine Verse hätten seine Vorstellungskraft besudelt. (Gegen den guten Geschmack hatte ich mich anscheinend noch mehr versündigt als gegen das Schamgefühl!) Beim Mittagessen eisiges Schweigen … Oh, wie bedauerte ich inzwischen, dass Marguerite nicht mehr da war – sie hätte mir beigestanden, wie sie es mehrmals bei weniger gewichtigen Anlässen getan hatte. Während der Mittagspause sprach niemand mit mir. Der Tag verging. Die vagen Befürchtungen, die diese ungewohnte Zurückhaltung in mir weckte, hielten mich davon ab, einfach zu verschwinden und den Wald von Lichères aufzusuchen. Auch schienen mir die Blicke, die man mir zuwarf, inzwischen etwas weniger finster. Nach und nach beruhigte ich mich und war mir fast sicher, dass ich meine Verse verloren hatte und dass die Kälte meiner Lehrer nur von dem herrührte, was Lemoine unbedachterweise ausgeplaudert hatte.

Am übernächsten Tag gegen Mittag sah ich, wie mein Vater eintraf. Ich ging ihm entgegen, um ihn zu umarmen. Er sah mich an und schien überrascht, keinerlei Veränderung in meiner Miene zu entdecken. Aber man ließ ihm keine Zeit, mit mir zu sprechen. Der Abbé Thomas nahm sich seiner an und schickte Huet zur Kirche, um den Herrn Pfarrer zu holen. Dann zogen sie sich zurück. Ich bekam Herzklopfen. Ich ahnte, dass ihnen meine Verse doch in die Hände gefallen waren. Aber wer hatte sie weggenommen – und wo und wie? Ich habe es nie erfahren. Der Abbé Thomas war bei uns geblieben. Nach einigen Minuten rief man ihn dazu. Er blieb eine Viertelstunde. Danach kamen alle wieder heraus und setzten sich zu Tisch.

Mein Vater machte ein bekümmertes Gesicht. Zu mir sagte er kein Wort. Ich zweifelte nicht mehr an meinem Unglück, und als ich mir die Anstößigkeit meiner Verse klarmachte, war der Kummer, den ich bei dieser traurigen Mahlzeit ihretwegen verspürte, zehnmal größer als die Freude, die sie mir sechs Monate lang, während ich mich mit ihnen beschäftigte, bereitet hatten. Am liebsten wäre ich im Erdboden versunken.

Auf Reisen, die über Auxerre nicht hinausgingen, übernachtete mein Vater nie in fremden Häusern. So verabschiedete er sich denn nach Tisch von seinen beiden Söhnen und machte sich auf den Heimweg. Wir begleiteten ihn zu fünft bis an das Tor, durch das man nach Préhy und weiter nach Sacy gelangte. Dort verließen uns meine Brüder und meine beiden Kameraden. Zu mir aber sagte mein Vater, ich solle ihm folgen. Mich packte ein Schauder, und ich kam mir vor wie ein Verbrecher, den man zur Folter führt. Zuerst wahrte mein Vater Schweigen. Doch dann wandte er sich nach mir um, weil ich hinter ihm ging, und sagte: »Treten Sie näher!« Es muss meine auffällige Blässe gewesen sein, die sein Mitleid erregte. Er war nicht so furchterregend, wie er angekündigt hatte, aber seine Ermahnungen waren deshalb nur umso wirksamer.

»Ich habe da eben Dinge über Sie erfahren, die einen Vater so sehr betrüben und demütigen und Ihre Mutter so sehr schmerzen müssen, wie sie Ihnen zur Schande gereichen! Sie verspielen Ihre Sittlichkeit gerade an dem Ort, der dieser Sittlichkeit Zuflucht bieten soll. Ihre Verderbtheit erstaunt mich umso mehr, als ich glaube, dass sie in Ihrer Natur liegt. Wie kann das sein? Kaum auf der Welt, trachten Sie nach nichts als ausgeklügelter Lüsternheit. Ein Mädchen oder eine Frau genügt Ihnen nicht – zwölf müssen es sein! Ein ganzer Harem muss es sein! Ihren Verstand, den Ihnen der Herrgott geschenkt hat, benutzen Sie nur, um sich gegen ihn zu versündigen! Dem Laster, der hemmungslosen Wollust widmen Sie die ersten Regungen Ihres Verstandes, die Anfänge Ihrer Studien, Ihre ersten Fortschritte in den Wissenschaften. O, Himmel, wer hätte das gedacht – bei der Bescheidenheit, die Ihnen ins Gesicht geschrieben scheint? Wie groß werden das Erstaunen und der Kummer Ihrer Mutter sein? So groß wie meine eigene Überraschung und mein Schmerz! Diese bedauernswerte Mutter, die zu erleben hoffte, wie Sie es – durch Ihre guten Eigenschaften mehr noch als durch Ihre Gelehrsamkeit – den Jungen aus der ersten Ehe gleichtun, sie wird ihre Hoffnungen zurückstecken müssen. Hat man mich jemals nach Auxerre gerufen, als Ihre älteren Brüder dort studierten – wegen solcher Schandtaten? – Ich, ihr Vater, bin vor ihnen rot geworden, weil ich der Ihre bin! Mir war, als hätte ich Anteil an Ihrer Niedertracht. Ich sah, wie ihre Blicke und ihre Verwunderung mir eine zweite Ehe zum Vorwurf machten, über die sich die Kinder aus erster Ehe ja immer beklagen, über die sie sich hier nun aber wirklich beklagen können, weil diese Ehe Früchte wie Sie hervorgebracht hat. Mit dem, was Sie geschrieben und getan haben, haben Sie Ihrem Vater die Schamröte ins Gesicht getrieben!«

Als ich schließlich sah, dass mein Vater durch sein fortwährendes Schweigen eine Antwort von mir forderte, sagte ich: »Ich bitte Gott und Sie um Verzeihung für einen Fehler, der, wie ich jetzt erkenne, viel größer ist, als ich zunächst geglaubt hatte. Der Kummer, den er mir macht, ist meine erste Strafe. Aber ich bitte Sie inständig (wenn es jemandem, der sich so schuldig gemacht hat wie ich, erlaubt ist, eine Gnade zu erbitten), ersparen Sie meiner Mutter diesen grausamen Kummer.«

»Gut gesprochen. Wie es scheint, fangen Sie an, nachzudenken. Aber das macht Sie nur desto schuldiger. Dennoch – ich bin ein Vater, und eines Tages werden Sie auch einer sein. So will ich denn Ihre Bestrafung auf später verschieben. Sie werden noch zu spüren bekommen, was ich erleiden musste!«

(Ich Unseliger war entzückt von der Verschiebung meiner Strafe auf die Zeit, wenn ich selbst Vater wäre … Ah, diese in eine ferne Zukunft verschobene Strafe, ich habe sie in ganzer Härte erlitten, ich erleide sie noch immer und werde sie bis zu meinem letzten Atemzug ertragen müssen.)*

Nachdem mein Vater diese schrecklichen Worte gesprochen hatte, winkte er mich zu sich, umarmte mich mit Tränen in den Augen und sagte: »Die unsinnige Jugend rennt in ihr Verderben und liefert die Waffen zu ihrem eigenen Untergang. Was für ein schlimmer Tag, an dem ein Vater so viel mehr und weit Schlimmeres sehen musste, als er erwartet hat. Viele Jahre werden diesen Schandfleck nicht tilgen. Kehren Sie um und ändern Sie sich!«

Ich verneigte mich und hörte nach ein paar Schritten noch diese schrecklichen Worte meines Vaters, die ich damals nicht verstand: »O, mein Gott, die Tugend selbst hat heute gesündigt!«

Ich hatte meinen Vater ungefähr eine halbe Meile auf dem Weg nach Saint-Cyr begleitet. Als ich wieder vor der Tür des Pfarrhauses stand, war ich so in mich gekehrt, dass ich die väterlichen Ermahnungen noch immer zu hören glaubte. Der Abbé Thomas sagte nichts zu mir. Gedankenverloren griff ich nach einem Buch, aber ich las nicht darin.

Auch am nächsten Tag blieb ich verschlossen. Ich war wie vor den Kopf geschlagen. Ich lernte, aber ohne Freude. Der Gedanke an Jeannette, der sonst wie Balsam auf meinen Verstand wirkte, betrübte mich nur noch mehr. Ich hatte meine Seele verloren, seit die Seele dieses liebenswürdigen Mädchens die meine nicht mehr belebte. Aber in dem Alter, in dem ich damals war, dauert es nicht lange, bis schmerzliche Eindrücke wieder verblassen.

Von den drei oder vier Büchern, die mir Michel Linard geliehen hatte, hatte ich nur das *Théâtre du Monde* oder *Welttheater* behalten. Dieses moralische, mit Zitaten der Kirchenväter, vor allem des heiligen Bernhard, angefüllte Buch durfte man, wie mir schien, getrost bei mir finden, und ich zeigte es auch dem Abbé Thomas. Verse schrieb ich keine mehr und fand meinen inneren Halt wieder. Ich war mir dessen ganz sicher, als eines Morgens, während ich noch im Bett lag, der Pfarrer voller Wut hereinstürmte und seinen Spazierstock (er wollte nach Auxerre gehen) gegen mich schwang.

»Elender!«, rief er. »Der du dich im Schlamm wälzt, gib mir sofort deine schlechten Bücher heraus, oder…!«

Er wollte zuschlagen, aber der Abbé Thomas, sehr viel besonnener, hielt ihn zurück. (Dabei war es seine Denunziation gewesen, die mir diesen Auftritt bescherte.) Ich zog das *Théâtre du Monde* aus meiner Tasche. »Ich habe keine anderen außer dem hier.«

Das Verhalten des Pfarrers empörte mich. Ich war mir sicher, dass dieses *Théâtre du Monde* ganz und gar von einer gesunden Moral erfüllt war. Ich verstand, dass er es vor allem auf mich abgesehen hatte und nicht so sehr auf das Buch. Ich machte mir nicht klar, wie sehr ich Anlass dazu gegeben hatte, auf mich böse zu sein, vor allem gemessen an den Grundsätzen frommer Jansenisten, die zu dieser Zeit auch noch die meinen waren. Mein Verstand bäumte sich auf. Zum ersten Mal verspürte ich Hass gegen meine Brüder. Ich betrachtete sie als meine Feinde. Ich fasste den Plan, sie zu verlassen und mich den Jesuiten in die Arme zu werfen. Ein falscher Schritt des Pfarrers ließ auch mich einen solchen tun – einen Schritt, der mich noch vierzig Jahre später frösteln macht.

Der September war gekommen. Ich dachte an den Lehrer der Chorknaben von Bicêtre. Mir fiel ein, dass Monsieur Maurice, unser früherer Hilfslehrer, als ich dort ankam, so alt gewesen war wie ich jetzt. Ich war seit damals nicht mehr größer geworden. Ich war ausgewachsen. Ich erinnerte mich, wie dieser junge Mann lernte, indem er uns unterrichtete, und wie meine raschen Fortschritte mich mit Stolz erfüllt hatten. Ich verfiel auf die Idee, dem Lehrer, der die Stelle des Abbé Thomas übernommen hatte, zu schreiben und ihm anzubieten, sein Hilfslehrer zu werden. Besonders vernünftig war dieser Schritt nicht. Ich ließ in meinen Brief einige Klagen gegen meine Brüder einfließen, und einer kindlichen Eingebung folgend, glaubte ich, der neue Lehrer werde mich mit offenen Armen empfangen, wenn ich den Wunsch bekundete, nicht länger Jansenist sein zu wollen. Ich ahnte nicht, dass der Dummkopf, dem man die Leitung der Chorknaben übertragen hatte, von Jansenisten und Molinisten noch nie gehört hatte.

Aber er war gut befreundet mit einem gewissen François, dem früheren Bruder Schuster, der außerdem die *Nouvelles ecclésiastiques** verteilt hatte und als Stellvertreter und Informant der vertriebenen Jansenisten, die sich noch für die Anstalt interessierten, in Bicêtre geblieben war. Der Lehrer zeigte meinen ziemlich sorgfältig formulierten Brief dem jansenistischen Schuster, den seine Unbekanntheit vor Verdächtigungen schützte, und Bruder François bebte vor lauter Freude und frommem Schauder angesichts einer so ungeheuerlichen Neuigkeit. Was für ein Bericht das werden würde! Ein Apostat! Was für ein gutes Werk würde es sein, diesen Brief an dessen Brüder zurückzuschicken!

In den beiden Wochen, seit mein Brief abgegangen war, ging ich jedes Mal, wenn Cady, der Krämer von Courgis, aus der Stadt zurückkehrte, zu ihm und fragte nach Briefen für uns. Er gab sie mir mit, und ich konnte leicht erkennen, ob eine Antwort an mich darunter war. Denn inzwischen überkamen mich vage Befürchtungen. Ausgerechnet an dem Tag, als das Päckchen von Bruder François eintraf, war ich beschäftigt, und Huet ging zu Cady, um die Briefe zu holen. Ich sah ihn weder weggehen noch zurückkommen. Dieser Junge, der anderen gern zu Diensten war, erblickte einen dicken Umschlag und beeilte sich, ihn dem Pfarrer zu bringen, der gerade Beichte hörte. Dann kam er zurück, sagte mir aber nichts.

Unterdessen öffnete der Pfarrer, nachdem er sein Beichtkind verabschiedet hatte, das Paket und las das, was er darin fand, mit einem Erstaunen, das man sich leicht vorstellen kann. Gegen Abend saß ich an meinem Tisch bei der Arbeit und hörte nun zum zweiten Mal dieses aufgeregte Hin und Her – der Pfarrer, der Abbé Thomas und auch der Herr Kaplan, der mich immer verteidigt und alles entschuldigt hatte – sogar meine Verse (die Apollon mir nie hätte durchgehen lassen). Alles geriet in Aufruhr, und sogar Schwester Pinon war in das Geheimnis eingeweiht. Nun ergriff auch mich tiefe Unruhe.

Es kommt die Zeit des Abendessens. Der Pfarrer tritt ein. Er wirft mir einen flammenden Blick zu. Er segnet den Tisch und sagt, bevor er Platz nimmt, zu mir: *»Tu qui manducabas panes meos mecum ipse levavisti pedem tuum contra me!«** Dieser Psalmvers sagte mir alles. In diesem Augenblick, als meine von Natur aus schreckhafte Vorstellungskraft mir meinen Fehler in den schwärzesten Farben malte, schnürte sich mir das Herz zusammen. Ich fühlte mich versucht, nach dem Essen zu fliehen. Es war mir nicht möglich.

Am nächsten Morgen war alles in heller Aufregung wie am Abend zuvor. Noch hatte niemand über meinen Brief mit mir gesprochen oder mir einen Vorwurf gemacht. Einen Augenblick war ich allein. Der Pfarrer kam herein und grüßte mich wortlos mit einem Wink, las mir den Brief vor und ging, ohne irgendetwas hinzuzufügen, wieder hinaus. In diesem Augenblick traf auch der Herr Kaplan ein. Er betrat das Zimmer des Pfarrers, gefolgt von dem Abbé Thomas. Sicherlich würde man mich bald rufen. Ich nutzte den Augenblick, da ich allein war, um zu fliehen und in das Haus meines Vaters zurückzukehren.

Um sich eine Vorstellung davon zu machen, wie ich unterwegs litt, müsste man an meiner Stelle gewesen sein und mein schreckhaftes Vorstellungsvermögen besitzen, das mir mein Leben lang so viel Kummer gemacht hat. Ich gelangte nach Hause, ohne einen Entschluss gefasst zu haben. Ich hielt mich an die Wahrheit (erst in der Stadt kam mir diese angeborene Eigenschaft leider abhanden) – aber wie hätte ich gestehen können, was mich zu meiner Flucht bewogen hatte? Dabei hätte ich ruhig alles zugeben können. Aber die Furcht behielt die Oberhand. Meine Kühnheit reichte nur für heimliche Übeltaten. Ich sagte, ich sei unterwegs nach Oudun, um Holz zu holen. Man glaubte mir. Ich brach wieder auf, nachdem ich etwas gegessen hatte. Drei Stunden später tauchte der Abbé Thomas auf, sehr aufgeregt. Er wusste nicht, was aus mir geworden war. Niemand hatte mich weggehen sehen. Als er zu meinem Vater kam, war er sich fast sicher, mich dort nicht zu finden. Man sagte ihm, dass man mich gesehen habe, und erklärte ihm auch, unter welchem Vorwand ich meinen Weg fortgesetzt hatte. Niemand zweifelt daran, dass ich aufs Geratewohl herumlief.

Mein Vater (dieser großartige Mann) erschrak über meinen Fehltritt, den aber der Abbé Thomas selbst schon herunterspielte, indem er erklärte, seit der Entdeckung meiner Verse sei man mit mir vielleicht zu streng umgegangen (hierbei hörte meine Mutter zum ersten Mal etwas von diesen unseligen Versen). Mein Vater also machte sich sofort auf den Weg nach Joux, denn ich hatte den Weg dorthin genommen. Bei meiner Schwester Marianne Marsigny erfuhr er nichts. Sie hatte mich nicht gesehen. Von unerträglicher Unruhe erfüllt, kehrte er zurück. Aber wo steckte ich?

Als ich, ohne etwas zuzugeben, mein Vaterhaus verlassen hatte, war mir klar geworden, dass ich über keinerlei Mittel verfügte und also, um fortzukommen, betteln musste. Der Gedanke bedrückte mich. Als ich den Wald von Boutparc erreicht hatte, ging ich hinein, um nachzudenken, und vergoss dort bittere Tränen. Schließlich, als der Hunger immer drängender wurde, beschloss ich, auf gut Glück nach Hause zurückzukehren.

Mein Vater war auf dem Rückweg von Joux, und weil ich sehr langsam ging, holte er mich gegenüber von La Chapelle ein, wo ich in mich versunken hinter einem Busch saß.

»Nicolas?«, rief er lachend. »He, du, was machst du denn da?«

An seiner Unbeschwertheit glaubte ich zu erkennen, dass er noch nichts wusste.

»Ich wollte gerade umkehren, Vater.«

»Na, dann gehen wir doch zusammen.«

Er sagte mir nichts über den Grund seines Gangs nach Joux. Zu Hause traf ich auf den Abbé Thomas, der unbekümmert auf mich zukam. Ich war gerührt. Er nahm mich mit zurück, ohne dass auch nur ein Wort über meinen Fehltritt gefallen war. Unterwegs gab er mir den Rat, unseren älteren Bruder um Verzeihung zu bitten. Das tat ich und bat nachher auch den Abbé Thomas um Verzeihung. Beide versicherten, sie hätten mir verziehen.

Doch je länger mein Fehltritt zurücklag, desto mehr ließ man mich ihn spüren (was ich nicht missbillige). Zunächst erfuhr ich, dass man den Bischof, Monsieur de Caylus, und den Superior des Priesterseminars, Monsieur Viel, davon in Kenntnis gesetzt hatte, und schließlich auch alle wichtigen Kirchenleute von Auxerre ebenso wie die

Chorherren und die jansenistischen Pfarrer, was mir sehr unangenehm war. Aber ich war es, der diesen Fehltritt begangen hatte. Mich traf mehr Schuld als jene, die ihn unter die Leute brachten. Dann hörte ich von der Haushälterin des Herrn Kaplan, die es von Schwester Pinon wusste, dass man meine Verse und meinen Brief in der Sakristei hinterlegt hatte – als Belastungsmaterial gegen mich und um vom Herrn Vergeltung zu erflehen. Ich wurde bleich vor Schrecken! In den *Viten der Wüstenväter* hatte ich von einer ähnlichen Hinterlegung gegen einen Missetäter gelesen, veranlasst von dessen Mutter, so dass er seiner Strafe nicht entgehen konnte. Ich begann meine Brüder wieder zu hassen, noch viel stärker als vorher.

Sie ihrerseits hatten inzwischen über mein Schicksal entschieden. Sie unterbrachen den Gang meiner Studien – zunächst, indem sie sich nicht mehr um mich kümmerten. Als sie dann aber sahen, dass sich mein Arbeitseifer verdoppelte (sie wussten nicht, was für eine mächtige Anregerin ich hatte; sie sahen in mir nur den Libertin; dass ich auch zartfühlend war, ging über ihren Verstand, und wenn sie es verstanden hätten, hätte es an ihrer Meinung über mich auch nichts geändert; wer die Leidenschaften mit den Verbrechen verwechselt, die deren extremste Ausformungen sind, der gerät in die Irre und verliert diejenigen, die er anzuleiten vorgibt) – als sie aber nun, wie gesagt, sahen, dass sich mein Arbeitseifer verdoppelte, und dennoch an ihrem Entschluss festhielten, ließen sie mich meine Zeit mit irgendwelchen Besorgungen und niederen Arbeiten vertun. Schließlich wandten sie sich an meinen Vater und drängten ihn, mich eine Lehre machen zu lassen.

Edme Rétif antwortete ihnen: »Ich mag die Gewerbe in den Städten nicht; die sind für arme Städter gemacht. Wenn euer junger Bruder nicht studiert, dann wären meine Stellung und mein Stand immer noch vorzuziehen. Damit er aber die ehrenhaften und nicht besonders einträglichen Ämter, die ich innehabe, mit Anstand ausfüllen kann, braucht es Bildung. Also lasst ihn etwas lernen oder gebt ihn mir zurück.«

Diese Entschiedenheit brachte meine älteren Brüder aus der Fassung. Sie verschanzten sich hinter der Religion und verwiesen auf den Missbrauch, den ich mit dem Wenigen triebe, was ich schon wisse.

»Ach!«, sagte mein Vater, »wenn man über alle Menschen urteilen würde, bevor sie sechzehn oder auch zwanzig und manchmal sogar sechsundzwanzig Jahre alt sind, würden oft die Allerbesten ausgemustert! Meine Söhne, ich habe Erfahrung und außerdem die Meinungen von zwei achtbaren Männern, deren einer mein ehrenwerter Verwandter, der Advokat Rétif, war. Urteilt nicht zu rasch!«

Der Pfarrer von Courgis brachte seinen geistlichen Eltern sehr viel mehr Ehrerbietung entgegen als den leiblichen. Die klugen Worte seines Vaters hatten wenig Wirkung, und man tat, ohne Aufsehen zu erregen, was man offen nicht zu tun wagte. Die Umstände kamen dem Hass meiner Brüder entgegen. Aber wohin führte dies alles letztlich? Man wird es bald sehen.

Es kam der 22. Oktober. Ich vergeudete meine Zeit. Aber darum bitten, Courgis verlassen zu dürfen, den Ort, wo ich Jeannette sehen konnte – das wagte ich denn doch nicht. Ich hatte keine Nachrichten von Marguerite und wusste nicht, wie ich ihr schreiben sollte. Außerdem scheute ich mich, seit mein Brief zurückgekommen war, der Post noch einen Brief zu überlassen. Alles machte mir Angst. Ich fühlte mich ganz und gar unwohl in Courgis, als diesen Ort eines jener grauenhaften Unglücke ereilte, die einen schaudern lassen.

Am Morgen dieses Zweiundzwanzigsten ging ich, noch frühstückend, nach draußen, um meine Unzufriedenheit im Garten spazieren zu führen. Doch kaum war ich im Hof, da erblickte ich über mir eine Rauchwolke, die aus der Gegend der Porte de Chablis zu kommen schien. Dieses Tor lag im Norden, und es wehte ein starker Nordwind. Ich rief nach meinen Kameraden, und sie kamen mit dem Abbé Thomas nach draußen.

»Das ist eine Wolke«, sagte Huet.

»Das ist Feuer!«, schrie der Abbé Thomas und schickte Melin los, die Sache zu erkunden.

Aber der Kerl kam nicht zurück. Also ging ich los.

Drei Häuser standen schon in Flammen, und aus den brennenden Strohdächern, die der Wind in die Höhe riss und mit sich nahm, rieselte ein Funkenregen, der über dem ganzen Ort niederging. Ich rannte zurück und überbrachte die traurige Nachricht.

Der Abbé Thomas ruft um Hilfe, informiert den Pfarrer, lässt Sturm läuten, trommelt Männer zusammen und will sie, weil das Wasser in Courgis knapp ist, ein alleinstehendes Haus niederreißen lassen, um dem Feuer den Weg abzuschneiden. Man beratschlagt. Der Eigentümer scheint nicht da zu sein. Aber als das Strohdach schließlich Feuer fängt, entschließt man sich und schlägt die Türen ein. Unter Lebensgefahr stürmen einige Männer nach oben, und sie schaffen es, auf den Dachboden zu gelangen. Aber durch die Stöße und Erschütterungen kommt es zum Schlimmsten. Ein Büschel Roggenstroh steigt, lichterloh brennend, in die Höhe und wird vom Haus des Dünnen Jeannin in der Ortsmitte zum Haus des Dicken Jeannin geweht, dessen Dach, so hieß es, einen ganzen Morgen groß war.

Als die Männer sehen, dass ihnen das Feuer voraus ist, verlieren sie den Mut, zumal sie nun auch die Hausbesitzer finden, den Mann und die Frau, die sich eingeschlossen hatten und in den Flammen und dem Rauch erstickt sind! Nun hastet jeder von ihnen nach Hause, um zu retten, was zu retten ist.

Man sah die Mütter, die nur ihre Kinder bei sich hatten – wie sie von Straße zu Straße getrieben wurden von einem Feuer, dessen Anblick, dessen Geprassel zusammen mit dem Krachen der einstürzenden Häuser jede Seele in abgrundtiefen Schrecken versetzte.

Kühn und furchtlos lief ich überall herum, wo das Feuer ein Durchkommen nicht ganz unmöglich machte. Ich stieg auf den Kirchturm, um den sich alle große Sorgen machten, und wollte ihn vor dem Funkenflug bewahren. Von dort oben konnte ich das Ausmaß der Verwüstung überschauen. Es war das schrecklichste Schauspiel, das ich in meinem Leben gesehen habe. Aus hundertneunundvierzig Häusern, die mit der eingelagerten Ernte verbrannten, stiegen Massen von Rauch auf, die die Sonne verdunkelten. Man konnte sehen, wie die Häuser auf einer Straßenseite, wo es nicht brannte, ohne Kontakt, durch die bloße Hitze, zunächst nur hässlich qualmten, erst schwarz, dann rot, bis schließlich wütende Flammen aus ihnen hervorloderten.

Die Einsamkeit war beängstigend – und diesen Schrecken steigerte noch der Anblick all der Tiere, die sich tagsüber sonst nie zeigen: Marder, Wiesel, Ratten, die aus den erhitzten Häusern hervorstoben und deren bevorstehendes Abbrennen anzukündigen schienen. In diesem alles erfassenden Grauen sah ich Jeannette und ihre Mutter, wie sie ihr Haus verließen. Die Mutter hatte ihr jüngstes Kind auf dem Arm. Der Vater und Jeannettes Bruder versuchten Akten und andere Habseligkeiten zu retten, die leicht zu transportieren waren. Ich sagte zu Melin: »Laufen Sie hin und sagen Sie ihnen, dass im Garten des Pfarrhauses keine Gefahr ist!« Weil ich selbst es nicht wagte, sie anzusprechen, schickte ich einen anderen vor. Aber wenn sie wirklich gekommen wären, hätte ich mich wieder nicht getraut, selbst dorthin zurückzukehren.

Der Abbé Thomas war mutig bei der Arbeit, und niemand dachte an das Pfarrhaus, das durch seine isolierte Lage inmitten von Gärten und durch sein Ziegeldach geschützt war. Der Pfarrer zog voller Zuversicht umher und gebot den Flammen Einhalt im Namen des Gottes, dessen Diener auf Erden er war.

Drei Viertel des Ortes waren niedergebrannt – ein Gebiet in Form eines Dreiecks, von der Porte de Chablis bis hinauf zu der Stelle, wo die Rue de l'Eglise von der Grande Rue abzweigt, und dann wieder abwärts bis zur Porte de Reine. Abgesehen vom Pfarrhaus und der Kirche war nur der kleine im Windschatten liegende Bezirk neben der Porte de Préhy verschont geblieben. Die ganze

Weizenernte war verbrannt. Sogar der Wein war vernichtet – die Fässer waren entweder geplatzt oder unter den eingestürzten Gewölben begraben oder sie waren verräuchert. Erst gegen Abend ließen sich die Flammen am weiteren Vordringen hindern. Die Balken brannten mehr als drei Tage lang und ließen sich nicht löschen. Es fehlte an Wasser.

Das Unglück ließ alle kleineren Misshelligkeiten in den Hintergrund treten. Man dachte nur noch an die Katastrophe, die alle getroffen hatte. Der Pfarrer von Courgis erwies sich als ein wirklicher Vater aller Angehörigen seiner Gemeinde. Unablässig mühte er sich, ihnen beizustehen. Zuerst bat er die Leute aus den Nachbargemeinden um Hilfe, machte sich gleichsam zum Bettler, um zu verhindern, dass die Leute aus Courgis Bettler würden. Diesen redete er gut zu, auf ihrem Grund und Boden zu bleiben und die baufälligen Teile der Gebäude abzutragen, und versprach ihnen, sie mit Nahrung zu versorgen, was er auch tat. Aber es gab auch Halunken, die die Gelegenheit missbrauchten und in der Gegend herumstreunten. Der Pfarrer schrieb an den Bevollmächtigten des Provinzintendanten, Louis d'Eon, der dafür sorgte, dass diese Leute in ihre Heimatgemeinden zurückkehrten. Monsieur de Caylus schickte Reis und Weizen. Der Herr Baron verlieh Geld für den Wiederaufbau und für Saatgut. Huet, Melin und ich, wir kopierten den ganzen Winter über Rundschreiben an alle Pfarrer im Umkreis von zwanzig Meilen. Vertrauenswürdige Personen verteilten sie. Die Pfarrer selbst kümmerten sich um die Kollekte, und der Bote brachte alles ohne Abzug mit zurück, denn um Kost und Logis für ihn kümmerten sich die Pfarrer oder wohlhabende Leute. Diese Boten hatten immer auch Rundschreiben ohne Adresse dabei, die für gewöhnliche Leute bestimmt waren. Die Boten füllten sie mit den Adressen von Personen aus, die man ihnen nannte, und stellten sie dann zu. Sie wurden zumeist sehr herzlich empfangen, denn dieser Brief war sehr gut und sehr rührend geschrieben. Nachdem der Pfarrer von Courgis auf diese Weise für das Notwendigste gesorgt hatte, übergab er die Pfarre, was die geistlichen Belange anging, dem guten Kaplan, und was die weltlichen Belange anging, dem Abbé Thomas und reiste selbst nach der Hauptstadt, um dort weitere, umfangreichere Hilfsgelder zu beschaffen. Er hatte Glück und brachte genug zusammen, um davon die Häuser der Ausgebrannten wieder aufzubauen.

Mein ältester Bruder kam wegen der Karwoche aus Paris zurück. Bis dahin war ich, wenn auch unregelmäßig, meinen Studien nachgegangen. Der Abbé Thomas, obwohl ein erklärter Feind des Studierens, wagte es nicht, mich daran zu hindern. Er fürchtete wohl, ich könnte mich bei meinem Vater beklagen. Vielleicht ließ ihm auch sein ständiges, kindisches Geplänkel mit Schwester Pinon keine Ruhe. (Ich möchte mir hier eine vielleicht merkwürdig anmutende Bemerkung erlauben. Die Liebe unterwirft sich alles, auch die fanatischsten Frömmler. Den Abbé Thomas rührten die weichen Konturen der Schwester Pinon gleichsam automatisch, während es dem Pfarrer zu gefallen schien, wenn ihm die aufreizende Madame Chevrier ihre Verehrung entgegenbrachte. Ich schloss dies aus dem zärtlichen Ton, mit dem er sie bei ihren Gesprächen *meine liebe Schwester* nannte. Das alles war deutlich zu sehen, und es lag mir fern, daran Anstoß zu nehmen! Ich gestand meinen älteren Brüdern alle Tugend zu, die sie für sich in Anspruch nahmen. Aber sie hätten sich vielleicht doch getroffen gefühlt, wenn ich mich erdreistet hätte, einige ihrer geliebten Lämmer in meinen Harem aufzunehmen.) Ich studierte also, allerdings für mich allein. Unter dem Vorwand, anderweitig beschäftigt zu sein, schenkte mir der Abbé Thomas keinerlei Aufmerksamkeit. Dabei ließ ihm die Abwesenheit von Huet, der nach Auxerre gegangen war, um an den Ecoles Saint-Charles zu unterrichten, mehr Zeit als zuvor.

Als mich der Pfarrer bei seiner Ankunft wie gewohnt bei der Arbeit sah, äußerte er dem Bruder gegenüber sein Erstaunen. Ich weiß nicht, was dieser ihm geantwortet hat, aber von diesem Tag an nahm man mir meine Nachschlagewerke und all meine Bücher weg. Ich verhielt mich still, aber ich kam mir vor wie vernichtet. In der Kirche wagte ich es nicht mehr, den Blick auf Jeannette zu richten. Ich war weniger mitteilsam, unzugänglicher, schüchterner. Nirgendwo fand ich Halt. Ich hatte nichts mehr, was meine Seele erhoben hätte – man hinderte mich am Lernen, am Studieren! Ich wollte weg aus Courgis. Es schien dort nichts zu geben, was mich noch hätte halten können. Marguerite kam nicht zurück. Sie musste ihr Kind wohl zur Welt gebracht haben, denn ich hatte gehört, es gehe ihr gut. Aber Genaueres wusste ich nicht, wusste nicht, ob es ein Junge oder ein Mädchen war und ob es lebte oder gestorben war. Das alles erfuhr ich erst viel später. Es war ein Mädchen…

Um mich vollends zu vernichten und dahin zu bringen, dass ich mich selbst der Unwissenheit überließ, so wie man mich ihr auslieferte, sagte der Pfarrer zu mir: »Sie glauben, Sie hätten Verstand. Aber Sie haben nur ein paar Fünkchen Phantasie und nichts Festes.« Er täuschte sich: Mit einer anderen Erziehung wäre ich ein tiefsinniger Physiker geworden. Aber damals glaubte ich ihm aufs Wort, und dass ich es tat, war das größte Unglück, das mir widerfahren ist. Lieber Leser! Unterdrücken Sie nie den Mut Ihrer Kinder! Ich glaubte dem Pfarrer von Courgis, und es war diese verhängnisvolle Bescheidenheit, deretwegen ich dann die fünfzehn besten Jahre meiner Jugend von 1750 bis 1765, von wenigen Zwischenzeiten abgesehen, verloren habe. Erst mit zweiunddreißig Jahren bin ich meiner unheilvollen Erstarrung entkommen.

So stand es um mich, als der Karfreitag anbrach. Eine Kleinigkeit stürzte mich an diesem Tag ins allertiefste Unrecht. Ich sage: eine Kleinigkeit – denn ich beteuere, dass mich keiner der Beweggründe leitete, die mir der Pfarrer dann unterstellte. Es war das Gefühl der Nichtigkeit, das mich gepackt hatte, und die Selbstverachtung, die man mir mit Erfolg eingeflößt hatte, nur diese beiden Gründe – sonst nichts – brachten mich dazu, eine an sich wenig bedeutsame religiöse Zeremonie auszulassen. An diesem Tag ist es üblich, dass alle Gläubigen das Kreuz in den Händen des zelebrierenden Priesters *verehren*. Um eine streng einzuhaltende Pflicht handelt es sich ganz sicher nicht. Auch ich wollte ja nach vorn gehen, wie alle anderen. Aber aus Demut ließ ich den Vornehmen aus dem Ort den Vortritt. Dann zögerte ich aber immer noch, und bevor ich den Mut, mich zu erheben, beisammenhatte, waren schon die Frauen an der Reihe. Ich hielt es für unpassend, mich unter sie zu mischen – alle Leute hätten mich angestarrt. Danach getraute ich mich nicht mehr. Ich dachte, bei so vielen Leuten würde es nicht auffallen. Was für ein Irrtum!

Nach dem Gottesdienst ließ der Pfarrer den Abbé Thomas in die Sakristei rufen, teilte ihm seine Klage mit, die schwerste, die er sich überhaupt vorstellen konnte, und sagte ihm, er solle mich zu ihm schicken. Die Befürchtung, die meine beiden Brüder hegten oder heuchelten, ging dahin, dass ich die Religion verachtete und ihr abschwören wolle, dass die Lektüre profaner Autoren mich wenn auch nicht zum Atheisten, so doch zum Heiden gemacht hätte. Sie erwiesen mir sogar die Ehre, mich dem berühmten Kaiser Julian mit dem Beinamen Apostat* an die Seite zu stellen und mir dessen Charakter zu verleihen. Von dieser Idee ließ der Pfarrer sich nun leiten.

Ich war mir so wenig einer Schuld bewusst, dass ich fröhlich zu ihm ging. Man stelle sich meine Überraschung vor, als ich die Sakristei betrat und sah, wie er vor mir niederkniete und mich unter Tränen beschwor, nicht abzulassen vom Glauben meiner Väter. Ich war so starr, so verblüfft von diesem Getue (das, nebenbei gesagt, dem der meisten frühen Heiligen ähnelte, lauter ziemlich unerträgliche Gestalten), dass ich stumm blieb. Ich verstand nicht einmal, was er meinte.

»Sie verachten das Kreuz Jesu Christi, der für Sie gestorben ist!«

Als mir klar wurde, woher sein Irrtum rührte, kniete ich nieder wie er, kam aber doch nicht über meine Verwunderung hinweg. Eine Masse von Gedanken versetzte mich in Aufregung. Einer vor allem ärgerte mich und machte mich unempfänglich für die pathetischen Reden meines Bruder. Ich glaubte zu erkennen, dass man hier eine Gelegenheit nutzte, um mich bei allen Leuten in Verruf zu bringen, um mich mit Schande, Verachtung, Hass und wer weiß was sonst noch zu überhäufen – vielleicht sogar, um Mittel und Wege zu finden, mich einzusperren. Ich hatte die »Correction«, die Besserungsanstalt, von Bicêtre gesehen…

Mir fehlten die Worte, um etwas zu erwidern. Ich verharrte in einem trübsinnigen Schweigen, das den Pfarrer in seinen Ideen nur bestätigte. Er wiederholte die Gebete, die er für mich sprach, und seine Mahnungen. (Heute bin ich mir sicher, dass dies keine Komödie war. Der Pfarrer hielt mich für schuldig, aber nur deshalb, weil er mich nicht liebte.) Ich befand mich in einer unbeschreiblichen Aufregung, und dieser Augenblick war einer der schrecklichsten meines Lebens. Mit schmerzlicher Empörung sah ich, was für eine schlechte Meinung man von mir hatte und wie sie dazu führte, alles, was ich tat oder unterließ, als im höchsten Maße verbrecherisch zu deuten. Ich blieb stumm aus Angst, etwas Falsches zu sagen, oder vielmehr, weil mir die Zunge gebunden war. Es war mir körperlich unmöglich, zu sprechen, obwohl ich spürte, dass ich etwas hätte sagen sollen. Der Pfarrer schien tief betrübt. Ich gebe zu, er war ein frommer Mann. Er liebte sein Amt und die Religion, wie ein guter Sohn seine Mutter liebt und ein guter Ehemann seine tugendhafte Frau. Er hatte viel zu leiden. Aber ich litt noch viel mehr! Und weil er nichts aus mir herausbekam, schickte er mich weg.

Gerade er, der sich so gut darauf verstand, anderen die Liebe zu Gott ans Herz zu legen, hätte spüren müssen, wie wichtig es ist, dafür zu sorgen, dass die Schüler ihren Lehrer lieben und nicht fürchten, wie es bei ihm immer gewesen war. Hätte ich auch nur das geringste Vertrauen zu ihm gehabt – ich hätte ganz offen mit ihm gesprochen, wie ich es dann mit meinem Vater und meiner Mutter getan habe.

Als das Mittagessen zu Ende ging, nach dem Dankgebet, machte er mir noch einen grausamen Vorwurf.[+] Da spürte ich zum ersten Mal den Mut in mir, mich ihm zu widersetzen. Es zeigte sich jene Neigung zum Zorn und zu Wutanfällen, von der ich mich so oft hinreißen ließ. Ich geriet in jenen Zustand, der bei schüchternen Menschen schlimmer ist als bei den Beherzten, weil die Schüchternen dabei viel heftiger außer sich geraten.

»Jetzt sehe ich endlich«, schrie ich, »dass Sie beide mich nicht leiden können. Ich aber hasse Sie genauso, wie Sie mich hassen. Und mit gutem Recht kann ich alle meine Fehler Ihnen zum Vorwurf machen. Sie sind Ihr Werk. Ich habe deswegen keine Gewissensbisse. Aber Sie sollten sich Gewissensbisse machen. Mir flößen sie nur Zorn und Hass gegen Sie ein!« Nach diesem Tobsuchtsanfall verließen mich meine Kräfte. Ich wurde ohnmächtig.

Meine Vorwürfe, meine Kühnheit, meine Scheu, der Respekt, den ich meinem ältesten Bruder immer entgegengebracht hatte, mein Ohnmachtsanfall – alles trug dazu bei, die beiden Brüder in die allergrößte Verwunderung zu stürzen. Aber noch mehr kränkte es sie, dass ich meinen beiden Kameraden davon erzählte (man hatte uns Huet von den Ecoles Saint-Charles inzwischen zurückgeschickt), ebenso meiner Schwester Marie aus Paris, die gekommen war, um die Fastenzeit bei ihnen zu verbringen, und auch der Schwester Pinon. Meine Ohnmacht, die niemand für vorgetäuscht halten konnte, verhinderte die Folgen, die mein Betragen sonst sicherlich gehabt hätte. Man half mir. Aber ich kam nur langsam zu mir. Zunächst schien es, als könnte ich mich an nichts erinnern. Als dann aber meine Erinnerung zurückkehrte, brach ich in Tränen aus. Ich beteuerte meine Unschuld und offenbarte meine Beweggründe. Man glaubte mir. Der Pfarrer schämte sich ein bisschen wegen seiner Heftigkeit, aber er verzieh mir nichts. Von nun an nahm man mir auch noch das Schreibpapier weg – ohne Zweifel wollte man meinen

[+] Er griff meine Mutter an. Hierauf bezieht sich der Ausruf meines Vaters: »Die Tugend selbst hat heute gesündigt!«

Vater zwingen, mich wieder zu sich zu nehmen. Zum Teil ging diese Idee sogar auf meine Schwester Marie zurück.

Möge das, was mir während meines Aufenthalts in Courgis widerfahren ist, allen Eltern eine Lehre sein. Nie sollte man die Kinder aus einer zweiten Ehe denen aus erster Ehe überlassen. Denn wie man es auch dreht und wendet – Kinder, die ein Vater von zwei Müttern hat, werden einander nie wirklich lieben. Selbst die Religion und die wahrhaftigste Frömmigkeit haben in dieser Beziehung bei meinen Brüdern nichts bewirkt.

Zu Pfingsten schickten mich meine Brüder auf einen Besuch zu meinem Vater. Sie gaben mir einen Brief mit, dessen Inhalt ich zu kennen glaubte. Sie hofften, mein Vater werde mich, nachdem er ihn gelesen hatte, zu Hause behalten oder allenfalls noch einmal zurückschicken, damit ich mich von ihnen verabschieden konnte. Aber ich mochte nicht den Überbringer von Verleumdungen spielen, die sich gegen mich selbst richteten. Ich öffnete den Brief und las ihn: Er war abscheulich. Man behauptete, meine Ansichten zu durchschauen, und stellte grässliche Mutmaßungen als wirkliche Erkenntnisse dar. Ich bebte und war versucht, den Brief zu zerreißen. Da fiel mir mein Heft ein und wie unvorsichtig ich auf meinem Gang nach Joux damit verfahren war. Statt ihn an einem sicheren Ort zu deponieren oder ihn meiner Mutter anzuvertrauen, grub ich auf einem Feld unter einem Weißdorn ein Loch und beerdigte ihn dort.

Ich blieb zwei ganze Tage bei meinem Vater. Am Morgen des dritten machte ich mich auf den Rückweg. Beim Abschied gestand ich meiner Mutter, dass ich den Brief geöffnet hatte. Ich sagte ihr auch, was darin gestanden hatte, und sie versprach mir, mich bei meinem Vater zu entschuldigen – allerdings erst, nachdem sie mir von ihrer Sanftmut gemilderte Vorhaltungen gemacht hatte. Mein Vater sah uns ins Gespräch vertieft und ahnte etwas. Er trat zu uns, und als meine Mutter seine fröhliche Miene sah, sagte sie ihm die Wahrheit.

»Hätten Sie gewollt«, fügte sie noch hinzu, »dass er Ihnen den

Brief überbringt, wohl wissend, was darin an Bösem über ihn geschrieben stand?«

»Es hätte uns immerhin gezeigt, dass er unserer Güte vertraut, liebe Frau«, entgegnete der tugendhafte Greis, »und außerdem ist es eine gefährliche Sache, die man sich nicht angewöhnen darf, Briefe zu öffnen, die man überbringen soll! Mir scheint, dieses Handeln ist nur mit der Lage, in der Nicolas sich befindet, zu entschuldigen.«

Die ermutigenden Worte waren wohl nötig, um mir Halt zu geben und mich von einem weiteren unüberlegten Fluchtversuch abzuhalten. Tief ergriffen von der Güte meiner Eltern und fest entschlossen, beim nächsten Mal alles abzuliefern, was man mir mitgab, kehrte ich zurück.

Meine Brüder schienen überrascht, mich wiederzusehen. Zumindest wunderten sie sich, dass ich allein war, denn sie fragten, ob mein Vater mitgekommen sei. Ich antwortete, er werde wahrscheinlich demnächst ebenfalls kommen, er habe mir aber nicht gesagt, wann genau. Die ungenaue Antwort stellte sie zufrieden, deutete sie doch darauf hin, dass mein Vater mich nicht hatte ins Vertrauen ziehen wollen. Sie gewannen den Eindruck, den ich hatte erwecken wollen. Am Abend erkundigte sich der Pfarrer nach der Gesundheit meines Vaters und danach, was er mit mir besprochen hatte. Aber er tat dies, ohne das Wort an mich zu richten – er sprach nur mit dem Abbé Thomas. (Bei allen Männern, die ich gekannt habe, kam es mir so vor, als hätten sie erst mit fünfzig Jahren begriffen, dass ihre Kinder eines Tages selbst Männer sein würden. Ähnlich war es bei allen vornehmen Herren und allen Reichen, mit denen ich zu tun hatte – ihr Leben lang dachten sie nicht daran, dass auch die Armen Menschen waren und mehr besaßen als bloß ihren Instinkt.) Der Abbé Thomas gab oft selbst die Antworten, oder er stellte mir Fragen, auf die ich lakonisch, aber ohne Groll reagierte.

Am Tag nach meiner Ankunft nahm alles wieder seinen gewohnten Gang – mit dem einen Unterschied, dass ich mich mit größerem

Eifer auf die Arbeit im Garten einließ. Ich wollte mich auf die Strapazen der Landwirtschaft vorbereiten, der ich mich inzwischen verschrieben hatte. Doch dann folgte der in alle Ewigkeit denkwürdige Tag, an dem ich mit Jeannette Rousseau gesprochen habe.

Ich war allein im Klassenzimmer, Schwester Pinon war ausgegangen, meine beiden Kameraden waren am Brunnen, der Abbé Thomas im Garten und der Pfarrer in seiner Kirche. Jeannette klopfte an die Hoftür. In Gedanken war ich in ebendiesem Augenblick bei ihr – der Schmerz, dass ich meinen Studien nicht mehr nachgehen konnte, war wieder über mich gekommen. Ich weinte. Als ich das Klopfen an der Tür hörte, wischte ich mir die Tränen ab und ging hinaus, um zu öffnen. Ich brachte kein Wort über die Lippen, ich wurde rot, ich wurde bleich, ich wurde so verlegen, dass ich mich an eine Ulme lehnen musste, die im Hof stand. Das war alles, was ich hervorbrachte, das war die Sprache, in der ich mich an den Gegenstand meiner heimlichen Verehrung wandte. Jeannette lächelte errötend. Wie schön sie war! Der Wohlklang ihrer Stimme brachte meine verschreckte Seele wieder zu sich.

»Monsieur«, sagte sie zu mir, »mein Vater schickt mich, um zu fragen, ob Mademoiselle Decourtives heute nicht beim Herrn Pfarrer ist.«

»N...ein, M...ademoiselle.«

Mehr als diese beiden Wörter habe ich zu dem Wesen, das ich am glühendsten geliebt habe, nie gesprochen. Und selbst diese Anrede – »Mademoiselle!« – kam mir vor wie eine ungeheure Kühnheit! Die erste Silbe ließ mich zusammenzucken. Ich fand sie viel zu frei: »*Ma!* ... Meine!« Ach, es sind diese Empfindungen, die toten Seelen immer fremd bleiben, an denen ich erkenne, wie sehr ich liebte!

Mademoiselle Rousseau machte einen Knicks und kehrte um, ohne noch ein Wort hinzuzufügen. Ich atmete auf, als sie sich entfernte. Ich trat vor die Tür und folgte ihr mit den Blicken – fürchtend und zugleich innig begehrend, sie möge sich noch einmal umwenden. Sie tat es nicht, und ich fühlte mich gedemütigt. Hätte sie es getan, so hätte sie mich niedergeschmettert. Ich war immer sehr erfinderisch darin gewesen, mir Dinge auszumalen oder einzureden, die geeignet waren, mich mit Schmerz zu erfüllen. Da ich nicht mehr studierte, setzte ich mir in den Kopf, dass sie sich so rasch zurückgezogen und nicht noch einmal umgesehen hätte, weil sie dies wusste. Ich redete mir ein, ich sei ihrer nicht mehr würdig, und sie habe ganz recht mit ihrer Geringschätzung, denn in meinen Augen wäre der Rang eines Fürsten nicht zu hoch gewesen, um Anspruch zu erheben auf Jeannette Rousseau.

Meine Brüder ließen mich damals etliche Gänge machen, sowohl um eine verhasste Person wenigstens vorübergehend loszuwerden, deren Zeit man nicht ohne Schuldgefühle so sinnlos verschwenden konnte, als auch um mir den Aufenthalt bei ihnen endgültig zu verleiden. So kam es, dass ich auch noch einmal nach Vermenton zu Monsieur Collet kam. Der Leser kennt dieses Haus schon.* Als ich eintrat, war Madame Collet von zwei ihrer Töchter und einigen anderen jungen Personen umringt. Als sie einen großen Einfaltspinsel mit niedergeschlagenen Augen sahen, der nicht aufzublicken wagte und so rot im Gesicht war, als würde er ersticken, da begannen sie miteinander zu tuscheln.

»Wer ist denn dieser Knabe?«

Madame Collet erklärte es ihnen.

»Das ist ein junger Rétif aus Sacy, der bei unserem früheren Vikar lebt, jetzt Pfarrer von Courgis, ein sehr schätzenswerter Mann!«

Sogleich erhob sich eines der Fräulein Collet, und ich hörte, wie sie an der Tür zum Nebenzimmer sagte: »Kommt doch mal, hier ist ein Schüler des Pfarrers von Courgis.«

Sie kam zurück, und im nächsten Augenblick erschien Colette oder Madame Parangon mit ernster Miene, die sich aber zu einem Lächeln aufhellte, sowie sie mich erkannte. Sie setzte sich und sah mich an, als erwartete sie, dass ich mit ihr spräche. Aber ich getraute mich nicht. Das Fräulein, das Colette gerufen hatte, rief nun auch ihre beiden Brüder und zwei Sekretäre herbei. Da kamen zuerst drei große Burschen herein und sahen mich grinsend an.

»Was für ein Grobian! Und wie blöd der kuckt!«, sagten die beiden Sekretäre.

Nach dieser Beleidigung hob ich den Blick und sah sie mit einer Röte im Gesicht an, die etwas anderes anzeigte als Beschämung. Als dann aber der ältere der Brüder Collet erschien, ging ich ungezwungen auf ihn zu und erklärte ihm in aller Form, was ich zu bestellen hatte, so dass mich dieser junge Mann, der nichts von dem bisher Gesagten mitbekommen hatte, voller Hochachtung betrachtete. Das Betragen der anderen missfiel Madame Parangon. Sie schickte ihren jüngeren Bruder und die beiden Sekretäre weg und sagte: »Wenn er ein Dummkopf wäre, müsste er schon sehr aus der Art geschlagen sein.«

Dann wandte sie sich mit der Güte, die ihr eigen war, mir zu.

»Sie studieren also bei Ihren Brüdern, Monsieur Nicolas?«

»Ich *habe* studiert, Mademoiselle«, entgegnete ich und sah sie an. Großer Gott! Das war die Schönheit von Jeannette, ihr Wuchs und der Klang ihrer Stimme. Der gleiche Zauber lag über ihrem Antlitz. Wieder begann ich zu beben.

»Sie sind befangen gegenüber den Frauen, aber das macht sie nur umso schätzenswerter«, fügte Colette hinzu.

»Ja, Mademoiselle, ich verehre Ihr Geschlecht über alles.« Und als ich sah, wie die Herrn Sekretäre ihre Nasen hoben: »Aber vor jungen Leuten in meinem Alter fürchte ich mich nicht und habe sie bisweilen auch schon zur Vernunft gebracht…«

Die schöne Dame lachte herzlich über diese Bemerkung.

»Kommen Sie, kommen Sie – die süffisanten Herren dort!«

Sie kamen zurück, und ich sah sie an, aber ohne Zorn.

»Scheint ein netter Kerl«, sagte einer von ihnen. »Schade, dass er sich vor den Fräuleins so schämt!«

»He!«, sagte der andere. »Ist das nicht der Monsieur Nicolas, den ich hier mal gesehen habe, als er noch Schüler war? Sie waren wirklich scheu! *(Zu den anderen gewandt:)* Eine Marktfrau hat mir erzählt, er sei in seinem Dorf immer weggelaufen, wenn die Mädchen ihn umarmen wollten.«

Alle brachen in Lachen aus, außer meiner Colette.

»Das war die Verehrung!«, sagte Mademoiselle Jacquette, die jüngere Schwester von Colette.

»Wie bitte?«, sagte eines der Fräulein Compagnot zu mir. »Wenn ich Sie jetzt umarmen wollte, würden Sie die Flucht ergreifen?«

»Jawohl!«, rief einer der Sekretäre, bevor ich antworten konnte.

»Glauben Sie es nicht!«, sagte Madame Collet.

»Verzeihen Sie, Madame«, erwiderte ich. »Aber ich würde wirklich die Flucht ergreifen. Ein Fräulein, das mich umarmen wollte, würde mich mit seiner Kühnheit erschrecken.«

Monsieur Collet Senior, seine Gemahlin und ihr ältester Sohn schienen sehr zufrieden mit meiner Antwort. Colette sagte zu den beiden jungen Leuten: »Dem können Sie nicht das Wasser reichen, meine Herren.«

Und doch verließ ich dieses Haus ein wenig geknickt, wo der Anblick Colettes nur eine schmerzliche Erschütterung in mir verursacht hatte. Dass sie inzwischen verheiratet war, hatte ich nicht gewusst.

Bei meiner Rückkehr ging ich über Sacy – ein Umweg von anderthalb Meilen. Ich beklagte mich bei meiner Mutter über das Betragen meiner Brüder in Courgis und erwähnte dabei zum ersten Mal auch die kleinen Schwächen, die sich der Abbé Thomas mit der Schwester Pinon erlaubte.

»Mein Sohn«, sagte die ehrbare Frau zu mir. »Beklagen Sie sich darüber bei Ihrer Mutter – aber erheben Sie gegen niemanden Anklage! Wenn Sie wüssten, was für eine verächtliche Rolle derjenige spielt, der andere anklagt. Sehen Sie zu, dass Sie nie in diese Rolle geraten…«

Das war der Lohn für meine Geschwätzigkeit. Und wirklich, ich glaube … ich bin mir sogar sicher, dass diese kleinen Schwächen ganz und gar unschuldig waren und blieben, mit denen ich grausamerweise einen jungen Burschen lächerlich machen wollte, der sich mit seiner Lebensweise der Natur widersetzte. Mein Vater, dem ich mit solchem Gerede nicht zu kommen wagte, erklärte mir, dass er mich in nächster Zeit abholen werde, und gab zu erkennen, dass ich von da an am Kolleg von Auxerre studieren sollte. Man würde mich bei Monsieur Chambonnet, dem Färber, in Pension geben. Dessen Sohn, der jünger war als ich, werde mit mir zusammen das Kolleg besuchen. Aus alledem ist dann jedoch nichts geworden.

Einige Zeit nach dieser Reise sah ich eines Morgens, wie mein Vater mit drei Pferden ankam. Mir war klar, dass er mich abholen würde. Vor meinen Brüdern blieb er mir gegenüber ziemlich kühl. Dann zogen sie sich zu dritt in die Kammer des Pfarrers zurück. Den endgültigen Abschied vor Augen, spürte ich, wie gut es mir, trotz aller Schmerzen, in diesem Ort gefallen hatte, wo ich Jeannette und Marguerite begegnet war. Mir ging das Herz auf, und ich konnte die Tränen nicht zurückhalten. Alles, was ich sah, schien mir Lebewohl sagen zu wollen. Ich nutzte die Freiheit, die man mir ließ, um Abschied zu nehmen – nicht von den Menschen (ich hatte keine nahen Bekannten in Courgis), sondern von dem Pfarrgarten. Auch die Stelle, an der mein Gespräch mit Marguerite stattgefunden hatte, vergaß ich nicht. Die Kirche hatte ich mir für den letzten Abschied aufgehoben. Ich betrat sie zitternd, beklommen, unter Schluchzen, und kniete nieder am Platz von Jeannette. Zum letzten Mal küsste ich den fühllosen Stein, auf den sie ihre Füße setzte, und die Bank, auf der sie sich niederließ. Ich brach in Tränen aus, während ich in einer Aufwallung von vorwurfsvollem Unwillen den Vers wiederholte, den ich schon so oft gesagt hatte: *»Unam petii a Domino! … sed nunquam mihi continget!* – Nur eine erbitte ich von Gott dem Herrn … aber niemals wird sie mir zuteil.«

Melin, mein einziger Kamerad (Huet war nach Paris zurückgeschickt worden, wo er im Elend lebte; Melin wurde später nach den Karibischen Inseln verschickt, und seinem Betragen nach geschah es ihm recht. Ach, die vorzügliche Erziehung dieser frommen Leute. Ich war der Rebellischste von allen und zuletzt doch der am wenigsten Verdorbene!) – Melin also fand mich niedergestreckt, mit dem Gesicht im Staub. Der arme Junge, damals noch einfach und brav, war sehr gerührt, als er mich weinen sah. Er kniete sich neben mich.

»Gehen wir«, sagte ich zu ihm, »ich folge Ihnen.«

Er lief vor und erzählte, was er gesehen hatte. Dieser Bericht machte gewaltigen Eindruck, nicht nur auf meine Brüder, auch auf meinen Vater. Da sie meinen heimlichen Beweggrund nicht kannten, führten sie alles auf die Religion zurück. Als ich zurückkam, sah ich in allen Blicken großes Erstaunen, denn meine geröteten Augen bekräftigten die Wahrheit dessen, was Melin angekündigt hatte.

»Woher kommen Sie?«, wurde ich gefragt.

»Ich habe Abschied genommen.«

»Und von wem?«

»Von der Kirche – von den Plätzen, die ich nun nicht mehr sehen werde!«

Und wieder flossen die Tränen.

Der Pfarrer: »Wer hat Ihnen denn gesagt, dass Sie nicht mehr wiederkommen werden?«

»Niemand – aber ich habe drei Pferde gesehen.«

»Die Schlussfolgerung ist richtig«, sagte er lächelnd und fügte dann hinzu: »Mein lieber Bruder, ich habe einmal zu Ihnen gesagt, Sie hätten nur ein paar Funken im Kopf und keinen Verstand. Heute versichere ich Ihnen, dass ich mich getäuscht habe. Wenn Sie wollen, könnten sie ein *tüchtiger Christ* werden! Sie haben alles, was dazu nötig ist. Aber hier bei uns gibt es für Sie mehr als einen Stolperstein. Dem sollten Sie sich nicht länger aussetzen.«

»Es gibt nur einen«, erwiderte ich halblaut, »und er wäre keiner, wenn ich mehr Ansehen und einiges Vermögen besäße und etwas älter wäre. Aber die Unterschiede sind zu groß!«

Ich schwieg. Sie wollten wissen, was ich damit meinte.

»Ich würde es ja gern erklären, aber ich spüre, dass ich nicht kann.«

Mehr sagte ich nicht, und mein Vater hielt es offenbar nicht für angebracht, eine Antwort zu erzwingen. Wir aßen zu Mittag und brachen dann auf. Ich ging den ganzen Weg allein für mich. Mein Vater, dieser vorzügliche Mann, sah sehr wohl, dass es besser war, mich nicht zu bedrängen.

Der Herbst war gekommen, und ich wollte mich an die Feldarbeit gewöhnen, während mein Vater, der ganz andere Pläne hegte, nach Auxerre ging und, ohne mir etwas davon zu sagen, Vereinbarungen mit Chambonnet traf. Meine Mutter fuhr ebenfalls nach Auxerre, um mir dort wieder Bücher zu kaufen – die Wörterbücher von Joubert und Boudot, den *Gradus ad Parnassum**, meinen geliebten Terenz, den ich ihr besonders ans Herz legte, Justin*, Vergil und einige andere. So studierte ich denn zur Erholung und arbeitete im Ernst mit den Händen. Ich schuftete beim Dreschen in der Scheune wie die Drescher und machte auch sonst bei allem mit, außer beim Worfeln. Im Winter wurde ein Stück Brachland gerodet, um dort Rebstöcke zu pflanzen. Ich zog mit den Tagelöhnern los. Ich stellte mich mit ihnen in eine Reihe und hielt den ganzen Tag durch. Nach einer Woche spürte ich, wie ich nicht mehr ermüdete – ich, der ich früher nach zehn Minuten körperlicher Arbeit schlappmachte. Man ließ mich tun, wie ich wollte, und wartete darauf, dass mir die Lust an der Arbeit von selbst vergehen würde. Aber das war ein Irrtum – ich hatte meine Wahl getroffen. Trotzdem studierte ich jeden Abend und außerdem an Feiertagen und sonntags. Bestimmt verdanke ich diesen acht Monaten harter Arbeit die robuste Gesundheit, deren ich mich erfreute, bis heftige Erschütterungen von zweierlei Art sie zerrütteten.

Im Winter hatte mein Vater immer viel mit Urkunden und Akten zu tun. Es war die Zeit der Vermählungen und der Verkäufe. Mich ließ er die Kopien der amtlichen Dokumente anfertigen. Es machte mir Vergnügen, ihm als Sekretär zu dienen. Auf diese Weise konnten die Leute aus dem Dorf auch schon einmal seinen Nachfolger kennenlernen. Andererseits besuchte mein Vater während der Fastenzeit Monsieur Chambonnet in Auxerre, der den Zeitpunkt, zu dem er mich aufnehmen wollte, bis hierher verschoben hatte. Monsieur de Caylus hielt sich gerade in seinem bischöflichen Palast auf. Nachdem mein Vater mit Monsieur Chambonnet im Reinen war, stattete er auch dem Oberhirten einen Besuch ab, der auf meine Brüder zu sprechen kam und sie sehr lobte. Danach ging es um mich, und der Prälat zeigte sich wenig erbaut von dem Plan meines Vaters, mich studieren zu lassen. Er riet ihm, ich solle eine Lehre machen. Bei seiner Rückkehr war Edme Rétif sehr unschlüssig, und vor allem ärgerte er sich darüber, dass er den Prälaten überhaupt besucht hatte!

Während er noch zögerte, breitete die Zeit, die niemals stillsteht, ihre Flügel aus und folgte eilig ihrem Lauf. Der erste Mai des Jahres 1751 war gekommen. Dem Bischof zuwiderhandeln, hätte ihn mir zum Feind gemacht. Einen Bauern aus mir zu machen und damit alles verlorenzugeben, was ich in meiner Jugend gelernt hatte, das schmeckte weder meinem Vater noch meiner Mutter. Der eine erinnerte sich an den Rat seiner mit Recht so hoch verehrten Schwester Madelon, die immer wieder gesagt hatte: »Geben Sie besonders acht auf meinen Neffen Nicolas! Dass der Junge nicht hinter dem Busch sitzen bleibt! Den muss man studieren lassen, dann schwingt er sich höher hinauf als Ihre beiden anderen, sofern man ihm nicht die Flügel stutzt.« Außerdem erinnerte er sich daran, wie Monsieur Jean Rétif über mich geurteilt hatte. Die andere (meine Mutter) gedachte der Ratschläge ihres ehrwürdigen Vaters, Nicolas Ferlet: »Wenn Sie auf den Jungen achtgeben, wird er dem Namen seines Vaters und dem unseren Ehre machen und uns allen zur Zierde gereichen. Denn er liebt seine Eltern mit einer ganz anderen Kraft als die anderen Kinder, die ich kenne.« Auf dem Sterbebett hatte der würdige Greis dieses Urteil sogar noch einmal wiederholt. Deshalb wäre es meinem Vater oder meiner Mutter nie in den Sinn gekommen, aus mir einen Landmann zu machen. Sie überlegten hin und her, als ihnen der Zufall oder vielmehr die Aufmerksamkeit, die ich auf dem erwähnten Botengang bei Madame Parangon erregt hatte, einen unverhofften Ausweg eröffnete.

Bevor er darauf zu sprechen kam, fragte mich mein Vater eines Tages: »Hör mal, Nicolas, was sagst du denn nun zur Landarbeit?«

»Sie ist schwer, aber ich werde mich daran gewöhnen, Vater.«

»Das ist kaum der Mühe wert, denn ich habe nicht vor, dich hinter dem Busch sitzen zu lassen.«

»Ach, Vater, in diesem Augenblick gebe ich Ihrem Stand den Vorzug vor jedem anderen.«

»Was dich angeht, gebe ich ihm nicht den Vorzug. Soll ich mich etwa an die Ansichten meiner ersten Kinder halten, wenn diese Ansichten den zweiten Kindern nur zum Nachteil gereichen? Nein, nein. Ich liebe euch alle. Ich bin euer aller Vater. Und ich verzeihe auch euch allen. Wer soll euch denn verzeihen, wenn es schon euer Vater nicht tut? Nicolas, mein Sohn, ich werde dir wegen deiner früheren Fehler keine Vorwürfe machen. Diese Schuld trägst du ganz allein. Ich mache niemandem zum Vorwurf, was er selbst erleiden muss. Zuerst haben deine älteren Brüder dich zum Studieren ermuntert. Sie hatten schon die Einwilligung von Monsieur de Caylus, dass du dein Studium am Priesterseminar abschließen könntest. Stattdessen wollen sie dich nun daran hindern, es fortzusetzen. Mein Vater *(er nahm seinen Hut ab)* – Gott sei seiner Seele gnädig – hätte nie mit solcher Mäßigung gesprochen, wie ich es tue, weder zu seinen älteren Söhnen noch zu seinem jüngeren. Er hätte euch alle zum Zittern gebracht und hätte die geringste Bosheit mit aller Macht bestraft. Wer hätte gewagt, sich ihm zu widersetzen? Seine väterliche Macht glich der Macht Gottes (wenn man etwas mit ihr vergleichen kann), und er übte sie aus mit Blitz und Donner … Ich hingegen spüre, dass mir die Kraft dazu fehlt. Ich habe weder den Mut noch die Würde, noch das Verdienst meines ehrwürdigen Vaters. Er war streng zu mir, und ich bin ihm dafür ewig dankbar. Als mein Vater erfuhr, dass ich einem Mädchen aus Nitry einen Blumenstrauß gepflückt hatte, kam er an einem Montagmorgen, als ich schon auf einem der Pferde saß und zum Pflügen aufbrechen wollte, wortlos zu mir, verlangte meine Peitsche und versetzte mir drei Hiebe, die mir durch Hemd und Fleisch gingen. Als er sie mir zurückgab, sagte er vor sich hin: ›Für den Liebhaber!‹ Ich mache es nicht so, Nicolas! Aber ich sage dir: Denk nicht ans Heiraten, bevor du ein Mann bist und eine Frau ernähren kannst. Ich will nicht, dass du beim Ackerbau bleibst. Du sollst eine Lehre machen – im Handel oder in einem Handwerk, in Auxerre oder vielleicht sogar in Paris, aber ich neige zu Auxerre. Der Gerichtsvollzieher von Vermenton, Monsieur Ladrée, hat neulich von Monsieur Parangon gesprochen – dem Drucker in Auxerre. Bei ihm würden wir dich gern unterbringen. Er hat die Tochter eines Freundes von mir geheiratet. Da wirst du gut aufgehoben sein. Es ist ein ehrenwerter Beruf, und was du bis jetzt gelernt und studiert hast, wird nicht vergeblich gewesen sein.

Mein Junge, dir scheint die Landarbeit wirklich zu gefallen. Aber abgesehen davon, dass du hier noch drei Brüder und drei Schwestern hast, die jünger sind als du, die älteren gar nicht gerechnet, habe ich nicht den Eindruck, dass du wirklich geschaffen bist für eine so mühselige Arbeit, die mein ehrenwerter Vater nicht vertragen hat und die auch mich vor der Zeit zermürbt hat. Was ich mir früher gewünscht hätte, dass man es für mich täte, das tue ich nun für dich. Ich wäre in der Stadt bestimmt glücklicher gewesen – mit Mademoiselle Pombelins, von der du mich schon sprechen gehört hast. Eines Tages wirst du eine ebenso gute oder ungefähr so gute Partie machen, wenn du dich nur gut aufführst. Du hast die jüngste von Madame Parangons jüngeren Schwestern gesehen. Eines Tages wird sie viel reicher sein als ihre Schwestern. Sie ist schön und vor allem gut erzogen, und ich habe Grund zu der Annahme, dass du dir eines Tages Hoffnungen auf sie machen kannst, wenn du etwas aus dir machst. Also, mein Junge, denk nicht mehr an ein Leben auf dem Lande. Als Vater muss ich mich an den eigenen Verstand halten, um meine Kinder zu leiten und ihnen eine Stellung zu verschaffen, die zu ihnen passt.«

Zwei Tage nach den väterlichen Ratschlägen begleiteten mich meine Eltern zu Colettes Vater nach Vermenton, um mich Monsieur Parangon vorzustellen. Ich war sehr befangen, aber das Durcheinander wegen der Hochzeitsfeier kam mir gelegen. Ich sah Mademoiselle Fanchette, und was mein Vater mir über sie gesagt hatte, hielt mich davon ab, das Kind zu spielen, wie ich es sonst gewohnt war, wenn ich jungen Damen aus der Stadt begegnete. Fanchette war zwölf, und ich fand sie sehr hübsch.

In diesem Augenblick erschien Colette, umgeben von fünf oder sechs Grazien, darunter eine sehr muntere aus Paris und eine mit imposanter Figur aus Auxerre, die übrigen aus der Umgebung. Als ich Madame Parangon erblickte, empfand ich für sie all das, was mir Jeannette eingeflößt hatte, und obendrein etwas, das ich bei Jeannette nie gefühlt hatte – Verlangen. Ich spürte, wie mein Herz ihr zuflog. Meine Vorstellung vom Glück und der Gedanke, unter ihrem Regiment in ihrem Haus zu leben, verschmolzen miteinander. Sie sah mich an. Die schönen Augen, die sich auf mich richteten, schienen mein Dasein zu veredeln. Gott! Was für eine majestätische und zugleich gutherzige Miene! Ich nahm Jeannette in das himmlische Bild auf, das sich meinem Herzen einprägte. Ich bebte vor Freude. Nichts beunruhigte mich mehr als die Furcht, ihr zu missfallen. Und plötzlich wurde ich so sehr zum Mann und vernünftig, dass selbst meine Eltern staunten, vor allem als mich sechs Fräulein umringten. Nur die Pariserin machte mich ein wenig unsicher mit ihren allzu kühnen Blicken und ihren zweideutigen Fragen. Ich errötete und senkte den Blick (aber nichts stand mir besser). Die jungen Frauen lachten zwar darüber, aber Madame Parangon sagte zu ihnen im Flüsterton: »Also, wenn euch das nicht rührt, verstehe ich gar nichts mehr! Eines Tages werdet ihr dasitzen und über die sarkastischen Bemerkungen irgendeines dreisten Stutzers jammern!«

Monsieur Parangon war eingetreten, und man stellte mich ihm vor. Nach dem Gesichtsausdruck urteilend, den seine Frau mich soeben annehmen ließ, schätzte er mein Alter auf dreiundzwanzig Jahre. Man versicherte ihm, ich sei erst sechzehneinhalb. Meine Erwägungen, alles, was ich tat und was ich sagte, gewann an Ernst. Colette hatte einen anderen Menschen aus mir gemacht – in einem einzigen Augenblick, mit einem Wimpernschlag! Glückselige und unheilvolle Leidenschaft, warst du die Liebe? Warst du eine noch edlere Empfindung? – Mein Leser, Sie werden eines Tages das Urteil fällen. Und mir scheint, ich verspreche Ihnen nicht zu viel, wenn ich sage, dass Ihnen hier Geschehnisse bevorstehen, die Sie erstaunen werden. Monsieur Parangon war bereit, mich einzustellen. Mitte Juli sollte ich anfangen.

VIERTE EPOCHE

Meine Lehrzeit.
Madame Parangon.
1751 – 1755

Non equidem totam possum defendere culpam;
Sed partem nostri criminis error habet.
Ovid, *Tristia III,* Elegie 5, v. 51–52.*

Um drei Uhr morgens, am 14. Juli, rief mich mein Vater: »Nicolas? (Mir ist, als würde ich ihn noch heute hören.) Nicolas?«

»Was ist denn, Vater?«

»Ich sehe das erste Licht des Tages.«

»Ich stehe schon auf, Vater.«

Und ich stand auf, ganz verwirrt, mit Herzklopfen, denn der Tag war gekommen, an dem sich alles in meinem Leben ändern sollte. Am Abend dieses Tages würde ich mich in einer ganz anderen Lage befinden als an diesem Morgen. Solche Gedanken gingen mir durch den Kopf, während ich mich anzog.

Meine Mutter sagte: »Lieber Junge, du musst früh aufbrechen, damit du rechtzeitig ankommst. Man weiß ja nie, was einen unterwegs aufhalten kann. Es sind sieben lange Meilen von hier bis in die Stadt!«

»Er wird vor Mittag dort sein«, sagte Edme Rétif. »Also beruhigen Sie sich.«

»Umso besser, da wird er der großen Hitze entgehen, der arme Junge! Und auch der Esel seiner Tante wird nicht so erschöpft sein...«

Zum Frühstück verschlang ich zwei frische Eier und trank einen großen Becher Weißwein. Mein Vater sattelte mir eigenhändig mein Grautier. Wir luden ihm mein Gepäck auf, und dann machte ich mich, von den Tränen meiner Mutter beträufelt, auf den Weg. Mein

Vater kam mit mir bis zu der Anhöhe von Vézehaut. Er verließ mich erst, als es heller Tag war.

»Nicolas!«, sagte er. »Du gehst in die Stadt. Bedenke, du nimmst meinen Namen dorthin mit, der hier dank meines ehrwürdigen Vaters und all unserer Ahnen in hohen Ehren steht. Denk immer daran! Drei Dinge gibt es, die ich nicht ertragen könnte, ohne dass mir das Herz bricht: Unredlichkeit, Ausschweifung und die Ehe mit einem durch Dienstbarkeit in der Stadt erniedrigten Mädchen. Vergiss das nie! In unserer Familie hat man die Arbeit immer geliebt, und auch du liebst sie. Dazu brauche ich dir nichts zu sagen. Aber die Stadt kann einem das Herz verderben, wenn man selbst ein schlechter Kerl ist. Denk an das Lob, das dir der gute Vetter Droin aus den Dörfern am Fluss* gespendet hat, und daran, dass unsere ganze Familie auf dich blickt. Adieu, mein Sohn. Gott segne dich. Möge er auch den Segen bekräftigen, den ich gestern über dich gesprochen habe.«

Bei diesen Worten kniete ich nieder, senkte den Kopf und weinte. Und als ich mich wieder erhob, sah ich meinen Vater, der sich aus einer Entfernung von schon mehr als zwanzig Schritten noch einmal nach mir umsah und die Hände um meinetwillen zum Himmel hob, bevor er zwischen den Hecken am Rand des Weges verschwand.

Ich musste meinem Gepäck nachlaufen, denn der Träger war inzwischen einfach weitergegangen. Schließlich gelangte ich in das Vallon de la Fée, ein finsteres Tal, das den Wanderer mit einer Art von heiligem Schrecken erfüllt. Auf dem Hügel ragte die Ruine eines alten Turmes in die Höhe. Am Waldrand sah ich den ersten Ginster blühen. Im Tal nahmen die hohen, dicht stehenden Bäume fast alles Licht weg. Ich war trunken vor Freude, denn meine Seele findet an allem ihren Genuss. Bald jedoch schnürte sich mir das Herz wieder zusammen bei dem Gedanken, dass ich von nun an mit lauter Unbekannten zusammenleben sollte, mit Städtern, die mich schon immer eingeschüchtert hatten. Ich wurde traurig. Doch als ich das Tal verließ, ermutigte mich der Gedanke an Madame Parangon. »Vorwärts, vorwärts, Martin«, rief ich, »schneller – ich will sie endlich sehen!«

Ach, wie betrübt wäre ich gewesen, wenn ich gewusst hätte…! Aber ich will nicht vorgreifen. Noch vor neun Uhr kam ich nach Saint-Bris und machte eine kurze Rast. Dann ging ich weiter der Stadt entgegen, wo ich gegen elf Uhr ankam.

Lieber Leser! Was für ein Wendepunkt in meinem Leben! Er teilt es in zwei vollkommen verschiedene Abschnitte! Plötzlich bin ich mein eigener Herr, was die Sitten und das Betragen angeht. Ich, der ich mich bisher so beengt gefühlt hatte – durch meine Brüder und auch bei meinen Eltern! Ich, der ich die Frauen nur mit Zittern ansehen konnte, bin plötzlich in einer Stadt, wo die Häuser nicht abgesondert voneinander stehen, wie das Pfarrhaus in Courgis oder das Hofgut La Bretonne. Sie stoßen aneinander, und sie sind voll hübscher Mädchen (wegen der Blässe und der Art, wie sie sich zurechtmachten, fand ich nämlich alle Mädchen hübsch, als ich in die Stadt kam). Ich, der ich so leicht erregbar war, befand mich plötzlich inmitten von allem, was die Leidenschaften entflammen kann.

Bei Monsieur Chambonnet, dessen Adresse ich hatte und bei dem ich ohnehin vorbeikam, erkundigte ich mich nach dem Haus von Monsieur Parangon. Er gab mir seinen Sohn mit, der mich dorthin führte. Ich bewunderte den alten Uhrturm, an dem wir vorüberkamen. Der junge Chambonnet machte mich auf eine Kugel aufmerksam, die die verschiedenen Mondphasen anzeigte, in Schwarz und Gold, je nachdem in welchem Viertel er stand, so ähnlich wie die Uhr an der Sorbonne in Paris. Ich war entzückt!

Schließlich stand ich vor der Tür von Monsieur Paragon. Chambonnet, beherzter als ich, stellte mich einer großen, hübschen Frau vor, die ich, weil ich die Augen gesenkt hielt, für Madame Parangon hielt. Doch bald bemerkte ich meinen Irrtum und sah, dass sie zu den Fräulein gehörte, die mich an dem Tag, als ich Monsieur Parangon vorgestellt worden war, ausgelacht hatten.

Ich lud meine Bündel allein ab, ohne dass mir dieses Fräulein die geringste Aufmerksamkeit schenkte. Ich fand es ziemlich unfreundlich, dass sie niemanden herbeirief, der mir hätte helfen können. Aber dann besann ich mich auf die Ratschläge, die man mir mit auf den Weg gegeben hatte. Chambonnet führte Martin zurück. Ich wusste nicht, wie es weitergehen sollte. Niemand sprach mit mir. Als das große Fräulein sich von ihrem Platz erhob, war ihr mein Gepäck im Weg.

»Soll das etwa alles hier so liegen bleiben?«, rief sie verächtlich.

»M…ad…dame, ich weiß nicht, wohin ich es bringen soll.«

»Da hinüber!«

Sie deutete auf eine Glastür, die in den Hof führte. Dort half mir dann ein freundliches, hübsches Mädchen, die Köchin, die gesehen hatte, wie ich meine Bündel herbeischleppte. Sie deutete nach einem Zimmerchen über den Latrinen und sagte: »Wir bringen alles dort hinauf. Das ist die Lehrlingskammer.« Sie rief nach Boudard, der mein Zimmergenosse war, und dem Hausdiener Tourangeot. Beide kamen hastig herunter und halfen mir, mein Gepäck nach oben zu schaffen. Nachher erboten sie sich, mir die Druckwerkstatt zu zeigen. Ich dankte ihnen. Aimée ihrerseits brachte mir zur Erfrischung ein paar Kleinigkeiten, um die Zeit bis zum Mittagessen zu überbrücken. Die Freundlichkeit dieses hübschen Mädchens berührte mich sehr, und ihr gefiel, wie ich ihr dies deutlich machte.

Ich wollte dem jungen Chambonnet nachlaufen, der Martin zum Haus seines Vaters zurückbringen sollte. Doch da erschien Monsieur Parangon und hinderte mich daran. Ich begrüßte ihn. Er erwiderte nur: »Ach, da sind Sie ja! Denken Sie daran, immer Ihre Pflicht zu tun!« – und wandte mir wieder den Rücken zu.

Als das Essen serviert wurde, sagte das große Fräulein zu mir: »He, da! Der Lehrling in die Küche!« Ich ging in die Küche, die im hinteren Teil des Hofes lag. Monsieur Parangon, der bei seinem Schwiegervater so höflich gewesen war, schien mir keine Beachtung zu schenken. Der Werkstattleiter und die Arbeiter kamen nach unten. Der andere Lehrling und der Hausdiener gesellten sich zu mir. Die Köchin brachte uns den Rest der Suppe und sagte zu dem Bediensteten, er solle das Essen servieren. Der schlürfte seine Suppe zu Ende und machte sich an die Arbeit. Beim Essen sprach Boudard zu mir schlecht über Tourangeot. Aimée, die diesen Namen wirklich verdiente, erklärte mir lachend: »Sie müssen das als Kompliment auffassen, Monsieur Nicolas. Monsieur Boudard glaubt an Ihre Diskretion.«

Die feinsinnige Bemerkung bekräftigte die hohe Meinung, die ich von Aimée hatte. Das Essen war ganz gut. Ich hatte großen Hunger, und es war mir völlig gleichgültig, ob ich ihn in der Küche oder am Tisch des Meisters stillte. Im Gegenteil, in der Stimmung, in der ich war, fühlte ich mich hier sogar wohler. Während wir aßen, fragte ich Boudard, der aus Vermenton stammte – er war ein Sohn von Monsieur Boudard La Grenouillère, einem Landvermesser, der mit meinem Vater befreundet war –, wer die Dame sei, die ich für Madame Parangon gehalten hatte.

»Das ist Mademoiselle Manon Gauthier, eine Schwester von Monsieur Gauthier in Préhy, dessen Mutter eine Quatrevaux war. Sie ist eine Cousine von Madame, die sich zurzeit in Paris aufhält.«

»In Paris!«, sagte ich ganz erschüttert. »Aber Monsieur Gauthier aus Préhy ist ein Vetter vierten Grades von mir.«

Tourangeot kam zurück.

»Ach, davon weiß sie nichts, denn eben hat sie Monsieur Parangon gefragt: ›Wer ist denn dieser Junge, der da vorhin gekommen ist?‹ Und der hat geantwortet: ›Ein Lehrling, den mein Schwiegervater mir verschafft hat.‹«

Ich wäre untröstlich gewesen, wenn diejenige, die mich so unfreundlich empfangen hatte, Madame Parangon gewesen wäre.

Nach dem Essen wollte ich nachsehen, wie Martin untergebracht war, der meiner Tante gehörte. Einfältig und gutmütig, wie ich war, glaubte ich, man müsse hierzu die Erlaubnis von Mademoiselle Gauthier einholen, und bat sie darum in diesen Worten: »Ist es recht, Mademoiselle, wenn ich meinem Esel einen Besuch mache?«

»Nur zu«, sagte sie spöttisch. »Um seinesgleichen soll man sich immer ganz besonders kümmern!«

Ich war ein bisschen ratlos. Überall war man mir bisher höflich begegnet. Mademoiselle Gauthier war die Erste, die es daran fehlen ließ. Das Herz wurde mir schwer, und unterwegs kamen mir fast die Tränen. Bei meiner Rückkehr war es noch schlimmer. Ich hörte, wie sie zu Monsieur Parangon sagte: »Und Ihr Bauer, der mich um Erlaubnis gebeten hat, *seinem Esel einen Besuch zu machen* – ha, ha, ha!« Das Übrige konnte ich nicht verstehen.

Zum ersten Mal ging ich hinauf in die Druckerei. Mein Kamerad Boudard hieß mich willkommen. Mir war alles neu, und ich machte ein so überraschtes Gesicht, dass die Arbeiter mich auslachten. Jeder bedachte mich mit einer Zote oder sonst einer Bemerkung der unflätigsten Art – vor allem die Frau des Gesellen Yeury, eine Cousine von Monsieur Parangon, eine gutaussehende, ein bisschen halbseiden wirkende Blondine, und eine gewisse Manon Vernier, eine Pariserin, ebenfalls eine Cousine, Tochter eines Schriftgießers, die beide zufällig da waren.

»Der wird sich lange halten!«, sagte die erste.

»Warum?«, fragte ein Arbeiter namens Chenou.

»Na, weil er so neu aussieht!«, antwortete die Manon aus Paris. Der Leser ahnt, dass ich wie ein Abbé vom Lande gekleidet war, ein Aufzug, der leicht ein bisschen lächerlich wirkt. Außerdem blickte ich ganz arglos drein, was diese Leute für ein Zeichen von Einfalt gehalten haben müssen. Ein gewöhnlicher Bauer mit dieser Miene fällt nicht weiter auf. Bei dem erwartet man nichts anderes. Aber das Gewand eines Magisters deutet auf einen gewissen Ehrgeiz hin, der zu einer einfältig wirkenden Person nicht recht passt.

Das war aber nicht der einzige Grund für all die demütigenden Bemerkungen, die ich zu hören bekam. In allen Berufen fällt es den Gesellen schwer, sich mit Neuankömmlingen anzufreunden, die nun das Brot mit ihnen teilen sollen. Deshalb tun sie alles Erdenkliche, um ihnen die Sache zu verleiden. So kommt es, dass wenigstens ein Drittel von ihnen sich wieder zurückzieht, um nachher in einem anderen Beruf das Gleiche noch einmal durchzumachen. Aber dieser

Verdruss härtet den Lehrling auch ab. »Was für Leute!«, dachte ich bei mir. »Und dennoch – Monsieur Boudard de la Grenouillère, dessen Frau von Stand ist, hat seinen Sohn schließlich auch hier untergebracht. Warum soll ich dann nicht auch hier sein? Sein Vater ist genauso geachtet wie meiner – er ist sogar noch mehr *Monsieur* als meiner.« So tröstete ich mich im Stillen und machte mir Mut. Was mich allerdings erstaunte, waren einige Arbeiter an den Druckpressen, die aussahen, als gehörten sie zu den Ärmsten der Armen. Boudard sah meine Verwunderung und flüsterte: »Das sind lauter Lümmel.« Als ich an der Presse von Chenou vorüberging, der ein großer Redner und ein kleiner Arbeiter war, nahm er meine Hand und sagte zu den anderen: »Der braucht doch dringend Eisenhandschuhe.« Es ging um einen Streich, den mir diese Burschen spielen wollten, aber davon sagte mir mein neuer Kamerad nichts.

Die erste Arbeit, die Boudard als mein unmittelbarer Vorgesetzter, dem man meine erste Ausbildung übertragen hatte, mich tun ließ, behagte mir nicht sonderlich. Ich hatte mir ausgemalt, wie ich von nun an ein ehrenwertes Gewerbe auf vornehme Weise betreiben würde. Stattdessen sollte ich »den Müll besorgen«, das heißt, aus dem Kehricht die Lettern hervorklauben, die den Setzern bei der Arbeit auf den Boden gefallen waren und die der Werkstattfeger (der von nun an niemand anderer sein würde als ich) übersehen hatte. Dann sollte ich diese Lettern, ohne Wörter daraus zu setzen, in einen Winkelhaken fügen und nachher zurück in die Setzkästen sortieren oder »ablegen«. So begann ich denn mein Handwerkerleben mit der Nase im Staub, ungefähr so wie die Aschehändler in Paris. Hierbei erwiesen sich die Ratschläge, die mir meine Eltern mit auf den Weg gegeben hatten, als sehr nützlich, indem sie mir halfen, all meine Pflichten mutig in Angriff zu nehmen und das Abstoßende, das womöglich mit diesen Pflichten verbunden war, nicht zu beachten. Ich stellte mir sogar vor, wie vergnüglich es wäre, wenn ich im Familienkreis meinem Vater, meiner Mutter, meinen sechs jüngeren Brüdern und Schwestern von meiner Tätigkeit erzählen würde, wenn ich mich all dieser niedrigen Arbeiten rühmen und die Kleinen in Staunen versetzen und zum Gehorsam anleiten könnte. Beim Fegen der Werkstatt ließ ich mir die Ratschläge von Monsieur Antoine Foudriat durch den Kopf gehen und sagte mir zu meinem Trost: »Ich füge mich.«

Wie gesagt, die Lehrlinge sind den Arbeitern unterstellt, und die schonen sie nicht. So bekam ich es denn mit ebenso vielen Meistern zu tun, wie es Gesellen gab, und kaum dass ich meinen Platz gefunden hatte, musste ich ihnen allen auch schon gehorchen. Von morgens bis abends wurden mir nutzlose, ungerechte, lächerliche, manchmal auch verbrecherische Befehle erteilt. Ich musste mich nämlich nicht nur um sämtliche wirklichen Bedürfnisse, sondern auch um alle möglichen phantastischen Einfälle der zweiunddreißig Arbeiter, des Meisters, zweier Frauen, meines Kameraden und schließlich auch noch des Hausdieners kümmern, der mich an seiner Stelle das Wasser schleppen ließ. Ich musste ausgehen und für die Mahlzeiten und den Imbiss sorgen, musste den Wein, mit dem sie sich volllaufen ließen, und den Tabak herbeischaffen und alles andere auch. Aber damit nicht genug: Ich musste für diese *Herren* auch noch den Merkur spielen und ihre eroti-grobiano-lümmelantischen *Billets doux* an Geliebte überbringen, deren ich mich abgrundtief geschämt hätte. Aber das Beste war, wenn diese Herrn Bücherdrucker gar nicht schreiben konnten, wie etwa ein gewisser Billom aus dem Limousin, oder wenn sie nicht diktieren konnten, wie alle anderen, außer zweien. Denn dann musste ich ihre Landsknechtskomplimente auch noch aufschreiben oder eben mündlich überbringen und sie mal einer Wäscherin, mal einer Küchenhilfe über ihrem Spülbecken erklären. Mein Kamerad Boudard war von einer gewissen Babet, einer Büglerin, mal verprügelt worden, weil er ihr die leidenschaftlichen Ausdrücke des Flamen Rüttot allzu buchstäblich übermittelt hatte.

Der Lehrling stand noch unter dem Sklaven und besaß für diese Leute weder Seele noch Empfindung, noch Schamgefühl. Er war bloß ein schäbiges Werkzeug, dessen sich der Geselle nach Belieben bediente. Dieser Lehrling konnte sich noch glücklich schätzen, wenn er es bei all den schändlichen Aufträgen am Ende nur mit einer von drei Alternativen zu tun bekam: Prügel von den eigenen Eltern oder von dem Arbeiter, weil er dessen Auftrag nicht wunschgemäß ausgeführt hatte, oder vom Meister. Er konnte es obendrein aber auch noch mit der Justiz zu tun bekommen!

All diese Leute hatten nicht die mindeste Vorstellung von guten Sitten, aber ich wunderte mich nicht mehr darüber, als ich begriff, dass eine solche Lehre eher den Weg ins Laster, in die Niedertracht und den schändlichsten Zynismus weist, als den zu einem ordentlichen Beruf eröffnet. Mein Kamerad Boudard hatte einen vorzüglichen Charakter, bevor er zu Monsieur Parangon kam, und auch nachher wieder, als sich seine Fertigkeiten vollkommen entwickelt hatten. Zwischendurch jedoch wurde er zu einem kleinen, mit allen Wassern gewaschenen Ungeheuer. Tourangeot hatte als »Tartar«, als Pferdeknecht, bei der Armee in Flandern seinem Herrn beim Vergewaltigen und Plündern geholfen. Ungerührt erzählte er uns, wie dieser Herr, ein gewisser Jeaurat aus Vermenton, ihm die Bauerntöchter, an denen er sich schon sattgeliebt hatte, bisweilen überließ – nämlich dann, wenn es ihm nicht gelang, den Eltern dieser Unglücklichen ein Lösegeld abzupressen; wie er, Tourangeot, dann eine von ihnen hatte heiraten wollen und wie ihn deren Familie, als die Armeen abgezogen waren, beinahe umgebracht hätte. Dieser Tourangeot war nun der Günstling des Meisters, der sich vorgenommen hatte, ihn mit einem seit langem im Haus beschäftigten Dienstmädchen namens Marie zu verheiraten, das zu verführen dem Meister nur gelungen war, weil er ihr diese Aussicht eröffnet hatte. Das alles war Boudard wohlbekannt, und es gehörte mit zum Ersten, was er mir mitteilte. Die tiefe Verwunderung, in die ich dabei geriet, ließ mich wieder einmal dumm aussehen.

Doch kaum dass sich dieser junge Mann aus dem Sklavenstand des Allerletzten in der Reihenfolge befreit sah, da machte er auch schon gemeinsame Sache mit den Arbeitern und begann, mich zu piesacken. Er studierte meine Schwächen, meine lächerlichen Seiten und machte die anderen auf sie aufmerksam, um mich mit Hohn und Spott zu überhäufen. Sogar der Tartar machte dabei mit. Ich staunte darüber, wie es geschehen konnte, dass sich die Dummheit über mich lustig machte, obwohl sie meine Überlegenheit genauso spürte wie ich selbst.

Man weiß, es gibt in vielen Berufen allerlei Gebräuche, bei denen die Neulinge auf eine grausame oder spaßhafte Probe gestellt werden, und nachher gelten sie dann nicht länger als Grünschnäbel. Den frischgebackenen Druckerlehrlingen machte man weis, sie benötigten in ihrem Beruf Eisenhandschuhe. Nun kann aber auch ein junger Mann, der kein Dummkopf ist und in seinem neuen Gewerbe jeden Tag hundert unbekannte Ausdrücke hört, durchaus glauben, *Eisenhandschuh* sei ein Fachbegriff. Boudard, dem ich noch ganz und gar vertraute – schließlich war er der Sohn von einem Freund meines Vaters –, machte den Vorschlag, auch mir diesen Streich zu spielen.

»Er wird nicht darauf hereinfallen!«, sagten die Arbeiter. »Ein Bursche in seinem Alter!«

»Ihr ahnt nicht, was für ein Grünschnabel der noch ist«, erwiderte mein hinterhältiger Kamerad.

So kam er denn zu mir, während ich mit meinem Müll beschäftigt war, und sagte mit gleichgültiger Miene: »Monsieur Nicolas, Sie müssen zum Schlosser gehen, er soll diese Maske hier reparieren. Und wenn Sie schon mal dort sind, können Sie sich auch gleich Maß nehmen lassen für Ihre Eisenhandschuhe, denn sonst könnte es passieren, dass Sie sich beim Drucken an der Presse die Finger verstümmeln.«

Er gab mir die Maske, und ich machte mich auf den Weg. Bei dem Schlosser bestellte ich dann auch die Handschuhe.

»Ach ja!«, sagte dieser Mann. »Da muss ich aber erst mal Maß nehmen bei Ihnen!«

Er suchte einen Streifen Blech, machte an jedem Ende zwei Löcher, bog ihn mir um das Handgelenk und dann, als ich gerade mal nicht hinsah, schob er zwei Eisenstifte durch die Löcher und vernietete sie.

»Zeigen Sie ihnen das, ob es so geht.«

Ich kannte mich mit den Einzelheiten in meinem Beruf noch nicht aus. Warum sollte ich da nicht glauben, dass dieses Armband notwendig sei? Auf dem Rückweg kamen mir aber doch Zweifel: »Ein Eisenarmreif, wozu soll der gut sein? Aber er hat ihn vernietet! Ach was, das ist ein Streich, wie er zu diesen Grobianen passt!«

Mühsam entfernte ich das Blechband und kehrte nach Hause zurück. Aber ich hatte solche Angst vor diesen Rohlingen, dass ich lieber ihr dummes Gelächter über mich ergehen lassen wollte, als irgendetwas wirklich Notwendiges zu versäumen. Deshalb behielt ich den Reifen in der Hand.

Sämtliche Arbeiter und allen voran Boudard, dieser Spitzbube, der mir unbemerkt gefolgt war und gesehen hatte, wie mir das Blech angenietet worden war – alle standen an den Fenstern, die auf den Hof der Druckerei gingen, und erwarteten mich. Sowie ich auftauchte, stimmten sie ein ungeheures Geschrei an, mit Johlen und Buhen und großem Tamtam. Jetzt hatte ich keine Zweifel mehr. Ich betrat die Feuchtkammer und warf den Blechring die Kellertreppe hinunter. Dort konnte keiner sehen, dass ich kurz stehen blieb. Ich ging dann sofort hinauf in die Druckerei – und hatte die Hände frei. Die Lacher sahen mich prüfend an. Boudard war verblüfft. Ich sagte nichts, ließ mich von dem Trubel nicht verrückt machen, sondern benahm mich, als wäre nichts gewesen. Boudard, dieser Kindskopf, kam von seinen Albernheiten nicht los und lief zurück, um sich bei dem Schlosser zu erkundigen. Der antwortete ihm: »Wenn er ihn am Arm hatte, habe ich ihn angebracht. Wenn nicht, hat er ihn entweder abgenommen oder ich habe ihn nicht angebracht. Aber an dem, was er zu mir gesagt hat, habe ich schon gemerkt, dass er gewitzter ist als Sie, mein Lieber, der Sie hier den Schlaumeier spielen wollen.

Also, sehen Sie nach, ob er ihn sich nicht über den Ellbogen geschoben hat.«

Voller Wut auf den Schlosser kam Boudard zurück. Er berichtete, was ihm der Schlosser gesagt hatte, und die Arbeiter regten sich furchtbar auf. Sie glaubten, der Schlosser habe mir etwas verraten. Sie drohten sogar, ihm keine Aufträge mehr zu geben. Da gab ich denn doch gutmütig zu, dass er mir das Blechband ans Handgelenk genietet hatte. Als ich dann aber bei der Rückkehr ihr Gelächter gehört hätte, hätte ich es in den Keller unter der Feuchtkammer geworfen.

»Was für ein Blödian!«, riefen alle.

»Und doppelt blöd, es dann auch noch zuzugeben!«, sagte der Koloss, der sich Yeury nannte.

Ich wusste, dass der Grund für mein Geständnis das Fassungsvermögen dieser Leute überstieg. Deshalb begnügte ich mich mit einem geringschätzigen Blick und fegte weiter meinen Müll zusammen.

Der Zufall rächte mich an Boudard, und zwar dreimal. Drei Tonnen Müll hatte ich durchsucht, hatte dann gelernt, wie ein Setzkasten eingeteilt ist, und hatte schließlich ungeheuer viele krumme, korrodierte Lettern herausgesucht. Nachdem ich sie gesäubert hatte, füllte ich damit die Setzkästen wieder auf, während die Setzer ein Besäufnis veranstalteten. Bei ihrer Rückkehr freuten sie sich, dass ihre Kästen voll waren. Aber als sie dann die vielen krummen und korrodierten Lettern fanden, begannen sie zu schimpfen und hätten mir, obgleich der Werkstattleiter dagegen war, wohl eine Tracht Prügel verabreicht, wenn nicht der Druckherr nach oben gekommen wäre. Die Sache klärte sich auf: Der faule Boudard hatte ein oder zwei Jahre lang seinen Kehricht nur angehäuft, um ihn dann seinem Nachfolger zu überlassen. Er ganz allein wurde für schuldig befunden und streng bestraft. Mich ließ man von nun an im Lager arbeiten, und Boudard, der schon stolz und frei herumlief, sank erneut in die Sklaverei zurück.

Schließlich, und das wurmte ihn am allermeisten, sollten wir beide beim Satz der lateinischen *Canones* für das *Martyrologium* mitarbeiten, das sich gerade im Druck befand. Hierbei musste man auf die Betonung achten. Auf meinen acht Seiten von insgesamt vierundzwanzig – Boudard besorgte die übrigen sechzehn – unterliefen mir ein paar Satzfehler. So setzte ich die Ligaturen – fl, ffl, fi, ffi, st, ct, fb und so weiter – aus zwei oder drei Lettern zusammen. Aber alles andere war richtig. Boudard brachte den fertigen Fahnenabzug nach unten zum Meister. Sie lasen. Der Meister sah vor sich einen Ameisenhaufen von Fehlern und fragte nach den Seiten, die von mir stammten. Schließlich erkannte er sie an meinen Anfängerfehlern. Nachdem er die Fahnen durchgesehen hatte, zeigte der strenge Parangon meine acht Seiten seinem ehemaligen Lehrling, schlug sie ihm um die Ohren, und als Boudard den Raum verließ, beschleunigte er dessen Abgang noch mit einem Tritt in den Hintern. Heulend kam mein Kamerad zurück. Der Werkstattleiter fragte ihn, was los sei.

»Ich habe die Schläge für *seine* Eseleien bekommen«, antwortete er.

»Das würde mich wundern! Der Dienstherr weiß doch, dass Nicolas zum ersten Mal etwas setzt und dass man da nichts Vollkommenes erwarten kann, und Ihnen kann er daraus erst recht keinen Vorwurf machen.«

Boudard wollte die Fahnen nicht herzeigen. Aber Monsieur Parangon, der den kindischen Stolz von Monsieur de La Grenouillère kannte, war ihm heimlich gefolgt.

»Nein, nein!«, rief er mit einer – nach dem Zittern meines Kameraden zu urteilen – furchterregenden Stimme. »Nicht wegen irgendwelcher Eseleien von Nicolas habe ich diesen Burschen gezüchtigt, sondern wegen seiner eigenen, unverbesserlichen Eselei, seiner Unachtsamkeit, nichts wie Faulheit und Unverstand, eine Null!«

Gleichzeitig rief er alle Setzer zusammen.

»Jetzt zeigt mir bitte mal«, sagte er und legte ihnen die Fahnen vor,

»welche Arbeit von dem Lehrling stammt, der seit einem Tag hier ist, und welche von dem Lehrling, der seit vier Jahren hier ist!«

Alle erkannten es sofort an meinen Anfängerfehlern. Ansonsten überraschte sie meine Korrektheit.

»Es liegt daran, dass er Latein kann«, sagten sie untereinander, denn ich hatte es besser gemacht als alle Gesellen, ausgenommen Degout und Fusier. Dieser Auftritt verschaffte mir ein gewisses Ansehen bei den Setzern und sogar bei den Druckern, die allerdings behaupteten, im Grunde beweise dies alles nur, dass ihre Arbeit eben schwieriger sei als die der Setzer.

Aber was brachte mir der gute Ruf, den ich da erworben hatte? Na ja! Seit man mich für intelligent hielt, musste ich sämtliche Liebesbriefchen dieser Herren auch schreiben und sie ihren Grazien oft auch noch zustellen. Und das war nun wirklich ein schmutziges Geschäft. Diese Frauen waren hässlich und liederlich und lebten in den abscheulichsten Verhältnissen.

Es verging kaum eine Woche, in der ich nicht jeder dieser Schönen, auch den widerwärtigsten unter ihnen, im Auftrag ihrer Liebhaber einen Brief aufsetzen und überbringen musste. Diese Taugenichtse kamen einfach und zwangen mich, meine Arbeit liegen zu lassen: »Los, Abbé – hier, ein Brief! Schön locker und gepfeffert oder fromm und ehrbar oder vernünftig und respektvoll!« Da musste ich denn nicht nur diese wilden Tiere zufriedenstellen, indem ich die Schlüpfrigkeiten, die sie sich ausmalten, in eine Form brachte – ich musste auch aufpassen, dass mich der Druckherr nicht erwischte. Er hätte mich wegen Zeitverschwendung bestraft, und nachher wäre mir auch der Arbeiter noch zu Leibe gerückt, weil ich seinen Auftrag nicht ausgeführt hatte.

Mein Lehrvertrag sollte erst nach einer Probezeit von zwei Monaten geschlossen werden, und weil die vier Jahre erst vom Tag der Unterzeichnung an gezählt wurden, war mir daran gelegen, diese Prozedur abzukürzen. Ich bekam die Erlaubnis, meinen Vater zu holen. Ich hütete mich, bei dieser ersten Heimkehr irgendwelche Klagen laut werden zu lassen, aus Furcht, man könnte denken: ›Der kommt nirgendwo zurecht!‹, und damit meine Brüder nicht triumphierten. Nur aus diesem Grund hielt ich am Beruf des Druckers fest, der dann, wie man noch sehen wird, für meinen Lebensweg entscheidend war. Meine einzige Klage lautete: »Madame Parangon war bei meiner Ankunft in Paris, und sie ist immer noch dort.« Mein Vater und meine Mutter begegneten mir mit großem Zartgefühl, und ich spürte, dass die Befürchtung, meine beiden Brüder könnten am Ende triumphieren, bei ihnen gar nicht erst aufkam, weil ich mich nicht beklagte.

Mein Vater nannte mir den Tag, an dem er auch wegen anderer Angelegenheiten in die Stadt kommen müsse. Dann machte ich mich auf den Rückweg – zum großen Bedauern meiner Mutter, die mir gern ein paar Fragen gestellt hätte. Denn sie bemerkte sehr wohl, dass ich noch etwas auf dem Herzen hatte, wonach mein Vater nicht fragen mochte. Dem erneuten Aufenthalt in der Stadt sah ich nicht mit dem Kummer entgegen, den mir die Rückkehr nach Vermenton früher bereitet hatte. Im Gegenteil, ich verspürte eine freudige Regung. Heimlich und ohne es recht zu bemerken, fing ich an, die Stadt zu lieben.

Die Freude darüber, dass der Vertrag unterzeichnet wurde und meine Lehrzeit nun wirklich begann, wurde durch die Klagen von Monsieur Parangon über meine Faulheit stark gedämpft. Dabei waren sie, wie man gesehen hat, durchaus berechtigt. Aber als ich meinen Vater, der sich und mich soeben bei einem Notar vertraglich gebunden hatte, auf seinem Rückweg ein Stück weit begleitete, glaubte ich, ihm die Wahrheit sagen zu können. Er fragte mich, warum ich vor dem Notar darüber nicht gesprochen hatte.

»Dann wäre alles aus gewesen! Und ich bitte Sie, niemandem etwas davon zu sagen!«

»Ich hätte dich mit zurückgenommen. Und ich würde dich auch jetzt noch mit zurücknehmen, wenn der Vertrag nicht wäre.«

»Ach, Vater! Der Wein ist eingeschenkt, nun muss man ihn auch trinken. Was würden meine Brüder sagen und die anderen Leute? Ich werde mich in Geduld fassen, bis ein anderer Neuer mich erlöst.«

Ich spürte, dass der Grund, den ich zuerst angeführt hatte, Eindruck auf meinen Vater machte. Er lobte meine Entschlossenheit und war, wie mir schien, zufrieden.

Wie gesagt, ich fing an, die Stadt zu lieben, und zitterte bei dem Gedanken, sie verlassen zu sollen! Ich muss Ihnen, lieber, ehrenwerter Leser, den Grund hierfür offenbaren. Es hatte damit zu tun, dass ich nicht so sehr der Liebhaber einer Frau als vielmehr ein Frauenliebhaber war – mehr verliebt in das schöne Geschlecht als in eine Einzelne, so bezaubernd sie auch sein mochte. An meinem neuen Aufenthaltsort sah ich mehr und mehr Möglichkeiten, einer Neigung nachzugehen, die von Tag zu Tag stärker wurde. In meiner Nachbarschaft wohnte auf der einen Seite die liebenswürdige, hübsche Manon Prudhot, die ich bei Madame Jeudy kurz gesehen hatte, an dem Tag des ersten Mittagessens mit unserer Haushälterin Marguerite Pâris; und auf der anderen Seite die drei liebenswürdigen Schwestern Baron, von denen ich noch keiner den Vorzug gab. Allein dieser Beweggrund verschaffte mir meine ganze Entschlossenheit. Und mit wie viel anderen vom gleichen Schlage werde ich es binnen kurzem zu tun bekommen! Auch wird die himmlische Colette aus Paris zurückkehren…

Aber es wird Zeit, von Schmerzen anderer Art zu sprechen, denen ich ausgesetzt war. Ich wollte aber zuvor die schwierigen, eintönigen Anfänge im Druckergewerbe abschließen, die in allen Berufen, wo zahlreiche Arbeiter zusammenkommen, ungefähr die gleichen sind.

Die Abwesenheit von Madame Parangon dauerte nach meiner Ankunft in ihrem Haus noch drei Monate. Man hat gesehen, was mich in dieser für jemanden, der leidet, langen Zeit am Druckergewerbe ärgerte. Hier nun einiges über den Haushalt.

Anfangs regierte dort Mademoiselle Gauthier, eine Cousine vierten Grades von mir, die mich von Anfang an mit ihrer Verachtung beehrte. Lange brauchte ich allerdings nicht unter den Launen dieses großen Mädchens zu leiden. Sie liebte ihren Cousin Robin, den Postmeister, der allerdings verheiratet war. Monsieur Parangon, der wie besessen hinter den Frauen her war, wollte nun aber unbedingt auch die hübsche Stellvertreterin seiner eigenen Frau bezirzen. Doch eine heimliche Leidenschaft schützt den Körper einer Frau besser, als deren Tugend es vermöchte. Als sich Manon Gauthier zu sehr bedrängt fühlte, schrieb sie heimlich an Madame Parangon, ihre Cousine, es sei ihr nicht möglich, »sie noch länger in ihrem Hause zu vertreten, weil der Hausherr eine allzu vollständige Vertretung von ihr verlange«. Madame Parangon, die ihren Gemahl noch gar nicht recht kannte, glaubte, er werde sein eigenes Blut respektieren, und schickte ihm aus Paris jene Manon Vernier, von der ich schon gesprochen habe, eine Cousine ersten Grades von Monsieur Parangon. Nachdem dieses Mädchen eingetroffen war, zog sich Mademoiselle Gauthier zurück.

Die neue Manon war eine kleine Pariserin mit faltigem Gesicht, aber ziemlich hübsch und gegenüber Leuten, die sie *Bauern* nannte, noch unverschämter und herablassender als ihre Vorgängerin. Ich hatte das Pech, ihr zu missfallen. Mit der ganzen Grobheit einer ungebildeten Arbeiterin, unfähig, Vorzüge zu würdigen, an denen keine falschen Brillanten glitzerten, machte sie sich über mich lustig. Eines Tages machte ihr eine Verwandte, Nannette Chindé, eine große Dunkelhaarige aus dem Viertel Le Grandcaire, Tochter eines Bäckers, einen Kuchen zum Geschenk. Manon teilte ihn in mehrere Stücke: eines für Monsieur Parangon, eines für den Werkstattleiter Bourgoin, auch Boudard, Tourangeot und die Köchin bekamen ihr Teil; nur ich, obwohl anwesend, ging leer aus. Tourangeot wollte mich demütigen und fragte sie, warum sie denn mir nichts von dem Kuchen gegeben habe. »Ja, kenne ich den denn überhaupt?«, antwortete sie. Die Unhöflichkeit eines Mädchens, das mir nicht gefiel, fand ich entzückend. Es hätte mir nicht gefallen, ihr etwas schuldig zu sein. Aber ich versteckte meine Genugtuung hinter einer gleichgültigen Miene, die nun sie wiederum kränkte. Sie beschloss, sich dafür zu rächen.

Am gleichen Abend, nach dem Essen, machte sie einen Spaziergang mit Bourgoin und Boudard. Tourangeot lief zu seiner Marie, und ich blieb allein im Saal mit Aimée. Ich nahm ein Buch zur Hand, das mir schon aufgefallen war – Ovids *Briefe der Heroinen* in Latein und mit einer schlechten Übersetzung in französischen Versen. Zuerst las ich still in dem lateinischen Text. Dann, ohne an Aimée zu denken, die sich hinter mich gesetzt hatte, begann ich, die Epistel von *Ariadne an Theseus* laut zu lesen. Ich war gerührt, und meine Stimme hatte den volltönenden Silberklang, den das Empfinden, wie es scheint, an den Kehlkopf übermittelt. Da höre ich mitten im Lesen hinter mir einen tiefen Seufzer! Ich drehe mich um … Es ist die empfindsame Aimée, in Tränen aufgelöst! Als ich zu Ende gelesen hatte, schluchzte sie nur noch.

»Sie sind sehr gerührt, Aimée!«, sage ich zu ihr.

»Aber Sie auch, Monsieur Nicolas! Was für ein Glück haben Leute wie Sie, die lesen können! Sie finden in den Büchern alles, was andere Leute im Herzen haben.«

»Ja! Und noch mehr. Ich habe Gründe, gerührt zu sein – anderswo … gibt es junge Damen…«

»Und dass man Sie so schlecht behandelt wie vorhin diese…«

»Ach, das! Damit muss man sich abfinden, das ist nicht mein größter Kummer!«

»Man hat Sie sehr zu Unrecht gekränkt, heute Nachmittag!«

»Mich! Gekränkt? Aber wie denn?«

»Mir hat es weh getan, am liebsten hätte ich ihr das Kuchenstück, das sie mir gab, zurückgegeben.«

»Aber das wäre nicht recht gewesen, Aimée. Das hätte sich nicht geschickt.«

Sie ging hinaus und kam gleich darauf mit ihrem Stück wieder und wollte, dass ich es äße.

»Das kommt überhaupt nicht in Frage, Aimée! Dieser Kuchen ist völlig unwichtig. Selbst aus Ihren Händen, denen er bestimmt wunderbar gelungen wäre. Ich werde ihn nicht anrühren, aber ich danke Ihnen für Ihre Gutmütigkeit … Gibt es denn etwas, womit ich Ihnen einen Gefallen tun könnte? Sprechen Sie, Aimée, denn Ihren Blicken sehe ich an, dass Sie mir etwas zu sagen haben.«

»Ja, Monsieur Nicolas. Sie sind sanftmütig, anständig, überhaupt nicht spöttisch … und ich hätte … ich möchte Ihnen so etwas wie ein Geständnis machen, das mir schwer auf dem Herzen liegt. Seit Sie hier sind, habe ich Sie beobachtet – es gibt hier keinen, der mehr taugt als Sie, auch der Herr nicht. Ich finde, nur die Herrin hat es verdient, dass Sie hier im Haus sind.«

Sie schwieg. Aber diese Vorrede beunruhigte mich.

»Es ist wegen der Achtung, die mir Ihr Betragen einflößt, dass ich Ihnen meine Lage anvertraue – ich habe jemanden, der mich liebt.« Ich atmete auf. »Er hatte versprochen, mich zu heiraten.«

»Er wird sein Versprechen halten! Sie sind … ein so hübsches Mädchen!«

»Er ist Küfer. Er heißt Châtelain. Er hat mir erklärt, damit sein Vater und seine Mutter einverstanden wären, müssten wir…« Sie errötete und senkte die schönen Augen, und schließlich, nach einem Seufzer, einem Schluchzen und einem Schwall von Tränen, fügte sie hinzu: »Ich bin schwanger!«

»Was kann ich für Sie tun?«

Sie schluchzte.

»Beruhigen Sie sich, meine Liebe! … Was könnte ich denn für Sie tun?«

»Na … schreiben! An Châtelain, der sich nach Joigny verzogen hat, und ihm erklären, dass es, *wenn er will, dass ich sterbe, bloß auf ihn ankommt!*«

»Ja, ich schreibe. Ich werde ihm sofort schreiben – und zwar das, was Sie mir gerade gesagt haben. Besser geht es nicht.«

»Oh, Monsieur Nicolas! Wenn er zurückkommt, verdanke ich Ihnen mein Leben.«

»Liebt er Sie denn?«

»Da bin ich mir sicher.«

»Und ich bin es auch, so tapfer und ehrenwert, wie Sie sind! Aber so ein hübsches Mädchen wie Sie hätte vielleicht doch etwas mehr Zurückhaltung walten lassen sollen.«

»Tja…!« Ihre Antwort bestand aus lauter Tränen. Ich schrieb den Brief und las ihn ihr auf ihr Bitten dreimal vor. Dann lief sie mit ihm zur Post. Châtelain (um es nun kurz zu machen) war so gerührt, dass er, nachdem er den Brief gelesen hatte, sofort zurückkam. Die Vorbereitungen für die Hochzeit begannen, und wenige Tage später verließ Aimée das Haus, um zu heiraten.

Der guten Aimée folgte ein Mädchen, das vielleicht noch besser war. Sie stammte aus Avallon und hieß Tiennette. Sie war bezaubernd … Mein Freund und Leser, ich habe in meinem Leben viele Fehler gemacht, wie Sie im Folgenden noch sehen werden. Aber in jungen Jahren, bevor mich die Stadt verdorben hat, war ich tugendhaft. Die rohen Laster, die ich um mich herum erblickte, verführten mich nicht etwa zur Nachahmung, sondern stärkten in mir die Neigung zur Ehrbarkeit, und außerdem halfen mir die Ratschläge, die mir meine guten Eltern gegeben hatten und weiterhin gaben. Der freundlichen Aimée hatte ich einfach und ohne Hintergedanken einen Dienst erwiesen. Der hübschen Tiennette in ihrer kindlichen Einfalt rettete ich mehr als einmal ihre Tugend. Ohne mich wäre sie verloren gewesen.

Bevor Aimée uns verließ, hatte sie mich gebeten, an Madame Parangon zu schreiben und ihr die Beweggründe für ihren Weggang mitzuteilen. Das tat ich und wagte es, einen kleinen Absatz hinzuzufügen, in dem ich der Empfängerin, die von meiner Ankunft noch gar nichts wusste, meinen Respekt bekundete. Madame Parangon hat nachher sofort ihrem Vater geschrieben, er möge als Ersatz für ein Mädchen, zu dem sie volles Vertrauen gehabt habe, ein braves Mädchen aus dem Morvan* mit soliden Grundsätzen aus ehrbarer Familie in ihr Haus schicken. Denn, so hatte sie hinzugefügt, nur solche Mädchen seien so ehrbar und rechtschaffen, dass man ihnen wirklich vertrauen könne. Tiennette war von ihrer Mutter an das Haus von Madame Parangons Vater empfohlen worden. Dessen Gemahlin war nun bereit, auf sie zu verzichten, so dass Madame Parangons Vater das Mädchen seinem Schwiegersohn schicken konnte.

Als ich sie zum ersten Mal sah, war sie im Hof schon bei der Arbeit. Ich ging hinunter, um eine Kleinigkeit zu essen. Aimée hatte an diesem Tag noch mit uns zu Mittag gegessen. Tiennette war erst gegen drei Uhr angekommen. Aimée übergab ihr noch das abgezählte Silberbesteck, zeigte ihr das Haus und passte mich ab, um mir Adieu zu sagen, bevor sie dann aufbrach. Das Herz wurde mir schwer, als ich dieses gute Mädchen entschwinden sah. Wie eine Schwester hatte sie mich immer wieder mit zahllosen kleinen Aufmerksamkeiten bedacht.

Von Aimée gewarnt, wandte sich Tiennette bald an mich.

»Monsieur Nicolas? Ich bin doch sehr überrascht, dass es hier im Haus so viele Männer gibt. Aber Aimée hat mir schon gesagt, Sie seien ein braver, ehrbarer junger Mann aus Sacy, das ja nur drei Meilen von Avallon entfernt liegt – und vor allem, dass Sie aus einer ehrenwerten, guten Familie stammen und dass ich wirklich nur Ihnen und sonst niemandem trauen soll. Und wegen dem guten Namen Ihres Vaters, den man auch in meiner Gegend kennt, tue ich das auch, und bitte Sie, Monsieur Nicolas, mich unwissendes Ding in allem anzuleiten, was nicht zu meinen Pflichten in der Küche gehört, denn die kenne ich. Auch ich stamme nämlich aus einer ehrenwerten Familie namens Dominez, und unter meinen Verwandten gibt es sogar einen, der in Paris Anwalt ist oder Staatsanwalt. Deshalb möchte ich Sie höflich bitten, mich in meiner natürlichen Einfalt zu beschützen, denn wenn ich gewusst hätte, dass die Hausherrin gar nicht da ist, hätte ich meine Ankunft verschoben.«

Ich war entzückt von dieser naiven Ansprache, an der ich hier keine Silbe verändert habe.

»Ich werde Ihnen gern mit meinem Rat beistehen«, antwortete

ich, »aber es darf nicht so aussehen, als gäbe es auch nur die geringste Verbindung zwischen uns. Man würde anfangen zu schwatzen, und das würde Ihnen schaden.«

Ich erinnerte mich an den Rat meines Vaters, man solle sich nicht in ein Dienstmädchen verlieben. Tiennette war weniger schön als Aimée, aber sie war netter, jünger, feinfühliger und sehr naiv. Sie kleidete sich fast wie eine Dame – mit jener Anmut und Reinlichkeit, die den Frauen aus dem Morvan eigentümlich ist. Auch erregte sie mehr Aufsehen als Aimée: Der Hausherr, der Werkstattleiter, die Gesellen, der Hausdiener – alle wollten ihr Herz erobern oder sie verführen. Die unschuldige Tiennette war in der größten Verlegenheit. Ihre Einfalt ging so weit, dass sie sich gegen Monsieur Parangon kaum zu wehren wagte – aus Angst, es könnte so aussehen, als würde sie es ihm gegenüber an Respekt fehlen lassen. Ich erkannte das daran, wie sie redete. Zum Glück gab es da ja noch Manon, der der Hausherr vor allem den Hof machte, die aber trotzdem eifersüchtig wurde und Tiennette durch ihre bloße Anwesenheit schützte, am Anfang zumindest. Es kam jedoch der Tag, da wurde es für Tiennette wirklich gefährlich.

Eines Sonntags hatte Monsieur Parangon in der Absicht, über Tiennette zu triumphieren, dafür gesorgt, dass niemand im Haus war außer mir. Er bedrängte sie so brutal, dass sich das arme Kind voller Verzweifelung und mit Tränen in den Augen vor ihm auf die Knie warf und ihn anflehte, ihre Ehre zu verschonen. Er ließ sich von dieser Bitte nicht beeindrucken, sondern befahl ihr, aufzustehen. Einfältig, wie sie war, tat sie, was er verlangte, und schon machte er sich über sie her. Das arme Mädchen kam zu Fall und rief erschrocken: »Monsieur Nicolas! Zu Hilfe!« Ich eilte zu ihr in dem Glauben, es sei ein Feuer ausgebrochen. Mit aller Kraft rüttelte ich an der Tür, warf mich gegen sie und stand plötzlich mitten im Zimmer. Ich erstarrte, als ich den Meister sah! Der jedoch, dreist wie alle eingefleischten Wüstlinge und voller Verachtung für einen jungen, furchtsamen Bauern, herrschte mich an: »Was fällt Ihnen ein, hier so hereinzuplatzen … verschwinden Sie!« Für den Bruchteil einer Sekunde hatte ich große Lust, ihm ins Gesicht zu schlagen. Aber die Furcht obsiegte. Ich wäre schwach geworden und hätte ihm Tiennette wohl überlassen, wenn nicht das arme Mädchen, einen Augenblick der Unaufmerksamkeit nutzend, zu mir herübergestürzt wäre und sich an mich geklammert hätte. Sobald wir aus dem Zimmer waren, muss Monsieur Parangon wohl begriffen haben, dass sie nicht zurückkommen würde. Außerdem wird ihm auch eingefallen sein, dass ich mit der Familie seiner Frau bekannt war. Er ließ uns jedenfalls in Ruhe, ging davon und vergnügte sich mit Manon, der Scheuerfrau.

Als er fort war, tröstete ich Tiennette. Ich gab ihr gute Ratschläge, mit denen ich auch meine eigene Tugend stärkte, denn ich hatte ebenfalls ein hitziges Temperament und geriet bisweilen selbst in Versuchung. Aber hier hielten mich mehrere Gründe zurück. Nicht nur, dass Tiennette ein Dienstmädchen war und als solches vom Hausherren und seinen Freunden so schonungslos behandelt wurde, als wäre sie eine Negersklavin – Tiennette hatte mir auch ein Geständnis gemacht. Bevor Monsieur Parangon Gewalt anwendete, habe er versucht, sie auf freundliche Weise zu gewinnen. Er habe ihr Marie als Beispiel genannt. Die wolle er mit Tourangeot verheiraten – jedenfalls dann, wenn dieser das Drucken wirklich erlernt hätte. Und schließlich hatte er hinzugefügt: »Und für dich habe ich hier genau den Richtigen. Nicolas! Der ist einfach und gutmütig. Wenn ich mit dir zufrieden bin, sorge ich dafür, dass er dich heiratet. Mach dir keine Gedanken, wie das gehen soll. Ich weiß schon, was ich zu tun habe. Und deine Ehre ist nicht in Gefahr.«

Diese Offenbarung ließ mich zittern. Ich sagte Tiennette, sie dürfe sich auf dieses Versprechen keinesfalls verlassen.

»Das ist mir klar. Sonst hätte ich Ihnen nichts davon erzählt. Er hat es mir streng verboten. Aber ich möchte Ihnen nichts verheimlichen.«

»Haben Sie denn einen Liebhaber?«

»Mein Gott, ja! Aber mit dem wollte ich erst sprechen, wenn ich mich wirklich entschieden habe.«

Dass mir Tiennette ihren Liebhaber gestand, beruhigte mich etwas, denn ich war damals nicht ganz sicher, ob sie sich nicht für alle möglichen Männer interessierte. Ich verließ sie, um an meiner Terenz-Übersetzung weiterzuarbeiten.

Ich hegte immer noch die gleiche Begeisterung für diesen Schriftsteller, und nutzte jeden freien Augenblick für die Übersetzung seiner Komödien – sowohl um mein Latein zu verbessern als auch, weil es mir so viel Freude machte. Ein erster Eindruck, der sich so tief einprägt, verblasst nie. Und doch gab es inzwischen eine mächtige Ablenkung: Romane fielen mir in die Hände, und was für welche! Die Romane der Madame de Villedieu.* Sie faszinierten mich. Drei Monate lang hielten sie mich fest im Reich der Träume. Meine romaneske Phantasie war ganz in ihrem Element, und diese Bücher allein hätten ausgereicht, in mir die Liebe zur Stadt zu wecken. Es war Madame de Villedieu, die es mir ermöglichte, geduldig auf Madame Parangon zu warten.

Eine Stunde hatte ich ruhig auf dem Platz des Werkstattleiters gesessen und an meiner Übersetzung oder an meinen Versen gearbeitet, als ich hörte, wie Tiennette das Bett des Werkstattleiters machte. Dessen Zimmer lag gleich neben der Druckerei. Tiennette sang. Aber ein paar Minuten später hörte ich sie mit erstickter Stimme rufen: »Zu Hilfe! Hilfe!« Ich glaubte, unser furchterregender Satyr sei wieder aufgetaucht. Ich war empört und lief hinüber. Es war der Werkstattleiter, Bourgoin, ein großer, stämmiger Kerl, damals verliebt in ein Fräulein Huot, eine große Dicke, die es an Körperfülle mit ihrem Liebhaber sehr wohl aufnehmen konnte. Bourgoin hatte gerade etwas gegessen und ahnte nicht, dass ich mich um diese Zeit und bei so schönem Wetter in unserem Laboratorium aufhielt. Mein Erscheinen brachte ihn aus der Fassung. Verlegen lächelnd gebot er mir mit einer Geste Stillschweigen. Nachdem er dann verschwunden war, widerfuhr mir das Seltsamste, was man sich vorstellen kann. Denn ich möchte bezweifeln, dass jemals irgendwem ein solches Angebot gemacht worden ist. Mir jedenfalls ist ein solcher Vorschlag in meinem ganzen Leben nicht mehr gemacht worden – zumindest nicht aus diesen Beweggründen.

Nachdem sich Tiennette wieder etwas hergerichtet hatte und bevor sie mit dem Bettenmachen fortfuhr, kam sie zu mir. Sie zitterte noch immer.

»Ich bin Ihnen ja so zu Dank verpflichtet!«, sagte sie und drückte meine Hände. »Oh, Monsieur Nicolas, Sie sind mein Schutzengel!«

Sie schwieg und weinte. Ich tröstete sie. Nie ist mir ein Mädchen reizvoller erschienen … Im nächsten Augenblick warf sie sich mir in die Arme. Die Schluchzer raubten ihr den Atem. Ich glaubte, sie sei bei einem der beiden Angriffe die Unterlegene geblieben, und das schmerzte mich sehr.

»Meine liebe Tiennette!«, sagte ich deshalb, »ich weiß, es ist ein großes Unglück, dieser Verlust Ihrer … Aber immerhin war keine Ausschweifung im Spiel. Lassen Sie sich das einen Trost sein!«

»Ach, Monsieur Nicolas! Die beiden haben mir klar und deutlich gesagt, was sie von mir wollten, vor allem Monsieur Parangon. Der wollte sogar, dass ich ihm dabei helfe. Aber sie haben es nicht bekommen, beide nicht … Ich würde vor Kummer sterben, wenn dieser böse Druckherr oder der grobe Werkstattleiter mit seinen roten Haaren oder sonst einer von den Arbeitern, diesen Luderjanen, oder der skrofulöse Tourangeot, der immer so vornehm tut, sie mir rauben würden … Aber ich weiß auch, dass ich mir meine Jungfräulichkeit nie und nimmer erhalten kann, weder in diesem Haus noch anderswo, denn überall haben sich schon Leute an mich herangemacht. Weil ich sie aber nun mal nicht bewahren kann … *(sie vergrub ihr Gesicht an meiner Brust)*, will ich sie Ihnen schenken. Nehmen Sie sie mir – ich bin einverstanden – wenigstens sind Sie, der sie nun bekommen soll, ein braver, ehrenwerter Junge, vor dem ich mich nicht zu schämen brauche. Und wenn ich sie dann los bin, werden mich die anderen in Ruhe lassen, denn wenn sie kommen und sagen: ›He, Tiennette, ich will deine Unschuld‹ – dann werde ich ihnen antworten: ›Sucht sie euch woanders, ich habe sie nicht mehr!‹ – Ja, Monsieur Nicolas, Sie müssen sie mir nehmen, damit ich nicht vor Kummer sterbe, wenn ein anderer kommt und sie haben will!«

Ich gebe zu, ich wusste nicht, was ich davon halten sollte! Einen Augenblick lang glaubte ich, Tiennette sei in mich verliebt und wolle besonders raffiniert sein. Sie sei soeben noch die Unterlegene gewesen und wolle nun mich täuschen und mir ihre Schwangerschaft anhängen. Ich dachte sogar, Monsieur Parangon könnte sie auf diese Idee gebracht haben oder der Werkstattleiter oder Degout aus der Franche-Comté, der genauso hinter ihr her war wie die anderen. Aber diese hässlichen Mutmaßungen schlug ich mir bald aus dem Kopf.

»Tiennette«, antwortete ich, »was Sie mir da vorschlagen, schmeichelt mir. Aber es ist eine Todsünde. Bleiben Sie anständig, dann werde ich Ihnen dabei helfen und an Feiertagen und sonntags niemals ausgehen, um Ihnen Beistand zu leisten, sobald Sie mich rufen. Gehen Sie nie ohne Mademoiselle Manon zu Monsieur Parangon hinauf. Und bevor sie das Bett des Werkstattleiters machen, vergewissern Sie sich, dass er ausgegangen ist, und schließen Sie die Tür zur Treppe ab.«

»Sie glauben also, dass ich mich so schützen kann, Monsieur Nicolas?«

»Dafür verbürge ich mich, wenn Sie sich an die Vorsichtsmaßregeln halten, die ich Ihnen genannt habe.«

»Ach«, sagte sie schließlich, »jetzt sehe ich, dass ich Ihnen sogar doppelt dankbar sein muss, und der Dank dafür, dass Sie meine Jungfräulichkeit nicht angenommen haben, muss noch viel größer sein, weil ich sie Ihnen ja doch nur aus Verzweiflung angeboten habe. Um endlich Ruhe zu haben…«

Da erst erkannte ich das ganze Ausmaß ihrer Unschuld.

»Ruhe? Wieso denn Ruhe? – Glauben Sie wirklich, wenn Sie Ihre … Ihre Blume weggeben würden, hätten Sie nachher Ruhe?«

»Diese Kerle würden mich in Ruhe lassen, weil sie doch nur diese Blume wollen!«

»O, liebes Kind, wie einfältig Sie sind! – Wenn Sie sich einem von ihnen einmal ergäben, würde er es den anderen sagen und sich dabei noch über Sie lustig machen, und alle anderen würden nun auch an die Reihe kommen wollen! Es würde Ihnen ergehen wie den armen Unglücklichen, von denen Sie vielleicht schon mal gehört haben, die für jeden da sind...«

Tiennette erbleichte. Sie war einer Ohnmacht nahe.

»Kommen Sie zur Vernunft!«, begann ich noch einmal. »Bei einem anderen als mir würden sich alle diese Leute gegen Sie wenden, und man würde Sie – *entehren.* Vertrauen Sie sich niemandem so an, wie Sie sich mir anvertraut haben – Sie wären in kürzester Zeit – *flambiert!*«

Ich hatte erkannt, dass ich mit diesem Mädchen, an dessen Aufrichtigkeit ich nicht mehr zweifelte, eine deutliche Sprache sprechen musste. Nachher wollte sie sich nicht mehr von mir trennen, so erschrocken war sie. Ich musste mich in den Saal setzen, wo ich es gehört hätte, wenn jemand sie in ihrer Küche attackierte. Als sie später in die Kammer und den Laden ging, ließ sie alle Türen offen. Ihr Betragen flößte mir großen Respekt ein. Es zeigte mir Tiennettes wahres Wesen und bestärkte mich in meiner eigenen Tugendhaftigkeit.

Am 22. November, meinem Geburtstag*, an dem sich mein siebzehntes Lebensjahr vollendete, traf sie endlich aus Paris ein – die Hausherrin.

»Madame Parangon!« Dieser Ruf klingt mir noch heute in den Ohren. Ich war bei der Arbeit. Aber ich machte es wie alle anderen, ich ließ sie liegen – ich, den sonst nichts von ihr abzubringen vermochte. Ich ging nach unten, zaghaft und hinter den anderen. Ich musste sie wegen der Menge der Arbeiter mit den Augen suchen. Tiennette war bei ihr. Obwohl ich, was Schönheit anging, in der Stadt wählerischer geworden war, erschien sie mir als die bezau-

berndste Person, die ich in meinem Leben je gesehen hatte. Sie kümmerte sich um alle, begrüßte jeden Arbeiter. Auch ich kam an die Reihe, obwohl sie mich gar nicht sah.

»Und der neue Lehrling?«, fragte sie ihren Mann.

»Ich werde ihn rufen«, sagte der Werkstattleiter, »denn…«

Da erblickte er mich und ließ mich vortreten.

»Hier ist er«, sagte Monsieur Parangon. »Aus dem wird noch mal was!«

»Das will ich meinen!«, sagte der Werkstattleiter.

Ich begrüßte sie: »Madame, es ist mir eine Ehre, Sie zur glücklichen Rückkehr in Ihr Haus zu beglückwünschen.«

Und schon verbarg ich mich wieder hinter den anderen.

»Verbindlichen Dank, Monsieur Nicolas … Aber wo ist er denn?«

»Hat sich versteckt«, sagte der schielende Degout ironisch. »Bescheidenheit ist eine Zier.«

Tiennette begrüßte mich, und ich trat mit ihr ein wenig beiseite.

»Madame kennt Sie ja schon«, sagte sie. »Dort, wo ich zuerst untergekommen war, fühlte ich mich nicht wohl. Aber ich bin dann nach Paris gekommen und habe die Gelegenheit genutzt, Madame aufzusuchen, die mich wieder eingestellt hat. Jetzt bin ich außer Gefahr.«

Sobald sich ihre Ankunft herumgesprochen hatte, strömte auch die ganze Nachbarschaft herbei, um Madame Parangon ihre Verehrung zu bekunden. Voll freudiger Bewunderung und fast mit Stolz sah ich, wie sehr sie geliebt wurde. Aber was war das für ein Instinkt, mit dem ich mir schon in diesem Augenblick ihre Vorzüge gleichsam aneignete?

Stellen Sie sich eine große, wunderbar proportionierte Frau vor, auf deren Antlitz Schönheit, Adel und jene spezielle, das Majestätische abmildernde Freundlichkeit der Französinnen miteinander verschmolzen; mit einem nicht getönten, sondern in lebhaftem Weiß schimmernden Teint; mit feinem, fahlblondem, seidigem Haar und dichten, geschwungenen, fast schwarz wirkenden Augenbrauen; mit schönen, blauen, unter langen Wimpern verborgenen Augen, die ihr jenen engelhaften, zurückhaltenden Zug verliehen, der den größten Reiz der Schönheit ausmacht; mit einer zaghaft sanften, klangvollen, herzergreifenden Stimme und einem zugleich beherzten und bedächtigen Gang; mit einem schönen Busen, dessen beide Halbkugeln sich fast horizontal vor ihren Schultern wölbten; mit weichen und doch schlanken Händen, mit vollkommenen Armen und Beinen, so wohlgestaltet wie das schönste Männerbein, und dazu die feinsten, graziösesten Füße, die je eine hübsche Frau getragen haben. Sie kleidete sich mit einem erlesenen Geschmack, den man nur bewundern konnte. Dem einfachsten Schmuck schien sie den sieghaften Zauber eines Venusgürtels zu verleihen, dem niemand widerstehen kann. Sie hätte die ausgefallensten Stoffe in Mode bringen können. Ein liebenswürdiges, einnehmendes Auftreten krönte ihre Reize und machte sie auch den Angehörigen ihres eigenen Geschlechts liebenswert, die dem süßen Zwang, sie zu vergöttern, nicht unterlagen.

So war Colette bei ihrer Ankunft aus Paris. Nachdem sich die Menschenmenge verlaufen hatte, war ich geblieben, wo ich stand, um sie zu bewundern, und sah und hörte nichts als sie. Ich blieb unbemerkt, lehnte in dem dunklen Durchgang zwischen dem Laden und dem Saal. Madame Parangon sagte zu Tiennette, die ihr beim Auskleiden half: »Was du mir da über meinen jungen Landsmann erzählt hast, freut mich sehr. Ich sehe, er ist ein guter, ehrbarer Junge.«

»Ach, Madame, einen besseren gibt es nicht!«

»Ich interessiere mich aus zwei Gründen für ihn – weil er bei uns Lehrling ist und weil mein Vater mit dem seinen befreundet ist … Wo ist er denn bloß?«

Bei diesen Worten besann ich mich und trat ein. Die beiden Frauen glaubten, ich käme aus dem Laden.

»Monsieur Nicolas«, sagte die Hausherrin zu mir, »treten Sie näher! Sie sind der Sohn von einem Freund meines Vaters. Da verdienen Sie es doch, auch der unsere zu sein. Mein Mann ist zufrieden mit Ihnen, der Werkstattleiter ebenfalls. Das schmeichelt auch mir. Und Sie werden mir das erst recht glauben, wenn ich Ihnen sage, dass ich Ihren Eltern den Vorschlag machen ließ, Sie bei uns in die Lehre zu geben. Ich hatte von den kleinen Streitereien zwischen Ihnen und Ihren Brüdern gehört. Vielleicht haben ja auch Sie den einen oder anderen Fehler. Aber Sie sind jung, und mir scheint, die Jugend muss auch ein paar Dummheiten machen dürfen, damit sie nachher umso klüger wird.«

Sie lächelte, während sie so sprach, und suchte dabei nach etwas.

»Ich habe den Brief bekommen, den Sie mir für Aimée geschickt hatten. Erst von ihr habe ich erfahren, dass Sie schon hier sind.«

Kaum hatte sie das gesagt, zog sie eine silberne Uhr hervor und überreichte sie mir mit den Worten: »Ein guter Arbeiter wie Sie ist immer froh, wenn er weiß, wie spät es ist. Nehmen Sie sie!«

Ich wusste nicht, wie mir geschah! Eine Taschenuhr für mich! Ich war trunken vor Freude über dieses Geschenk, aber vor allem darüber, dass es von Madame Parangon stammte! Was für eine Ehre für mich und welche Freude für meine Eltern! (Dieser Gedanke schmeichelte mir nicht wenig.) Meinen Dankesbezeigungen merkte man an, wie heftig meine Gefühle waren – sie waren so ausufernd und so konfus, dass Colette darüber lächelte. Tiennette zog ihr das Kleid ganz aus. Da saß sie nun im Korsett und in einem einfachen Rock. Ich bewunderte sie. Mit Blicken verschlang ich ihre Reize, machte aber dazu ein ganz unschuldiges, naives Gesicht, allerdings nur nach außen. In mir brodelte es. In dem Augenblick, als Tiennette gerade etwas wegräumte, reichte mir Collette den Gazeschleier, der das Dekolleté ihres Kleides bedeckt hatte. Ich sollte ihn zu den übrigen Sachen legen. Aber vorher küsste ich ihn heimlich, und Tiennette sah es … Schließlich merkte ich selbst, dass es Zeit war, mich zurückzuziehen.

Schon am selben Abend aß ich nicht mehr in der Küche. Von nun an durfte ich am Tisch des Hausherrn Platz nehmen, eine Gunst, die Boudard nie zuteilgeworden war. Aber er war jetzt Geselle, und sobald die Arbeiter im Akkord arbeiteten, nahmen sie sich, ausgenommen der Werkstattleiter, ein Zimmer mit Verpflegung in der Stadt.

Am nächsten Morgen um die Frühstückszeit ging ich mit dem Korb für die Arbeiter durch den Saal. Madame Parangon hielt mich an.

»Wohin gehen Sie?«

»Ich hole das Frühstück für alle, Madame.«

»Was! Sie? Und was ist mit Tourangeot?«

Sie rief den Hausdiener herbei und ließ ihn an meiner Stelle den Gang machen. Zu ihrem Gemahl sagte sie: »Ich hätte gedacht, dass Sie auf den Sohn eines Freundes von meinem Vater mehr Rücksicht nehmen.«

»Aber so ist es üblich, liebe Frau. Und daran halte ich mich.«

»Nun ja, er hat sich auch daran gehalten, und das seit fünf Monaten.«

»Und hat sich außerdem«, fügte Monsieur Parangon hinzu, »auch nie beklagt.«

»Das glaube ich gern. Er kommt aus einer Familie, wo man sich schon aus lauter Anstand dem nicht entzieht, was man als seine Pflicht betrachtet.«

Als ich wieder nach oben kam, machten die Arbeiter erstaunte Gesichter. Aber ihr Respekt gegenüber Colette war so groß, dass schon die Worte *»Madame schickt Tourangeot«* alle zum Schweigen brachten. Dann sagte ihnen der Werkstattleiter noch, wenn Madame Parangon bei meiner Ankunft da gewesen wäre, hätte ich nie irgendeinen Auftrag von ihnen ausgeführt. Treisignies, der aus den Österreichischen Niederlanden stammte, ein ziemlicher Grobian, war der Einzige, der leise murrte. Ich sicherte mir dennoch das Wohlwollen all dieser Leute, indem ich ihnen alle erdenklichen Dienste innerhalb des Hauses leistete und vor allem die widerwärtigste Lehrlingsarbeit, das Herausklauben der Lettern aus dem Müll, erledigte und diesen Herren weiterhin ihre Liebesbriefe besorgte, und dies auch noch, als jemand erschien, der unter mir stand.

Das geschah schon zwei Tage nach Madame Parangons Ankunft. Er kam aus Irancy, dem Geburtsort von Soufflot* – ein Junge namens Bardet, aus einer sehr vornehmen Familie, dessen Vater seine Geschäfte schlecht geführt hatte, während zwei Onkel sehr reich geworden waren. Aber er war ein Kind, wie Boudard es auch gewesen war, und man sorgte dafür, dass er das gesamte Noviziat mit allen Aufträgen, die dazugehörten, durchstehen musste. Das meine war hiermit beendet. Und meine Lage änderte sich vollkommen.

Lieber Leser! Was für Schwächen werden an Ihnen nun vorüberziehen! Versuchen Sie, deren unterschiedliche Ursachen auseinanderzuhalten. Beachten Sie, ohne dass ich dies auf jeder Seite wiederhole, die Triebkräfte, die aus mir etwas machen, das ich nie und nimmer hätte sein dürfen – und dies gerade in den Augenblicken, wo Sie glauben, etwas habe mich ergriffen, ich sei entschieden und entschlossen. Das Menschenherz ist ein verzwicktes Labyrinth, durch das Sie nur der Geschichtsschreiber seiner selbst mit sicherem Schritt geleiten kann. Das Buch, das Sie hier lesen, wird dies von vorn bis hinten immer wieder beweisen.

Seit der Rückkehr von Madame Parangon sahen mich die Arbeiter mit ganz anderen Augen. Jetzt erblickten sie in mir den Sohn eines Freundes von Madame Parangons Vater. Ich wurde nicht mehr geduzt, und man rückte vor meinen Namen den *Monsieur*. Ich war entzückt! »Ach!«, dachte ich, »diese anbetungswürdige Frau hat über alle, die sie kennen, die gleiche Macht wie über mein Herz!« Als ich meine Taschenuhr zum ersten Mal hervorzog und sie in das Fach für die »ò« mit *Accent grave* im Setzkasten legte, um von nun an die Zeit, die ich für meine Seiten brauchte, zu kontrollieren, kamen alle Arbeiter zu mir und wollten sie sehen.

Gegen Ende des Jahres begann ich, mich durch die Lektüre guter Bücher fortzubilden – denn ich ließ keinen Augenblick meines Daseins ungenutzt: entweder arbeiten oder übersetzen oder lesen oder zu Diensten sein. Nachdem ich alle Romane der Madame de Villedieu gelesen hatte, geriet ich an Molière, Corneille, Boileau, La Fontaine, Racine – vor allem Racine! Dieser Schriftsteller hat mir die größten Schmerzen bereitet. Es war, als ob alles, was mit dem Jansenismus zusammenhing, mir zum Verhängnis werden sollte.

Das erste Stück, das ich von ihm las, war *Phädra*. Dann verschlang ich die sechs anderen Tragödien. Seine Empfindungen fesselten mich. Bei Racine fand ich die Liebe, wie ich sie damals erlebte – zärtlich, ehrerbietig, stürmisch. Seine Komödie, *Les Plaideurs*, gefiel mir nicht. Aber als ich die sechs Tragödien zu Ende gelesen hatte, war mein Kopf voll von ihnen. Von Corneille war mir viel weniger geblieben als von Racine. Als ich mit Corneille fertig war, sagte ich mir: »Das ist schön. Aber es ist ein Roman!« Als ich Racine zu Ende gelesen hatte, war mir, als hätte ich die Wirklichkeit gesehen. Ich sage hier, was ich damals empfand, ohne mich um die Meinung der Kenner zu kümmern. Auch in diesem Augenblick prüfe ich nicht, ob ich damals recht hatte. Ich ließ Racine eine Weile liegen, aber mit der Zeit wurde das Verlangen, wiederzusehen, was mich so sehr ergriffen hatte, immer drängender. Zum Glück konnte ich es befriedigen. In der Zwischenzeit hatte ich Verse gedichtet, von denen ich hier berichten möchte. Ich fand sie nicht harmonisch – im Gegenteil, sie erschienen mir schlecht, aber ich wusste nicht, wie ich gute hätte machen sollen. Schließlich las ich Racine von neuem, diesmal, bei dieser zweiten Lektüre, bei der mich weniger die Handlung packte, die ich schon kannte, sondern vor allem der Stil, erging es mir so: Am Ende jeder Seite von Racine erfüllte mich eine demütigende, entmutigende Bewunderung. Wenn ich das mit meinen Versen verglich, erschien mir der Unterschied zwischen diesem Schriftsteller und mir so groß wie der zwischen Mensch und Gott. Molière, La Fontaine, Régnier machten mich kühn. Racine schmetterte mich nieder. Ich bewunderte ihn nicht wie beim ersten Lesen als etwas, das mir nachahmenswert erschien – er brachte mich nur noch zur Verzweiflung. Ich war eifersüchtig auf ihn, ich hasste ihn wie einen herrischen, allzu vollkommenen Meister. Nach dieser zweiten Lektüre erfüllten mich meine Arbeiten nur noch mit Überdruss, vor allem meine Verse. Ich vernichtete alles, was ich bisher gemacht hatte, und beraubte mich damit etlicher Erinnerungen, die mir für diese Geschichte nützlich gewesen wären. Wäre mir die Liebe nicht zu Hilfe gekommen, so hätte ich mit dem Schreiben gar nicht wieder angefangen. Doch sie erneuerte in mir das Verlangen nach Versen. Ich hörte auf, den Dichter zu lesen, der mir zum Verhängnis zu werden drohte. Ich schob ihn in sein Regal zurück und fasste erst wieder Mut, als ich mir Molière, La Fontaine, Grécourt und Vergier von neuem vornahm. Ich fing wieder an, meinen Terenz zu übersetzen und dann auch zu reimen. So wurde mir leichter ums Herz.

Die ersten Verse, die ich aufgehoben habe, sind vom 24. Juni 1752. Aber bevor ich von ihnen spreche, muss ich den Weg meines Herzens zwischen dem 22. November und diesem 24. Juni nachzeichnen. Der Nutzen dieser Anatomie meiner selbst kann sich ja nur aus meinen Geständnissen und einer getreuen Darlegung des Geschehens ergeben.

Kaum hatte ich Madame Parangon gesehen, da betete ich sie schon an. Hätte ich mit vollkommen gereiftem Herzen zuerst Colette und nicht Jeannette Rousseau kennengelernt, so hätte ich allein Colette C…* verehrt. Aber da ich sie anfangs immer nur flüchtig und aus der Ferne gesehen hatte und ihr erst näher kam, als nicht nur die Liebe, sondern auch der Genuss und vor allem die Laster der Stadt mein Herz gestreift hatten, verehrte ich Colette, meine Göttin, mit weniger reinem Herzen. Das Verlangen mischte sich in das Gefühl der Zärtlichkeit. Ich achtete mehr auf ihre Reize als auf ihre Tugenden, weil sich mein Herz auch das ihre nicht immer nur rein wünschte, während ich mir bei Jeannette immer ebenso viel Tugend wie Liebe gewünscht hatte. Der Grund hierfür, lieber Leser, war aber nicht, dass mir Colette weniger wert oder weniger würdig erschienen wäre, sondern dass sie verheiratet war, während Jeannette Jungfrau war. Alles in allem hätte ich Colette C… inniger, glühender, mit reinerem Herzen geliebt. Und der Beweis hierfür besteht darin, dass ich ihre Tugend als Frau so oft respektiert habe, obwohl mich dieser Titel Frau immer wieder in Wut versetzte und mich mal mit Eifersucht, mal mit einem nicht zu unterdrückenden Verlangen erfüllte. Sobald ich Ihnen, der Sie mich hier lesen, das Wesen meiner Zuneigung zu dieser himmlischen Frau begreiflich gemacht habe, werden Sie mir besser folgen können und sich über nichts mehr wundern.

Ich fing an, auf Monsieur Parangon eifersüchtig zu werden. Ich hielt ihn eines Glücks für unwürdig, das er nicht so empfand, wie ich es empfunden hätte. In allen Romanen, die ich las oder wieder las, erblickte ich Colette. Sie gab dem Geschehen ihre Prägung und verlieh der Heldin einen Zauber, der jede Vorstellung übertraf. An Colette ermaß ich, wie sehr diese Heldin hätte geliebt werden müssen. Wäre mein Herz nicht schon von den Beispielen, die ich täglich vor Augen hatte, ein wenig befleckt, so wäre das Bild Colettes für mich ein Talisman gewesen, der mich vor dem Verderben und dem Laster bewahrt hätte. Doch abgesehen davon, dass ich von den verbotenen Früchten schon gekostet hatte, führte mir meine Vorstellungskraft immer wieder Colette vor Augen – Colette in den Armen des kräftigen Parangon, der all ihre Reize genoss (oder, wie ich dachte: *entweihte*). Meine Sinne gerieten in Flammen, und ihr Auflodern empörte die tugendhaften Regungen meines Herzens, das ehrbarer, zärtlicher und feinfühliger war, als man es bei einem so feurigen Temperament gemeinhin findet. Diese Aufwallungen waren manchmal so stürmisch – etwa, wenn ich mit dem Meister im Beisein von Colette eine Fahnenkorrektur las –, dass ich das Lesen unterbrechen und gekrümmt den Raum verlassen musste, weil ich mich nicht mehr gerade halten konnte. Eine Kolik, fast immer vorgetäuscht, wie ich sie schon in meiner frühen Jugend oft erlebt hatte, wenn ich *nutzloserweise* mit den Mädchen gespielt hatte, diente mir als Entschuldigung. Es kam mir allerdings nicht so vor, als würde Monsieur Parangon besonders innig geliebt, was mich ein wenig ruhiger machte.

So entzündete sich insgeheim und in gefährlichem Übermaß meine Liebe zu Colette. Aber wie sollte ich gegen das Pflichtgefühl einer derart tugendhaften Frau, die obendrein meine Beschützerin war, je etwas erreichen? Vor Verlangen brennend sah ich mich in meiner Umgebung nach etwas um, das eine unerträglich gewordene Glut lindern könnte.

Bei Tiennette hemmte mich mein bisheriges Verhalten ihr gegenüber. In der Nachbarschaft gab es jedoch einige sehr hübsche Personen. Rechts von uns die drei Schwestern Baron – Madelon, Berdon und Manon – und auf der linken Seite die hübsche Prudhot, Tochter eines Gewürzhändlers, von der schon die Rede war. Meine Kraft, meine Jugend und meine besondere körperliche Veranlagung, denen die städtischen Sitten noch zu Hilfe kamen, ließen es nicht zu, dass ich diese jungen Personen Tag für Tag aus der Nähe sah, ohne Begierde zu verspüren. Und weit davon entfernt, mein Herz derjenigen, die ich anbetete, rein und treu zu bewahren, wie ich es mir beim Romanlesen vornahm, kam ich – im Gegenteil – den wollüstigen Regungen gleichsam zuvor, indem ich den Sturm meiner heimlichen Leidenschaft an der Gunst menschlicherer Schönheiten besänftigte. Andererseits aber hielt mich meine Schüchternheit zurück! Wie sollte ich meine Wünsche gegenüber diesen jungen Personen zum Ausdruck bringen oder gar befriedigen, die ich nur an ihren Türen sah und mit denen ich nur im Beisein anderer Leute reden konnte? Ich wusste nicht ein noch aus. Wäre ich doch mit Tiennette weniger tugendhaft umgegangen! Ich lebte allerdings in einem ständigen Auf und Ab der Gedanken und Gefühle. Wenn ich meine Nachbarinnen oder Tiennette erblickte, begehrte ich sie. Sobald aber Madame Parangon erschien, ärgerte ich mich nicht mehr, sondern war sogar froh über die Hindernisse, die mich von den anderen ferngehalten hatten, und sehnte mich nur noch nach meiner Göttin. Mit welchem Vergnügen führte ich ihre geringsten Befehle aus! Wie geschwind folgte ich jedem Wink! Wie eifrig versuchte ich, ihre Wünsche zu erraten! Da gab es keine Pflichten, da ging es nicht um Fleiß – alles war nur köstliches Vergnügen. Es gab so viele Beweggründe, die mich denken ließen, dass diese liebenswürdige Frau den wahren kaum erahnen konnte.

Meine Leselust und meine Abneigung gegen Spiel, Wein und all die üblichen Zerstreuungen meiner Altersgenossen vermehrten noch die Wertschätzung, die Madame Parangon mir gegenüber empfand. Sie bewunderte mich, als wäre ich etwas ganz Besonderes, jemand, der eines Tages wunderbare Dinge vollbringen werde, da er sich schon im törichten Jünglingsalter als vernünftiger Mann erwies. Sie übersah dabei, dass es nicht Tugend war, was mich antrieb, sondern allein die Neigung zu den Frauen, eine Neigung, die bei mir tatsächlich etwas mehr als bei anderen Männern von Vernunft gelenkt schien, weil ich ihr, um sie möglichst vollständig auszukosten, alle anderen Gelüste opferte, die ich dank der Kraft jenes einzigen so gründlich in mir ausgelöscht hatte, dass es mich keine Mühe kostete, ihnen zu entsagen. Gerade das, was Madame Parangon in Gefahr bringen konnte und was sie hätte streng machen müssen gegen mich, verschaffte ihr die Gewissheit, die sie mir gegenüber nachsichtig, gutmütig, zutraulich werden ließ … Aber ich muss Ordnung in diesen wichtigen Teil meiner Erzählung bringen.

Die eben erwähnte Freude am Lesen und an jeder Art von Bildung hatte die gleiche Ursache wie in Courgis: Ich war geboren, um alles den Frauen zu verdanken – die Freuden, die Schmerzen und sogar den Tod. Ich wollte mich durch ein wirkliches Verdienst ihrer Zärtlichkeit würdig machen. Dieser Wunsch beruhte nicht auf Überlegung, sondern erwuchs aus einem Instinkt. So blieb ich denn sonntags und an Festtagen im Haus, um zu lesen, zu übersetzen, zu studieren. Gern nahm ich meinem kleinen Kameraden Bardet und dem Hausdiener oder auch der Köchin ihre Pflichten ab und kümmerte mich um alle Besorgungen. Bei den beiden Ersten wollte ich mich auf diese Weise beliebt machen, und was Tiennette anging, so war dieses nette Mädchen – durch Sympathie wie auch wegen der Anweisungen ihrer Herrin – für mich wie eine sorgsame Schwester. Wenn Madame Parangon heimkehrte, fand sie mich immer im Laden oder im Saal. Ich bediente die Leute aus den Dörfern, die Bücher kaufen wollten, und ich rechnete mit der Hausherrin die Tageseinnahmen ab.

»Es lohnt nicht, dass Sie noch länger bleiben«, sagte sie manchmal. »Schließen Sie ab, und zerstreuen Sie sich ein bisschen.«

Ich dankte ihr freundlich und blieb dennoch sitzen. Um keinen Preis hätte ich auf das Vergnügen verzichten wollen, sie tagsüber allein heimkehren zu sehen.

Es gibt Tage, deren Wiederkehr so beschaffen ist, dass sie uns Freude bereitet. Für mich sollte der 8. Dezember ein solcher Tag werden. Im Jahre 1751 sprach ich am 8. Dezember zum ersten Mal mit Manon Prudhot, meiner hübschen Nachbarin nach Norden hin. Sie kam gerade in dem Augenblick nach Hause, als ich an die zweigeteilte Tür unseres Hauses getreten war, um Luft zu schöpfen. Sie lächelte mir zu und blieb bei ihrer Tür stehen, woraufhin ich zu ihr hinüberging und sie anzusprechen wagte. Sie begrüßte mich und bat mich dann, ihr Bücher auszuleihen – von denen, die wir hierfür im Laden bereithielten. Ich ging und suchte ihr ein Buch von Villedieu heraus. So verlief unsere erste Begegnung.

Madame Parangon kam gerade, als ich Mademoiselle Prudhot verließ. Ich folgte ihr ins Haus. Sie ließ sich am Kamin nieder und machte sich anscheinend ein Vergnügen daraus, mich nach meiner literarischen Arbeit auszufragen und danach, was für Bücher ich las – sonntags und an Festtagen, in meiner freien Zeit und an den anderen Tagen, abends und nach dem Mittagessen. Ich antwortete, ich sei dabei, Terenz zu übersetzen und außerdem die antike Prosodie zu studieren und die Logik von Port-Royal.

»Und was lesen Sie zum Vergnügen?«

»Die Romane von Madame Villedieu haben es mir sehr angetan. Aber *Die Prinzessin von Clèves* ziehe ich doch vor. Den *Don Quichotte* mag ich nicht besonders, er langweilt mich, aber manche Episoden sind bezaubernd. Den *Robinson* habe ich verschlungen, bis zu den *Dialogen,* aber die *Visionen** fand ich unerträglich.«

Madame Parangon hörte sich lächelnd an, was ich zu sagen hatte, und dann sah ich, wie sie eine freundlich vertrauliche Miene aufsetzte, die mich entzückte.

»Aber Sie lesen doch keine … freien Bücher?«

Ich wurde rot, als ich erwiderte: »Also, die *Contes* von La Fontaine habe ich allerdings gelesen. Nachdem ich einmal die Nase hineingesteckt hatte, konnte ich nicht mehr aufhören. Ich war hingerissen.«

»Nicht doch! Man muss sich zusammenreißen … Wenn ich die Herrin wäre, würde es hier kein einziges von diesen Büchern geben. Ich habe übrigens auch Monsieur Parangon selbst sagen hören, sie würden den Geschmack abstumpfen. Wer dieser Art von Lektüre frönt, findet ehrbare, ernsthafte Bücher bald nur noch fad.«

»Aber Madame, das gilt nicht für jeden!«, rief ich mit einer Lebhaftigkeit, die Colette gefiel. »Ich lese gute Bücher deshalb nicht mit weniger Vergnügen. Ich empfinde sogar eine gewisse Geringschätzung für solche freien Autoren, wie Grécourt und Vergier, die ich ebenfalls gelesen habe.«

»Sie täten gut daran, diese Autoren überhaupt nicht mehr zu lesen.«

»Gewiss, Madame, ich werde weiter meine lateinischen Dichter übersetzen und gleichzeitig unsere besten französischen Dichter lesen – Racine zum Beispiel und Boileau.«

»Gut so. Wie wäre es, wenn Sie mir etwas aus Ihrer Terenz-Übersetzung vorlesen würden?«

Rasch holte ich mein Heft und las ihr die beiden ersten Akte des *Mädchens von Andros* ganz vor. Sie schien sehr zufrieden und freute sich besonders darüber, dass ich meine Studien fortsetzte, ohne meine Arbeit zu vernachlässigen.

»Sie haben«, fügte sie hinzu, »den Weg gefunden, sich ihre guten Sitten zu bewahren, und wenn Sie diesen Weg bis an sein Ende gehen, haben Sie mehr erreicht, als ich je gehofft hätte. Ich kenne

Sie schon lange, und Sie haben mich immer interessiert. Allerdings – gewisse Verfehlungen haben mich doch sehr beunruhigt. Doch so – so muss man sie aus der Welt schaffen!«

Noch nie hatte ich mich so glücklich gefühlt, und nie hatten diese freudvollen Augenblicke ihresgleichen – und wenn doch, dann nur durch sie ... Aber Madame Parangons Schönheit war zu verführerisch und meine Sinne waren zu leicht entzündlich, als dass eine solche Vertraulichkeit nicht äußerst gefährlich werden musste. Diese junge Frau vereinigte in sich alle Reize der Natur, einer verlockenden Eleganz und einer erlesenen, jungfräulichen Reinlichkeit.

Der glückliche Nachmittag des 8. Dezember wiederholte sich nicht so bald. Es war, als hätte Colette nur deshalb einen besonders tiefen Eindruck zu machen versucht, damit er nachher besonders viel Zeit hätte, langsam zu verblassen – acht lange Monate. Währenddessen wuchs meine Leidenschaft unablässig – befeuert durch den ständigen Anblick und die Vollkommenheit derjenigen, auf die sie sich richtete.

Aber es gab ja auch noch die hübschen Nachbarinnen. Die zurückhaltende Art, die engelhafte Süße, die interessante Gestalt der jungen Manon Prudhot sprachen zum Herzen. Sie gehörte zu den hübschesten Personen in der Stadt. Sie war sittsam, aber trotz ihres Namens war sie nicht prüder, als ich *rétif* – also widerspenstig – war. Viele Gründe veranlassten mich, ihr gefallen zu wollen. Madame Parangon hatte anscheinend die Absicht, eine Verbindung zwischen uns zu stiften. Das war eine Partie, die meinen Eltern zugesagt hätte – wegen des Vermögens ebenso wie wegen der Schönheit. Denn oft schon hatte mein Vater erklärt, falls einer seiner Söhne eine Hässliche heiraten wollte, würde er ihm seine Zustimmung verweigern. Es war einer der Grundsätze dieses tugendhaften Mannes, dass die Frau Anmut besitzen müsse, vor allem in der Stadt, damit der Mann seine Sittlichkeit bewahren und ihr in der Ehe treu bleiben könne.

Doch auch die älteste der drei Schwestern Baron war bezaubernd, wenn auch von einer anderen Art Schönheit als Mademoiselle Prudhot. Madelon Baron war lebhaft, fröhlich, kokett und hatte mir schon oft sehr liebreizende Blicke zugeworfen. Einmal hatte sie gegen die Pariser Manon für mich Partei ergriffen. Dieses liebenswürdige Mädchen berauschte mein Herz durch die Sinne, während die hübsche Prudhot umgekehrt meine Sinne durch das Herz erreichte. Ich neigte mehr der zurückhaltenden Prudhot zu, die mehr im Einklang mit meinem Charakter stand, und ich entschied mich ganz für sie, als ich eines Sonntags an der Tür von Monsieur Minon, dem Mann von Jacquette C…*, mit meinem Freund Breugnot sprach, der sein Gehilfe war. Da kam Mademoiselle Madelon vorbei, auf dem Weg zur Abendandacht bei den Franziskanern, und versetzte mir mit ihrem Fächer einen leichten Schlag auf die Wange.

»Ach, ach!«, sagte Breugnot. »Ich beneide dich um dein Glück. Du genießt also die Gunst der schönsten Person in dieser Stadt!«

Ich antwortete ihm, sie habe mir bisweilen die Bücher zurückgebracht, die Madame Parangon ihr ausgeliehen hatte. So hätte ich Gelegenheit gehabt, zu zeigen, dass ich ihr gern einen Gefallen tat. Mehr sagte ich nicht.

»Man sagt, sie sei galant«, begann er von neuem.

»Ich zumindest«, erwiderte ich, denn über ihren guten oder schlechten Ruf wusste ich nichts, »kenne sie als eine Person, die sehr vernünftig, sehr ehrbar und sehr liebenswürdig ist. Das ist alles.«

Man muss wissen, dass die jungen Leute der Stadt, in der ich meine Lehre machte, die größten Aufschneider von allen Franzosen sind und dass sie lieber mit etwas prahlen, das sie nicht haben, als mit etwas, das sie besitzen. Meine Antwort kam Breugnot so ungewöhnlich vor, dass er daraus den Schluss zog, ich hätte mein Glück gefunden. Da er wegen seines Vormunds, des Kanonikus Jodon, nicht in eigenem Namen prahlen konnte, prahlte er in meinem und erzählte überall herum, ich sei im Besitz der Reize der ältesten der Schwestern Baron. Es dauerte nicht lange, bis dieses Gerücht durch deren Schwester auch Madame Parangon zu Ohren kam.

Eines Abends wollte ich nach dem Essen noch ausgehen, wie ich es mir zur Gewohnheit gemacht hatte, seit ich der einen oder anderen meiner hübschen Nachbarinnen den Hof machte. An der Halbtür des Ladens stand Madame Parangon.

»Sie gehen noch aus?«

»Ja, Madame, es sei denn…«

»In der Tat, ich muss mit Ihnen sprechen…«

Wortlos ging ich auf sie zu. Sie winkte mir, ihr in den Saal zu folgen, und bat mich, mich zu setzen.

»Was ich Ihnen zu sagen habe, schmerzt mich sehr! Wie kann es sein, dass ein junger Mann, erzogen von so ehrenwerten Eltern, wie es die Ihren sind, ein junger Mann, der hier seit seiner Ankunft gegenüber Aimée und Tiennette eine so vorbildliche Haltung gezeigt hat – dass dieser junge Mann sich plötzlich so sehr vergisst und sich Dinge erlaubt, die man den verdorbensten Taugenichtsen nicht verzeihen würde?«

»Madame, ich versichere Ihnen, dass man mich Ihnen gegenüber verleumdet hat.«

»Was haben Sie letzten Sonntag zu Breugnot gesagt, als Mademoiselle Baron, dieses liebenswürdige, verdienstvolle, allseits geschätzte junge Mädchen, dessen ehrenwerte Fröhlichkeit eine Zierde der Gesellschaft ist – was haben Sie zu Breugnot gesagt, als sie auf dem Weg zur Abendandacht an Ihnen vorbeiging?«

Ich errötete.

»Sie hat Ihnen einen leichten Schlag mit dem Fächer versetzt! Und aus dieser harmlosen Geste … die Ihnen obendrein zur Ehre gereicht … Ah, Monsieur Nicolas! Das hätte ich Ihnen nicht zugetraut!«

»Ich bin erstaunt, Madame! Aber nicht verwirrt … Erlauben Sie mir, Monsieur Breugnot zu holen?«

»Nein, schildern Sie mir Ihr Gespräch mit ihm. Dann weiß ich schon, ob ich Ihnen glauben kann oder nicht.«

Ich beschrieb ihr dieses Gespräch so, wie ich es oben getan habe, ohne auch nur eine einzige Silbe daran zu ändern. Einen Moment lang sah mich Madame Parangon schweigend an.

»Ich glaube Ihnen«, sagte sie dann, »und dazu brauche ich keinen Breugnot. Sie sind glaubwürdiger als er. Bewahren Sie sich Ihre guten Sitten. Halten Sie sich fern von den Unarten der Arbeiter hier im Haus und denen Ihrer Kameraden anderswo! Sie würden dabei nur verlieren! Sie können jetzt ausgehen.«

»Madame gehen also nicht aus ... Wollen Sie mir dann gestatten, Ihnen etwas vorzulesen, bis die anderen zurückkommen?«

»Sie haben den ganzen Tag gearbeitet. Gehen Sie und zerstreuen Sie sich ein bisschen, laufen Sie herum. Das wird Ihnen guttun – mir liegt sehr viel an Ihrer Gesundheit.«

Ich ging hinaus, aber in der Absicht, bald zurückzukommen.

Von unserer Tür aus erblickte ich Madelon an der ihren. Verschüchtert trat ich zu ihr.

»Sie haben allen Grund, sich zu schämen!«, sagte sie. »Ah, Monsieur Nicolas! Ich hatte geglaubt, Sie seien anders als die jungen Leute von hier!«

»Alles, was ich höre, wundert und verwirrt mich, Mademoiselle!«, antwortete ich. »Man hat mir soeben Ihretwegen Vorwürfe gemacht, die ich nicht verdient habe, das versichere ich Ihnen! Und nun klagen auch Sie selbst mich an! Was habe ich denn getan?«

»Das will ich Ihnen sagen: Sie haben die Freundlichkeiten, die man Ihnen erwiesen hat, missbraucht, Monsieur Nicolas! Aber die verdanken Sie nur dem guten Charakter, den man bei Ihnen vermutete – den Sie aber doch nicht haben!«

»Darf ich vielleicht erfahren, was man mir vorwirft? Madame Parangon hat es mir nämlich nicht gesagt.«

»Sie haben den Mund zu voll genommen. Auf meine Kosten!«

»Ich? Mademoiselle, die Gefühle, die Sie in mir wecken, sind mir noch nie über die Lippen gekommen. Und auch mir selbst habe ich sie vielleicht erst in diesem Augenblick zum ersten Mal eingestanden.«

Madelon schien gerührt zu sein. Sie liebte mich. Die Aufmerksamkeit, die mir Madame Parangon schenkte, verschaffte mir überall Achtung.

»Wie denn – haben Sie zu Breugnot etwa nicht gesagt…?«

Sie unterbrach sich.

»Wenn er mir auch nur ein Wort unterschiebt«, sagte ich, »das dem Respekt widerspricht, den ich für Sie und alle Frauen empfinde, dann verleumdet er mich – und ich werde ihn als Lügner entlarven.«

»Ja, ist er denn unschuldig?«, murmelte sie vor sich hin und sah zum Himmel empor. »Wiederholen Sie mir Ihr Gespräch mit ihm, ohne etwas zu ändern oder wegzulassen.«

Das tat ich ganz arglos und offen wie gegenüber Madame Parangon, und so, wie ich Colette überzeugt hatte, überzeugte ich auch Madelon.

Das Gespräch, das ich später am Abend mit meiner Beschützerin hatte – bevor ich zu meinem Bretterverschlag auf dem Speicher hinaufstieg (ich habe nämlich vergessen zu sagen, dass ich schon seit der Rückkehr Madame Parangons nicht mehr in dem Zimmer über der Küche schlief, sondern in einer holzgetäfelten Kammer auf dem Speicher, heiß im Sommer und kalt im Winter, aber gesund, und ich schlief dort allein) –, dieses Gespräch ist einer jener Wendepunkte, die mein Schicksal bestimmt haben. Madame Parangon bezeugte mir ohne jede Erklärung Freundschaft und sogar Vertraulichkeit, und mein Herz öffnete sich ihr gegenüber auch für jene lebhafte Leidenschaft, die ich vorher mit Hilfe der Reize der lebhaften, temperamentvollen Madelon hätte meistern können oder auch in der stillen Hoffnung, die Hand der zurückhaltenden, rührenden Manon Prudhot zu erlangen. Aber seit diesem Gespräch fühlte ich mich wie mit einer Eisenkette gebunden – aus Dankbarkeit, aus Freundschaft, aus Respekt, sogar noch durch die Tugend meiner Angebeteten, durch ihre Schönheit, ihren Zauber, ihre Reize, die Verlockung, die von ihr ausging, und die einnehmende Sanftheit ihres Wesens. Ich dachte und ich fühlte: »Diese Frau ist unvergleichlich!«

»Sie sind vollkommen gerechtfertigt«, sagte Madame Parangon. »Und dazu gratuliere ich Ihnen! Wählen Sie Ihre Bekannten mit Bedacht – in Ihrem Alter ist das wohl nötig. Aber die Wahl ist schwierig. Am sichersten ist es, wenn man ein paar Bekannte hat, aber keine festen Verbindungen, bis man einen wirklichen Freund gefunden hat. Wenn Sie mit einem Kreis von Leuten beisammen sind oder auch bei einem Tête-à-Tête – zeigen Sie Ihre Tugendhaftigkeit, ohne zu erröten, aber machen Sie die Tugend liebenswürdig, durch Anmut im Betragen und Großmut im Meinen und Urteilen. Seien Sie immer der Höflichste, sagen Sie den Leuten die schmeichelhaftesten Dinge, dann wird Ihnen die köstliche, reine Freude zuteilwerden, dem ganzen Kreis oder derjenigen, mit der Sie sprechen, den guten Ton zu vermitteln. Vermeiden Sie, wie Sie es ja schon getan haben, die üble Nachrede. Erlauben Sie sich keine sarkastischen Bemerkungen, keine bittere Ironie, keine Spötteleien über boshafte Zeitgenossen. Seien Sie offen. Das ist Ihre natürliche Rolle – höflich sein ohne Liebedienerei. Loben Sie bei jedem, was an ihm lobenswert ist – so stärken Sie das bisschen Tugend, das überhaupt noch vorhanden ist, und es ist eine schöne Rolle. Der Vorteil für Sie ergibt sich daraus, dass Sie, sobald Sie irgendwo erscheinen, den ehrenwerten Herzen Freude einflößen und die boshaften einschüchtern. Man wird Sie lieben, denn jeder, der Sie eintreten sieht, kann sich sicher sein, dass Sie zur Annehmlichkeit des Beisammenseins etwas beitragen werden. Und achten Sie darauf, wenn Sie Höflichkeiten austauschen, niemanden zu vergessen. Hierauf zu achten ist keine Belanglosigkeit, sondern das Wesen der Höflichkeit selbst.«

So weit war sie gekommen, und ich hatte vor ihr gesessen, hatte mit halboffenem Mund gelauscht und ihr starr in die Augen geblickt, die sie immer wieder sinken ließ – als die übrigen Hausbewohner heimkehrten. Mit gespieltem Ernst, aber lachend verkündete Monsieur Parangon: »Ich bin mir sicher, meine Frau hat ihrem Schützling gerade einen gehörigen Verweis erteilt, für nichts und wieder nichts.«

»Monsieur«, antwortete sie, »wäre er schuldig, säße er nicht hier bei mir.«

»Aha! Er ist also unschuldig, der Unschuldige!«, rief Monsieur Parangon und sah auf den Onkel des Werkstattleiters Bourgoin, dessen Mutter und eine Frau Corhaux, die zusammen mit dem Werkstattleiter hereingekommen waren, um Madame Parangon kurz zu begrüßen.

»Nun denn, meine Liebe, ich hatte es geahnt! Und als Ihre hübsche Schwester heute Nachmittag kam und Ihnen alles heimlich erzählen wollte, da habe ich zehnmal gedacht: ›Da ist nichts dran. Monsieur Nicolas ist viel zu … gut.‹«

Dann setzte er eine dümmliche Miene auf und sah mich an: »Hier den Unschuldigen hervorzukehren, mein Lieber, das können Sie sich sparen. Aus Ihnen wird sowieso nie ein Verbrecher, dafür bürge ich.«

Ich ging hinaus.

Wie kann der Mann einer hübschen Frau so unvorsichtig sein und in solchem Ton mit einem jungen Mann sprechen! Dieses Geschwätz – vielleicht war es die Hauptursache für eine Kühnheit, die mich sehr wohl zu einem Verbrecher machen sollte. Wie wenig vermag doch unsere Tugend über uns…

Manette hatte, als ich sie am nächsten Tag erblickte, die Ellbogen auf den unteren Teil der Halbtür gestützt und sah hinaus. Mir war, als wolle sie mich mit ihrem Lächeln einladen, zu ihr herüberzukommen.

»Ich hatte viel Kummer, gestern Abend«, sagte ich. »Ob der Abend heute fröhlicher wird?«

»Ich glaube schon, denn ich muss Ihnen gratulieren. Interessiert es Sie, wie meine Mutter und meine Schwester über Sie denken?«

»Ja, sehr! Genauso, wie es mich interessiert, was Sie denken.«

»Na, beide halten große Stücke auf Sie! Aber von Monsieur Breugnot, Ihrem Freund, halten sie gar nichts!«

»Man darf ihm nicht böse sein. Er muss etwas von dem, was ich ihm sagte, falsch verstanden haben. Ich glaube nicht, dass er mich absichtlich in Verruf bringen wollte – mich, seinen Freund – ebenso wenig wie Mademoiselle Madelon, die er mir gegenüber in den höchsten Tönen gelobt hat. Sie wissen selbst, dass ich mich mit den Fräulein Baron nie anders als mit Ihnen unterhalten habe – an der Halbtür, ohne den Laden jemals zu betreten.«

»Sie denken genauso, wie Madame Parangon gesagt hat. Deshalb darf ich ja auch mit Ihnen plaudern. Madame Parangon hat Maman nämlich heute erzählt, wie Sie Aimée und Tiennette beigestanden haben. Vor lauter Rührung ist Maman aufgesprungen und hat gerufen: ›Was für ein guter Junge! Gott segne ihn!‹ Und zu mir hat sie gesagt: ›Meine Tochter, nehmen Sie die höflichen Grüße dieses jungen Mannes ruhig entgegen – denn die Guten muss man hegen, die Schlechten aber verscheuchen.‹«

»Die Anerkennung Ihrer Frau Mutter ehrt mich ungemein, Mademoiselle! Ich weiß nicht, ob die anderen jungen Leute so denken wie ich (ich will es doch hoffen). Aber je mehr Sie mir gefallen – denn Sie sind bezaubernd! –, desto mehr gebe ich mir Mühe, zu Ihnen mit dem Respekt zu sprechen, den man dem Meisterwerk Gottes, einer schönen Frau, schuldet!«

»Ach, diese Sprache macht Sie mir wahrhaft schätzenswert, Monsieur Nicolas! Nein, Sie sind nicht wie die anderen jungen Leute, aber daran sind diese Leute selbst schuld. Ich komme nach draußen, und wir setzen uns auf die Bank.« Und sie kam.

»Ich glaube, die ehrenwerten Leute denken alle wie Sie, Monsieur Nicolas. Aber entweder sie verstecken sich oder es gibt nur wenige, zumindest unter den jungen Leuten von heute, die ich vernünftig habe reden hören.«

»Die ehrenwerten jungen Leute sind zurückhaltend, Mademoiselle. Außer wenn Nachbarschaft oder sonst ein besonderer Umstand ihnen eine Gelegenheit verschafft, getrauen sie sich nicht, eine junge, achtbare Person anzusprechen, und von den Koketten halten sie sich fern. Die Gecken dagegen, die Aufschneider und die Arroganten sind frech und zudringlich, und da man nur sie sieht und nur sie hört, glaubt man, alle seien so wie sie.«

»Ja, so kommt es mir auch vor! Bevor ich mit Ihnen gesprochen habe, habe ich geglaubt, unsere Rolle den Männern gegenüber bestehe darin, ihnen immer zu widersprechen, sie immer in die Schranken zu weisen, weil ihre Rolle darin bestehe, uns gegenüber immer ungehörige Sachen zu sagen und sich schlecht zu benehmen, und dass es ehrbare, schickliche Gespräche nur von Frau zu Frau geben kann, weil die Männer gar nicht anders können, als uns ständig Sachen zu sagen, von denen man schmutzige Ohren bekommt.«

»Das ist wohl wahr, Mademoiselle! Aber es gibt auch Ausnahmen. Man sagt immer, Romane lesen sei verwerflich. Na gut, auf Romane, die dem Laster das Wort reden, mag das ja zutreffen, falls es solche überhaupt gibt, denn mir ist noch keiner begegnet. Und was die angeht, die ich gelesen habe, so möchte ich behaupten, dass Romane lesen vielleicht sogar der einzige Weg ist, Herz und Verstand der jungen Leute hierzulande zu bilden und sie zu zügeln.«

»Ich denke wie Sie. Alle, die mir Madame Parangon geliehen hat, haben mich zur Sittsamkeit und Ehrbarkeit angehalten. Bevor Sie sie für mich ausgesucht haben, haben mir Boudard und davor auch Renaud – ein junger Mann, der Ihnen in seiner Art zu denken sehr ähnelt – manchmal Fallen gestellt, indem sie die Bücher, die mir Madame Parangon durch sie schicken ließ, gegen andere vertauschten. Die konnte ich dann fast nie lesen. Ich musste meine Schwester, die schlecht sehen kann und deshalb kaum liest, darum bitten, sie mühsam durchzusehen und zu beurteilen, bevor ich sie aufschlug – und mindestens drei Viertel von ihnen hat sie zurückgewiesen. Aber seit Sie sich darum kümmern, fühle ich mich beim Lesen nun sicher, und um meiner Mutter und meiner Schwester zu zeigen, dass ich nicht mehr getäuscht werde, lese ich ihnen manchmal laut daraus vor. Dann lobt man Sie, und ich bin zufrieden. Ich versichere Ihnen, ich habe noch nie einem Mann getraut, außer meinem Vater – und Ihnen!«

»Oh, Mademoiselle, das ehrt mich sehr!«

»Werden Sie sich eines Tages als Drucker niederlassen – hier in der Stadt, zum Beispiel?«

»Nein, Mademoiselle, hier kann es nur einen Drucker geben, und dies ausschließliche Recht liegt bei Monsieur Parangon.«

»Wie ärgerlich! Könnten Sie denn auch einen anderen Stand erlangen?«

»Schwerlich. Meine Eltern haben eine zahlreiche Familie.«

»Ich meine, ein anderes Gewerbe treiben, das Ihnen gefällt.«

»Wenn es vernünftige Gründe gäbe – warum sollte ich dann nicht meine Neigungen hintanstellen und mich für die Vernunft entscheiden?«

»Für den Gewürzhandel, zum Beispiel?«

»Mit Vergnügen, wenn…«

»Das genügt mir schon. Sie hätten nichts dagegen?«

»Wenn ich mir schmeicheln dürfte, Mademoiselle … – doch nein!«

»Wieso nein? Lieben Sie Ihren Beruf denn so sehr?«

»Um die Wahrheit zu sagen, Mademoiselle – mir scheint, ich bin, wenn nicht für die Wissenschaft geboren, so doch für etwas, das in deren Nachbarschaft liegt.«

»Aber, wenn … – würde Ihnen der Gewürzhandel denn gefallen – bei uns hier?«

»Ach, Mademoiselle, das Glück, in Ihrer Nähe zu sein, würde mir den Gewürzhandel zum herrlichsten Gewerbe machen, das ich…«

»Darüber sprechen wir später«, unterbrach sie mich.

Ich spürte, wie mich dieses Gespräch ermüdete, weil es weniger mit dem zu tun hatte, was ich wirklich dachte, sondern vor allem damit, dass es mir ein solches Vergnügen machte, Manette mit Freundlichkeiten zu erfreuen. Ich wechselte das Thema.

»Ich habe in den letzten Tagen eine sehr interessante Geschichte gelesen – sie handelt von Carmante und Evandre.«

»Sie machen mir Lust, sie zu lesen. In welchem Band steht sie?«

»Im vierten Band der Werke von Villedieu. Sie füllt ihn ganz aus.«

»Ich werde sie bestimmt mit Vergnügen lesen, zumal, wenn ich weiß, dass sie Ihnen schon gefallen hat.«

»Ich habe die Stellen angestrichen, wo mich der romantische Zauber besonders ergriffen hat.«

»Ich werde sie finden.«

In der Stille der Nacht überdachte ich die ziemlich eindeutigen Vorschläge, die mir Mademoiselle Prudhot gemacht hatte. Anfangs fühlte ich mich noch geschmeichelt, denn im Blick auf mein Lebensglück klangen sie verheißungsvoll. Doch als mir dann einfiel, dass ich den Beruf des Druckers, den ich so liebte, aufgeben und auch Colettes Haus verlassen müsste und dass ich meine dortige Stellung als Lehrling und Familienmitglied verlieren würde und mich von ihr lösen müsste, da erschrak ich. Dieser Gedanke vertrieb den Dunst der heiteren Hoffnung. Er machte den Zauber zunichte, den die Aussicht, die zartfühlende Prudhot zu besitzen, bisher für mich gehabt hatte. Ich spürte, wie meine Gefühle für sie erkalteten. Der Beruf des Gewürzhändlers war mir zuwider, und obwohl ich die Idee, Druckergeselle zu werden, weniger solide fand, schien sie mir doch würdiger. All diese Gedanken trieben mich heftig um. Doch ein tiefer Schlaf löschte sie aus, nachdem ich in der Nacht zuvor kaum Ruhe gefunden hatte. Ich schlief wie ein Klotz und wachte erst auf, als es längst hell war.

An diesem Sonntag beschäftigte ich mich wie gewohnt morgens mit Übersetzen und nachmittags mit Lesen. Um die Zeit der Abendandacht bei den Franziskanern begab ich mich an die Tür, um Madelon vorbeigehen zu sehen. Es war kein Mensch auf der Straße. Alle Leute von der gotischen Seite des Uhrturms* waren in der Kirche Saint-Regnobert und die von der römischen Seite in Saint-Eusèbe. Mademoiselle Baron erschien an der Haustür. Ich grüßte sie. Sie antwortete, indem sie mich zu sich winkte.

»Sie waren gestern Abend ja ziemlich *prudhotisiert*.«

»Die Damen waren so freundlich, meine Anwesenheit zu dulden.«

»Das einzig Erträgliche dort ist Manon. Die Mutter ist eine lächerliche Frömmlerin, die ältere Schwester ein armes Mädchen, das schlecht sieht und nur davon träumt, sich frisch zu erhalten. Und der Vater ist ein Dummkopf. Warum kommen Sie abends nicht mal zu uns? Da wird gelacht und gespaßt, alles unter den Augen meiner *Guten.** Sie werden dort junge Leute aus den besten Kreisen sehen, die geistreichsten Mädchen aus unserem Viertel und sogar aus anderen Stadtvierteln – und mit dem besten Geschmack. Das wird Sie zerstreuen und … bilden. Ich verwende dieses Wort nur zögernd«, fügte sie mit einem eigenartigen Gesichtsausdruck hinzu, »denn Sie sind ja erträglich, auch ohne den Ton, der Ihnen fehlt … Aber Sie mögen die Zerstreuung nicht wirklich, Sie sind zu sehr … in sich gekehrt. Nehmen Sie sich in Acht! Irgendetwas hält Sie zu Hause fest.«

»Und was ist das?«, erwiderte ich mit einem gezwungenen Lächeln.

»Was das ist? … Suchen Sie danach in Ihrem Herzen.«

»Ich suche es, und ich finde … Gestatten Sie, dass ich es sage?«

»Ich bitte darum!«

»Mademoiselle Madelon Baron … Ja, das ist der Magnet, der mich festhält.«

»Jetzt haben Sie aber nicht gesagt, was Sie wirklich gefunden haben. Wollte Gott, zu Ihrem Wohl, es wäre die, deren Namen Sie eben genannt haben!«

»Aber es war doch Ihr Name, den ich genannt habe!« (Insgeheim fürchtete ich plötzlich, ich hätte mich versprochen, wie es einem manchmal ergeht, wenn man zu lange und zu heftig nur an eines denkt.)

»Lieber Gott! Ja, ich weiß, dass Sie meinen Namen genannt haben … aber Madame Parangon *(sie hielt inne)* – ist sie zu Hause?«

Bei dem Namen Parangon war ich rot geworden und in Verwirrung geraten. Madelon, die diesen Namen genannt hatte, um dann absichtlich innezuhalten, hatte ihre Frage schließlich vervollständigt – aber erst, nachdem sie die beabsichtigte Wirkung erzielt hatte. Ich antwortete schließlich, Madame Parangon sei ausgegangen.

»Dann lassen Sie uns doch während der Abendandacht plaudern. Ich hüte den Laden. Meine gute Stiefmutter ist zwar oben mit Marote, aber sie kleidet sich an und hat wohl noch eine Stunde zu tun … – Ich möchte wetten, dass Sie vor lauter Verlegenheit nicht mehr ein noch aus wissen!«

»Wieso denn das, Mademoiselle?«

»Keinem von unseren jungen Leuten würde es so ergehen, wenn er an Ihrer Stelle wäre. Die würden bei einer anfangen und am Ende die Zweite nehmen. Vielleicht würden sie auch keine von dreien kriegen, aber in Verlegenheit gerieten sie deshalb nicht.«

»Ich verstehe Sie nicht.«

»Sie werden mich gleich verstehen. Sie lieben eine schöne Dame. Sie beten sie an. Sie ist Ihre einzige wirkliche Leidenschaft. Ich weiß das seit ungefähr sechs Monaten, ohne dass mir jemand etwas gesagt hätte. *(Wir befinden uns hier gerade im Mai 1752.)* Allein Ihr Betragen hat sie unmissverständlich verraten. Sie finden mich hübsch. Ich gefalle Ihnen. Ist es nicht so?«

»Ich würde lügen, wenn ich Ihnen sagte, dass ich Sie nicht entzückend finde, Mademoiselle!«

»Ja, Sie würden lügen … Und Manon Prudhot? Soweit ich Ihren Charakter kenne, weiß ich, dass deren liebenswürdige, sanfte Physiognomie, die einfache Blässe, das unschuldige und doch nicht alberne Lachen, die großen, sehnsüchtigen Augen, die blau sind, obwohl sie dunkelhaarig ist, die schlanke Gestalt, kurzum, ich weiß, dass Manons ganze hübsche Person Ihr lebhaftes Interesse geweckt hat. Ich weiß es, weil es nicht anders sein kann.«

»Aber Mademoiselle…«

»Sie brauchen mir nichts zu gestehen. Es genügt, wenn ich Ihnen … So ist Ihre Lage. Die hat manchmal ihre erfreulichen Seiten – allein zu sein mit einer von diesen dreien, das macht Sie zufrieden, außer in diesem Augenblick. Aber die meiste Zeit leiden Sie darunter. Denn mit Ihrem tugendhaften Herzen können Sie keine der Erwägungen annehmen, mit denen unsere prinzipienlosen jungen Leute es sich bequem machen. Sie wollen wählen und können nicht. Ihr bevorzugtes Idol verlassen – unmöglich! So vollkommen, wie sie ist. Wo eine finden, die ihr gleichkäme? Alles wäre ganz einfach, und Sie wären so mit ihr verbunden wie der Schatten mit dem Körper, wenn sie denn ein Mädchen wäre. Aber da gibt es grausame Momente! Sie ist eine Frau – die Frau eines anderen! Sie gehört ihm. Sie ist sein, ganz und gar sein! *(Ich zitterte so, dass man es deutlich sehen konnte.)* Sie kommen nicht los von diesem fatalen Gedanken, aber auch ihn kosten sie aus, voller Bitterkeit. Er beschäftigt Sie ohne Unterlass.«

Ich litt fürchterlich, während sie mir mit dem Licht der Wahrheit brennende Wunden zufügte. Ich, der ich in der Liebe so behutsam, so heimlich vorging! Ich konnte den unheilvollen Gedanken nicht ertragen, der schon so lange vor dem Auge meiner Vorstellungskraft stand.

»Hören Sie auf! Ich bitte Sie!«, sagte ich, kaum noch atmend.

»Nein! Im Gegenteil! Dieser trostlose Gedanke muss Sie ganz durchdringen – nur er kann sie gesund machen.«

»Ach!«, rief ich. Aber eine plötzliche Überlegung hielt die Worte zurück, die mir schon auf der Zunge lagen, und um meine Verwirrung zu verbergen und deren Ursache zu verschleiern, presste ich eine von Madelons Händen an meine Lippen.

»Sie haben Verstand«, begann sie von neuem. »Ich bin mir sicher, Sie werden versuchen, wieder gesund zu werden – entweder mit Manon Prudhot oder mit ihr. Darin sind Sie noch unentschlossen … Ja, ich weiß Bescheid, und nun will ich Ihnen Ihre eigene Geschichte weitererzählen. Bei Manon werden Sie Ihren Beruf aufgeben müssen, Sie werden in den Gewürzhandel überwechseln und sich mit Dingen beschäftigen, die Ihren wirklichen Vorlieben völlig fremd sind. Sie müssen sich selbst über den Haufen werfen, und die einzige

Entschädigung – wird Manon sein. Ich kann mir gut vorstellen, dass Manon Sie eine Zeitlang entschädigt. Sie ist ein vollkommenes Mädchen. – Was sie angeht, so hatte ich in meinem Leben zwei Wünsche: ein Mann zu sein, um aus ihr meine Frau zu machen; und dass sie ein Mann wäre, um aus ihr meinen Liebhaber zu machen. Sie sehen, ich lasse ihr Gerechtigkeit widerfahren. Aber die Liebe in der Ehe dauert nicht ewig. Selbst in einer Liebschaft tut sie das nicht, obwohl sie da viel mehr Kraft hat. Was bleibt Ihnen am Ende? Großes Bedauern. Denken Sie darüber nach!«

»Aber Mademoiselle«, sagte ich, »da ist doch noch eine zweite Möglichkeit.«

»Zu der will ich nichts sagen – oder nur so viel: Wenn Sie mich liebten und ich Sie liebte, dann nähme ich Sie mit dem Beruf, den Sie haben. Ich würde nicht versuchen, Sie zum Wechsel Ihres Berufes zu bewegen. Denn ich wäre viel lieber die Frau eines Druckergesellen, der sich in seinem Beruf wohl fühlt, als die Frau eines Tuchhändlers, wie mein Vater einer war, dessen Geschäft nach seinem Tod von meiner Stiefmutter fortgeführt wird. Und glauben Sie nicht, Sie könnten jemals den Widerwillen gegen einen Beruf überwinden, der von den Wissenschaften allzu weit entfernt ist! Nein, nie würden Sie Gefallen daran finden und wären am Ende doppelt unglücklich, denn Sie würden sich damit zugrunde richten. Was Sie brauchen ist Freiheit. Ich kenne ein Mädchen, bei dem Sie die Möglichkeit hätten, entweder in Ihrem Beruf zu bleiben und Kapital aus ihm zu schlagen, denn das Vermögen dieses Mädchens könnte Ihnen das, was nötig ist, vorschießen – oder Sie würden Ihren Beruf wechseln, aber nicht, um ein Geschäft aufzumachen. Sie könnten einen jener Posten einnehmen, die wenig Zeit und wenig Mühe erfordern und ihnen alle Freiheit lassen, sich Ihren Studien zu widmen. Dieses Mädchen ist nicht in Sie verliebt, ihre Neigung hat ein viel edleres Motiv. Seit sie Sie hier beobachtet, hat sie erkannt, dass Sie ein ganz außergewöhnlicher Mensch in dieser Stadt und der ganzen Gegend sind. Sie hat sich selbst etwas geschworen, das Sie vielleicht eines Tages erfahren werden, denn der einzige Eifer, der sie treibt, der einzige Wunsch, den sie hegt, geht dahin, ihr Schicksal mit dem eines Mannes zu verbinden, dessen Denkungsart, dessen Geist, dessen Tätigkeit, dessen bloße Zurückhaltung ihm ein besonderes Schicksal verheißen, ein ganz anderes als das unserer menschlichen Automaten! – mit einem tugendhaften Mann, der dieses Namens würdig ist und dessen Sitten sie ebenso respektieren wird wie dessen Talente. – Also, das war es, was ich Ihnen sagen wollte, Monsieur. Auf ein so ernstes Gespräch waren Sie nicht gefasst, nicht wahr? Aber ich möchte wetten, die, die uns hier gesehen haben, würden nie und nimmer erraten, worum es da ging … Die Abendandacht ist zu Ende. Da kommen schon die Dienstmädchen! Trennen wir uns!«

Ich kehrte ins Haus zurück.

Tiennette kam von der Abendandacht in der Pfarrkirche zurück, und ich, statt die Andacht in der Kathedrale zu besuchen, wie ich es sonst tat, ging hinauf in die Druckerei – so erfüllt von Gedanken und Aussichten, dass ich nichts sah und nichts fühlte. Ich trat an ein Fenster, das auf den Hof der Franziskaner hinausging, und starrte gedankenlos auf die jungen Schönen, die jetzt hier zur Andacht kamen.

An einem kleinen, höher gelegenen Fenster im Nachbarhaus sah ich die Hand einer Frau und die Bordüre ihres Umhangs. Ich hustete unauffällig. Da zeigte sie sich. Es war die ältere der beiden Fräulein Prudhot, und sie winkte mich zu sich. Rasch stieg ich in unseren Speicher hinauf, kletterte durch ein Dachfenster hinaus und ging zwischen den beiden Dächern bis zu einer Öffnung, die die Kammer von Jeannin, dem Lehrling der Prudhots, erhellte. Sie glich in allem der Dachkammer, die ich bewohnte. Ich hatte geglaubt, Manon sei bei ihrer älteren Schwester. Das Fenster stand offen. So konnte ich den Kopf durch die Luke schieben und sah, dass Goton Prudhot allein war. Sie zuckte zusammen, als sie meinen Gruß plötzlich ganz aus der Nähe hörte.

»Passen Sie auf, dass Sie nicht fallen!«

»Nein, Mademoiselle, zwischen den Dächern kann mir nichts passieren.«

»Vorsicht auf der Kante!«

»Keine Sorge, Mademoiselle.«

»Manon ist krank, und wir fürchten sehr, es könnten die Blattern sein!«

»O Gott – wie furchtbar! Das ist eine grausame Krankheit!«

»Es wäre so schade, wenn sie ihr das hübsche Gesicht entstellte!«

»Ja, gewiss, Mademoiselle. Aber sie könnte mit ihrem Liebreiz noch immer so manches Herz in Aufruhr versetzen!«

»Ich wollte Ihnen das sagen. Deshalb habe ich Sie gerufen.«

»Meine herzliche Anteilnahme, Mademoiselle. Ach, könnte ich Ihrer anbetungswürdigen Schwester doch etwas von meiner Gesundheit abgeben!«

»Ich werde ihr Ihre guten Wünsche und Grüße bestellen. Adieu. Ich muss jetzt gehen – zu ihr.«

»Wäre es möglich … darf ich Sie bitten, mir zu erlauben…«

»Nein, nein – wenn es ihr wieder gutgeht…«

Sie winkte mir freundlich zum Abschied und verließ die Kammer, während ich an meinen kleinen Schreibtisch zurückkehrte, ganz in Gedanken an Manon. In diesem Augenblick schätzte ich sie, glaube ich, mehr als alle anderen Frauen – und sicher mehr als Madelon. Die zartfühlende Aufmerksamkeit, die sie mir erwies, und die Freundlichkeit ihrer älteren Schwester rührten mich zutiefst. Ich spürte, wie sehr ich alle Leute in diesem Haus liebte – als Liebhaber, als Sohn, als Bruder.

Monsieur Parangon und seine Frau aßen in der Stadt zu Abend. Ich war allein im Haus. Mein Kamerad Bardet war nach Irancy gegangen, wo er herkam. Mein Kamerad Tourangeot verbrachte die Sonntagabende mit seiner Geliebten Marie, die eine Zeitlang eine Favoritin des dicken Parangon gewesen war.

Es war zehn Uhr, und noch niemand war zurückgekommen, als

ich an der Tür des Ladens ein Klopfen hörte. Ich lief hin. Es war Manon Bourgoin.

»Allein?«

»Ja, Mademoiselle.«

»Adieu, adieu, wenn mich jemand allein mit einem jungen Mann sähe…«

Sie wollte hinausgehen.

»Da klopft jemand«, sagte sie zu mir und versteckte sich hinter der Spanischen Wand. Ich hatte zwar nichts gehört, aber ich ging trotzdem hin und öffnete.

Ein Franziskaner, den ich vom Sehen her kannte, stand vor der Tür. Es hieß, er sei ein guter Kerl, allerdings ein bisschen liederlich. Es war der Vater oder Bruder Gaudet d'Arras, ohne Kutte, das heißt mit Jacke, verschwitzt und staubbedeckt, ein Anblick zum Fürchten!

»Parangon? Ist er da?«

»Nein, Monsieur.« (Nie habe ich einen Mönch mit *Vater* oder *Bruder* angesprochen.)

»Sind Sie ein braver Junge?«

»Hier herum hält man mich dafür.«

»Auch ich bin schon fast überzeugt.«

Während wir sprachen, hatte er den Laden durchquert und die Türen geschlossen. Mademoiselle Bourgoin beobachtete alles, ohne sich zu zeigen.«

»Ich stehe mich nicht gut mit dem Bruder Pförtner«, fuhr Gaudet d'Arras fort. »Das äußere Klostertor ist verschlossen. Ich kann es mir nicht öffnen lassen, ohne dass es Ärger gibt. Lassen Sie mich doch bitte durch die Tür in der Feuchtkammer herein.«

»Mit Vergnügen, Monsieur, hier ist der Schlüssel.«

Nachdem ich ihn zum zweiten Mal mit *Monsieur* angesprochen hatte, legte mir d'Arras eine Hand auf die Schulter.

»Dieses Wort *Monsieur* ist mir ein gutes Vorzeichen. Sie sind nicht abergläubisch, und Sie werden mein Geheimnis für sich behalten, nicht wahr?«

»So mache ich es immer, wenn ich ahne, dass ich durch Reden Ärger verursachen könnte.«

»Wer bist du eigentlich?«, wollte er wissen.

»Ich bin hier Lehrling.«

»Aha, Parangon hat also endlich mal einen Stift, der seiner würdig ist! Ich werde ihm gratulieren.«

Ich öffnete ihm die Tür zur Feuchtkammer. Als er dann in den äußeren, der Allgemeinheit zugänglichen Hof trat, zog er einen Schlüssel für die kleine Tür des Klosters hervor. Ein weiteres Hindernis gab es offenbar nicht, und als er sicher war, zurück in sein Kloster zu kommen, umarmte er mich voller Freude.

»Da hat mir der Bruder Jean, der Pförtner, einen üblen Streich gespielt. Neulich hat er im Garten eine Grasmücke totgeschossen, die in einem unserer Spalierbäume nistete und die Freude der ganzen Bruderschaft war. Ich habe ihn beobachtet, weil ich wegen einem Schnupfen nicht an der Messe teilnahm. Ich habe es dem Superior gesagt, und der hat ihn auf dem Boden kniend bei den Katzen essen lassen. Jetzt rächt er sich, wie Sie sehen. Sie haben mir einen großen Dienst erwiesen, zumal wir gerade den Bruder Visitator bei uns haben. Wenn ich irgendwo außerhalb geschlafen hätte, würde er es morgen wissen, und es gäbe unweigerlich eine strenge Strafe. Außerdem – wie stände ich da, wenn ich am helllichten Tag in diesem Aufzug auftauchen würde? Bis morgen, Monsieur … – Unter welchem Namen soll ich nach Ihnen fragen? Denn ich möchte mich morgen bei Ihnen bedanken.«

»Sie schulden mir nichts, Monsieur. Ich tue anderen Gutes, wie ich mir wünsche, dass sie es mir tun. Ich heiße Nicolas.«

»Bis morgen, Monsieur Nicolas. Meine Zelle liegt am großen Korridor, Nummer 12. … Oh, da kommt jemand!«

Eilig machte er sich davon. Als ich mich zurückzog, sah ich, dass Bruder Jean einen Franziskaner durch die Kirche hereinließ. Man wird noch erfahren, was es damit auf sich hatte.

So kam meine Bekanntschaft mit Gaudet d'Arras zustande. Der

Dienst, den ich ihm erwiesen hatte, war für ihn noch wichtiger, als er zunächst gedacht hatte – wegen einer peinlichen Angelegenheit, die sich am nächsten Tag zutrug. Was mich anging, so hatte diese Bekanntschaft das schrecklichste, abscheulichste Ereignis meines ganzen Lebens zur Folge.

Das wichtigste Ereignis dieses nächsten Tages beschäftigte mich am allerwenigsten. An Gaudet d'Arras dachte ich kaum noch. Ich mochte die Mönche nicht. Und diesem hatte ich weniger geholfen, weil ich gutherzig war, sonder eher, weil ich nicht bösartig war – oder vielmehr: Es war der Mensch und nicht der Mönch, dem ich beigestanden hatte. Was mich wirklich beschäftigte, das war Manon Prudhots Krankheit und die Art und Weise, wie ihre Schwester mit mir gesprochen hatte, diese freundliche Art, die mir zeigte, dass mir die ganze Familie wohlgesinnt war.

Am nächsten Tag wachte ich spät auf. Aber es war Montag. Da kamen die Arbeiter – vom Ausruhen mehr ermattet als von der Arbeit – nicht zeitig, so dass ich immer noch der Erste bei der Arbeit war. Deshalb hatte ich die Zeit, noch einmal, wie gestern, auf das Dach zu steigen und den kleinen Jeannin zu fragen, wie es Mademoiselle Manon gehe. Ich erfuhr, dass der Ausbruch der Pocken sehr günstig begonnen hatte. Ich bat ihn, Mademoiselle Goton zu sagen, sie solle möglichst oft bei mir anklopfen und mir Nachricht von ihrer Schwester geben. Er versprach es mir, und so hatte ich das Vergnügen, mich drei- oder viermal am Tag mit diesem freundlichen Fräulein zu unterhalten.

Die Arbeiter kamen gegen neun und machten erst einmal Mahlzeit. Mein junger Kamerad Bardet, der an diesem Morgen schon von Irancy zurückgekehrt war, bediente sie immer gern. Er hatte etwas von einem Schlemmer, und die anderen hielten ihn frei. Ich arbeitete. Der Werkstattleiter war an diesem Morgen nicht in Form, obwohl er eigentlich ein solider Kerl war. Er bat mich, seine Arbeit zu übernehmen, und ich machte sie noch am Vormittag fertig – zu seiner großen Zufriedenheit. Ich hörte nämlich, wie er mich vor seinen Kollegen lobte, die genauso dachten wie er – ausgenommen Degout, der so scheeläugig und böse dreinblickte wie die Missgunst selbst.

Die ganze Druckerei befand sich in einem großen Raum in der zweiten Etage, mit Ausnahme von Yeury, dem Dienstältesten, und einer Druckpresse, die in der ersten Etage geblieben waren – zusammen mit den großen Lettern für Plakate und andere Akzidenz- oder »Stadtarbeiten«, wie man sie nennt, weil es dabei nicht um Bücher geht, sondern um einzelne, kurzlebige Einzelblätter für öffentliche Bekanntmachungen oder private Zwecke.

Alle hatten sich zum Essen dort versammelt, wo ich arbeitete, so dass ich dem Gespräch bequem folgen konnte. Zwei Drucker, Lantrade und Gonnet, die erst während der Mahlzeit auftauchten, sorgten für Ruhe, um eine *tolle Farce* (ein Ausdruck, den Lantrade aus Paris mitgebracht hatte) zum Besten zu geben. »Erzähl du!«, sagte Lantrade zu Gonnet. »Ich möchte noch einen Happen essen.«

Hier also die Erzählung von Gonnet.

»Wir waren, wie alle anderen, auf dem Gelände hinter der Benediktinerabtei, um Maîne Lebègue singen zu hören. Da kam Guigner, der Soldatenwerber, angelaufen, ganz außer Atem. ›Ich glaub, ich hab eben meine beiden großen Cousinen mit zwei Raben im Roggen gesehen.‹ Ich antwortete ihm, da müsse er aber gute Augen haben, man könnte doch bei dieser Dunkelheit überhaupt nichts sehen. Er wiederholte, er hätte sie trotzdem gesehen, und wir sollten alle zusammen zu ihnen gehen, das würde ein großer Spaß … Ihr kennt doch die beiden: die eine arbeitet als Zimmermädchen bei Monsieur Trinquet, die andere ist Weißwäscherin. Sie heißen wie er, aber verwandt sind sie mit ihm so wenig wie ich … Wir sind also hingerannt, aber ohne Lärm zu machen, und haben die beiden Mädchen wirklich im Roggen gefunden, mit zwei Franziskanern in Jacken. Die Kutten dienten den beiden Schwestern als Kissen. Guigner machte uns ein Zeichen und schnappte sich den einen. Uns aber ist der andere entwischt. Der Werber hat sich von dem, den er festhielt, alles Geld geben lassen, das er bei sich hatte – alles in allem achtzehn Livres –, und hat ihm gegen bar seine Kutte zurückgegeben. Dann haben wir ihn laufen lassen. Guigner hat den beiden Mädchen gesagt, sie sollten mitkommen, und hat sich die Kutte des Mönchs, der weggelaufen war, über seine Soldatenuniform gestreift. An der Porte du Temple haben wir ein paar Leute getroffen, die uns nicht kannten, weil wir da fremd sind. Die staunten nicht schlecht, als sie zwei Mädchen sahen, die sich bei einem Franziskaner mit Federbusch und Schleppe eingehakt hatten! Von der Geschichte wird man heute noch hören, denn wenn Guigner mit Querpfeife und Trommel seine Runde macht, muss er die Kutte des Geflohenen im Kloster abgeben. Er muss sie dem Bruder Jean übergeben und ihm sagen, wie er sie gefunden hat.«

Wie gebannt hatte ich dieser Erzählung gelauscht. Gerade als Gonnet damit fertig war, wurde ich auch mit der Arbeit für den Werkstattleiter fertig. Ich sagte ihm Bescheid, und während die Fahnenabzüge gemacht wurden, stahl ich mich davon. Ich wusste, wo die Schwestern Guigner wohnten, und das Zimmermädchen kannte ich, denn Monsieur Trinquet, ein steinreicher Emporkömmling, war der Onkel unseres Werkstattleiters Bourgoin. Da die beiden Schwestern so etwas wie vornehme Halbweltdamen in der Stadt waren, in den Tanzsälen verkehrten und dabei sehr auf sich hielten, hatte ich ihnen schon oft Liebesbriefchen von Fusier und Floriau gebracht. Im Nu war ich bei ihnen.

»Mademoiselle Goton«, sagte ich zu der Wäscherin, die allein zu Hause war, »da braut sich was zusammen, das Ihnen allerlei Unannehmlichkeiten machen und sogar den Herrn Bürgermeister gegen Sie aufbringen kann. Der Rekrutenwerber Guigner will mit der Kutte eines Franziskaners einen Skandal vom Zaun brechen. Wenn er das tut, wird man die Sache bestimmt zurückverfolgen, und dann erfährt die ganze Stadt, dass Sie gestern mit zwei Franziskanern in einem Roggenfeld waren. Ich gebe Ihnen einen guten Rat: Sorgen Sie dafür, dass der Werber sein Vorhaben fallenlässt.«

»Die Kutte habe ich hier«, sagte Goton erschrocken. »Meine Schwester und ich, wir wollten zusammen mit meinem Cousin Guigner dem Vater d'Arras, diesem jungen Franziskaner, einen Streich spielen, weil er uns immer wieder mit seinen schlüpfrigen Reden kommt, reich und liederlich, wie er ist.«

»Am Ende werden Sie in diesem Spiel die Dummen sein, Ihr Cousin und Sie«, gab ich zurück. »Glauben Sie mir. Wir sollten die Kutte sofort zurückgeben. Ich bringe sie dem Besitzer – heimlich, durch unsere Tür nach hinten raus. Dann hat die Sache ein Ende. Noch ist Zeit, aber es muss schnell gehen! Vermeiden Sie alles Aufsehen – es würde Ihnen nur schaden.«

»Mein Gott, ja – nehmen Sie sie!«

Das ließ ich mir nicht zweimal sagen. Ich faltete die Kutte so, dass sie in meine Kittelschürze passte.

»Aber das bleibt unter uns!«, sagte ich beim Hinausgehen. »Ich will nicht, dass nachher an mir etwas hängenbleibt, weil ich Ihnen geholfen habe.«

Ich rannte los. Zum Glück! Denn ich war kaum zwanzig Schritte vom *Sabot*, dem »Haus zum Holzschuh«, wo die Schwestern Guigner wohnten, entfernt, als ich dem Werber begegnete. Er fragte mich, ob die Herren Lantrade und Gonnet uns eine gute Geschichte erzählt hätten.

»Ja, ja«, rief ich ihm im Laufen zu. »Aber ich rate Ihnen, lassen Sie es damit gut sein.«

Er betrat das Haus der Guigner, die ihm eine fürchterliche Szene machte. Er habe sie gedrängt, den beiden Mönchen ein Rendezvous zu gewähren, und nun drohe ihr wegen seiner Unvorsichtigkeit eine Vorladung beim Bürgermeister. Und entgegen dem, was sie mir versprochen hatte, fügte sie noch hinzu, sie habe mich eben gebeten, dem Mönch seine Kutte zurückzugeben. Der Werber verpasste ihr eine Ohrfeige und einen Fußtritt und wollte mir nachlaufen. Aber er sah aus wie eine kleine, fette Dogge, die einem Rehbock nachläuft. Ich nahm zu den Franziskanern nicht den Weg durch die Druckerei, sondern den von der Rue de la Poissonnerie. Die Tür zum Garten stand offen, und so gelangte ich unbemerkt in das Kloster. Es war elf Uhr morgens. Ich begegnete dem Bruder Jean.

»Guten Tag, Herr Nachbar!«, sagte er. »Von wo sind Sie denn hereingekommen?«

»Durch den Garten. Ich möchte zu Pater Villetard.« (Wir hatten gerade eine Kleinigkeit für diesen Mönch zu drucken. Ein ziemlicher Dummkopf aus einer der reichsten Familien der Stadt.)

Bruder Jean gab mir die Nummer seiner Zelle: Es war die 8. Aber ich klopfte zunächst einmal bei d'Arras, in Nummer 12. Stille. Ich sagte meinen Namen. Da öffnete sich die Tür. D'Arras trug noch immer seine Jacke und schien ziemlich verzweifelt.

»Ach, mein Freund! Ich bin verloren!«, sagte er. »Gehen Sie doch bitte zum Vater Superior in Nummer 1 und sagen Sie ihm, dass ich ihn dringend bitte, mich aufzusuchen.«

»Vorher muss ich Ihnen aber Ihre Kutte zurückgeben.«

Ich ließ sie auf sein Bett fallen. Er sah mich verblüfft an, stand reglos da und fiel dann, ganz außer sich, vor mir auf die Knie.

»Wenn du nicht der Teufel bist«, sagte er, »dann bist du ein Engel, der mir geschickt worden ist. Ich gelobe dir ewige Freundschaft. Du rettest mich. Du erweist mir einen so großen Dienst, wie wenn du mich aus den Händen der Henker retten würdest!«

Ich erzählte ihm in kurzen Worten, wie ich erfahren hatte, bei wem seine Kutte sei, und wie ich sie mir verschafft hatte. Bald jedoch sagte er: »Ach, mein Freund. Für jetzt sage ich dir Adieu. Ich muss ins Refektorium…«

Auch ich beeilte mich, wieder in die Druckerei zu kommen, durch die hintere Tür. Im Saal sah ich Guigner. Monsieur Parangon unterhielt sich mit ihm und hatte anscheinend keine Bedenken, einen solchen Menschen in sein Haus zu lassen.

Nachmittags war im ganzen Haus nur noch von dem Abenteuer des Mönchs die Rede. Tourangeot erzählte es Monsieur und Madame Parangon und rückte es dabei nach seinem Gutdünken zurecht. Gegen halb fünf erblickte mich Madame Parangon, als ich gerade mit einer Anzahl Korrekturfahnen zu ihrem Gemahl unterwegs war, und fragte mich, ob ich Einzelheiten wüsste.

»Ja, Madame, und mir scheint, ich verstoße nicht gegen das Stillschweigen, das ich versprochen habe, wenn ich Ihnen alles offenbare.« (So wie die Liebe dem geliebten Wesen stets zu Diensten sein will, ist sie auch bestrebt, ihm Geheimnisse anzuvertrauen.)

»Wie bitte? Ein Geheimnis! Sind Sie etwa darin verwickelt?«

»Sehr sogar, Madame!«

»Ach! Und worum geht…? Ich werde Sie nicht verraten«, fügte sie lächelnd hinzu. »Alles bleibt unter uns.«

Ich erzählte ihr, was ich in Erfahrung gebracht hatte und was ich seit dem vorigen Tag bis zu dem Augenblick getan hatte, in dem ich d'Arras seine Kutte zurückgab. Colette hielt den Atem an, während sie mir zuhörte. Als ich fertig war, sah ich ihre schönen Augen glitzern. Sie breitete die Arme aus, nahm sich dann aber gleich wieder zusammen…

»Sind Sie einverstanden mit dem, was ich getan habe, Madame?«

»Ja, das bin ich! Dieser Tag lässt Sie in meiner Achtung mehr steigen, als alles, was ihm vorausgegangen ist … Ihr Geheimnis wird mir heilig sein, verstehen Sie? Auch gegenüber Monsieur Parangon.«

Da sagte ich ihr, dass ein paar Augenblicke vor d'Arras auch Mademoiselle Manon Bourgoin erschienen sei und dass sie ihn gesehen habe, aber er nicht sie.

»Jetzt werde auch ich Ihnen ein Geheimnis verraten«, begann sie wieder, »ich vertraue es Ihnen an, dabei ist es für zwei Menschen unendlich wichtig – d'Arras will seine Gelübde widerrufen, und wenn es ihm gelingt, wird er meine Freundin heiraten – die, deren Namen Sie eben genannt haben.«

»Mademoiselle Bour…goin! Da muss er aber vorsichtiger sein!«

»Sie würde ihm alles überlassen. Er hätte Renten in Höhe von zwanzigtausend Livres.«

»Ich glaube, er hat auch ein großes Herz, Madame!«

»Es freut mich, dass Sie das so hervorheben. Ich werde es Manon Bourgoin sagen. Studieren Sie ihn, wenn Sie ihn bisweilen sehen. Sie werden Gelegenheit dazu haben. Sie würden einer Freundin, die ich sehr liebe und deren Mutter ich im höchsten Maße verpflichtet bin, einen großen Dienst erweisen. Sprechen Sie mit d'Arras vorteilhaft über sie. Für Sie steht dabei nichts auf dem Spiel, dafür bürge ich.«

»Ich tue alles, was Sie von mir wünschen, voller Hingabe, Madame, und ich bin überglücklich, wenn ich Ihnen gehorchen darf.«

»Das weiß ich, Monsieur Nicolas.«

Sie errötete und wandte sich ab. Mir schien, sie wollte sich von mir verabschieden. So ging ich denn hinauf zu ihrem Mann.

Am Abend, nach Tisch, ging ich hinaus, um mich einen Augenblick mit Madelon Baron zu unterhalten, die mir von dem Mönch erzählte. Ich tat, als würde ich nichts darüber wissen. Da brachte sie das Gespräch auf Manon Prudhots Krankheit. Ihr schien unendlich viel daran zu liegen, dass sie wieder gesund würde, und sagte mir lauter freundliche Dinge über sie. Voller Bewunderung erkannte ich, was für ein großes Herz diese hübsche Person hatte. Während wir miteinander sprachen, achtete ich darauf, wer das Haus verließ. Monsieur Parangon, statt seiner Frau den Arm zu leihen, ging mit dem Werkstattleiter davon. Sofort kehrte ich ins Haus zurück.

Colette war geblieben – zweifellos, um mit mir noch einmal über das Abenteuer von Gaudet d'Arras zu sprechen. Hundertmal stellte sie mir die gleichen Fragen, und ich gab ihr immer wieder die gleichen Antworten. Sie fügte hinzu, Bourgoin würde seine Cousine zu ihr bringen. Ihn würde sie dann wieder wegschicken und nur ihre Freundin wissen lassen, dass ich oft Gelegenheit hätte, mit Monsieur d'Arras zu sprechen. Sie würde sie aber auch bitten, mit ihm nie über mich zu sprechen. Es sei besser, wenn der junge Mönch nicht wisse, dass sie mich kenne, sonst würde er vielleicht argwöhnisch und sich verschließen, und mir würde es schwerer fallen, ihn zu ergründen.

Schließlich schien es mir angebracht, mit ihr offen über die Vorschläge zu sprechen, die mir die Familie Prudhot gemacht hatte. Colette wurde nachdenklich. Ich schwieg.

»Was hält Sie zurück?«, fragte sie schließlich.

Worauf ich ihr ganz einfach antwortete: »Sie zu verlassen, Madame, nicht mehr in Ihrem Haus zu wohnen – das hält mich zurück.«

»Und Mademoiselle Baron spielt hierbei keine Rolle?«

»Ich schätze dieses Fräulein sehr, aber mit meiner Unentschiedenheit hat sie nichts zu tun.«

»Ganz sicher?«

»So sicher wie meine tiefe Hochachtung vor Ihnen, Madame.«

»Monsieur Nicolas, ich kenne Ihre Familie. Sie ist älter als meine, und sie hat bessere Verbindungen. Sie ist weniger reich, aber ihrem Rang nach steht sie nicht unter uns. Durch die Quatreveaux, die Gauthiers und die Linards sind wir sogar verwandt … Kennen Sie meine Schwester Fanchette?«

»Ja, Madame, ich habe sie in Vermenton gesehen, an dem Tag, an dem mein Vater und meine Mutter mich vorgestellt haben.«

»Wie finden Sie sie?«

»Bezaubernd! Ich möchte fast sagen, so anbetungswürdig wie Sie.«

»Sie ist noch sehr jung. Aber es würde nicht passen, wenn sie älter wäre. Sie wissen, dass mein Wort in meiner Familie etwas gilt, vor allem bei meinem Vater?«

»Ja, Madame, bei Ihren Eltern, genau wie hier, sind alle glücklich, sobald sie eine Absicht erkennen lassen, der man zur Erfüllung verhelfen darf.«

»Ich glaube, wenn Sie so weitermachen, wie Sie angefangen haben, dann wäre es für mich nicht schwierig … es wäre ein Leichtes … ich könnte Ihnen sogar versprechen, dass Sie eines Tages die Hand meiner Schwester Fanchette erlangen werden.«

»Ach, Madame! Wenn es mir gestattet wäre, eine solche Hoffnung zu hegen...«

»Ja, das glaube ich.«

Ich antwortete nicht, sondern wagte es, ihre Hand zu nehmen und sie zu küssen. Mir kamen die Tränen.

»Was ist denn? Lieben Sie meine Schwester etwa schon? Sie ist noch ein Kind!«

»Sie ist Ihre Schwester, Madame: und das heißt (verzeihen Sie mir den Ausdruck), in ihren Adern fließt Götterblut.«

»Oh, Monsieur Nicolas! Wenn das so ist, verspreche ich sie Ihnen. Und mir scheint, ich bin sogar dazu verpflichtet *(fügte sie mit einem Lächeln hinzu)* – in Anbetracht all dessen, was Sie dem Wunsch opfern, in meinem Haus bleiben zu können...«

Sie verstummte. Noch immer hielt ich ihre Hand. Ich blickte auf und sah sie an. Zum ersten Mal wagte ich es, ihr in die Augen zu sehen.

»Sie schenken mir einen Mut, Madame, gegen den nichts und niemand ankommt. Ich kann nicht sagen, dass ich Mademoiselle Fanchette anbete. Aber ich vergöttere ihre Schwester. Sie ist die Tugend und die Schönheit selbst, und alle Sterblichen müssen sie verehren.«

»An Ihren Gefühlen«, sagte Colette mit einem leichten Zittern in der Stimme, »gib es ... nichts ... auszusetzen, und es ist mir eine große Freude, das sagen zu können.«

»Oh, Madame! Wie sehr Sie diesen Abend glücklich machen! Er wird mir unvergesslich bleiben! – 27. Mai! Immer und ewig wirst du ein Festtag für Nicolas-Edmond bleiben! Ich werde mein Herz mit der glorreichen Hoffnung füllen, die Sie mir in Ihrer Güte geschenkt haben. Ich werde darin auf einem Thron der Hochachtung Ihr Bild errichten und dasjenige von Mademoiselle Fanchette. Die eine wird mir der Gegenstand ... all meiner Liebe werden. Die andere wird mir ... meine Göttin sein. So verehre ich sie beide.«

Ich verstummte. Colette schwieg. Ich suchte nach neuen Worten – vergeblich. Aber ich sah bisweilen zu ihr hinüber. Sie hatte den

Blick gesenkt. Sie sah zu Boden und regte sich nicht. Wenn ich versucht hätte, aufzustehen – ich glaube, es wäre mir nicht gelungen. Mir war, als wäre ich an meinen Stuhl gekettet. Neue Perspektiven erweiterten meine Zukunftsaussichten und würden meinen Eltern gewiss schmeicheln – weit über das hinaus, was ich von jeder anderen Schwiegertochter erhoffen konnte. Ich sah vor mir die Möglichkeit, die Gewissheit, meinem Vater eine Tochter seines ehrenwertesten Freundes zur Tochter zu machen, aus einem Haus, das wegen der Ämter und Würden seines Oberhaupts in der ganzen Gegend hoch angesehen war; eine Tochter, von der niemand geglaubt hätte, dass ich je Anspruch auf sie erheben könnte; ich würde (und das war die wahre Quelle meiner Trunkenheit) der Bruder von Madame Parangon! Ich würde sie als Schwester zärtlich und unbeschwert lieben können! Schluss mit der Unentschiedenheit! Ich war entschlossen. Eine beschwerliche Last war von mir abgefallen. Ich glich einem Mann, der hingestreckt im Gras der Küste ein stürmisches Meer betrachtet, dem er soeben entronnen ist.

Bourgoin, der Werkstattleiter, kam zurück und brachte uns seine Cousine. Wir begleiteten ihn wieder zur Tür, aber bevor er davonging, kam Goton Prudhot und brachte uns Nachricht von ihrer Schwester. Ihr gehe es so gut, wie man es sich nur wünschen könne. Madame Parangon und Mademoiselle Bourgoin machten der Kranken einen Besuch. Der Werkstattleiter folgte ihnen. Ich blieb bis zur Rückkehr von Monsieur Parangon allein und zog mich dann zurück, ohne Colette noch einmal zu sehen.

Am folgenden Tag kam d'Arras und wollte mich sprechen. Monsieur Parangon klingelte nach mir. »Ich gehe wieder hinauf«, sagte er zu dem jungen Klosterbruder und begab sich zurück in sein Arbeitszimmer. D'Arras sagte zu mir: »Nehmen Sie Ihren Schlüssel und lassen Sie uns in unseren Hof hinübergehen. Dort können wir freier reden.« Er führte mich in einen etwas abseits gelegenen Garten, der zum Kloster gehörte und auf Lebenszeit an den Stadtrat Raffin vermietet war. Dort spazierten wir ungefähr eine halbe Stunde herum, in der er mir erzählte, wie es ihm und seiner Kutte ergangen war.

»Meine Feinde (denn solche habe ich) wussten, in was für einer peinlichen Lage ich mich befand. Ohne dass ich etwas ahnte, unterrichteten sie den Superior des Klosters davon – und wollten es ihm auf diese Weise unmöglich machen, mir aus der Patsche zu helfen. Ohne Sie wäre ich unweigerlich in mein Verderben gerannt. Sie triumphierten schon. Sie waren es auch, die unter der Führung von Villetard, diesem Dummkopf, dafür gesorgt haben, dass der Schlüssel zur Kleiderkammer von dem zuständigen Bruder heute Morgen dem Visitator ausgehändigt wurde. Mein Kamerad, der mir dies verheimlicht hatte, um mich nicht in Verzweiflung zu stürzen, hatte trotzdem die Erlaubnis erlangt, die Kammer zu betreten. Er hatte versucht, sich zwei Kutten überzuziehen, aber Bruder Pierre, der Kämmerer, hatte es bemerkt und zu ihm gesagt: ›Lassen Sie das lieber bleiben! Ich würde dem Bruder d'Arras selbst eine bringen, wenn es möglich wäre; Sie würden sich nur zugrunde richten und ihm doch nicht helfen. Man würde Sie visitieren, bevor Sie in seine oder Ihre Zelle gelangt wären.‹ – ›Wenn man mich erwischt, sage ich einfach, ich wolle beide Kutten behalten, die alte und die neue.‹ – ›Das geht nicht! Keinem Bruder sind zwei Kutten erlaubt, seit ein Bruder mal so unvorsichtig war, ein als Franziskaner verkleidetes Mädchen in seine Zelle zu schmuggeln. Außerdem befürchtet man, die Brüder könnten sie als Kostüme verleihen.‹ Doch dann haben Sie mir meine Kutte zurückgebracht, und ich habe sie mit so viel Segenswünschen und so herzlich empfangen, wie ich sie am Tag meines erzwungenen Eintritts in den Orden verflucht habe. Sofort bin ich in meiner Kutte zum Superior gegangen und habe mich über den Kämmerer beschwert, der mir keine Kutte geben wollte. ›Und was ist das für eine Kutte, die Sie da tragen?‹ – ›Meine eigene. Alle Brüder werden sie erkennen.‹ – ›Das freut mich für Sie *(ganz leise)* und für mich.‹ Er ließ den Kämmerer kommen und erteilte ihm einen Verweis, wobei er noch hinzufügte, meine gute Führung und der Nutzen, den ich dem Kloster brächte, verdienten Anerkennung. Der Bruder sah mich an – und erstarrte! Er betastete meine Kutte: ›Das ist wirklich seine!‹, murmelte er vor sich hin. ›Was sagen Sie da?‹, fragte ihn der Superior. – ›Ich sage, dass es sehr böse Zungen gibt. Denn das hier ist die Kutte meines Bruders d'Arras.‹ Wir gingen dann hinüber ins Refektorium. Mein Kamerad vom Tag zuvor, der schon für sich und für mich zitterte, beruhigte sich, als er mich in meiner Kutte erblickte. Die Bösewichter, die einer nach dem anderen hereinkamen, machten lange Gesichter, denn alle erkannten meine Kutte. Ich hatte diese Kutte wirklich nötig, ohne sie hätte ich mich nicht retten können. Zum Glück war mir das nicht klar gewesen. Ich habe es erst begriffen, als die Gefahr vorüber war. Ein gebieterischer Ton mischte sich in die Stimme des Superiors, als er nun mit dem Visitator in wohlwollenden Worten über mich sprach, so dass dieser gefährliche Mann nichts erfahren hat, weil meine Feinde nichts hätten beweisen können. Der Visitator ist heute Morgen abgereist, und der Superior hat ihn verabschiedet. Man hat Vorkehrungen getroffen, um alles in Erfahrung zu bringen, was im Kloster über mich gesprochen wird, und um von nun an für längere Zeit alle Briefe zu öffnen, die hier geschrieben oder beantwortet werden, wie es die Regel vorsieht. Wer sich nicht daran hält, wird angezeigt und bestraft. Der Visitator selbst hat diesen Befehl erteilt. Aber der Superior hat mir eben eine scharfe Rüge erteilt, denn er ist halbwegs im Bilde. Und ich gebe zu, dass er recht hat. Ich will dafür sorgen, dass ich von meinen Gelübden entbunden werde. Wenn es mir gelingt, so hat mich die Liebe meine Gemahlin schon erkennen lassen. Bis dahin werde ich mich einzig und allein an sie als meine Gebieterin halten und an dich, mein Freund – ihr seid mir die liebsten unter meinen Mitmenschen. Du kennst die, die ich liebe. Sie ist die Freundin von Madame Parangon. Sag ihr doch bei Gelegenheit etwas Freundliches über meinen Charakter. Ich bin kein schlechter Mensch, und ein paar Verirrungen machen noch keinen Wüstling. Ich bin dir zu großem Dank verpflichtet und gelobe dir meine unverbrüchliche

Freundschaft. Vertrauen wir einander all unsere Geheimnisse, unsere Leiden und unsere Freuden an. Ich habe mehr Erfahrung als du. Ich werde dich anleiten.«

Obwohl ich nicht allzu erpicht darauf war, mir einen Mönch zum Freund und Vertrauten zu machen, wollte ich doch Madame Parangon zu Gefallen sein, und diese Absicht bestimmte mein Handeln. So nahm ich die Vorschläge von Bruder Gaudet d'Arras dankbar an. Er wollte, dass ich ihn duze, und lud mich für den folgenden Sonntag zu einem Essen in seiner Zelle ein. Widerstrebend sagte ich zu. Mein Leben lang habe ich meine Zeit nutzbringend angewendet, und solche Einladungen, ob zur Zerstreuung oder zum Genuss, schmeicheln nur den Müßiggängern und den Schlemmern. Leute, die beschäftigt sind, sehen darin selbst dann, wenn die Freude an den Personen sie lockt, eher eine Störung und eine Lücke, die sich schwer beseitigen oder füllen lässt.

So gelange ich denn zum 24. Juni 1752, dem Tag, von dem die ersten Verse stammen, die ich aufbewahrt habe. Alle früheren sind vernichtet oder verlorengegangen, weil ich sie auf lose Blätter schrieb. Nun aber machte ich mir ein Heft zurecht, das ich sorgfältig versteckte und in dem ich alles festhielt – sowohl die Lieder, die ich von anderen bekam, als auch die Verse, zu denen mich die Schönen inspirierten, die mir damals besonders gefielen, und auch die, die ich für Freunde anfertigte. Das Ansehen, das mir die von den Arbeitern bestellten erotischen Briefe verschafften, hatte sich etwas erweitert, seit der redselige Bardet bei uns war, der sie nun meistens austragen musste.

Das Stück, mit dem mein erstes Heft beginnt, war für Breugnot bestimmt, mit dem ich mich wieder versöhnt hatte. Er hatte sich in Manon Minon verliebt, die Schwester seines Dienstherrn, Monsieur Minon. Er hatte dieser Schönen sein schmerzensreiches Martyrium geschildert, doch die Ehre einer Antwort war seiner Prosa nicht zuteilgeworden. Er glaubte, mit Versen werde er mehr Glück haben. Aber mit denen kam er nicht zurecht. So nahm er meine Hilfe in

Anspruch. Doch ich merkte bald, wie schlecht mir eine solche Auftragsarbeit gelang. Als ich Breugnot die dreizehn Strophen überreichte (siebzehn weitere hatte ich gestrichen, weil sie geschmacklos und auf eine kindische Weise anstößig waren), glaubte ich, er werde sie mir an den Kopf werfen, sobald er zwei davon gelesen hatte. Doch zu meiner großen Verwunderung fand er sie *deliziös!*

Am nächsten Tag erfuhr ich, dass Breugnot sämtliche dreißig Strophen abgeschrieben und an Mademoiselle Manon Minon geschickt hatte – dazu noch einen schönen Brief, in dem er erläuterte, was er nicht verstanden hatte und nun auf seine Weise deutete. Die Antwort war vernünftig: Man bat Monsieur Breugnot, von weiteren Sendungen abzusehen, und versicherte ihm, Mademoiselle Minon wolle lieber unverheiratet bleiben, als Madame Breugnot zu werden. Der verliebte Tor fasste sogleich einen Entschluss. Er bat seinen Vormund, den Kanonikus Jodon, einen schon vorliegenden Plan zu verwirklichen und ihm in Châtillon eine Stelle zu verschaffen – in der Hoffnung, dass ihm an den Ufern der Seine mehr Glück beschieden sein würde als an denen der Yonne. Ein paar Tage später machte er sich auf den Weg, und seine Stelle in der Kanzlei des Monsieur Minon übernahm ein gewisser Louis Gaudet aus Varzy.

Dieser neue Gehilfe war ein großer Kerl, ein bisschen gebeugt und unbeholfen, mit schleppendem Gang, aber von kräftiger Statur, mit einem ansehnlichen Gesicht, großen, freimütig umherschweifenden Augen und einer sehr langen Nase. Seine Bildung beruhte, wie bei allen kraftstrotzenden jungen Leuten, auf nachlässig betriebenen Studien. Ihm fehlten alle Grundlagen, weil er nie etwas Richtiges gelernt hatte – genusssüchtig, wie er war und wie man es mit achtzehn Jahren sein muss, wenn man aus einer kleinen Stadt mitten im Wald kommt, wo man nichts gesehen und nichts ausprobiert hat, und sich nun plötzlich in einer Stadt wiederfindet, in der sich die Gelegenheiten vervielfachen und ganz von selbst ergeben. Da wird denn unter dem Aufruhr und der Übermacht des Temperaments die

Ausdrucksweise vulgär und obszön, auch wenn die Seele noch nicht verdorben ist. So verhielt es sich mit Gaudet.

Breugnot war abgereist, ohne sich von mir zu verabschieden – nicht, weil er mir böse war, sondern weil ich so beschäftigt war. Ich war überrascht, als ich erfuhr, dass er nicht mehr da sei, und ging am Abend noch einmal aus, um mich zu vergewissern. Ich fragte Marie, das Dienstmädchen, nach ihm. Sie kam aus Vermenton.

»Ach Gott, ja, Monsieur! Er ist weg! Zum Glück! Ständig lag er mir in den Ohren mit seinen *Feersen*, wie er sie nannte. Dabei waren sie sooo albern!« (Wortlos lupfte ich den Hut, denn dieses Kompliment galt mir.) »Aber wir haben stattdessen jetzt einen großen Kerl aus Varzy in der Puisaye.«

Gaudet hörte, dass von ihm die Rede war, und trat näher.

»Monsieur Gaudet«, sagte Marie zu ihm, »dieser Herr stammt aus meiner Gegend, er war mit Monsieur Breugnot, Ihrem Vorgänger, befreundet.«

»Donnerwetter! Dann muss er auch mein Freund werden!«, sagte der Herr aus Varzy und hielt mir eine Hand hin, so groß wie eine Hammelschulter. »Wenn Sie mit Breugnot Ihren Freund verloren haben, dann bin ich Ihnen doch eine Entschädigung schuldig. Wollen Sie sie annehmen, auch wenn sie nicht viel wert ist?«

»Es ist mir eine Ehre!«, antwortete ich.

Die Erscheinung dieses Menschen, seine Miene und seine freimütige Art nahmen mich für ihn ein, sicherlich auch, weil es meiner Eitelkeit schmeichelte, dass ich ihm überlegen war. Ich streckte die Hand aus, er schüttelte sie, und so wurden wir Freunde.

Auf die häufigen Unterhaltungen mit Madame Parangon, soweit sie nichts Bemerkenswertes enthalten, will ich hier nicht im Einzelnen eingehen – auch nicht auf die mit Mademoiselle Goton Prudhot, die mir täglich genauen Bericht über das Befinden ihrer Schwester erstattete, oder auf die mit der älteren Mademoiselle Baron, die mir die schmeichelhaftesten Aufmerksamkeiten erwies, oder auch die mit Tiennette, deren Hochzeit bevorstand. Sie fand denn auch statt, diese Hochzeit, und der glückliche Ehemann nahm seine hübsche Gemahlin mit nach Troyes, so dass ich eine wirkliche Freundin verlor. (Aber in diesen glücklichen Zeiten wurde mir jeder Verlust mit der Zeit mehr als vergolten, wie man noch sehen wird, wenn von Toinette die Rede sein soll.)

Ich halte hier inne, um auf das Essen zurückzukommen, zu dem mich Gaudet d'Arras eingeladen hatte. Vorher unterhielt ich mich noch einige Male mit Gaudet aus Varzy, und nun gefiel mir dieser Junge noch besser als beim ersten Mal. Seine freimütige, rasch sich einstellende Zutraulichkeit deutete auf ein gutes Herz. Am Samstag schlug ich ihm vor, an dem Essen teilzunehmen, schon weil ich wenig Lust hatte, mit lauter Mönchen beisammenzusitzen. Er nahm die Einladung gern an. Abends sprach ich noch mit Gaudet d'Arras, den ich vorübergehen sah, und stellte ihm Gaudet vor.

»Ihr Name«, sagte der Bruder, »ist Gaudet? Na, dann – *gaudeamus!** Aber woher kommen Sie denn?«

»Aus Varzy.«

»Aus Varzy! Ich bin aus Troyes und nenne mich Gaudet d'Arras.«

»Gaudet d'Arras!«, rief der Gehilfe. »Ach, mein lieber Cousin!«

»Erschütterndes Wiedererkennen nach langer Zeit!«, erwiderte d'Arras und umarmte ihn. »Wollen wir nicht ein paar Tränen vergießen?«

»Ach, was! Ich freue mich, in meinem Verwandten dem Freund meines Freundes zu begegnen. Da ist mir nur nach Lachen zumute.«

»Na schön, dann also – *gaudeamus!*«, entgegnete Gaudet d'Arras. »Bis morgen, meine Freunde. Seid pünktlich! Spätestens um acht, aber früher wäre besser, wegen des Hochamts.«

»Um sieben«, sagte Gaudet aus Varzy. »Mir kommt der Appetit schon zwei Stunden vor dem Aufstehen.«

Am nächsten Morgen waren wir vor acht im Kloster. D'Arras hatte eine heitere Zelle mit Blick auf den Garten. Die hübsch im Raum verteilten Gerichte dufteten höchst angenehm. Vierundzwanzig Flaschen standen auf Platten bereit. Das Alter von jeder war mit Wachs oben auf dem Korken vermerkt. Wir waren dreizehn bei Tisch: Gaudet d'Arras, der Superior, der Vikar, der Kamerad von d'Arras aus dem Roggenfeld, der Bruder Boulanger, ein großer, gutaussehender Junge, der Bruder Saint-Hermine, ein niedlicher kleiner Kerl, Pater Villetard, außerdem drei andere, obwohl sie Feinde von d'Arras waren, und schließlich Gaudet aus Varzy, Bourgoin, der Werkstattleiter, und ich. Man servierte uns drei gebratene Karnickel, Schafszungen aus Troyes, zwei Kapaune in Salzkruste, heiße Würstchen in Weißwein gekocht von dem Patissier Julien, der sich hierauf vorzüglich verstand, eine Hasenpastete, eine Rebhuhnpastete und eine dritte Pastete aus Aalen, außerdem Quittenbrot und andere Trockenkonfitüren und Biskuits, um sie in den Muskateller zu tunken. Beim Anblick all dieser Gerichte begannen die Gesichter der zehn Mönche vor Freude zu leuchten. Man aß und machte dann und wann ein paar witzige Bemerkungen. Die vierundzwanzig Flaschen wurden allesamt geöffnet und geleert. Ich trank nur ein halbes Glas. Trotzdem ging der Wein schon um die Mitte des Essens zur Neige. Es folgte Champagner in einer gleichen Zahl von Flaschen. Weitere Gerichte erschienen. Schließlich machte man sich über den Nachtisch und den Muskateller her. Alles wurde vertilgt. Die Glocke läutete. Die Väter und Brüder erhoben sich und wankten zum Hochamt hinüber, bei dem sie kräftig mitsangen.

Ich sah d'Arras jetzt oft. Ich liebte ihn. Er und Gaudet aus Varzy teilten sich mein Herz, was die Freundschaft anging. Aber der Erstere behielt doch die Oberhand. Bei ihm lernte ich etwas. Der Zweite hingegen sah in mir seinen Lehrer, seinen Führer, sein Orakel. Leider führte meine Nähe zu d'Arras nach und nach zu allerlei vertraulichen Andeutungen, die meinen Seelenzustand betrafen. Ohne sie zu nennen oder gar bloßzustellen, erzählte ich ihm von Mademoiselle Prudhot, die immer noch krank war und die ich seit unserem netten Gespräch nicht mehr gesehen hatte, aber auch von Madelon und schließlich von Fanchette. Möglich, dass er in meinen Blicken, in meiner Miene oder aus ein paar Worten, die mir unabsichtlich entschlüpften, auch etwas von meiner Liebe zu einer glühend verehrten Frau las. Er hörte mir aufmerksam zu und erkannte meine Herzensunschuld. Es geschah aus Freundschaft (denn nie werde ich glauben, dass er Böses gegen mich im Sinn hatte, auch wenn er mir dann so übel mitspielte), dass er mich abzuhärten begann.

Schwärmerische Neigungen, so riet er mir, solle ich meiden. Die würden mich bloß unglücklich machen. Es gebe nur ein Mittel, zu verhindern, dass einen die Frauen, die man liebt, unterjochten und zugrunde richteten – sie besitzen! So würde ich die Rolle wechseln, würde mich zum Herrn meiner Gefühle machen und mich hinwegsetzen über die Aufwallungen, die diese Gefühle in mir erregten, über die Trunkenheit, in die sie mich versetzten, würde nicht länger von den Frauen abhängig sein, sondern sie abhängig von mir machen und würde, indem ich sie bezwänge, nur umso mehr geliebt werden.

»Wenn ich«, fuhr er fort, »weniger heftig hinter den beiden Schwestern Guigner her gewesen wäre, hätte ich die eine oder die andere bekommen. Ich war zu feurig, da haben sie mich zum Narren gehalten. Das wird mir nicht wieder passieren, denn dieses Abenteuer hat mir Glück gebracht. So habe ich (das sage ich dir im Vertrauen) Mademoiselle Bourgoin bekommen – so erschrocken war sie wegen der Gefahr, in die sie mich mit ihrer Unerbittlichkeit gebracht hat. Ich hatte mich an jenem Abend zuerst an sie gewandt, und sie war noch vor mir da, um mir den Schlüssel zu geben, wobei sie ihren guten Ruf aufs Spiel setzte. Deine Beherztheit hat uns den ganzen Ärger erspart und hat nachher noch viel mehr bewirkt! Du warst ein rettender Engel für uns. Ich habe mir meine Unvorsichtigkeit zunutze gemacht und einen köstlichen Genuss davon gehabt! Jetzt ist sie eifersüchtig, und bei einem jungen, netten Mädchen ist Eifersucht wie Wollust. Sie ist ständig auf der Lauer, um mich vorbeigehen zu sehen. Wenn ich ihr zunicke, ist sie überglücklich. Jedes Mal werde ich mit einem Freudentaumel begrüßt. Und das alles, weil sie begriffen hat, dass ich keine Lust habe, den Schmachthahn zu spielen, und nichts anbrennen lasse. – Was dich angeht, so will ich dir, unter uns, sagen, dass du mehr Glück hast, als du vielleicht glaubst. (Sagte er das bloß, um mich kühner zu machen, oder wusste er es wirklich? Ich habe es nie erfahren.) Ein paar Worte, die Manon Bourgoin fallen ließ, haben mir verraten, dass du Madame Parangon nicht gleichgültig bist und dass sie dir oft aus dem Weg geht, trotz des Vergnügens, das ihr eure Unterhaltungen bereiten. Lieber Freund! Das ist mehr wert als ein Mädchen. Man riskiert nichts, was die Folgen angeht. Trau dich, wenn du eine Gelegenheit findest. Trau dich, sage ich, nur keine falsche Scheu! Vielleicht verdrießt es sie sogar, dass du so schüchtern bist. – Was die Mädchen angeht, so glaube ich nicht, dass die hübsche Baron eine Vestalin ist, und weil du doch ein bisschen Übung brauchst, würde ich an deiner Stelle bei ihr anfangen, das Gelände zu erkunden. Falls andere dir zuvorgekommen sind, würdest du dich doch bloß lächerlich machen, wenn du die Bettgefährtin von ein paar nichtswürdigen Lümmeln wie eine Göttin verehrtest, oder nicht? Die kleine Prudhot – das ist etwas anderes. Die ist brav, erlaubt sich keine Freiheiten, aber Heiraten gern, sofern ein wirklicher Vorteil dabei ist. Aber noch bist du zu jung zum Heiraten. Wer weiß, um wessen Hand du mal anhalten wirst? Wenn ich trotz meines Widerrufs Mönch bliebe, wäre ich froh, wenn du nicht heiraten würdest. Ich würde alles für dich tun. Wenn ich jedoch Erfolg habe, dann wirst du auf der Stelle heiraten, ohne auf Fanchette zu warten, und wir gründen zusammen ein Geschäft, vielleicht eine Papierfabrik oder irgendwas anderes. Ich schlage dir also jetzt vor, dass wir uns zum beiderseitigen Nutzen zusammentun. Ich verfüge über eine beträchtliche Rente. Meine Schwester hat sie mir ausgesetzt, und sie ist gut abgesichert. Ich verliere sie auch dann nicht, wenn ich widerrufe. Denn ich tue das mit dem Einverständnis meiner Schwester. Sie ist eine großartige Frau. Gegen ihren Willen hat man mich ihr geopfert. Wundert dich das? Ich werde dir nun erzählen, wie es dazu kam.

Es ist ja schon erstaunlich genug, dass man den einzigen Sohn in einer Familie zum Zölibat verurteilt, um dessen Schwester reich zu machen. Aber dieses Vorgehen hatte seine speziellen Gründe … Mein vermeintlicher Vater, Monsieur Gaudet d'Arras, hatte eine sehr hübsche Frau, meine Mutter. Der jüngere Bruder meines Vaters war ihr sehr geliebter Liebhaber gewesen. Der Ältere sah sie, verliebte sich in sie, obwohl er von der Zuneigung seines Bruders wusste, bat um ihre Hand und wurde von deren Eltern bevorzugt – wegen seines Vermögens. So wurde die Geliebte des jüngeren Bruders vor den Altar gezerrt, und obwohl sie ihrem Vater im Beisein ihres Zukünftigen erklärte, sie sei von dem jungen Gaudet d'Arras schwanger, wurde die Ehe geschlossen. Die Eltern und der ältere Bruder hielten dieses Geständnis nämlich für eine List, die die beiden jungen Leute untereinander verabredet hatten. Tränenüberströmt fiel meine Mutter am Fuß des Altars in Ohnmacht und sprach das Jawort nicht, das eine Ehe erst besiegelt. Fünf Monate später erblickte ich das Licht der Welt. Mein vermeintlicher Vater war wütend darüber, dass ich so früh auftauchte, aber er konnte sich nicht beklagen. Man hatte ihn nicht getäuscht. Da er meine Mutter trotz des Hasses, den sie ihm ständig entgegenbrachte, sehr liebte, wollte er sich nur an seinem jüngeren Bruder rächen. Er erwirkte einen Befehl, der diesen in die Karibik versetzte. Damit verband er die Hoffnung, der Jüngere werde dort zugrunde gehen. Doch das Gegenteil geschah – mein Vater, den ich vor der Welt meinen Onkel nenne, hat dort ein beträchtliches Vermögen gemacht, und nun ist er seit einem Monat mit seinen Reichtümern zurückgekehrt. Aber ich habe vorgegriffen … Ich komme noch einmal auf meine Geburt zurück.

Als ich zur Welt kam, sah mein gesetzlicher Vater in mir nur ein Ungeheuer, meine Mutter aber einen unermesslichen Schatz. Sie wollte mich mit ihrer Milch aufziehen, aber ihr Tyrann wollte dies nicht dulden. Ohne dass irgendjemand etwas erfuhr, übergab er mich einer Amme, um mich eines Tages verschwinden zu lassen. Dieses Vorhaben führte er nicht aus. Andere Pläne schienen ihm sicherer, ohne ihn mit dem Gesetz in Konflikt zu bringen. Ich wuchs und gedieh prächtig, sehr zum Verdruss meines vermeintlichen Vaters! Im Jahr darauf wollte meine Mutter mir die Zuneigung dieses Mannes gewinnen – sie zeigte sich milder gegenüber ihm und schenkte ihm schließlich eine Tochter, meine Schwester. Gaudet d'Arras liebte dieses Kind über alles, und auch meine Mutter liebte es nicht weniger als mich und zog es auf bis zu seinem zwölften Lebensjahr. Dann starb meine Mutter.

Kaum hatte sie die Augen für immer geschlossen, kam ich als Novize zu den Franziskanern nach Troyes – mit der Empfehlung an die Pater, in mir die Berufung zum Priester zu fördern. Mit sechzehn Jahren leistete ich meine Gelübde, aber im gleichen Augenblick empfingen zwei Notare von meiner Schwester, die ich darum gebeten hatte, meinen schriftlichen Widerruf. Der Superior des Klosters hier, der damals die Aufsicht über mich hatte, hielt dieses Schreiben in der Sakristei versteckt. So waren meine Gelübde also nichtig. Aber ich wusste ja, mit wem ich es zu tun hatte. Also wahrte ich Stillschweigen und vermied einen Skandal, nachdem meine Geburt schon skandalös genug gewesen war. Inzwischen habe ich neun Jahre bei den Franziskanern verbracht, erst in Troyes, dann hier. Als ich fünfundzwanzig Jahre alt wurde, wollte mein Vateronkel mich zwingen, die Priesterweihe zu empfangen, und fand Leute, die ihn darin unterstützten. Ich verlor jegliche Hoffnung. Tatsächlich machte es keinen großen Unterschied, ob ich Mönch oder Weltpriester sein würde, solange ich keine Ehe eingehen und nicht für den Fortbestand meines Namens sorgen konnte. In dieser traurigen Lage besuchte mich meine großmütige Schwester, die seit fünf Jahren verheiratet war und einen Sohn und eine Tochter hatte – sie kam heimlich, zusammen mit ihrem Mann. Sie bat mich um ein von mir unterschriebenes Schriftstück für den Bischof von Troyes, in dem ich den dringenden Wunsch äußerte, nicht ordiniert zu werden. Ich schrieb, und sie selbst überbrachte dieses Schreiben. Nach der Prüfung, der ich mich unterziehen musste, ordnete der Prälat eine Verschiebung an. Beim nächsten Ordinationstermin machte er es genauso. Mein Vateronkel schimpfte. Schließlich jedoch starb er – drei Tage vor dem dritten Termin.

Sobald er tot war, setzte meine Schwester, die mich zärtlich liebt, weil unsere geliebte Mutter mich ihrer Gutherzigkeit immer empfohlen hatte, mir eine so beträchtliche Rente aus, dass ich darum bat, sie zu verringern. Sie teilt die Einkünfte gleichmäßig und überlässt mir die Hälfte davon. So konnte ich Geld horten, aber heimlich, und verfüge nun über einen ansehnlichen Betrag, mit dem sich ein Geschäft gründen lässt – dich will ich daran beteiligen, zuerst als Strohmann und später als Kompagnon.

Das ist noch nicht alles. Mein wirklicher Vater bemüht sich ebenfalls um die Aufhebung meiner Gelübde. Danach will er mich zu seinem Alleinerben machen. Auch dabei wird uns dein Name helfen, eventuelle Schikanen zu umgehen. Du wirst mir sehr nützlich sein. Mein Urteil über dich steht fest: Du bist ein zuverlässiger Mann und für mich Gold wert. Inzwischen gibt es zwei Männer, die ich über alles schätze. Früher kannte ich nur einen – den Superior. Aber er steht am Ende seiner Laufbahn und du am Anfang der deinen. Ich möchte, dass wir ein Herz und eine Seele sind – die gleichen Gefühle, die gleiche Philosophie, die gleichen Ideen in allem, was Menschen miteinander verbinden kann. Mein Cousin Gaudet aus Varzy ist ein lieber Junge, aber der Unterschied zwischen euch ist doch so groß, dass ich ihn nicht als Dritten im Bunde zulassen möchte.«

Dies war die lange Erzählung, in der mir Gaudet d'Arras seine Ideen entwickelte und die meinen erweiterte. Ich sah vor mir das große Glück, und es war der Gedanke, wie sehr dieses Glück meine Eltern erfreuen würde, der mein Herz bei Vorhaben höherschlagen ließ, die mir sonst wenig zugesagt hätten. Ich sage das, weil es die Wahrheit ist: Was mich in die Irre führte, war die Tugend, die ich noch besaß. Ich sprach mit d'Arras über diese Dinge aus Achtung vor Madame Parangon. Ich tat mich mit ihm zusammen aus Anhänglichkeit zu meinen Eltern, aus Sohnesliebe. Ihr schwachen

Sterblichen! Ihr Spielzeuge des Schicksals! So rühmt euch denn eurer zufälligen Tugend. Gedanken an Glück und Geld waren es, die d'Arras' Ratschlägen hinsichtlich der Frauen den Weg bahnten, und ich geriet in Versuchung, sie zu befolgen. Doch sie überzeugten mich nicht. Meine Leidenschaft, mein heftiges Temperament drängten mich, die Freuden der Liebe zu suchen.

So begann ich, meinen Gedanken mehr Freiheit zu lassen. Verlangen und Genuss rückten an die Stelle von zärtlicher Empfindsamkeit, die bisher mein Herz beherrscht hatte. Madame Parangon besaß einen Reiz, dem ich niemals habe widerstehen können – einen hübschen, kleinen Fuß. Und was dieser Reiz provoziert, ist nicht Zärtlichkeit.

Eines Sonntags, als ich aus der Messe nach Hause kam und studieren wollte, sah ich Madame Parangon, elegant gekleidet, in rosa Schuhen mit Laschen, Borten und Absätzen in Grün, die von hübschen, mit glitzernden Glasperlen besetzten Rosetten zusammengehalten wurden. Da sie neu waren, drückten sie vielleicht, oder sie wollte ihre Schuhe schonen, nachdem sie beim Hochamt gewesen war, wo sie das geweihte Brot* gestiftet hatte. Stattdessen zog sie nun grüne Pantoffeln mit Absätzen und Besatz in Rosa an, die nicht weniger aufreizend waren. Ich stand reglos da und verschlang sie mit den Augen. Toinette stellte die Schuhe ihrer Herrin auf einem Tablett neben die Tür. Dann gingen beide hinauf in den ersten Stock, nachdem sie mich eingeladen hatten, bis zu ihrer Rückkehr zu bleiben. Hingerissen von einer ungeheuer heftigen, geradezu götzendienerischen Leidenschaft für Colette, glaubte ich sie zu sehen und zu berühren, indem ich das betastete, worauf sie eben noch einhergeschritten war. Ich drückte meine Lippen auf eines dieser Schmuckstücke, während das andere, die Natur im äußersten Überschwang in die Irre führend und sie über ihr heiliges Ziel hinwegtäuschend, das weibliche Geschlecht ersetzte. Deutlichere Worte verbieten sich. Die Wärme, die sie durch ihre Berührung dem fühllosen Ding mitgeteilt hatte, war noch vorhanden und schenkte ihm eine Seele. Eine Wolke aus Wollust trübte mir den Blick.

Etwas ruhiger geworden, schrieb ich in eines der Werkzeuge meiner siedenden Verzückung: »Ich bete Sie an!« – in winzigen Buchstaben –, und stellte die eleganten Schuhe dorthin zurück, wo ich sie genommen hatte.

Während ich mich dieser Verirrung überlassen hatte, hatte ich, trotz meiner Wachsamkeit, nicht bemerkt, dass jemand zurückgekehrt war und fast neben mir stand. Die arglose Toinette hatte mich gesehen, aber nicht verstanden, was ich da trieb. Leise war sie wieder nach oben gegangen, um ihrer Herrin Bescheid zu geben. Überrascht war Madame Parangon heruntergekommen, aber zum Glück erst in dem Augenblick, als ich schrieb. Eine fast unmerkliche Geste wies mich auf den Hof hinaus. Da wurde denn zweifellos gelesen, was ich geschrieben hatte, denn als ich zurückkehrte, sah ich Toinette in der Hocke, und die Schuhe standen ganz anders da als vorher.

Dieser bizarre, rasende Genuss – soll ich es sagen? – schien mir tatsächlich den Weg zu ebnen, der mich zu Colette selbst führte. Ich zog mich zurück, schweigsam, scheu, erfüllt von wütender Sinnenlust. Aber das einzige Ziel meiner Raserei war Colette – *adhuc virgo a nullo tacta viro.** Voller Hingabe oder Liebeswut küsste ich alles, was mit ihr in Berührung gekommen war, und dabei wurde mein Verlangen immer brennender. Vor allem, als ich eines Tages dorthin gelangte, wo diese schamhafte Frau ihre benutzte Wäsche ablegte, und mich dort begierig über das beugte, was ihre Reize berührt hatte, wobei ich einen von der Wollust verwirrten Mund an ihr Mieder führte und an das, was ich für die *vela secretoria penetralium** hielt – mit einer Aufwallung meiner Sinne, die sich nicht beschreiben lässt. Wenn ich während dieser Anfälle von Raserei mit ihr allein gewesen wäre, hätte ich Gewalt angewendet. Möge das, was ich hier erzähle, dem einen oder anderen nützlich sein! Denn wenn ich damals, als ich noch tugendhaft war, ein Buch gelesen hätte, wie ich es nun herausbringe, hätte es mir einen heilsamen Schrecken eingejagt. Ich hätte die stürmischen Regungen durch Besonnenheit zurückdrängen können. Ich wäre der Gefahr entkommen, indem ich die Gelegenheiten gemieden hätte, zu denen die Unerfahrenheit mich hinlockte wie den Schmetterling zu dem Licht, das ihn verbrennen muss.

Zurück an meinem kleinen Schreibtisch, beschäftigte ich mich, statt zu arbeiten, mit Colette, und da ich mich – fern von ihr und ihren Blicken – mutiger fühlte, dachte ich mit Stolz daran, dass sie diese Worte gesehen hatte: »Ich bete Sie an!« – »Nun weiß sie es wenigstens!«, sagte ich mir. Doch als dann die Glocke zum Mittagessen rief, kehrte meine Schüchternheit zurück. Ich ging hinunter wie ein Verbrecher, der vor seinen Richter tritt.

Wir aßen allein zu Mittag – die Hausherrin und ich. Monsieur Parangon und der Werkstattleiter waren beide Freimaurer und nahmen an einer Logensitzung auf dem Lande teil, und Manon Bourgoin nutzte die Abwesenheit ihres Vaters, der der Vorsitzende der Loge war, zu einem Essen usw. mit Gaudet d'Arras, wobei sie ihrer Mutter nichts verheimlichte. Ich schlug die Augen nieder und blieb stehen. In einem Ton, der mich aufhorchen ließ und den ich noch heute zu hören glaube, sagte Madame Parangon: »Nehmen Sie Platz.«

Sie saß schon. Ich setzte mich an die Seite.

»Wir sind ja nur zu zweit. Setzen Sie sich doch mir gegenüber.«

Sie bediente mich. Ich aß schweigend. Sie sprach nicht. Ich war in einer Lage, die sich schwer beschreiben lässt – fast böse auf meine Kühnheit, über die ich mich kurz zuvor noch so sehr gefreut hatte.

»Träumen Sie?«, sagte Madame Parangon schließlich.

»Ja, Madame, ich habe geträumt…«

»So essen Sie doch, da Sie schon hier sitzen.«

»Ja, Madame«, antwortete ich, ohne zu wissen, was ich sagte.

»Waren Sie beim Hochamt?«

»Ja, Madame.«

»Haben Sie von dem geweihten Brot bekommen?«

»Sie wissen ja, der Austeiler gibt nichts hinter dem Chor.«

»Das wusste ich nicht … Hier ist ein Stück.«

Sie zeigte es mir in einer Silberschale – doch dann kam sie nicht umhin, es mir zu überlassen.

»Sie sind so verschlossen.«

»Ja, sehr, Madame!« Ich wickelte das Stück geweihtes Brot in ein Papier.

»Wollen Sie es verschenken?«

»Verschenken? Gott bewahre!«

»Was wollen Sie denn damit tun?«

»Es aufheben, Madame, wie man etwas aufhebt … das man von jemandem bekommt, den man im höchsten Maße ehrt.«

Sie lächelte und errötete, als sie zu mir sagte: »Aber das hier ist etwas anderes als…«

Oh, wie sehr reizte es mich, ihr zu sagen, was ich schon geschrieben hatte: »Ich bete Sie an!« – um gleich nachher davonzueilen und meinen Taumel auf der Liebesinsel zu besänftigen, wohin ich sonntags manchmal ging, um Verse zu machen, die Romane der Villedieu zu lesen oder mich mit dem älteren Deschamps über Literatur zu unterhalten.

Ich muss hinzufügen, dass ich mir, seit ich Colette verehrte, vorgenommen hatte, mich, nachdem ich ihr meine wohlüberlegte, förmliche Liebeserklärung gemacht hätte, auf dieser glücklichen Insel meinem Freudentaumel zu überlassen – denn Orte, an denen ich Lust oder Schmerz empfunden habe, sind mir nachher immer gleichsam heilig gewesen. Sie wurden mir lieb und teuer, waren für mich wie Göttertempel. Die Lust kostete ich schon in dem kurzen Augenblick ihrer Dauer lebhafter als andere Männer. Oft aber war dieser Augenblick nicht der köstlichste. Zu viel Trunkenheit blendete mich. Statt mich nach der Ekstase einsam zu fühlen, führte ich sie mir in Gedanken wieder vor Augen und genoss sie ein zweites Mal. Auch der Schmerz, sobald er vergangen war, wurde mir eine Quelle der Lust. Bei jeder wöchentlichen oder monatlichen Wiederkehr des Tages, an dem er mir zugestoßen war, und an jedem Jahrestag beglückwünschte ich mich dazu, dass ich der Gefahr entkommen war. Ich zog meine glücklichere Lage zum Vergleich heran und wurde von Rührung ergriffen. Und wenn sie einmal nicht besser war, milderte ich den gegenwärtigen Schmerz, indem ich mich auf den vergangenen besann. Ich beweinte den früheren und trotzte auf diese Weise dem neuen. (Später erlebte ich dann noch eine dritte Art von besonderem Genuss, der sich allerdings nur mit meinem Freund Loiseau einstellte: Er bestand darin, den ersten Genuss noch einmal und noch köstlicher als beim ersten Mal auszukosten, indem ich meinem Freund davon erzählte und sah, wie er ihn mit mir teilte.) Aber zurück zu dieser Erzählung.

In dem Augenblick, als ich zu Madame Parangon sagen wollte: »Ich bete Sie an!«, fiel mir ein, dass dies der 22. Oktober war, Colettes Geburtstag. Mir kam der Gedanke, ihr einen Glückwunsch zu sagen. Wie gern hätte ich ihr einen prächtigen Blumenstrauß überreicht! Aber ich hatte nichts, was ich ihr schenken konnte – nicht einmal mein Herz, denn das gehörte ihr schon. Bebend öffnete ich den Mund, als wir uns vom Tisch erhoben.

»Heute ist der Tag, an dem das Meisterwerk der Natur das Licht der Welt erblickte!«, sagte ich laut und vernehmlich zu mir selbst. Dabei sah ich zu Madame Parangon hinüber, die gerade das Zimmer verlassen und zur Abendandacht gehen wollte. Stumm stand ich da und war doch furchtbar aufgeregt.

»Sie sind ziemlich verwirrt.«

»Ich … weiß, Madame, dass heute Ihr Geburtstag ist – der ist viel mehr Ihr Fest als der Namenstag, an dem die heilige Colette gefeiert wird.«

»Ja, da haben Sie recht! Um zwei Uhr nachmittags bin ich geboren. Um die Zeit werde ich in der Kirche sein und Gott den Tag zum Opfer bringen, an dem sich der erste Augenblick meines Daseins zum dreiundzwanzigsten Mal jährt.«

»Ach, Madame – das werde ich auch tun!«

»Aber Sie haben doch nicht auch heute Geburtstag?«

»Ich meine – den Ihren!«

»Ich danke Ihnen.«

»Ach, wenn ich doch einen Blumenstrauß für Sie hätte.«

Sie lächelte. »Der Wunsch ist mir Geschenk genug.«

»Madame, wenn ich ein Gott wäre, würde ich Ihnen den schönsten Stern schenken. Man sagt, Venus sei der schönste. Jedes Mal, wenn ich sie ansehe, werde ich denken: Das ist der schöne Stern von Mademoiselle Colette!«

Sie errötete.

»Es ist gut, Monsieur Nicolas, und sehr nett von Ihnen!«

Zufrieden mit mir ging sie hinaus.

Das heftige Verlangen, das mir Colette einflößte, ließ mich gegenüber Manon Prudhot und der ältesten Mademoiselle Baron erkalten. Die Erstere wurde wieder gesund, aber sie war nachher nur noch halb so reizvoll wie zuvor, und auch ihr Charakter hatte gelitten. Sie war weniger sanft mir gegenüber, wurde eifersüchtig und anmaßend. Sie nahm mir vor allem übel, dass ich meinen Beruf noch nicht aufgegeben hatte. Ich hörte auf, ihr Besuche zu machen. Madelon Baron hingegen nahm mein Erkalten ohne Verstimmung hin. Sie lächelte, wenn sie mich sah, und ich errötete, als würde sie meine Schwäche wirklich kennen. Mir war, als hörte ich sie manchmal sagen: »Da ist er, der zärtliche Liebhaber der Pantoffel und Schuhe von Madame Parangon! Was für ehrwürdige Dinge sein edles Herz doch in Bann schlagen können!« Ich errötete, aber der Anblick Colettes stieß mich sogleich wieder in meine Raserei und in neue leidenschaftliche Verirrungen.

Darin unterscheidet sich der Gang der Natur vom Ablauf eines Romans. Meine Sinne wurden Tag für Tag durch den Anblick von Wesen verblüfft, die sie hätten befriedigen können und die ich begehrte – allerdings mit dieser Einschränkung, dass jenes Wesen, das mir mehr als alle anderen am Herzen lag, wenn es gegenwärtig war, alle anderen Wünsche verblassen ließ, wohingegen jene Wünsche, die es seinerseits in mir weckte, nicht verblassten, sondern mich begleiteten, wenn ich mich einer anderen Person näherte, und dabei die Glut meiner Untreue oft sogar noch steigerten. Ohne Zweifel hätte Jeannette Rousseau, wenn sie gegenwärtig gewesen wäre – geliebt von mir und mich liebend –, zunächst alles überstrahlt. Aber in der Zeit, von der ich hier berichte, hätte Colette das Gleichgewicht wohl schon wieder hergestellt. Was die Zärtlichkeit anging, war sie genauso stark wie Jeannette, und was die gegenseitige Anerkennung, den Gedankenaustausch, das Begehren anging, war sie ihr überlegen. Vor die Entscheidung gestellt, zwischen ihnen zu wählen oder beide zu lieben, hätte ich Letzteres wohl vorgezogen.

Auf diese Weise, indem ich gewissenhaft die geheimsten Winkel meines Herzens erforsche, finde ich zur Wahrheit, um sie auszusprechen und alle Triebfedern meines Handelns zu enthüllen. Am Ende soll bei mir die nackte Wahrheit stehen, denn dieses Werk wird meinen Lebensweg beschließen, und wenn du, Leser, es in Händen hältst, werde ich nicht mehr sein. Und doch werde ich weiter mit dir leben, indem nämlich meine Gedanken sich mit den deinen mischen. Ich werde auch weiterhin deine Seele rühren, und so existieren wir gemeinsam.

Eine Unachtsamkeit von Berdon, der Schwester von Madelon Baron, hatte ein kleines Gedicht zur Folge. Eines Abends, an dem ich schon früh auf meine Kammer gegangen war, saß die junge Berdon bei offenem Vorhang fast nackt in ihrem Zimmer und suchte sich sehr sorgfältig nach Flöhen ab. Ich hatte mich, ohne Licht zu machen, an ein Fenster gesetzt, um Ausschau zu halten, ob Madame Parangon allein nach Hause zurückkehren würde, als ich die mollige Berdon erblickte, drei Jahre jünger als ihre älteste Schwester, noch keine achtzehn, wie sie mich nacheinander, ohne etwas auszulassen, ihre rundlichen Reize – Reize von höchster Vollkommenheit – sehen ließ. Doch gerade als meine Bewunderung den höchsten Punkt erreichte, erblickte ich Madame Parangon, die allein nach Hause gekommen war, das heißt in Begleitung einiger Freundinnen, die aber sogleich weitergingen. Die Lust, mit ihr zu sprechen, war stärker als jenes Schauspiel, das für einen jungen Mann in meinem Alter durchaus verführerisch war, und so eilte ich denn zu ihr.

Mein Auftauchen schien sie zu stören, und ich wollte mich schon zurückziehen, als sie sagte: »Nein, bleiben Sie doch. Hier, ein neues Buch (die *Briefe des Marquis de Roselle**). Lesen Sie mir daraus vor, bitte!« Ich setzte mich an einen Tisch. Diese Lektüre interessierte mich sehr! Ich las schnell und nahm plötzlich eine neue Empfindung wahr – unbekannt und köstlich! Zufällig hatte der Fuß von Madame Parangon sich auf meinen gesetzt, den ich nun ganz still hielt, aus Angst, sie könnte es bemerken. Mir blieb dieses Vergnügen während der ganzen Lesung erhalten, die erst gegen elf Uhr endete. Noch immer war niemand sonst heimgekehrt. Der Tag, obwohl schon der 6. September, war sehr heiß gewesen, und der Abend war der angenehmste seit langem. Also nutzte man ihn. Beim Aufstehen bemerkte Madame Parangon, dass sie sich auf mich gestützt hatte. Die Befürchtung, sie habe mir weh getan, brachte sie aus dem Gleichgewicht, und sie fiel auf meine Knie. Trunken vor Liebe, elektrisiert von der unvorhergesehenen Berührung, war ich nicht mehr Herr über mich selbst, umfasste in einer gewagten Bewegung mit beiden Händen ihre schmale Taille und drückte meine Göttin für einen kurzen Moment an mich, wobei ich mit versagender Stimme hervorstieß: »Oh! Madame haben sich doch nicht weh getan im Fallen?« Sie errötete, während sie sich mit einem Ruck wieder aufrichtete, ohne mir zu antworten. Ich achtete auf den Ton, in dem sie nachher zu mir sprach. Ihre Stimme klang sanfter, harmonischer, fast zitternd. Colette nahm mich mit dem, was sie zu mir sagte, mehr von Gleich zu Gleich wahr – in der Art, wie sie mich nach meiner Meinung zu fragen schien, durch einige eigentlich belanglose Vertraulichkeiten, die eine Frau gegenüber Leuten, die sie nicht schätzt, aber für sich behalten würde. Hoffnung erstrahlte in meinem Herzen. Denn sobald es mir gelang, Colettes Interesse zu wecken, war mir, als bestände die Welt der Frauen nur noch aus ihr. Ich fühlte mich mutiger als je zuvor. Doch plötzlich tauchte ihr Gemahl auf. Seine Gegenwart war mir unerträglich, vor allem abends, und ich ergriff die Flucht, sobald er sich hören ließ.

Mir fiel Berdon wieder ein. Ich dachte daran, dass nicht nur ich, sondern auch andere ihr und ihren Schwestern dabei zusehen könnten, wie sie sich im Grazienkostüm auf ihre abendliche Jagd machen. Ich entschloss mich, ihnen großzügigerweise einen Hinweis zu übermitteln, und zwar in Versen. Ein solches Thema bringt einen heißblütigen jungen Mann natürlich in Schwung.

A Mademoiselle Berdon, cherchant ses puces
6. September

Hier je te voyais, jeune et charmante Iris,
Ces puces rechercher, qui rougissant tes lis,
Bigarrant ta blancheur de subites piqûres,
Vont parsemant ta peau de leurs rouges blessures.
Que de beautés je vis, en cet heureux moment,
Qui, malgré tes dédains, m'a rendu ton amant!
Tu découvres ta gorge, et toi-même charmée,
Du flux-reflux d'Amour tu parais étonée!
Ah! tu ne savais pas, jeune Divinité,
Que d'avides regards dévoraient ta beauté!

An Mademoiselle Berdon, während sie nach ihren Flöhen sucht. 6. September [1752]. Gestern sah ich dich, junge, bezaubernde Iris, / die Flöhe suchen, die dein Lilienweiß röten / die deine Blässe durch plötzliche Bisse buntscheckig machen / und deine Haut mit roten Wunden übersäen. / Doch was für Schönheiten hab ich in

> diesem Glücksmoment gesehen, / der mich, deiner Geringschätzung zum Trotz, zu deinem Liebhaber machte! / Du entblößt deinen Busen, und von dir selbst bezaubert, / scheinst du vom Hin und Her der Liebe überrascht! / Ach, du junge Göttin ahntest nicht, / Dass gierige Blicke deine Schönheit verschlangen!

Im weiteren Verlauf dieses Stückes, dessen Einzelheiten zu frei sind, als dass ich sie hier wiedergeben könnte, schilderte ich Berdon all ihre Bewegungen, all das, was ich gesehen hatte, von Kopf bis Fuß, und nutzte die Gelegenheit, um ihre Reize – und zwar jeden für sich – zu preisen, wobei es rhetorischer Übertreibungen nicht bedurfte. Ich schrieb, ohne zu fürchten, ich könnte Missfallen erregen. Mein Passierschein bestand in dem wichtigen Rat, den ich ihr geben wollte. Ich war mir sicher, dass die Sache unter uns bleiben würde, da ich ihr die Verse nur durch Madelon übermitteln konnte. Und Madelons Nachsicht mir gegenüber war so groß, dass sie all meine Albernheiten, auch die unanständigsten, ohne den geringsten Vorwurf entgegennahm.

Ich schrieb meine schmutzigen Verse sauber ab und hielt dann abends Ausschau nach Madelon, um sie ihr zu geben. Sie erschien jedoch nicht. Ich lief zu meinem gestrigen Ausguck, um Madame Parangon nach Hause kommen zu sehen, und ein wenig auch in Gedanken an meine Flöhtistin. Doch nun hatte Madelon die Rolle von Berdon übernommen. Sie öffnete das Fenster, und nachdem sie sich vergewissert hatte, dass nirgendwo Licht brannte, ließ sie noch weniger Vorsicht walten als ihre Schwester. Welche Vollkommenheit! Dieser Anblick tat eine Wirkung, deren Folgen für mein weiteres Dasein entscheidend gewesen wären, wenn nicht das Verhängnis, das mich immer verfolgt hat, alles, was mir günstig war, in sein Gegenteil verkehrt hätte.

Ich verließ Madelon dann jedoch aus dem gleichen Grund, der mich tags zuvor von einem nicht weniger verführerischen Schauspiel fortgerissen hatte. Madame Parangon war heimgekehrt. Ich bat sie um den zweiten Band der *Lettres du marquis de Roselle* und las ihr weiter vor. Colette saß mir gegenüber, ein wenig zurückgelehnt in ihrem Sessel, die Beine übereinandergeschlagen, das eine sehr hoch. Sie hörte aufmerksam zu, ich las mit Eifer. Sie hatte die Augen geschlossen. Als ich ihren Fuß in der Höhe meines Knies bemerkte, suchte eine meiner Hände eine leichte Berührung. Das gelang. Wie kommt es, dass ein fühlloses Material, weil es das geliebte Wesen berührt, die Seele elektrisiert und sie in Flammen setzt. Ich brannte! Das Feuer verzehrte mich! Ich rückte ein wenig zu ihr. Ich wollte, dass ihre Knie die meinen berührten. Auch das gelang mir. Ich war nicht mehr Herr meiner selbst, die Stimme versagte mir. Stumpf und zitternd, war sie nahe daran zu verstummen.

»Sie sind müde«, sagte Colette und schlug die Augen auf. »Sie lesen zu hitzig. Lassen Sie es genug sein für heute.«

Ich schloss die Broschüre.

Am nächsten Tag überarbeitete ich das für Berdon bestimmte Gedicht noch einmal. Weil sie darin aber nicht genannt war, konnte ich die Adressatin austauschen und es an ihre ältere Schwester richten. Denn all meine Wünsche wandten sich Madelon zu, seit ich Madame Parangon wegen übermäßiger Liebe, wie mir schien, nicht mehr begehrte.

Als ich um die Mittagszeit, wie es meine Gewohnheit war, den Esstisch lange vor allen anderen verließ und an die Tür zur Straße ging, erblickte ich Madelon und begrüßte sie. Mit gleichgültiger Miene erwiderte sie meinen Gruß. Ich trat hinaus und näherte mich ihr.

»Sie wirken so kühl, Mademoiselle.«

»Ich? Überhaupt nicht!«

»Aber ich sehe doch – irgendetwas passt Ihnen nicht an mir. Aber gleich wird sich ja zeigen, ob Sie so gerecht sein können, wie Sie schön sind.«

Ich überreichte ihr meine Verse und trat an unsere Tür zurück. Sie öffnete die Blätter in meiner Gegenwart, las zwei oder drei Verse, lächelte mir wohlwollend zu und ging zurück ins Haus. Sofort ging ich hinauf in die Druckerei und sah vom Treppenfenster, wie sie in ihrem Zimmer las, was ich ihr eben gegeben hatte. Es endete mit einem kurzen Brief, den ich kurz vor dem Mittagessen noch geschrieben hatte:

Mademoiselle, sosehr ich mich über mein Glück freue, so beunruhigt es mich doch auch; ich möchte nicht, dass andere es mit mir teilen. Ja, lieber nehme ich es hin, dieses Glücks beraubt zu werden, indem ich Ihnen dies mitteile, als die Reize, die ich vergöttere, von Augen entweiht zu sehen, die ihres Anblicks unwürdig sind. Allein dieser eifersüchtige Grund macht es mir zur Pflicht, auf das schönste, verführerischste Schauspiel, das die Natur bietet, zu verzichten – die Reize einer Schönheit oder vielmehr einer Göttin der Schönheit! Ach! Warum bin ich nicht (wenigstens am Abend) der einzige Bewohner dieses glücklichen Hauses, von dem aus man dies genießen kann! – Ich schließe mit einem Bedauern – einem sehr tiefen Bedauern, Mademoiselle, so tief, wie meine Ehrfurcht zärtlich und aufrichtig ist – zutiefst bedauere ich, dass ich für jetzt von uns beiden der einzige Glückliche bin.

Ihr Verehrer
(Un NId, un COq, un homme LAS, un RETs, un IF.)
Ein Nest, ein Hahn, ein müder Mann, ein Netz, eine Eibe.

So sah meine hieroglyphische Unterschrift aus.

Nachdem ich ein paar Augenblicke gearbeitet hatte, kehrte ich an das Fenster zurück, um zu sehen, ob Madelon mein Gedicht zu Ende gelesen hatte. Sie bemerkte mich und winkte mir lachend und sehr anmutig zu. Sie war ganz rot und schien sehr bewegt. Ich erkannte, dass meine Verse und mein Brief mich ihr in sehr freundliche Erinnerung gerufen hatten. Den ganzen Nachmittag über blieb sie in ihrem Zimmer. Um die Zeit des Abendessens erschien ich wieder an unserem Treppenfenster, und sie begann sogleich, sich einzusingen. Vor lauter Freude, sie zu hören (denn sie hatte eine sehr schöne Stimme), lief ich auf den Speicher, wo ihr Gesang noch voller erklingen musste. Sie erriet meine Absicht und sang mit herrlich klarer Stimme ein Lied, das ich nur dieses eine Mal in meinem Leben gehört und nie vergessen habe – weder 1783, zu der Zeit, da ich dies schreibe, noch im Nivôse 1794 (28. Dezember 1793), zu der Zeit, da ich dies drucke:

Je cherche un cœur plein de franchise,
Un cœur qui ne déguise rien,
Un cœur enfin qui sympathise,
Qui sympathise avec le mien!
Ah! si je le trouvais,
Et qu'il consentît à se rendre,
Le mien serait encore plus tendre,
Tendre à jamais!
Ah! si je le trouvais,
Et qu'il voulût se laisser prendre!
Il n'en serait jamais,
Non, non, Silvandre!
En ces beaux lieux,
*De plus heureux!**

Ich suche ein Herz, von Freimut erfüllt / Ein Herz, das nichts von sich verhüllt / Ein Herz auch, das im Einklang ist / Im Einklang ist mit meinem. / Ach, wenn ich das fände / Und wenn es willig sich ergäbe / Dann wäre meines noch viel zarter, / Zärtlich für immer! / Ach, wenn ich das fände / Und wenn es sich gewinnen ließe / Dann gäbe es, / Nein, nein, Silvandre! / An diesem schönen Ort / Keinen, der glücklicher wäre.

Im November, dem Monat meiner Geburt*, erfasste mich oft ein besonderer Elan. Ich finde hier ein kurzes Stück, datiert auf den ersten November und beendet am dritten: eine Eloge auf Thérèse Lalois, die abwechselnd mit Emilie Laloge in der Kirche Saint-Robert die Kollekte besorgte. Eine Analyse dieser Verse ist kaum möglich. Es handelt sich um eine sehr freizügige Beschreibung, hervorgebracht von einem energischen, aus tausend Ursachen angeregten Temperament. Solche Aufwallungen wirkten sich auch auf mein Herz aus und verdarben es. Allzu heftiges Fieber verdirbt den Charakter und tötet den Leib. Hier einige dieser Verse:

Toi, Dieu, qui me régis dès ma plus tendre enfance,
Qui m'as toujours soumis à ta douce influence,
Charmant Fils de Vénus, j'invoque ton secours;
Tu dois être Apollon, ou chantre des Amours.
Viens! présente à l'amant, et fidèle et discret,
Du temple de Cypris l'autel le plus secret!
Tois-même sois le peintre, à ces tétons d'albâtre,
De ma bouche sucés, que ma langue folâtre…
Peins la rose en bouton décorant son portail,
*Ces * bruns et bouclé ces ** de corail, etc.*

Du, Gott, der du mich seit frühster Kindheit lenkst, / Mich immer deinem sanften Einfluss unterworfen hast, / Du reizender Sohn der Venus, ich rufe dich zu Hilfe; / Du musst Apollon sein oder der Sänger der Liebe. / Komm! Zeig dem treu verschwiegenen Liebhaber / Den geheimsten Altar im Tempel der Cypris! / Sei selbst der Maler dieser Alabasterbrüste, / An denen mein Mund saugt und meine Zunge spielt … / Mal mir die rosige Knospe, die sein Portal verziert, / Die dunklen Kräuselhaare, die korallenroten Lippen etc.

Es ist mir unmöglich, hier fortzufahren. Und doch habe ich diese äußerst freien Verse, die nichts schonen, allesamt Madelon gegeben – sie war die einzige Person, die sie gelesen und mit einem Lächeln aufgenommen hat.

Am 5. November schrieb ich noch einige Verse, in denen Mademoiselle Lalois und Mademoiselle Laloge gemeinsam auftreten und ich beiden unverbrüchliche Treue gelobe. Ich schickte sie ihnen durch unseren Lehrling Bardet, nachdem ich eine Kopie für Mademoiselle Baron angefertigt hatte.

Oui, Laloge et Lalois, en ces heureux moments,
M'enflamment toutes deux par leurs appas naissants;
Je veux les réunir, que mon cœur les confonde,
Puisqu'en elles je n'ai qu'une brune, une blonde.

Jawohl, Laloge und Lalois, in diesen Glücksmomenten, / Entflammen mich beide mit ihren sprießenden Reizen; / Ich will sie so vereinen, dass mein Herz sie verschmelzt, / Denn in ihnen habe ich nur eine Dunkle, eine Blonde.

Mademoiselle Baron lachte über meine Vorstellung, ich hätte nur eine Geliebte, weil ich nur eine Blonde und eine Brünette verehrte.

An diesem gleichen Abend begann ich auch meine große Dichtung *Le Séjour des Grâces – Der Aufenthalt der Grazien.* Sie war von der gleichen Art wie jene, die mir in Courgis so sehr geschadet und so viel Kummer gemacht hatte. Ich widmete ihr ein Heft, das ich mit *Tertius codex – Dritter Band* überschrieb. Was ich mir da vornahm, war nichts Geringeres als eine Galerie von Porträts ausnahmslos aller hübschen Personen der Stadt. Ich begann mit den Mädchen, die bei Madame Hardouin in Pension waren, weil ich vor allem dieses Haus so nannte: *Le Séjour des Grâces.* Mademoiselle Laloge war die Heldin des I. Gesangs; Thérèse Lalois war der II. Gesang gewidmet; Julie Dugravier der III.; Philis Hollier der IV.; Madelon Baron der V.; Maîne Blonde der VI.; Berdon Baron der VII.; Annette Bourdeaux der VIII.; Mademoiselle Carouge der IX.; Xérine Legueux der X.; der zarten Dhall der XI.; und den beiden Schwestern Bourdillat der XII. Ich werde auf diese verschiedenen Gesänge* zu sprechen kommen, sofern sich eine Gelegenheit ergibt – aber nicht über das Ende des Jahres 1752 hinaus. Über die zwölf anderen Gesänge, die allerdings über das Stadium von Vorhaben bisher nicht hinausgediehen sind, werde ich nicht sprechen.

Wie gesagt, die Obszönität der restlichen Verse – übrigens eher eine Wirkung des schlechten Geschmacks als der Unmoral – hindert mich in den meisten Fällen, sie hier wiederzugeben. Die Arbeit an diesem Werk ging nicht über den 11. März 1753, diesen Schreckenstag, hinaus. Wenn ich ihn mir in Erinnerung rufe und alles, was mit Madelon Baron zu tun hat, diesem Mädchen, das ich zu spät wirklich kennenlernte und das Gaudet d'Arras vor mir schlechtmachen wollte, dann kommen mir die Tränen, und noch immer zerreißen mir die Gewissensbisse das Herz.

Ich arbeitete in diesem November also an meinem *Séjour des Grâces*, und wie ich dabei verfuhr, erstaunt mich noch heute. Hätte ich die datierten Originale nicht vor Augen, dieses Knäuel aus Gelüsten und mitunter extremen Leidenschaften – ich könnte mir schwerlich gewiss sein, dass ich die Geschehnisse nicht durcheinanderwerfe. Aber da sind sie, die alten Hefte, seit vierzig und fünfundvierzig Jahren getreue Bewahrer all meiner Gedanken, die ich nach und nach notiert habe – für mich und nicht, um andere zu täuschen. Ich versteckte sie vor allen, ausgenommen Madelon Baron. Ihr – in die ich, wie mir schien, genauso wenig verliebt war wie sie in mich – zeigte ich all meine poetischen Eskapaden. Mein Hauptzweck war es, mir *Gedenktage* einzurichten, ein Vergnügen, dem ich mein Leben lang gefrönt habe und das mir zweifellos als Letztes abhandenkommen wird. Die Zukunft ist für mich ein tiefer, schauerlicher Abgrund, den ich nicht auszuloten wage. Aber ich mache es wie die Leute, die Angst vor dem Wasser haben; ich werfe einen Stein hinein: also ein Geschehnis, das mir in der Gegenwart widerfährt. Ich schreibe es auf und füge hinzu: »Woran werde ich in einem Jahr, an diesem Tag, um diese Stunde denken?« Dieser Gedanke hat für mich großen Reiz. So mache ich es das ganze Jahr über. Und da fast jeder Tag der Jahrestag von irgendeinem Ereignis ist, das ich notiert habe, bringen mir alle Tage neuen Genuss. Ich sage mir: »Da bin ich nun in jener Zukunft, deren Schleier ich nicht zu lüften gewagt habe, als ich es gekonnt hätte. Sie ist jetzt Gegenwart. Ich sehe sie. Gleich wird sie Vergangenheit sein, wie das Ereignis, das mir sie anzukündigen schien!« Ich genieße die Gegenwart. Dann versetze ich mich in die Vergangenheit. Ich erfreue mich an dem, was ist, ebenso wie an dem, was nicht mehr ist. Und wenn sich meine Seele in der entsprechenden Verfassung befindet (was nicht immer der Fall ist), dann werfe ich einen neuen Stein in die Zukunft, den der Fluss der Zeit, indem er verfließt, irgendwann wieder im Trockenen zurücklassen muss. Das ist der Grund, warum ich meine Daten in Heften stets genau festgehalten habe und warum ich sie noch immer jeden Tag aufzeichne. Nur in den zwölf toten Jahren, in der Blüte meines Lebens, zwischen 1755 und 1765/66, habe ich keine Daten aufgezeichnet oder nur wenige. Die Vielfalt meiner Empfindungen und meiner Lieben und deren Stärke, die von der Vielfalt nicht geschwächt wurde, beweisen, wie weit selbst die als besonders glaubwürdig geltenden Romane mit ihrer wohlüberlegten, nie versagenden Folgerichtigkeit von der Wahrscheinlichkeit entfernt sind! Es herrscht in ihnen eine fatale Symmetrie, die eine ungeheure Zahl junger Leute beiderlei Geschlechts in die Irre führt und dadurch unglücklich macht, dass sie ganz und gar natürliche Menschenwesen in moralische Ungeheuer verwandelt. Ich behaupte und bin fest davon überzeugt, dass mein Tun und Lassen, wie ich es hier schildere, dieses Werk sehr viel nützlicher macht als die besten Romane.

Der 8. Dezember wurde für mich einer der schönsten Tage meines Lebens, vielleicht der glücklichste, romantischste von allen.

Es war ein Feiertag. Madame Parangon war festlich gekleidet, aber mit einem Geschmack und einer Eleganz, wie ich sie bei ihr noch nie gesehen hatte. Beim Mittagessen hatte sie bemerkt, wie sehr ich sie bewunderte. Es herrschte Frost. Gleich nach dem Essen ging sie hinaus, und etwas später sah ich, wie sie bei ihrer Schwester, Madame Minon, der Frau des Advokaten, eintrat, mit der sie dann den Vespergottesdienst besuchte. Ich blieb im Haus und ließ alle anderen gehen, denen das nur recht war.

Ich machte im Saal ein großes Feuer und setzte mich, um zu lesen. Zufällig geriet mir *Der Cid* von Corneille in die Hand. Ich las das Stück zum ersten Mal und voller Begeisterung. Am Ende war ich in Chimène geradezu verliebt. Träumerisch stocherte ich im Feuer herum und schwelgte noch in der Erinnerung an meine Lektüre, da hörte ich, wie die Halbtür zur Straße geöffnet wurde. Ich ärgerte mich fast über die Störung. Die grüne Tür wird aufgestoßen, und ich sehe durch die Stofftür eine Dame, die innehält, als hätte sie Bedenken, einzutreten. Ich erhebe mich – es ist Madame Parangon!

Ich erbebte. Dann machte ich einen kleinen, karminroten Sessel frei und bot ihn ihr an.

»Sie haben ein ordentliches Feuer – zum Glück! Ich bin ganz durchgefroren.«

Ich sah, dass sie kalte Füße hatte. Aber entweder fürchtete sie, ihre schönen Schuhe zu verderben, oder sie wollte sie vor mir nicht ausziehen … Sie war so schön und ich so hingerissen, dass ich, ohne nachzudenken, vor ihr niederkniete und ihr die Schuhe abstreifte, ohne die Schnallen zu öffnen.

»Dann geben Sie mir aber wenigstens meine Pantoffeln!«

Sie standen auf einem Tablett, und ich brauchte nur die Hand auszustrecken. Ich hielt ihr einen hin. Aber sie zog den Fuß zurück. Ich stand auf, um die Schuhe, die ich ihr eben ausgezogen hatte, auf die Seite zu stellen. Ich kam zurück und blieb stehen.

»Setzen Sie sich doch.«

Ich setzte mich. Tiefe Stille.

»Sie haben gelesen, nicht wahr? Und ich habe Sie gestört!«

»Ich habe gerade den *Cid* zu Ende gelesen! Ach, wie unglücklich Chimène ist! Aber auch so liebenswürdig!«

»Ja! Sie ist in einer grausamen Lage!«

»In einer sehr grausamen!«

»Ich glaube allerdings, dass solche grausamen Lagen die Liebe … nur steigern.«

»Ganz bestimmt, Madame! Sie steigern sie bis zu einem Punkt…«

»Aber woher wissen denn Sie das, in Ihrem Alter?«

Ich war verlegen. Ich wurde rot. Doch dann besann ich mich und sagte: »Ich weiß es so gut wie Rodrigue.«

»Das kann doch nicht sein.«

»Ganz bestimmt, Madame!«

»Aber Sie haben noch nie … unglücklich geliebt.«

»Madame wollten sagen *glücklich*, nicht wahr?«

»Ob glücklich oder unglücklich – Sie sind noch ein Kind!«

»Dem Verstand nach, aber nicht nach dem Herzen.«

»Das sagt er so voller Überzeugung … Armer Junge! Finden Sie, dass *Der Cid* ein gutes Stück ist?«

»Wenn er schlecht ist, dann verstehe ich gar nichts mehr. Aber er ist ohne Zweifel gut, oder ich bin genauso dumm wie der Verfasser.«

Madame Parangon brach in schallendes Gelächter aus.

»Was Sie nicht sagen! Genauso dumm wie Corneille – dieser bedeutende Mann!«

»Ich habe mir schon gedacht, dass er ein bedeutender Mann ist, nachdem mir sein Stück so gut gefallen hat.«

»Wer hat Ihnen besser gefallen – Chimène oder Rodrigue?«

»Ach, Chimène … Und Ihnen, Madame?«

»Rodrigue.«

Ich überlegte einen Augenblick, dann kam mir eine glänzende Idee.

»Ich weiß auch, warum.«

»Nun, warum?«

»Aber…« Ich wagte nicht, es zu sagen, und ließ mich lange bitten, ehe ich verkündete: »Mir gefällt Chimène besser, Madame, weil sie von Ihrem Geschlecht ist. Eigentlich stelle ich sie mir jedes Mal, wenn sie spricht, so vor wie Sie – der Klang Ihrer Stimme, Ihr Gesicht, Ihre Art, sich zu schmücken, Ihre … Schönheit.«

Sie errötete. Das machte mich noch kühner.

»Wissen Sie – für mich sind Sie wie ein Titelkupfer zu dem ganzen Stück, ähnlich dem, das man Ovids *Liebesbriefen** vorangestellt hat.«

»Was für ein hübscher Gedanke!«

»Ich weiß nicht, ob Madame mir sagen, woran sie gedacht hat?«

»Also, ich, wenn ich lese – dieser Rodrigue … ich stelle ihn mir jung vor, naiv … mit zärtlichem, reinem Herzen – nicht ohne Fehler, aber nur solchen, die verzeihlich sind.«

»Ach, Madame …!« Ich hielt inne.

»Wollten Sie etwas sagen?«

»Ja, Madame!«

»Ich würde es gern erfahren.«

»Ach, es ist nichts, Madame.«

»Aha, eine halbe Lüge! … Nun sagen Sie schon!«

»Wenn ich es denn sagen soll – da Sie es mir befehlen: Ich wollte fragen, ob denn nicht vielleicht ich dem Rodrigue ähnlich sehe?«

»Nun ja, vielleicht von fern … Ich wünsche Ihnen jedenfalls seine Tugenden und vor allem sein Glück … Mein Gott, wie warm es hier ist!«

»Soll ich die Tür öffnen, Madame?«

»Nein. Ich werde noch einmal ausgehen … *(Im Aufstehen)* Hören Sie, Monsieur Nicolas. Ich weiß, Sie sind fleißig, sparsam, arbeitsam. Meinen Sie nicht, es könnte sich eine Chimène finden? Ihre Eltern sind hochgeschätzte, ehrenwerte Leute. Ihr Vater ist mit meinem Vater befreundet …«

»Ah, Madame, mein Vater schätzt den Ihren über alles!«

»Und meiner liebt Ihren Vater sehr.«

Sie ging ein paarmal hin und her und schickte mich dann hinauf in die Wohnung, ihr einen ganz neuen rosa Pelz zu holen – zweifellos, um sich in meiner Abwesenheit ihre Schuhe wieder anzuziehen. Den blauen Pelz gab sie mir mit, und als ich wieder nach unten kam, ging sie hinaus. O Gott, welche Anmut! Voller Bewunderung sah ich ihr nach. Doch dann kam sie plötzlich noch einmal zurück.

»Ich habe noch etwas vergessen.«

Rasch stieg sie in den ersten Stock hinauf, ließ aber ihren Muff bei mir zurück. Da sie sehr leise wieder nach unten kam, überraschte sie mich, wie ich tief ergriffen all das bestaunte, was sie zurückgelassen hatte. Sie tat, als hätte sie nichts gesehen, trat noch einmal zu mir an den Kamin.

»Wenn jemand nach mir fragt, ich bin bei Manon Bourgoin … Denken Sie ein wenig über die Chimène nach, von der ich Ihnen gesprochen habe.«

Sie lächelte beim Hinausgehen.

»O du über alles verehrte Frau!«, rief ich, als sie noch kaum zwei Schritte gemacht haben konnte. Ich glaube, sie hörte mich, denn sie verlangsamte ihre Schritte. Doch dann ging sie umso schneller. Ich begab mich hinter meinen Wandschirm und arbeitete bis zum Abend. O glücklicher Nachmittag, der du mich 1756 in Paris noch sanfte Tränen vergießen lassen wirst.

Der 20. Januar war ein Sonntag, der Tag vor dem Fest der heiligen Agnes, der Schutzpatronin aller Jungfrauen in der Pfarre Saint-Regnobert, wo Madelon sich oft als oberste Küsterin betätigte. An diesem Morgen hatte mich ihr Anblick tief bewegt. Noch nie hatte ich sie in einer so reizenden Aufmachung gesehen. Ich lehnte in der Halbtür unseres Ladens, als sie vorüberging und zu mir sagte: »Gehen Sie denn nicht zum Hochamt, Sie Ungläubiger?« Sie entfernte sich rasch, ohne meine Antwort abzuwarten. Ihre Anmut, ihr genüsslicher Gang, der zugleich etwas Verlegenes an sich hatte, und ihre ganze Figur lösten bei mir einen Sturm wilder Begierde aus. Ich dachte: »Wie liebenswürdig sie ist! Was für ein Glück, ein so schönes Mädchen ganz für sich zu haben!« Darüber vergaß ich, wie es mir oft passierte, all die anderen Vorhaben, von denen schon die Rede war. Nur das Wesen, das ich vor mir sah, beschäftigte mich – als wäre ich ein richtiger Barbar. Ich setzte mich an meinen Tisch und arbeitete an den Versen – für sie und mit einer Begeisterung, wie ich sie noch nicht erlebt hatte. Sie ließ erst nach, als zum Essen gerufen wurde.

Nach dem Essen gingen alle ihrer Wege, und gegen zwei Uhr war ich ganz allein im Haus. Mir fiel ein, dass am nächsten Tag das Fest der Jungfrauen gefeiert würde und dass Madelon eine führende Rolle dabei spielen sollte. So kam ich auf die Idee, ihr aus diesem Anlass etwas zu dichten. Ich setzte mich vor das kleine Bücherregal von Madame Parangon, sammelte meine Gedanken und begann zu reimen.

Das letzte Wort war noch nicht geschrieben, als ich hörte, wie die Halbtür geöffnet wurde. Es war ungefähr drei Uhr. Der Vespergottesdienst in der Pfarrkirche, wo sich Madelon um die Kollekte für ihre Heilige gekümmert hatte, war inzwischen zu Ende. Die Leute aus unserem Haus besuchten nun wohl die Vesper bei den Franziskanern. Ich glaubte, Toinette, das Dienstmädchen von Madame Parangon, sei zurückgekommen. Ich ließ mich nicht weiter stören und schloss mein Gedicht ab.

Als ich alles noch einmal vor mich hin trällerte, um zu prüfen, ob das Versmaß überall stimmte, merkte ich, dass jemand hinter mir stand. Ich drehe mich um – es ist Madelon, noch schöner als am Morgen. Ich stieß einen Freudenschrei aus!

»Sie waren also tatsächlich nicht im Vespergottesdienst?«

»Wenn ich Sie dort gesehen hätte, so schön – es hätte mich zu sehr verwirrt. Aber ich habe mich die ganze Zeit über nur mit Ihnen beschäftigt.«

»Was lesen Sie denn da?«

»Sehen Sie selbst!«

Ich gab ihr das Blatt mit meinen Versen. Die Überschrift lautete: »Für Mademoiselle Madelon Baron. Akrostichon zum Festtag der Jungfrauen, auf die Melodie von usw.« Beim Lesen wurde sie rot. Als sie fertig war, wollte sie es mir zurückgeben.

»Aber es ist doch für Sie bestimmt!«

»Ach, wo bin ich bloß mit meinen Gedanken…!«

Sie faltete das Blatt und steckte es ein. Ich nahm ihre Hände. Ich umarmte sie. Sie wehrte sich kaum.

»Ich bete Sie an!«, sagte ich nach einem entzückten Kuss auf ihre Lippen.

»Das glaube ich nicht.«

»Ich bete Sie an«, wiederholte ich nach zwei weiteren Küssen.

»Nein! Ich glaube Ihnen nicht!«

»Ich bete Sie an, ich liebe Sie mehr als mein Leben. In ein paar Tagen werden Sie es sehen…«

»Nein! *(in charmantem Ton)* Ich glaube Ihnen kein Wort!«

Jedes Mal wenn sie ihren Unglauben beteuerte, pflückte ich mir einen Kuss von ihren Lippen. Zuletzt drückte ich sie an mich. Doch als sich ein Schleier von Wonne und Lust über ihre Augen legte, lief ich zur Ladentür und verriegelte den oberen Teil. Im Nu war ich zurück bei ihr und nahm sie wieder in meine Arme, drückte diesen ganzen schönen Körper mit aller Kraft.

»Ich bete Sie an!«, beteuerte ich noch einmal.

»Nein! Nein! Geschwätz! – Sie lieben mich nicht!«

Was für ein Sehnen in ihrer Stimme mitschwang! Ihr Mund wich dem meinen fast gar nicht mehr aus. Noch nie war Madelon so schön gewesen, und ihre Seufzer ließen ihr Mieder anschwellen. Ein tiefer Seufzer entwich meiner Brust. Madelon presste ihre Lippen auf meine. Wir blieben vereint, sprachen nicht, genossen einander. Von all den Reizen, den Umarmungen, dem herausfordernden Aufzug Madelons erregt, hatte das Verlangen seinen Gipfel erreicht … Wenn ich einige Augenblicke in der Reglosigkeit der Ekstase zu verharren schien, so deshalb, weil mir mein Glück groß genug war; nach mehr verlangte es mich nicht. Aber dieser Zustand kann nicht andauern. Das Glück ist wie der Blitz – ist ein Wunsch erfüllt, so folgt ihm ein anderer, um nur einen Augenblick grell aufzuleuchten. Seit mehreren Tagen hatte sich meine Vorstellungskraft immer nur mit Madelon beschäftigt. Diese Schönheit hatte sich ihr lebhaft eingeprägt – mit all den Reizen, von denen auch meine neuen Verse handelten. Mit zärtlicher Heftigkeit an meine Brust sich drückend, sagte sie mit ersterbender Stimme: »Lassen Sie von mir ab, wenn Sie ein Verführer sind.«

»Dein Liebhaber schwört dir ewige Liebe!«, rief ich ganz außer mir. »Erfüll mir meine Wünsche, du herrliches Mädchen, und fürchte nichts! Im Triumph werde ich dein Sklave für immer!«

Madelon seufzte. Sie erwiderte einen Kuss, und ihre Gegenwehr bestand nur noch aus Gesten einer verlöschenden Schamhaftigkeit. Ich war so glücklich!

Die Vesper bei den Franziskanern dauerte nur eine Dreiviertelstunde. Bald würden die anderen Hausbewohner zurückkehren. Doch in dieser kurzen Zeit geschah es, dass Madelon *bis terna venere fuit locupletata.** Ich konnte nicht von ihr lassen. Aber die Mädchen sind bei solchen Gelegenheiten mehr auf ihren Ruf als auf ihre Tugend bedacht und deshalb besonders wachsam. Der große Uhrturm lässt vor jeder vollen Stunde zwölf leise Schläge ertönen. Madelon entzog sich mir, sowie sie die hörte, und als der schwere Klöppel viermal die große Glocke geschlagen hatte, war sie schon in ihrem Zimmer. Noch verliebter als vorher blieb ich zurück. Dieser glücklichen Veranlagung, dass mich der Genuss der Liebe zärtlicher stimmt als das Verlangen nach ihr, hatte ich mehrmals die Eroberung eines Herzens zu verdanken. Und was hatte ich davon? All mein Glück im Leben hab ich verloren…

Nachdem Madelon gegangen war, setzte ich mich und dachte über mein Liebesglück nach. Keinerlei Gewissensbisse – ich verspürte nichts dergleichen. »Sie ist ein Mädchen«, dachte ich, »und ich bin ein Junge. Ich werde sie heiraten. Meine Eltern werden in ihr eine vorteilhafte und in jeder Beziehung annehmbare Partie sehen. Sie ist bezaubernd. Sie werden sie sehr gernhaben. Sie liebt mich, und ich werde der glücklichste Mensch auf Erden sein.« Dann ein betrübter Blick auf mich selbst: »Ach, wenn sie doch diese düstere Leidenschaft in meinem Herzen auslöschen könnte!« Aber ich war froh, dass ich mich gebunden hatte (denn damals war ich noch ehrbar genug, zu glauben, dass Madelon durch ihre Gunst soeben meine Frau geworden war).

Während ich mich in diesen angenehmen Überlegungen erging, hörte ich plötzlich, wie Madelons wohlklingende Stimme in zauberhaftem Schmelz erschallte. Sie hatte sich mein holpriges Akrostichon angesehen und hatte es verschönert, so dass es sanft und bewegend klang.

Ich war vor lauter Bewunderung entzückt und gerührt und lief zu dem Fenster, das dem von Madelons Zimmer gegenüberlag, um ihr meine begeisterte Dankbarkeit zu zeigen. Sie antwortete darauf, indem sie das Lied ein zweites Mal und noch zärtlicher sang. In diesem Augenblick hörte ich jemanden ins Haus zurückkommen.

Es war Toinette. Ich lief ihr mit freudestrahlendem Gesicht entgegen. Zunächst hatte ich geglaubt, es sei Madame Parangon. Aber zum ersten Mal war ich froh, dass es jemand anderes war.

»Ach, Toinette!«, rief ich.

»Du lieber Himmel! Was ist denn los?«

»Nichts, nichts, meine liebe Toinette. Ich bin einfach zufrieden!«

»Umso besser! Haben Sie gute Nachrichten erhalten?«

»Ja, ja, Toinette – ich gehe jetzt aus dem Haus, aber ich werde nicht lange fortbleiben. Und wenn Sie nachher zur Begrüßung, zum Salut der Jungfrauen gehen wollen, werde ich zurück sein.«

»Ja, das würde ich gern.«

Ich küsste Toinette die Hand, was ich für gewöhnlich nicht tat, und stürmte los wie ein Verrückter nach der Liebesinsel, um dort mein Glück zu feiern. Ja, ich war glücklich. Wirkliches Glück und keine kalte Apathie. Das war der Elan einer Seele, die auf einen gewaltigen Schlag die Freuden entweichen und überschwappen lässt, die sie nicht mehr bei sich behalten kann. Ihre Organe haben nicht mehr die Kraft, den Fluss der Wonne einzudämmen. Die Deiche brechen, sie tritt über die Ufer … und dieser Augenblick ist eine ebenso heftige Lust wie jene andere, die die Natur der himmlischen Fähigkeit, das Leben fortzupflanzen, zur Begleitung mitgegeben hat.

Glücklich sein heißt Gott sein! Und wie viele glücklose Sterbliche haben diesen Augenblick des Gottseins nie erlebt!

Als ich die Glocke zum Salut läuten hörte, fiel mir ein, dass Madelon dort auftreten und glänzen sollte – zum letzten Mal! –, und ich rannte nach Hause, um Toinette gegenüber mein Wort zu halten. Ich ließ sie gehen, und gleich danach schloss ich die Tür ab und ging dann selber – mir ansehen, wie Madelon die Kollekte besorgte.

Es war nicht bloß eine Phantasie: Sie war außer sich vor Freude, und nie wieder habe ich in der Natur etwas so Schönes gesehen. Ihre Haut schimmerte in den schönsten Rosatönen, und ihre Augen strahlten – vor Glück! Sie kam auf mich zu. Ich war in der Seitenkapelle der Heiligen Jungfrau zum Glück allein. Ich küsste eine ihrer Hände, die sie zweifellos mit Vorbedacht auf meiner Seite hatte sinken lassen.

»Ach, wie ich Sie liebe!«, flüsterte sie. »Bitten Sie die Jungfrau um Vergebung!«

»Aber nein! Ich werde ihr danken!«

Was für ein bezauberndes Lächeln trug mir diese Antwort ein! Nach dem Salut wartete ich an unserer Halbtür auf Madelon. Sie hielt kaum inne, während sie sagte: »Taktvoll, bescheiden, geistreich, zartfühlend, macht alles richtig – so ist er, mein Liebhaber.« Während sie die Halbtür an ihrem Haus schloss, blieb mir gerade noch die Zeit, ihr zu sagen: »Und Ihr Gemahl.«

Ich machte mich nach meiner Rückkehr gleich ans Übersetzen und arbeitete bis sieben Uhr, denn Arbeiten oder Studieren waren mir ein Bedürfnis. Abends konnte ich mich selbst nicht leiden, wenn ich »den Tag verloren« hatte, wie Titus* es formuliert. Ich wollte an jedem Abend einen kleinen Fortschritt, ein kleines Vorwärtsrücken sehen. Es war dies die Quelle meiner inneren Zufriedenheit. (Warum bloß ist, bei solchen Anlagen, nicht mehr aus mir geworden?) Zufrieden mit mir, nachdem ich ein paar Schritte in meinem Wissen und meinem Werk vorangekommen war, ging ich um sieben Uhr noch einmal hinaus. Ich sah Madelon, die auf ihrer

Halbtür lehnt. Sie musste gehört haben, dass ich nach draußen gekommen war. Ich lief zu ihr, ergriff ihre Hand und küsste sie voller Hingabe.

»Ach, Monsieur Nicolas, wir haben…«

»Verehrte Frau, Sie haben mein Glück gemacht. – Ich gebe zu, ich war unentschieden. Seit heute Nachmittag weiß ich, was ich will – für immer!«

»Für immer«, sagte sie, »bin ich dein.«

»Schwören wir es uns bei Gott«, entgegnete ich und drückte mir ihre Hand aufs Herz.

»Ich schwöre es dir, bei Gott!«

»Und ich ebenfalls, bei Gott. Ich schwöre Ihnen meine Treue, meine Beständigkeit, meine absolute Treue. Ich bin Ihr Verehrer. Und diejenige, die mir das Glück geschenkt hat, ist meine Göttin.«

»Na schön«, sagte sie, »aber überleg mal, wie viel ich dir verdanke! Du hinderst mich daran, irgendetwas zu bereuen! Ach, mein liebenswürdiger Freund, ich hatte mir schon ein Urteil gebildet, als ich dich das erste Mal sah – schon da habe ich mir gesagt: ›Ich werde ihn glücklich machen, durch die Liebe – es sei denn, er will nicht.‹ Ich habe dich immer geschätzt. Mein Herz, ich selbst – alles ist dein … – Aber da ruft meine Stiefmutter. Adieu!«

Ich verließ sie und war noch glücklicher als in dem Augenblick, in dem ich sie besessen hatte.

Der 11. März ist einer jener Wendepunkte in meinem Leben, die mir meine Leichtigkeit und mein Glück geraubt haben. Auch nach dreißig Jahren rührt und bedrückt er mich noch immer. Heute, am 16. Februar 1784, um halb vier, in meinem Bett, wo ich arbeite, trifft mich dieser Schlag noch genauso schmerzhaft wie am ersten Tag. Schriebe ich dies am 11. März, könnte ich die Feder nicht halten. Jahrestage erschüttern mich immer mit ungeheurer Gewalt.

Seit dem 20. Januar sah ich Mademoiselle Baron jeden Abend. Aber sonntags und an Feiertagen kam sie nicht mehr zu mir in den

Saal hinter dem Laden. Dafür entschädigte mich der hübsche Weg durch das Gärtchen zu dem kleinen Zimmer, das Maîne Blonde uns überließ. Madelon hatte ihr meine Eloge auf sie gezeigt und auch verraten, dass ich deren Verfasser sei, und hatte sie auf diese Weise sehr für mich eingenommen. Das Merkwürdige an diesen nächtlichen Zusammenkünften mit meiner *Frau* war, dass sie dabei kein Wort mit mir sprach und dass ich sie ihre Rolle als Fee spielen ließ, ohne mir anmerken zu lassen, dass ich sie erkannte, und ohne ein Wort zu sagen, was ihr zu gefallen schien. Auch während des Karnevals sahen wir uns viel, immer in Gesellschaft. Bei unseren häufigen Gesprächen abends beim Tanz kamen wir zu dem Entschluss, dass wir, wenn sie nicht schwanger würde, bis zum Ende meiner Lehrzeit abwarten würden. Falls sie es aber doch würde, sollte sie mir beim ersten Anzeichen Bescheid geben, so dass wir, um sie nicht in Verruf zu bringen, sofort eine Lösung herbeiführen könnten – unter dem einfachen Vorwand, dass ich meine Stelle aufgeben würde, um eine andere, vorteilhaftere anzunehmen, die mir ihr Bruder in Dieppe verschafft hätte.

Wir nannten uns nur noch »mein lieber, kleiner Mann« und »meine liebe, kleine Frau«. All unsere Gedanken und Pläne teilten wir miteinander. Keiner hatte mehr irgendwelche Geheimnisse vor dem anderen. Ich verehrte sie von ganzem Herzen. Meine Dankbarkeit war so lebhaft, dass ich sie für Liebe hielt. Aber es hatte auch damit zu tun, dass Madelon so schön und so zärtlich war. Wenn die Männer unbeständig sind, liegt es fast immer an den Frauen, sei es, dass sie als Erste erkalten, sei es, dass sie ihre Mittel, Gefallen zu erregen, vernachlässigen. (Hier bin ich gestern stehengeblieben; von Schmerz überwältigt, konnte ich nicht weiterschreiben. 16. Februar 1784.)

Es kam der 7. März. Ich sah Madelon an ihrer Halbtür, gegen Mittag, bevor sie sich zu Tisch setzte. Sie gab mir ein Zeichen. Ich lief zu ihr.

»Lieber Freund«, (es sind dies die letzten, geheiligten Worte, die sie zu mir sprach), »ich glaube, wir müssen deine Eltern bald benachrichtigen. Ich will ja deine Frau werden. Mein Bruder in Dieppe hat mir geantwortet: ›Wenn du den jungen Mann, von dem du mir geschrieben hast, heiratest, kann ich ihm in der Marineverwaltung eine vorteilhafte Stelle besorgen.‹ Da ich weiß, was du willst und was du kannst, habe ich ihm sofort geschrieben, er möge uns diese Stelle bis nach Ostern frei halten, dann könnte ich ihm einen Schwager präsentieren, mit dem er zufrieden sein werde. Schreib du nun an deine Eltern, mein Lieber, und zeig mir deinen Brief bitte noch einmal, bevor du ihn abschickst. Ich möchte ein paar Einzelheiten hinzufügen, die ihm nichts schaden können. Ich sehe nichts, was uns hindern könnte. Und du?«

»Nein, nichts!«

Ich gab ihr einen Handkuss, obwohl an die dreißig Leute auf der Straße unterwegs waren.

»Ich werde schreiben«, sagte ich.

»Adieu!«, rief mir Madelon noch zu. »Da kommt Bardet. Der will dich bestimmt zum Essen rufen. Adieu, mein Freund!«

Schweren Herzens oder doch sehr beklommen verließ ich sie. Ich aß wenig. Zweimal fragte mich Madame Parangon: »Was ist mit Ihnen?« Aber ich schlug die Augen nieder, ohne zu antworten. Gegen Ende der Mahlzeit ging ich wieder an die Tür. Als ich Madelon nicht sah, die mit dem Essen auch noch gar nicht fertig sein konnte, ging ich rasch wieder nach oben an die Arbeit.

Mir kam die Idee, sofort an meine Eltern zu schreiben. Ich nahm Feder und Papier mit in meine Kammer. Aber ich hatte kaum eine Zeile geschrieben, da kam Toinette und sagte: »Madame möchte mit Ihnen sprechen.«

Nie waren mir Colettes Anweisungen ungelegen gekommen – selbst diesmal nicht. Ich stürmte schneller die Treppe hinunter, als ich heraufgeeilt war.

»Was ist denn mit Ihnen, Monsieur Nicolas?«

Ich schwieg.

»Ich weiß Bescheid. Madelon hat vorhin mit Ihnen gesprochen, nicht wahr?«

»Ja, Madame.«

»Ich weiß alles. Sie hat mir alles gesagt. Ich beklage mich nicht über Sie. Aber Sie vergessen so leicht, was ich Ihnen anvertraue!«

»Ich – vergessen? Alles, was Sie sagen, prägt sich meinem Herzen für immer ein. Aber hier – das gestehe ich Ihnen, der ich keine Frau in Ihnen sehe, sondern eine Göttin –, hier bin ich nun der Gemahl von Madelon geworden. Die Ehre nötigt mich, und ich wäre derjenigen unwürdig, die…«

»Ich verstehe, und bin einverstanden … aber war es wirklich nötig … Nein, ich will Ihnen keine nutzlosen Vorwürfe machen: Es gibt nur ein Mittel, wie Sie Ihre Ehre bewahren können, und das müssen Sie nutzen. Ich werde – in diesem Falle – für Sie tun, was ich für einen Bruder täte. Monsieur Nicolas, ich sehe jetzt, aber ich wusste es auch schon vorher – Tugendhaftigkeit ist ein so zerbrechliches Gut. Nicht den geringsten Fehltritt darf man sich erlauben, sonst bringt man sich in die größten Verlegenheiten … Gehen Sie jetzt, lassen Sie mich … ich werde alles für Sie tun, was ich tun kann.«

Ich war in einer unvorstellbaren Lage – von tiefem Schmerz erfüllt und gleichzeitig zufrieden, ängstlich und voller Schuldgefühle, und doch gab es für mich nichts zu bereuen. Ja, ich litt schrecklich, aber unter Qualen, von denen ich mir nicht wünschte, sie sollten aufhören. Die Arbeit, die ich zu tun hatte, war eilig. Bis gegen acht Uhr ließ ich mich nicht dabei stören.

Auch nach dem Abendessen sah ich Madelon nicht, ebenso wenig wie ihre Schwestern. Ich weiß nicht, welche Verzagtheit mich davon abhielt, die junge Marote, die Kammerfrau, nach ihr zu fragen. Jedenfalls zweifelte ich nicht daran, dass ich in dieser Nacht mit Madelon zusammen sein würde, so wie in fast allen Nächten seit dem 20. Januar. Dabei wollte ich ja auch den Brief an meine Eltern schreiben. Aber ich konnte mich von der Tür nicht losreißen. Beim geringsten Geräusch lief ich wieder hin. Ich brannte darauf, Madelon zu sehen – die ich doch nie mehr wiedersehen sollte! Ich stieg die Treppe zur Druckerei hinauf, trat an das Fenster, von dem aus man dasjenige von Madelons Zimmer sehen konnte. Ich sah Licht dort brennen, aber der Vorhang war so sorgfältig zugezogen, dass ich nur die Bewegungen einiger schemenhafter Gestalten erahnen konnte.

Mein halbes Leben hätte ich hingegeben, um Madelon für einen Augenblick zu sehen und ihr zu sagen, dass Madame Parangon mit unserer Heirat einverstanden sei. Ich ging zu Bett in der Hoffnung, sie bald zu hören, aber schlafen konnte ich nicht.

Am nächsten Tag, dem 8. März, sprach den ganzen Morgen über niemand mit mir. Mittags ging ich an die Tür, um nach Madelon Ausschau zu halten. Marote verließ gerade eilig das Haus. Ich ging hinüber, aber ich sah niemanden im Laden. Die Nachbarn beobachteten mich. Ich blickte traurig drein. Sie glaubten, ich wisse Bescheid. Beim Abendessen sah ich Madame Parangon nicht. Nach Tisch ging ich noch einmal an die Tür. Ich sah Manon Baron kommen und ging auf sie zu, um mit ihr das Haus zu betreten und mich zu erkundigen. Sie wies mich mit einer Geste an, draußen zu bleiben. Von Natur aus schüchtern, war ich wie erstarrt. Ich fragte mich, warum ich Madelon nirgendwo sah, und wusste keine Antwort. Als ich später in meine Kammer zurückgekehrt war, beobachtete ich wieder ihr Fenster. Der Vorhang war genauso sorgsam zugezogen wie am Tag zuvor, und wieder sah ich die Schatten kommen und gehen und sich tummeln.

Als ich am Morgen des 9. herunterkam, sprach mich Toinette an.

»Mademoiselle Baron ist seit zwei Tagen sehr krank.«

»Himmel! Krank!«

Ich rannte hinüber, ohne auf Toinette zu hören, die mich zurückhalten wollte. Als mich Madame Baron, die »Gute«, eintreten sah, kam sie und griff nach meinen Händen.

»Aber wer ist denn krank, Madame?«, fragte ich.

»Sie werden es erfahren. Aber Sie können die Kranke nicht sehen.«

»Und warum nicht?«

»Sie ist nicht bei Verstand.«

»Nicht bei Verstand? Aber welches von den Fräulein ist denn krank?«

»Sie werden es erfahren … Ich habe Madame Parangon gebeten, es Ihnen zu sagen.«

»Also ist es Madelon! Meine Freundin!«

»Beruhigen Sie sich! Gehen Sie jetzt, ich werde Ihnen Nachricht zukommen lassen.«

Langsam zog ich mich zurück.

Im Saal sah ich Madame Parangon. Aber sie war nicht allein, und ich grüßte sie nur mit einer tiefen Verbeugung, wortlos. Rasch machte ich mich an die Arbeit. Ich hantierte mit einer Schnelligkeit, die ans Wunderbare grenzte. Bei dem Sturm, der in mir tobte, konzentrierte sich meine ganze Regsamkeit in den Fingern. Bourgoin, der Werkstattleiter, sah mir wortlos zu. Der Schweiß tropfte mir aus den Haaren.

»Sie bringen sich um«, sagte er zu mir. »Lassen Sie sich Zeit!«

»Zeit! Die ist vorbei!«

Ich wusste nicht, was ich sagte.

Gegen Mittag begab ich mich nach unten. Ich war vollkommen aufgelöst. Ich ging hinüber zu Madelons Haus. Marote sagte mir: »Ihre Schwestern sind um sie. Sie ist ruhiger. Sie ruht sich aus … Ach, die gute …!«

»Nennen Sie nicht ihren Namen!«, rief ich und hielt ihr den Mund zu. Marote erschrak. Sie hielt mich für verrückt.

»Kann ich nicht wenigstens einen Blick auf sie werfen – ohne dass sie mich sieht, wenn es denn so sein muss?«, fragte ich die »Gute«.

»Nein! Nein! Noch nicht.«

Ich ging hinaus, ohne etwas zu sagen. Ich floh in die Druckerei. Auch Monsieur Parangon kam nach oben. Er trat zu Bourgoin und deutete auf mich.

»Und was wird aus seiner Arbeit?«

»Die ist gemacht.«

»Von wem?«

»Von ihm. In drei Stunden hat er heute Morgen die Arbeit von einem ganzen Tag erledigt.«

Ich hörte das und sagte zu ihnen: »Auch wenn es drunter und drüber geht – die Arbeit soll nicht darunter leiden.«

Ich nahm mir etwas anderes vor, aber es ging genauso schnell wie am Morgen. Monsieur Parangon trug den Fahnenabzug davon, aber mich nahm er zum Korrekturlesen nicht mit.

Abends um acht Uhr eilte ich hinüber zu Madelons Haus. Im Laden war niemand, also ging ich nach oben. Da sah ich sie, ausgestreckt auf ihrem Bett. Ihre schwarzen Locken überschatteten die Stirn. Sie schlief oder war erschöpft oder tot. Ihre »Gute« und die Schwestern kamen sehr aufgeregt zu mir. Sie erlaubten mir, Mademoiselle Baron zu sehen, wollten mich aber nicht näher treten lassen.

»Da ist sie ja! Da ist sie!«, sagte ich zu Madame Baron und den beiden jüngeren Schwestern, die bei ihr wachten. Ich kniete nieder und sah zum Himmel auf.

»Lieber Gott! Rette sie, und lass mich an ihrer Stelle leiden!«

»Wir werden ihr sagen, wie mitfühlend Sie waren«, sagte die »Gute« zu mir, »und sie wird es Ihnen danken.«

Mir kamen die Tränen – so heftig, dass ich mich abwenden musste. Nachher ließen sie mich nicht noch einmal hinauf, und wenn sie vorher gewusst hätten, dass ich kommen würde, hätte ich meinen Besuch gar nicht machen können. Marote war nur für einen kurzen Augenblick hinausgegangen.

Ich schlief nicht. Furchtbare Träume quälten mich. Um drei Uhr morgens erwachte ich aus einem Halbschlaf, dem Ersticken nahe. Ich öffnete das Fenster, das dem meiner geliebten Frau gegenüberlag – von dem aus ich sie gesehen hatte, an jenem Tag, jenem glücklichen Tag … als ich sie hatte singen hören:

Je cherche un cœur plein de franchise…

Ich sah Licht. Die Schatten kamen und gingen, ein aufgeregtes Hin und Her in bedrückender Stille. Ich konnte nicht zu ihnen und legte mich wieder hin.

An diesem Tag arbeitete ich bis acht Uhr. Betrübt aßen wir zu Abend. Ich war todmüde. Nach dem Essen fragte ich Madame Parangon: »Glauben Sie, dass es ihr ein wenig besser geht?«

»Nein.«

»Ach, Himmel!«

»Ihnen geht es auch nicht gut. Ruhen Sie sich aus. Ich gehe zu ihr – für Sie und für mich. Das ist besser, als wenn Sie jetzt gehen.«

Ich stutzte.

»Ich bitte Sie darum!«

Ich wusste nichts einzuwenden und ging hinauf in meine Kammer. Ein tiefer, todähnlicher Schlaf betäubte mich bis gegen sechs Uhr am nächsten Morgen.

Es war der 11. März, ein Sonntag. Ich zog mich an und spürte, dass meine Erschütterung weniger drückend war als am Tag zuvor. Aber die Niedergeschlagenheit war umso spürbarer. Mir kam eine Idee, die mich ein wenig beruhigte. Ich sagte mir: »Wenn es ganz und gar verzweifelt um sie stände, warum hätten sie mich dann nicht zu ihr lassen sollen? *Also muss es ihr besser gehen* … und sie wird sich schon wieder etwas erholt haben. Man fürchtet nur noch das Gerede, den Skandal und dass sie glaubt, sich wegen dem, was sie im Delirium gesagt hat, schämen zu müssen.«

Wie ein heilender Balsam erfüllte dieser Gedanke mein Herz … als plötzlich der klagende Ton der Glocken an mein Ohr drang. »Irgendein Unglücklicher ist aus dem Leben geschieden«, dachte ich, »und eben in den bodenlosen Abgrund der Ewigkeit gestürzt.«

Ich gehe nach unten und suche jemanden, mit dem ich reden kann. Toinette scheint mir aus dem Weg zu gehen. Madame Parangon ist noch im Bett. Bardet ist eben ausgegangen und Tourangeot noch nicht wieder zurück. Da ich im Haus niemanden finde, gehe ich schließlich hinaus. Manon Prudhot ist an der Tür und zieht sich zurück, als sie mich sieht. Aber so macht sie es jetzt immer. Annette kommt aus dem Haus der Barons, sieht mich und eilt vorüber. Die junge Marianne Roullot, fast noch ein Kind, Maîne Blonde und ihre Nachbarin, die schöne Bourdignon, haben Tränen in den Augen. Ich reiße mich zusammen und wechsele auf die andere Straßenseite. Ein paar Schritte weiter, im Hof des Palais, sehe ich, wie Tourangeot aus dem Lagerraum kommt, wo er manchmal seine Gelage feiert. Er wirkt weniger großtuerisch als gewöhnlich. Er kommt auf mich zu.

»Es tut mir so leid für dich!«, sagt er und nimmt meine Hand. »Heute Morgen um drei ist sie gestorben. Es ist nicht zu fassen … aber nun wird sie bald begraben.«

»Gestorben? Wer ist gestorben?«, frage ich ihn erblassend.

Er antwortet nicht, deutet nur auf Madelons Tür und verharrt (wenn ich mich recht erinnere) einige Augenblicke in dieser Haltung.

Ich weiß nicht, wo er dann geblieben ist. Ich weiß auch nicht, was dann mit mir war. Er hat mich wohl verlassen – oder ich ihn. Ich weiß nur noch, dass ich schließlich durch die Porte du Pont bis zu der halbverfallenen Kirche Saint-Gervais gegangen bin (wo ich einst von Marguerite Abschied genommen hatte!) und dass ich mich unter ein verfallenes Gewölbe setzte und Klageschreie ausstieß, von denen nur die erschrockenen Vögel etwas mitbekamen.

Leser! Wir haben den 11. März 1753 erreicht! Nie wird der Schmerz vergehen, den mir dieser Tag zugefügt hat. Es war zehn Uhr am Morgen, als ich Saint-Gervais erreichte. Ich blieb dort in tiefer Verzweiflung und Niedergeschlagenheit bis vier Uhr nachmittags, als der Schmerz etwas nachließ und ich Tränen vergießen konnte, statt Schreie von mir zu geben. Ich spürte, was alles ich verloren hatte. Aber gegen drei Uhr kam mir ein sehr tröstlicher Gedanke in den Sinn. Mir sind allerdings auch Unglücke zugestoßen, wo keinerlei Trost sich einstellte … Es war in dem Augenblick, als meine von Rührung ergriffene Seele sich in die Arme von Madame Parangon flüchtete – da spürte ich, wie sich mein Schmerz milderte.

Ich zog mein drittes Heft hervor. Ich wollte ihm Verse über meine Verzweiflung und zum Gedenken an Madelon anvertrauen – und ich schrieb. Aber entweder löschten meine Tränen sie aus, oder der Wirrwarr meiner Gedanken hinderte mich daran, sie miteinander zu verbinden. Wieder stieß ich Schreie aus, als mir einfiel: »Madelon wird diese Verse niemals lesen!« Ich weinte, und als mir die Tränen ausgingen, schrieb ich.

Wenn ich heute, einundvierzig Jahre später, die schmerzerfüllten Strophen aus ebendem Heft drucke, in dem ich sie damals, halb verwischt von meinen Tränen, notierte, wenn ich meine Hand dahin lege, wo sie damals lag, dann überkommt mich jedes Mal von neuem ein Schauer, und wieder fließen meine Tränen. Eine heimliche Kraft wohnt diesem Papier inne. Es vergegenwärtigt mir sowohl jene Tage des Schmerzes als auch diejenige, die ihn auslöste, und auch jene, die meiner zermürbten Seele nachher Trost spendete. Ach, ich habe sie beide verloren! Ich betrachte diese Seite, auf der sie beide vorkommen, diese Seite, die ich unter dem Gewölbe der zerfallenen Kirche schrieb – ich richte meine Augen auf sie, ich lese dort den Namen von Madelon Baron, und meine Einbildungskraft versetzt mich in jene Jugendzeiten, die mich mit Sehnsucht erfüllen und zugleich schmerzlich an all das zurückdenken lassen, was ich verloren habe; die mich an all das gemahnen, was ich erlitten habe, an Heimtücke, Verrat, Undankbarkeit, Verleumdung, Ungerechtigkeit, Abscheulichkeit, Niedertracht und Aufruhr von Seiten derer, die mir nahestanden. (Ich hatte das nicht verdient. Ich bin immer ein ehrerbietiger Sohn gewesen.) Oh, wie mir das Herz schwillt, bei diesem traurigen Blick zurück! Wie ich weine! Aber diese Tränen enthalten keine Bitternis mehr. Alter Schmerz hat sie reifen lassen, und nun sind sie mild wie Öl. Sie lockern meine steifen Muskeln und geben meinem schon erschlafften Herzen etwas von seiner Kraft zurück.

Der Schmerz, den ich empfand, war der erste Schmerz von dieser Art – der Schmerz eines Mannes, der seine Frau verliert und einen

Halt im Leben, das sie ihm angenehm und vorteilhaft gemacht hätte. (Madame Parangon wusste es – deshalb hatte sie mir in letzter Zeit so entschlossen beigestanden.) Madelon war ein bezauberndes Mädchen, das ich zur Mutter hatte machen wollen, das einen Teil von mir mit in den Tod nahm, nachdem sie mich noch drei Tage zuvor so glücklich gemacht hatte. Sie war gestürzt – von einer Leiter, die sie nicht sicher aufgestellt hatte, an dem Abend nach unserem letzten, so eindringlichen Gespräch, als unsere Seelen so vollkommen beieinander gewesen waren.

Was für eine grausame Nacht folgte diesem schrecklichen Tag! Linderung brachten allerdings die Wohltaten von Madame Parangon, dieser göttlichen Beschützerin meines Herzens, und der Eifer, mit dem Toinette sich um mich kümmerte. Ich war von lauter liebenswürdigen Menschen und reinen Seelen umgeben. O Gott, wie viele grausame Nächte habe ich seither noch erlebt und ohne Trost! Das noch schlimmere Jahr 1757 wird mir den Engel rauben, den mir der Himmel geschenkt hatte, um mich in meiner Jugend zu erleuchten und in meiner Unvorsichtigkeit zu leiten. Auch sollte ich noch einen vollkommenen Freund finden – Loiseau! Seither jedoch ist mir nur der strenge, schreckliche Engel geblieben, der den Auftrag hat, mich für meine Fehler zu bestrafen!

Für den 11. November finde ich in meinen Aufzeichnungen von damals eine Notiz, aus der die heftigste Erregung spricht: *»Aut habere, aut mori! Hodie probam legendo, illa adstante, tanta nobis fuit erotica rigiditas, ut dorsum exeundo erigere nequebamus.«** Danach berichte ich, wie Gaudet d'Arras abends nach einem Essen mit Manon Bourgoin zu uns kam und wie dann sehr vorteilhaft über Madelon Baron gesprochen wurde. Madame Parangon bemerkte, wie wohl mir das tat, und sagte voller Rührung zu mir, ich hätte ein gutes, ein vortreffliches Herz.

Es kam dann zu einem metaphysischen Gespräch. Dabei ging es um unsere Furcht vor dem Tod und deren Gründe. Gaudet d'Arras sagte, diese Furcht sei unbedingt notwendig, damit die Lebewesen sämtliche Mittel ergriffen, sich zu erhalten. Das Leben wäre bald ausgelöscht, wenn nicht alles, was lebt, ein Grauen vor seiner Zerstörung empfände. Die Unsterblichkeit der Seele ließ er gelten, behauptete aber, es gebe weder eine Hölle noch das Paradies.

»Wenn der Körper aufgehört hat, zu leben, gerät unsere vom Körper abgelöste Seele, die plötzlich ihre Freiheit erkennt, in einen Freudentaumel und wundert sich darüber, dass sie das Leben geliebt hat. Mir scheint, unsere freie Existenz währt zweihundertfünfzig Jahre – aus physischen Gründen. Wahrscheinlich können wir nur die Art von Materie wiederbeleben, aus der die Generation, der wir angehörten, bestanden hat. Aber diese Materie ist wahrscheinlich erst nach der Zeitspanne, die ich genannt habe, so gründlich zerfallen, dass sie sich wiederbeleben lässt. Während der ersten hundert Jahre ihres ungebundenen Lebens sind unsere Seelen glücklich und sorglos, wie wir es in der Jugend unserer körperlichen Existenz sind. Dann folgen hundert Jahre, in denen sie die Fülle ihrer Kraft und ihres Glücks durchleben. Aber die fünfzig oder fünfundzwanzig letzten Jahre sind grausam – wegen des Schreckens, den ihnen die Aussicht auf die Rückkehr in das körperliche Leben verursacht. Der Tag ihrer Rückkehr in einen Körper liegt fest – es ist der letzte Tag jener zweihundertfünfzig Jahre. Doch eines wissen die Seelen nicht – in welchen Stand sie hineingeboren werden. Ob sie Herren oder Diener sein werden, reich oder arm, schön oder hässlich, groß oder klein, bucklig oder wohlgestaltet, geistreich oder schwachsinnig, ehrbar oder diebisch etc. Das treibt sie um und macht sie während der letzten Jahre ihres spirituellen Daseins sehr unglücklich! Wir wissen in dieser Welt nicht, wie wir in jenem anderen Leben beschaffen sein werden, weil die Organe, die die Seele bekommen hat, neu und ohne Erinnerungsvermögen sind. Die losgelöste Seele dagegen erinnert sich an alles, was ihr in ihrem letzten körperlichen Leben, aber nur in diesem, widerfahren ist, und außerdem an alle ihre spirituellen Leben.«

Diese seltsame Idee erstaunte uns und empörte die Damen, die Gaudet d'Arras vorwarfen, er untergrabe jegliche Religion und Moral. Doch Gaudet lachte nur und verkündete, die Vorstellungen, die sich die Menschen vom Laster und von der Tugend machten, seien lauter Dummheiten. In Wahrheit sei die Tugend moralische Schönheit und das Laster moralische Hässlichkeit – aber beide seien gleichermaßen notwendig, damit es zwei äußerste Punkte gebe, so wie es bei einer Leiter mit sechzig Sprossen notwendigerweise die Sprossen am unteren Ende und die am oberen Ende gebe. Wenn jemand hinginge und fünf oder fünfzehn dieser Sprossen absägte, wären nachher noch immer zwei Enden da – das Laster auf der einen und die Tugend auf der anderen Seite, bis es zuletzt nur noch eine Sprosse gäbe, aber keine Leiter mehr.

Madame Parangon schien sehr verärgert darüber, dass ich dieses Gespräch mit angehört hatte. Sie unterbrach es, sobald ihr dies möglich war, und verbat sich für die Zukunft derartige Unterhaltungen in ihrer Gegenwart. Aber Gaudet d'Arras hatte es mit seinen Lehren ja auch vor allem auf mich abgesehen.

Monsieur Parangon hatte sich am 27. November nach Vermenton begeben. Davon wusste ich nichts. Gaudet d'Arras war zu mir gekommen und hatte mir lachend gesagt: »Na also, was für eine schöne Witwe!« Ich begriff gar nicht, worauf er hinauswollte, sondern war ganz ernsthaft mit dem Gedanken beschäftigt: Wenn diese bezaubernde Frau ihren Mann verlöre, würde sie eine schöne Witwe abgeben.

Abends ergab es sich, dass ich bei Tisch mit Madame Parangon allein war. Der Werkstattleiter war zusammen mit Gaudet d'Arras bei seinem Onkel aufgehalten worden und vielleicht auch noch von Gaudet selbst. Bardet, der Lehrling, war mit Monsieur Parangon abgereist. Jemand hatte der »schönen Witwe« eine Einladung geschickt – aber Gaudet d'Arras, der im Haus allmächtig war, hatte das Dienstmädchen nicht zu ihr gelassen. Ich wusste von alledem nichts. Colette und ich, wir plauderten beim Essen. Fast drei Monate lang hatten wir nicht mehr allein miteinander gesprochen. Nachdem Toinette abgeräumt hatte, setzten wir uns an den Kamin.

»Meine Schwiegermutter und meine Schwägerinnen sind Ihnen nicht sehr gewogen«, sagte Colette. »Ich sage Ihnen das, damit Sie sich irgendwelche schroffen Bemerkungen von Monsieur Parangon nicht so sehr zu Herzen nehmen. Seine Mutter und die Schwestern haben ihn ein wenig gegen Sie aufgebracht.«

»Oje, habe ich es ihnen gegenüber etwa an Respekt fehlen lassen? Das wollte ich nicht.«

»Ja, das haben Sie … Aber wundern Sie sich nicht, wenn ich Ihnen sage, womit. Den beiden Fräulein Parangon haben Ihre Ansichten über die Unterwerfung, die die Frauen ihren Männern schulden, missfallen. Das sind Pariserinnen, die einen Mann, der so denkt und sich so äußert, wie Sie es mehrfach in ihrer Gegenwart getan haben, für einen Wilden, einen Flegel oder einen Sittenstrolch halten.«

»Das wusste ich nicht. Sonst hätte ich geschwiegen.«

»Das hätte Ihnen auch nichts genutzt«, sagte Madame Parangon lächelnd.

»Haben die Damen denn noch einen anderen Grund zur Klage?«

»Nein, zumindest haben sie keinen genannt. Aber ich vermute, dass sie ein wenig an Ihrer Aufrichtigkeit zweifeln, denn sie sprachen viel von Ihrer Gewandtheit und Ihrer Raffinesse. Ich kenne Sie zum Glück gut genug, sonst hätten mich die beiden sehr erschreckt. Aber wenn Sie etwas Besonderes an sich haben, einen speziellen Charakterzug, dann doch wohl nicht die Gewandtheit und erst recht nicht Raffinesse. Mir scheint, Ihre Schwächen sind eher von der entgegengesetzten Art. Aber sei's drum, diese Damen halten Sie nun mal für schlau, listig, raffiniert und gefährlich.«

Ich biss mir auf die Lippen, und ich gebe zu, dass ich dabei dachte: Wenn ich diesen Leuten diejenige wegnehmen könnte, die ihnen ihren Glanz verschafft, die ihnen durch ihr Verdienst, durch ihre Schönheit so himmelhoch überlegen ist, dann wäre es mir vollkommen gleichgültig, ob sie mir mit Hass oder mit Freundschaft, mit Wertschätzung oder mit Verachtung begegnen.

»Träumen Sie?«, fragte mich Colette.

»Ja, Madame. Es ärgert mich, dass ich diesen drei Frauen missfallen habe. Aber was soll man machen?«

»Nichts. Nun sind sie abgereist, ohne dass diesen Damen die erhoffte Genugtuung zuteilwurde – ohne dass sie in irgendein Gespräch hineingeplatzt sind oder irgendwelche Hinweise auf Interessen entdeckt haben, die gar nicht zu mir passen. Aber versuchen Sie doch, Monsieur Parangon wieder ein wenig für Sie einzunehmen. Monsieur d'Arras könnte Ihnen dabei behilflich sein. Überhaupt ist das ein Mann, mit dem wir behutsam umgehen müssen – trotz seiner gefährlichen Grundsätze. Und noch etwas. Ein Rat, den ich Ihnen geben möchte: Es wäre mir unlieb und widerspräche meinen Anschauungen, an denen mir viel liegt, wenn Sie ... eine zweite Madelon ... für sich fänden. Lieber eine ehrbare Belustigung, eher vorgetäuscht als echt, die Monsieur Parangon von seinen Grübeleien über meine Schwester Fanchette abbringen würde. Wenn es später um die Heirat geht, weiß ich schon, was zu tun sein wird. Mir scheint, die Zustimmung meines Vaters habe ich bereits ... und Emilie ist verheiratet ... Es gibt nichts zu bedauern, wenn man mittellos dasteht und Emilie und Madelon verloren hat.«

»Emilie Laloge? ... Aber Madame, woher...?«

»Ich weiß es...«

»Angebetet habe ich aber immer nur...«

»Ich weiß«, unterbrach sie mich lebhaft. »Aber auch diejenige, der Ihre Leidenschaft gilt, würde es sich zweimal überlegen, sobald es ans Heiraten geht. Die Leidenschaft hat noch keine Ehe glücklich gemacht, sagt mein Vater. Mit Madelon wären Sie glücklich geworden. Sie war nur Ihre Vertraute und Ihre Freundin. Mit meiner Schwester werden Sie auch glücklich sein, denn weil Ihre Leidenschaft einer anderen gilt, wird die Neigung, die Sie den Entschluss zu dieser Heirat fassen lässt, nie erlöschen. Und vielleicht sollte ich auch hinzufügen – es war gerade dieser Gedanke, der meinen Vater zu seinem Entschluss gebracht hat, nachdem er sich vorher genau erkundigt hat.«

»Madame«, antwortete ich zutiefst erstaunt, »verfügen Sie über mich! Ich schwöre, ich überlasse Ihnen mein Schicksal. Sie können darüber bestimmen, wie sonst nur Gott es kann. Ich werde Ihre Absichten so getreu befolgen, wie es in meiner Macht steht. Was auch immer geschehen mag, ein Wort von Ihnen genügt, und ich stehe Ihnen zu Diensten als Ihr ergebener Verehrer.«

»Als Verehrer? Nein.«

»Ich bin weder niederträchtig noch unterwürfig. Ich bin hochmütig gegenüber den Männern, aber es erfüllt mich mit dem allergrößten Stolz, der Verehrer einer Frau zu sein, die ich über alles … schätze.« (Eigentlich wollte ich hier ein anderes Wort verwenden.)

Toinette kam herein. Madame Parangon ließ sie neben sich Platz nehmen und unterhielt sich weiter mit mir.

»Ich kenne Ihre Gefühle. Sie sind rechtschaffen und können mich nicht kränken. Aber Toinette weiß alles, was man so redet.«

»Du lieber Himmel, ja – das weiß ich! Und ich begreife nicht, wie erwachsene, vernünftige Fräulein auf solche Gedanken kommen! Eines Tages sagten sie zu Monsieur sogar: Ja, haben Sie denn nicht gesehen, wie Monsieur Nicolas geradezu vernarrt ist in Madame? – Das ist natürlich alles Unsinn – aber…!« (Ich wurde rot bei dem Gedanken: ›Diesen Fräulein fehlt es weder an Scharfsinn noch an Vernunft, aber ich hätte doch gedacht, dass ich ihnen, was das angeht, überlegen bin und mich besser in Acht zu nehmen weiß.‹)

»Auch Monsieur«, fuhr Toinette fort, »hat ihnen gesagt: ›Ich habe klare Beweise, die dagegen sprechen, und glaube gar nichts – außer dass er in drei oder vier gleichzeitig vernarrt ist. Denn ich weiß von drei Geliebten, die er hat – den Beifang gar nicht gerechnet…‹« (Hier legte Madame Parangon der einfältigen Toinette, die die Wörter einfach wiederholte, ohne ihren vollen Sinn zu kennen, einen Finger auf die Lippen.) »Jawohl, Madame, das haben sie gesagt, und Monsieur hat ihnen geantwortet, was ich gesagt habe … Man muss schon ziemlich wirr im Kopf sein! Und außerdem, wir wissen doch, wie es mit Mademoiselle Madelon war, als sie noch lebte! Oh, wenn ich kein Mädchen wäre und mit Monsieur zu sprechen wagen würde – ich wüsste schon, was ich ihm zu sagen hätte.«

»Madame«, sagte ich, »Sie kennen meine Anschauungen und meine Hoffnungen, so verlasse ich mich denn auf Ihren Sinn für Gerechtigkeit.«

»Was mich betrifft, Monsieur«, antwortete Colette, »so seien Sie versichert, dass ich weiß, was ich zu tun habe … Aber lassen Sie uns jetzt doch etwas lesen.«

Sie reichte mir den Racine. Ich las aus *Phädra*, die einen ungeheuren Eindruck auf die naive Toinette machte. Aber ein Gedanke, den sie aus der Tiefe ihrer Unschuld hervorzog, erschreckte Madame Parangon.

»Da liebt also … eine Frau … jemand anderen als ihren Ehemann?«

Andererseits war es die Bewunderung, die Toinette für mich empfand und der sie alles Vergnügen an meiner Lesung zu verdanken glaubte, die dann wiederum mich begreifen ließ, wie sehr man die Schauspieler und Schauspielerinnen im tragischen Fach schätzen würde, wenn ihre Sitten würdiger und ihrem Rang angemessener wären und wenn sie sich ein für alle Mal von den Gauklern trennen würden. Toinette war so ergriffen, dass sie mir, als ich mich zurückzog, die Hand küsste und sagte: »O, mein Herr! Ob ich eines Tages auch so schön lesen kann wie Sie?«

Als ich an der Feuchtkammer vorüberging, hörte ich ein Geräusch. Ich sah nach und erblickte Gaudet d'Arras. Ich nahm an, er habe uns belauscht. Da er aber über einen Schlüssel verfügte, konnte man ihm nichts sagen. Außerdem tat er so, als wäre er gerade hereingekommen. Er sagte, er habe mir etwas zu erzählen. Es war nur eine lange vertrauliche Mitteilung über die schöne Hollier, aber so pikant, dass ich ganz aufgewühlt war, als ich ihn verließ. Tief in Gedanken, ging ich nach oben.

Ich glaubte, Menschenliebe in den Blicken von Madame Parangon entdeckt zu haben. Der Anblick ihrer Reize hatte meine Leidenschaft entflammt, und vielleicht hätte ich, wenn Toinette nicht da gewesen wäre, den Dingen ihren freien Lauf gelassen. Ich glühte. Ich blieb vor der Tür meiner Kammer stehen. Ich dachte daran, was ich während der Abwesenheit Monsieur Parangons tun konnte – ich dachte an meine Unterhaltung mit Colette, an die Lesung aus *Phädra,* an das, was Toinette gesagt hatte, an die Bilder, die mir Gaudet d'Arras soeben ausgemalt hatte, an das Wort: *Na also, was für eine schöne Witwe!* Jeder ist seines Glückes Schmied!, sagte ich mir. Sie ist zu schön, als dass ich mir je Gewissensbisse machen würde. Sie will nicht, dass ich mir eine zweite Madelon suche – lieber ein ehrbares Vergnügen ... Kein Zweifel – sie meint ... sich selbst! Wen denn sonst? Sie will keine neue Madelon ... Ach, ihre Güte ist genauso groß, sogar größer ... wie Madelon will sie mich vor den einsamen Verirrungen und vor der Ausschweifung bewahren. Auf denn! Sie erwartet mich ... Schonen wir ihr Schamgefühl ... kein Schritt, der sie kränken könnte. Nehmen wir dieses geheiligte Wesen mit Respekt in Besitz ... Tun wir so, als glaubten wir, sie sei gar nicht aufgewacht...«

Das waren die Überlegungen, die mich zu einem Unterfangen von höchster Kühnheit bewogen...

Trunken von Liebe und Hoffnung, ging ich nach unten. Klare Vorstellungen davon, was geschehen sollte, hatte ich nicht. Unter dem Hemd nackt, trotz der Kälte draußen, überquerte ich den Hof. Ich brannte. An der Tür zum Saal, der sich auf dieser Seite nicht von innen abschließen ließ, drehte ich den Türknauf so langsam, dass er kein Geräusch machte. Ich trat ein und schloss die Tür hinter mir mit der gleichen Behutsamkeit. Nur vom schwachen Schein eines Nachtlichts geleitet, trat ich an Colettes Bett und kniete nieder. Ich suchte eine Stelle, wo ich sie berühren konnte. Aber diese züchtige Frau, obwohl sie allein schlief, hatte ihren Busen und die anderen Reize (ein Umstand, der mich stutzig machte) sorgfältig verhüllt. – Plötzlich sah ich mich in einer schrecklichen Lage! Sie erwachte, streckte eine Hand aus und sagte: »Katze! Katze! ... Wer ist da?« Dann besann sie sich und fragte: »Toinette? Toinette?« Ich legte mich auf den Bauch, und der Arm, den sie in meine Richtung ausstreckte, erreichte mich nicht. Was wäre geschehen, wenn sie mich berührt hätte? Noch heute packt mich ein Schauder bei diesem Gedanken. Vielleicht hätte sie mich für einen Dieb gehalten. Der Schock hätte ihr gefährlich werden können. Vielleicht hätte sie geschrien oder geläutet! Tourangeot, der Werkstattleiter, Bardet, Toinette wären herbeigeeilt. Man hätte mich gefunden, und ich wäre verloren gewesen, für immer. Oh, wie hätten meine Brüder triumphiert! Welchen Schmerz hätten meine Eltern gelitten!

Das waren die Gedanken, die mich später in Schrecken versetzten. Aber inmitten des aufwühlenden Geschehens dachte ich nicht daran. (Aber so kommen dann die ersten Verbrechen zustande...) Colette deckte sich wieder zu. Ich wartete, bis sie eingeschlafen war, was ich an ihrem Atmen erkannte, und versuchte ihr dann einen Kuss zu rauben. Es gelang mir nicht – ich hätte sie so, wie sie lag, aufgeweckt. Ein wenig Ruhe gab mir einen Funken Verstand zurück. Mir wurde klar, ich musste mich zurückziehen, ohne mich auf ein Unterfangen einzulassen, bei dem ich auf keinerlei Entgegenkommen hoffen konnte. Jetzt erschien es mir unsinnig, unausführbar. Ich öffnete die Tür und schloss sie wieder ohne das geringste Geräusch, einzig und allein wegen der Langsamkeit meiner Bewegungen. Vieles spricht dafür, dass Colette mich gehört hat, denn sie ließ mir reichlich Zeit, wieder nach oben zu gehen, ehe sie Toinette herbeiläutete, die in der Küche auf der anderen Seite des Hofes schlief. Dieser Engel, diese anbetungswürdige Frau sagte Toinette nichts von alledem, ließ sie aber für den Rest der Nacht bei sich schlafen.

Inzwischen war ich in meine Kammer gelangt und legte mich wieder zu Bett. Trotz der Kälte sickerte mir der Schweiß aus jeder Pore.

Ich deckte mich zu. Doch bald wurde mir vor lauter Furcht eiskalt. Ich zitterte, als hätte ich Schüttelfrost – so heftig, dass schließlich sogar mein Bett ins Beben geriet. Was für Schreckensbilder bestürmten mich da! Jetzt erst erkannte ich das Ausmaß der Gefahr, in die ich mich begeben hatte. Aber an die Größe meines Verbrechens dachte ich kaum.

Schließlich fand ich zur Ruhe und war fast eingeschlafen, als ich plötzlich ein leises Knirschen hörte, wie wenn jemand auf einem Sandweg angeschlichen kommt. Ich lausche … Jemand öffnet meine Tür, die nur mit einem einfachen Holzschnapper verschlossen ist. Jemand tritt ein. Das Licht von Toinette, die gerade in diesem Augenblick bei Madame Parangon eintritt, trifft auch eine junge Person, so groß wie Colette, in einem Leibchen aus Baumwollle. Sie lässt ihren Rock fallen und legt sich in Strümpfen und Leibchen zu mir ins Bett. Von einem solchen Besuch ließ ich mich nicht erschrecken, aber ich geriet in eine sonderbare Verwirrung. Ich ahnte wohl, dass d'Arras seine Hand im Spiel hatte, aber mit wem war ich da zusammen? Zehn gingen mir durch den Kopf – aber gewiss nicht die, deren Gegenwart man mir vorgaukeln wollte. Ich dachte an Madame Linard, an Mademoiselle Hollier, an Toinette und sogar an Berdon … – Als sie mich verließ, erkannte ich Goton Pouillot, das appetitliche Kammermädchen von Mademoiselle Hollier. O, Gaudet d'Arras, du hast dir zu viel ausgedacht, um jemanden ins Verderben zu stürzen, der das ganz von allein fertigbrachte!

Am nächsten Tag kam Colette mit keinem Wort auf das zu sprechen, was sich in der Nacht zugetragen hatte. Falls sie mich verdächtigte, war ihr Schamgefühl doch so stark, dass sie nichts verlauten ließ. Sie zog niemanden ins Vertrauen – weder Toinette noch Bourgoin, den Werkstattleiter, und selbst ihre Freundin Manon nicht. Aber gegen Abend bat sie – in meiner Gegenwart – diese Letztere, bei ihr zu schlafen, solange Monsieur Parangon abwesend war. Hierfür Manon Bourgoin zu wählen – auch das war eine Freundlichkeit. Für den Fall, dass ich meine Unvorsichtigkeit wiederholen würde, wäre sie unser beider Freundin – unfähig, eine Indiskretion zu begehen, ausgenommen gegenüber Gaudet d'Arras, meinem Ratgeber.

So verlief und so endete denn mein erstes Attentat – für sich genommen weniger schrecklich als durch die Folgen, die es noch haben sollte. Am Ende war ich überzeugt, dass Colette mich erkannt hatte und dass sie Nachsicht walten ließ. Aber dann auch die Bresche, die Gaudet d'Arras in meinen Sinn für Anstand schlug – durch die Freuden, die er mir nach meinem waghalsigen Unterfangen verschaffte! Er behandelte mich wie einen jungen Hund – warf mir einen Liebeshappen zu, nur um mich desto begieriger auf die Jagd zu machen.

Am Tag von Monsieur Parangons Rückkehr überließ ich mich länger als sonst meinen einsamen Träumereien, in denen auch er vorkam. (Denn trotz allem, was man gelesen hat, wusste ich nichts von dem *abstinenten* Umgang, den die beiden Eheleute pflegten.) Als ich schließlich von meinem Spaziergang zurückkehrte, war die Haustür verschlossen. Ich hütete mich zu klopfen. Ich wollte Gaudet d'Arras um den Schlüssel für die Feuchtkammer bitten. Aber es gelang mir nicht, bis zu ihm vorzudringen. Als ich zurückkam, sah ich, wie Marie, das Dienstmädchen von Madame Minon, Louis Gaudet aus Varzy lautlos die Tür öffnete. Ich lief zu ihm und schilderte ihm meine Verlegenheit.

»Na, so was! Dann schläfst du eben bei mir!«

Wir stiegen hinauf in seinen Turm. Dort legten wir uns hin, plauderten noch ein bisschen und schliefen dann ein. Gegen zwei Uhr morgens wachte ich auf und stellte fest, dass ich allein war. Ich wusste nicht, wo mein Kamerad steckte. Ich rief halblaut nach ihm … In der Gewissheit, allein in diesem Turm zu sein, stehe ich auf und gehe hinunter in den zweiten Stock des Hauses. Vorsichtig taste ich an einer Tür herum, sie gibt nach, und ich trete ein – in der Absicht, mich zu amüsieren, indem ich Marie einen Schreck einjage.

»Sind Sie es?«, flüstert jemand.

Von mir kein Ton. Der Richtung folgend, aus der die Stimme kam, nähere ich mich dem Bett.

»Ich will aber nicht!«, sagte eine Stimme, die mir vollkommen unbekannt war. Trotz dieser Ziererei setzte ich mich auf das Bett, nachdem ich mich vergewissert hatte, dass die Person dort allein war. Eigentlich hatte ich Gaudet nur einen Streich spielen und ihn auslachen wollen, wenn er kam und mich entdeckte. Aber nun saß ich bei einem wohlbeleibten Mädchen, das sich nach einigen Küssen überhaupt nicht mehr zierte, sondern so gebärdete, als wäre ich der erwartete, begehrte Mann. Noch wollte ich edelmütig sein und mich zu erkennen geben. Aber erst hielt mich die Furcht zurück, ich könnte das Mädchen kränken. Und dann wurde eben diese Sorge selbst so stark, dass ich ihr den ganzen Gaudet ersetzte. Ich staunte über die Vollkommenheit der Reize, die sie mir überließ! Immer wieder überlegte ich: Aber bei wem bin ich hier? Und wo steckt eigentlich Gaudet? Zuerst hatte ich mir ja geradezu gewünscht, er möge mich an seinem Platz finden. Doch dann begann ich, es zu fürchten, denn nun machte sich die Natur so stark bemerkbar, dass ich die Rechte meines Gastgebers noch einmal für mich in Anspruch nahm. Mehr als eine Stunde wartete ich auf ihn – immerzu vertieft in diese süße Beschäftigung. Schließlich verließ ich das Mädchen und kehrte in den Turm zurück.

Zu meiner großen Verwunderung war das Bett noch immer leer. Als ich das Mädchen verließ, war mir eingefallen, Gaudet sei vielleicht schon vorher bei ihr gewesen oder ein dringendes Bedürfnis sei der Grund für seine Abwesenheit. Doch als ich ihn dann auch bei meiner Rückkehr nicht fand, war ich mir sicher, dass er anderswo sein Glück gefunden hatte. Aber wer war dann sie? Es war doch niemand im Haus außer Marie und der Hausherrin. Gegen halb sieben, noch vor dem Hellwerden, kam Gaudet zurück. Ich hörte ihn und tat, als würde ich schlafen. Er legte sich sehr behutsam hin, aber sobald er im Bett war, gab er sich keine Mühe mehr.

»Hast du gut geschlafen?«, fragte er.

»Ich glaube, ich habe die ganze Nacht durchgeschlafen.«

»Na, umso besser. Ich hatte schon Angst, mein Umzug hätte dich gestört.«

Mehr sagte er nicht, und ich war genauso diskret wie er. Wir standen auf. Ich ging zu uns hinüber und machte mich an die Arbeit.

Nach dem Mittagessen kehrte ich zum Haus von Monsieur Minon zurück, um mir die Gesichter dort genauer anzusehen. Schon bei meiner Ankunft erblickte ich zwei junge Frauen – ein fülliges Mädchen, frisch und hübsch und, wie mir schien, sehr aufgeweckt, und außerdem Marie. Ich fragte Gaudet, ob das junge, hübsche Mädchen im Haus geschlafen habe.

»Ja«, sagte er und zog mich ein wenig beiseite. »Sie kommt aus Paris, da ist sie Dienstmädchen bei einem Anwalt, einem Bruder unserer beiden Herrinnen, Madame Minon und Madame Parangon. Sie soll acht Tage hier wohnen. Wir hatten uns verabredet! Aber dann hat sie mich zum Narren gehalten, hat Marie alles verraten, und die ist ja so eifersüchtig! Am Ende haben sie dann die Zimmer und die Betten getauscht. Das Mädchen aus Paris hat im zweiten Stock geschlafen. Und ich saß in der Falle, musste die ganze Nacht bei der einen bleiben, um ihr zu beweisen, dass ich nicht bei der anderen war. Sie hat Streit angefangen … mehr als vier Stunden habe ich gebraucht, um sie zu beruhigen, und demnächst geht es wohl wieder von neuem los.«

Da wusste ich, dass ich die Neue gehabt hatte. Ich warf ihr einen innigen Blick zu. Sie war wirklich hübsch. Sie errötete und stieß Marie mit dem Ellbogen an.

»Siehst du den Simpel da? Dem ist nicht zu trauen!«

Ich war der Einzige, der sie verstand.

Das war nun eines dieser unvorhergesehenen Abenteuer, die den guten Sitten so übel zusetzen, indem sie das Zartgefühl zerstören. Abends überkam mich dann noch ein Anflug von eifersüchtiger Unruhe. Ich ging hinüber zum Haus von Monsieur Minon. Ich wollte die Gunst, die mir zuteilgeworden war, mit niemandem teilen und deshalb unbedingt verhindern, dass Gaudet sein Missgeschick von gestern irgendwie noch zum Guten wendete. Ich traf das Mädchen aus Paris allein an der Halbtür. Marie servierte bei Tisch. Ohne Umschweife sprach ich sie an, aus Angst, diese Gelegenheit zu verpassen.

»Nichts für ungut, meine Schöne, aber ich weiß, Sie haben letzte Nacht in Ihrem Bett einen jungen Mann empfangen, der...«

»Monsieur, ich weiß nicht, wovon Sie sprechen, und außerdem...«

»Sie wissen es. Lassen Sie uns darüber nicht streiten. Das lohnt die Zeit nicht ... Der junge Mann, den Sie empfangen haben, bin ich. Wir haben es nicht absichtlich getan, weder Sie noch ich. Ich wollte doch bloß Gaudet überraschen, sonst nichts ... Ich wusste nicht, dass Sie dort waren, und wir hatten uns ja noch nie gesehen. Sie sind hübsch. Und die Hauptsache haben wir ja auch schon geklärt. Lassen Sie uns doch heute Nacht wieder zusammenkommen – diesmal absichtlich. Gaudet wird bei seiner Marie sein, die sehr eifersüchtig ist – und ich bei Ihnen. So sind alle zufrieden.«

Die Schelmin lächelte und wurde trotzdem rot. Ich nahm ihre Hand, sie drückte die meine, und die Sache war abgemacht. Wir nutzten die Gunst des Augenblicks. Ich verdrückte mich sogleich ungesehen in den schmalen Gang, der zur Treppe führte. Sie gab mir den Schlüssel. Ich würde in ihrem Zimmer auf sie warten. Da ich bei Monsieur Parangon allein schlief, fiel es nicht auf, wenn ich mal abwesend war ... Marie war entzückt über unsere Abmachung, die wir vor ihr nicht verheimlichen konnten, und so verbrachte ich, von ihr unterstützt, die acht Nächte ihres Aufenthalts in den Armen der hübschen Flipote.*

Um diese Zeit, gegen Ende des Jahres 1753, konnte ich noch nicht tanzen. Nachdem die Trauerzeit für Madelon vorüber war, begann man bei der *guten* Madame Baron wieder, kleine, private Tanzvergnügen zu veranstalten. Ich schämte mich, dass ich nicht hingehen konnte, denn ich hatte mir vorgenommen, Manon Baron zu erobern, die mir mehr guten Willen bekundete als ihre Schwester Berdon. Manon galt außerdem als sehr liebeslustig und zeigte wenig Neigung zum Heiraten. Ich hoffte darauf, mir mit ihr einen unterhaltsamen Zeitvertreib zu verschaffen, solange ich auf Mademoiselle Fanchette wartete. Ich nahm mir einen Tanzlehrer, einen jener Holländer, die bei Fontenoy und bei Bergen op Zoom* in Gefangenschaft geraten waren und von denen sich dann mehrere tausend in Frankreich angesiedelt haben. Im Einzelunterricht brachte er mir die ersten Grundsätze bei. Als ich zur Violine meine Schritte machen konnte, bat er eine Nachbarin hinzu, eine Freundin seiner Frau, mit der ich die verschiedenen Figuren lernen sollte. Eine junge Witwe mit dunklem Haar, sehr nett und gar nicht scheu. Mit ihr (aber nicht ihretwegen) fand ich einen so lebhaften Geschmack am Tanzen, dass er in wirkliche Leidenschaft ausartete. Schon am frühen Morgen sehnte ich den Feierabend herbei, um dann endlich tanzen zu gehen. Sobald ich ein wenig Übung hatte, führte mich die dunkle Pernon, meine Partnerin, in die Tanzsäle.

Hier tat sich mir nun eine ganz neue Welt auf. Bisher hatte ich in der Stadt nur Umgang mit Bürgern und angesehenen, wohlhabenden Leuten gehabt, wie ich sie aus unserem Haus kannte. In den Tanzsälen dagegen begegnet man einem ganz anderen Publikum – Handwerkertöchtern und Arbeiterinnen, lauter Mädchen, die sich einer großen Freiheit erfreuen. Die Pernon machte mich mit einer großen Zahl von Mädchen aus dem einfachen Volk bekannt, darunter einige sehr hübsche, und mit jungen Burschen aus der gleichen Klasse. So machte denn auch ich eine weitgehende Verwandlung durch. Bisher besonnen und bescheiden, wurde ich nun leichtfertig, ausschweifend, angeberisch (allerdings nicht gegenüber meinen alten, ehrbaren Bekannten, sondern nur mit den neuen). So bewegte ich mich in zwei verschiedenen Gesellschaftskreisen – tagsüber inmitten von Männern, Frauen und jungen Leuten, mit denen ich schon länger zu tun hatte, und abends nach dem Essen in einer Gesellschaft, die nur aus Tänzern und Tänzerinnen bestand. Der Kamerad, mit dem ich am häufigsten in den Tanzlokalen unterwegs war, hieß Colombat. Er war der Geliebte von Annette Bourdeaux und auch der anständigste von allen. Gaudet kam gelegentlich auch mit, aber seine linkische Art, mit der er alle zum Lachen brachte, verleidete ihm die Sache. Dabei war er durchaus großzügig – wurde nie böse, lachte immer als Erster über das, was die anderen zum Lachen brachte, und war in den Lokalen durchaus beliebt. Die Mädchen, die sich über ihn lustig machten, hatten es gerade auf ihn abgesehen. So ein großer Kerl mit einem vielversprechenden Aussehen beeindruckte sie in mancher Hinsicht doch sehr. Es war kein schallendes Gelächter, mit dem sie ihn bedachten, sondern ein abgemildertes – so wie man über etwas lacht, das man liebt. Die Bemerkungen, die sie ihm zuflüsterten, um ihm ein bisschen Anmut beizubringen, waren liebevoll gemeint. Aber trotz seiner Schwäche für die Frauen konnte Gaudet aus dem Wohlwollen, das ihm entgegenschlug, nie etwas machen. Er fand nur Geschmack an Dienstmädchen, mit denen er auftrumpfte – manchmal brachte er zehn auf einmal mit, denen dann noch ebenso viele junge Lakaien folgten, was zur Folge hatte, dass die Fräulein mit den höheren Frisuren allesamt sogleich den Saal verließen. Die jungen Burschen ihrerseits machten sich mit Leib und Seele an die Kammerdienerinnen heran, meistens sehr einfältige und sehr scheue Bauernmädchen.

Colombat war das Gegenteil von Gaudet – ein hübscher, kleiner Strolch, der Anmut und Manieren hatte, sogar allerlei zierliches Gehabe, womit der Gipfel provinzieller Urbanität erreicht ist. In Paris hätten sich alle Köpfe nach seiner femininen Schönheit gereckt, aber in unserer Stadt machte man davon nicht viel Aufhebens. Ich hielt die Mitte zwischen Gaudet und Colombat. Mit meiner bedächtigen Art sah ich aus wie fünfundzwanzig. Für so alt hielt man mich mit meinem lebhaften Teint, der Adlernase, den großen, schönen Augen – aber zugleich so wach, dass sie, wenn in ihnen das Vergnügen blitzte, schamlos wirkten.

Meine Lippen von einem kräftigen Purpurrot, wie die meiner Mutter, appetitliche Organe und wie geschaffen für das köstlichste aller Vergnügen, waren das Beste an mir. Sie verschafften mir die Nähe einiger koketter Frauen aus dem dritten Stand. Nur selten konnte eine Frau, die sie mit Vergnügen betrachtet hatte, ihren Mund nachher wieder von dem meinen abwenden. Und Madelon hatte eines Tages zu ihren Schwestern gesagt (Manon hat es mir später erzählt): »In seinen Lippen sitzt ein Magnet – vor dem muss man sich in Acht nehmen, sonst ist man verloren.«

Ich hielt mich damals sehr gut – das heißt, ich lief nicht herum wie heute, den Kopf eingezogen zwischen den Schultern. Ich war gut gebaut – kantig. Beine und Füße waren wohlgeformt. Und vor allem war ich wunderbar gelenkig und geschmeidig, was in einem sonderbaren Gegensatz zu meiner nachdenklichen Miene stand.

Unsere Zusammenkünfte in den Sälen verliefen friedlich. Nie wurde der Tanz, wie in Paris, durch irgendwelche Streitereien gestört. Getanzt wurde nach dem Mittagessen und nach dem Abendessen. Da fand sich eine zahlreiche Gesellschaft von hübschen Mädchen und jungen Burschen ein, mit denen man einen Ausflug mit anschließendem Imbiss machen konnte. Im Sommer wanderten wir auf dem Weg nach Vaux in die Vorstadt Saint-Martin, wo es dann Rahmkäse und frisch gepflückten Salat und dazu einen vorzüglichen Weißwein gab, gekühlt in einem Bach, der unter Bäumen dahinfloss, die herrliche Lauben bildeten. Im Winter besuchten wir die Konditoreien, Metzgereien und Feinkostläden – Sanglé, Julien, Chavagny – und aßen dort Pasteten für fünf Sous, mit Wurst, Schinken, Wildfleisch, Hühnerfrikassee usw.

Den 26. März, einen Sonntag, begann ich frühmorgens mit Schreiben. Dann ging ich aus und besuchte das Hochamt. Ich wollte Gaudet mitnehmen. Aber als ich ihn in der Kirche Saint-Regnobert nicht fand, wurde mir dort langweilig. Ich ging in die Kathedrale, um mir die Musik anzuhören. In den Pausen während der Gesänge begann ich die Inschriften auf den Grabplatten zu lesen. Über dieser Lektüre geriet ich in eine tiefe Träumerei. Ich setzte mich auf die Kante, die rings um den Chorumgang läuft. Dort dachte ich nach, und meine

Gedanken begannen sich zu klären. In diesem Augenblick sah ich mich um und erblickte genau hinter mir einen Namen in gotischer Schrift, der sich vollkommen lesbar erhalten hatte – *Guillain, 1540.* Ich begann über all jene nachzudenken, die hier ihre Namen hinterlassen hatten und nun nicht mehr da waren. Ich erkannte, ich spürte die Nichtigkeit des Todes und des Lebens, die sanfte Melancholie, ähnlich derjenigen, die die Römer bei ihren Festmahlen anriefen, bevor sie sich der Ausschweifung überließen: »Weil das Leben so kurz ist«, sagt Trimalchio, während er seinen Gästen ein Skelett zeigt, »sollten wir uns mit dem Genießen beeilen!«* In dieser Stimmung war ich, als ich die Kirche verließ. Ich ging hinunter zum Flussufer. Die Natur erwachte zu neuem Leben. Überall Blumen, die erblüht waren, und halb geöffnete Knospen an spät austreibenden Bäumen. Ein mächtiger Zauber umfing mich. In einer Art Trunkenheit kehrte ich zum Mittagessen nach Hause zurück.

Nach Tisch sah ich, dass sich alle für einen Spaziergang fertig machten. Ich ging hinauf in die Druckerei und nahm mein Heft für die Übersetzungen zur Hand, das dann später bei einem Unfall vernichtet wurde. (Ich hatte es meinem Freund Deschamps geliehen, zusammen mit dem zweiten Rabelais-Band. Er stürzte in die Yonne und wäre fast ertrunken. Mein Heft aus schlechtem Papier verwandelte sich in seiner Jackentasche zu Brei, und auch von dem Rabelais blieb kaum etwas übrig.) Eine Notiz aus dem Juni des vergangenen Jahres spornte mich zur Arbeit an: »Die beiden Terenz-Komödien übersetzen, die mir noch fehlen…« – dahinter ein Zusatz vom 9. November: *»Adhuc non feci.«** – »Wahrhaftig! Das werde ich in Angriff nehmen«, dachte ich, »und zwar gleich heute!«

Ich ging also an die Arbeit und hatte den Prolog und die erste Szene von *Phormio* übersetzt, als ich hörte, wie jemand die Tür zur Werkstatt öffnete. Ich blickte auf – es war Toinette, die mich noch nicht bemerkt hatte. Ich hustete.

»Ach, sind Sie da, Monsieur Nicolas?«

»Ja, meine Tochter.«

»Ihre Tochter – dafür bin ich ja wohl zu groß.«

»Bin ich denn nicht Ihr Lehrer?« (Ich hatte ihr Lesen beigebracht, und nun waren wir beim Schreiben.)

»Jawohl, und sogar ein sehr guter Lehrer – gehen Sie denn nicht aus?«

»Nein, meine Tochter.«

»Ach, ich hätte große Lust auszugehen. Könnten Sie nicht auch unten im Saal schreiben?«

»Gern, wenn ich Ihnen damit einen Gefallen tue.«

Zum ersten Mal, seit dieses schöne, große Mädchen (das allen den Kopf verdrehte – dem Druckereibesitzer, dem Werkstattleiter, den Arbeitern) mit mir unter einem Dach wohnte, hatte ich Lust, sie zu liebkosen. Noch nie hatte ich mich hierzu versucht gefühlt, obwohl ich jeden Tag – mal hier, mal dort – mit ihr allein war und auch einen Stich verspürt hatte, als ich sie nach ihrer Ankunft im Haus zum ersten Mal sah. Ich fasste sie mit beiden Händen um die Hüfte und ließ sie ein wenig nach hinten sinken. Sie wehrte sich lachend. Ich drückte sie an mich. Kein anderes Mädchen war so leicht zu elektrisieren wie die hübsche Toinette. Ich sah, wie ein Schleier ihre schönen Augen trübte. Sie seufzte. Tief ergriffen und belebt wie die ganze verjüngte Natur, wollte ich …

Heute, am 24. März 1794, erfahre ich, dass Jeannette Rousseau vor einigen Jahren gestorben ist.

»Oh, Monsieur Nicolas!«, sagte sie. »Sie, der einzige Mann, dem ich nicht misstraue!«

Ich nahm mir einen Kuss von ihren Lippen, sagte dann: »Nein, meine liebenswürdige Schülerin« – und ließ sie los.

Ein wenig Ehrgefühl hatte ich noch. Vielleicht war dies der letzte Tag meines Lebens, an dem ich dieses Ehrgefühl noch verspürte. Sie ging hinaus. Ich folgte ihr hinunter in den Saal – mit meinem Heft, meinem Terenz und meinem Wörterbuch. Ich ließ mich an dem Sekretär nieder, während sie sich wieder herrichtete.

Toinette kam noch einmal und stützte sich für einen Augenblick auf meinen Stuhl.

»Mein Lehrer! Sie ahnen gar nicht, wie dankbar ich Ihnen bin«, sagte sie und schwebte leichtfüßig davon.

Nach einem Augenblick der Zerstreuung wendete ich mich wieder meiner Übersetzung zu und übertrug eine lange Szene ins Französische. Ich applaudierte mir selbst. »Die Arbeit geht rasch voran!«, dachte ich. »Anscheinend geht sie mir immer leichter von der Hand! *Optime!*« (Dabei sollte diese so rasch vorankommende Arbeit noch heute unterbrochen werden – für immer!)

Ich begann eben die vierte Szene, als ich hörte, wie jemand die Halbtüre öffnete. Es war Madame Parangon! Mein Herz begann heftig zu schlagen.

»Was denn – Sie sind hier? Bei diesem Wetter!«

»Sie sehen ja, Madame – ich übersetze meinen Terenz.«

»Lassen Sie mal sehen, was Sie heute…«

»Hier, bitte!«

»Tatsächlich, die Schrift ist frisch.«

Colette war derart elegant gekleidet … anbetungswürdig! Das Wetter war so schön. Niemand würde so bald zurückkehren…

»Wo ist Toinette?«

»Sie ist ausgegangen. Sie hat mich gebeten, herunterzukommen und hier zu arbeiten.«

»Das ist sehr nett von Ihnen, sie spazieren gehen zu lassen, während…«

»Mir macht es überhaupt nichts aus, Madame, ich versichere Ihnen – ich hatte mir ohnehin vorgenommen, oben zu arbeiten.«

Sie setzte sich neben den Tisch, an dem ich war. Doch plötzlich sprang sie wieder auf.

»Ach, Himmel! Das Garn, das da oben verstaubt! Seit drei Tagen vergesse ich, es wegzuräumen, und Toinette hat sich auch nicht darum gekümmert.«

Im nächsten Augenblick stieg sie hinauf in das Zimmer oben. Ich verschlang sie mit Blicken. Wenig später hörte ich sie nach mir rufen: »Monsieur Nicolas? Könnten Sie mir das Garn reichen?«

Ich flog zu ihr. Colette stand schon auf einem Stuhl. Ich nahm die Garndocken und streckte ihr eine nach der anderen entgegen. Sie räumte sie in das oberste Fach des Schrankes. Mein glühender Blick richtete sich auf ihre schlanken Beine, auf ihre weißen Stoffschuhe, deren schmale, hohe Absätze ihre niedlichen Füße noch köstlicher machten – so wohlgeformt, wie ich in meinem Leben keinen anderen gesehen habe. Jedes Mal, wenn sie eine Garndocke in den Schrank legte, wandte sie mir den Rücken zu und streckte ein Bein nach hinten aus. Ihr Fuß berührte mich – er wurde zur glimmenden Lunte.

All meine Sinne gerieten in Verwirrung. Der Tumult war so gewaltig, dass es mir vorkommt, als spürte ich ihn noch immer. In manchen Augenblicken war ich versucht, sie von dem Stuhl herunterzuheben, sie auf das Bett, das uns gegenüberstand, zu werfen und ihr zu sagen: »Sie besitzen oder…« Dann wieder streifte meine kühne Hand an der Unterkante ihres Rocks entlang. Schließlich reichte ich ihr die letzte Docke. Sie brauchte länger als bei den anderen, um sie zu verstauen. Ich wagte es, den Teil ihres Kleides zu küssen, der ihre Reize bedeckte. Ich beschloss, entweder unterzugehen oder zu triumphieren über diese schon so lange und so heftig begehrte Frau.

Diese Entschlossenheit erreichte ihren Höhepunkt, als sich Colette umdrehte, um herunterzusteigen. Sie stützte sich auf meine Schulter. Ich wendete mich ihr zu. Ich schob eine Hand dorthin, wo sie meinem Vorhaben dienlich sein würde, und umfasste mit der anderen ihre Hüfte. Anfangs erschrak sie nicht. Doch als meine kühne Hand den Rock hochschob und ich mich auf das Bett zubewegte, kam anscheinend doch eine Unruhe über sie.

»Setzen Sie mich ab!«, rief sie.

»Nein!«, erwiderte ich. Und wie ein zweiter Cacus* spürte ich, dass sich meine Kräfte durch die Berührung meiner Göttin verhundertfachten. So drehte ich sie denn um.

»Ah, mein Gott! … Monsieur Nicolas! Monsieur Nicolas! … Was wollen Sie denn? Was tun Sie!«, stieß sie hervor.

»Sie besitzen … oder … untergehen. Sie, ich, wir sterben zusammen.«

»Großer Gott! … Ah! … Was soll das? Das geht zu weit! … Denken Sie bloß nicht … Ah! Unglücklicher! Ich sterbe…«

Ich weiß nicht mehr, was sie noch sagte. Aber sie rief nach ihrem Vater und auch nach meinem. Ich hörte nicht zu … Ich war … ein Held, in Raserei geraten durch die heftigste aller Leidenschaften … Ich zerquetschte sie, statt sie zu streicheln … Seit dem Augenblick, als sie auf das Bett gefallen war, hatte ich sie, indem ich sie umdrehte, in eine Lage gebracht, in der ihr Gegenwehr fast unmöglich war. Wie sie lag, konnte sie, sosehr sie sich auch anstrengte, daran nichts ändern … Es schien, als würde die Liebeswut, die mich trieb, den weichen Ausbruch der Sinne nicht zulassen, als würde sie aus bloßer Kraft bestehen. So beschleunigte denn nichts jene Explosion, in der die Verwegenheit bisweilen scheitert. Sie verausgabte sich in vergeblichen Anstrengungen, die, statt mich abzuschütteln, mein Verlangen nur noch mehr reizten und mich dazu brachten, meine Anschläge zu vervielfachen … Sie verlegte sich aufs Bitten, was mich noch einmal anstachelte. Die blutigen Überbleibsel ihrer Schamhaftigkeit, der ich schon dreimal geopfert hatte, erhitzten mich von neuem, statt mich zu besänftigen. Nun glaubte sie, ich wolle ihr und mir ans Leben, ich wolle, nachdem ich mein Verlangen gestillt hätte, uns beide töten. Wie heftig die Furcht der Frauen vor dem Tod ist! In ihr gipfelt ihre ungeheure Empfindlichkeit … Colette versuchte, mich zu erweichen. Ich weiß nicht mehr, was sie sagte, aber ich glaube, ich sah sie lächeln, und dass sie mir einen Kuss anbot … Vielleicht irre ich mich … Ich nahm ihn von ihren Lippen, und es war, als hauchte ich meine Seele aus … Sie seufzte tief, und ihre Nerven verkrampften sich. Wir lagen da wie tot … Ein zweiter Seufzer gab sie dem Leben zurück.

»Ach, mein Freund!«, sagte sie, »was für Gewissensbisse laden Sie uns auf!«

Der Kuss hatte mich besänftigt. Hätte ich ihn als Erstes bekommen – vielleicht hätte ich nachher nicht triumphiert. Ich ließ mich vor Colette auf die Knie nieder…

Meine wütende Leidenschaft hatte sich nicht verringert, wohl aber abgemildert. Ich betrachtete mein Opfer – nicht mit barbarischem Frohlocken, sondern mit einem Gefühl glühender Verehrung. Sie war dem Tod nahe. Ihr Gesicht war fahl. Erschlafft lagen die kalten Hände zu beiden Seiten neben ihr. Ich stieß einen schmerzerfüllten Schrei aus. Ich wollte ihr zu Hilfe kommen.

»Verschonen Sie mich!«, sagte sie, während sie wieder zu sich kam. »Töten Sie mich nicht!«

Die Raserei hatte mich verlassen. Diese Worte ließen mich erstarren.

»Ja, halten Sie mich denn für einen Mörder?«

Ich war noch auf den Knien. Ich küsste ihr die Hände. Ich benetzte sie mit meinen Tränen. Sie lächelte (ein Anzeichen des Deliriums, in dem sie sich befand).

»Sie werden mich nicht töten?«

»Ich? Ach! Ich würde mein Leben geben, um das Ihre einen Tag zu verlängern!«

Sie weinte.

»Ach, Sie! … Sie haben meine Ehre angegriffen!«

»Nein, nein!«, antwortete ich gedankenlos. »Der Zustand, den Sie gerade hinter sich lassen, hat mich viel zu sehr erschreckt!«

Sie sah mich an, als wollte sie prüfen, ob ich die Wahrheit sage. Dass ich ehrerbietig bei ihr kniete, schien sie davon zu überzeugen.

»Gehen wir lieber nach unten«, sagte sie und zwang sich zu einem Lächeln, denn sie fürchtete sich noch immer vor mir. Ach, wie mich das quälte! Sie wollte aufstehen, hatte aber nicht die Kraft dazu. Ich nahm sie und hob sie hoch.

»Ah!«, rief sie erschrocken. »Was haben Sie vor?«

»Ich werde Sie nach unten tragen.«

Sie wollte laufen. Aber nicht nur ihre Schwäche, auch andere Hinderungsgründe ließen das nicht zu. Sie wunderte sich, wie leichtfüßig ich sie nach unten brachte.

»Was denn? So stark?«

Ich setzte sie in einen Lehnsessel und öffnete sogleich die Tür zur Straße. Sie sah die Vorübergehenden, und diese konnten sie sehen. Sie versank tief in Gedanken, aus denen sie erst mit einem tiefen Seufzer wieder auftauchte. Sie sah mich an.

»Wer hätte gedacht«, sagte sie, »dass der Sohn so ehrbarer Leute, eine solche Tat begehen könnte … oder zumindest begehen wollte? Wenn sie wirklich verübt worden wäre … ich würde es nicht überleben!«

»Madame! Hören Sie mich an!«

»Ah, ja, reden Sie! Ich werde Sie nicht unterbrechen. Dazu fehlt mir die Kraft!«

Die Tränen flossen ihr über die Wangen. Ich war bei ihr.

»Verzeihen Sie mir!«, sagte ich. »Verzeihen Sie mir diese Maßlosigkeit. Ich habe mich entschlossen – entweder sterben oder ich erlange Ihre Verzeihung. Ich liebe Sie. Ich bete Sie an. Was habe ich nicht alles getan, um Sie aus meinen Gedanken zu verbannen. Ich habe mein Herz anderen überlassen. Ich habe versucht, mich beim Tanz zu amüsieren, aber wie fade … Nichts kam an gegen die gebieterischen Gefühle, die Sie in mir wecken. Ich verehrte Sie im Stillen. Aber diese Stille schürte nur das Feuer, das mich verbrennt, verzehrt, verschlingt. Sie, Madame, sprechen zu meinem Herzen, zu meinen Augen, zu all meinen Sinnen mit unbegreiflicher Eindringlichkeit. Ich war nicht mehr Herr meiner selbst. Ein Wort von Ihnen … sagen Sie, dass Sie mir nicht verzeihen können, dass Sie mich verabscheuen – und es ist um mich geschehen!«

»Ach, ich gebe mir doch genauso viel Schuld wie Ihnen«, sagte sie. »Legen Sie nicht Hand an sich … denn ich bin ebenso schuldig wie Sie – und ein zweites Verbrechen würde das erste nicht ungeschehen machen. Aber es gibt einen Gott, den Sie beleidigt haben, und ich bin Ihre Komplizin. Vermehren Sie nicht meine Schuld, indem Sie die Ihre verdoppeln.«

Sie sah mich unverwandt an.

»Unglücklicher! Du hast dein Glück verschmäht. Wusstest du, was ich für dich tun wollte … bald, schon in ein paar Tagen? Jetzt brauchen wir nicht mehr daran zu denken…«

Ich sah, wie sie zitterte. Sie schwieg lange. Dann legte sie ihre Hand auf meine.

»Ach, ahnst du eigentlich, was mir vielleicht bevorsteht?«

Jetzt war ich es, der zu zittern begann, ohne zu wissen, weshalb. Ich stieß mit dem Fuß die Stofftür auf und fiel dann auf die Knie. Ich brach in Tränen aus.

»Himmlischer Engel! Ich habe dich besudelt! Ich bin ein Ungeheuer! Ich sollte dich im Stillen verehren. Niemals werde ich mir mein Verbrechen verzeihen.«

»Ich verzeihe es Ihnen! Begraben wir diesen Schrecken zwischen uns beiden. Ich sage Ihnen das aus tiefstem Herzen.«

»O, göttliche Frau, Sie vermehren nur die Gewissensbisse, die mich plagen.«

»Der Himmel straft mich durch Sie«, erwiderte sie. »Was für eine schreckliche Lektion!«

»Ach, Madame, vielleicht hat sie ja auch ihr Gutes. Ich komme mir schon vor wie ein anderer Mensch … und muss büßen.«

»Nie wirst du mein Bruder sein! So bin ich härter gestraft als du!«

Sie sagte dies mit einem Feuer, das mich seither glauben lässt, sie habe dies gar nicht laut sagen wollen. Aber ich spürte die ganze Wucht, die darin lag. Sie traf mich bis ins Mark.

Seit Madelons Tod hatte mich die Hoffnung, eines Tages Mademoiselle Fanchette zu bekommen, immer mit einer Art Stolz gegenüber den anderen Frauen erfüllt. In diesem Augenblick aber spürte ich nur eine völlige Demütigung, eine Erniedrigung, wie ich sie noch nicht erlebt hatte, die ich dann aber noch zwölf lange Jahre erdulden musste. Zum ersten Mal in meinem Leben empfand ich Selbstverachtung.

»Ach, ich habe mich verloren«, rief ich. »Ich spüre es.«

»Er hat also doch noch eine Seele. Ich glaubte schon, er habe keine mehr.«

»Ich habe eine Seele, die mich begreifen lässt, dass ich Sie auf eine ganz und gar unverzeihliche Weise beleidigt habe, dass ich ein Ungeheuer bin und dass ich Ihnen nie wieder in die Augen sehen kann.«

Ich stand auf. Sie ergriff meine Hand.

»Wohin gehen Sie?«

»Dorthin, wo ich längst sein sollte – an einen Ort, fern von Ihnen.«

»Aber ich habe Ihnen doch verziehen.«

»Ich habe mein Leben verwirkt.«

»Bleiben Sie bei mir. Ihr Anblick ist mir unentbehrlich geworden. Wenn wir einander sehen, wird dies unsere Gewissensbisse am Leben erhalten. Sie müssen mir das versprechen. Mein Leben, du grausamer junger Mann, hängt von dem deinen ab.«

Mit einem Anschein von Entschlossenheit, die in meinem Herzen nicht vorhanden war, wagte ich ihr zu sagen: »Ich werde Ihr Vertrauen nicht enttäuschen. Ich werde Ihnen den unschuldigen, schätzenswerten jungen Mann, den Sie gekannt haben, zurückbringen. Ich verspreche Ihnen meinen Respekt. Was die Liebe angeht, so wird es mir nicht gelingen, sie aus meinem Herzen zu verbannen. Aber der Respekt wird die Liebe beherrschen, und sie wird sich nur im Respekt zeigen. Ihrer Schwester bin ich unwürdig. Ich erbitte sie nicht mehr. Ich entsage ihr für immer. Auch wenn ich ihr angehören würde, wären Sie, Sie allein, diejenige, die ich anbeten würde. Nur die Hoffnung, Sie als Schwester verehren zu dürfen, hätte mir diese Verbindung angenehm erscheinen lassen. Sie sind mein Ein und Alles. Aber die, die ich wirklich verehre, die andere Hälfte meines Lebens, liegt in den Armen eines anderen.«

Bei diesen Worten (mir ist, als sähe ich sie noch vor mir) stand sie auf. Ihre Wangen waren gerötet.

»Nie wird sie dort liegen!«

»Aber wird sie leben?«

»Ja, sie wird leben.«

Keiner von uns sagte noch etwas. Unsere Tränen flossen wie zwei Springbrunnen. Das Schluchzen raubte uns den Atem. Nach einem langen schmerzlichen Schweigen sagte sie: »Hören wir auf, uns gegenseitig zu quälen. Leben wir weiter in Unschuld. Noch können wir das. Begehen Sie keine Unvorsichtigkeit, die mich entehren könnte, die dem ehrwürdigen Alter meines Vaters oder Ihren ehrenwerten Eltern Kummer machen und Ihren Untergang bedeuten könnte.«

»Ich schwöre es Ihnen, Madame.«

»Also sagen Sie mir nun die düstere Wahrheit … Sie verstehen doch, was ich meine? … Ich will es wissen.«

»Ich sage es Ihnen…«

Ich ließ den Kopf sinken. Ich warf mich auf die Knie und beugte mich über eine ihrer Hände. Ein Schluchzen verdeutlichte meine Antwort. Sie setzte sich wieder und weinte wortlos.

Es war spät geworden, und sie fürchtete, bald würden die ersten Leute aus dem Haus zurückkommen.

»Ich bitte Sie«, sagte sie zu mir, »denken Sie an meinen Vater und an Ihre Eltern!«

»Und an den Respekt, den ich Ihnen schulde, Madame! Solange ich lebe und solange Sie leben, werden Ihre Angelegenheiten auch immer meine sein. Mein Glück wird das Ihre sein. Mein Blut gehört Ihnen. Ich schulde Ihnen alles. So lautet das Naturgesetz: Wenn ein Mann eine Frau gegen ihren Willen genossen hat, macht er sich zu ihrem Sklaven, und ich bin der Ihre.«

»Ich hätte nicht gedacht«, sagte sie so, als würde sie mit sich selbst sprechen, »dass es ihm danach … noch gelingen könnte, meine Wertschätzung zurückzugewinnen!« Dann wandte sie sich mir zu, in jener vornehmen Art, die zu ihr gehörte, die sie aber seit meinem Attentat noch nicht wiedergefunden hatte, und sagte: »An dem, was Sie da sagen, erkenne ich, wie Sie empfinden. Mir ist, als sähe ich hier ein Herz ganz nackt vor mir: Sie sind kein verächtlicher Mensch! Wie tröstlich für mich, in meinem Unglück! Aber trennen wir uns! Es könnte jemand zurückkehren…«

Bei diesen Worten »Trennen wir uns« verneigte ich mich, verließ das Zimmer, ohne noch etwas zu erwidern, und kehrte in die Druckerei zurück – ein ganz anderer als jener, der drei oder vier Stunden zuvor in den Saal hinabgestiegen war.

Nach und nach kehrten alle zurück. Aber Madame Parangon kam zum Abendessen nicht nach unten. Sie ging zu Bett. Alle im Haus waren sehr beunruhigt. Man war der Meinung, sie müsse etwas zu sich nehmen, und mich schickte ihr Mann, um ihr etwas zu bringen. Als ich schon auf der Treppe war, hörte ich ihn sagen: »Er ist ein Landsmann von ihr, der Sohn von einem Freund ihres Vaters. Mir ist schon des Öfteren aufgefallen, dass sie sich gern von ihm helfen lässt, wenn sie krank ist.«

Ich brachte meiner lieben Kranken eine Schale Bouillon und wiederholte ihr, was ich soeben gehört hatte. »Diesen Gedanken sollte man nicht zu kurz kommen lassen«, sagte sie. Ich half ihr, sich aufzurichten. Sie löffelte ihre Brühe langsam und lag dabei fast in meinen Armen. Ich brauchte diesen köstlichen Moment. Was für ein Unterschied zwischen solchen einfachen, unschuldigen Freuden und dem schuldbeladenen Gewaltausbruch bei einem Verbrechen! Colette liebte mich, das sah ich, das spürte ich, und ich konnte es nicht bezweifeln. Aber ich sah auch, dass dies gegen ihren Willen geschah. Ich liebte und schätzte sie dafür nur umso mehr. Hätte ich vorher gewusst, dass ich geliebt werde, wie ich es seit meinem Attentat wusste – es wäre nie und nimmer begangen worden. Bei einem Menschen, den man liebt und von dem man geliebt wird, wendet man keine Gewalt an – da gibt es doch ganz andere Mittel!

Ich ging behutsam die Treppe hinunter, und als ich den Saal betrat, sagte ich leise: »Sie schläft ein.«

»Hat sie gegessen?«, fragte Monsieur Parangon.

»Ja, aber sie möchte jetzt allein sein.«

»Gut. – Toinette? Bevor Sie schlafen gehen, sehen Sie bitte noch einmal nach Ihrer Herrin.«

So also endete er, dieser schreckliche 26. März! Er ist zu Ende und wiegt sich im unendlichen Strom der Zeit. Aber ich sehe ihn ... noch immer sehe ich ihn. O Erinnerung, göttliche Fähigkeit, die den Menschen Gott selbst ähnlich macht, mögest du ihn mir auch in vierzig Jahren noch so lebhaft vor Augen stellen, wie ich ihn jetzt sehe! (Donnerstag, 3. April 1794, an meinem Setzkasten.) Er ist mir gegenwärtig! Ich sehe Colette ... Colette, die Seele meines Lebens!

Am Tag danach ging ich gegen Mittag zum Essen hinunter. Im Saal stieß ich auf Madame Parangon. Sie war bleich, aber mir scheint, dass sie nie interessanter aussah als in diesem Augenblick. Ich grüßte sie respektvoll. Sie erwiderte nichts, aber mit einem Zeichen gab sie mir zu verstehen, ich solle ihren Stuhl etwas nach vorn schieben. Es war seit langem eine Art Gewohnheitsrecht von mir – dieses Vorschieben ihres Stuhles. Bis es sich eines Tages ein anderer Gast anmaßte. Aber Monsieur Parangon zog den Stuhl zurück mit den Worten: »Jedem sein Amt!« – und ich rückte ihn dann zurecht, wie üblich. Es war nämlich so, dass Madame Parangon, wenn nicht ich ihren Stuhl nach vorn geschoben hatte, sich nicht wohl fühlte. Entweder er war zu weit nach vorn gerückt oder nicht weit genug. Ich hatte ein gutes Augenmaß, das mich wohl zum besten Schützen Europas gemacht hätte, wenn ich die Jagd geliebt hätte. Aber dieses Augenmaß hat mir auch in den Straßen von Paris hundertmal das Leben gerettet, wenn ich mich, getrieben von meiner angeborenen Ungeduld, mit den Kutschen anlegte. Ich schätze das Tempo ab, mit dem sie dicht hintereinander unterwegs sind, und stürme dann wie ein wendiger Artist durch die schmalen Lücken zwischen ihnen auf die andere Straßenseite. Nur die Droschken können mir gefährlich werden, weil sie so unberechenbar und langsam sind.

Colette aß wenig. Ich tat, als hätte ich großen Appetit, aber ich bekam keinen Bissen herunter. Das Herz war mir so schwer, dass es mich ganz ausfüllte. Nach dem Essen gingen alle auseinander. »Wir sprechen heute Abend miteinander«, sagte Colette, »und an allen Abenden … außer, wenn ich ausgehen muss.«

Um acht Uhr kam ich zum Abendessen. Während man sich zu Tisch begab, traf der älteste Bruder von Madame Parangon ein. Ich begriff, dass es an diesem Abend keine Unterhaltung geben würde, und erhob mich unauffällig vom Tisch. Ich trat in den Hof und verließ das Haus durch die Tür der Feuchtkammer. Endlich war ich mit meiner Verwirrung und meinem Schmerz allein.

Ziellos lief ich umher. Ich blickte zum Himmel und sah die Sterne funkeln. In jedem von ihnen glaubte ich ein Auge Gottes zu erkennen, und ich spürte, wie sich ein ungeheurer Schrecken meiner Seele bemächtigte. Ich zitterte. Ich fiel auf die Knie und konnte mich nicht mehr erheben. Die Menschen fürchtete ich nicht, sie wussten nichts von meinem Verbrechen. Aber ich sah einen rächenden Gott. Ich sah, wie er mich als strenger Richter mit einem Wink und einem fürchterlichen *St!* vor sich lud. Vor Schrecken stieß ich einen Schrei aus. Ich sprang auf und rannte voller Angst los, als würde ich verfolgt. Bald war ich in Schweiß gebadet.

»Vergib mir, großer Gott!«, rief ich. »Ich habe gegen das Gesetz der Natur verstoßen. Es lässt nicht zu, dass man der Frau die Gunst entreißt – sie muss frei sein und sich verweigern können.«

Ich bebte. Meine Knie gaben nach. Ich stürzte zu Boden.

Zwei junge Leute, die mit ihren Schwestern, ihren Geliebten und einigen Bekannten auf den Wallanlagen herumspazierten, hatten meine Stimme oder vielmehr mein Gebrüll gehört. Sie trennten sich von den anderen, kamen auf die Promenade herunter und fanden dort einen Mann bewusstlos auf dem Boden liegen. Dank ihrer Hilfe kam ich wieder zu mir. Ich erkannte die beiden – Dhall und Baras-Dallis. Sie wollten mir ein wenig Schnaps verabreichen. Aber ich habe dieses Getränk immer verabscheut. Ich verlangte nach ein paar Tropfen Essig auf einem Schnupftuch, wodurch ich wieder ein wenig auflebte. Die beiden brachten mich nach Hause. Bleich und mitgenommen trat ich ein. Madame Parangon saß noch mit ihrem Bruder zusammen. Ich sah, wie sie erbleichte, als mich die beiden jungen Leute hereinbrachten, denn sie führten mich bis zur Küche. Ich grüßte und versuchte, allein zu gehen und zu lächeln. Aber mein mitgenommenes Äußeres war nicht zu übersehen. Madame Parangon ließ mich in die Küche gehen. Dann läutete sie nach Toinette und sprach mit ihr über mich.

Ich bat schließlich um ein Glas Wein, den ich sonst fast nie trank. Toinette reichte mir eines – mit viel Zucker. Ich trank ein großes Glas, unverdünnt, und ging dann, von Toinette gestützt, nach oben. Sie blieb an meinem Bett sitzen, bis der Schlaf mir die Augen geschlossen hatte.

Als ich am Morgen erwachte, erblickte ich Toinette, die auf diesen Moment gewartet hatte. Sie reichte mir eine Schale Bouillon.

Nachdem Toinette hinausgegangen war und ich mich kräftiger zu fühlen begann, stand ich auf und ging an die Arbeit. Die Gesellschaft der Arbeiter und die amüsanten Berichte über ihre Unternehmungen am Tag zuvor, die ich mit anhören musste, all das bekam mir besser als die Bettruhe.

Ich sah Madame Parangon dann beim Mittagessen, bei dem ich zugegen sein wollte wie alle anderen. Ihre Blicke ließen die Anteilnahme erkennen, die sie mir entgegenbrachte. Ihr Anblick, der Klang ihrer Stimme gaben meiner Seele die Ruhe zurück. Ihr Bruder machte sich nach dem Essen auf den Heimweg.

Beim Abendessen sagte sie vor allen am Tisch Versammelten: »Ich würde heute Abend gern noch mal an die frische Luft gehen. Mir scheint, es ist mild draußen.«

»Wir stehen zur Verfügung«, sagte ihr Mann lachend, »Sie haben die Wahl. Ich hätte zwar noch etwas zu erledigen, aber ich richte mich ganz nach Ihnen.«

»Nein, ich möchte Sie nicht stören.«

Sie sah Bourgoin an, der ihr eilfertig sagte: »Madame, mein Arm steht Ihnen zur Verfügung.«

»Ihre Cousine braucht heute Abend Ihre Hilfe – sie hat mich gebeten, Ihnen das auszurichten.«

»Madame«, sagte Bardet, »ich würde mich anbieten, wenn Sie mich Ihrer als Kavalier für würdig erachten.«

»Mein lieber Bardet, Sie sind nicht respektabel genug. – Und Sie?«, wandte sie sich mir zu, »Sie sind krank, nicht wahr?«

»Jetzt nicht mehr, Madame.«

»Ich wollte Ihnen schon vorschlagen, ihn zu nehmen«, sagte Monsieur Parangon. »Sie könnten sich über Ihre geliebte Heimat unterhalten. Das ist doch ein Vergnügen. Da können Sie es sich mit Leib und Seele gutgehen lassen, zwei Stunden lang!«

Was ist das Leben doch für ein ständiges Hin und Her zwischen Gut und Böse! Dieser Augenblick war einer der glücklichsten meines Lebens. Einen Tag vorher hatte ich um die gleiche Stunde vor lauter Schmerz die Besinnung verloren.

Nachdem alle anderen die Tafel verlassen hatten, zog Madame Parangon ihren Mantel und ihre Handschuhe an. Ich stand reglos da.

»Lassen Sie uns gehen«, sagte sie.

Draußen bot ich ihr den Arm, gerade als Toinette die Haustür schloss und dabei sagte: »Das Wetter ist prächtig, Madame.«

»Ja, die Sterne funkeln mit einem Feuer...«

»Welche Richtung wollen wir nehmen, Madame?«

»Die, in die Sie gestern gegangen sind.«

»Gestern?«

»Ja.«

»Hier entlang, Madame.«

Wir gingen schweigend. Ich hielt mich sogar an die gleiche Straßenseite wie tags zuvor. Wir verließen die Stadt durch die Porte de Paris, ohne dass auch nur ein Wort zwischen uns gefallen war. An der Stelle, wo ich zum Himmel aufgeblickt hatte, nahm ich ihre Hand und drückte sie.

»Was berührt Sie so?«

Ich blieb stehen.

»Gestern, hier … überkam mich ein schreckliches Gefühl! Alle diese Sterne, so kam es mir vor, sind Augen Gottes, und alle sind auf mich gerichtet!«

Ich ging weiter, ohne etwas hinzuzufügen und ohne dass sie etwas erwidert hätte. An der Stelle, wo ich zum ersten Mal auf die Knie gefallen war, sagte ich: »Hier bin ich auf die Knie gefallen.«

»Gefallen?«

»Vor lauter Schmerz und Schuldbewusstsein. Die, die ich anbete, die ich glühend verehre, habe ich beleidigt – grässlich verletzt!«

Wir setzten unseren Weg fort. Ich nahm die Hand, die sie mir auf den Arm gelegt hatte, und sie überließ sie mir.

»Hier bin ich gerannt«, sagte ich, »weggelaufen aus Angst vor den schauerlichen Qualen, die ich verdient habe.«

Dann schwieg ich lange.

»Und hier«, sagte ich schließlich, »bin ich gefallen und ohnmächtig geworden.«

Wir kamen zu der Brücke. Ich war außer mir – der Anblick des Sturzbaches, der in der nächtlichen Stille über die Ablaufrinne in die Tiefe donnerte, packte mich. Ich wollte mich von ihrem Arm frei machen. Sie hielt mich zurück. Ihre Seele erriet, was in der meinen vor sich ging.

»Die Ungeheuer müssen ertränkt werden!«, sagte ich.

»Ihr Leben gehört nicht Ihnen.«

»Ich gebe es Gott zurück.«

»Er verlangt es nicht. Es gehört Ihren Eltern. Es gehört mir.«

Oh, mein Freund und Leser! Was für eine Kraft hatte dieses Wort! Ich sage es dir! Ohne dieses Wort wäre dieser Tag der letzte meines Lebens gewesen. Das Vorhaben, mich in diesen Abgrund zu stürzen, nahm in meiner erhitzten Brust Gestalt an, und die Kraft, die mich vorantrieb, war schon so stark, dass ich ihr nicht mehr hätte widerstehen können. Ich wollte nicht mehr da sein. Aber jener Gedanke, der mich trotz meines Schmerzes verzückte, dieses: *Es gehört mir!*, erweichte mein Herz. Ich küsste ihre Hand.

»O, mein Herz! Mein armes Herz! Ach, Colette, Sie wissen nicht, Sie werden nie wissen…«

»Doch, ich weiß…«, sagte sie kühl, »und ich muss Ihnen etwas Tröstliches sagen. Nämlich, dass ich Sie jetzt kenne. Dass ich lieber Sie auf Ihrem Weg geleiten würde als irgendeine kalte Seele … Aber ich habe Sie zwei Tage zu spät kennengelernt! Ach, mein Freund, was für ein Unterschied zwischen Ihnen und den Rohlingen, mit denen ich es Tag für Tag zu tun habe, und dieser Unterschied – das möchte ich Ihnen nun doch endlich sagen – fällt ganz zu Ihren Gunsten aus.«

Mein Leser, wie denken Sie über Colette? Aber seien Sie vorsichtig und machen Sie sich die Antwort nicht zu leicht, wenn Sie nicht die gleichen Schuldgefühle auf sich laden wollen, die mich quälen. Vielleicht haben Sie ihr schon einen Platz bei den Unbesonnenen gegeben – da Sie sie nun schon den dritten Tag lang allein mit mir herumlaufen sehen! Aber sie hatte einen klareren Kopf als Sie und ich. Wagen Sie nicht, ein Urteil über sie zu sprechen. Sie kannte mich, sie hatte von mir nichts mehr zu befürchten – außer vielleicht nach dem vollständigen Verfall meiner Sitten, aber so weit war es noch lange nicht.

Diese Frau war die Tugend selbst. Ihre Verzweiflung über meine Tat überstieg alles, was man sich vorstellen kann. Aber sie verbirgt diese Verzweiflung, nimmt sie mir zuliebe auf sich. Das alles ist über jeden Zweifel erhaben, und Sie, mein Leser, werden so wie ich sagen müssen: »Diese Frau war ein göttliches Wesen!« Leider, leider habe ich sie zu früh verloren – sie, die mir in meinen jungen Jahren Halt geben konnte. Später sind all meine Stützen in die Brüche gegangen. Ich blieb allein zurück – und bin gefallen.

Man könnte erwarten, dass nach einem so innigen Gespräch mein Verhältnis zu Madame Parangon vertraulicher geworden wäre. Aber nein – je mehr sie mich liebgewann, desto mehr ging sie mir aus dem Weg. Sie stellte sich einer Gefahr erst, wenn es galt, eine noch größere abzuwenden. Ihre Tugend war so wahrhaftig wie Gott selbst. Sobald mein Leben nicht mehr in Gefahr war, ließ sie mich allein. Eines Tages jedoch sagte diese in jeder Beziehung bewundernswerte Frau zu mir: »Vertiefen Sie sich nicht zu sehr in sich selbst. Sie tanzen gern. Gestatten Sie sich doch dieses Vergnügen bisweilen. Das ist wichtig, und ich bitte Sie darum – ich will es.« Aus ihrem Mund war dies ein Gunstbeweis, und ich gehorchte. Ich suchte meine Bekannten aus den Tanzlokalen wieder auf, die Mädchen und die jungen Burschen, von denen ich mich seit mehr als einem Monat ganz abgewandt hatte. Aber dabei verlor ich, ohne es zu bemerken, immer mehr an Halt. Meine Verse beschäftigten mich weniger denn je.

Am 15. Juli 1754 trat Louis-Timothée Loiseau seine Lehrstelle an. Ihn begleitete sein Freund, der Chirurg Lalande, der Ehemann der älteren Schwester von Manon Bourgoin. Loiseau war beinahe sechsundzwanzig (sechs Jahre älter als ich). Mein Leben lang werde ich dankbar sein für diesen glücklichen Tag, an dem ich einen Freund bekam, der für mich ein Gegengewicht zu Gaudet d'Arras und zu dem anderen Gaudet wurde und überhaupt zu allen, die mich, sei es durch eine falsche Philosophie, sei es durch den Köder einer vulgären Wollust, zur Ausschweifung verleiteten.

Ich kam zum Mittagessen nach unten, mit dem dringenden Wunsch, Madame Parangon zu sehen, meine Freundin, meine Trösterin – und mehr gerührt als munter lächelte sie mir auch zu. Weiter hinten im Saal erblickte ich einen großen Mann, braungebrannt wie ein Jäger, und neben ihm einen gutaussehenden Blonden, das Gesicht ein wenig gebräunt, mit offener, gutmütiger, lachender, äußerst angenehmer Miene. Er gefiel mir.

Monsieur Parangon kam aus seinem Arbeitszimmer, der Werkstattleiter erschien, und Loiseau wurde ihnen vorgestellt. Auch Madame und Mademoiselle Bourgoin erschienen. Man setzte sich zu Tisch, und Loiseau glänzte durch seine Kenntnisse auf allen Gebieten. Ich staunte über seine Philosophie und sein Wissen in Physik.

Er ließ mich meine Freude an diesen beiden für den menschlichen Geist so nahrhaften Quellen wiederentdecken. Denn die vernünftige Physik habe ich immer mit Begeisterung und ohne zu wanken geschätzt. Er drückte sich gut aus – klar, mit Anmut und ungezwungen. Er hatte die Hauptstadt gesehen, hatte danach die Kinder eines hohen Beamten in Dijon erzogen und später die eines Edelmannes im Puisaye. Er hatte jenen Ton von Welt, der mir fehlte – und von dem der Ton der Stadt, in der ich heute lebe, noch etwas weiter entfernt war als der Ton des Dorfes, aus dem ich kam. Aber gerade deshalb schätzte ich jenen Ton nicht, obschon ich Loiseau zunächst dafür bewundert hatte, und konnte mich dann doch eine Zeitlang nicht so recht für ihn erwärmen. Man sagt ja *Similis simili gaudet** – aber damals ähnelten wir einander noch nicht. Ich fühlte mich viel wohler bei meinem grobschlächtigen Gaudet, dem ich in allem den Vorrang gab.

Nach dem Essen folgte mir Loiseau in die Druckerei. Ich erklärte ihm alles. Ich fasste mich aber kurz bei dem, was man mir nicht abgekürzt hatte. Bourgoin, der Werkstattleiter, rühmte vor ihm mein Wissen und meinen Charakter (dabei verhielt es sich eigentlich so, dass ich Bourgoin mit meinem Wissen ungefähr so überlegen war, wie es Loiseau mir mit dem seinen war). Er war ein erwachsener Mann – er stand vom ersten Tag an am Setzkasten. Bourgoin teilte Bardet mit, die üblichen Gepflogenheiten würden für diesmal außer Kraft gesetzt, weil er, Bardet, so viel jünger sei als der Neue.

Es lag nahe, dass Bourgoin, der Werkstattleiter, und Loiseau sich zusammentaten: Bourgoin war mit Lalande verschwägert, und der war mit Loiseau eng befreundet. Lalande war zwar ein bisschen plump, aber im Übrigen tüchtig, korrekt und vertrauenswürdig. Sonntags machten sie ihre kleinen Ausflüge gemeinsam. Ich machte keine Ausflüge, zumindest keine, bei denen ich einen Freund, den ich noch nicht gut genug kannte, hätte mitnehmen können. Sonntags sah man mich nicht. In der Druckerei war ich still, schweigsam und fleißig. Nur selten hörte man mich sprechen. Loiseau hielt mich für einen Einzelgänger und vielleicht auch ein wenig für einen jungen Ehrgeizling. (Wir waren noch nicht eng miteinander verbunden, als ich den Betrieb dann im Mai 1755 verließ.)

Ich hatte Mademoiselle Fanchette kurz gesehen, als mich meine Eltern nach Vermenton mitgenommen hatten, um mich dem Drucker vorzustellen, und ich fand sie bezaubernd. Das war am 6. Mai 1751 gewesen, vor drei Jahren und drei Monaten. Damals hatte sie ausgesehen wie zwölf. Also musste sie jetzt ungefähr fünfzehn sein. Ihre Schwester hatte den Vater gebeten, sie nach Paris zu schicken – nicht zu den Schwestern von Monsieur Parangon, sondern zu ihrem Bruder, dem Anwalt. Madame Parangon – aus Gründen, die man noch erfahren wird, genötigt, sich binnen kurzem in die Hauptstadt zu begeben – wollte Fanchette ungefähr sechs Monate dort behalten und bei ihrer Rückkehr dann wieder mitbringen. Dies also war unsere erste Begegnung.

Die Schönheit dieser jungen Person blendete mich, als ich sie ungefähr eine Stunde nach ihrer Ankunft beim Mittagessen sah. Sie war blond, die schönste frisch erblühte Blume, die man sich vorstellen kann: goldenes Haar (das ihrer Schwester war aschblond und sehr fein); lebhafte, zarte Farben; ein vornehmes Gesicht, aber ein wenig verschmitzt (wodurch sie sich von ihrer Schwester unterschied); eine wunderbare Figur, schlank, wie sie im Alter von fünfzehn Jahren ist; die Hände, die Arme und alles andere vollkommen; eine Stimme, deren Silberklang durchdringend, aber dem Ohr nicht unangenehm war; nur beim Reden war sie ein wenig laut und von einer verführerischen Geziertheit; sie lachte oft mit kindlicher Anmut; lebhaft, heiter, unbeschwert; mit Geschmack und Eleganz (Vorzüge, die dem Herzen des Mannes so viel bedeuten!). So war Mademoiselle kurz vor der Abreise nach der Hauptstadt, wo sie noch gewinnen würde. Fanchettes verschmitzte Miene, die ihr ein wenig von ihrer Vornehmheit und ihrer Güte nahm, bildete den einzigen charakterlichen Unterschied zwischen den beiden liebenswürdigen Schwestern. – Als ich den Saal betrat, spielte Fanchette mit Monsieur Parangon, der ganz ausgelassen wirkte. Aber auch wenn sie laut lachte, benahm sich das liebenswerte Fräulein doch so, dass auch die Freiheiten, die sich ihr Schwager herausnahm, über die strengsten Grenzen des Anstandes nicht hinausgingen. Ich begrüßte sie schüchtern. Ich zitterte vor lauter Furcht, sie zu verlieren! Am Tisch saß ich dann neben ihr und war entzückt. Sie sprach oft mit mir, in einem sanften, sogar vertraulichen Ton, der mich ehrte und mir schmeichelte, indem er mich wieder hoffen ließ.

Nach dem Essen bediente sich Madame Parangon, die mir und ihrer Schwester etwas Wichtiges mitteilen wollte, eines Vorwandes, um uns, ohne Aufsehen zu erregen, in ihr Zimmer zu holen. Sie schickte mich, ihr ein Taschentuch zu holen, das ich aber nicht finden sollte. Und als ich nun auf mich warten ließ, kam sie, einige Unruhe bekundend, gefolgt von der jungen Fanchette, ebenfalls nach oben. Als wir dann zu dritt unter uns waren, tat sie … was sie schon sechs Monate oder ein Jahr früher hätte tun sollen.

»Meine Kinder«, sagte sie zu uns, »ich bring euch hier für einen Augenblick zusammen, um euch etwas zu sagen, das für euch beide wichtig ist. Dir, Schwester, dass dies dein künftiger Ehemann ist, damit du nicht auf die Schmeicheleien hörst, mit denen dir womöglich ein anderer den Hof machen will. Die sind nämlich gefährlich und vor allem in Paris! … Ihnen, Monsieur Nicolas, damit Sie sich in eine Lage bringen, die Sie würdig macht, meine Schwester zu erlangen, indem Sie sich untadelige Sitten auferlegen und ein ehrenhaftes Leben führen, kurz, indem Sie sich von nun an gegenüber aller Welt in einer Weise betragen, mit der Sie sich Wertschätzung verschaffen. Was die materiellen Verhältnisse angeht, so sind sie nicht die größte Schwierigkeit. Ich werde Ihnen helfen. Ich habe die nötigen Mittel. Wenn ich meine Schwester in sieben oder acht Monaten von Paris zurückbringe, wird sie darüber Bescheid wissen. Ich werde all das mit ihrem Wissen regeln. Alles andere jedoch hängt von Ihnen ab, und im Blick auf das, was nur von Ihnen abhängt, werde ich streng sein…«

Sie gab mir Fanchettes Hand, die ich küsste und dann auf mein Herz legte. Mir schien, dass Fanchette von ihrer Schwester schon eingeweiht worden war, denn sie sagte zu mir: »Mein Papa schätzt Sie sehr! Ich höre bisweilen, wie er Sie in hohen Tönen lobt!«

»Ach, hoffentlich werde ich dieses Lob eines Tages auch verdienen!«, antwortete ich.

Madame Parangon sah die Verwunderung in meinen Augen. Ohne recht deutlich zu werden, sagte sie, sie habe Grund zu der Annahme, dass diese Hochzeit möglich sein werde. Es gebe Umstände, unter denen man gewissen Hindernissen keine allzu große Beachtung schenken solle. Sie habe sich im Stillen Rat geholt. Schließlich fügte sie hinzu: »Und außerdem ist es der Wunsch meines Vaters!«

Es war das Schmeichelhafteste, was ich im Leben je gehört habe.

Ich blieb schweigsam gegenüber Mademoiselle Fanchette, aber ich küsste immer wieder ihre Hand. Madame Parangon sagte zu Fanchette: »Gib ihm ein Pfand, ein Andenken … was du willst.«

Fanchette suchte, zog verschiedene Dinge hervor, die ihr aber nicht bedeutsam genug erschienen. Zuletzt wollte sie mir ihre Uhr geben. Ich zögerte, sie zu nehmen. Ein Zeichen von Madame Parangon befahl es mir. Ich küsste Fanchettes Hand und sagte: »Aber was werde ich Ihnen nun geben?«

»Sie konnten ja nicht wissen…«, sagte Madame Parangon. »Aber ich habe mir etwas überlegt.«

Sie gab mir eine Uhr, eine viel schönere, elegantere, und fügte hinzu: »Sie gehört Ihnen.«

»Darf ich sie auch verschenken.«

»Aber ja!«

Ich befestigte die Uhr mit einer Frauenkette an Fanchettes Seite und schloss die Uhr, die ich von ihr bekommen hatte, an die Männerkette an.

»Mit diesen Pfändern werdet ihr euch immer aneinander erinnern. Wer von euch beiden von nun an als Erster den anderen vergisst, verliert meine Freundschaft – unwiederbringlich. Gehen Sie jetzt, Monsieur Nicolas. Ich will nicht, dass jemand etwas bemerkt.«

Ich ging hinunter und setzte mich an die Arbeit.

Das war ein glücklicher Augenblick – ja, so glücklich wie zu der Zeit, als ich noch unschuldig war. Ach, wie sehr ich sie verehrte – Madame Parangon! Denn sie war es, die ich verehrte. Selbst die Reize ihrer hübschen Schwester berührten mich nur wegen ihrer Schwester. Denn Colette hatte eine Seele und Fanchette war noch zu jung…

Was für ein köstlicher Tag! Leider war er in den unendlichen Weiten der Jahrhunderte der einzige, an dem mein Glück vollständig war. Ach, ihr schwachen, dem Augenblick verhafteten Sterblichen! In all den Jahren, die eine doppelte Ewigkeit bilden, gab es für mich nur einen halben Tag Glück.

Nicht, dass ich Fanchette nicht geliebt hätte. Ich hätte sie freudestrahlend geheiratet, ich hätte sie allen vorgezogen, die ich gesucht hatte – aber nicht weil sie jung, hübsch, entzückend und außerdem auch tugendhaft war, sondern weil sie die Schwester von Madame Parangon war … Nein, ich wiederhole es, in meinem Leben hat es immer nur eine Leidenschaft gegeben, für eine einzige Frau, ein einzige liebende Seele. Ich hatte geglaubt, Jeannette sei diese Frau. Ich verehrte sie, weil ich glaubte, sie besitze die Seele, die ich dann tatsächlich bei Madame Parangon fand. Als ich Jeannette erblickte, hatte ich mir gesagt: »Jetzt endlich sind die Trugbilder meiner Phantasie Wirklichkeit geworden.« Und als ich Colette hörte, dachte ich: »Das sind die Empfindungen, die ich bei Jeannette vermutet hätte, wenn ich genügend Verdienste und Tugend gehabt hätte, um sie mir vorzustellen.« Als ich Manon Prudhot und Madelon sah, täuschte ihre Kleidung oder ihr Kostüm meine Augen und ein wenig auch mein Herz. Es waren Abbilder von Madame Parangon, die ich liebte – sie war die Seele, die ich dem Körper von Jeannette einpasste, weil ich Jeannettes Seele nicht kannte. Aber man braucht eine Seele und einen Körper, eine physische und eine moralische Seite, um eine Frau zusammenzusetzen: Ich liebte in Jeannette und Colette immer nur eine einzige Frau.

Die Gesundheit von Madame Parangon schien mir beeinträchtigt. Am 11. August, einem Sonntag, als ich gerade das Haus verlassen wollte, sah ich sie auf einem Stuhl sitzen und blieb. Ich näherte mich ihr respektvoll und sagte dann zögernd: »Madame, verzeihen Sie! Aber könnte es sein, dass Sie etwas bekümmert, das ich erfahren dürfte?«

»Warum fragen Sie?«

»Leiden Sie? Haben Sie Schmerzen?«

»Sie stellen mir eine neue Frage, statt mir zu antworten.«

»Es ist, weil … ich mache mir Sorgen um Ihre Gesundheit. Ich kann mich täuschen. Bestimmt täusche ich mich … jedenfalls wünsche ich es mir!«

»Nein, ich bin nicht krank. Das ist keine wirkliche Krankheit. Ich habe keinen Kummer … keinen neuen. Ich bin wie immer. Aber ich sehne mich nach meiner Schwester … oder vielmehr, ich bin in Unruhe wegen des Ortes, an dem sie sich aufhält. Dabei habe ich selbst gewollt, dass sie sich dorthin begibt. Ihre Gemahlin, mein Freund, muss alle Anmut und allen Liebreiz haben, um Sie zu faszinieren. Ich kenne Sie besser, als Sie sich selbst kennnen. Auch wenn ich sähe, wie Sie sich in alle Mädchen unserer Stadt verlieben, würde mich das nicht beunruhigen. Mit ihrem Charme, den sie in Paris zur Vollendung bringt, wird Fanchette all diese flüchtigen Eindrücke wegwischen, die zu meiner Freude Ihrem Verstand den letzten Schliff geben und Ihr Herz abhärten, solange Sie noch Junggeselle sind. Sehen Sie sich alles an, lieben Sie, wie und was Sie wollen, und werden Sie all dessen überdrüssig. Machen Sie es nicht wie Monsieur Parangon, der sehr brav war, sehr scheu, als er heiraten wollte … seitdem jedoch … Aber Paris, das der Anmut so förderlich ist, befördert auch die Laster! Fanchette und Ihre Glückseligkeit sind mir zu wichtig, liegen mir zu sehr am Herzen, als dass ich irgendetwas versäumen wollte. In zwei Wochen werde ich abreisen. Sie sehen doch, nicht wahr, dass diese Reise notwendig ist – ein neuer Beweis meiner Freundschaft?«

Wir waren allein. Ich warf mich vor ihr nieder. Sie betrachtete mich voller Entgegenkommen … und ich gebe zu, ich war versucht, zu glauben, dass die Zärtlichkeit, die sie für mich empfand, nicht ohne Schwäche war … und dass sie mir vielleicht nicht böse gewesen wäre, wenn … Getrieben von dieser falschen (ganz gewiss falschen!) Vorstellung, küsste ich ihre Hand. Meine brennenden Lippen ließen sie erzittern. Ich umfing sie mit den Armen – dieses Meisterwerk der Eleganz und der Anmut. Sie lächelte.

»Stehen Sie auf. Diese Haltung gehört sich nicht.«

Mit den letzten fünf Wörtern gewann sie ihren vornehmen, majestätischen Ausdruck zurück. Ich war sprachlos und regte mich nicht.

»Stehen Sie auf«, sagte sie noch einmal.

Ich stand auf und setzte mich neben sie. Sie sah mir in die Augen.

»Ich lese in Ihrem Herzen. Ich weiß, woran Sie denken … und ich verzeihe es Ihnen. Ich mache Ihnen keinen Vorwurf … aus dem, was Sie denken. Mein Betragen wird Sie auf andere Gedanken bringen … Es gibt noch drei Gründe, derentwegen ich diese Reise machen möchte: Meine Schwester braucht mich, zumindest scheint es mir so; ich brauche ein wenig Einsamkeit: das Leben hier, die Anwesenheit all der Personen, denen ich hier begegne, stört mich in dem, was ich tun will und tun muss; und außerdem ist es mir ganz lieb, Ihnen für einige Zeit aus dem Weg zu gehen, denn ich will Ihnen nicht verheimlichen … aber das haben Sie gewiss schon eher bemerkt, als ich glaubte! … Diese unabwendbare Gewissheit! … Ich liebe Sie, aber als Schwester. Mein Entschluss steht fest. Vielleicht – wenn ich frei wäre … Aber keine Mutmaßungen. Sie sind das, was mir auf der Welt das Liebste ist. Mein Vater, meine Schwester sind es mir nicht mehr als Sie, denn Ihnen gehört mit diesen beiden der Platz in meinem tiefsten Herzen … Ich habe eine Bitte: Vergessen Sie niemals diese Unterhaltung, wenn Sie der Mann von Fanchette sein werden, um sie so glücklich zu machen, wie ich es gewesen wäre … mit …

Ihnen. Ich weiß, dass sich die Tugend gegen dieses Geständnis empört … Ich mache es Ihnen, nicht um einer verbrecherischen Neigung zu schmeicheln, sondern um sie auszulöschen…«

»Aber Madame, in Gottes Namen – sagen Sie mir doch, ob Sie einen Grund zu irgendwelchen Befürchtungen haben.«

»Nein, mein Befinden ist … natürlich. Aber es ist auch natürlich, dass man stirbt. Mehr kann ich Ihnen dazu jetzt nicht sagen. Eines Tages vielleicht werden wir uns darüber verständigen … sofern es nötig sein sollte. Dann werde ich Ihnen mitteilen, was Sie wissen müssen, und allergrößte Umsicht von Ihnen erbitten!«

Dieses *eines Tages vielleicht* tröstete mich. Mir schien, eine bedrohliche Krankheit sei nicht zu befürchten.

Colette erhob sich. Ich glaubte zu sehen, dass ihre Figur, die von hinten so vollkommen war wie eh und je, sich vorn ein wenig verändert hatte. Aber ich machte mir deswegen keine Gedanken. Sie lehnte sich in das offene Fenster und winkte mich heran. Zusammen sahen wir auf die Straße hinunter. Eine junge schwangere Frau ging vorüber. Colette beobachtete sie sehr neugierig und so lange, dass sie sich schließlich halb auf die Straße hinausbeugte. Ich fasste sie um die Taille und sagte: »Sie werden noch fallen!« Sie wandte sich mir zu, stützte sich auf meine Schulter und bat mich, das Fenster zu schließen. Sie läutete nach Toinette, die auch sogleich erschien.

»Gehen Sie jetzt«, sagte Colette zu mir, »Toinette und ich, wir haben noch etwas zu erledigen…«

Ich ging nach unten und hütete den Laden, bis Toinette zurückkam. Ich hatte mir vorgenommen, dem Mädchen anzubieten, sie könne einen Spaziergang machen, während ich mich um den Laden kümmerte. Aber Madame Parangons Anweisungen lauteten umgekehrt. Ich war es, den man wegschickte.

Ich ging mit ein paar Freunden, die mich beim Verlassen des Hauses sahen, etwas essen. Es waren Gaudet, Burat, der Helfer von Monsieur Bourgoin*, Colombat und der junge Nombret, der Neffe von Monsieur Antoine Foudriat. Sie nahmen mich mit zur Abendandacht bei den Franziskanern, die gerade zu Ende ging. D'Arras machte uns ein Zeichen, und nach dem letzten *Gezeter* (so nannte Gaudet das Singen) schloss er sich uns an und schlug vor, den Imbiss in den Klostergarten zu verlegen und nachher eine Partie Boule zu spielen. Es waren fast alle Franziskaner dort. Gaudet d'Arras nahm mich beiseite und sagte mir, seine Angelegenheit sei bald abgeschlossen, aber auf Anraten des Pater Guardian, seines besten Freundes, wolle er noch niemandem etwas davon sagen, außer mir. Um ihm auch mein Vertrauen zu bekunden, erzählte ich ihm von Madame Parangons bevorstehender Reise nach Paris.

»Die soll sie nur machen!«, sagte er. »Diese Reise gereicht dir zur größten Ehre! Und vergiss nicht, es gibt Leute, die dir helfen können. Unser Bündnis bleibt bestehen, wie es ist...«

Ich verstand nicht, inwiefern mir Madame Parangons Reise zu *größter Ehre* gereichen sollte ... Ob Gaudet d'Arras etwas von Manon Bourgoin erfahren hatte, deren Mutter Colette ihren Zustand wohl hatte offenbaren müssen? Er fuhr fort:

»Du weißt noch gar nicht, was ich alles für dich getan habe ... Und ich weiß nicht so recht, ob ich es dir sagen soll. Aber warum eigentlich nicht? – Erinnerst du dich an die Tage, als du hier mit Flipote zusammen warst? Also, in der gleichen Zeit hatten wir – das heißt, Madame Bourgoin – eine reizende Person aus Dijon hier, die sich in einem Liebhaber getäuscht hatte. Sie stellte ihn auf die Probe, indem sie so tat, als sei sie schwanger. Er hat sie trotzdem verlassen. Nach Rache dürstend, fragte sie mich um Rat. Ich habe hin und her überlegt. Aber mir ist, weil die Ehre ja schon verloren war, nichts Passenderes eingefallen, als ihr ein Kind machen zu lassen – von einem jungen Mann, der sie nicht sehen würde und glauben sollte, er habe mit einer anderen geschlafen ... Ich zeigte ihr dich. Und du warst ihr genehm. Flipote schlief an jenem Abend im Zimmer von Mademoiselle Bourgoin und ... es war die schöne Omphale...!«

»Großer Gott!«, rief ich.

Ich wusste nicht, was ich auf all das erwidern sollte, was Gaudet d'Arras mir da gesagt hatte. Ich verglich diese Unterhaltung mit der anderen, die ihr vorangegangen war. Aber für den Rest des Abends war ich traurig, trotz der stürmischen Freude während unserer Mahlzeit, bei der Gaudet d'Arras es an nichts hatte fehlen lassen…

»Was für ein glückliches Leben!«, wird mancher sagen. Ja, es war die beste Zeit meines Lebens. Aber die Mahlzeiten sind nicht das, woran ich mich mit Vergnügen erinnere.

Es kam der Tag von Madame Parangons Abreise – früher, als sie es mir angekündigt hatte. Vielleicht steckte eine Absicht dahinter, oder dringende Umstände hatten es notwendig gemacht, die Abreise vorzuverlegen, nämlich auf den 15. August, einen Donnerstag.

Ich stand an diesem Morgen um halb vier auf. Ich weckte Toinette, die sich fertig machte. Der Schleppkahn ging um fünf Uhr ab. Toinette begab sich zu ihrer Herrin, und ich hielt mich in der Nähe bereit, um Anweisungen von ihnen entgegenzunehmen. Toinette rief mich. Ich half beim Ankleiden … Ach, Gott! Wie anbetungswürdig war meine Colette in diesem neuen Kostüm, das vielleicht weniger gut saß, sie aber ungemein interessant machte, unter ihrem großen Hut, dessen rosaweißes Band auf ihre lilienweiße Haut abstrahlte.

Sie erließ ihrem Mann das frühe Aufstehen, obwohl er sich dazu bereit erklärt hatte. Aber der Schlaf mit seinen dicht behaarten Fingern drückte ihn zurück in die Kissen, und so schlief er denn im Augenblick der Abfahrt. Vor lauter Freude hätte ich eine Hymne auf Morpheus angestimmt, wenn die Liebe mir hierzu die Muße gelassen hätte. Wir verließen das Haus, gefolgt von Jean Lelong, Tourangeot, Bardet, Bourgoin, Loiseau und Toinette. Bourgoin lieh der interessanten Reisenden einen Arm und trug unter dem anderen ihre Tasche für die Nacht. Toinette trug den Proviant, Bardet die Flaschen, Tourangeot die Wäsche, Lelong die Kleider.

Bei dem Schleppkahn angekommen, suchten wir einen Verschlag. Der Kontrolleur und ein Gehilfe, die oft bei uns aßen (weil Monsieur Parangon wegen der häufigen Lieferungen, die er bekam oder verschickte, auf sie angewiesen war), und auch der Kapitän selbst nahmen den bequemsten Verschlag in Augenschein und überließen dann den Schlüssel der schönen Reisenden. Alle brachten ihr so viel Dienstbeflissenheit entgegen, dass sie, wenn sie das Gespräch mit mir bis zu diesem Augenblick verschoben hätte, nicht mehr dazu gekommen wäre. So sagte sie mir denn nur noch: »Zerstreuen Sie sich. Anders als bei den anderen fürchte ich bei Ihnen nur die Abkapselung. Vergnügen Sie sich in den Tanzsälen, bis Sie es satt sind: Der Ton ist übel, die Gesellschaft anrüchig, aber Einsamkeit wäre für Sie noch viel gefährlicher. Ich habe Loiseau beauftragt, Sie zu begleiten. Leben Sie wohl, mein Freund! … Bei meiner Rückkehr werden wir uns in einer aus jedem Gesichtspunkt angenehmeren Lage befinden. Aber … wir legen ab … Adieu!«

Niemand aß an diesem Abend im Haus außer mir. Wir setzten uns zu zweit an den Tisch – Toinette und ich. Nachher kam sie wieder und setzte sich neben mich. Ich ließ sie etwas lesen. Dafür, dass sie so wenig Zeit zum Lernen hatte, machte sie es sehr gut, und ich lobte sie dafür. Da gestand sie mir, dass ihr auch Madame Parangon manchmal etwas zeige und dass sie nicht bloß einen, sondern zwei Lehrer habe. Der Ausspruch bezauberte mich! Ich stahl mir einen Kuss von ihrer Wange und nahm eine ihrer Hände und hielt sie fest. Eine Schülerin von Madame Parangon – dieser Titel machte sie mir noch hundertmal liebenswerter, als sie mir schon war. Sie wollte aufstehen. Aber ich hielt sie zurück.

»Fühlen Sie sich in meiner Nähe nicht wohl?«

»Im Gegenteil – *zu* wohl! Besser, man gewöhnt sich nicht daran.«

Ein kleines, weich gestimmtes Lächeln begleitete diese hübsche Antwort. Ich ließ sie aufstehen, aber nur, um sie zum Bleiben zu bewegen, denn ihre Gegenwart war mir unentbehrlich. Ich schlug ihr vor, etwas zu schreiben.

Die Spitzbübin, die auch bei Madame Parangon gelernt hatte, seit ich sie ein wenig vernachlässigt hatte, lächelte und holte dann ihr Blatt herbei. Sie legte es mit der weißen Seite nach oben und bat mich, ihr eine Aufgabe zu stellen. Lachend griff ich nach der Feder und schrieb etwas, von dem ich dachte, es werde sie in tiefe Verwirrung stürzen.

Exemple pour Toinette Dominé

Aujourd'hui 15 auguste, le soleil s'est ici couché à cinq heures du matin. L'entendra qui pourra, car je n'en dirai pas davantage.

> Aufgabe für Toinette Dominé. Heute, am 15. August, ist die Sonne um fünf Uhr morgens untergegangen. Verstehe das, wer kann, denn ich werde nichts weiter dazu sagen.

Nun nahm sie die Feder, und ich lächelte. Doch dann sah ich voller Überraschung, dass sie dies alles ganz ordentlich abschrieb! Als sie mit dem Wort *davantage* fertig war, sagte sie in kindlichem Ton zu mir: »Aber Sie dürfen mir jetzt nicht weiter dabei zusehen. Sonst zittert mir die Hand.«

Ich zog mich zurück und ging an die Tür zur Straße. Als ich zurückkam, fand ich sie noch immer voller Eifer beim Schreiben. Ich sah ihr heimlich über die Schulter und las zuerst, was ich ihr als Aufgabe gestellt hatte. Danach erst sah ich zu meinem Erstaunen, dass sie etwas hinzugefügt hatte:

> J'antans bien l'ainigme: car ça veut dire, que Madame Parangon est aujourd'hui partie d'ici à 5 heures du matin par le coche…

> Ich värsteh das Rähtzel gut: denn es will sagen, dass Madame Parangon heute Morgen um 5 Uhr mit dem Schleppkahn abgereist ist.

Sie drehte sich um, sah zu mir hoch und sagte: »Sie haben gelauert! Stimmt's? In Rechtschreibung bin ich nicht so gut. Aber besser kann ich's nicht.«

»Schreiben Sie nur weiter«, sagte ich. »Ich gehe noch einen Moment vor die Tür. Und lassen Sie niemanden Ihr Blatt lesen, falls jemand zurückkommt.«

Sie schrieb noch immer, als ich zurückkehrte. Da unterbrach sie ihre Arbeit, saß nun ganz gerade da und sah mich an. Sie war so hübsch! Ich war jung – und selbst die Rührung, die man in diesem Alter verspürt, selbst ein zärtliches Sehnen kann wie ein Reizmittel auf die Sinne wirken.

Ich nahm Toinette auf den Schoß. Sie blieb, und ich küsste sie. Sie hielt mir ihre Wange hin. Ich spürte jenes heimliche Beben, welches das Verlangen nach dem Genuss erregt. … Ich nahm das junge Mädchen in die Arme und drückte es. Ich wusste, wie feinfühlend sie war. Die Wirkung entsprach meiner Erwartung: Die liebenswürdige Dominé geriet in einen Rausch. Da wollte ich…

Ein Geräusch an der Haustür nötigte mich, innezuhalten. Ich lief hin. Es war Tourangeot, der, vom Wein beduselt, ins Haus wollte. Ich ließ ihn herein und geleitete ihn mit Toinettes Hilfe in seine Kammer. Dabei hatte ich Zeit, nachzudenken – und Toinette ebenso. Als wir in den Saal zurückkehrten, machte sie ein ernstes Gesicht.

»Was haben Sie denn, Toinette?«

»Ich habe … nichts … aber sagen Sie mir im Ernst, Herr Lehrer? Wie kommt es, dass ich, wenn Sie mich berühren, in einen Zustand gerate … den ich noch nie erlebt habe? Irgendwie ist er sehr angenehm, aber es greift mir ans Herz, und dann macht es mich traurig…«

Ich konnte ihr das nicht richtig erklären. Ich wusste selbst nicht, woher die Wirkung rührte, die ich kannte. Inzwischen weiß ich es. Dieses junge Mädchen liebte mich mehr, als sie selbst ahnte, und – um mich mit einem einzigen Wort auszudrücken – *emittebat**, sobald ich sie umarmte und küsste … Damals sagte ich ihr, es sei ein Beweis ihrer Freundschaft, den sie mir da gebe. Was sie tröstete.

Am 24. Dezember, dem Tag vor Weihnachten, nachdem ich erfahren hatte, dass Madame Parangon noch nicht ankommen würde, begab ich mich nach Sacy, wo ich bis zum 27. blieb. Nach meiner Rückkehr geschah es dann, dass ich meine Vorsätze, soweit sie Toinette betrafen, aufgab.

Gewiss, ich kam geradewegs aus dem Haus meines Vaters, aber während der sieben Meilen, die ich voller Schwung zu Fuß gelaufen war, hatte ich mich an amourösen Phantasiebildern berauscht. Trunken von jener Wonne, die alles, was stark und gut gebaut ist, großartig aussehen lässt, kam ich zurück. Toinette empfing mich wie einen Bruder, und ich begrüßte sie wie eine Schwester. Ich wärmte mich in ihrer Nähe, nachdem ich aus ihrer Hand einen Becher Wein mit Zucker empfangen hatte – um »meinen Atem aufzutauen«, wie sie es ausdrückte. Ein unbekanntes Feuer kreiste in meinen Adern. Ich küsste sie. Vier Tage lang hatten wir uns nicht gesehen, und sie sperrte sich nicht. Bald jedoch wurde ich hitziger und umso gefährlicher, als ich sie diesmal nicht bedrängte, wie ich es bei anderen Gelegenheiten getan hatte. Sie hegte keinerlei Misstrauen, mich aber erfüllte ein unbändiges Verlangen. Sie stand auf. Ich wartete auf meine Gelegenheit und stellte ihr ein Bein. Sie stolperte und wäre gefallen, hätte ich sie nicht aufgefangen. Und ich nutzte meinen Vorteil…

Toinette war, wie man weiß, gegen einen derartigen Angriff machtlos. Entschlossen, zu triumphieren, trieb ich ihren Taumel auf die Spitze, indem ich meine Lippen auf ihren Kirschenmund heftete. Sie stieß einen tiefen Seufzer aus und gab sich hin … Gewalt war nicht im Spiel, sie wehrte sich nicht. Allmächtiger Gott, mit was für unbeschreiblichen Wonnen hast du die Fortpflanzung unseres Daseins umgeben! Toinette war in eine wollüstige Trunkenheit gesunken. Die engen Pforten des Tempels, vom Balsam der Lust geschmeidig gemacht, gaben, wie bei Jungfrauen, nur langsam nach. Aber wie sie nachgaben, das war umso köstlicher. Schließlich löste er sich – der Blitzschlag des Glücks, und zurück blieb nur die dunkle Wolke des Schuldgefühls mit all ihrem düsteren Schrecken…

Toinette hatte es so heftig gepackt, dass, als sie wieder zu sich kam, noch immer ein verlockendes Sehnen über ihrem Gesicht und in ihren Augen lag. Die Wut, zu genießen, überkam mich von neuem. Toinette, flehend und verwirrt, gab sich hin, statt sich zu wehren – mit der Kraft einer zweiundzwanzigjährigen starken, gut gebauten Frau, wobei sie tiefe Seufzer und dazwischen unartikulierte Schreie ausstieß. Sie versteifte sich, umfing mich mit ihren Armen, war ganz außer sich … Schließlich entschlüpften ihr einige zärtliche Worte. Jemand läutete nach ihr. Getrieben von der Furcht, man hätte sie ertappt, raffte sie sich auf.

Ich hoffte, sie nach dem Abendessen trösten zu können, indem ich ihr die ganze Hochachtung zeigte, die ich für sie empfand. Alle gingen hinaus, auch Bardet. Wir blieben allein zurück. Ich nahm Toinette auf den Schoß und küsste sie.

»Ich liebe Sie von ganzem Herzen, mein liebes Mädchen. Werden Sie mir verzeihen?«

»Aber ja, das habe ich schon. Ich kann Ihnen nicht mehr vorwerfen als mir selbst.«

Ich küsste sie von neuem und versuchte noch einmal, den Sieg zu erringen. Aber Toinette sagte zu mir: »Bedenken Sie – Sie wären verloren, wenn das Unglück es wollte, dass jemand zurückkäme.«

»Und Sie? Sie sagen gar nichts über sich!«

»An mich habe ich gar nicht gedacht.«

»Ach, Toinette! Ich habe Sie besessen! Das war einer der glücklichsten Augenblicke meines Lebens. Ich habe dich besessen, mein liebenswürdiges Mädchen! Ich habe ein Vergnügen genossen, das Potentaten gar nicht kennen. Du bist ganz und gar vollkommen. Glaub nicht, dass ich auf deinen Besitz nun verzichten könnte. Es ist einfach zu köstlich!«

»Ich habe mich hingegeben«, sagte sie. »Ich habe gespürt, dass es sein musste – sonst hätte ich Sie in … in einer Art von Raserei zurückgelassen – denn Sie waren … oh je, zum Fürchten! Ich habe mich hingegeben, weil ich nicht mehr die Kraft hatte, mich zurückzuhalten. Immer schon wollte man wissen, wie das ist. Jetzt weiß ich es. Ich dachte immer, ich würde es nicht erfahren, bevor ich heirate.

Ich würde vor Kummer sterben, wenn nicht Sie derjenige wären … Alles in mir hat mich im Stich gelassen, damit ich mit Ihnen einig werden konnte … Nie werde ich Ihnen irgendwas verweigern. Deshalb bin ich Ihnen auch nicht böse. Aber ich bitte Sie – lassen Sie uns nicht zwei elende, gewissenlose Leute sein, die sich der Ausschweifung hingeben! Halten wir unsere Körper in Ehren, und wenn wir noch einmal erliegen, dann nur durch Überwältigung, aber nie aus freiem Entschluss…« (So Toinettes Gedankengang – aber was bei einer Heldin des jüngeren Crébillon* der reine Hohn gewesen wäre, war bei ihr nur tugendhafte, rührende Arglosigkeit.)

Von nun an errötete ich jedes Mal, wenn ich Toinette sah. Ich verhielt mich ihr gegenüber aufmerksamer und zurückhaltender – fast möchte ich sagen: respektvoller. Mit diesem Betragen gewann ich ihre volle Wertschätzung zurück, die durch meine Vermessenheit zweifellos geschrumpft war.

Am 17. Januar gegen Mittag ging ich zum Essen nach unten – in Gedanken noch immer bei den Freuden des Vortags, wobei ich mir vornahm, sie an diesem Abend zu erneuern. Doch ganz andere Ereignisse erwarteten mich. Man stelle sich meine Überraschung und meine Freude vor! Ich erblickte Madame Parangon, die vor einer guten Stunde zurückgekehrt war! Ich bebte und war einer Ohnmacht nahe. Ich kam wieder zu mir – schon wegen all der Leute – und begrüßte die schöne Dame, die ein wenig blass war. Sie war sehr freundlich zu mir, aber es herrschte ein solches Gedränge, dass wir nur über allgemeine Dinge sprechen konnten.

In meinen Heften habe ich die Unterhaltung notiert, die wir dann am Abend hatten. Noch nie, so scheint mir, hatte sie mir gegenüber einen so sanften – ich möchte fast sagen: zärtlichen Ton angeschlagen. So lange hatten wir uns nicht gesehen! Ich war entzückt.

»Meine Reise nach Paris ist glücklich verlaufen – in mehr als einer Hinsicht. Dabei hatte ich mir solche Sorgen wegen des Ausgangs gemacht. Aber es ist alles gut gegangen. Eines Tages werde ich Ihnen sagen, was ich damit meine. Aber was Sie betrifft, so habe ich etwas erfahren, das mich sehr erstaunt hat. Ein altes Fräulein aus Versailles kam zu mir in das Haus, in dem ich wohnte, solange ich mich nicht bei meinem Bruder aufhalten konnte. Sie hatte ein kleines Mädchen von ungefähr fünf Jahren bei sich – so niedlich, dass ich es gleich liebgewann. In diesem Haus kannte man sie nur unter dem Namen Madame Salocin aus der Umgebung von Gicours* – so viel Vorsicht musste sein. Das alte Fräulein fasste Vertrauen zu mir, und ich hatte das Gefühl, dass ich gut mit ihr auskommen würde. Das Kind war ihre Tochter, obwohl sie immer von ihrer Nichte sprach, und sie hatte es von einem heißblütigen jungen Mann, der darauf besteht, dass man ihm alles gewährt, was er begehrt, den man aber trotz seiner Fehler und gegen alle Vernunft dennoch gernhat. Da auch ich einen falschen Namen trug, Madame de Demnod aus Nomverten*, was klang, als läge dieser Ort in Deutschland, nannte mir das alte Fräulein ihren richtigen Namen: Marguerite Pâris.«

»Marguerite!«, rief ich.

»Ja, sie hat einiges Vermögen, und alles ist so geordnet, dass es ihrer Tochter, die ja auch die Ihre ist, an nichts fehlen wird.«

»Ach, Madame, was für eine erfreuliche Nachricht. Ich bin ganz außer mir.«

»Auch mir ist dieses Kind lieb und teuer. Ich habe der Mutter gesagt, ich würde ihrer Tochter eine zweite Mutter sein, und wir haben vereinbart, dass ich dieser Tochter eines Tages eine Gefährtin geben würde.«

»Ach, Madame, in Ihnen hat Gott ein Meisterwerk geschaffen! Ich verdanke Ihnen alles, und nie werde ich meine Schuld Ihnen gegenüber begleichen können.«

»Da wäre ich Ihnen aber sehr böse! – Sie werden sie begleichen, indem Sie meine Schwester glücklich machen. Alles, was Sie mir schulden, trete ich an Fanchette ab und füge es all dem hinzu, was sie selbst an Verdienst mitbringt. Sie brauchen nicht zu fürchten, dass ich mich wegen Ihrer kleinen Intrigen groß beschweren werde. Lieber lasse ich die Leine locker, dann laufe ich nicht Gefahr, dass Sie sie zerreißen. Sie gleichen jetzt den anderen jungen Leuten, und eines Tages werden Sie weniger hochmütig sein.« (Wie gut diese Frau mein Herz kannte! Dieser Satz war schrecklicher und wirksamer als alle Vorwürfe!)

»Aber seit Ihrer Abreise arbeite ich nicht mehr, Madame. Ich habe meine Bücher nicht mehr aufgeschlagen. Verschwendung und leere Vergnügungen haben mich davongetragen.«

»Immerhin ein ehrliches Geständnis! Aber was würde eine andere Frau, als Herrin des Hauses, in dem Sie wohnen, über Toinette sagen? Haben Sie etwa geglaubt, sie würde mir das verschweigen?«

Mit dieser Wendung des Gesprächs hatte ich nicht gerechnet. Ich war bestürzt.

»Ich weiß nicht recht, wie Sie über mich denken«, fuhr Madame Parangon fort. »Bestimmt halten Sie mich für nachsichtig – für viel zu nachsichtig, nach dem, was gestern geschehen ist! Wer könnte Ihnen das verzeihen? Sagen Sie es mir, wenn Sie jemanden kennen.«

»Derjenige und diejenige, die mein Herz wirklich kennen, Gott und Sie.«

»Mir gefällt diese Antwort – wie alles, was von dir kommt. Von aller Welt verleumdet werden außer von Gott und von mir. Ich weiß, und hieran gibt es für mich keinen Zweifel, dass es in Ihrem Handeln keinerlei böse Absicht und keine Zügellosigkeit gibt. So habe ich es heute Morgen auch der reumütigen Toinette gesagt: Gott ist der Einzige, der hier nicht beleidigt worden ist. In diesem Punkt bin ich der gleichen Meinung wie Gaudet d'Arras. Ich mache einen Unterschied zwischen den Verbrechen gegen die Natur und Fehlern, die nur gegen die von Menschen geschaffenen Einrichtungen verstoßen. Solche Fehler können einem Herzen wie dem Ihren nichts anhaben. Toinette hat Schaden genommen – aber ich bin da, um diesen Schaden wiedergutzumachen. Das habe ich mir für mein ganzes Leben vorgenommen – die Übel, die Sie verursachen, zu lindern oder zum Guten zu wenden. Wenn meine Toinette Mutter wird, werde ich dafür sorgen, dass es für sie ein Glück wird und kein Schaden. Ich kenne Ihr Herz: lebhafte Leidenschaften, ein Werk der Natur, aber nie böse, verderbte Absichten. Was Sie getan haben, war immer noch ein kleineres Übel, verglichen mit dem, was gewesen wäre, wenn Sie sich Ihrer Tat enthalten hätten.«

Seit den Worten *Mir gefällt diese Antwort – wie alles, was von dir kommt* kniete ich, den Kopf auf meinen Schutzengel gestützt, das Gesicht in ihrem Schoß vergraben, hingerissen, und nur noch Schamhaftigkeit und Unschuld verströmend. Ich wollte ihr meine Dankbarkeit bezeugen, als ich hörte, wie die Halbtür geöffnet wurde. Ich nahm ein Licht mit. Tourangeot kehrte zurück. Madame Parangon behielt ihn bei sich – zweifellos, um ihn wegen Toinette zu schelten. Mich schickte sie fort.

Ich glaube, außer ein paar Kleinigkeiten habe ich nichts von dieser Unterhaltung vergessen, an die ich mich heute, am 7. Juli 1794, beim Setzen wieder erinnerte.

Eines Tages im April war ich in meine holzgetäfelte Kammer am Ende des Speichers hinaufgestiegen und wollte, bevor ich wieder nach unten ging, noch einen Blick aus dem Fenster werfen, das auf den äußeren Hof und den Garten der Franziskaner hinausging. Ich bewunderte die knospenden Blumen und die Herrlichkeit der aufsprießenden Pflanzenwelt, als ich hinter mir auf dem Speicher Schritte hörte. Es waren Toinette und Marote (Letztere war, wie man sich erinnert, die junge, hübsche Kammerfrau der Fräulein Baron). Sie wollten die Wäsche abhängen und sahen mich nicht. Ich war neugierig und wollte hören, was sie miteinander zu tuscheln hatten.

»Hier die Hemden von Mademoiselle Madelon«, sagte Marote. »Seit ihrem Tod hat sie niemand mehr angezogen. Ihre Schwestern haben Angst, sie zu benutzen.«

»Die sind doch noch sehr gut!«, sagte Toinette.

»Die brauchen sie mir nur zu geben«, erwiderte Marote, »ich

ziehe sie sofort an. – Hier oben habt ihr einen, der sie sehr geliebt hat und den sie auch sehr geliebt hat.«

Toinette: »Ach, Monsieur Nicolas?«

Marote: »Genau der. Er hat ihr Briefe geschrieben. Sehr geistreich! Das reimte sich wie in einem Lied.«

Toinette: »Er kann gut schreiben!«

Marote: »Zeigt er dir nicht auch, wie das geht?«

Toinette: »Doch, und er macht das sehr gut. Mit meinem Holzkopf habe ich es nie gelernt. Aber bei ihm ging es wie von selbst.«

Marote: »Da kannst du froh sein!«

Toinette: »Nicht so ganz.«

Marote: »Was soll das heißen: ›nicht so ganz‹?«

Toinette: »Ach, ich versteh mich schon ziemlich gut mit ihm.«

Marote: »Und warum dann – ›nicht so ganz‹?«

Toinette: »Was hast du davon, wenn ich es dir sage? … Und wenn man plötzlich ungewollt zusammengehört?«

Marote: »Ach, das ist es also? Na, denn! – Ich hätte auch gern so ein Verhältnis. Schon um zu sehen, wie das ist. Denn meine arme, liebe Herrin selig sagte immer, es wäre ganz süß!«

Toinette (für sich): »Und ziemlich bitter!«

Marote: »Ja, das glaube ich gern, Toinette – denn zwei- oder dreimal habe ich sie weinen sehen. Du hast recht, Mädchen! Aber was macht das schon? Man weint bloß ein paarmal. Trotzdem würde ich gern wissen, wie das ist…«

Während ich den beiden Mädchen aufmerksam zuhörte, warf ich von Zeit zu Zeit einen Blick in den äußeren Garten der Franziskaner. Etwas bewegte sich zwischen den Schwaden oder Bündeln abgeschnittener Weinranken, die unter dem Kreuzgang gestapelt lagen. Ich versuchte zu erkennen, was da vor sich ging – aber erst, als eine Anzahl dieser Bündel herabgefallen waren, sah ich klar und deutlich vor mir … Gaudet d'Arras, der seit zwei oder drei Tagen aus Troyes zurückgekehrt war und dessen Frau krank daniederlag, und bei ihm Goton, die Kammerfrau von Mademoiselle Hollier! Amor hatte die beiden in seiner Gewalt. Und ich war hingerissen von diesem Anblick. Ich verfiel in einen Freuden- und Sinnestaumel. Aber was tun? Mit zwei Mädchen, die hier in der Nähe waren? Ich rief nach dem Mädchen aus unserem Haus. Toinette und Marote stießen beide einen Schreckensschrei aus! Als sie dann meine Stimme erkannten, kamen sie zu mir.

Ein Balken teilte das Dachfenster in zwei Hälften. Ich wollte Marote wegschicken und sagte, jemand habe nach ihr gerufen. Aber diese Schelmin hatte gesehen, wohin meine Blicke gewandert waren. Und was sie sah, als sie ihnen folgte, fand auch sie faszinierend. Sie nahm die andere Hälfte des Fensters in Beschlag. Ich überließ Toinette meinen Platz am Fenster, die anstelle ihrer Freundin nach unten hatte gehen wollen … – Ich wusste nicht, was ich tat. … Man konnte nichts und niemanden erkennen. Aber Toinette ahnte etwas. Sie wollte sich zurückziehen. Da packte ich sie. Sie sah, was ich vorhatte, und wandte sich wieder dem Fenster zu. Ich versuchte einen Angriff, aber sie traf ihre Vorsichtsmaßnahmen. Währenddessen verschlang Marote die schemenhaften Vorgänge, die sich unten abspielten, mit ihren Blicken.

»Kommt doch mal«, sagte sie, »und seht euch an, was ich sehe!«

Toinette reckte den Kopf, und Marote zeigte ihr etwas mit dem Finger. Die Liebesraserei hatte mich gepackt. Am liebsten hätte ich mich auf Toinette gestürzt … Aber sie vor Marote bloßstellen … Während ich mir vorkam wie ein Besessener, wackelte die neugierige Marote hin und her und vollführte mit ihrem Hintern wer weiß wie viele verschiedene Bewegungen. Eine dieser Stellungen war so verlockend, dass ich nicht widerstehen konnte. Ohne dass sie es merkte, entblößte ich sie bis über die Hüften und ging, nachdem ich meine Ausmaße angenommen hatte, so plötzlich zum Angriff über, dass ich über diese Jungfrau triumphierte, die dabei vor lauter Schmerz einen Schrei ausstieß.

»Ruhig!«, sagte ich und hielt sie so fest, dass sie sich nicht rühren konnte. »Helfen Sie mir, dann wird es Ihnen Freude machen.«

Vor lauter Ergriffenheit konnte sie nichts sagen. Ihre Knie gaben nach, als sie eine neue Empfindung herannahen fühlte. Sie überließ sich ihr. Ich stützte sie. Schließlich stammelte sie: »Toinette! … Zu Hilfe! … Zu Hilfe!« Aber Toinette war abgelenkt und verstand sie nicht. Ich war dem Sieg nahe. Da ließ sich Marote, die nun mitmachte, in einen Haufen Altpapier fallen, wo das Opfer vollendet wurde. Sie blieb ein paar Minuten regungslos liegen und kam erst wieder zu sich, als ich einen neuen Vorstoß unternahm … Gleich danach stand sie auf und wandte sich wieder ihrer Wäsche zu, tief beschämt und in einer Verwirrung, die sie in diesem Moment noch tausendmal aufreizender machte…

Schließlich besann sich Toinette doch wieder auf ihre Gefährtin, und als sie sie nicht sah, verließ sie das Fenster, wobei sie sich Mühe gab, ihre Erregung zu verbergen. Ich näherte mich ihr. Zwischen der Wäsche konnte uns niemand sehen. Ich gab ihr einen Kuss.

»Ach, lassen Sie mich in Ruhe!«, sagte sie.

Gerade als sie dies sagte, rief Berdon nach Marote, die sich sogleich auf den Weg machte. Ich lief ihr nach, küsste sie und sagte: »Das bleibt unter uns!«

»Ach, Sie Bösewicht. Ich weiß schon, dass man über so was nicht spricht. Aber Sie – Sie tun es!«

Sie ging rasch nach unten, und ich kehrte zu Toinette zurück, die sich wieder dem Fenster zugewandt hatte. Ich sah auch hinaus und erblickte Gaudet d'Arras, wie er, aufrecht stehend, mit Goton scherzte. Große Ulmen, an denen die Blätter zu sprießen begannen, verhinderten, dass er uns sehen konnte, und er muss wohl geglaubt haben, dass sie in der umgekehrten Richtung die gleiche Wirkung hatten. Ich hustete – und er erkannte mich und ahnte wohl, dass ich ihn warnen wollte. Die beiden verschwanden. Ich verließ meinen Ausguck und nahm Toinette bei der Hand, die sich bereitwillig zu meiner Liege führen ließ, wo ich sie dann mit einem Eifer und einer Hingabe nahm, die bei ihr jeden Zweifel zerstreut hätte, wenn sie denn einen solchen gehegt hätte. Das war es, was ich gewollt hatte, und außerdem, dass sie verschwiegen blieb, wenn ihre Gefährtin wieder auftauchen würde. Toinette hatte sich mir noch nie so ganz und gar hingegeben wie diesmal. Ihre Aufwallungen waren noch stärker als meine. Trotzdem war sie es, die Marote kommen hörte. Blitzschnell stand sie auf und verließ meine Kammer. Zum Glück konnte Marote, die schon wieder oben war, hinter der hängenden Wäsche nichts sehen. Ich folgte Toinette, hielt sie am Rock fest und nötigte sie, die Treppe ein paar Stufen hinunterzusteigen und laut stampfend wieder heraufzukommen.

»Wenn es dem guten Ruf nützt«, sagte ich zu ihr, »kann ein bisschen Raffinesse nicht schaden.«

Danach kehrte sie allein auf den Speicher zurück.

Ich aber ließ mir die Gelegenheit nicht entgehen, zu lauschen, was sie einander zu sagen haben würden und ob vertrauliche Mitteilungen dazugehörten. Aber es war verlorene Zeit. Diese beiden Mädchen, die eine Stunde zuvor so munter miteinander geplaudert hatten, fanden ihre Sprache nicht wieder. Ohne ein Wort zu sagen, gingen sie ihrer Arbeit nach, diese auf der einen Seite des Speichers, jene auf der anderen.

Bardet, den ich heraufkommen hörte, nötigte mich, meinen Posten zu verlassen. Ich machte mich wieder an meine Arbeit. Ungefähr eine Viertelstunde später kam Bardet an meinen Platz und sagte ganz leise zu mir: »Eben habe ich Toinette und Marote geholfen, sich ein bisschen zu entspannen. Ich weiß nicht, was die beiden haben. Sie sagen keinen Ton, und die Tränen fließen ihnen beiden aus den Augen. Aber sie weinen nicht gemeinsam – die eine weiß nicht, dass die andere weint. Als sie merkten, dass ich sie beobachtete, tat Toinette so, als würde sie lachen, und Marote sagte zwei- oder dreimal zu mir: ›Mein Gott! Was ist das für ein Rauch hier! Sehen Sie doch mal auf dem Dach nach, Monsieur Bardet, woher er kommt!‹ Und dann wischte sie sich wieder die Augen. Ach, ich gäbe mein halbes Leben, um Toinette ihren Kummer zu ersparen.«

Am Nachmittag traf ich Toinette noch einmal auf dem Speicher.

Ich küsste das hübsche Mädchen und fühlte mich noch mehr als am Morgen geneigt, ihr die Gunst rauben, von der ich nicht genug bekommen konnte. Sie bemerkte es.

»Ich wehre mich«, sagte sie zu mir, »aber glauben Sie nicht, ich könnte mit meinen Kräften gegen Sie etwas ausrichten! Nein, ich bin so schwach, dass ich mich niemals gegen Sie wehren könnte, wenn mich nicht noch tausend Befürchtungen umtrieben. Madame Parangon kann heraufkommen, um nach ihrer Wäsche zu sehen. Bardet, der mich unablässig beobachtet, kann auftauchen. Es kann sein, dass man Sie braucht, und nach Ihnen suchen lässt.«

»O, meine Liebe!«, sagte ich. »Möge mir das Herz vor lauter Bitterkeit vertrocknen, wenn ich dich je vergessen sollte! ... Ich werde nicht dein Ehemann sein – die Gründe hierfür kennst du so gut wie ich, aber dein Freund und dein Bruder werde ich sein, bis zu meinem letzten Atemzug!«

»Dann gehen Sie jetzt«, antwortete sie und gab mir einen Kuss, »denn mit diesen Versprechen haben Sie mich glücklich gemacht.«

Ich küsste sie mehrmals, aber wie ein Bruder. Sie hatte soeben die stürmischen Leidenschaften besänftigt, die der Morgen durch den Anblick von Gaudet d'Arras und Goton bis zur Raserei gesteigert hatte. Aber ich muss zugeben, es gab noch einen anderen gewichtigen Beweggrund für meine Zurückhaltung: Ich sah, dass Bardet unsterblich in Toinette verliebt war, und langsam kam ich mir vor wie der schlimmste Unhold von allen – meiner Freundin einen ehrenhaften Platz im Leben zu verbauen oder meinen Freund zu erniedrigen, indem ich mich wissentlich mit seiner Zukünftigen amüsierte. Es war das letzte Mal, dass ich Toinette besaß. Ich verließ sie, um wieder an meine Arbeit zu gehen. Was sie betraf, so bin ich nicht eidbrüchig geworden. Heute, am 28. August 1794, liebe ich sie noch mehr, als ich sie damals geliebt habe. Ich denke an sie voll zärtlicher Liebe, ich segne sie und ich beweine sie – und nicht nur sie, sondern auch all die anderen, die ich in dieser ebenso genauen wie gestrengen *Anatomie meiner selbst* meine Freundinnen genannt habe.

Abends war ich einer der Zeugen von Gaudet d'Arras – nicht wegen des Vertrages oder bei der Eheschließung, sondern nur wegen der öffentlichen Bekanntmachung dieser Letzteren, die schon im Jahr zuvor heimlich geschlossen worden war. Während eines Gesprächs unter vier Augen kam ich auf den Morgen zu sprechen, aber ohne zu sagen, dass ich ihn erkannt hatte.

»Das war ich«, sagte er sogleich, »im Gewand von Saint-Hermine, das ich bei Goton noch einmal anziehen wollte, um meine Geilheit zu entflammen. Mir kommt es vor, als würde ich unter der Kutte noch stärker oder wüster.«

Mir missfiel, was er da sagte: Mit so wenig Anstand hatte er noch nie zu mir gesprochen. Aber gerade das war es, was mich dazu ermunterte, ihm mein Attentat auf Marote als sein Werk zum Vorwurf zu machen. Er fiel mir um den Hals.

»Umso besser, mein Freund!«, sagte er. »Wenn sie schwanger wird, bin ich zur Hälfte beteiligt und werde mich um das Kind kümmern ... Was mein Abenteuer von heute Morgen angeht – na, ja, so ist das eben. Du weißt doch selbst, wie uns das Wesen, das wir gerade vor uns haben, in Bann schlägt, oder etwa nicht?«

So dachte dieser Mann, dessen einst glückliches Naturell durch seinen langen Aufenthalt bei den Mönchen gründlich verdorben war. Ein paar Tage später begab er sich mit seiner Frau nach einer Stadt in Flandern, wo er sich als Parlamentsrat betätigte. So übertraf das Schicksal seiner Frau Manon noch deren kühnste Hoffnungen. Später haben wir uns gelegentlich noch geschrieben – bis zu dem grausamsten Verlust, der mich je getroffen hat. Seitdem hat er mich vergessen – oder ich ihn ... Ja, ich war es, denn sein letzter Brief ist unbeantwortet geblieben. Und er wusste nicht, wo er mich hätte finden können. Als ich anfing, Bücher zu schreiben, hat er mich unter dem Namen *La Bretonne,* hinter dem ich mich versteckte, nicht erkannt. In meinem *Pornographe** glaubte er mich zu erkennen, und in meinem Roman *Der verführte Landmann** fand er mich wieder. Im Jahre 1776 kam er nach Paris, um mir zu helfen – zwei Monate nachdem der *Landmann* erschienen war. In Valenciennes wurde er krank und starb in einem Dorf, das noch zwei Meilen weiter entfernt lag. Als er den *Verführten Landmann* las, sagte er über mich: »Jetzt ist er endlich das geworden, was ich erwartet hatte! Ganz allein und ohne Hilfe! Ach – wenn *SIE* das noch erlebt hätte! Ich werde ihm nicht schreiben, aber ich werde ihn finden…«

Mein Unglück hat es ihm verwehrt – denn er hatte sich sehr verändert! Trotz einer ganz und gar wahrhaftigen Freundschaft blieb ich immer unglücklich … In diesem Moment zahle ich meinem lieben Gaudet d'Arras einen hohen Tränenzoll. Wie froh wäre ich, wenn ich ihn heute sehen könnte! Mit welcher Hingabe würde ich ihm dieses Werk hier vorlesen – das wichtigste von allen, die ich veröffentlicht habe. Aber er ist nicht mehr.

Der 8. Mai war der letzte Tag meiner Lehrzeit. Meine lieben Eltern waren anscheinend schon früher von Monsieur Parangon unterrichtet worden, der mir fast vier Monate von meiner Lehrzeit erließ. Sie waren am Abend vorher gekommen und hatten mir einen Sommeranzug aus grauem Kamelhaar mitgebracht, dessen Knöpfe mit Goldlitze umsponnen waren. So wurde Christi Himmelfahrt 1755 für mich zu einem Freudentag. Madame Parangon gratulierte mir als Erste.

»Monsieur Nicolas, nun sind Sie Ihr eigener Herr.«

»Aber nur, um mich noch ausgiebiger Ihren Anweisungen zu widmen«, entgegnete ich.

Toinette, die ich nachher sah, beglückwünschte mich mit Tränen in den Augen.

»Sie gutes, liebenswürdiges Mädchen«, sagte ich zu ihr, »bald wird es mir so leidtun, dass ich nicht mehr im selben Haus wohne wie Sie!« Denn die Arbeiter, mit Ausnahme des Werkstattleiters, wohnten zur Pension in der Stadt.

Dann erschienen Bourgoin und Loiseau.

»Guten Tag, Herr Kollege!«, sagte der Werkstattleiter zu mir.

»Einen guten Tag dem neuen Meister!«, sagte Loiseau.

»Guten Tag, meine Freunde! Jetzt bin ich Geselle! Aber mir ist, als würde das kein glücklicher Tag – für mich. Ich frage mich, ob ich nicht lieber bis zu dem Tag bleiben sollte, der in meinem Lehrkontrakt steht, oder wenigstens bis zum 14. Juli, dem Tag, an dem ich gekommen bin.«

Monsieur Parangon hörte das und sagte lachend: »Jedenfalls kann niemand sagen, dieser Lehrling würde sich über seinen Meister oder seine Lehre beklagen.«

»Armer Loiseau«, meinte Bourgoin, »jetzt müssen Sie auch noch die vielen Arbeiten übernehmen, die er sich immer vorbehalten hat!«

»Es wird mir eine Ehre sein. Monsieur Nicolas hat sie geadelt.«

Dann sah ich all die Arbeiter kommen, bei denen mir die Freundschaft Madame Parangons Ansehen verschafft hatte, und ich lud sie zu einem Essen bei Monsieur Chambonnet ein, dem Färber, bei dem auch mein Vater und meine Mutter untergekommen waren.

Am 9. Mai kam Monsieur Parangon herauf und erklärte mich zum Gesellen. Gleichzeitig teilte er meinen Lehrlingskollegen Bardet und Tourangeot mit, sie sollten mich in Zukunft mit *Monsieur* ansprechen. Ich berichte von diesen alltäglichen Kleinigkeiten, um ein Bild von den Sitten im Druckgewerbe zu geben, wie sie sich in der Provinz damals noch erhalten hatten. Heute sind diese Gebräuche überall im Verschwinden begriffen. Man würde sich schämen, sie weiter zu pflegen – wenn man sich die Rohlinge ansieht, die die Druckkunst seither auf den Hund gebracht haben. Mit dem Ende meiner Lehrzeit schien mich das Glück im Stich zu lassen, wie man bald sehen wird.

Eine Stunde war vergangen, in der wir Abschied voneinander genommen hatten. Vom Uhrturm schlug es zehn.

»Früher«, sagte ich zu Madame Parangon und schloss dabei die Halbtür zwischen ihr und mir, »kehrte ich um diese Zeit zurück. Heute gehe ich um diese Zeit davon…«

Diese einfachen Worte machten uns beiden das Herz schwer.

Während sie ihre Tränen verschluckte und mir die Hand drückte, sagte sie: »Wie unerbittlich das klingt! – Küssen Sie noch einmal Ihre Fanchette…«

Das liebenswürdige Mädchen kam an die Halbtür, deren unterer Teil nicht wieder geöffnet wurde, und bot mir ihren hübschen Mund, den ich noch nie geküsst hatte. Ich bebte. Ich zitterte. Ich habe ihn mir genommen, diesen süßen Kuss, und das köstliche Beben, das er auslöste, durchströmt all meine Nerven auch noch vierzig Jahre später.

Ich verließ die beiden Menschen, die mir die liebsten auf der Welt waren – ich verließ sie für immer. In diesem Augenblick, mein Leserfreund, habe ich alles verloren – und war doch erst zwanzig Jahre alt.

Nach dreißig Schritten wandte ich mich um. Sie standen noch an der Tür, aber ich sah nur etwas Weißes.

»Sieht es nicht so aus«, sagte ich zu meinem Vater und ergriff seine Hand, um ihn anzuhalten, »als wenn Madame Parangon mit einem Leichentuch bedeckt wäre? Sehen Sie doch, Vater!«

»Nein, nein«, sagte er. Ich ließ ihn stehen und rannte zurück zu der Tür. Man hatte sie soeben geschlossen. Ich klopfte nicht, aber ich lauschte. Madame Parangon stand mit Fanchette und Toinette am Fuß der Treppe, die zu ihrem oberen Zimmer führte, und sagte zu ihrer Schwester: »Ich komme gegen meine Tränen nicht an, meine Liebe. Dieser Abschied ist herzzerreißend! Aber warum bloß?«

Das Übrige verstand ich nicht mehr. Sie ging nach oben, und inzwischen war auch die Stofftür geschlossen. Ich sah sie nur noch schemenhaft. Ich hörte noch ihre Stimme, aber wie erstickt … Alles hörte auf.

Toinette schloss das Fenster. Ich sah sie. Nur sie sah ich noch.[+]

[+] Oh! oh! Mir kommen die Tränen, während ich dies wieder lese – am 27. Mai 1788, dreiunddreißig Jahre später! Mir kommen die Tränen am 12. August 1790! am 12. Mai 1791! am 5. Dezember 1794, während ich dies setze! am 12. Februar 1795, beim Lesen der letzten Korrektur!

Gegen elf Uhr ging ich zu Bett und schlief vor Erschöpfung bald ein. Aber einen ruhigen Schlaf fand ich nicht. Ein furchtbarer Traum, den ich auch nach dem Erwachen noch für Wirklichkeit hielt, erfüllte mich mit Bestürzung und trieb mich aus dem Bett.

Ich träumte, ich würde abreisen. Der Schleppkahn legte vom Ufer ab. Die Planke senkte sich, und ich sehe, wie Madame Parangon ins Wasser fällt. Ich will zu ihr, um ihr zu helfen. Ihr wütender Ehemann hindert mich daran. Er zückt einen Degen und setzt mir die Spitze auf die Brust. Unterdessen hat die Strömung Colette davongetragen. Zwei scheußliche Ungeheuer packen sie. Ich stoße ihren Mann von mir. Ich springe ans Ufer zurück. Ich eile ihr zu Hilfe. Toinette ist da: »Alles vergeblich!«, ruft sie tränenüberströmt. »Sie wird sterben…« Colette verschwindet. An der Stelle, wo sie eben noch war, sehe ich einen blutigen Körper, den wilde Tiere mitten im Wald von Boutparc zerfleischen. Ich bin in Schweiß gebadet. Ich stoße einen Schrei aus. Auch nachdem ich erwacht bin, suche ich noch nach den Dingen, die mich so erschreckt haben.

Gegen vier Uhr weckte mich mein Vater. Der Schleppkahn fuhr um fünf Uhr ab. Hastig zog ich mich an. Meine Cousins erschienen mit ihren Frauen. Sie trugen meine Bündel. Mein Vater wollte die Messe in der Kathedrale hören. Ich begleitete ihn dorthin. Aber während er betete, schlich ich mich davon und lief zum Uhrturm hinüber, um einen letzten Blick auf die Tür von Madame Parangon zu werfen. Ich küsste noch einmal die Türschwelle und eilte zurück zu meinem Vater. Die Messe ging gerade zu Ende. Er ahnte, wo ich gewesen war, aber er sagte nichts. Wir gingen zum Hafen hinunter und trafen dort auf Jean und Bertrand Mairat, Cathérine, Edmée, Loiseau, Bourgoin und alle Arbeiter, Gaudet, Burat, Baras-Dallis, Léger, Dhall, Colombat, Maufront, Tulout usw. – alles in allem mehr als fünfzig junge Leute aus verschiedenen Stadtvierteln, die mit solcher Herzlichkeit von mir Abschied nahmen, dass mein Vater ganz verwundert war. Schließlich entfernte er sich mit betrübter Miene.

Man wollte die Planke schon wegstoßen, als noch Toinette auftauchte. Das Herz hüpfte mir in der Brust. Sie kam rasch an Bord und übergab mir noch einiges zur Ergänzung meines Proviants: zwei Rebhühner, drei Flaschen mit vorzüglichem Wein und ein paar Biskuits. Tief bewegt dankte ich ihr und sagte: »Ach, das Herz, das Herz – unser beider – unser dreier! …« Schluchzend eilte Toinette wieder davon und kaum war sie an Land, da klappte die Planke nach unten. In diesem Augenblick zerrissen die Bande, die mich mit meinem geliebten Auxerre verbunden hatten, und meine vier Glücksjahre gingen zu Ende.

Wir passierten den schmalen Kanal, und die Bäume nahmen mir die Sicht auf den Hafen und die Stadt. In einem kurzen Augenblick war ich tausend Meilen entfernt von ihr.

O mein Leser, der du soeben diese vierte, so schöne Epoche meines Lebens gelesen hast, ist dir aufgefallen, wie das Schicksal den jungen Leuten verlockende Angebote macht und wie diese jungen Leute in ihrer Verblendung glauben, solche Angebote würden ihnen im Lauf der Zeit immer wieder gemacht werden? Doch das Schicksal machte sie nur einmal und nie wieder! Ist dir aufgefallen, wie alle Verluste, die ich erleide, unwiederbringlich sind, ohne dass ich es ahne? Ist dir aufgefallen, wie mir damals alles lachte und wohlgesinnt war? Ach, ich hätte diese glückliche Zeit nutzen sollen, wenigstens um den Weg einzuschlagen, der mich zu einer sicheren Stellung im Leben geführt hätte. Ich habe es nicht getan. Ich zählte auf meine Freundin – was damals vielleicht verzeihlich war. Aber das Schicksal, das bis dahin mit mir gespielt hatte wie mit einem verwöhnten, noch immer liebenswürdigen, arglosen Kind, wird mich von nun an mit grausamer Strenge traktieren! Mein Frühling ist vorbei. Nun gerate ich in die verzehrende Hitze des glühenden Sommers. Darauf folgt der Herbst, dann der Winter, dann der Tod!

Labitur occulte, fallitque volatilis aetas,
Et celer admissis labitur annus equis!

Ovid, *Amores I,* Elegie 8, v. 49.*

FÜNFTE EPOCHE

Zweiter Aufenthalt in Paris
oder Meine Gesellenzeit
1755–1759

In allem Unglück und im tiefsten Elend
Verachte, Freund, vor allem nicht dich selbst.
Mein Gedicht de mi is.*

Quis non e timidis aegri contagia vitet,
Vicinum metuens ne trahat inde malum?
Ovid, *De Ponto.**

Am 1. September 1755 hörte Auxerre auf, meine Heimat zu sein, und am 3. trat Paris an dessen Stelle. Sobald ich all die prächtigen Bauten sah, schnürte sich mir das Herz zusammen. Ahnte ich schon, was ich dort finden würde? »O Paris«, rief ich, »wann werde ich dich verlassen und wieder zu *Ihr* zurückkehren?« Ich kam fürs Erste bei meinem Schwager unter, dem Mann von Marie, der schönsten von all meinen Schwestern.

Am nächsten Tag, dem 4., suchte ich meinen alten Kollegen Boudard auf. Ich hatte kein großes Zutrauen zu ihm, hatte ihn immer nur als einen Spitzbuben erlebt. Jetzt fand ich zu meiner Überraschung einen Burschen, sechs Fuß groß, mit ernster, verständiger Miene, der freundlich und vor allem hilfsbereit war. Er empfing mich wie ein zartfühlender Bruder, nahm mich sogleich unter seine Fittiche und versprach, eine Stelle in einer guten Druckerei für mich zu finden. Er war in der Druckerei im Louvre angestellt. Renaud, ein früherer Kollege, der Auxerre verlassen hatte, bevor ich gekommen war, hatte ihm diese Stelle verschafft. Er hoffte nun, für mich dort eine ähnliche zu finden, was mir sehr angenehm und vorteilhaft gewesen wäre, wegen des Kunstgeschmacks, auf den man in dieser Anstalt Wert legte. Boudard war gerade sehr beschäftigt. Deshalb übergab er mich einem seiner Kumpel, mit dem ich dann in der Stadt herumlief. Dieser Mann wohnte zur Pension bei einer hübschen Frau, die mit einem anderen Kollegen verheiratet war, einer Madame Lallemand, bei der er auch mich unterbrachte.

An diesem 4. September schrieb ich auch an Madame Parangon und Mademoiselle Fanchette. Den Brief an diese habe ich dem an ihre Schwester beigeschlossen. Ich werde hier nicht weiter auf diese Schreiben eingehen. Ich nahm mich immer sehr in Acht, wenn ich an diese Dame schrieb.

Am Sonntag, dem 7., hatte Boudard frei und leistete mir Gesellschaft. Am 10. bekam ich eine vorläufige Stelle im Louvre und tags darauf die Zusicherung einer festeren. Am Sonntag, dem 14., brachte mir Caulette, der Kontrolleur der Schleppkähne, ein Paket von Madame Parangon und Mademoiselle Fanchette. Sie waren noch immer zusammen. Ich besuchte Monsieur Parangon bei seiner Mutter.* Er empfing mich kühl, aber doch mit einigen freundschaftlichen Gesten und Beteuerungen, mir bei der Suche nach einer Stelle helfen zu wollen. Ich dankte ihm dafür. Mehr Freude machte mir der Brief von Colette und meiner jungen Freundin. Beide empfahlen mir, *sie zu lieben,* mich in meiner Kunst weiter kundig zu machen und daran zu arbeiten, dass ich darin eines Tages berühmt würde. Sie versicherten mich ihrer beständigen Freundschaft und fügten hinzu, mein Vater sei zu ihnen gekommen, um sich zu verabschieden. Sie würden ihn nun noch mehr schätzen, und Fanchette würde ihn nur noch ihren zweiten Papa nennen. Ach, da wurde mir so leicht ums Herz (man wird es gleich sehen), wie es allen glücklichen Leuten ergeht.

Am gleichen Tag besuchte ich meine Schwester und sah bei ihr eine sehr hübsche Person, eine Freundin von ihr, Madame Greslot. Soweit ich verstand, war sie verheiratet. Sehr bald knüpfte ich eine Verbindung mit ihr an.

Dem eifrigen Boudard, der sich für mich einsetzte, ohne mir etwas davon zu sagen, gelang es am 22. September, mir eine Stelle in der Louvre-Druckerei zu beschaffen. Dabei half ihm Renaud, den ich erst in diesem Augenblick kennenlernte. Aber schon dafür, dass er diese Bekanntschaft stiftete, hat Boudard meine ganze Dankbarkeit verdient.

Am Sonntag, dem 28., schrieb ich einen Brief, der für all meine Freunde in Auxerre bestimmt war, und adressierte ihn an Gaudet (nur Loiseau schrieb ich einen persönlichen Brief). Den Brief an alle übergab ich Bourdeaux, dem Cousin von Annette, der ihn gewissenhaft zustellte. Später erfuhr ich, dass dieser Brief dreimal in den Tanzsälen vorgelesen wurde – vor allen Burschen und allen Mädchen, denen ich dort begegnet war.

Am Nachmittag nahm mich einer meiner neuen Kollegen, der sich in ein hübsches Mädchen aus der Rue Saint-Martin verliebt hatte, mit zu seiner Geliebten. Dieser Kollege hieß Armand, und seine Geliebte hatte eine junge Freundin, Mademoiselle Charlotte Merey. Diese Charlotte gefiel mir, aber ich wollte mich nicht darauf einlassen. Denn alles in allem gefiel mir Madame Greslot besser, und auch sie schien meine Komplimente zu schätzen. Kaum war ich bei meiner Schwester aufgetaucht, kam auch sie wie zufällig vorbei. Ich besuchte meinen Schwager allein, ohne Armand, und sah dort diese bezaubernde Frau. Einmal bei unseren Unterhaltungen ergab sich ein besonderer Moment, in dem ich ihr ehrlich sagte, wie liebenswert ich sie fände. Sie warf mir einen Blick zu, den ich nicht zu deuten wusste. War er streng oder traurig? Ich wusste es nicht. Im nächsten Moment sagte sie zu mir: »Ihre Schwester spricht oft von Ihnen. Ich glaube, sie liebt Sie über alles. Mehrmals hat sie uns von Ihrem ersten Aufenthalt in Paris erzählt und von all dem, was Sie dabei gesagt haben. Wir haben sehr gelacht!«

Als ich sah, wie vertraulich sie mir gegenüber war, kam ich auf das, was ich für sie empfand, zurück und fügte hinzu: »Nun ja, Madame, Sie sind verheiratet, und ich werde mich Ihnen gegenüber der Zurückhaltung und des Respekts befleißigen, die die Verbindung, die sie eingegangen sind, verlangt. Ich werde Sie, wenn Sie gestatten, wie eine Freundin lieben, so dass weder Ihre noch meine Pflichten verletzt werden. Ich werde mich Ihnen in einer Weise verbunden fühlen, die sich weder gegen Gott noch gegen die Menschen versündigt.«

»Ach!«, sagte sie, »man hat mich gegen meinen Willen verheiratet! Schon deshalb kann und darf ich Sie nicht sehen! Je mehr es mir gefiele, desto schwerer würde wiegen, was ich mir versagen müsste. Denn als Sie mir Ihre Gefühle gestanden, habe ich schon gespürt, dass ich wohl in Gefahr geraten könnte. Also reden wir lieber nicht mehr davon. Sehen wir uns hier mit einer gewissen Gleichgültigkeit und nirgendwo sonst, denn ich liebe meine Pflichten, auch wenn ich meinen Mann hasse. Ich schätze Ihre Schwester mit ihren religiösen Anschauungen, die mich immer wieder gestärkt hat, denn sie kennt mein Herz so gut wie ich selbst – ausgenommen das, was ihren Bruder betrifft…«

So öffnete mir diese liebenswürdige Pariserin ganz arglos ihre Seele. Und da ich, von einigen Verfehlungen abgesehen, noch gutherzig war und Madame Parangon sich ihres Lebens erfreute, beschloss ich, ihr im Festhalten an ihren ehrenwerten Entschlüssen beizustehen. Ich beteuere, dass dies mein aufrichtiger Wunsch war … Als meine Schwester gegen Abend erfuhr, dass ihr Mann nicht daheim sei, behielt sie sie zum Abendessen bei sich. Gegen elf Uhr begleitete ich sie nach Hause. Ihr Mann war noch immer nicht zurückgekehrt. Ich weiß nicht, wie es geschah … eine Zärtlichkeit, gefolgt von einer Freiheit, die ich mir nahm, brachten sie mit einem Schlag zu Fall … Als ich mich wieder besann, kam mir alles ganz unwirklich vor. Diese junge Frau hatte noch keine Kinder – nun würde sie eines bekommen.

Mancher wird sagen, dass ein solcher Fall nach meinem Abschied von Madame Parangon ganz unerwartet komme. Gewiss, schriebe ich einen Roman, würde ich gegen die guten Sitten und die Wahrscheinlichkeit verstoßen. Doch ich schreibe eine wahre Geschichte, bei der mir die Tatsachen den Gang der Erzählung vorgeben. Ich schildere den Menschen, wie er ist, und nicht, wie er sein soll – also hingerissen von der Natur und den Wesen, die ihn umgeben, seinem

Herzen und seinem Verstand zum Trotz. Wer der Verlockung, die er vor sich sieht, zu widerstehen vermag, gehört zu den seltenen, tugendhaften Menschen. Wer ihr unterliegt, gehört zu den gewöhnlichen, schwachen Menschen.

Ich muss hier nachtragen, dass mir Boudard nach meinem Eintritt in die Königliche Druckerei im Louvre vorgeschlagen hatte, die Pension von Madame Lallemand, die von unserer Arbeitsstätte zu weit entfernt war, zu verlassen. Stattdessen könnten wir uns im Hôtel du Saint-Esprit in der Rue des Poulies einquartieren – zusammen mit einem Uhrmacher namens Chambon, der kürzlich aus Auxerre gekommen war und den sein Handwerk zur Sesshaftigkeit nötigte, während wir unserer Arbeit außerhalb nachgingen. Das machte es leichter, für unser Essen zu sorgen – jeden zweiten Tag Eintopf und abends ein Braten. Die Aufgaben teilten wir untereinander: Boudard, der sich am besten auskannte, machte die Einkäufe bei der Metzgerei; ich schaffte den Braten zum Ofen und ging hin, um zu sagen, wann man ihn uns bringen sollte; ich kaufte außerdem auch Wurzelgemüse und Grünzeug, Kohle und Brennholz; Chambon setzte den Eintopf auf und kümmerte sich um ihn; unser Geschirr spülten wir alle acht Tage, sonntags nach dem Mittagessen. Diese Abmachung in ihrer ganzen Vollkommenheit hatte Bestand, bis zwei Frauen auftauchten, die eine Kammer neben unserem Zimmer belegten.

Für unser Essen gaben wir jeder drei Livres pro Woche aus und legten die übrigen zwölf Livres in eine gemeinsame Kasse. Boudard und ich wie auch die übrigen Arbeiter verdienten in der Königlichen Druckerei nur fünfzig Sous am Tag. Die übrigen fünfzig von den hundert Sous, die die Verwaltung zur Verfügung stellte, steckte der Direktor selbst ein und ließ uns obendrein noch auf seine eigene Rechnung arbeiten. So machte dieser Mann, der aus der Lyoner Familie Anisson stammte, ein ungeheures Vermögen! Seine Tochter oder vielmehr eine Mitgift von anderthalb Millionen Livres hat er mit dem Marquis de Lambert verheiratet und noch eine Aussteuer im Wert von vierhunderttausend Livres dazugelegt. Der Bruder dieser Marquise hat die Nachfolge des Vaters angetreten und leitet heute (1784) diese Druckerei – ein Dummkopf, dessen Habgier sich bis zur Grausamkeit steigert: Er hat aus der Königlichen (heute*: Nationalen) Druckerei ein Gefängnis gemacht. Alle Arbeiter werden dort eingeschlossen und – wie Tiere – nur um die Essenszeit herausgelassen. Wenn sein Vater an die vier Millionen verdient hat, so darf man annehmen, dass der Sohn mit seinen Methoden zehn Millionen verdient. Aber woher rührt die Niedertracht dieser Arbeiter, die sich von solchen verächtlichen, subalternen Tyrannen einen Maulkorb anlegen lassen? Zu meiner Zeit war man frei, und an meinem Kragen haben die Ketten der Sklaverei keinen Schmutz hinterlassen! (Seit 1784 hat sich allerdings vieles verändert! Anisson ist 1794 unter die Guillotine geraten, und die Arbeiter haben sich inzwischen eine unerträgliche Frechheit angewöhnt! *Medio tutissimus ibis.**)

Es fehlte mir an Wissen. Der Ortswechsel hatte mir die Freude am Studieren geraubt. Ich setzte und beschränkte mich ganz auf das Druckgewerbe. Nach und nach wurde ich ein Automat, der die Woche über arbeitet und sich sonntags ausruht. Denn mit meiner Ankunft in Paris oder kurz davor beginnen die zwölf Jahre meiner Jugend, die ich ganz und gar verloren habe, indem ich meinem Verstand keine Nahrung gab und auch sonst nicht vorankam. Diese fatalen zwölf Jahre waren für mein weiteres Schicksal entscheidend und haben mir meinen Platz angewiesen. Ich langweilte mich und fand nichts, was mir Freude gemacht hätte – und war doch selbst schuld daran. Denn ich hatte mir ein schwarzes Gewand machen lassen, in dem ich mich sehr wohl zeigen konnte. Aber da ich das Theater noch nicht kannte, blieb ich in unserem Zimmer, während meine beiden Tischgenossen sich munter amüsierten. Meine liebste Beschäftigung bestand darin, in meinen Heften nachzulesen, was mir in den vorangegangenen Jahren geschehen war. Diese Lektüre rief mir alles in Erinnerung, was mir gefallen, was ich geliebt hatte, und ganz besonders Colette. Die Tage, an denen ich mit ihr gesprochen hatte, wurden mir wieder gegenwärtig und ich vergoss Tränen (ich war ihr in ihrer Abwesenheit treuer als während der Zeit, in der ich sie jeden Tag sehen und mit ihr sprechen konnte!).

Aber die Zeit geht dahin, mein Freund und Leser. Sie fliegt dahin, in Windeseile. Ich sehe sie – in der Hand hält sie schon die verhängnisvolle Sense, mit der sie jene schöne Blume niedermähen wird, die Zierde meines Lebens. Schon gab es mein Glück nur noch in der Phantasie … Ich sollte Colette, die allein dieses Glück wirklich werden lassen konnte, nie wiedersehen. O Colette, o meine über alles geliebte Frau, selbst in diesem Augenblick, nach neununddreißig Jahren*, seit Sie nicht mehr sind, erfüllt mich ein Gefühl der Zärtlichkeit für Sie – lebhafter vielleicht als in dem Augenblick, da wir voneinander Abschied nahmen! – Ich wiederhole mich, ich spüre es! Aber nehmen Sie mir das Gefühl, das mir die Feder führt, und ich werde mich nicht mehr wiederholen. Nehmen Sie mir die Seele, das Leben … Ja, Sie müssen mir wohl das Leben nehmen, damit ich nicht mehr von Colette spreche … Meine Feder weigert sich, fortzufahren … Was werde ich schreiben? Ach, mein Leser, was wirst du lesen, wenn du mir weiter Schritt für Schritt folgst! Meine Schandtaten. – »Aber, warum sie denn überhaupt aufschreiben?« – Frager, ich schildere das Leben eines Menschen und nicht das eines Engels … Wo war ich stehengeblieben?

Am 8. Dezember rief ich mir die Unterhaltung mit Madame Parangon* an diesem gleichen Tag im Jahre 1752 in Erinnerung und weinte. Am 11. bekam ich einen Brief von Gaudet; am 23. einen von Loiseau. Am 26. ging ich zu meiner Schwester Margot, wo ich die Bekanntschaft von Mademoiselle Destroches aus Sens machte, einer liebenswürdigen, jungen Person.

Am 1. Januar 1756 (1755 ist zu Ende!) … schrieb ich meinem Vater. Am 4. machte ich die Bekanntschaft eines Fräuleins Carpentier. Am 6. schrieb ich an meine Brüder in Courgis und an meinen Freund

Loiseau. Danach las ich in meinen Heften: Ich war sehr gerührt, ich weinte … Das allzu weich gestimmte Herz ist den Abwegen nahe!

Am 11. … Erschrocken halte ich inne … O du Rechthaber, lies mich nicht. Du unerbittlicher Rechthaber, lies mich nicht! Deine Wertschätzung will ich nicht, auch nicht deine Billigung oder dein Mitleid! Ich wüsste nichts auf der Welt, was – nach dem Mörder – gefährlicher, was schändlicher wäre, als du es bist. Denn ich schätze die Prostituierte mehr als dich … sie bringt bisweilen Freude; du jedoch, du bringst nur Bitterkeit, Schmerz und Hoffnungslosigkeit. – Ihr aber, ihr duldsamen, ehrenwerten, gutmütigen, mitfühlenden Leser, lest mich, um mich zu beklagen, um Tränen der Anteilnahme zu vergießen, während ihr zuseht, wie dieser Mensch in die Irre geht. Denn ich war, genauso wie ihr, ehrenwert, gutmütig, tugendhaft, und erst nach und nach geriet ich auf Abwege. Und wurde dennoch grausam dafür bestraft. Lest mein Leben euren Kindern vor, ihr weisen, weitsichtigen Väter. Sagt ihnen: »Seht hier, wie sich Nicolas verirrte! Seht, wie er der Schmied seines eigenen Unglücks wurde, indem er sich dem Laster überließ. Er hatte ein vorzügliches Herz, und er ist in die Irre gegangen, indem er sich von seiner Freude an der Wollust einfach fortreißen ließ. Zittert, meine Kinder! Vielleicht taugt ihr weniger als er, und doch hat er sich verirrt! Zittert, die ihr so gut seid wie er. Denn es kann geschehen, dass ihr auch so lasterhaft werdet, wie er es war.« Ach, meine Tränen fließen. Ich kann nichts mehr sehen und kann das verwischte Gekritzel, das meine Hand da zu Papier bringt, selbst kaum noch lesen!…

Der 11. Januar 1756 ist für mich auf ewig ein schwarzer Tag. Damals ließ ich mich zum ersten Mal mit einer Prostituierten ein – für einen Taler … Ach, du Unglückstag, ich verfluche dich! Die Strafe folgte auf dem Fuße, zuerst die Verachtung, mit der mir die Argeville begegnete, gerade weil ich sie bezahlt hatte. Hätte ich sie wie irgendein Strolch herumkommandiert, mit Faustschlägen gefügig gemacht und nachher mit einem Tritt in den Bauch bezahlt, wäre ich ein toller Kerl und ein guter Junge gewesen. Stattdessen war ich bloß ein armseliger Freier. Die grausamsten Sorgen um meine Gesundheit waren meine zweite Strafe. Diese Prostituierte war eine von zwei Frauen, die eines Tages eine Kammer neben der unseren bezogen. Der unangenehme Chambon freundete sich in unserer Abwesenheit mit diesen Geschöpfen an und stellte sie uns abends als unsere Nachbarinnen vor.

Schon an diesem ersten Abend, dem 10. Januar, konnte ich die Argeville nicht ansehen, ohne dass mich Begierde überkam. Die beiden Frauen aßen mit uns zu Abend. Dann amüsierte sich Chambon mit ihnen auf die Art, die ihm am besten gefiel – mit Unverschämtheiten und Reden, die so schmutzig waren, dass eine der Frauen ihm deshalb auch dann noch Vorwürfe machte, als sie schon zu erkennen gegeben hatte, welchem Gewerbe sie nachging.

Argeville hatte eine gute Figur. Anscheinend hatten die beiden Frauen bisher in einem anständigen Haus gewohnt. Doch dann war ihr Beruf herausgekommen, und man hatte sie vor die Tür setzen wollen. Ein Polizeispitzel, den sie, wie allgemein üblich, bezahlten, hatte sie gewarnt, worauf sie nicht mehr in ihrer Wohnung geschlafen hatten und so dem größten Unheil entgangen waren – dem Gefängnis für Prostituierte in der Rue Saint-Martin und der Anstalt von Bicêtre. Sie kamen auch immer erst ziemlich spät abends in ihre Kammer, die keinen Kamin und kein Fenster oder vielmehr nur eines auf den engen Flur hatte, und eigentlich nur dazu dienen sollte, das Brennholz für unsere kleine Wohnung zu stapeln.

Es waren stürmische Gelüste, die die jüngere der beiden Frauen an jenem Abend erregte. Am nächsten Tag traf ich sie allein an und machte ihr mein Angebot, das sie akzeptierte. Was für ein Unterschied zu den anderen Genüssen, die ich erlebt hatte! Argeville behandelte mich nicht wie einen Fremden, sondern wie einen Nachbarn und wandte alle Kunst an, die solchen Frauen zur Verfügung steht. Sie versetzte mich in einen Rausch. Aber wenden wir uns ab von diesem Bild…

Die beiden Frauen blieben nicht lange in unserer Nähe, doch ihr kurzer Aufenthalt hatte die Entzweiung unserer kleinen Gesellschaft zur Folge: Jeder wollte die Argeville für sich allein haben, obwohl ihr Gewerbe bekannt war und wir alle wussten, dass sie ihm tagsüber nachging. Sie tat, was sie konnte, um dem einen die Gunst vorzuenthalten, die sie den beiden anderen gewährte. Aber das kam alles bald ans Licht, weil keiner etwas von ihrer Gefährtin wissen wollte. Schließlich einigten wir uns darauf, dass sie abwechselnd mit jedem von uns schlafen sollte – und ihre Gefährtin genauso. Aber Boudard, der sie als Zweiter bekam, wollte nicht zulassen, dass sie sich zu dem Uhrmacher ins Bett legte, dem er vorwarf, er sei nicht gesund. Die Argeville, die Chambon nicht leiden konnte, pochte auf diese Behauptung, weil sie unser Bett, wo sie zwischen uns – Boudard und mir – schlief, auf diese Weise nicht zu verlassen brauchte. Chambon musste sich mit der Gefährtin zufriedengeben, die er immer und ohne zu teilen haben sollte. Aber der Frieden währte nur vierundzwanzig Stunden. Am Abend des nächsten Tages flammten die Feindseligkeiten wieder auf. Unterdessen legte sich die Argeville in unser Bett. Chambon wollte sie herauszerren: Es kam zu einer Rauferei. Ich musste mich einmischen, weil ich an der Reihe war. Boudard war auf meiner Seite, weil er als Erster die Argeville veranlasst hatte, sich Chambon zu verweigern. Er stürzte sich auf den Uhrmacher und rief: »Die Hässliche ist für dich. Die Hübsche ist für uns! So ist es abgemacht!« Der Uhrmacher sagte, er werde uns verlassen. Wir nahmen ihn beim Wort. Am Tag nach dieser skandalösen Szene trennten wir uns. Chambon, der ein neues Verfahren zum Vergolden von Taschenuhren entwickelt hatte, mit dem er aber in Paris keinen Erfolg hatte, weil es nichts taugte, kehrte in die Heimat zurück, wo er die Geschichte von unseren Ausschweifungen überall herumerzählte. Zu unserem und vor allem zu meinem Glück war er als großer Lügner verschrien, so dass ihm niemand glaubte, auch wenn er die Wahrheit sagte – zumal das Ausmaß unserer Verworfenheit die Vorstellungskraft der Leute von Auxerre um einiges überstieg. Boudard und ich, wir trennten uns als gute Freunde, denn wir konnten uns unsere Wohnung nun nicht mehr leisten. Ich kehrte zu Madame Lallemand zurück, die damals in der Rue Saint-Julien-le-Pauvre wohnte. Ich verließ sogar die Königliche Druckerei. Ich hielt mich für geschickt genug, fast doppelt so viel zu verdienen wie bisher, und fand tatsächlich eine Stelle bei Claude Hérissant in der Rue Notre-Dame. Aber bevor ich von diesem Mann und meiner ziemlich ungewöhnlichen Beziehung zu ihm berichte, muss ich über die Dinge sprechen, die dem voran- oder damit einhergingen und mich allein betrafen.

Als ich Boudard verließ, erfuhr ich, dass die Ehrbarkeit der jungen Jeannette Demailly sehr gefährdet sei. Da ich ein Zimmer für mich allein hatte, beschloss ich, diesem Mädchen nach Kräften zu helfen. Ich kannte sie aus unserer Stadt. Sie war eine der jungen Personen, die ich sehr schätzte. Außerdem war sie mit Marianne Tangis, Ursule Meslot und anderen jungen Mädchen, die ich in guter Erinnerung behalten hatte, befreundet gewesen. Sie war eine Waise und stammte aus einer ehrbaren Familie. Aber nun hatte sie ihren Onkel verloren, der, ohne ein Testament zu hinterlassen, gestorben war. Zwei bösartige Tanten, die sich hinter alten Gesetzesvorschriften verschanzten, hatten das Waisenkind ihres Bruders um den unverletzlichen Anteil seines Erbes gebracht, auf den es schon durch seinen Namen ein größeres Anrecht hatte als sie.

Ich war – allem zum Trotz, was man soeben gelesen hat – noch tugendhaft (Madame Parangon lebte) und spürte, dass ich sie lieben würde wie eine Schwester. Ich machte mich auf die Suche nach ihr und kam zu einer Dame namens Hizette, einer Juwelenhändlerin am Quai de l'Horloge. Diese Frau, selbst noch jung und schön, hatte Jeannette nur deshalb nicht länger bei sich behalten, weil sich ihr Mann deutlich erkennbar in sie verliebt hatte. Sie sagte mir nur Gutes über die junge Demailly, als deren Bruder ich mich ausgab, und erklärte mir, wo sie wohnte – am Pont-aux-Choux, bei Leuten aus ihrer Heimat. Dort fand ich sie dann. Sie war sehr betrübt darüber, dass sich gewöhnliche Bekannte einem mittellosen Waisenkind gegenüber so rücksichtslos benahmen. Wir hatten ein Gespräch unter vier Augen mit dem Ergebnis, dass sie mit mir kommen und bei mir wohnen sollte. Diese Abmachung eines Bruders Leichtfuß mit der arglosen Unschuld vom Lande nahm noch am gleichen Abend Gestalt an. Jeannette sagte ihren Gastgebern, sie habe einen Platz gefunden. Sie ließ den Kasten mit ihren Habseligkeiten nach unten schaffen, ich wartete mit einer Droschke vor der Haustür, und niemand fragte danach, mit wem sie davonging.

Bei mir angekommen, richteten wir uns in meinem kleinen Zimmer ein und lebten dort wie Bruder und Schwester (wenn es anders gewesen wäre, würde ich es sagen). Ich hatte nur ein schmales Bett. In den ersten drei Nächten benutzten wir es gemeinsam, und es geschah nichts, was gegen den Anstand verstoßen hätte. Doch als ich dann bald den Stachel des Fleisches spürte, erregt durch ein Mädchen, von dem ich damals meinte, ich würde es nicht heiraten können, legte ich eine Matratze auf den Boden und schlief dort unter einem Betttuch, gegen den Willen von Jeannette, die selbst diesen Platz einnehmen wollte.

Tagsüber, wenn ich bei der Arbeit war, blieb Jeannette allein in unserem Zimmer. Während der ersten Tage kümmerte sie sich vor allem um mich, räumte auf und brachte meine Sachen in Ordnung. Sie sorgte auch für unsere armselige Küche. Später arbeitete sie dann für Putzmacher oder Kürschner. Wenn ich nach Hause kam, küsste ich sie ein einziges Mal – wie eine Schwester. Dann unterhielten wir uns freundschaftlich. Dieses Leben war sehr angenehm! (Ach, wie sehr habe ich es dann später vermisst!) Jeannette beteuerte, sie habe sich noch nie so glücklich gefühlt wie bei mir … Hätte ich nicht auf eine Heirat gehofft, wäre dieses Leben bestimmt viel länger so weitergegangen, vielleicht für immer. Jeannette war eines der hübschesten Mädchen, die man zu sehen bekommt – sogar in Paris. Aber ich fürchtete mich vor Gerüchten und davor, dass der Anschein eines lasterhaften Lebenswandels Madame Parangon schmerzen könnte.

Eines Abends im April machte ich eine betrübliche Erfahrung. Dass nämlich, sobald eine Leidenschaft in mir erregt wird, alle anderen ebenfalls erwachen. Ich ließ mich von den Schilderungen einer Kuppelmutter locken und überließ meinen Körper einer jungen Prostituierten. Es war das zweite Mal. Danach ging ich in das Théâtre-Italien, in die erste Vorstellung. Am 8. März hatte ich die Opéra-Comique an der Foire Saint-Germain besucht. Das Theater machte mich trunken vor Begeisterung. Bei den »Italienern« entzückte mich nun Carlin. In dem Stück *Arlequin sauvage** trat er zusammen mit Coraline auf. Diese Schauspielerin weckte in mir eine so lebhafte Empfindung, dass mir bei ihrem Anblick ein Missgeschick passierte, das sich dann bei fast jedem Theaterbesuch wiederholt hat. Wenn die Phantasie erhitzt war und der Körper sich straffte, *emittebam nullo juvante contactu.**

Ich finde in meinen *Memoranda* bis zum 17. Mai nichts mehr, und zwar deshalb, weil ich immerfort gearbeitet habe, ohne von meinem Platz aufzustehen, ohne mich zu amüsieren, ohne auch nur eine einzige meiner Bekannten zu treffen. An dem Tag, von dem hier die Rede ist, war ich ausgegangen, um das Théâtre-Italien zu besuchen. In der Nähe dieses Theaters erblickte ich eine junge, hübsche Person in einem Negligé von erlesenstem Geschmack. Ihre Eleganz ließ mich an ihrer Ehrbarkeit zweifeln. Ich folgte ihr bis an ihre Haustür. Sie trat in einen ziemlich dunklen Gang. Ich sprach sie an. Sie antwortete nicht. Ich weiß nicht, ob ihr provokanter Aufzug mein Verlangen bis zum Äußersten getrieben hatte, jedenfalls hatte mich eine Art von Raserei gepackt. Auf der Treppe holte ich sie ein und beschimpfte sie auf das Gröbste. Sie rief um Hilfe. Aber offenbar war in diesem Augenblick niemand im Haus. Ich ließ mich von ihren Schreien nicht abhalten, folgte ihr bis zu ihrer Wohnung, die ich betrat, ehe sie die Tür hinter sich schließen konnte. Sie lief ans Fenster. Ich griff nach ihrem Rock und hielt sie fest. Sie wurde bleich und stammelte: »Monsieur, wenn Sie ein Dieb sind, töten Sie mich nicht!«

Ich lächelte.

»Ich bin weit davon entfernt, Sie zu töten. Wenn Sie ein ehrbares Mädchen sind, wie es mir der Fall zu sein scheint, werde ich Ihnen allen Respekt erweisen, den ich Ihnen schuldig bin. Sagen Sie mir: Wer sind Sie?«

Zitternd stand sie da.

»Ich wohne hier bei meinen Eltern. Meine Mutter handelt mit Schmucksachen, sie hat ein Geschäft im Palais. Ich bin nur gekommen, um ein paar Kleinigkeiten zu holen, die im Laden ausgegangen sind.«

Ich entschuldigte mich bei ihr und bat sie, mir meine Kühnheit zu verzeihen. Sie war überrascht, als sie sah, dass ich mich zurückzog, nachdem ich ihr die Hand geküsst hatte.

»Sie sind anbetungswürdig«, sagte ich. »Sie haben in mir so lebhafte *Gefühle* geweckt, dass ich mich in Stücke reißen ließe, um ihnen Genüge zu tun … Aber ich wäre untröstlich, wenn mir irgendetwas unterliefe, das einem ehrenwerten Fräulein missfallen würde.«

»Davon bin ich überzeugt«, sagte sie, »aber kann es sein, dass ich Sie irgendwoher kenne…?«

»Ach, Mademoiselle, ich stamme aus der Provinz und will daraus keinen Hehl machen. So wie Sie mich vor Ihnen sehen, so bin ich. Ich habe nichts zu verbergen. Bitte, glauben Sie mir!«

Ich umarmte sie heftig. Sie lächelte.

»Ich bin Statistin am Théâtre-Italien. Ich habe meiner Mutter versprochen, sofort wieder zurückzukommen.«

»Sie sind Tänzerin! Das macht Sie in meinen Augen doppelt anbetungswürdig!«

Ich beließ es nicht bei den Worten. Ich erlangte einen Triumph, mit Mühe zwar, aber es gelang…

»Lassen Sie mich jetzt«, sagte die schöne Tänzerin nachher. »Ich muss allein aus dem Haus gehen.«

»Ich gehe ins Theater«, sagte ich, »ich werde Sie dort sehen.«

Sie schien entzückt. Aber sie sah mich an, als würde sie auf etwas warten. Ich ging hinaus. Als ich an der Tür war, warf sie mir einen sehr kalten Blick zu.

»Wann werde ich Sie wiedersehen, meine Schöne?«

»Ich empfange keine jungen Leute«, erwiderte sie zornig und schlug mir die Tür vor der Nase zu.

Wenig vertraut mit den üblichen Gepflogenheiten, konnte ich mir, wie ich zugeben muss, ihr Betragen nicht erklären. Aber Boudard, dem ich von meinem Abenteuer erzählte, setzte mir ein Licht auf, als er mir sagte, sie sei wütend gewesen, weil ich sie nicht bezahlt hatte … Aber noch einmal zurück: Ich ging ins Theater. Ich sah meine hübsche Statistin. Sie machte ihre Sache gut, sehr gut, und war, wie mir schien, nicht ohne Talent. Ich könnte ihren Namen hier nennen, aber ich werde es nicht tun, weil sie inzwischen tatsächlich Karriere gemacht hat.

Ich schrieb oft an Madame Parangon. Mir war diese Beschäftigung sehr lieb. Doch nur wenige meiner Briefe erreichten sie auch. Mindestens drei Viertel von ihnen verbrannte ich oder legte sie beiseite, um sie ihr eines Tages zu zeigen. Ich ließ nur solche Briefe wirklich abgehen, die nicht auffallen konnten, wenn sie durch einen unglücklichen Zufall jemand anderem in die Hand gerieten. Ihre Antworten waren noch seltener. Sie schrieb mir nur unter ganz bestimmten Umständen – wenn sie sicher war, dass ihr Brief ganz und gar unbemerkt zur Post gelangte. Denn im Mai 1756 war Toinette schon nicht mehr bei ihr. Auf eigenen Wunsch hatte sie das Haus verlassen, nachdem sie dort heftig angegriffen oder vielmehr vergewaltigt worden war. Sie trat in die Dienste von Monsieur de Pincemaille, dem Aufseher über die Weinsteuer. Für unseren kleinen Freundeskreis war das ein großes Unglück, wie man noch sehen wird.

Am 1. Juni gedachte ich meiner Liebeserklärung an Rose Lambellin* – *miratus meam insaniam atque meam imbecillitatem** (dies sind meine eigenen Worte). In der Lage, in der ich mich befunden hatte, war eine solche Leidenschaft tatsächlich eine Torheit gewesen. Sie liefert aber auch den Beweis für eine große Wahrheit: Wenn er nicht unter einem körperlichen Defekt oder allzu heftiger Schwärmerei leidet, begehrt der Mann jede Frau, auch wenn er nur eine einzige verehrt. Die Natur hat es so eingerichtet, dass ein männliches Wesen für mehrere weibliche Wesen ausreicht. Auch ist der Schutz und die Bewahrung der Weibchen für die Bevölkerungsentwicklung viel wichtiger als die der Männchen. Unter den gegenwärtigen Verhältnissen, in denen riesige Armeen aufgestellt werden und gleichzeitig die christliche Monogamie herrscht, muss die Menschheit unmerklich abnehmen, und das tut sie auch. Wenn die Fürsten die Hälfte ihrer Untertanen zu den Waffen rufen und zum Zölibat zwingen wollen, so können sie dies tun, wenn sie die Frauen sorgfältig schützen und die Prostitution verhindern oder so regulieren, wie es mein *Pornographe** vorschlägt, und außerdem jedem Mann, der nicht Soldat wird, zwei Ehefrauen geben. Die Fürsten könnten ihre Marine, die so viele Männer verschlingt, sogar noch vergrößern, wenn sie jenen Seemannsfrauen, die bei der Abfahrt ihrer Ehemänner nicht schwanger sind, erlauben würden, ein oder zwei Kinder – je nachdem, wie lang die Reise ist – mit einem jungen, wackeren Burschen zu zeugen, den der Gemahl vorher selbst bestimmt. Mit dessen Zustimmung könnten dann auch diese Kinder legitimiert werden. Ihr barbarischen Fürsten! Ihr könntet sogar ein Drittel aller Männer in Bergwerken begraben und ein weiteres Drittel an das Zölibat eurer Mönche und Priester verlieren, wenn ihr nur darauf achten würdet, den übrigen Männern genauso viele Frauen zur Befruchtung zu überlassen, wie alle diese Männer sonst gehabt hätten (wobei natürlich auch für den Lebensunterhalt dieser Frauen gesorgt werden muss).

Aber damit ihr nicht all eure Gesetze umstoßen müsst – verwirklicht doch lieber die Vorschläge des *Pornographe!* Dann gehen keine Frauen mehr verloren. Alle sind fruchtbar, und ihr werdet männliche Wesen haben, die ihr nach Belieben gebrauchen oder missbrauchen könnt, aus denen ihr machen könnt, was ihr wollt: Soldaten und Mönche, Junggesellen und sogar Eunuchen, vor allem, wenn ihr die Nonnen nicht länger duldet oder sie jedenfalls zum Kinderkriegen veranlasst. Die Frauen, die für die Allgemeinheit bestimmt sind, würden euch so viele Kinder gebären, wie wenn ihr all diese Männer erhalten hättet ... (Dies alles ist unter der republikanischen Herrschaft sowohl dringlicher als auch leichter erreichbar geworden, denn einerseits müssen wir heutzutage größere Armeen aufstellen, haben aber andererseits die dem Kloster entrissenen Nonnen und die ihrer Pensionen verlustig gegangenen Mönche der Bevölkerung schon zurückgegeben.)*

O, grimmiger Gesetzgeber! Gestatte, gestatte doch das Vergnügen! Es begegnet uns so selten! Die modernen Nationen zählen nicht nur weniger Menschen, sie haben auch deren Tätigkeit verringert. Allenfalls könnte man sagen, dass sie sich mehr als die Alten mit Künsten beschäftigen, die nicht notwendig sind. Sie müssen nach Afrika reisen und dort Neger kaufen, um die Felder Amerikas zu bestellen, das sich die unersättlichen Europäer neben ihren eigenen Ländern nun auch noch einverleiben. Früher, als der Reichtum mit seinem Luxus und den Kinkerlitzchen, die er gebiert, noch nicht notwendig war, baute jeder Besitzer auf seinem Boden Weizen oder andere Nutzpflanzen an, und dieser Boden brachte drei- oder viermal so viel hervor, wie die Familie benötigte. Man verkaufte nicht, denn alle hatten ungefähr gleich viel – ausgenommen die Zeit, in der alle Völker das faulenzende Rom ernähren mussten. Aber man züchtete Vieh. Außerdem aß oder fraß der Mensch eine Unmenge von Kräutern, Wurzeln und Früchten, die er heute nicht mehr anrührt – Eicheln zum Beispiel. Er verspeiste ausnahmslos alle Tiere, und der Aufwand dafür war fast gleich null. Hunderttausend Menschen, einer dem anderen gleichgestellt, wie es früher üblich war und wie ich es in meinem *Anthropographe** vorschlage, konnten auf einem Stück Erde leben und taten dies auch, das heutzutage nicht mal fünfzehntausend ernähren würde. Möge der große Voltaire nicht länger die ganze weltliche und geistliche Geschichte in Zweifel ziehen. Es lebten damals ungefähr so viele Menschen, wie die Erde zu ernähren vermochte. Heute wundern wir uns darüber, aber unser menschenverschlingendes christliches System gab es damals noch nicht...

Das war nun eine Abschweifung, die du nicht erwartet hast – nicht wahr, mein Freund und Leser? Auch ich selbst habe dergleichen nicht erwartet, als ich zur Feder griff. Aber es ist nur ein Fußtritt, den ich im Vorübergehen den abergläubischen Vorurteilen verabreiche.

Am 9. Juni mietete ich mich zur Pension bei Bonne Sellier ein, der Frau eines Druckergesellen, dessen Vater der Druckermeister von Soisson war. Sie war die Kammerfrau der Prinzessin d'Epinoy gewesen und hatte Lebensart. Ihr Mann war ein Säufer, ein Kerl ohne Benimm, vor allem seit er seine Kinder verloren hatte, und trotzdem sehr fromm. Das Haus gehörte Sophie Grandjean, genannt die Schöne Zuckerbäckerin. Ein Edelmann aus der Picardie, ein Monsieur de Courbuisson, hatte sie kürzlich aus Zuneigung geheiratet. Er bewohnt mit seiner Frau die Doppelwohnung im zweiten Stock. Eine hübsche Thérèse tat Dienst als Kammerfrau bei Madame de Courbuisson. Eine hübsche Metzgersfrau, Mademoiselle Faucheux, wohnte bei ihren Eltern in der dritten Etage. Die vierte hatte Bonne Sellier gemietet. Und die fünfte wurde nach vorn hinaus von Mademoiselle Zoé Delaporte, einer Lehrerin, bewohnt und auf der rückwärtigen Seite von der hübschen Pèlerine Berthé, der Tochter eines Hutmachers.

Ich fühlte mich sehr wohl bei dieser Wirtin, einer wirklich herzensguten Frau, die allerdings einmal mehr klar und deutlich bewies, dass eine Frau keine Pensionäre beherbergen kann, ohne auch ihre Konkubine zu sein. Obwohl Bonne Sellier nicht mehr jung war, stand von vornherein fest, dass all ihre Pensionäre mit ihr Umgang haben konnten oder sie mit ihnen – mit einem Wort, sie war unser aller Frau, wobei ihre schwindenden Reize durch die Bequemlichkeit ausgeglichen wurden. Uns alle behandelte sie mit äußerster

Sorgfalt. Es schien, als wäre jeder ihr einziger Gemahl – ob bei den Aufmerksamkeiten, die sie uns angedeihen ließ, solange wir gesund waren, oder bei den Wohltaten, an denen sie es nie fehlen ließ, wenn wir krank waren.

Sie hatte ein sehr angenehmes Gesicht gehabt, doch es war eines dieser kleinen eingefallenen Gesichter, in denen sich frühzeitig die Fältchen zeigen. Aber ein Tag Schönheitspflege machte sie – aus einer Entfernung von drei oder vier Schritten oder von einer Zimmerecke zur anderen – fünfzehn Jahre jünger. So gelang es ihr bisweilen, die Gelüste ihrer alten Gäste wiederzubeleben und den neuen näherzukommen. Es ärgert mich, dass ich dir keine sittsameren Bilder bieten kann, mein Leser – aber ich gebe der Wahrheit den Vorzug vor der eingebildeten schönen Moral, denn nur die Wahrheit kann Moral sein. Es gibt genug Werke, zum Beispiel die *Naturstudien* von Bernardin*, die uns Tag für Tag mit ihrem übernatürlichen Optimismus erbauen. In *Das enthüllte Menschenherz* ist dies nicht mein Ziel: Ich habe diese Arbeit auf mich genommen, um das Leben eines Menschen so darzustellen, wie es ist – ohne Auslassungen und ohne Schminke. Ich kenne nur dieses Mittel, um die *Triebfedern* des menschlichen Herzens wirklich erkennbar zu machen. Eine einzige verheimlichte Tatsache, und schon gerät der Leser in die Irre, verliert den Halt und fällt zurück in den Roman.

Am Gründonnerstag, dem 15. April 1757, lag ich noch im Bett, als Tourangeot, der Tartar, mit dem ich mich seit langem versöhnt hatte, mein Zimmer betrat.

»Eine schlimme Nachricht!«, rief er. »Madame Parangon ist tot!«

»Tot?!«, erwiderte ich, und dieses Wort wurde zum gellenden Schrei!

»Nach drei Tagen gestorben. Vor drei Wochen.«

»Drei Wochen! Himmel! Und ich wusste nichts davon!«

»Am 23. März war es glatt. Sie ging aus, wollte einen Brief selbst zur Post bringen. Als sie die Stufen am Franziskanerhof hinunterging, rutschte sie aus, stürzte, brach sich etwas … Am 27. ist sie gestorben, morgens zwischen acht und neun Uhr.«

»Das kann nicht sein! Du lügst!«

Ich war wie im Fieberwahn, aber gerade deshalb fiel ich nicht in Ohnmacht. Tourangeot sah mich an. Handschrift konnte er nicht lesen. Er warf mir einen Brief auf das Bett. Ich nahm ihn. Er stammte von Monsieur Parangon. Ich zerknüllte ihn wütend. Doch dann nahm ich ihn wieder. Er war an den Tartar gerichtet, aber ohne Zweifel nur, damit er ihn mir zu lesen gab.

Ich habe soeben meine Frau verloren. Ihr Herz habe ich schon vor langer Zeit verloren, an einen komischen Kerl, den Du kennst und der nicht viel taugt. Ich habe den Brief an ihn, den sie zur Post bringen wollte, und dieser Brief offenbart mir alle Gefühle meiner Frau und alles, was sie vorhatte. Daraus wird nun nichts. Nie wird dieser Kerl hier Druckermeister werden und erst recht nicht mein Schwager. Ich habe für Fanchette eine andere Wahl getroffen: ein junger Mann, dem sie in Semur begegnet ist, als sie einmal dort war, noch bevor der Kerl nach Paris gegangen ist. Meine Frau fürchtete diesen jungen Mann so sehr, dass sie alle Gelegenheiten zu einem weiteren Besuch in Sémur, die sich ihrer Schwester boten, vereitelt hat. Ich beauftrage Dich, zu prüfen, was dieser Kerl treibt, und mir alles, was du herausfindest, durch den Schreiber der Karmeliter mitteilen zu lassen. Das Geld dafür werde ich dir zurückgeben und noch mehr dazu. Stelle fest, ob er Bescheid weiß, und berichte mir darüber. Ich möchte, dass Fanchette binnen drei Wochen verheiratet ist, denn sie hat ihre Schwester geliebt und ist deshalb dem komischen Kerl nicht ganz abgeneigt. 28. März 1757.

P. S. Ich habe Fanchette in der Hand – wegen eines Briefes, den ich gefunden habe. Sie wurde rot vor Scham. Beide Schwestern soll dieser Kerl nicht bekommen.

Ich fühlte mich wie vernichtet durch den Schmerz … Der Tartar nahm den Brief wieder an sich, ohne dass ich mich widersetzte, und verschwand. Wenig später erfuhr ich, dass er Informationen über mich an einen gewissen Molet weitergegeben hatte, einen großen Burschen aus Avignon, einen unserer Mitbewohner, der früher der Mandrin-Bande* angehört hatte (aber das wussten wir damals noch nicht). Und dieser wiederum – ohne mir schaden zu wollen, bloß aus Spaß an lasterhaften Geschichten und weil er glaubte, er würde mir damit zu mehr Ansehen verhelfen – erzählte alles herum, was er über meinen Umgang mit Gaudet und mein Abenteuer mit Thérèse und mit der kleinen Berthé aus unserer Pension wusste. Der Tartar hatte alles von einem Schreiber an der Place Maubert aufschreiben lassen und hatte es dann an seinen früheren Herrn geschickt, auf dessen Geheiß er mir den fatalen Brief gezeigt hatte. Richequeurs* und Bonne Sellier teilten mir mit, Mademoiselle Fanchette sei acht Tage, nachdem die Auskünfte von Tourangeot zu ihr gelangt waren, verheiratet worden. Auf diese Weise wurde das Laster an mir bestraft. Ohne Laster wäre mir Fanchette verbunden geblieben. Ihr jungen Leute! Das Laster ist wie der Manchinel-Baum* – seine Frucht ist giftig. Schmerz, Verzweiflung, Empörung, Wut und Rachsucht stritten um mein Herz. Der Schmerz war am stärksten. Ich unterbrach Leute, die mit mir sprechen wollten. Ich schrie, ich weinte, ich stöhnte … Und meine Verzweiflung wuchs noch, als mir einfiel, dass ich in der Woche vorher, nach dem Tod ihres ehrwürdigen Vaters, einen Beileidsbrief an Madame Parangon und Mademoiselle Fanchette geschickt hatte. Darin bekundete ich meine zärtlichste Neigung zu den beiden Schwestern und die lebhafteste Trauer um ihren Vater … Ich Unglücklicher verlor auf einen Schlag die zärtlichste, eifrigste, vollkommenste Freundin und meine Herrin, meine Frau, mein Ansehen. Aber die Herrin und mein Ansehen bedeuteten mir nichts – es war Colette, um die ich trauerte. Es war Colette, die ich mal mit wütenden, mal mit erstickten Schreien vom Himmel zurückforderte. Ich sank in eine Niedergeschlagenheit, die man für Seelenfrieden hielt.

Schließlich berichtete man mir auch noch von allem, was der Tartar sonst noch gesagt hatte: Statt eines Verehrers habe Monsieur Parangon ihrer zehn für Fanchette gefunden. Sie habe sich dann in den Sekretär eines Anwalts, einen gewissen Monnetot vernarrt. Der Tod von Madame Parangon habe zwar Aufsehen erregt, aber man habe ihr in der Stadt so viel Respekt entgegengebracht, dass niemand gewissen Andeutungen ihres Mannes geglaubt habe. Allerdings hatte man bemerkt, dass sie seit einiger Zeit ihre Briefe selbst zur Post trug. Vorher habe ihr Mann immer Toinette geschickt, aber die sei ja nun bei Monsieur Depincemaille...

Nachdem dieser Bericht beendet war, stand ich auf, ohne etwas zu erwidern. Ich ging hinaus. Verwirrt lief ich hierhin und dorthin. Nichts war mehr wie vorher in der Natur. Alles betrübte mich. Das Leben schien mir unerträglich ... Ach, der Selbstmord ist dem denkenden Menschen so nah und natürlich, wenn sich die Waage zu sehr nach der Seite des Unglücks neigt und den Schmerz an die Stelle der Lebensfreude hebt! Ich konnte nicht weinen. Etwas hatte mich gepackt und überwältigt.

Richequeurs war mir gefolgt. Er hatte gesehen, wie ich ziellos umherirrte, und brachte mich zurück. Bonne Sellier kam zu mir, nahm meine Hände, drückte sie und versuchte, mich weicher zu stimmen. Ich wollte keinen meiner guten Freunde sehen, selbst Jeannette Demailly nicht, die nun bald Madame Ponsardin heißen würde. Es ist dies eine Beobachtung, die ich auch später gemacht habe – dass ich im tiefsten Schmerz meine Freunde fliehe. Weil mir in solchen Augenblicken alles abscheulich wird, würden auch sie mir nachher weniger liebenswert sein. Mein Schmerz hätte unsere Freundschaft entwürdigt. Loiseau blieb als Einziger von dieser Regel ausgenommen.

Vierzehn Tage lang verharrte ich in dieser traurigen Lage, der ich dann nur entkam, weil sich Loiseau und Mademoiselle Zoé so fürsorglich um mich kümmerten. Nachher jedoch, obwohl äußerlich getröstet, spürte ich die erlittenen Verluste noch deutlicher als in den ersten Tagen. Dabei hatte ich gar nicht alles verloren, denn der beste Freund, den es je gab, war mir ja noch geblieben. Er versuchte, mich auf andere Gedanken zu bringen, und ich half ihm dabei. Um mich zu zerstreuen, besuchte ich meine Schwestern. Aber ich war ein Anderer geworden! Statt die jungen Mädchen aus einer gewissen Überlegenheit zu betrachten, war ich trübselig, mutlos und fühlte mich ihnen allen unterlegen, weil ich kein Ansehen und keine Aussichten mehr hatte und nur noch Anspruch auf ein Mädchen aus der Hefe des Volkes erheben konnte, das mir sogar noch eine Ehre erweisen würde, wenn es bereit war, einen Mann zu heiraten, der für immer Geselle bleiben würde.

Die Freundschaft mit Loiseau war mir als einzige Stütze geblieben. Aber mein Herz war so beschaffen, dass ich die Liebe oder wenigstens die Freundschaft einer Frau unbedingt brauchte, um es auf eine angenehme Weise zu erfüllen. Ohne die Frauen war ich ein Nichts – kraftlos, untätig, seelenlos. Deshalb bin ich mein Leben lang, wenn nicht der Liebe, so doch wenigstens der Freundschaft von Frauen nachgelaufen, die mir gefielen. Und mein Unglück bestand, wie man sehen wird, nur darin, dass ich mich bei dieser Wahl fast immer getäuscht habe oder erfolglos blieb. Ich liebte Loiseau, aber den höchsten Punkt der Vertrautheit hatten wir noch nicht erreicht. Von meinen Schwestern hatte ich mich entfernt, und nichts zog mich wieder zu ihnen. Das Haus von Madame Ponsardin hatte ich mir verboten. Die übrigen ehrbaren Frauen unter meinen Bekannten hatte ich allesamt verloren. Eine Rückkehr nach Auxerre machten mir der Hass von Monsieur Parangon und die Schmach meiner gescheiterten Pläne unmöglich. Dennoch, ich brauchte Frauen! Aber ich begnügte mich mit den gespensterhaften Doppelgängerinnen dieses Meisterwerks der Natur. Ich baute ganz auf Gaudet mit seiner niederträchtigen, schändlichen Seele, der in Auxerre nur Dienstmädchen geliebt und gekannt hatte, obwohl er im Grunde ein großes Herz hatte. Wir besuchten Prostituierte. Wenn es mich bisweilen in etwas höhere Regionen zog, ging ich zu Boudard, der damals der Liebhaber und Günstling einer Schauspielerin war, einer kleinen Person, Mademoiselle Mentelle, die an der Opéra-

Comique die Liebhaberinnen spielte. Wir unternahmen dann Ausflüge mit ihr und einigen ihrer Kolleginnen.

Ich werde nur einen solchen Ausflug schildern. Ich muss aber doch vorausschicken, dass ich damals von einer ungeheuren Begeisterung für das Theater erfüllt war: Für mich waren Schauspieler und Schauspielerinnen wie Götter und Göttinnen. Da es nichts gab, was mich noch zurückhielt, wollte auch ich spielen, Schauspieler werden, auf einer der großen Bühnen debütieren. So widmete ich jeden freien Augenblick dem Studium bestimmter Rollen – den *Kammerdienern* in der Komödie und den *Königen* oder anderen *Hauptrollen* in der Tragödie. Doch dann kam mir der Gedanke, die Opéra-Comique würde mir vielleicht besser liegen. Ich kam mit diesem Genre leicht zurecht, und das Vaudeville entzückte mich. Ich studierte die Rollen des Bourette und des Nicaise in *Nicaise** und die des Alain in *Die Geist-Sucherin** usw. Als ich sie beherrschte, suchte ich, ohne mit jemandem darüber zu sprechen, eines Morgens Jean Monnet auf, den Direktor der Opéra-Comique. Er prüfte mich, als würde er einen Neger kaufen. Er ließ mich eine Rolle als Kammerdiener vorspielen, von der ich ihm sagte, ich hätte sie gelernt – es war die in *Der Spieler.** Er war recht zufrieden. Dann die Rolle des Orosmane in *Zaire.** Dabei machte ich meine Sache noch viel besser (er war es, der mir das sagte). Schließlich ließ er mich etwas singen: eine gefällige Stimme, mit wunderbarem Bass und einem großem Umfang in den hohen Lagen.

»Haben Sie schon gespielt?«, fragte er mich.

»Nein.«

»Also, ich werde Sie nicht auf die Bühne bringen. Sehen Sie zu, dass Sie eine Truppe in der Provinz finden, und kommen Sie in einem Jahr wieder.«

Ich befolgte seinen Rat nicht und beharrte auch nicht darauf, noch einmal vorzusprechen. Ich zog mich auf der Stelle zurück und habe Jean Monnet nie wieder gesehen. Aber die Theaterbegeisterung erfüllte mich noch immer, als ich dank Boudards Hilfe einen Ausflug mit drei von Jean Monnets Schauspielerinnen machte.

Die erste war Mademoiselle Mentelle. Boudard war ihr Kavalier. Die beiden anderen waren Mademoiselle Baptiste, im Ensemble die zweite Liebhaberin, und Mademoiselle Prudhomme, die erste Tänzerin. Diese war nur durch einen Zufall mitgekommen und kaum fünfzehn oder sechzehn Jahre alt. Aber was für ein raffiniertes Frauenzimmer! Als ich Mademoiselle Baptiste auf der Bühne gesehen hatte, war ein solches Verlangen über mich gekommen, dass ich nun, da ich sie wiedersah, vor Freude bebte. Doch Mademoiselle Prudhomme hatte mir noch besser gefallen, und bei ihrem Anblick ging mir das Herz auf! Wir bestiegen einen Wagen. Mademoiselle Prudhomme saß auf meinem Schoß und Mademoiselle Baptiste neben mir. Mademoiselle Mentelle und Boudard nahmen im Fond des Wagens Platz. Ich war trunken vor Freude, als beim Aussteigen jede meiner beiden Schönen einen Arm von mir nahm, so dass eine bezaubernde Vertrautheit zwischen zwei meiner Göttinnen und mir entstand.

Wir waren im Bois de Boulogne. Boudard und Mademoiselle Mentelle, seine Geliebte, schritten würdevoll einher. Sie bestellten ein Mittagessen für drei Uhr. Meine beiden Nymphen und ich, wir liefen voraus und tollten herum wie Kinder, während mein Kamerad, der an diesem Tag mit Perücke unterwegs war, und Mademoiselle Mentelle mit ihrem großen Hut aussahen, als wäre sie unsere Eltern. Als sie uns dann zu sich riefen, um meine Begleiterinnen zu warnen, dass ein paar junge Strolche, die in unserer Nähe waren, sie für leichte Mädchen hielten, setzte Mademoiselle Baptiste ein geziertes Lächeln auf und sagte: »Wir laufen auch nicht mehr weg, Maman.«

»Ganz bestimmt nicht, Mamachen!«, fügte die hübsche Mademoiselle Prudhomme hinzu und gab ihr einen Handkuss. Mademoiselle Mentelle gab ihr einen Klaps auf die Wange, und Boudard sagte streng: »Und jetzt seid artig…!«

Ich hörte, wie die Strolche untereinander sagten: »Was für eine niedliche Familie!«

»Ja! Und wie charmant die Mama noch ist.«

»Da bekommt man gleich Lust, zu heiraten. Noch jung sein und so große, reizende Kinder zu haben!«

»Also, wenn ich so hübsche Schwestern hätte wie dieser Tölpel da – o je!«

Das Gesicht, das Mademoiselle Baptiste machte, als ich ihr dieses Gespräch wiederholte, war sehenswert. Sie tat, als wollte sie mir einen Schlag versetzen.

Ich wandte mich um: »Mama, meine Schwester Jacquette hat mich gehauen. Soll ich sie wiederhauen?«

»Ja, ja, mein Sohn!«

»Hau sie nicht, Brüderchen, dann bin ich auch ganz lieb zu dir!«, sagte meine jüngere Schwester. Aber ich hatte Jacquette den Klaps schon verabreicht. Schmollend entfernte sie sich ein wenig von uns. Junie Prudhomme lief ihr nach, um mich mit ihr wieder zu versöhnen.

»Nein, nein, Junie – er ist zu frech!«

Da stürzte ich zu ihr und küsste sie. Sie erwiderte meinen Kuss.

»Wie bezaubernd!«, sagte einer der Strolche. »Morgen heirate ich! Vielleicht sogar noch heute Abend!«

Wir liefen wieder davon, meine beiden Freundinnen und ich, und als wir außer Sicht waren, tollten wir herum und gaben allerlei Albernheiten von uns. Unter denen, die sie mir sagten, ließ mich vor allem eine aufhorchen. Mademoiselle Baptiste hatte eine Strophe aus einem damals sehr bekannten Lied gesungen:

Y écoutez l'aventure
D'un pauvre villageois:
Moi qui de ma nature
Suis honnête et courtois,
L'autre jour je promis
A la belle Claudène
De la servir gratis
Le long de la semaine.

Le lundi pour lui plaire
Je pris la bêche en main;
La matinée entière,
Je bêchis son jardin…

Hört hier, was einem armen Dörfler widerfuhr,
mir, der ich ehrbar bin und höflich von Natur.
Neulich versprach ich Claudène, der schönen Freundin mein,
ich würde ihr die ganze Woche gern zu Diensten sein.
Am Montag, um ihr zu gefallen, nahm ich den Spaten in die Hand
und stocherte den ganzen Morgen in ihrem Gartenland.

Ich sagte, ich hätte große Lust, in ihrer beider Gärten zu *stochern,* worauf Mademoiselle Baptiste mich fragte, *wievielmal ich ihnen denn wohl nach dem Mittagessen zu Diensten sein könnte.* Ich hielt jeder von ihnen die fünf Finger einer gespreizten Hand entgegen. Sie lachten mich aus.

»Soll ich es Ihnen beweisen?«, rief ich.

»Er hat recht!«, sagte die junge Mademoiselle Prudhomme. »Beweis der Werke ist stärker als Beweis der Worte.«

Wir waren im Wald und gingen weiter bis zu einer abgelegenen Stelle, die mit sauberem, weichem Moos bedeckt war.

»Ziehen Sie Hälmchen, meine Damen. Dann gönnen wir uns eine Kostprobe noch vor dem Mittagessen.«

Sie kicherten wie zwei Verrückte und wurden ein wenig rot, ein Anzeichen für einen Rest von Schamhaftigkeit, obwohl sie Schauspielerinnen waren – und obendrein an der Opéra-Comique! Nun suchte Mademoiselle Baptiste … (Der Leser wundert sich vielleicht, dass ich nicht *die Baptiste* und *die Prudhomme* schreibe, wie meine Autorenkollegen dies zu tun pflegen. Zum einen, weil ich kein vornehmer Herr bin, sie aber in meinen Augen sehr wohl Mademoiselles sind. Zum anderen, weil ich den Frauen und Mädchen, die ich besessen habe, immer das *Madame* oder das *Mademoiselle* beigebe, so viel

Achtung bin ich ihnen und auch mir selbst schuldig…) Nun suchte Mademoiselle Baptiste zwei Grashalme, machte sie unterschiedlich lang und gab sie mir. Ich hielt sie ihnen hin, und sie zogen. Mademoiselle Prudhomme kam als Erste an die Reihe. Sie zierte sich ein wenig, weshalb ich sie in das Moos herabdrücken musste. Mademoiselle Baptiste, wie es abgesprochen war, hielt Wache. Sie stand auf und ließ ihre Blicke überall herumwandern, während ich ihrer Gefährtin den ersten Beweis lieferte. Die junge Tänzerin war damit sehr zufrieden! Ich war erst ihr zehnter Liebhaber … Wir standen wieder auf und begaben uns zu der, die unsere Sachen gehütet hatte.

»Jetzt sind Sie dran, meine Schöne!«, sagte ich.

»Ah, pfui! Das riecht doch sehr nach Ausschweifung. Schlimmer als bei den Mädchen von der Großen Oper!«

Ich führte sie auf das Schlachtfeld. Sie war so umsichtig, mir genügend Schwierigkeiten zu machen, so dass mein ganzes Feuer wieder entfacht wurde. Auf diese Weise errang ich einen Triumph, der mir sehr leicht vorkam … (Es lag daran, dass Mademoiselle Baptiste ungefähr zwanzig war und dass sie schon mindestens sechs Jahre bei der Opéra-Comique spielte.)

Nach diesem zweiten Beweis kehrten wir zu Boudard und seiner Freundin zurück, die uns suchten und schon einige Male nach uns gerufen hatten.

»Ihr seid wirklich verrückt!«, sagte Mademoiselle Mentelle zu ihren beiden Kameradinnen. »Was für ein Leichtsinn!«

»Wir haben doch abwechselnd Schmiere gestanden.«

»Was soll das heißen – abwechselnd? Habt ihr etwa beide…?«

Die liebenswürdige Prudhomme errötete und sagte kein Wort, obwohl sie Tänzerin war und etwas anders als die meisten. Denn mir schien, dass solche Frauen eigentlich dreist sein müssen – es gehört zu ihrer Lebensweise, sonst würden sie nicht natürlich wirken und nicht mehr gefallen. Es kann nicht anders sein, oder … Ich war schon sehr verdorben! Wir liefen noch einmal davon, meine beide Nymphen und ich – ich voraus und sie hinter mir her. Und als wir dann ein zweites angenehmes Plätzchen fanden, deutete ich auf das Moos und sagte: »Was für ein Bett! Was für ein bezauberndes Plätzchen! Was für eine Einladung, den Pinsel zu schwingen!«

»Eine vorzügliche Idee!«, rief Mademoiselle Baptiste. »Willst du zuerst, oder soll ich…?«

Mademoiselle Prudhomme hielt es nicht für angebracht, die andere vorzulassen. Mademoiselle Baptiste kam dann eine Viertelstunde später an die Reihe. Und nachher, ohne sie wegzulassen, lieferte ich ihnen einen fünften und einen sechsten Beweis. Dann kehrten wir zu den beiden Liebenden zurück.

»Er ist unbezahlbar!«, sagte Mademoiselle Baptiste. »Der schafft das wirklich, Prudhomme. Der schafft das.«

»Monsieur Nicolas?«, sagte Mademoiselle Mentelle mit einem halben Lächeln zu mir. »Nehmen Sie sich in Acht vor diesen beiden Verrückten, ich warne Sie – wenn Sie nicht auf einer Bahre heimkehren wollen!«

»Im Gegenteil, ich fordere sie heraus!«, erwiderte ich stolz.

Wir kehrten zurück, um unsere Mahlzeit einzunehmen. Bei Tisch wurden meine Heldentaten gerühmt. Man sprach von nichts anderem. Das Essen war vorzüglich. Ich hatte großen Appetit. Man ließ es sich nicht nehmen, mir eine doppelte Portion Reissuppe mit Beilagen zu verabreichen, und ich ließ sie mir schmecken. Wir tafelten ungefähr drei Stunden.

Schließlich erhob ich mich in dem Augenblick, als Mademoiselle Baptiste eine Kantilene anstimmen wollte, die damals nur in handschriftlicher Form vorlag, später jedoch sehr bekannt wurde. Sie schrieb sie Mademoiselle Arnould zu, die erst kürzlich an die Oper gekommen war. Ich stieß Mademoiselle Prudhomme mit dem Knie an. Sie erhob sich nicht rasch genug. Mademoiselle Baptiste hatte meine Bewegung bemerkt und kam ihrer Rivalin zuvor, die sich laut beklagte: »Pfui, diese Schummlerin!«

Baptiste wollte jedoch nicht zurückstecken, trotz der Vorwürfe, die man ihr machte, und so bekam sie ihren Beweis. Prudhomme, erbost über die ungerechte Bevorzugung, kam gleich nachher zu mir und beklagte sich über ihre Freundin.

»Ich habe mich zurückgehalten«, flüsterte ich ihr zu. »Machen Sie mir ein kleines Vorspiel.« Sie tat es – und was für eins! Wie ein leichtes Mädchen von der Großen Oper! Am Ende musste sie zugeben, dass ihr durch das Warten nichts entgangen war. Zu dritt kehrten wir an den Tisch zurück.

Man servierte das Dessert. Wir tranken Likör – ich nur sehr wenig. Mademoiselle Baptiste begann noch einmal mit ihrem Lied. Nun gab mir die hübsche Prudhomme von sich aus ein Zeichen, damit sie nicht noch einmal das Nachsehen hätte. Ich verschwand mit ihr, und sie kehrte erst zurück, als sie ihren letzten Beweis bekommen hatte. Das alles geschah im Stillen. Am Tisch tat man so, als würde man nichts mitbekommen.

Als Mademoiselle Baptiste ihr Lied beendet hatte und noch während man der Schauspielerin und Sängerin applaudierte, entwischte sie – kam aber nicht weit, denn schon im nächsten Saal holte ich sie ein. Sie wehrte sich zwar, weil die Fenster offen standen, trotzdem vollendete ich dort, was sie mir nicht hatte glauben wollen.

So kehrte sie als echte Bacchantin zurück, um meine Talente mit einem schallenden *Evohe* zu preisen. Sie verlangte einen Myrtenkranz für mich (zum Glück fand sich etwas Myrte bei einem Gärtner in der Nachbarschaft). Mademoiselle Prudhomme übergab den Kranz mit einem Kniefall an Mademoiselle Mentelle, die ihn mir im Namen der Venus auf den Kopf setzte. So verließen wir unser Lokal, und gekrönt, von Nymphen begleitet wie ein zweiter Anakreon, ging ich zu unserem Wagen. Mehr als fünfhundert Personen wurden Zeugen dieses letzten Teils der Szene, aber den Anlass dazu kannte niemand. Man glaubte, es handele sich einfach um die Nachahmung einer antiken Feierlichkeit, und vielleicht war es ja auch nichts anderes als das.

Im Wagen sagte mir Mademoiselle Baptiste dann ganz unverblümt: »Du siehst ja, dass dein Freund der Gigolo der Mentelle ist.

Du sollst von nun an meiner sein. Ich biete dir meine Freundschaft, meinen Geldbeutel und mich selbst.« Ich dankte ihr in verklausulierten Worten. Und ich muss hier zu meiner Schande gestehen: Was mich vor dieser schändlichen Rolle bewahrte, war allein der Umstand, dass ich Mademoiselle Prudhomme den Vorzug gab. Hätte die mir ein solches Angebot gemacht, so wäre es um den Rest meines Zartgefühls geschehen gewesen. Ich hätte angenommen und wäre in die elende Horde der ruchlosen Schmarotzer geraten, die sich von Frauen aushalten lassen! Baptiste muss geahnt haben, was in mir vorging. Nach ein paar Tagen, an denen sie mich nicht gesehen hatte, sagte sie zu Mentelle, ich sei ein Tölpel, der sich die Jüngste aussuchte, wie die großen Herren, statt die Solideste zu nehmen, wie die Gigolos.

Dieser Ausflug hatte zur Folge, dass ich endgültig in der Ausschweifung versackte. Er schwächte in meinem Herzen den aufrechten Schmerz um die tugendhafte Colette, so dass am Ende nur der Schmerz um die schöne Frau übrig blieb.

Man erinnert sich, dass alle Pensionsgäste von Bonne Sellier auch deren Ehemänner waren. Dies gehörte anscheinend zu den Dienstleistungen der Pension, die es für ihre Pflicht hielt, all unsere Bedürfnisse zu befriedigen. Später (im Jahr 1768) habe ich das Gleiche in der Cour d'Albret am oberen Teil der Rue des Carmes erlebt, bei einer Gastwirtin, die Medizin- und Jurastudenten beherbergte. Es gab dort vier Frauen: die Großmutter, die Mutter und zwei Töchter. Die Großmutter war noch sehr appetitlich, sie entstammte einer Familie von »schönem Geblüt«. Die Mutter, seit vielen Jahren Witwe, war eine schöne Frau. Die ältere Tochter war eine junge, reizende Person, etwa neunzehn Jahre alt, und Madelon, die jüngste, ein hübsches Ding von vierzehn oder fünfzehn. Die Großmutter kümmerte sich um die Neuankömmlinge während der ersten zwei Wochen, so war es zwischen den vier Frauen abgemacht. Sie kam in diesen ersten vierzehn Tagen zum Bettenmachen, während man noch im Zimmer war, und brachte es fertig, dass man bei dem, was von ihrer Schönheit noch übrig war, in Versuchung geriet. Man bekam wirklich Appetit! Ein weißer Busen … schöne Beine, sichtbar bis zu den Knien, wenn sie sich bückte, ein fülliges, wollüstiges, lüstern wackelndes Hinterteil. Wenn dann die Gastgeberinnen sahen, dass man halbwegs begriffen hatte, wie es in diesem Haus zuging, kam die Mutter und brachte einem das Zimmer in Ordnung. Nun hatte man es eine Weile mit ihr zu tun, und ob man irgendwann auch an die Töchter herankam, hing davon ab, wie man mit ihr umging. Ein lustiger Bruder bekam nur die Großmutter, die die Mutter vor ihm bewahrte. Die Mutter wiederum bewahrte ihre ältere Tochter vor den zweifelhaften Männern. Aber wenn ein anständiger junger Mann mit guten Manieren eine Zeitlang die Mutter gehabt hatte, kam irgendwann auch die ältere Tochter im provokanten Negligé und machte dem Auserwählten das Bett. Ein bisschen Getändel ließ sie dabei zu, und wenn sie dann schließlich mit seinen Gefühlen und seinem Betragen zufrieden war, machte sie ihn glücklich. Wer zu dem jungen Ding von fünfzehn Jahren vordringen wollte, musste schon ein Ausbund an Verdienst und Ehrbarkeit sein. Man steckte die junge Person in ein besonderes Gewand. Der Glückliche spendierte einen ansehnlichen Imbiss, an dessen Ende man ihm sagte: »Sie sind ein Freund des Hauses – Sie haben es verdient, die Huri zu besitzen, und wir überlassen sie Ihnen für eine Stunde.« Dann zogen sich die Mütter zurück. Alle *Genüsse* fanden tagsüber statt, niemals nachts. Außerhalb der Zeit, in der einem das Bett gemacht wurde, war nichts zu erreichen. Dafür war es kostenlos! Man forderte tatsächlich nichts, nahm aber gern eine winzige Kleinigkeit in Empfang. Um den jungen Leuten aus der Provinz eine Belustigung zu bieten, an der ihnen sehr gelegen war, versammelte man abends unten in einem Saal junge Buchbinderinnen und Brochiererinnen, und dann wurde von neun bis elf Uhr getanzt – samstags und sonntags bis Mitternacht. Die Violine kostete nichts. Immer gab es einen Pensionsgast, der darauf spielen konnte, und oft wurde er von mehreren anderen begleitet, denn die Pensionäre konnten ihre Freunde zu diesem täglich stattfindenden Ball mitbringen. Ich habe zehn Monate in diesem Haus gewohnt, im Jahr 1768.

Aber kommen wir auf Madame Lallemand zurück, bei der ich schon während meiner ersten Zeit in Paris gewohnt hatte, in der Rue Saint-Julien-le-Pauvre. Madame Lallemand war in die Rue Jacinthe, Ecke Rue Galande, zurückgekehrt. Im Untergeschoss desselben Hauses hatte sich ein Cafétier eingerichtet, dessen Frau, eine schöne Dunkelhaarige, eine Vorliebe für das Widernatürliche hatte, die ich bei Frauen noch nicht erlebt hatte. Ich sah meine frühere Wirtin nicht mehr, seit ich ihr Haus verlassen hatte. Aber sie war eine hübsche Frau, die ich jederzeit haben konnte. Eines Tages begegnete sie mir und machte mir freundliche Vorwürfe wegen meiner Gleichgültigkeit ihr gegenüber.

Ich besuchte sonst nie die Kneipen, aber an diesem Abend zusammen mit Boudard, dem ich kurz vorher begegnet war, betraten wir eine, weniger um zu trinken, sondern vor allem um uns, während wir miteinander sprachen, zu verstecken – weil Boudard ja in einer illegalen Druckerei arbeitete. Diese Kneipe lag an der anderen Straßenecke, gegenüber dem Café. Wir saßen seit ein paar Minuten in einem holzgetäfelten Kabinett, als wir hörten, wie zwei Leute das Kabinett nebenan betraten. Wir blieben still.

»Das ist Madame Lallemand«, flüsterte mir Boudard zu, »mit Leblanc, einem ihrer früheren Pensionsgäste.«

Das Gespräch begann mit Vorwürfen. Aber dann versöhnte man sich, und schließlich knarrten der Tisch oder die Stühle.

»So enden diese Streitereien immer«, sagte Boudard. »Lassen Sie uns gehen...«

Was ich da eben erlebt hatte, weckte in mir die Lust auf ein Abenteuer. Es war Montag, so suchte ich denn gegen Abend diese Frau auf, die eigentlich eine Hure war, wollte ihr vorschlagen, zusammen eine Kleinigkeit zu essen, und mir nachher ihre leichte Zugänglichkeit zunutze machen.

Ich kam zu spät. Es war schon halb sieben. Wir plauderten. Sobald sie ihr kleines Dienstmädchen weggeschickt hatte, setzte ich mich auf ihren Schoß. Ich war sehr kühn! Ich sagte ihr, dass ich sie liebte, und sie gab mir die Antwort, die ich seither schon so oft meinen Freunden zum Besten gegeben habe: »Ach, mein Gott! Dass Sie mir das nicht früher gesagt haben!« Und dann fügte sie nachdenklich hinzu: »Damals, als Sie mit Ihrer Schwester Ponsardin zusammen waren, habe ich Sie zuerst für einen Frömmler gehalten; aber inzwischen haben Sie mir ja gezeigt, dass Sie ein richtiger Kerl sind…«

Wir verabredeten uns für den nächsten Tag um fünf Uhr, und dann verließ ich sie, bevor ihre Pensionsgäste eintrafen, aber versehen mit einigen sehr schmackhaften Kostproben ihrer Gunst.

Am Dienstag war ich dann viel zu früh. Statt gegen fünf kam ich schon um drei. Die Küchentür stand offen. Ich sah niemanden. Das kleine Dienstmädchen wusste wohl, dass ihre Herrin intensiv beschäftigt war, und hatte das Haus verlassen, um mit irgendwem zu schwatzen. Der Schlüssel steckte nicht an der Tür zu der Wohnung nach vorn hinaus, aber als ich sie mit dem Finger anstieß, weil ich durch den Spalt ein bisschen Licht gesehen hatte, öffnete sie sich.

Ich trat behutsam ein. Dieses Talent besitze ich im Übermaß – mich geschmeidig und mit Leichtigkeit zu bewegen. Sich regende Schatten zeigten an, dass jemand im hinteren Zimmer war, obwohl der Vorhang ängstlich zugezogen war. Ich ahnte schon, dass da ein Verehrer am Werke war, wunderte mich aber auch, dass sich Madame Lallemand kurz vor einem so bedeutsamen Rendezvous wie dem unseren nicht zurückhalten konnte. Aber ich war nicht böse über eine Anekdote, die ich Boudard erzählen konnte, ohne das Vertrauen, das ich geweckt hatte, zu verletzen. Ich näherte mich der Tür und hörte das Geräusch von Küssen. Eine der Personen, die sich sehr heftig bewegte, schob mit ihrem Fuß den Vorhang beiseite – und ich erblickte … zwei Frauen! Madame Lallemand und ihre Nachbarin Madame Beugnet (deren Mann Druckereileiter und Holzschneider war. Vom Gehsteig vor ihrem Laden aus hatte ich sie immer nur im Vorübergehen begehrt). Es war diese hübsche Cafétistin, die man dann später an der Ecke der Rue de Fouarre gesehen hat. Ihre weißen, festen, ganz entblößten Brüste verschlang meine frühere Pensionswirtin mit ihren Küssen, während beide sich mit zügellosen Händen aneinander zu schaffen machten. Nie zuvor hat mich etwas so überrascht wie dieser Anblick. Ich glaubte allen Ernstes, die hübsche Maximine Mâri sei eine temperamentvolle Frau, die es wegen ihres eifersüchtigen Ehemannes nicht wagte, sich mit einem anderen Mann einzulassen. Mit diesem Gedanken im Kopf drehte ich den Knopf an der Glastür und zeigte mich. Beide Frauen schrien auf. Ich beruhigte sie. Ich bot der schönen Schankwirtin meine Dienste mit glühenden Worten an, die im Einklang standen mit meiner irrigen Auffassung. Ihre Antworten waren mir unbegreiflich. Madame Lallemand erklärte sie mir.

»Aber, *morbleu!*«, rief ich, »Sie betrügen die Natur … Bei Venus! Sie werden vermannen…!«

Und dann knüpfte ich meine künftige Diskretion an gewisse Bedingungen. Ich ließ nicht mit mir verhandeln. Sie mussten nachgeben. Die Cafétistin kam als Erste an die Reihe, weil sie nicht wollte, dass ich Madame Lallemand bekäme. Aber diese beiden Frauen liebkosten einander, während wir zum Genuss kamen, und sie räumten ein, dass dies ein neuer Reiz sei, den sie noch nicht kannten. (Leser, ich schildere dir, was ich gesehen und was ich getan habe. Wie ein zweiter Petronius verschleiere ich dir nichts. Erkenne dein Zeitalter oder vielmehr: Erkenne alle Zeitalter! Die Leidenschaften und die Abwege, auf die sie führen, waren immer die gleichen. Ihre Auswirkungen waren immer die gleichen. Sobald sich der Mensch zivilisiert, entwickelt er künstliche Gelüste. Sobald er im Überfluss lebt, wachsen seine Gelüste ins Übermäßige, und er wird das, was wir mit dem Wort *libertin* bezeichnen. Ich muss aufrichtig sein – ich sage alles. Vielleicht wird man später manches von diesem Manuskript weglassen. Ich aber – ich muss alles sagen. Wie könnte ich mein Ziel erreichen, wenn ich – aus Rücksicht auf die Moralapostel oder um die Toren nicht zu ängstigen – meine Schandtaten wegstreichen und einen künstlichen, statt eines wirklichen Menschen zeigen würde? Von welchem Nutzen wäre ich dann noch? Mit Nettigkeiten würde ich unsere Weichlinge und unsere kleinen Catos erheitern – tugendhaft, weil sie nichts fühlen oder kraftlos sind –, aber ich würde niemanden klüger machen. In diesem robespierristischen und puritanischen Zeitalter muss man bis zum Überdruss auf solchen einfachen Dingen beharren.)

Ich zahlte die kleine Mahlzeit. Madame Lallemand ging selbst nach unten, weil sie ihr kleines Dienstmädchen nicht fand. Und während ihrer Abwesenheit erklärte mir die Cafétistin auf mehrere Angebote hin, die ich ihr machte, ohne Umschweife, sie habe mehr Männer, als sie zu ihrer Befriedigung brauche. In Wahrheit jedoch gelüste es sie nach schönen Frauen, die sich mit mehreren Männern träfen, weil sie nur Behagen, aber keine Liebe verspürten. Sie fügte hinzu, sie sei bis zur Raserei in eine hübsche ausgehaltene Frau verliebt gewesen, die ganz in der Nähe gewohnt habe (Spirette), weil sie wusste, dass dieses sehr hübsche Mädchen den, der sie aushielt, betrog. Ich sagte ihr, ich könne sie nicht verstehen. Da erklärte mir diese Lesbierin im Einzelnen alle Ab- und Umwege ihrer künstlichen und sündigen Gelüste. Dabei drückte sie sich so drastisch, so abstoßend aus, dass von diesem Augenblick an mein ganzes Verlangen nach ihren Reizen erlosch. Während der restlichen Zeit unserer Sitzung war ich zärtlich nur noch zu Madame Lallemand. Doch nun wollte die Cafétistin sie mir wutentbrannt entreißen, so dass es fast zu einer richtigen Prügelei gekommen wäre.

Eines Sonntags war ich mit meinen drei Freunden – Loiseau, Renaud und Boudard – zum Bois de Boulogne aufgebrochen, um Luft zu schnappen, als die Abwesenheit des schönen Geschlechts plötzlich jene Entkräftung über mich brachte, die den Cacus* befiel, wenn er die Erde nicht mehr berührte. Ich hielt es nicht mehr aus und stahl mich davon, als wir unser Ziel eben erreicht hatten. Ich kehrte nach Paris zurück in der Absicht, die Oper zu besuchen. Ich nahm den ersten Durchgang am Louvre, der zur Rue Fromenteau führt. Da, wo die Rue de Beauvais von ihr abzweigt, und an der Ecke Rue Jean-Saint-Denis hatte ich schon mal Straßenmädchen gesehen, die mir gefallen hatten. Sie waren nicht da. Ich ging durch die zuletzt genannte Straße in Richtung der Oper*, als ich plötzlich vor mir, auf der anderen Seite der Rue Saint-Honoré in der dritten Etage eine kleine Gestalt gewahrte, die mir sofort bezaubernd erschien. Ich ging und ging, den Blick fest auf sie geheftet, ohne die Lockrufe der Huren zu beachten, die auf beiden Seiten dieser verrufenen Straße Spalier standen. Als ich die Rue Saint-Honoré erreicht hatte, bemerkte mich diese junge Person, die eine Harfe zupfte. Meine Blicke sprachen zu ihr. Sie war noch ein Kind. Mit einem Wink und einem bezaubernden Lächeln lud sich mich ein, heraufzukommen. Ich stürmte einen Gang entlang und die Treppe hinauf zu ihr, neugierig auf ein öffentliches Mädchen, das ein so gefälliges Talent pflegte.

Sie kam selbst und öffnete die Tür, und überrascht sah ich vor mir eine Nymphe von etwa dreizehn oder vierzehn Jahren, wie mir schien, mit einem Gesicht, wie man es sich verführerischer nicht vorstellen kann. Eine der Grazien, mit einem entzückenden Lächeln, einer lebhaften, sanften Miene und einer bezaubernden, melodisch klingenden Stimme. Eine kindlich schlanke Gestalt, aber schon belebt von einem Busen, der sich unter dem dünnen Kleid zu heben begann. Sie hatte alles, was es braucht – Reinlichkeit, Geschmack und sogar Schamgefühl, dem man an solch abscheulichen Orten sonst nie begegnet.

Ich zog einen Taler aus der Tasche (so viel zahle ich den Frauen, die ich am meisten schätze). Sie sagte: »Maman ist nicht da. Behalt dein Geld und komm mich ein andermal besuchen…«

Sie gab mir einen Kuss, setzte sich auf meinen Schoß und sprach sanft auf mich ein. Sie hatte mein Geschenk abgelehnt. Für habgierig konnte ich sie also nicht halten. Ich war überrascht, entzückt, hingerissen! Ich spürte kein Verlangen nach ihr, ich empfand nur Zärtlichkeit. Ich fragte sie nach ihrem Alter.

»Rate mal!«

»Na ja, fünfzehn Jahre oder sechzehn?«

»Siebzehn!«, antwortete sie.

»Das hätte ich nicht gedacht. Aber ihr seid in eurem Beruf so bald verlebt, dass ihr mit fünfzehn schon ausseht wie zwanzig.«

Eine alte Schlepperin, die draußen nach Kundschaft gesucht hatte, hörte uns.

»Sie kennen sich aus!«, sagte sie mit schriller Stimme. Sie glaubte, ich hätte gesagt, die junge Person sei zwanzig.

»Ich habe nur Spaß gemacht«, sagte das Kind. »Ich will Sie nicht belügen. Die da hat recht – so ungefähr.«

Die Schlepperin warf einen Blick durch unser Fenster.

»Da kommt Madame ja!«, sagte sie zu uns.

Ich sah, wie das Kind bei diesem Wort verlegen wurde, und ging davon …

Ich ging ohne Gewissensbisse nach Hause, was mir noch nie passiert war, seit ich Prostituierte besuchte. Ich war ganz ruhig und mit mir zufrieden, nach einer keuschen Sitzung von fast drei Stunden an einem verrufenen Ort. Ein Schimmer früherer Tugend erhellte den verschlammten Abgrund meines Herzens. Ich kam mir ehrbar vor und wunderte mich sehr darüber!

Das war Zéphire. Voller Eifer ging ich am nächsten Tag zur Arbeit. Ich spürte wohl schon, was mir Zéphire bedeuten würde. Immer wieder sagte ich mir: »Wie schade! … So jung! … Ich bete sie an!« Die Woche verging über solchen Gedanken.

Am nächsten Sonntagmorgen bebte ich vor Freude bei dem Gedanken, dass ich Zéphire wiedersehen würde. Loiseau kam und schlug vor, einen Ausflug zu machen.

»Nein«, antwortete ich ihm kurz und bündig, »ich habe etwas Besseres vor.«

Ich machte ihm ein paar Andeutungen über Zéphire, worauf er

mitleidig lächelte und mir allerlei freundschaftliche Vorhaltungen machte. Mein Geständnis veranlasste ihn dazu, mir nachzuspionieren, und so bekam er diejenige zu Gesicht, die mir nun mehr bedeutete als meine Freunde.

Um drei Uhr kehrte ich zu Zéphire zurück. Sie empfing mich voller Freude. Die Zuneigung war gegenseitig, aber bei ihr doch noch stärker als bei mir.

»Ach!«, sagte sie. »Ich habe mit Maman gesprochen, wie es sich gehört. Meine Schwester Manon und all die Fräuleins hier haben einen Freund. Nur ich hatte keinen, dabei bin ich diejenige, die, obwohl noch Jungfrau, am meisten einbringt. Also habe ich zu Maman gesagt, ich wolle auch einen Freund haben, einen ehrbaren Kerl, keinen Gauner und auch keinen Spitzel wie die anderen. Es wäre ja wohl genug, dass ich die meiste Mühe habe und die ältesten Kunden empfange – dafür müsste ich entschädigt werden – mit einem, der jung und ehrbar ist. Maman antwortete, ein Spitzel wäre besser, da sei man besser informiert, wenn Verhaftungen bevorständen. Aber ich habe mich stur gestellt, bis sie endlich einverstanden war. Sie kommt gleich.«

Zéphire läutete. Die Maman kam, und es war tatsächlich die Mutter von Zéphire. Ich hatte einen großen Hut aufgesetzt, den ich nicht abnahm.

»Hier, das ist mein Freund«, sagte das Kind. »Dulis.« (Ich hatte mir diesen Namen schon bei den Schauspielerinnen und bei Monnet zugelegt.) »Dulis, das ist meine Mutter … Begrüße sie.«

Ich stand auf und verneigte mich wortlos so tief vor ihr, dass sie mein Gesicht nicht sehen konnte. Meine ehrbare Miene, meine Kleidung, auch mein Schweigen – alles bekräftigte, was Zéphire über mich gesagt hatte. Aber ich schämte mich. Ich wagte es nicht, der entsetzlichen Bordellmutter, die die Kindheit ihrer Tochter prostituierte, ins Gesicht zu sehen, und ich kann wohl sagen, dass ich sie nicht sah. (Und wenn ich sie gesehen hätte, hätte ich sie denn wiedererkannt – so völlig verändert, wie sie doch sein musste?)

»Nun denn!«, sagte die Rabenmutter zu mir, »da sie Sie haben will, soll sie Sie auch bekommen. Ich gebe Ihnen nur einen dringenden Rat: Stehlen Sie ihr nicht die Zeit; schleppen Sie sie weder in irgendwelche Kneipen noch in Tanzlokale. Im Übrigen könnt ihr tun und lassen, was ihr wollt. Was den Umgang mit Ihnen angeht, lasse ich ihr freie Hand. Immerhin ist sie noch Jungfrau. Aber da sie damit einverstanden ist, dass Sie ihre Blume nehmen, sollen Sie sie haben … Wie war noch Ihr Name? Dulis, nicht wahr? Ich muss Ihren Namen nämlich Monsieur Maret, unserem Inspektor, mitteilen, damit er Zéphire nicht einem seiner Leute als Anzahlung verspricht.«

Nachdem ich ihr mit einer Geste zu verstehen gegeben hatte, dass ich ihre Tochter gut behandeln würde, ließ sie uns allein. Die Zuhälterin glaubte, mich verstanden zu haben. Aber ich nahm mir noch hundertmal mehr vor, als sie erwartete. Ich hatte einen guten Eindruck auf sie gemacht. Sie war froh, dass ihre Tochter schon in so jungen Jahren einen anständigen, zurückhaltenden jungen Ehrenmann gefunden hatte, der sie nicht auf den Geschmack am Schnaps bringen und nicht drängen würde, ihre Nächte bei irgendwelchen Orgien zu verbringen. Sie bildete sich ein, dass ich Zéphire nur gute Ratschläge geben würde, die sie friedlich und anständig machen würden.

Seit ich wieder allein mit Zéphire war, fühlte ich in mir das Verlangen nach ihr wachsen … Ich bat sie dann auch in den zärtlichsten Wendungen um ihre Gunst. Sie drückte mich an ihr Herz und erzählte mir von all dem Abstoßenden, das sie täglich erdulden musste, und wie froh sie sei, sich dafür nun mit mir entschädigen zu können. Die junge Unberührte gab sich mir ganz hin, und dieser Genuss, den ich ihr hundertmal mehr schenkte als entriss, war köstlich. Endlich fand ich mein Glück wieder, aber mich erstaunte, welchen Ort es gewählt hatte, um auf mich zu warten! In Zéphires Armen vergaß ich alles um mich her, sogar den Beruf, dem sie nachging. Doch am Abend wurde ich grausam daran erinnert.

Bei Einbruch der Dunkelheit wurde geläutet. Es war die Zeit, zu der die *Freunde,* wer immer sie waren, die *Mädchen* verlassen mussten. Zéphire sagte es mir, und es war wie ein Dolchstich ins Herz. Während ich das Haus hastig verließ, erblickte ich einen Greis oder vielmehr ein Skelett, das nun meine Stelle einnehmen würde. Mich packte ein solcher Abscheu, dass ich beschloss, das liebenswürdige Kind, das mir eben noch so liebliche Augenblicke verschafft hatte, nicht mehr wiederzusehen. Nachdenklich und wie im Traum ging ich davon.

Als ich am nächsten Sonntag das Haus verließ, war ich fest entschlossen, Zéphire nicht zu besuchen. Und doch lenkten mich meine Schritte an den Fuß der Treppe, die zu ihr führte. Sie trugen mich, entgegen meinem wohlüberlegten Vorsatz, auch nach oben. So stand ich denn, ohne es zu wollen, vor ihrer Tür. Wie meine Füße verrieten mich auch meine Hände. Ich klopfte voller Missmut. Und doch trat ich ein…

Unser Beisammensein wäre vielleicht wieder köstlich gewesen, wenn ich sie für unerschütterlich gehalten hätte. Aber immerzu stellte ich mir vor, im nächsten Augenblick werde die schändliche Glocke wieder läuten … Erst ganz zuletzt, herbeigezaubert von ihren Zärtlichkeiten, begann das Gaukelspiel von neuem – doch dann erinnerte die abscheuliche Glocke meine Geliebte an die Niedertracht ihres Berufs. Wieder sah ich denselben Greis und ging tief betrübt davon. Eine andere Person hätte mich vielleicht weniger bekümmert. In ständiger Ungewissheit ging die Woche dahin.

Am nächsten Sonntag hielt mich ein eiliger Auftrag in der Druckerei zurück. Am Sonntag darauf jedoch konnte ich dem Verlangen, Zéphire wiederzusehen, nicht widerstehen. Mein Freund Loiseau, der mich schon eine Woche zuvor hatte begleiten wollen, schlug nun wieder vor, er könne doch mitkommen. Ich war einverstanden und führte ihn zu Zéphire. Seine Anwesenheit hielt sie kaum davon ab, mir zärtliche Vorwürfe zu machen. Er aber nahm mich beiseite, um mir in aller Freundschaft zu erklären, wie unschicklich es sei, an einem solchen Ort der Liebe nachzugehen. Er blieb jedoch die ganze Zeit über mit Zéphire und mir zusammen. Am Abend, als die Zeit des verfluchten Alten gekommen war, wurde nach Zéphire geläutet. Ich sah ihn noch einmal, diesen abscheulichen Mann. Loiseau sah ihn auch. Dann gingen wir hinaus.

Schweigend gingen wir nebeneinanderher. Ich war tief in Gedanken. Aber plötzlich, kurz bevor wir unsere Bleibe erreicht hatten, brach es aus mir hervor: »Nein! Ich werde nicht mehr zu ihr gehen!«

»O, mein Freund!«, sagte Loiseau. »Auf diesen Gedanken habe ich gewartet. Was für einen Auftritt haben wir uns da geleistet! Und dann dieser Rückzug!«

Ich hörte ihn und fühlte mich wie vernichtet. Meine Schmach und mein Schmerz waren so unermesslich, dass ich froh war über den Tod von Madame Parangon! … Nun steht das lästerliche Wort auf dem Papier, ich werde es nicht tilgen.

Loiseau wollte mich trösten. In diesem Augenblick gelang es ihm kaum. Aber mein Vertrauen zu ihm verstärkte sich. Ich traf ihn jetzt jeden Tag. Wir nahmen beide eine Stelle bei dem Drucker André Knapen an und arbeiteten dort zusammen. Wir waren unzertrennlich. Ein junger Mann namens Héraut, der später Schauspieler in der Provinz geworden ist, schloss sich uns an. Ich verließ das Haus von Bonne Sellier und mietete mich allein in der kleinen Rue Sainte-Anne-du-Palais ein, im fünften Stock, bei einem Obstverkäufer, der auch als Plakatkleber arbeitete. Es war ein bisschen weniger angenehm als in der Rue Saint Julien-le-Pauvre, weil mein Zimmer nur ein Speicher war, mit Theaterplakaten tapeziert, die einfach auf die Lattenwände geklebt waren. Aber ich war auch tiefer gesunken und weniger wählerisch.

Ich traf mich nicht mehr mit Gaudet oder nahm jedenfalls nicht mehr an seinen schmutzigen Vergnügungen teil, denn ich wäre lieber gestorben, als ihn zu Zéphire mitzunehmen! Ich traf mich auch mit diesem Mädchen nicht mehr. Ich glaubte, sie habe mich mit der Zeit vergessen, oder vielmehr: Mir schien, sie habe sich nie für mich interessiert.

In den neuen Verhältnissen wurde ich traurig und schwermütig.

Meine alten Kümmernisse, die mir das Herz bedrückten, rumorten in mir und nagten an meiner Gesundheit. Ich wurde ernsthaft krank. Loiseau ließ mich nicht im Stich. Er pflegte mich. Seine treue Geliebte, Mademoiselle Zoé, wachte bei mir, während mein einziger, mein tugendhafter Freund für uns beide arbeitete und dabei Mühe und Schweiß nicht scheute. Er verkaufte die Hälfte seiner Kleidung. Er lieh sich Geld bei Mademoiselle Zoé Delaporte, die sich bis zur Erschöpfung für uns verausgabte. Aber diese beiden zärtlichen Freunde hatten dringende Pflichten zu erfüllen, so dass ich trotz ihres Feuereifers drei Viertel der Zeit allein und ohne Beistand war. Ich litt unter Anfällen von Atemnot, die vierundzwanzig Stunden anhielt. Es hieß, sie gingen auf die Einreibungen mit Quecksilber zurück, die mir der junge Labadie, als ich an Syphilis erkrankt war, ohne Not so ausgiebig verabreicht hatte, und außerdem auf die Pillen, die ich geschluckt hatte. Diese Atemnot nahm acht Stunden lang immer mehr zu, blieb dann während der nächsten acht Stunden auf ihrem höchsten Punkt, und ging dann während der letzten acht Stunden unmerklich zurück. Nachher war ich so schwach, dass man mich hätte umpusten können.

Loiseau war ganz verzweifelt wegen dieser sonderbaren Anfälle, die ihn und Mademoiselle Zoé nötigten, bei mir zu wachen, solange sie dauerten. Wir hatten kein Geld mehr und auch fast nichts mehr zum Anziehen. Er musste mich allein lassen, um zu arbeiten und etwas zu verdienen. Ich drängte ihn auch selbst dazu. Da fiel ihm ein, er könnte ein oder zwei Louisdor von einigen Bekannten aus seiner Heimat leihen, die vor kurzem nach Paris gekommen waren und in der Rue Saint-Anne in der Nähe der Kirche Saint-Roche wohnten. Er machte sich gleich auf den Weg.

Zéphire sah ihn an der Ecke der Rue des Bons-Enfants und erkannte ihn. Unordentlich, im Morgenrock hastete sie die Treppe hinunter und erwischte ihn noch gegenüber vom Palais-Royal.

»Monsieur?«, fragte sie schüchtern. »Wissen Sie, ob Monsieur Dulis in Paris ist?«

»Ja, Mademoiselle, er ist hier.«

»Ach, dass er es so lange aushält, ohne mich zu sehen!«

»Und was bitte sollte er bei Ihnen suchen – in seinem Zustand?«

»In seinem Zustand? Ist er denn krank?«

»Seit langem … Aber ich bin in Eile. Er ist allein. Adieu, Mademoiselle.«

»Oh, und seine Adresse?«

»Er ist nicht in der Lage – Sie können ihn nicht besuchen.«

»Ich bitte Sie! Seine Adresse!«

»Rue Sainte-Anne.«

»Ach, das ist nicht weit – bei der Rue de Richelieu, nicht wahr?«

»Nein, die ist es nicht! – Adieu, adieu! Mademoiselle!«

Er ergriff die Flucht – schamrot im Gesicht, aus Sorge, alle Welt würde zusehen, wie ihn ein Fräulein auf offener Straße in ein Gespräch verwickelte, das fast noch ein Kind war und dessen Aufzug ihren Beruf erkennen ließ.

Zéphire kannte meine Rue Sainte-Anne nicht. Aber sie hatte gehört, dass es in Paris bisweilen zwei oder drei Straßen gleichen Namens gibt. Sie kehrte nach Hause zurück, zog sich ordentlich an, obgleich immer noch etwas zu aufwendig, und fragte dann unter dem Mantel der Verschwiegenheit ihre Cousine Manon nach dem Weg zu den beiden Rues Sainte-Anne. Nachdem sie erraten hatte, welche von beiden meine Straße sein müsse, nahm sie alles Geld und allen Schmuck, den sie finden konnte, und machte sich, die Abwesenheit ihrer Mutter ausnutzend, allein auf den Weg. Sie durchquerte die Cour de Lamoignon und die Säle des Justizpalastes, fragte auf Schritt und Tritt nach meiner kleinen Straße, und als sie sie erreicht hatte, fragte sie nach mir. Niemand kannte mich.

»Fragen Sie mal bei den Hôtels garnis«, riet ihr jemand.

Zéphire erkundigte sich an drei Stellen nach mir, bis sie schließlich vor dem heruntergekommenen Kasten meines Vermieters stand, des Obstverkäufers, Plakatklebers und Lastträgers (denn diese drei Ämter vereinigte er in seiner Person). Ihn fragte sie nach Monsieur Dulis.

»Ich habe hier keinen Monsieur Dulis. Wer soll denn das sein?«

»Er ist mein Cousin und – krank.«

»Äh, einen Kranken habe ich – ganz oben.«

»Das ist er!«

»Na, denn – im fünften Stock!«

»Wird er gut versorgt?«

»Nein.«

»Was fehlt ihm?«

»Bouillon.«

»Hier, sechs Francs. Besorgen Sie ihm dafür einen Kapaun, vier Pfund Rindfleisch und alles Übrige. Machen Sie ihm einen guten Eintopf, und inzwischen, wenn Sie gestatten…«

»Ja, nur zu!«

Rasch stieg sie nach oben. An meiner Tür steckte der Schlüssel von außen. Sie öffnet sie einen Spalt weit und erkennt auf einem wackligen Stuhl den einzigen Anzug, der mir geblieben ist. Mit dieser Gewissheit tritt sie ein, ohne dass ich mich zu ihr umdrehe, denn die geringste Bewegung verursacht mir heftige Schmerzen. Die letzten acht Stunden meines Anfalls haben eben erst begonnen, und ich fühle mich ungeheuer elend. Zéphire nähert sich auf Zehenspitzen. Sie sieht den Schmutz und den Schweiß und die Unordnung um mich her.

»Ach, Gott!«, sagt sie halblaut. »Da ist er ja!«

Sie zog ein parfümiertes, weißes Taschentuch hervor und wischte mir damit das Gesicht ab. Ich sah sie an und erkannte, dass sie nicht Zoé war, die seit zwei Tagen von einer Migräne daheim festgehalten wurde. Deshalb sagte ich mit schwacher Stimme: »Wer ist denn da?« – ohne mich zu rühren. Eine sanfte Stimme – der reine Wohlklang: »Deine Zéphire ist das. Du bist krank, und deine Frau weiß nichts davon! Und du weißt nicht, dass sie ganz für dich da ist? Nein, du weißt nicht, wie sehr sie dich liebt. Sie wird dich lieben bis ins Grab!«

Ich küsste ihre schönen Hände, die mir ein mit Englischen Tropfen beträufeltes Bonbon in den Mund schoben, mir eine frische

Nachtmütze aufsetzten und mich ein wenig herrichteten. Wie sanft ist doch der Beistand einer Frau, die pflegend sich bemüht! Zéphire war erst zufrieden, als alles um mich herum sauber war. In mit Gaze garniertem rosa Taft – so, wie sie gekommen war – fegte sie dann auch noch meine armselige Behausung aus.

»Du weißt es gar nicht, oder?«, fragte sie mich schließlich.

»Was denn, meine reizende Freundin?« (Denn ich hatte meine ganze Zärtlichkeit für sie wiedergefunden, vielleicht sogar doppelt so viel wie vorher.)

»Du wirst bald Vater sein.«

»Wieso denn Vater?«

»Ja, ich werde Mutter sein. Ich bin schwanger. Da kannst du ermessen, wie sehr ich dich lieben muss! Dich, den einzigen Mann, der … (Sie vergrub ihr Gesicht an meiner Brust.) Und du hattest mich verlassen!«

Ich war vollkommen überrascht! Aber bezaubert!

Ich habe dieses Kind nur zweimal gesehen, ein Mädchen, das man nach dem Verlust, den ich bald erlitt, bei einer Amme in Ménilmontant unterbrachte. Man hat mich dann davon überzeugt, dass es nicht mehr lebt. Ich mache Manon Blaizot (inzwischen Madame Gaudet), der Schwester oder Cousine von Zéphire, daraus keinen Vorwurf. Sie hatte zweifellos gute Absichten, als sie es mir vorenthielt und adoptierte. Aber das Bewusstsein, Vater eines Kindes zu sein, hätte mich vor manchen Torheiten bewahrt.

Der Hauswirt kam und brachte eine Bouillon. Ich empfing sie aus den Händen Zéphires. Sie leistete mir auch all die anderen Dienste, auf die ein Kranker angewiesen ist. Schließlich sagte sie: »Mein guter Freund! Ich muss dich jetzt verlassen. Aber in ein paar Stunden bin ich wieder da. Ich werde nun jeden Tag kommen.«

Sie trat hinter einen alten Wandteppich, der in meinem Zimmer eine Art Alkoven abteilte. Sie blieb dort ein paar Minuten, als würde sie den Tisch dort aufräumen, kam dann zurück und küsste mich mehrmals, bevor sie mich verließ.

Mein Freund und Leser, dieses verlorene Mädchen, diese Prostituierte adelte oder veredelte mich in meinen eigenen Augen so sehr, dass ich es wage, dich wieder meinen Freund zu nennen! Du wirst sie verehren, wie ich es tat, du wirst sie mit mir beweinen, und … bald schon! … wirst du erschauern, wie ich erschauerte!

Mein Vermieter kam noch einmal herein, um mir auf Zéphires Weisung eine zweite Bouillon zu bringen. Er sagte mir auch, meine »Cousine« habe ihm sechs Francs gegeben, davon würde ich zwei gute Fleischeintöpfe bekommen, die seien auch schon bezahlt, und für die Zubereitung würde er nichts nehmen, wegen dem Rindfleisch, das übrig bliebe und das er für sich und seine Kinder nähme, während ich den Kapaun essen könne. Dieser Freundschaftsbeweis von Zéphire rührte mich ebenso wie die taktvolle Art, in der sie sich als meine Cousine ausgab. Wenig später erschien Loiseau.

»Mein Lieber«, sagte er, »hier habe ich Englische Tropfen und Zucker für dich. Ich war auch in der Pension, um mit den Bekannten aus meiner Heimat zu sprechen – du weißt schon, warum. Aber sie sind schon heute Morgen abgereist.«

»Ich komme auch ohne dich zurecht«, erwiderte ich. »Ich fühle mich schon besser, und eben habe ich zwei Schalen Bouillon gegessen, die haben mir gutgetan…«

Inzwischen war Loiseau an den kleinen Tisch getreten, um sich Brot für sein Mittagmahl zu schneiden. Er fragt mich, ob Zoé gekommen sei, als er plötzlich einen großen Beutel erblickt. Er berührt ihn. Ein silberheller Klang ertönt!

»Aber davon hast du mir ja gar nichts gesagt!«, ruft er verblüfft.

»Wovon?«

Er deutet auf den Beutel.

»Wovon?«, frage ich noch einmal.

»Von diesem Geld!«

Er schüttet auf dem Tisch zwölfhundert Livres in großen Talern aus, die in dem Beutel waren.

»Ach, du hast also doch etwas bekommen?«

»Wir verstehen uns nicht. Ich finde hier einen Beutel, randvoll mit Talern zu sechs Francs, und ich frage dich, woher die kommen.«

»Ja, hast du sie denn nicht mitgebracht?«

Ich setze mich aufrecht, schiebe den Wandteppich zur Seite und sehe einen großen Haufen Münzen. Loiseau türmt sie zu Zehnerstapeln auf und zählt.

»Ja, weißt du denn nichts davon?«

»Nein … oder war das etwa…?«

»Ist jemand hier gewesen?«

»Ja, das Mädchen, das wir neulich mal zusammen besucht haben.«

»Zéphire! Ja, das stimmt, sie hat mich gesehen … sie hat mit mir gesprochen. O Gott, eine…«

»Kein Wort mehr! Du versündigst dich … – wir schulden ihr Respekt…«

»Respekt?! Aber ja – wo immer die Tugend sich zeigt, da werfe ich mich nieder und verehre sie!«

Er kniet nieder und hebt die reinen Hände und blickt mit tränenverschleierten Augen zum Himmel empor. Trunken vor Freude kehrt er wenig später an seine Arbeit zurück.

Bevor mein Freund zurückkehrte, erschien Zéphire wieder – nicht mehr so herausgeputzt wie vorher, sondern in einem einfachen Baumwollkleid. Ihre Schwester Manon begleitete sie. Ich saß aufrecht in meinem Bett. Zéphire kam in meine Arme.

»Ach«, sagte sie, »ich liebe Maman und meine Schwester aus ganzem Herzen! Sie sind einverstanden. Sie sagen auch, ich müsse mich um dich kümmern, und meine Mutter hat mir erlaubt, bei dir zu wachen.«

Die vierundzwanzig Stunden Atemnot waren gerade zu Ende, und ich fühlte mich unendlich viel besser. Ich lächelte über das, was meine junge Freundin mir sagte.

»Es geht ihm besser«, sagte sie zu ihrer Schwester. »Du brauchst nicht bei mir zu bleiben, wie Maman gemeint hatte.«

Bald erschien auch Loiseau wieder. Er war überrascht, mich in der Gesellschaft zweier hübscher Mädchen zu finden. Schließlich erkannte er Zéphire und wurde schweigsam, weil sie nicht allein war. Zéphire bereitete ihm einen würdigen Empfang. Ihre Worte und ihr Benehmen ließen eine zutiefst dankbare, ehrenwerte Seele erkennen.

Mein Vermieter, dem die beiden Schwestern ihre Anweisungen erteilt hatten, erschien mit einem Feldbett für meine junge Cousine und allem, was sie brauchte, um bei mir zu schlafen. Er kündigte auch an, dass unser Abendessen bald heraufgebracht würde. Loiseau deckte den Tisch. Der Wein wurde gebracht. Bald folgte der Garkoch. Als ich die Gerichte sah, die er brachte, spürte ich ein wenig Appetit. Zéphire weinte vor Freude, als ich ihr das sagte. Ich aß nur wenig, aber ich empfing jeden Bissen aus Zéphires Hand, die mit mir vom gleichen Teller aß.

Als wir dann endlich allein waren, meine Freundin und ich, da konnte ich Zéphire nicht dazu bewegen, sich in ihr Bett zu legen. Sie legte sich zu mir, nahm mich in die Arme und wiegte mich an ihrer Brust mit tausend zärtlichen Worten in den Schlaf. Am nächsten Morgen erwachte ich in den Armen meiner großherzigen Freundin und fühlte mich stark und geheilt. Doch sie entschlüpfte mir sogleich und legte sich in ihr Bett. Wir plauderten.

Ich dankte ihr überschwänglich. Zéphires Antwort zeugte von mehr Geist und Verstand, als man bei einem Mädchen in ihrem Alter und vor allem in ihrem Beruf erwarten sollte.

»Liebster, bedankt sich etwa deine rechte Hand bei deiner linken für die Dienste, die diese ihr geleistet hat? Ich bin schwanger von dir. Nun sind wir nur noch ein einziges Wesen in zwei Körpern, denn zu zweit haben wir uns ein und dasselbe Kind gemacht.«

Dann erklärte sie mir, wie ich trotz ihres Berufes nicht nur ihre Blume gepflückt hätte, sondern auch der Einzige gewesen sei, der sie je besessen hatte. Ohne sich ihrer abscheulichen Lebensumstände bewusst zu sein, schilderte sie mir in allen Einzelheiten, mit welchen Mitteln es ihr gelang, dem zu entgehen, und fügte hinzu, was ihr die Ausführung ihres Planes, mir die Treue zu wahren, erleichtert habe, sei ihr sehr geringes Alter. Sie gestand mir, dass sie erst zwölf Jahre alt sei. Dabei war sie vollkommen ausgewachsen (zweifellos deshalb, weil die *fellationes* und *linctiones* der *obsoleti** ihr Temperament frühzeitig hatten reifen lassen). Deshalb habe sie auch alle reichen alten Männer aus der Kundschaft ihrer Maman bekommen. Derjenige, den ich gesehen hätte und der sie im Übrigen fast ganz allein aushalte, sei nicht imstande, sich noch irgendwie zu betätigen, und gebe sich damit zufrieden, seinen impotenten Launen in unflätigen Reden Ausdruck zu verleihen. Andere, erschreckt von Zweifeln an ihrer Gesundheit, die sie selbst vortäuschte, ließen sich auf diese Weise von gewissen Abscheulichkeiten abhalten, bei denen der Mund das wichtigste Organ sei. Da sie dank der Vorkehrungen, die sie treffe, noch immer einen reinen Atem habe, verberge sie diese Reinheit dadurch, dass sie, bevor sie die Tür öffnete, jedes Mal in eine Frucht beiße und daran lutsche – Apfelsine, Zitrone oder Apfel. So verbarg sie ihre Frische vor den Lüstlingen mit den gleichen Mitteln, die andere benutzten, um ihre innere Fäulnis zu kaschieren.

Obwohl es Dezember war, hatten wir mildes, schönes Wetter. Wir gingen hinunter auf den Quai des Orfèvres, den die Sonne vom wolkenlosen Himmel in ein reines Licht tauchte, das die Natur eigens für uns über die Welt brachte. Ohne Schminke sah Zéphire aus wie ein unberührtes junges Mädchen. Ihr sanfter, zärtlicher Blick war ganz erfüllt von ihrer Herzensgüte. Schon mehrmals war mir aufgefallen, dass sie ihren Beruf als vollkommen legitim ansah. Ich sagte zu ihr: »Mir wäre es nicht recht, wenn die Leute uns hier erkennen würden. Sie könnten nicht wissen, dass ich hier mit der Tugend selbst herumspaziere.«

»Aber was macht das schon? Wir werden gebraucht, so wie die anderen Berufe auch gebraucht werden. Das ist der Grund, den Maman mir gesagt und der mich überzeugt hat, als sie mich unter die Leute brachte. Maman beteuert immer wieder, dass wir die anderen Frauen schützen und dass ohne uns viel mehr Unordnung in der Welt wäre.«

Unser Spaziergang am Quai des Orfèvres ließ mich Zéphires Seele bis hinab auf ihren tiefsten Grund erkennen. Von diesem Augenblick an liebte ich sie mit jener glühenden Leidenschaft, die auch Jeannette Rousseau und vor allem Madame Parangon in mir entfacht hatten. Zéphire war der dritte Teil dieses Ganzen, meiner einzigartigen Leidenschaft.

Gegen Mittag hörte Zéphire Schritte auf der Treppe. Sie lief zur Tür, um zu öffnen. Es war Loiseau.

»Ich komme zum Essen, meine Freunde.«

»Wir haben Sie erwartet«, antwortete Zéphire.

Ich nahm seine Hand und schilderte ihm in Zéphires Beisein, wie dieses wunderbare Kind fühlte und dachte. Er selbst stellte Zéphire dann auch einige Fragen, aber behutsam und mit dem ihm eigenen Taktgefühl. Die unbefangenen Antworten des liebenswürdigen Mädchens überzeugten auch ihn.

Nun bemühten wir uns, Loiseau und ich, gleichsam um die Wette, Zéphire klarzumachen, wie schändlich die Lage sei, in der sie sich befand, wie untrennbar das Laster mit dem Beruf verquickt sei, der ihr völlig berechtigt erschien. Sie erbebte und fragte mich: »Aber was soll ich denn tun?«

»Mach eine Lehre in einem Frauenberuf«, erwiderte ich. »Die Natur und die Liebe wollen, dass du eines Tages die Meine wirst. Im Angesicht des Himmels und vor meinem lieben Loiseau, dessen Freundschaft mir heilig ist, schwöre ich dir, dass du meine Frau werden sollst … Aber vorher müssen einige Jahre Einsamkeit dafür sorgen, dass die Welt dein hübsches Gesicht vergisst, damit dein Gemahl nicht eines Tages durch das unverschämte Grinsen eines anderen Mannes gedemütigt wird.«

Zéphire stimmte allem zu – mit einer Direktheit und einem Zutrauen, die erkennen ließen, wie sehr sie mir ergeben war.

Schließlich machte sich Mademoiselle Zoé in Begleitung von Loiseau auf den Weg, um mit einer befreundeten Modehändlerin zu sprechen, deren Geschäft an der Ecke Rue de Savoie und Rue des Grands-Augustins lag, wo heute ein Perückenmacher seinen Laden hat. Sie empfahl Zéphire ihrer Freundin und fügte einige Erläuterungen hinzu, wobei sie auch die Schwangerschaft der jungen Frau erwähnte. Nach kurzer Zeit waren Mademoiselle Zoé und Loiseau wieder zurück, um uns zu holen. Zéphire trug ein einfaches Leinenkleid, das sie bei ihrer Mutter noch hatte holen lassen. In diesem Kostüm einer Putzmacherin sah sie noch hübscher aus. Ihr Anblick ließ trotz allem, was man über sie wusste, keinerlei Bedenken aufkommen. Die Modehändlerin und ihre Mädchen betrachteten sie voller Bewunderung.

»Das ist ja eine entzückende Fee, die Sie uns da bringen!«, sagte Madame Guisland. Man verschwieg auch nicht, dass ich ihr Zukünftiger sei.

»Dann ist die Sache abgemacht!«, rief sie. »Denn nie wird dieser junge Mann aufhören, eine derart charmante Person zu lieben.«

Wir vereinbarten einen Lohn von sechshundert Francs für drei Jahre und bestanden darauf, dass dieser Betrag im Voraus gezahlt würde.

Wir mussten allerdings auch noch mit der Mutter sprechen, um Zéphires Koffer und ihre alten Kleider zu bekommen. Zéphires Mutter war jedoch ganz gerührt. Sie ließ sich nur noch einmal versichern, dass wir auch wirklich heiraten würden. Dann übergab sie uns den Koffer, Zéphires Kleider und sogar das Geld, das Zéphire noch zustand.

Seit diesem Glückstag fasste ich wieder Mut und ging zur Arbeit wie früher. Ich war glücklich und zufrieden. Mein Schicksal hatte sich entschieden. Zéphire würde meine Frau werden.

Ich sprach nicht jeden Tag mit Zéphire – aus Sorge, ihre Herrin könnte uns einen solchen täglichen Umgang übelnehmen. Aber an keinem Abend versäumte ich es, durch die großen Fenster nach ihr zu sehen. Ich gab ihr im Voraus Bescheid, und wir hatten ein Signal vereinbart, das nur sie verstehen konnte. Nach der Arbeit, bevor ich nach Hause ging oder meinen Freund besuchte, lief ich in die Straße, wo Zéphire arbeitete, und machte mich bemerkbar. Sie antwortete mir mit dem Signal, das wir verabredet hatten. Dann sagte ich ein paar Worte mit lauter Stimme, als würde ich mit einer Frau auf der Straße sprechen. Zéphire bezog sie auf sich selbst, und so hatte ich mit ihr gesprochen. So kam es, dass während meiner Verbindung mit dem bezauberndsten Geschöpf, das es je gab, all meine Tage gleichermaßen glücklich verliefen.

Zéphires Mutter hatte sich von Loiseau, den sie mit mir verwechselte, versprechen lassen, dass ich sie besuchen kommen würde. Dazu war ich nun am Beginn des neuen Jahres doppelt verpflichtet. Diese Frau war nicht so verachtenswert, wie ich geglaubt hatte – zumindest, was ihre Anschauungen betraf. Sie liebte ihre Tochter. Sie versicherte mir, sie würde dafür sorgen, dass Zéphire eine Mitgift bekäme, wenn ich sie heiratete – als Beitrag zu unserem Hausstand. Und sie nannte mich ihren Freund, ihren lieben Sohn und den Retter ihres armen Kindes.

Loiseau hatte sie gefragt, aus welcher Gegend sie stamme.

»Das sage ich erst bei der Hochzeit, nicht vorher … Und woher kommen Sie?« (Wegen einiger Bekannter, die meine Brüder in Paris hatten, und wegen der Seltenheit meines Namens hatte ich ihn Zéphire noch nicht genannt. Sie kannte mich nur unter dem Namen Dulis, und auch Zoé kannte meinen Namen nicht. All meine Freunde nannten mich entweder Monsieur Nicolas oder nur Nicolas oder Compère Nicolas, also Gevatter Nicolas, und alle hielten das wohl für meinen Familiennamen.)

Loiseau, der mir einen Gefallen tun wollte, antwortete auf die Frage von Zéphires Mutter, er stamme aus Clamecy, worauf diese Frau nicht weiter nachfragte. Ihr Gesicht jedoch rief in mir eine Erinnerung wach, auf die ich mir keinen Reim machen konnte. Ihre Körperfülle hatte sie entstellt und unansehnlich gemacht, und vielleicht hatte ihr Metier auch die Augen und ihren Blick so verändert, dass ich sie an ihr selbst nicht wiederfand.

Seit meiner Genesung und seit mir das Glück wieder hold war, besuchten Loiseau und ich viel öfter die anderen Freunde von mir – Renaud, Boudard und Gaudet. Renaud verehrte Madame Deschamps, und sie liebte ihn. Aber diese schöne Frau war brav und pflichtbewusst. Sie genoss das Vertrauen ihres Mannes, und nichts in der Welt hätte sie dahin gebracht, ihn zu betrügen. Was Boudard betraf – er hatte eine kalte Seele, und Mademoiselle Mentelle liebte ihn mehr als er sie.

Diese beiden lieben Freunde, genauso wie Gaudet, bekamen Zéphire vor ihrer Niederkunft, die im April stattfand, nie zu Gesicht. Zéphires Mutter behütete ihre Tochter selbst in einer separaten Wohnung, die sie in der Rue du Petit-Reposoir hatte. Für das Kind, ein Mädchen, fand sie in Menilmontant eine gute Amme.

Man kennt meinen Charakter. Und doch war ich nie versucht, Zéphire auch nur die geringste Untreue anzutun – nicht aus Tugendhaftigkeit (ich glaube nicht, dass die meine dazu ausgereicht hätte), sondern aus einem Gefühl von unaussprechlicher Zärtlichkeit. Von Angesicht zu Angesicht sah ich sie nur samstagabends, sonntags und an Feiertagen, und doch war ich an jedem Tag glücklich – ihretwegen. Achtzehn Monate des Glücks. Während der zweiten Hälfte des Jahres 1757 und das ganze Jahr 1758 über. In dieser herrlichen Zeit studierte ich kaum, aber ich lebte. Ich genoss alles, was ein Leben in Liebe und Freundschaft so süß macht.

Ich habe gesagt, dass ich Zéphire immer treu gewesen bin. Diese Wahrheit würde hier allerdings in die Irre führen. Ich muss alles sagen, wenn ich nicht betrügen will. Hier also noch eine meiner Schandtaten und eine, die umso mehr überraschen muss, als ich sie in einer Zeit der Tugendhaftigkeit beging und es eigentlich keinen Anlass für sie gab. Ein fürchterlicher Sturm inmitten einer Zeit der Ruhe. Ein schrecklicher Traum in einer sanften, friedlichen Nacht …

Ich hielt mich an mein Versprechen und hielt mich fern von anderen Frauen. Ich lebte artiger als je zuvor und begann langsam zu begreifen, dass man sich an ein solches Leben gewöhnen kann. Aber was für eine Gefahr von Büchern wie *Dom Bougre. Pförtner der Kartäuser, Thérèse philosophe* oder *Die Nonne im Hemd** und all den anderen ausgeht, das zeigt der erotische Ausbruch, den sie nach einer langen Zeit der Abstinenz bei mir auslösten. Ein großer Libertin, jener Molet*, von dem ich schon gesprochen habe, ein alter Spießgeselle von Mandrin und mein Mitbewohner bei Bonne Sellier, kam mich eines Sonntagmorgens besuchen, als ich noch im Bett lag, und brachte mir das erste dieser Bücher mit, in dem ich bisher bei der Zuhälterin Massé nur einmal kurz geblättert hatte. Hellwach, gespannt und glühend vor Neugier, nahm ich es zur Hand und begann im Bett zu lesen. Ich vergaß alles, sogar Zéphire. Nach zwanzig Seiten stand ich in Flammen. Manon Lavergne, eine kleine Näherin aus der Rue Notre-Dame, eine Verwandte von Bonne Sellier, kam und brachte mir im Auftrag meiner früheren Hauswirtin meine und Loiseaus Wäsche, die Bonne immer noch für uns wusch. Ich wusste, wie leicht Manon zu haben war. Ich machte mich über sie her. Das junge Mädchen leistete keinen großen Widerstand...

Nachdem sie gegangen war, las ich weiter. Eine halbe Stunde später erschien Cécile Decoussy, eine Freundin meiner Schwester Margot, die sich in deren Auftrag erkundigte, warum ich sie nicht mehr besuchen käme. Ohne Rücksicht auf die Lage, in der sich die junge Blonde befand (sie würde bald heiraten), und ohne daran zu denken, was ich nicht nur ihr, sondern damit auch meiner Schwester antat, vollführte ich meinen Angriff mit einer solchen Wut, dass sie vor lauter Schreck und Überraschung glaubte, ich sei verrückt geworden oder besessen. Sie ergab sich, nachdem sie meine Knie umschlungen hatte, um mich zu erweichen. Ich nahm meine verderbliche Lektüre wieder auf.

Ungefähr eine Dreiviertelstunde später tauchte Thérèse Courbuisson auf, lustig und aufgedreht.

»Wo ist er denn, unser Faulpelz? Noch im Bett!«

Sie kam näher und wollte mich kitzeln. Ich lauerte auf meine Chance. Es war, als würde ich sie in der Luft auffangen, wie eine trudelnde Feder. Mit einer Hand zog ich sie unter mich.

»Oho – und das nach dem, was Sie vorhin mit Manon gemacht haben. Ein toller Mann!«

Sie war besiegt, ehe sie selbst so weit war, aber da sie für die körperliche Lust sehr empfänglich war, half sie dann auch mir noch einmal weiter. Schließlich riss sie sich aus meinen Armen los, weil sie den Vermieter heraufkommen hörte. Beim Hinausgehen ließ sie die Tür offen. Ich las mein Buch zu Ende…

Das Bett hatte mich erhitzt. Die drei Genüsse, die ich bisher erlebt hatte, waren in jener Zeit für meine Sinne nur eine Art von erster Anregung. Die Art von Gewalt, deren ich mich bedient hatte, verdoppelte nur meine Erregung. Ich stand auf – entschlossen, Zéphire aufzusuchen, sie in mein Zimmer zu führen und mich mit ihr meiner erotischen Raserei hinzugeben. Doch im nächsten Augenblick hörte ich ein leises Klopfen an der Tür, die ich nur zugedrückt hatte. Ich zuckte zusammen und glaubte, es sei Zéphire.

»Wer ist da?«, rief ich. »Herein!«

»Séraphine«, sagte eine Stimme, die mir bekannt vorkam. Ich erschrak – glaubte, es sei Séraphine Destroches, die mir Vorwürfe wegen meines Betragens gegen ihre Freundin Decoussy machen wollte.

»Wer ist da?«, rief ich noch einmal.

»Séraphine Jolon.«

Ich kannte nur eine Person dieses Namens – die hübsche Haushälterin eines Malers, eines Nachbars, der in der Rue des Poulies wohnte. Beruhigt öffnete ich die Tür. Sie war es.

»Ich komme«, sagte mir das hübsche Mädchen, »im Auftrag von Mademoiselle Fagard, jetzt Madame Jolon, meiner Schwägerin. Sie bittet Sie, mich Mademoiselle Delaporte vorzustellen und zu empfehlen, die Sie sehr schätzt und die mir einen großen Dienst erweisen könnte!«

»Aber gern!«, sagte ich. »Setzen Sie sich doch, meine schöne Nachbarin.«

Sie war bezaubernd. Während sie sich umdrehte, zeigte sie mir eine vollkommene Figur. Ich packte sie und legte sie auf das Bett. Sie versuchte sich zu wehren. Das wirkte wie Öl auf Feuer. Ich nahm mir nicht mal die Zeit, die Tür zu schließen. Ich war fertig, ich begann von neuem…

»Ich … habe … Ihnen … nicht … gesagt, … dass … meine Schwester Jolon … draußen … auf mich wartet…«, stammelte sie.

Diese Vorstellung ließ mich ein drittes Mal beginnen … ich gebärdete mich wie ein Besessener, als jemand die Tür aufstieß. Es war Agathe Fagard.

»Hilfe! Hilfe!«, rief Séraphine erschöpft. Ich lasse sie entblößt liegen. Ich stürme zur Tür, stoße sie mit einem Tritt zu, werfe die aufreizende Dunkelhaarige, die eher erstaunt als besiegt wirkt, auf mein Bett und unterwerfe sie einem sechsten Triumph, mit der gleichen Kraft wie beim ersten, wobei mir das Feuer meiner Vorstellungskraft zu Hilfe kommt – und zwar viel wirksamer als alle *Satyrium*-Pflanzen.* Agathe Fagard hatte sich von ihrer Überraschung noch nicht erholt, als ich, nach dreimaliger, in dichter Folge unternommener Kraftanstrengung besänftigt, über meine Raserei errötete und die beiden Schwägerinnen um Entschuldigung bat.

»Man muss ihn gesehen haben, sonst glaubt man es nicht«, sagte Séraphine.

So viel zur Wirkung von erotischer Lektüre. Aber ich kenne ein Buch, das noch viel gefährlicher ist als die oben genannten. Ich meine *Justine* – dieses Buch verführt zur Grausamkeit.* Danton las darin, um sich zu erregen.

Ende Dezember, auf den Tag genau ein Jahr nach meinem Spaziergang mit Zéphire am Quai des Orfèvres, schien die Sonne wieder so schön, wie es in dieser Jahreszeit selten der Fall ist. Mir war, als wolle die Natur, dass ich diesen glücklichen Jahrestag feierlich beging. So machte ich nach dem Mittagessen allein einen Spaziergang, der mich bis hinunter zu den Champs-Elysées führte. Ich hatte eine dringende Arbeit zu erledigen und sagte mir bei jedem Schritt, den ich weiterging: »Du musst umkehren!«

Ich hatte noch keine zehn Schritte zurück gemacht, als sich mir zwei vornehm aussehende junge Leute näherten – warum, weiß ich nicht. Ich war so sehr in mein *Gedenken* vertieft, dass ich sie nicht verstand. Mit einer Handbewegung gab ich ihnen zu verstehen, sie sollten mich in Ruhe lassen, und ging weiter.

Da sagte einer der beiden zu dem anderen: »Was ist denn das für ein komischer Kauz?«

Das Wort kränkte mich. Loiseau hatte mich ein wenig zum Republikaner gemacht. Ich sah sie finster an. Einer von ihnen kam auf mich zu.

»Ärgert sich der Herr?«

»Ja und nein«, sagte ich und ging weiter.

»Wenn sich der Herr ärgert, kann ich ihn gern aufmuntern. Und wenn sich der Herr nicht ärgert, so wird er seine Gründe haben.«

Dieses Gerede gefiel mir überhaupt nicht.

»Im Augenblick ärgere ich mich.«

»Und wenn sich der Herr ärgert, wie gibt er das zu erkennen?«

Im gleichen Augenblick setzte er mir das schmutzige Ende seines Stöckchens auf die Lippen. Ich gab ihm eine so kräftige Ohrfeige, dass er umfiel. In jenen unseligen Zeiten ging man nie ohne Degen aus dem Haus. Ich aber hatte keinen dabei, weil ich gar nicht vorgehabt hatte, so weit zu gehen. Der Kamerad des Geohrfeigten stürmte mit dem Degen in der Hand auf mich zu. Ich wich ihm aus. Nicht allzu weit entfernt lag eine Art Rebstecken auf dem Boden. Den nahm ich mir und parierte damit, wobei ich zugleich den Rückzug nach der Seite von Chaillot antrat. Zwei Bedienstete kamen auf mich zu. Laufen konnte ich noch gut und wich den beiden Rüpeln in Livree aus, denen obendrein ihre Stiefel hinderlich wurden. Zu meiner Zufriedenheit konnte ich dabei ein Dutzend ziemlich harte

Stockschläge auf ihren wuchtigen Schultern verteilen – eine Operation, die zu meiner großen Verwunderung sowohl den Geohrfeigten als auch seinen Rächer zum Lachen brachte. Ich fühlte mich leicht wie ein junger Damhirsch, wenn er zum ersten Mal brünstig wird. Unglücklicherweise kam gerade die berittene Gendarmerie auf dem breiten Weg daher. Die Gendarmen galoppierten auf uns zu, und auf ein Zeichen der beiden Ruhestörer nahmen sie mich fest.

In Chaillot setzte man mich gefangen. Aber ich wollte den Namen meiner Familie nicht durch eine Verhaftung beschmutzen. Deshalb schwieg ich. Meine Feinde brachten immer neue Anschuldigungen gegen mich vor. Ich hörte, dass man sie mit *Monseigneur* ansprach, und später habe ich herausgefunden, dass ihre Livree die des Hauses Orléans war. Man erlaubte mir immerhin zu schreiben, und ich schrieb – nicht an Loiseau, sondern an Zéphire. Ein Bote überbrachte den Brief, und eine Stunde später sah ich meine junge Freundin kommen – schweißüberströmt, weil sie zu Fuß und die ganze Zeit im Laufschritt unterwegs gewesen war. Sie hatte ihren Laden verlassen, ohne sich abzumelden, weil ihre Herrin gerade abwesend war. Sie hatte auch sonst niemandem etwas gesagt aus Angst, man würde sie aufhalten.

»Ach, mein Bruder!«, rief sie und warf sich mir in die Arme.

Meine Feinde waren noch dort.

»Ihr Bruder?«, sagte der Geohrfeigte.

»Jawohl, Monsieur! Und was hat er verbrochen?«

Alle sahen sie an. Ihre Tränen flossen. Sie wurde ohnmächtig. Ich kam ihr zu Hilfe, und sie kam wieder zu sich. Meine Feinde waren gerührt. (Sie waren Fürsten, und so hartherzig Fürsten sein mögen, sie sind es weniger als ein Jakobiner-Tribunal!) Sie zerrissen ihre Klage und sorgten dafür, dass ich freikam. Zu Zéphire sagten sie: »Hier, Ihr Bruder – wir geben ihn Ihnen zurück, weil Sie es sind!«

Sie bezahlten, was zu bezahlen war, denn ich hatte kein Geld bei mir, und dann ließen sie mich frei. Untereinander sagten sie: »Wie entzückend sie ist!«

Wie demütigend für mich, zu erleben, wie zwei Unbekannte, die weder König noch Richter waren, nach ihrem Gutdünken über mein Schicksal bestimmen konnten! Bei Einbruch der Dunkelheit machten wir uns auf den Rückweg, Zéphire und ich. Sie konnte nicht gehen. Ich musste sie ein Stück des Weges tragen. Bei den Tuilerien nahmen wir eine Droschke. Sie war bleich, sie zitterte. Als wir ankamen, sorgte ich dafür, dass sie sich ins Bett legte. O Gott, diese Wunde ist nicht verheilt…

Schon am nächsten Tag gab es keine Hoffnung mehr! Aber mir verheimlichte man das. In dem Augenblick, als sie meinen Brief empfing, war Zéphire in einem Zustand, in dem die Aufregung den Frauen besonders gefährlich werden kann! Eine Rippenfellentzündung, verursacht von der Ohnmacht während ihres Schweißausbruchs – in Verbindung damit, dass ihre Regel stockte … Man verzeihe mir diese Einzelheiten. Aber einem Mann, der ein letztes Mal sein Glück verliert, sind sie doch wohl erlaubt.

Ich verbrachte eine unruhige Nacht, was ich auf die heftige Erschütterung am Tag vorher zurückführte. Um die Mittagszeit besuchte ich Zéphire. Sie wirkte bedrückt und sehr mitgenommen. Mir schien, es täte ihr gut, zu wissen, dass sie sich meinetwegen keine Sorgen machen müsse. Deshalb gab ich mich munter und fröhlich. Sie gab mir zwei Küsse und bat mich, sie ausruhen zu lassen.

Gegen acht Uhr am Abend sagte Loiseau: »Essen wir eine Kleinigkeit, und dann ruh dich aus – du bist ganz blass. Mademoiselle Zoé und ich, wir gehen zu Zéphire. Deine Blässe würde sie nur beunruhigen.«

»Sie braucht mich ja nicht zu sehen. Aber ich muss sie sehen!«, erwiderte ich.

»Nun gut«, sagte er.

Wir aßen und gingen dann los. Zoé war schon dort. Anscheinend sagten die beiden der Kranken, dass ich auch da sei, ihr aber nicht zu nahe kommen wolle, denn sie lächelte, als sie mit ihnen sprach. Zufrieden machte ich mich auf den Heimweg und schlief gut … dank derjenigen, die ich ins Grab brachte!

Als ich am nächsten Morgen aufwachte, spürte ich eine tödliche Unruhe. Ich lief zu Loiseau. Er war nicht zu Hause. Er hatte die Nacht bei Zéphire verbracht. Ich begab mich in die Druckerei. Auch Loiseau war gerade erst gekommen. Ich fürchtete mich tatsächlich davor, ihm Fragen zu stellen. Schließlich sprach ich ihn doch an.

»Wie ging es ihr, als du sie verlassen hast?«

»Sie liebt dich von ganzem Herzen.«

»Ach, das liebe Kind! Und ihre Brust?«

»Sie leidet sehr.«

»Die Ursache bin ich.«

Ich schwieg.

Am Tag darauf, gegen acht Uhr abends, wollte ich meine Freundin besuchen. Loiseau spürte, dass er mich nicht länger zurückhalten konnte, wie er es den ganzen Tag über getan hatte. Unendlich behutsam gestand er mir die Gefahr, die bestand. Ich erschrak … und rührte mich nicht. Die Tränen flossen, aber ich sagte kein Wort.

»Gehen wir zu ihr!«, sagte Loiseau mit fester Stimme.

Ich fand meine arme Freundin in völliger Erschöpfung. Sie bekam kaum noch Luft. Und doch lächelte sie, als sie mich sah. Sie nahm meine Hand und sagte: »Es ist nichts.«

Ich glaubte ihr. Ich blieb bei ihr. Reglos saß ich da, scheute mich, auch nur die kleinste Bewegung zu machen. Gegen drei Uhr morgens wollten wir ihr etwas zu essen geben. Sie konnte nicht mehr schlucken. Zoé, die sich mit dem Sterben auskannte, umarmte mich heftig und wollte mich dazu bringen, den Kopf meiner Freundin auf das Kopfkissen zu betten.

»Nein, nein!«, erwiderte ich heftig.

Die Kranke sah mich an. Es war ihr letzter Blick! Sie küsste mir die Hand. Ich heftete meinen Mund auf ihre entfärbten Lippen … Sie gab einen tiefen Seufzer von sich, den ich empfing … Es war ihre

Seele – sie schenkte sie mir ganz. Sie schien mir nun ruhiger, weniger leidend. Nur Zoé sah den Tod – den schrecklichen Tod, der sich sein Opfer holte. Sie umarmte mich noch einmal (es war vier Uhr) und bat mich, ich solle den Rest der Nacht in meinem Bett zubringen. Außerdem sei ich ihr im Weg.

»Lieber«, fügte sie hinzu, »leg ihren Kopf auf das Kissen zurück … ich fürchte … es muss sein.«

Endlich gehorchte ich ihr. Ich ging davon, noch ohne mein Unglück zu kennen. Ach, nie habe ich mich erholt … von dem Verlust, den ich an diesem Tag erlitt! Zéphire hatte mir alles ersetzt, aber niemand ersetzte mir Zéphire. Von nun an bin ich verloren – verloren für immer!

Am Morgen ging ich zu Loiseau. Er war schon aufgestanden. Wir machten uns auf den Weg zur Arbeit. Eine, zwei, drei Stunden gingen dahin. Loiseau verließ seinen Platz für einen kurzen Moment, ohne dass ich es bemerkte. Als wir dann schließlich aufbrachen, machte er noch einen Umweg.

»Wir kommen ja gar nicht vorwärts!«, sagte ich.

»Wenn ein Unglücklicher seiner Hinrichtung entgegengeht, ist der Weg immer zu kurz.«

»Wie bitte? Was soll das heißen?«

»Es soll heißen, dass wir nun beide den Gipfel unseres Unglücks erreicht haben – du in der Liebe und ich in der Freundschaft.«

»Zéphire ist tot! Und ich Unseliger habe sie verlassen!«

»In deinen Armen ist sie … du hast ihren letzten Seufzer in dich aufgenommen.«

»Großer Gott!«, rief ich mit schauerlicher Stimme. Aber ich gab nur dieses eine Wort von mir. Eine düstere Stille folgte. Reglos standen wir da. Loiseau deutete auf eine steinerne Bank neben der Tür eines Hauses in der Rue Pavée. Ich ruhte mich dort einen Augenblick lang aus. Loiseau weinte. Meine Augen waren starr und trocken. Plötzlich springe ich auf und renne los. Im Nu bin ich bei dem Haus von Zéphires Herrin. Ich steige in die erste Etage, wo sie lag.

Ich finde die Fenster geöffnet, Suadèle und Zoé in Tränen und vor ihnen Zéphire – nackt. Ich stürze mich auf das, was von ihr geblieben ist. Ich hefte meine Lippen auf ihren Mund, der schon eiskalt ist.

»Begrabt sie nicht!«, rufe ich. »Sie ist nicht tot. Sie atmet noch!« Ich drücke sie an mein Herz. Sie ist steif und kalt. Nun trat auch Loiseau ein.

»Sie wird nicht begraben, mein Freund«, sagte er. »Du kannst beruhigt sein. Sie bleibt auf diesem Bett, und bei der geringsten Bewegung … werden wir einen Arzt holen, den Chirurgen. Decken Sie sie zu, Mademoiselle«, sagte er zu seiner Freundin. Man deckte Zéphire zu und verschaffte mir eine Illusion, die ich notwendig brauchte und in der ich bis zum nächsten Tag verharrte.

O Gott! Wie sehr können unglückliche Sterbliche doch leiden! Der entsetzliche Selbstmord zeigt sich meiner verstörten Phantasie, und sie erschrickt nicht. Da seh ich gebannt dem Tod entgegen – mit jenem Verlangen, das sich doch nur auf das Leben richten sollte. Ich spüre, wie das Ende eines allzu schmerzlichen Daseins für mich zur Freude werden könnte …

Loiseau beobachtete mich. Er schrieb an meine drei Freunde – Renaud, Boudard und Gaudet. Sie kamen und wachten über mich. Immer waren ein Mann und eine von den Frauen, die ich genannt habe, in meinem Zimmer. Aber nur Zoé und Loiseau blieben die Nacht über bei mir und konnten sich auch am Tage kaum ausruhen. Das Erste, was ich sagte, war: »Jetzt habe ich Madame Parangon ganz und gar verloren!« Loiseau begrüßte, was ich da sagte. Und dann erzählte er Zoé, wie tugendhaft diese Dame gewesen war und wie viel sie für mich getan hatte. Sein Loblied milderte meinen Schmerz. Es zerstreute ihn, es rettete mich.

Sobald ich wieder ein wenig Herr meiner selbst war, dachte ich an die Hochzeit von Zéphires Cousine Manon und Gaudet. Mit Loiseau hierüber zu sprechen, war für mich der wirksamste Trost. Zéphires Mutter fiel mir um den Hals und nannte mich ihr liebes Kind. Ich erfuhr dann, dass die Hochzeit von Manon und Gaudet am folgenden Dienstag stattfinden sollte und dass mein Freund, seit er wusste, wie sehr ich sie mir wünschte, noch heftiger als vorher beteuerte, wie sehr er sich danach sehnte.

Als alles vorbereitet war, wurden Gaudet und Manon um sechs Uhr morgens in der Kirche Saint-Eustache getraut – in Anwesenheit von Loiseau, Renaud, Boudard, Deschamps und mir als Trauzeugen. Jeder unterschrieb mit seinem Namen, und so erblickte Monsieur Deschamps den Namen Rétif zum ersten Mal. Dann ging jeder von uns wieder nach Hause, um sich für den Nachmittag vorzubereiten.

Zur festgesetzten Stunde versammelten wir uns alle bei dem frisch verheirateten Bräutigam in der Rue des Lombards. Die beide Eheleute waren festlich gekleidet. Zéphires Mutter war bei ihnen. Wir bestiegen die Wagen und fuhren bis an den Schlagbaum von Menilmontant. Dort stiegen wir aus und gingen zu Fuß zu der abgelegenen Stelle, wo das Fest stattfinden sollte. Der umsichtige Loiseau hatte dafür gesorgt, dass uns dort ein Zelt, ein Herd und außerdem ein Tisch und Stühle erwarteten.

Gegen Ende der Mahlzeit, als ich ein wenig in mich versunken dasaß, wendete sich Monsieur Deschamps mir zu und sagte: »Monsieur Rétif, ich möchte Ihnen nicht zu nahe treten, aber mir scheint doch, dass diese bezaubernde Freundin von Zéphire…«

»Monsieur Rétif?!«, unterbrach ihn die Mutter meiner so viel beweinten Freundin (zum ersten Mal hörte sie meinen wirklichen Namen). »Sie sind ein Monsieur Rétif? Und woher kommen Sie?«

»Aus Sacy.«

»Aus Sacy!«

»Ja, ganz bestimmt«, beteuerte ich.

»Monsieur Nicolas, der vor den Mädchen Reißaus nahm, die ihm nachliefen, um ihn zu küssen!«

»Genau der.«

»Ich hätte Sie nie und nimmer wiedererkannt! Ihr Gesicht hat sich so sehr verändert!«

»Kannten Sie mich denn als Kind?«

»Erinnern Sie sich an Nannette, die Schnitterin, die bei Monsieur Rameau arbeitete und die eines Tagens … im Maultierstall mit Ihnen…«

»Ich erinnere mich, als wäre ich noch dort.«

»Aber Nannette erkennen Sie nicht?«

Ich sah sie an, und mir fiel es wie Schuppen von den Augen.

»Sind Sie etwa Nannette!«, rief ich.

»Genau die … Oh, Monsieur Nicolas! Was soll man dazu sagen. Wenn die übrigen Herrschaften gestatten – ich möchte Sie für einen Moment entführen…«

Ich folgte ihr nichtsahnend.

»Ich versichere Ihnen vor Gott«, sagte Nannette und hob die Hände zum Himmel, »dass ich nach dem, was im Maultierstall geschehen war, mit keinem Mann zusammen war (ich kann das heute unbedenklich sagen), dass ich aber zu meiner großen Verwunderung schwanger wurde; dass ich, ohne die Wahrheit sagen zu können oder zu dürfen, nach Paris kam und dort ein Kind zur Welt brachte, und dieses Kind war Zéphire.«

»O, Gott!« Mehr brachte ich nicht heraus. Meine Kräfte verließen mich. Nannette stützte mich. Loiseau und meine anderen Freunde eilten herbei. Ich weiß nicht, was dann geschah. Zum Glück hatte ich nur wenig gegessen. Man half mir, und ich kam wieder zu mir. Obwohl ich seit einigen Jahren nicht mehr sehr fromm war, kniete ich nieder und tat, als würde ich inbrünstig beten. Ausnahmslos alle knieten nun ebenfalls nieder, und selbst Gaudet, der gottlose Gotteslästerer Gaudet, ließ es an Inbrunst nicht fehlen. Schließlich erhob ich mich wieder und kehrte an meinen Platz zurück. Wortlos nahm ich die Hand von Nannette, ließ meinen Blick über die Freunde wandern und sagte schließlich: »Zéphire war meine Tochter!«

Bei diesem Wort riefen die Frauen: »O, Gott!« Dann folgte Stille. Schließlich ergriff Loiseau das Wort.

»Wie kann das sein? Zéphire war fünfzehn Jahre alt!«

»Sie war erst vierzehn!«, sagte ihre Mutter. »Aber sie sah aus wie fünfzehn oder sechzehn.«

»Ich würde ja gern«, begann Loiseau von neuem, »aber ich begreife es noch immer nicht…«

Da fragte mich Nannette, ob sie erzählen dürfe, was sich im Jahre 1744 im Maultierstall des Monsieur Rameau zugetragen hatte.

Alle lauschten begierig. Ich fügte noch hinzu, Nannette sei die erste Frau gewesen, die in mir ein wirksames Verlangen geweckt hatte. Ich schilderte, was ich gefühlt hatte, und berichtete von all dem, was mir dann später widerfuhr. Ich bin mir sicher, alle Anwesenden waren von der Wahrheit meiner Vaterschaft überzeugt.

Ich war immer besonders geneigt, mich auf eine heftige Leidenschaft einzulassen, wenn mich die Erinnerung überkam und weich stimmte – sei es die an Jeannette Rousseau, an Colette, an Madelon, an meine »Schwester« Demailly oder die an meine unvergleichliche Zéphire. Die Macht dieser himmlischen Zauberinnen blieb über ihr Verschwinden und das Grab hinaus wirksam! Und da haben wir eine jener Triebfedern des menschlichen Herzens, mit denen sich unsere Romanschreiber und unsere Moralisten noch nicht gründlich genug befasst haben! Im Gegenteil, es macht sie ratlos, wenn ein zärtlicher, glücklicher Liebender ein verehrtes Wesen, das ihm der Tod entrissen hat, durch ein anderes ersetzt. Dabei ist es das Glück selbst, das ihn zu dieser neuen Wahl anstiftet und sie beschleunigt. Eher bleibt man der Erinnerung an ein Wesen treu, das man verabscheut, denn dieses verschließt einem das Herz…

Suadèle Guisland war diejenige, von der alle meinten, sie sei für mich die Richtige. Suadèle hatte mich gern. Ihre Mutter, in deren Geschäft Zéphire gearbeitet hatte, schätzte mich. Mademoiselle Zoé war oft zu Besuch bei Suadèle, und gemeinsam trafen die beiden die Vorbereitungen für unsere Hochzeit, die von allen in unserem kleinen Kreis herbeigewünscht wurde. Wir schrieben an meinen Vater und erhielten seine Zustimmung. Bei unseren Ausflügen war Suadèle meine Zéphire, und es gefiel ihr, diesen Namen zu tragen. Sie war genauso schön wie Zéphire, aber auf andere Weise. Ich hatte sie sehr gern, und alle waren entzückt, wie gut wir uns verstanden. Aber so viel Glück war mir nicht beschieden. Nie sollte ich Suadèle besitzen, und dass ich schließlich doch noch heiratete, gereichte mir nur zum Unglück.

Monsieur Deschamps war an einem Schlaganfall gestorben – genau an dem Tag, an dem unser guter Freund Boudard und seine Sidonie heirateten, so dass es keine Feier und kein Festessen gab. Beides wurde einige Wochen später nachgeholt. Wir waren alle festlich gekleidet, Suadèle und ich in Trauer. Sie sah hinreißend aus. Wir strahlten vor Freude, denn wir hofften, dass Zoé und Loiseau im Frühling heiraten würden, Elisabeth Leriche und Renaud in einem Jahr, Suadèle und ich so bald wie möglich, Leriche und Rosalie nach uns … Das Fest fand bei der Anhöhe von Ménilmontant statt. Noch nie hatte ich das Glück, von Suadèle geliebt zu werden, so lebhaft empfunden wie an diesem Tag. Noch nie war sie mir so schön erschienen … Das Opfer war prunkvoll geschmückt. Wir hatten geistliche Lieder gesungen und noch einmal von Zéphire Abschied genommen. Wir wollten zu unseren Wagen am breiten Weg zurückkehren, als wir Stimmen und Geschrei hörten. Wir sahen uns um und erblickten Leute, die, mit bäuerlichen Gerätschaften bewaffnet, hinter irgendetwas herliefen. Während wir Ausschau hielten, ohne auf unsere nahe Umgebung zu achten, rief meine Suadèle, die sich plötzlich an mir festhielt, mit schwacher Stimme: »Da, das böse Vieh…« Ein großer, schwarzer, davonstürmender Hund hatte ihr in die Hand gebissen. Ich griff nach der blutenden Hand und begann, die Wunde auszusaugen. Alle wollten mich davon abhalten.

»Lasst mich!«, schrie ich, »ich rette meine Zéphire!«

Und ich saugte weiter, obwohl Madame Deschamps, Zoé, Sidonie und Suadèle selbst es nicht zulassen wollten. Aber ich ließ die Hand erst los, als das Blut versiegt war. Die Männer blickten mich wortlos an, mit verschränkten Armen, entgeistert. Hundert Schritt von uns entfernt wurde der Hund erschlagen.

»Ach, was hast du getan!«, sagte Suadèle. Sie wusste offenbar nur zu gut, worum es hier ging. »So werde ich denn unter noch mehr Schmerzen sterben!«

Sie wollte weitergehen. Aber ich musste sie tragen, wie Zéphire – bis zum Wagen!

Was soll ich sagen? Die liebenswürdige, rührende Suadèle fiel von einer Ohnmacht in die andere, bis zu ihrem Tod. Sie tat ihren letzten Atemzug an meiner Brust, wie Zéphire, am nächsten Tag um acht Uhr morgens. Sie glaubte, ich würde tollwütig, weil ich ihre Wunde ausgesaugt hatte – und dieser Gedanke tötete sie: Sie starb an dem, was ich getan hatte, um sie zu retten.

Wie soll ich meinen Schmerz beschreiben? Es war der gleiche wie der ihrer Mutter, die mir zwar dankte für das, was ich zur Rettung ihrer Tochter getan hatte, zugleich aber so erschüttert war, dass sie ihr ins Grab folgte. Ich aber, der ich Zéphire zum zweiten Mal verlor, der ich Madame Parangon schon verloren hatte … ich bin nicht gestorben. Mir blieb ja noch ein Freund! Noch hatte ich nicht alles verloren. Aber nur ich allein weiß, wie ich gelitten habe, als ich Zéphire nun ganz verlor!

Der Augenblick meiner Abreise naht. Alle Fäden, die mich jetzt noch mit Paris verbinden, sind brüchig oder reißen von selbst. Ich brachte meine Vorbereitungen zu Ende. Dann ging ich, um Abschied zu nehmen von meinen Schwestern, von meinem Hauswirt, dem Plakatankleber, von meinem Kämmerchen, das so lustig mit lauter Theaterstücken tapeziert war und das ich immer noch gemietet hatte. Mir kamen dort die Tränen … Ich gab den Schlüssel zurück. Mein Vermieter erbot sich, mein Gepäck am nächsten Tag an den Schleppkahn nach Auxerre zu bringen. Ich ging noch einmal zu Bonne und bedankte mich bei dieser großartigen Frau. Ich grüßte die Mitbewohner der Pension. Ich ging zu Zoé.

Alle meine Freunde und ihre Freundinnen waren dort schon versammelt. Loiseau, obwohl die Idee meiner Reise von ihm stammte, schien mir traurig und in sich gekehrt. Zoé bereute, dass sie dabei mitgewirkt hatte. Aber zum Bleiben riet sie mir dennoch nicht. Wir alle gaben einander alle möglichen Zeichen unserer Verbundenheit, aber das Abendessen war dennoch traurig.

Am nächsten Tag begleiteten mich all meine Freunde und Zoé zum Schleppkahn. Im Augenblick der Trennung breitete Loiseau die Arme aus. Wir umarmten uns, und er berieselte mich mit seinen Tränen. Boudard, Renaud und Gaudet kamen und stützten uns.

»Das sind echte Freunde!«, sagte ein Flussschiffer zu seinen Kameraden.

»Ich verlasse Paris«, schluchzte ich, »das ich doch so sehr liebe. Auch Auxerre habe ich sehr geliebt. Aber ich spüre, dass ich Paris so liebe, wie man eine Mutter liebt, die einen verwöhnt hat!«

Der Laufsteg wurde weggezogen. Das Signal war schon gegeben. Ich blieb auf dem Oberdeck und betrachtete meine Freunde. Vor allem Loiseau und Zoé, die reglos verharrten. Ich machte es wie sie. Sie verließen das Ufer erst, als sie mich aus dem Blick verloren hatten. Aber ich sah sie immer noch, Loiseau und Zoé, aufrecht – es war das letzte Mal! Allmächtiger Gott! Ich hätte es verdient gehabt, dass sie mich überlebten. Aber Loiseau, die Tugend selbst, traf es als Ersten!

In dem Gewimmel und Gedränge eines solchen Schleppkahns ist Denken einfach unmöglich. Der Lärm betäubt alle Sinne und Leidenschaften. Man gerät immerfort außer sich durch das, was sich da abspielt – manchmal ist es amüsant, meistens unangenehm, immer aufdringlich. So verbrachte ich anderthalb Tage, ohne zu denken.

In Sens verließ ich den Kahn mit einigen Reisegefährten. Von dort gingen wir an einem Tag zu Fuß nach Auxerre, ohne uns allzu sehr anzustrengen, obwohl es immerhin dreizehn Meilen waren.

Hier endet die fünfte Epoche meines Lebens. Mein Leser, du hast gesehen, dass ich nichts verschleiere. Denn oft hast du deine eigenen Ansichten in den meinen wiedergefunden; deine Schwächen und deine Tugenden in meinen Tugenden und meinen Schwächen. Oft habe ich dich vor deinen eigenen Augen *enthüllt*, indem ich mich selbst *enthüllt* habe. Und was die Erlebnisse angeht, die dir nicht widerfahren sind – habe ich dir nicht oft etwas erzählt, das du in Gedanken auch schon selbst getan hast? Ich bin dem Beispiel Ovids nicht gefolgt (und durfte es nicht), der wegen seiner Julia* verbannt wurde:

Et quaecunque adeo possint afferre pudorem,
Illa tegi caeca condita nocte…

Ovid, *Tristia III*, Elegie 6, v. 31.*

SECHSTE EPOCHE

Heimkehr. Dijon.
Dritter Aufenthalt in Paris.
Heirat etc.
1759–1767

Heu! quam quod studeas ponere,
ferre grave est!
Ovid, *Amores II,* Elegie 4, v. 6.*

Meine Ankunft war von einem merkwürdigen Vorkommnis begleitet. Einer unserer Hunde, der mich nicht kannte, kam gelaufen, um mich am Betreten des Hofes zu hindern. Ein zweiter, älterer Hund, vom Gebell seines Kameraden herbeigelockt, kam hinzu, um ihm helfen. Doch schon bald hatte er mich erkannt. Er begann vor Freude zu jaulen und wälzte sich vor mir im Staub. Das verblüffte den anderen Hund. Er hörte auf zu bellen und knurrte nur noch leise. Schließlich begann er mit dem Schwanz zu wedeln und drängte sich wie der andere an mich. Ein dritter Hund, ebenfalls neu, der wegen des Lärms aus dem Haus kam, wollte sich auf mich stürzen. Doch meine beiden Freunde packten diesen Kameraden, der eigentlich eine Kameradin war, und hielten ihn fest, der eine beim Nacken, der andere beim Bauchfell. Erst auf meinen Befehl ließen sie ihn wieder los. Ich begab mich ins Haus.

Durch ein kleines Fenster hatte man mich gesehen, und meine Schwestern hatten mir schon einen Platz am Tisch hergerichtet. Edme Rétif empfing mich mit offenen Armen. Dieser gute Vater sah in mir einen verlorenen, verführten Sohn, einen unglücklichen Menschen! Für meine Mutter war ich nur ein Sohn, der nach vier Jahren Abwesenheit heimgekehrt war.

Das Abendessen wurde zum Festmahl.

Es geschah bei Tisch – wobei neben der Familie drei Gäste anwesend waren, nämlich der Pfarrer Antoine Foudriat, der Lehrer Jacques Béraut und ein Monsieur Lenain, ehemals Verwalter bei einem Edelmann in Paris, der sich nach Sacy zurückgezogen hatte, wo er einige Stücke Land besaß. Alle stießen mit meinem Vater an. Nur ich – aus Respekt – scheute mich. Mein Vater hob mir seinen Becher entgegen.

»Ich glaube, wir schreiben das Jahr 1759.«

»Ja, Vater.«

»Von 1734 bis 1759 – das sind fünfundzwanzig Jahre. Mein Sohn, Sie dürfen…«

Dann stieß der ehrwürdige Greis mit mir an. Ich machte eine tiefe Verbeugung.

»Jetzt sind Sie volljährig!«, sagte Monsieur Lenain. Und alle Gäste tranken auf die Gesundheit des *neuen Mannes.* So nannte man mich während dieses Essens.

Nachher bat mich Antoine Foudriat, sie über einige Abenteuer ins Bild zu setzen, in denen ich der Held gewesen sein sollte. Ich verschwieg meine Schandtaten, aber von Zéphires Geschichte verschleierte ich nur wenig, und sie trieb allen Tränen in die Augen. Ich erzählte auch das tragische Ende der zarten Suadèle. Schließlich kam ich auf all das zu sprechen, was ich meinem Freund Loiseau, seiner liebenswürdigen Freundin Mademoiselle Zoé und meinen anderen Freunden verdankte.

In der friedlichen Umgebung von Sacy fand ich wieder Geschmack am Studieren und kräftigte zugleich meine Gesundheit. Ich begann, Ovids *Metamorphosen* zu übersetzen, so wie ich während meiner Lehrzeit Terenz übersetzt hatte. Ich verhielt mich brav und kehrte unmerklich zu meiner ursprünglichen Lauterkeit zurück. Mein Vater beobachtete diese Wandlungen zum Besseren, und eines Tages hörte ich, wie er zu meiner Mutter sagte: »Nicolas hat ein vorzügliches Naturell! Nun ist er wieder so, wie er war, bevor er wegging – abgesehen von seiner Unwissenheit, die hat er abgelegt. Nicolas hat eine aufrechte Seele. Eines Tages wird er ein Mann sein, wie ich ihn mir von unserem Herrgott immer gewünscht habe.«

Anfang Juni, an einem trotz der Jahreszeit düsteren Tag, wollte ich einen Spaziergang machen und nahm den Weg, der von der Weide beim Haus meines Vaters zu der Wiese von Madame Cartaude führt. Mein Vater kam mit. Unterwegs begegneten wir einer Frau, die vom Markt in Vermenton zurückkam und uns ansprach. Aus Respekt überreichte sie dem Greis einen Brief, der eigentlich für mich bestimmt war. Mein Vater gab ihn mir.

»Ein Brief aus Paris, mit Schwarz versiegelt.«

Noch bevor ich ihn geöffnet hatte, sagte ich meinem Vater: »Der Brief kommt von Monsieur Boudard, meinem Freund, dem Sohn des Landvermessers, den Sie kennen.«

»Lesen Sie ruhig«, sagte mein Vater und entfernte sich ein wenig.

Ich las ein paar Zeilen, bis ich auf diese Worte stieß: »Wir haben einen unersetzlichen Verlust erlitten! Monsieur Loiseau ist gestern gestorben…« Ich sah alles vor mir verschwimmen. Ich gab den Brief meinem Vater und spürte, wie ich weiche Knie bekam. Der ehrbare Mann stützte mich und fragte: »Aber was ist denn? Was schreibt man Ihnen…?«

»Mein Freund … ist tot!«

Edme Rétif las.

Unbegreiflich ist mir bis heute, dass in diesem Brief mit keinem Wort erwähnt wurde, dass Zoé mich unbedingt sehen wollte und mich auf der Stelle erwartete. Sie selbst schrieb mir nicht, weil sie sich auf meine Freunde verließ! Sie glaubte dann, man hätte mich zu Hause zurückgehalten.

Nachdem er den Brief gelesen hatte, sah mein Vater, wie ich an meinen Tränen schluckte. »Weine ruhig, mein Lieber. Die Tränen, die einem im Gedenken an einen Freund kommen, ehren den, der sie vergießt, genauso wie den, der sie verursacht, und sogar noch mehr. Lassen Sie uns nach Hause gehen.«

»Vater, ich würde gern allein sein.«

Edme Rétif ging davon, ohne noch etwas zu sagen. Ich war so unglücklich wie noch nie. Es gab für mich kein Herz mehr, bei dem ich

Zuflucht gefunden hätte! Im gleichen Augenblick fühlte ich – und zehnmal deutlicher als je zuvor –, was ich alles verloren hatte. All diese Verluste sah ich vor mir – ein ganz und gar trostloser Anblick. Ich stieß einen schmerzerfüllten, markerschütternden Schrei aus! Ich stand auf. Ich fand die Kraft zu gehen und ging in das düstere Tal von Bourdenet, das einsamste Tal der ganzen Gegend. Dort, ganz allein, nur den Himmel über mir und den ausgedörrten Boden unter mir, überließ ich mich den Klagerufen, den Tränen, den Seufzern, dem Schluchzen.

Sobald mein Vater sah, dass ich mich etwas beruhigt hatte, gab er mir den eher freundschaftlichen als väterlichen Rat, Dijon anzusehen, die Hauptstadt unserer Provinz. Meiner Mutter gefiel diese neuerliche Abwesenheit nicht. Ich aber wusste nicht recht, wie es weitergehen sollte, und neigte dazu, der Idee meines Vaters den Vorzug zu geben. Ihn freute es sehr, dass ich mich nach Dijon begeben wollte, um dort auch die Familie der mit uns verschwägerten Cœurderoi kennenzulernen. Nachdem dieser Entschluss einmal gefasst war, brach ich – mein Bündel auf dem Rücken – am 20. Juni 1759 um drei Uhr morgens von Sacy auf, nachdem ich meinen drei Freunden in einem schmerzerfüllten Brief geantwortet hatte. Es ist überflüssig, hier wiederzugeben, was man sich ohnehin denken kann. Aber ich schrieb auch an Zoé:

Mademoiselle und verehrte Freundin! Ich bin umso tiefer betrübt, als ich nicht bezweifele, dass ich Ihnen tatkräftig hätte beistehen können, meinen Freund zu retten. Ich kehre noch nicht nach Paris zurück. Ich würde Ihnen nur Kummer bereiten, statt Sie zu trösten. Ich reise nach Dijon ab und glaube, dass dies nötig ist. Wenn Sie mir schreiben, richten Sie den Brief an meinen Vater. Ich spüre, dass ich meine Kraft verloren habe, meine Tugend, die Freude am Leben, das Glück. Meine einzige Hoffnung sind Sie. Wir werden über ihn sprechen. Sie werden mir seine Grundsätze wieder vor Augen stellen. Ich werde Sie aufsuchen, sobald ich mich stark genug fühle, Sie nicht zu betrüben.

Zoés Antwort
(die mir erst bei der Rückkehr aus Dijon übergeben wurde)

Ich habe Ihren Brief gesehen, mein Freund, ich sehne mich nach Ihnen. Doch gehen Sie nach Dijon! … Ach, in welch grausamer Verfassung befinde ich mich! Ich werde Eléonore sehen. Sie ist ein so bezauberndes Kind! Und sie bringt mich dazu, Zéphire zu beweinen! – Wenn Sie aus Dijon zurück sind, möchte ich Sie so schnell wie möglich sehen – darum bitte ich Sie!*

Zoé Delaporte
beinahe die Frau von Monsieur Loiseau

Am nächsten Tag, abends gegen fünf Uhr kam ich völlig erschöpft nach Dijon und stieg im *Image Saint-Nicolas* an der Porte Guillaume ab, wo ich am Tisch der Pensionsgäste für fünfzehn Sous pro Mahlzeit aß. Ich habe nie so gut gegessen wie in dieser Stadt, außer dass es dort immer nur Graubrot gab. Wir wurden von zwei Mädchen bedient, der hübschen Marie Jehannin, die aus der Franche-Comté stammte, und der rundlichen Joson aus einem Dorf drei Meilen von Dijon entfernt, die sehr munter und noch freimütiger war. Die Wespentaille der Frauen aus der Franche-Comté war bei Marie Jehannin von bewundernswerter Vollkommenheit. Ihr Gesicht war ebenso bescheiden wie interessant und hübsch. Wir plauderten schon am ersten Abend miteinander, denn weil ich zu müde war, um noch bei einem Drucker nach Arbeit zu fragen oder jemanden aus der Familie Cœurderoi aufzusuchen, ruhte ich mich bis zum Abendessen aus. Es gelang mir, mich mit der interessanten Marie anzufreunden, durch die Aufmerksamkeit, mit der ich ihr begegnete, durch die Nettigkeiten, die ich ihr sagte, und durch eine Höflichkeit, die sie selbst eine *pariserische Höflichkeit* nannte. Es überraschte sie, als ich ihr sagte, ich sei aus Burgund. Ich fand Gefallen an ihr – es war das erste Mal, seit ich die Hauptstadt verlassen hatte.

Sie hatte nicht nur ein bezauberndes Gesicht, sondern auch solide

Prinzipien. Als sie ihrerseits sah, dass ich ehrbar und anständig war, vertraute sie mir schon in unserer dritten Unterhaltung die Beweggründe an, die sie zur Sittsamkeit bewogen. Zum einen war sie gottesfürchtig. Dann legte sie mir die menschlichen Beweggründe dafür auseinander, dass sie sich nicht *stopfen* lassen wollte.

»Ich sehe ja, was die Leute von meiner Freundin halten, die so was zulässt. Denn ich rede nicht von den Prinzipien, die ich beigebracht bekommen habe. Die Grundsätze der Religion halten niemanden mehr zurück, wenn man sechzehn ist. Man sieht ja, wie die Priester selbst dagegen verstoßen. Sie vor allem haben sich an mich herangemacht. Meine Freundin wird manchmal so grob und so schändlich traktiert, vor allem von den Fuhrknechten, dass es einen schaudert. Ich würde lieber sterben, als mich mit solchen Leute einzulassen.«

Da trat Joson ein.

»Ach, ach – das Fräulein Marie? Du freundest dich also mit diesem hier an…? Nur zu! Ganz recht. So wirst du die Ladentüre endlich los.«

Und als sie sah, dass Marie das Tuch zurechtzupfte, um ihren Busen zu bedecken: »Jetzt hast du doch einen jungen Mann! Für wen willst du sie denn noch aufheben?«

Mademoiselle Marie war tief beschämt, als ihre Freundin wieder hinausging.

»Sie ist ein gutes Mädchen«, sagte sie, »eine gute Kameradin, aber manchmal bekommt sie solche Anfälle, die mich furchtbar ärgern.«

Mich hatte das, was Joson gesagt hatte, eher angeregt. Das Gefühl verstummte, nun sprachen die Sinne. Ich näherte mich Mademoiselle Marie und half ihr, das Bett zurechtzurücken. Ich ergriff ihre Hand und sagte: »Mein hübsches Fräulein, Sie sind so liebenswürdig! Ach, wie ich Sie lieben würde…! Da kommt mir eine Idee: Nach der Sitzungsperiode des Parlaments kehre ich zurück zu meinem Vater und werde Priester, und Sie stelle ich als meine Haushälterin ein … Dann verbringen wir unser Leben gemeinsam, wie Bruder und Schwester.«

Mademoiselle Marie schien entzückt von diesem Vorschlag.

»Ja«, sagte sie, »ich gebe Ihnen meine Wort.«

Ich küsste sie zweimal, ohne dass sie viel Widerstand leistete, und ließ sie dann gehen, weil sie es, wie mir schien, so wollte.

Während der drei Tage, die ich in dem Gasthof verbrachte, besuchte ich einen Mann namens Treisignies, der früher bei Monsieur Parangon gearbeitet hatte und nun für den Drucker Causse in der Nähe der Place Saint-Etienne tätig war. Er beschaffte auch mir dort eine Stelle, und so verließ ich meinen Gasthof am dritten Tag, um mich im Haus des Druckers einzurichten, denn in Dijon war es üblich, dass die Arbeiter bei ihrem Meister wohnten und an seinem Tisch aßen.

Mademoiselle Marie war mir sehr böse, als ich ihr ankündigte, dass ich ausziehen würde.

»Ich hätte es wissen müssen«, sagte sie zu sich selbst, »dass ein Gasthaus für einen langen Aufenthalt nicht taugt.«

»Ich verlasse ja nicht die Stadt, meine Liebe«, antwortete ich. »Ich versichere Ihnen, ich bleibe bei meinem Entschluss. Ich bleibe drei Monate hier, während der ganzen Sitzungsperiode des Parlaments, und wenn ich Anfang September abreise, dann nur, um mein Vorhaben voranzubringen.«

Ich küsste sie … und sie schien mir tief ergriffen. Ich war nicht mehr der Herr meiner Wünsche, und Marie ließ es geschehen mit den Worten: »Ich vertraue dem, was Sie sagen, ich weiß gar nicht, warum … Aber, aber … versündigen wir uns nicht gegen Gott?«

»Nein«, wagte ich ihr zu sagen, »du schenkst deine Blume dem Mann, mit dem du leben sollst und der bald die Stelle deines Ehemanns einnehmen wird.«

Sie wehrte sich kaum noch.

Statt bei meinem Drucker zu schlafen, beschloss ich, diese Nacht noch im Gasthof zu verbringen. Um mich für die entstehende Verzögerung vor mir selbst zu entschuldigen, beschloss ich, am nächsten Morgen die Herren Cœurderoi zu besuchen, den Präsidenten und den Rat. Aber mein eigentliches Ziel war es, Mademoiselle Marie dahin zu bringen, dass sie mit mir das Bett teilte. Sie war einverstanden, als ich ihr nach dem Abendessen diesen Vorschlag machte, aber ihre Blässe zeigte, dass sie sich von etwas hinreißen ließ, das stärker war als sie. Zu meiner Überraschung zog sie Joson ins Vertrauen, die sie in ihrem Vorhaben bestärkte. Ich hörte unbemerkt, wie die beiden miteinander sprachen. Mademoiselle Marie küsste Joson und sagte: »Ach, meine Liebe, wenn du wüsstest!«

»Aber was denn?«

»Dieser junge Mann…«

»Der aus Paris?«

»Ja.«

»Liebst du ihn?«

»Ja.«

»Na, dann lass deine Jungfräulichkeit lieber ihm als einem anderen. Hier würdest du sie sowieso nicht mehr lange behalten. Meine habe ich mir keine drei Monate bewahrt, und du bist mit deiner schon fast ein Jahr durchgekommen!«

»Ach, Joson, er hat sie schon … vorhin.«

»Du armes Kind!«

»Und er will, dass … heute Nacht …«

»Ich verstehe. Und ich werde dir helfen. Wenn jemand nach dir ruft, werde ich sagen, du hättest Durchfall. Man muss sich schließlich gegenseitig unterstützen. Du hast mir schon so oft geholfen, ohne zu wissen, was dahintersteckte. Ich helfe dir und weiß Bescheid…«

Dieses Gespräch überzeugte mich von der Ehrbarkeit der jungen Frau. Ich legte mich hin und ließ die Zimmertür angelehnt.

Mademoiselle Marie kam wenig später, gefolgt von Joson, die sie vor sich herschob. Ich tat, als würde ich schlafen. Auf Josons Drängen gab mir die Hübsche aus der Franche-Comté sehr behutsam zwei Küsse. Beim zweiten nahm ich sie in die Arme und drückte sie.

Joson riss ihr das Brusttuch weg und drückte mir eine von Maries nackten Brüsten auf den Mund. Dabei sagte sie zu ihr: »Da hat er noch allerlei zu stöbern« – und zog sich lachend zurück.

Mademoiselle Marie zog sich rasch aus. Als sie zu mir ins Bett schlüpfte, packte ich sie voller Ungestüm. Im Dunkeln zierte sie sich nicht. Es fehlte ihr an Übung, aber sie war gelehrig und zärtlich und vor allem sehr sinnlich. So wurde diese Nacht eine der glücklichsten, die ich je erlebt habe. (Aber ich hatte auch schon Tage erlebt, die noch viel glücklicher waren!)

Um fünf Uhr brachte uns Joson eine vorzügliche Bouillon. Mehrmals umarmte sie ihre Freundin und auch mich und sagte: »Da seht ihr, wie gut ich es mit euch meine!«

Ich dankte ihr sehr.

»Na, Marie, was sagst du jetzt? Ich wette, alle Küsse, die du als Kind und später bekommen hast, sind nichts gegen die von ihm!? Diese dicken Jahrmarktshändler quälen einen doch nur. Aber ein guter, junger Mann, der liebkost einen!«

Marie war so beschämt, dass sie die Hände vor das Gesicht nahm. Ich stand auf. Marie ging in ein anderes Zimmer und kam angekleidet zurück, um sich von mir zu verabschieden. Sie hatte Tränen in den Augen. Schließlich trennten wir uns. Aber ich versprach, abends wiederzukommen.

Das Druckerhandwerk in Dijon erinnerte mich an das in Auxerre. Alles, was ich hier sah, und vor allem die Gesellschaft von Treisignies, rief mir meine Zeit als Lehrling in Erinnerung. Solche Gedanken beschäftigten mich und spornten mich an. Ich arbeitete schnell. Abends, nach dem Essen, versäumte ich es nicht, an die Porte Guillaume zurückzukehren und meine liebe Marie Jehannin zu besuchen. Joson erbot sich sofort, dafür zu sorgen, dass ich die Nacht dort verbringen könnte. Ich dankte ihr, sagte aber auch, dass ich nicht am ersten Tag nach dem Einzug in ein neues Haus schon wieder auswärts schlafen könnte.

»Stimmt es, dass Sie Priester werden wollen?«

»Das habe ich vor.«

»Da wird es Marie gut haben bei Ihnen! Da lebt ihr im Pfarrhaus wie zwei Kinder. Denn sie ist sanft, und Sie sind es auch. Aber werdet ihr denn auch zusammen schlafen?«

»Zweifellos. Auch ein Priester ist ein Mann.«

»Na, das glaube ich … Stellen Sie sich vor, ein Landpfarrer, der hier logierte, hat mir eines Tages schöne Augen gemacht. Um Mitternacht kam ich in sein Zimmer. Erst um fünf war er fertig – und stellen Sie sich vor *(sie zeigte mir ihre zehn Finger)* … Ich konnte nicht mehr!«

Am nächsten Tag verabredete ich mit Bachot, einem meiner Setzerkollegen, wie ich außerhalb schlafen konnte, ohne dass es auffiel. Er würde dem Hausmädchen bei seiner Rückkehr sagen, alle seien im Bett. So konnte ich die Nacht bei Mademoiselle Marie bleiben, die mich dafür unzählige Male umarmte. Ich habe nie ein so zärtliches Mädchen gesehen wie sie, ausgenommen vielleicht Zéphire … Ich verließ sie um fünf Uhr, und Joson ließ mich hinaus. Bachot kam auf ein verabredetes Zeichen nach unten und ließ mich durch die Tür zur Straße herein. So war ich als Erster bei der Arbeit. Ich wiederholte diesen Ausflug noch oft – jeden zweiten Abend. Eines der beiden Mädchen ließ mich herein, und dann wartete ich, bis meine junge Freundin frei war.

Eines Abends, um den 20. Juli herum, waren beide Mädchen so beschäftigt, dass sie mich nicht hereinlassen konnten. Aber bei Joson war auch Boshaftigkeit im Spiel, während ich, was Marie anging, sah, dass sie tatsächlich von ihren Pflichten festgehalten wurde. Es war sehr dunkel. Die Hunde auf dem Hof kannten mich. Ich verschaffte mir Einlass und versteckte mich zwischen den Kiepen, die in einer Ecke standen. Gegen zehn Uhr tauchte dann auch Joson auf – in Begleitung eines stämmigen Jahrmarktshändlers. Wie es dann weiterging, kann man sich denken…

Als sie sich wieder aufrichtete, fing sie an zu lachen: »Was sagen Sie dazu? Meine arme Kollegin – untröstlich! Der Freund von Ihnen hat sie letzte Nacht gehabt. Ich hatte ihr weisgemacht, es sei der Liebhaber, den sie hier hat, ein Drucker. Er sei gekommen und hätte mich gebeten, ihn in das Kämmerchen da drüben zu lassen. Ich habe ihr noch gesagt, sie dürfte dort kein Licht machen – und sie ist gleich hingerannt! Er hat sie herzlich empfangen, wie Sie sich vorstellen können, und hat sie reichlich bedient, na klar! … Aber am Morgen *(sie lachte schallend)* … am Morgen, da erblickt sie nicht ihren hübschen Galan, sondern einen dunklen Burschen, dick und hässlich *(sie konnte sich nicht mehr halten vor Lachen)*. Sie floh. Aber nun ist sie ganz verzweifelt! Er dagegen hat ihr zehn Louisdor versprochen, wenn sie heute Nacht noch einmal zu ihr kommt, aber bereitwillig. Und ich werde zusehen, dass sie sich diese Chance nicht entgehen lässt.«

Nachdem ich das gehört hatte, schlich ich davon. Beim Weggehen sah ich noch den dunklen Burschen, wie er mit einer Hand über Maries Brust strich. Sie wehrte sich, aber mit einer gewissen Trägheit. Am nächsten Tag erfuhr ich, dass sie auf Drängen ihrer Freundin tatsächlich noch eine Nacht mit dem fliegenden Händler verbracht hatte, der am nächsten Morgen aufbrach und ihr zehn Louisdor gezahlt hatte, in dem Glauben, er habe ihre Blume ergattert. Ich kehrte nicht wieder in das Gasthaus Saint-Nicolas zurück, sondern sah mich nach meinen jungen Nachbarinnen an der Place Saint-Etienne um.

Aber Marie hatte mich auch noch in einer anderen Angelegenheit abgelenkt. Ich hatte vergessen, den Herren von Cœurderoi meine Aufwartung zu machen – dem Präsidenten des Parlaments von Burgund und dem Parlamentsrat. Eines Sonntags kleidete ich mich in Schwarz, um diesen Besuch nachzuholen. Dem Präsidenten übergab ich, um mich vorzustellen, einen Brief meines Vaters. Er las ihn, sah mich an und fragte, was er für mich tun könne. Ich sagte, ich sei Drucker und würde mich während der Sitzungsperiode des Parlaments in Dijon aufhalten.

»Meine Macht reicht nicht aus, Ihnen einen Meisterbrief als Drucker zu beschaffen. Das ist eine sehr schwierige Sache.«

»Monsieur«, antwortete ich, »ich komme zu Ihnen nur ehrenhalber, um Sie zu begrüßen.«

»In diesem Fall werde ich Ihnen ein Frühstück servieren lassen.«

Er läutete, ein Diener erschien. Der Präsident bestellte heiße Schokolade, die ich allein trank, da Monsieur Cœurderoi schon gefrühstückt hatte. Dies war der einzige Besuch, den ich den Verwandten meiner Großmutter Simon* machte. Den Parlamentsrat suchte ich nicht auf – aus einer angeborenen Scheu vor Unbekannten.

Man wird sehen, wie sich von nun an eine neue Ordnung der Dinge ergibt, denn ich gleiche den Wanderdünen Libyens.

Die ersten Nachbarinnen, die mir auffielen, waren ein großes, schlankes Mädchen mit aschblonden Haaren und eine kleine, lebhafte, sprühende Dunkelhaarige. Die erste hieß Manette Teinturier. Sie war die Tochter des Vorstehers der Perückenmacher. Die andere, Manon Duveau, war die Tochter eines Musikers, der in der Kathedrale beschäftigt war. Sie war in Paris geboren und aufgewachsen und erst mit fünfzehn Jahren von dort weggegangen, zusammen mit ihrem Vater – also durch und durch Pariserin und sehr aufgeweckt. Ihr Teint war so lebhaft wie ihre Bewegungen, dazu ein spitzbübisches Lächeln. Mademoiselle Teinturier war groß, gemächlich, sehr ordentlich, und sie hatte das schönste Haar der Welt. Manette Teinturier und Manon Duveau waren unzertrennlich. Sie lebten seit drei Jahren im selben Haus, die Tochter des Eigentümers (Manette) im ersten Stock, die Tochter der Mieter im zweiten. Seit ich abends nicht mehr in das Gasthaus Saint-Nicolas ging, waren Bachot und ein gewisser Dubois die einzigen Kameraden, mit denen ich Umgang hatte.

Bachot schwärmte seit ein paar Wochen für die lebhaften Reize der temperamentvollen Duveau. So nahm er mich eines Abends mit, und wir setzten uns zu den beiden Schönen. Vorher hatte er mich allerdings versprechen lassen, dass ich ihm sein Mädchen nicht abspenstig machen würde. Das war mir leichtgefallen, denn mir gefiel Manette besser. So hatten wir es abgemacht: Ich würde Mademoiselle Teinturier lieben, Bachot liebte Mademoiselle Duveau, und Dubois, ein Stutzer, wie er im Buch steht, liebte sich selbst.

Bachot und die Tochter des Musikers liebten sich ganz und gar einträchtig – das nahm weder zu noch ab. Mir lag diese Art von Stillstand in der Liebe nicht. Bei mir erfolgten die Fortschritte und die Rückschläge immer rasch. Manette besuchen, Gefallen an ihr finden, ihr das sagen, zärtliche und dennoch durchdachte Briefe schreiben, versuchen, sie an meinen Empfindungen teilhaben zu lassen, und dabei bis zu einem gewissen Punkt erfolgreich sein – all das war eine Sache der ersten acht Tage unserer Bekanntschaft. Mit meinem Feuereifer brachte ich auch die Seele der gemächlichen Teinturier in Schwung. Ich möchte diese Leidenschaft nicht mit anderen vergleichen, die ich empfunden habe. Diese Pflanze war von anderer Art – in der jungen Teinturier liebte ich mehr das schöne Geschlecht insgesamt mit seinen Reizen und seiner Sanftheit als den einzelnen Menschen. Bachot wurde Zeuge meiner zügigen Fortschritte in der Liebe und wunderte sich sehr.

»Teufel«, sagte er einmal, als wir unter uns waren, »wie du es schaffst, die Mädchen dahin zu führen, wo du sie haben willst! Von deinem Schneid würde ich dir gern eine Portion abkaufen!«

Es waren meine verständigen Briefe (sie handelten davon, wie ich mir vorstellte, meine Frau zu lieben), mit denen ich Manettes Herz für mich gewann. Ihr Vater sah diese Briefe und war von ihnen sehr angetan. Er wünschte sich ein Gespräch mit mir, und eines Abends kam er zu uns hinaus. Er hörte mich reden und war mit meinen rechtschaffenen Ansichten zufrieden. Er sagte das auch seiner Tochter. Von ihrem Vater ermutigt, überließ sich die junge Person ohne Vorbehalt meiner Aufrichtigkeit und erwies mir eine unbefangene Zärtlichkeit ohne alles Misstrauen.

Am 1. August, sechs Tage vor meiner Abreise, als die Arbeit in der Werkstatt von Causse einmal früher als üblich endete, hatte ich bei einem Glas »Flohwein«, wie man ihn in Burgund nennt, eine ausführliche Unterredung mit dem Vater von Mademoiselle Teinturier. Ich sprach mit ihm über seine Tochter, lobte sie in höchsten Tönen und erklärte ihm, wie sehr ich sie mir zur Lebensgefährtin wünschte. Er billigte meinen Wunsch, kaum dass ich ihn ausgesprochen hatte.

Tags darauf wollte ich Manettes Vater gegen Abend, nach der Arbeit, noch einmal besuchen. Seine Tochter sagte mir, er sei ausgegangen, und sie war es, die vorschlug, einen Spaziergang zu machen, mit ihrer Schwägerin, einer Korsin, ihrem Bruder, der Tochter des Musikers Duveau und meinem Kameraden. So kam ein fröhlicher, kleiner Trupp zusammen, und als Erstes besuchten wir ein Café, tranken dort Bier und nahmen ein paar Schnäpse. Dann gingen wir weiter und schlugen bei der Porte Neuve den Weg durch die Wallanlagen zur Porte Saint-Nicolas ein. Manette und ich, wir blieben ein wenig hinter den anderen zurück. Ich hatte ihr einen Arm um die Hüfte gelegt. Durch meine Jugend, das hübsche Gesicht meiner Geliebten und ihre Langsamkeit oder Trägheit in Feuer geratend, erlebte ich einen jener Augenblicke der Trunkenheit, die mich bisweilen so glücklich gemacht haben. Manette, die sich sicher war, meine Frau zu werden, die noch nie geliebt hatte und die Anwandlungen und Aufwallungen dieser ungestümen Leidenschaft nicht kannte, zeigte mir ihre arglose, zärtliche, hingebungsvolle Seele. Ich lenkte sie ein wenig beiseite.

»Aber, was denn…?«

Ich zog sie hinter eine Hecke und nahm sie im Sturm.

»Oh, Sie wissen ja ganz genau, was Sie wollen!«, war der einzige Einwand, den sie erhob. Sie versuchte, alles so zu machen, dass mich nichts störte, und fragte bei jeder Wendung und jeder Bewegung, ob sie es richtig gemacht hätte. Auch als der Gürtel der Venus zerriss, rief sie: »Oh, das war jetzt falsch! … Haben Sie sich auch weh getan?« An diesem Abend beschloss ich ernsthaft, mich mit ihr zu verbinden.

Am 5. August erlebte ich noch einen herrlichen Abend. Wir spazierten auf dem Gelände unterhalb des Schlosses Montmusard herum, wo man Bäume gepflanzt und Rasenflächen angelegt hatte. Wir tollten herum, und ich fand tausenderlei Mittel und Wege, Manette köstliche Beweise ihrer Gunst zu entreißen. In diesem Getändel fiel mir plötzlich am Fuß eines Baumes eine schöne Dijonerin ins Auge, der ich schon einmal im Park begegnet war, als Bachot mich zum ersten Mal dorthin geführt hatte. Ich muss kurz auf diesen Tag zurückkommen.

Vor meiner Verbindung mit der hübschen Teinturier hatte mir Bachot diese »Tuilerien« von Dijon gezeigt. Damals war mir ein großes, schönes Mädchen aufgefallen, das ein kleines, sehr niedliches Mädchen von vier Jahren an der Hand hielt. Vor ihnen spazierte ein anderes, das zwei Jahre älter war und der Großen sehr ähnlich sah. Ich betrachtete sie alle drei mit dem größten Interesse, als Bachot zu mir sagte: »Siehst du das große Fräulein da? Sie ist die Mutter der beiden Kinder. Der Mann, von dem das erste stammt, hat sich ihrer Ansicht nach in Verruf gebracht, und sie hat ihn verstoßen. Ohne sich ihrer Mutterschaft zu schämen, hat sie ihre Tochter aufgezogen und sich über alles hinweggesetzt, was man ihr hätte sagen können. Sie zeigt sich mit ihren Kindern überall, und solange sie nur eines hatte, hat niemand über sie die Nase gerümpft. Aber um das Jahr 1757 tauchte plötzlich ein zweites Kind auf, das anscheinend gerade abgestillt worden war. Da wurde nun plötzlich viel gemurmelt. Eines geht ja noch!, so hieß es. Aber zwei! Mademoiselle Omphale Cœurderoi hat sich nicht darum geschert, sie hat ihre beiden Töchter aufgezogen.«

»Zwei sind auch besser als eines, wenn sie so hübsch sind!«, rief ich. »Aber dieses Fräulein Cœurderoi – wessen Tochter ist sie?«

»Sie gehört zu einer Familie, die bis nach Niederburgund verschwägert ist, in der es aber keine Männer mehr gibt.«

Ich hatte Mademoiselle Omphale und ihre ältere Tochter voller Bewunderung betrachtet. Die Jüngere aber erfüllte mich mit einem unbeschreiblichen Interesse. Tatsächlich kam es mir vor, als hätte ich dieses Engelsgesicht schon einmal irgendwo gesehen. Am Sonntag darauf hatte ich die schöne Amazone (ich nannte sie so, weil sie keinen Ehemann wollte) mit dem gleichen Interesse wiedergesehen. Aber da hatte sie nur ihre ältere Tochter bei sich.

An dem Abend nun, von dem ich hier eigentlich berichte, erblickte ich sie mit ihren beiden Töchtern und einer älteren Frau, die ich für ihre Mutter oder eine Tante hielt.

»Ich weiß nicht, warum«, sagte ich zu Manette, »aber diese junge Dame macht mich neugierig.«

»Sie ist ein Fräulein«, erwiderte Manette.

»Ich habe gehört, sie sei die Mutter der beiden kleinen Mädchen.«

»Ja, und sie ist deshalb auch um nichts weniger achtbar, wenn man bedenkt, wie sie sie bekommen hat und wie Mademoiselle Cœurderoi heute lebt. Das sagt jedenfalls mein Vater.«

»Die beiden unterhalten sich sehr lebhaft – die alte Dame und sie. Wollen wir ein bisschen lauschen?«

Manette war einverstanden. Wir gingen hinter den Bäumen weiter und näherten uns den beiden Damen und den Kindern lautlos bis auf vier Schritte.

»Nein«, sagte die Mutter der beiden natürlichen Töchter gerade, »nein, liebe Tante, das kann nicht sein! Ich werde das Geheimnis einer so achtbaren Frau wie sie nicht verraten…«

»Nun gut, liebe Nichte«, entgegnete die alte Dame, »aber Sie glauben nicht, wie sehr es Ihnen schadet, dass der Anschein entstanden ist, Sie seien ein zweites Mal schwach geworden! Alle, die Sie bis jetzt gebilligt und sogar bewundert haben, reden nun ganz anders. Und wirklich, ich begreife Sie nicht! Was bezwecken Sie? Denn Ihre Ehre leidet schon jetzt.«

»Das kommt mir aber nicht so vor, Tante! Sehen Sie doch – diese beiden Kinder. Wenn es eine Schande ist, ihnen das Leben und ihre Schönheit geschenkt zu haben, dann mache ich mir ein Vergnügen aus meiner Schande.«

»Aber Sie werden nie einen festen Platz im Leben finden!«

»Mag sein. Aber bis jetzt habe ich einen solchen Platz noch nicht vermisst. Und wenn Sie außerdem bedenken, dass mir der Verdacht einer zweiten Schwäche alle zudringlichen Männer vom Leib hält…«

»Ich verstehe nicht, wie Ihre Mutter es zulässt, dass Sie solchen Gedanken nachhängen.«

»Meine Mutter weiß um meine doppelte Unschuld. Und sie hält sich noch aus einem zweiten Grund zurück – dass mein Vater mich womöglich in eine Ehe zwingen würde, die auf gar keinen Fall stattfinden soll. Der Mann, den die Leidenschaft blind macht, heiratet eine Frau, weil er sie begehrt, und bereut dies, sobald er seine Begierde gestillt hat.«

»Das mag wohl sein«, sagte die Tante, »aber Sie bedienen sich doch eines sehr seltsamen Mittels, um einen Freier abzuwehren.«

»Ich liebe das jüngere der beiden Mädchen genauso sehr wie meine eigene Tochter. Ihr Charakter ist genauso vollkommen wie ihr hübsches Gesicht. Schon als ihre Mutter sie mir anvertraute – beim Verlassen des Schleppkahns in Auxerre –, da war ich sogleich entzückt, obwohl sie kaum zwei Jahre alt war, und versprach, dass ich sie zur Freundin meiner Tochter, zu deren unzertrennlicher Gefährtin, machen und dass die beiden füreinander wie Schwestern sein würden. Damals hatte ich noch nicht vor, sie glauben zu machen, dass sie meine Tochter sei. Als aber ihre Mutter gestorben war und dieses arme Kind niemand anderen auf der Welt mehr hatte, da fasste ich den Plan, ganz für sie da zu sein und ihre kindliche Liebe zu genießen, denn in mir erwachten mütterliche Gefühle auch für sie. Meine Hypsipyle und die kleine Edmée-Colette werden sich noch stärker miteinander verbunden fühlen, wenn sie glauben, sie seien Schwestern. Das ist mein einziger Beweggrund, dem ich alles andere unterordne. Meine Mutter, der ich auch von meinen geheimsten Gedanken nichts verberge, ist in diesem Punkt mit mir einer Meinung und in allem anderen auch. Sie haben mir hoch und heilig versprochen, mein Geheimnis niemandem zu verraten. Werden Sie Ihr Versprechen halten?«

»Gewiss doch, liebe Omphale. Aber wird denn das fremde Kind auch das Vermögen Ihrer Tochter teilen?«

»Liebe Tante, Monsieur … (ich konnte den Namen nicht verstehen), Ihr Gemahl, ist Parlamentsrat. Ich habe mir vorgenommen, ihn um Rat zu fragen. Die Mutter von Edmée-Colette hat uns mehrmals ziemlich ansehnliche Beträge zukommen lassen, die wir quittiert haben. Dieses Geld, das der Kleinen gehört und das wir angelegt haben, beläuft sich mindestens auf die Hälfte unseres eigenen Vermögens. So kann es denn doch einen Ausgleich bieten, wenn mein Vater Hypsipyles Vermögen in der Annahme teilt, Edmée-Colette sei seine Enkeltochter? So tue ich meiner Hypsipyle kein Unrecht und verschaffe ihr doch eine Schwester … Die arme Kleine! Sie hat einen Vater, aber sie wird seinen Namen nie erfahren, sie ist zur Unwissenheit verurteilt, weil ihre Mutter uns den Namen nie gesagt hat. Ich weiß nur, dass er damals ein Druckerlehrling war und dass er ihr in gewissem Sinne Gewalt angetan hat, aber nicht aus einem Übermaß an Verderbtheit, sondern aus einem Übermaß an Liebe; und dass sie dabei von den eigenen Sinnen verraten wurde, die dem Schuldigen gegen ihren Willen zu Hilfe kamen; dass der junge Mann nachher tiefste Reue zeigte und dass sein Respekt gegenüber dieser Dame nie auch nur für einen Augenblick nachgelassen hätte. Sie bestimmte ihm ihre jüngere Schwester zur Frau. Er sollte Druckermeister in Sens werden und sie dann heiraten. Der Vater der Dame, der über alles Bescheid wusste, auch über diese Art von Vergewaltigung, war mit den Plänen einverstanden. Aber sie sind beide gestorben, und der Ehemann der Mutter dieses Kindes liebte seinen früheren Lehrling, der inzwischen nach Paris gegangen war, nicht und beeilte sich, seine schöne, junge Schwägerin in Sémur-en-Auxois zu verheiraten…«

Sie unterbrach sich, nachdem Manette ein Geräusch gemacht hatte. Und ich hatte keinen Zweifel mehr daran, welche Rolle ich in dieser Erzählung spielte. Tief bewegt und zitternd, wagte ich kaum noch zu atmen. Tausend Gedanken gingen mir durch den Kopf, unter denen der, mit Madeloiselle Omphale zu sprechen und mich ihr erkennen zu geben, wohl der gescheiteste war.

Ich erinnerte mich an Flipote, an das Geständnis, das mir Gaudet d'Arras hinsichtlich der zweiten Nacht gemacht hatte, die ich mit diesem Mädchen verbracht zu haben glaubte. Jene, die Flipotes Platz eingenommen hatte, hatte einen Namen, der ähnlich klang wie Omphale, wenn es nicht sogar dieser Name gewesen war. Aber ja doch, es war der Name der Königin von Lydien, der Geliebten des Herkules, den sie zum Spinnen gebracht hatte! Ich staunte über dieses Zusammentreffen und alles, was ich soeben gehört hatte, vor allem, soweit es Madame Parangon betraf und Mademoiselle Fanchette.

»Aber von wem«, so überlegte ich, »stammt denn nun dieses zweite Kind, das Fräulein Omphale als ihre eigene Tochter ausgeben will, obschon sie ja zugibt, dass es nicht stimmt? Diese *achtbare* Dame, von der sie gesprochen hatte, konnte nur Madame Parangon sein. Aber wann und wie war sie schwanger geworden? Warum verheimlichte sie, obwohl verheiratet, ihre Schwangerschaft? … Oh, Himmel! Da kommt mir eine Ahnung! Von ihrem Ehemann noch nicht berührt, bin ich es, der sie bei meinem Attentat…«

Ich erstarrte.

»Was haben Sie denn?«, fragte mich Manette.

»Ich wundere mich.«

»Ich habe nichts verstanden von dem, was sie geredet haben! (Umso besser!, dachte ich.) Was sollte das alles bloß heißen?«

»Ach, das ist so kompliziert!«

»Ja, reden wir von etwas anderem.«

Zurück in meiner Kammer, dachte ich mehr an Edmée-Colette und ihre Mutter als an Manette.

»Ich bin also Vater«, sagte ich mir, »durch die Frau, die ich als einzige wirklich geliebt habe! O, unverhofftes Glück. Ja, jetzt erkenne ich, dass es eine Vorsehung gibt. Nicht der Zufall hat mich nach Dijon geführt – es war die Vorsehung, die wollte, dass ich meine Tochter kennenlerne. Nichts war mir geblieben – und da finde ich nun eine zweite Colette! ... Ja, ich werde Mademoiselle Omphale aufsuchen – schon morgen. Ich werde mich ihr zu erkennen geben ... und wenn ... ich so glücklich sein werde ... und sie dahin bringen könnte, dass sie wirklich die Mutter von Edmée-Colette wird? – Adieu Manette! Auf Omphale allein richten sich alle meine Wünsche!«

Mit diesen Gedanken schlief ich ein.

Am nächsten Morgen zog ich meine besten Sachen an, das heißt den schwarzen Anzug, und begab mich zu Mademoiselle Omphale Cœurderoi. Ich fragte ausdrücklich nach ihr. Man führte mich in ihr Zimmer, aber auch ihre Mutter war anwesend.

»Mademoiselle«, sagte ich, »Sie kennen mich nicht. Ich komme und möchte Sie um ein Gespräch unter vier Augen bitten – aber wenn die Dame Ihre Frau Mutter ist, wie ich glaube, dann kann ich natürlich auch vor ihr sprechen.«

Man bot mir einen Stuhl an.

»Erklären Sie uns, Monsieur«, sagte Omphale, »was führt Sie zu uns?«

Ich hatte mich vorbereitet.

»Mademoiselle, Sie haben hier ein Kind, an dem mir sehr gelegen ist! Ich kenne das Geheimnis seiner Geburt, und nur ich kenne es – zusammen mit Ihnen, natürlich. Es heißt Edmée-Colette. Das sind die Namen seines Vaters und seiner Mutter. Diese Letztere war Madame Parangon, die durch einen grausamen Unfall zu Tode kam.«

Ich schwieg.

»Monsieur«, sagte Omphale nach einigen Minuten der Stille, »ich weiß nicht, worauf Sie mit dem, was Sie da eben gesagt haben, hinauswollen.«

»Mademoiselle, ein Wort mehr vermag vielleicht Ihr Vertrauen erwecken: Der Vater des liebenswürdigen Kindes von vier Jahren, das Sie hier haben, nennt sich Monsieur Nicolas...« (Ich nannte meine drei Namen.)

Die Damen erröteten.

»Das kann sein oder auch nicht sein«, sagte die Mutter. »Wir können und werden das nicht prüfen.«

»Ich danke Ihnen für Ihre Rücksichtnahme … ich muss nur noch ein Wort hinzufügen: Ich bin derjenige, den ich soeben genannt habe … Aber bitte seien Sie versichert: Ich verlange keinerlei Antwort von Ihrer Seite … Ich werde diese Stadt morgen verlassen und zu meinen Eltern zurückkehren. Hier ist ihre Adresse. Sie können, wenn Sie es für angebracht halten, einen Brief schreiben, in dem Sie alles anführen, was Sie erfahren möchten. Ich werde darin alle Ihre Fragen beantworten, in meiner Handschrift, wie diese Adresse sie zeigt, und ich werde noch hinzufügen: ›Ich bitte Mademoiselle Omphale und ihre Mutter inständig, meiner Wahrhaftigkeit zu vertrauen…‹ Ich werde mich jetzt zurückziehen, meine Damen, und Sie nicht länger stören«, sagte ich noch, während ich die letzten Worte schrieb.

»Einen Augenblick, Monsieur!«, sagte die Mutter. »Was ist der Zweck Ihres Besuchs?«

»Es ist ein doppelter, Madame. Dieses Kind ist mir lieb und teuer. Ich habe seine Mutter verehrt, und ich ehre wie eine wohltätige Göttin diejenige, die nun an ihre Stelle getreten ist.«

»Ihre Gefühle zeigen die Aufrichtigkeit Ihrer Seele. Aber was haben Sie vor?«

»Ich wollte in Erfahrung bringen – und zwar ohne dies irgendjemandem mitzuteilen –, dass meine geliebte Tochter lebt, dass sie glücklich ist, und wollte mich dieses ihres Glückes selbst erfreuen.«

»Sie sind ein schätzenswerter junger Mann, und wir zweifeln nicht im Geringsten an Ihren Worten.«

Ich grüßte respektvoll und wollte mich zurückziehen. Man hielt mich noch davon ab und fragte nach meiner Familie. Darauf hatte ich gewartet. Ich zögerte nicht, die Verwandten zu nennen, die ich in Dijon hatte, und fügte auch hinzu, warum ich ihnen gegenüber eine gewisse Distanz wahrte. Mademoiselle Omphale errötete und flüsterte ihrer Mutter zu: »Aber wir stehen den Simon doch näher als der Präsident und der Rat…«

Dann sprach ich noch von meinem Vater und davon, wie sehr man ihn in unserer Gegend ehrte. Die beiden Damen hörten mir lächelnd zu und schienen entzückt. Sie luden mich ein, ihnen vor meiner baldigen Abreise noch einen Besuch zu machen. Ich versprach es und verabschiedete mich dann von ihnen.

Mittags aß ich bei meinem Drucker. Zu einem Ausflug mit Manette, Mademoiselle Duveau, Teinturier und seiner Frau hatten wir uns für drei Uhr verabredet. Bachot erinnerte mich daran, als er sah, wie zerstreut ich war. Mir fehlte die Kraft, abzusagen. Noch einmal besuchten wir das herrliche Schloss Montmusard, das demnächst abgerissen werden sollte.

In einem Weiler nahe dem Kapuzinerkloster nahmen wir später einen Imbiss ein. Von dort gingen wir noch zu den Kartäusern auf der anderen Seite der Stadt, wo ich die Gräber der alten Herzöge von Burgund sah. So verlängerte sich unser Spaziergang bis in die Nacht hinein. Ich gab die Hoffnung auf, die Damen (Omphale und ihre Mutter) an diesem Abend noch zu besuchen, und blieb stattdessen bis Mitternacht mit Manette zusammen. Immer wieder versicherte ich ihr, wie mich ihre Gunstbeweise in meiner Beständigkeit nur stärken würden, bis mir das arglose Mädchen schließlich glaubte. Unter einem Vorwand, den ich fand, begaben wir uns in ihr Zimmer, und dort bereitete ich dann unter Einsatz all meiner Verführungskünste, aber behutsam, um sie nicht zu erschrecken, meinen Sieg vor. Nachdem dieser neuerliche Triumph errungen war, brauchte Manette einige Beruhigung. Hierbei halfen mir Schwüre und der überzeugende Klang der Wahrheit. Noch ein weiteres Mal wurde ich glücklich oder anders gesagt: Ich vervollständigte meinen Verlust und den meiner jungen Geliebten. Ungefähr drei Stunden vergnügten wir uns auf diese Weise. Als schließlich alle Bewohner des Hauses zurückgekehrt waren, ging ich zu meinem Drucker hinüber und verbrachte dort die letzte Nacht.

Am 7., sobald ich aufgestanden war, lief ich hinüber zu Omphale. Ich kam so früh, dass ich noch eine halbe Stunde warten musste. Schließlich wurde ich vorgelassen. Die Damen schienen erfreut über das Wiedersehen. Edmée-Colette kam halb angezogen – Hypsipyle führte sie an der Hand. Man forderte mich auf, ihr einen Kuss zu geben. Tief bewegt nahm ich sie auf den Arm. »Man sieht, wie das Blut spricht«, sagte Omphales Mutter. Es wurde ein Frühstück serviert, aber ich war so ergriffen, dass ich nur ein wenig Kaffee zu mir nehmen konnte.

»Monsieur«, sagte Omphale zögernd, »waren Sie in Auxerre mit Monsieur d'Arras befreundet?«

»Eng sogar, Mademoiselle.«

»Hat er Ihnen nicht ein eigenartiges Abenteuer beschert, mit ... einer gewissen ... bei Madame Bourgoin?«

»Flipote!«, rief ich.

»Er ist es!«, sagte sie zu ihrer Mutter. Und zu mir, auf Hypsipyle deutend: »Und hier das Ergebnis ... War sie denn auch noch an dem zweiten Abenteuer beteiligt?«

»Nein, nein! Das war eine Bürgerin«, antwortete ich, »und noch besser, denn mein Freund d'Arras hat mich über nichts im Unklaren gelassen. Aber der Name war mir entfallen. Erst als Sie mir Ihre Frage stellten, ist er mir wieder eingefallen.«

»Oh, dieser indiskrete Kerl, d'Arras...! Er weiß alles, Mutter!«

»Wie!?«, rief ich, »und diese bezaubernde Ältere...?«

»Es sind – Ihre beiden Töchter! D'Arras hat Ihnen alles gesagt. – Urteilen Sie selbst – hätte ich jemanden heiraten können, der glaubt, er sei ihr Vater?«

Ich gab Hypsipyle einen Kuss – dann verharrten wir alle einige Augenblicke schweigend. Ich dachte an das Sonderbare all der Geschehnisse in meinem Leben – eine Sonderbarkeit, deren Ausmaße mir die Kühnheit eingeflößt haben, mich selbst zum Helden dieses Werkes zu erwählen.

So fand ich mich plötzlich im Kreis meiner Familie – am Tisch mit meinen Kindern und ihrer Mutter. Mir war, als könnte ich diese bezaubernde Situation festhalten und dauerhaft machen. In Omphale sah ich eine zweite Madame Parangon – Quelle eines Glücks, das ich mir seit langem nicht einmal mehr vorzustellen gewagt hätte. Ich war Vater, und ich war es durch Madame Parangon. Ich war Vater dieser kleinen Hypsipyle (sie war sechs Jahre alt), deren Schönheit ganz Dijon bewunderte! Ich sah vor mir die Möglichkeit, eine reiche, schöne Gemahlin aus einer geachteten Familie zu haben, die mit der unseren verbunden war, eine Gemahlin, die durch ihre Mutterschaft besser zu mir passte als jede andere, sogar besser als Mademoiselle Fanchette.

Voller Entzücken bewegte ich all diese Gedanken hin und her, wagte aber nicht, sie auszusprechen, als Omphale das Schweigen brach und mit einer gutmütigen Vertraulichkeit zu mir sprach, die mich in meinen schmeichelhaftesten Hoffnungen bestärkte. Sie streichelte die beiden Kinder auf meinen Knien und sah mich dabei immer wieder freundlich und zufrieden an.

»Gott«, rief ich, »bin ich im Reich der Schimären oder in Elysium! Denn hier finde ich die himmlische Colette wieder – auch Louis-Bénigne Collet, ihren würdevollen Vater, und all jene, die mich geliebt haben!«

Omphale lächelte, Edmée-Colette nahm meine Hand, Hypsipyle streichelte mich, und Madame Cœurderoi, die Mutter, drängte mich, etwas zu essen.

»Ich habe ein Herz«, antwortete ich, »aber keinen Magen.«

Die schöne Cœurderoie lächelte noch immer.

»Bei vielen Leuten ist es umgekehrt!«

Und ich, außer mir vor Freude, nicht wissend, was ich tat, erhob mich, um zu gehen. Vor lauter Glück bekam ich kaum noch Luft. Omphale erhob sich ebenfalls, um mich hinauszugeleiten. Ich brannte darauf, sie allein zu sprechen. Und sobald wir das Zimmer verlassen hatten, beugte ich mich über ihre Hand und küsste sie mehrmals.

»Mademoiselle«, sagte ich, »ich habe die Mutter von einem dieser Kinder verloren, eine Frau, die ich verehrt habe und nun in Ihnen ganz wiederfinde. Der zweiten Mutter von Edmée-Colette, der Mutter von Hypsipyle widme ich all das, was ich für diejenige empfand, die nicht mehr ist … Sie sind frei, ich bin es auch … Ich werde die Ehre haben, Ihnen zu schreiben, was ich Ihnen jetzt nicht deutlicher zu sagen wage.«

Noch einmal küsste ich ihre Hand und meine Töchter auf die Stirn. Ich hob die Augen und sah Omphale an – sie schien zu zögern. Nicht wissend, woran sie gerade dachte, und fürchtend, ich könnte allzu kühn gewesen sein, machte ich eine tiefe Verbeugung und verließ das Haus.

Während ich sehr schnell davonging, war mir, als würde mich Mademoiselle zurückrufen. Ich wandte mich nicht sofort um, und als ich es tat, war die Tür zum Hof wieder geschlossen. Ich wäre gerettet gewesen, wenn Omphale darauf beharrt hätte, denn ich habe keine Zweifel, dass sie mir gesagt hätte: »Bleiben Sie! Wir schreiben Ihren Eltern von Ihrem Entschluss.«

Fast ohne es zu bemerken, ließ ich mich von diesen Gedanken vor das Haus von Monsieur Teinturier geleiten. Mir fiel wieder ein, dass ich bei dieser Familie zum Frühstück erwartet wurde – von der ich dann für immer Abschied nehmen würde.

Es wurde eine muntere Mahlzeit. Manette war so hübsch wie noch nie. Ein zarter Farbschimmer belebte die natürliche Blässe ihres Teints. Sie war lebhafter, als ich sie je gesehen hatte, und ihre anrührende Stimme klang sanfter, als ich sie je gehört hatte. Mir kam ein betrüblicher Gedanke: »Nie werde ich glücklich sein. Nie werde ich ein reines Vergnügen genießen. Ohne Omphale würde ich Manette lieben. Gerade in diesem Augenblick würde ich sie ganz besonders lieben. Aber vielleicht werde ich weder Omphale noch Manette bekommen! Welcher Irrsinn, dass ich ihr gegenüber meine zu wilder Glut entfachten Sinne nicht hatte beherrschen können. Unglücklicher!«

»Sie sehen aus, als wären Sie traurig!«, sagte Manette und drückte mir ihren hübschen Mund auf die Wange.

»Was soll ich machen? Ich verlasse Sie!«

Das liebenswürdige Mädchen gab mir die Hand, und ihre schönen Augen blitzten. Aber zwei Tränen löschten deren Feuer. Ich war tief unglücklich, als ich sie verließ. Monsieur Teinturier und sein Sohn begleiteten mich ein Stück weit.

An der Porte Guillaume sah ich Marie Jehannin, die ich seit sechs Wochen kein einziges Mal besucht hatte. Sie lief auf mich zu.

»Reisen Sie ab?«, rief sie mir schon von weitem zu.

»Ja, was ich am Abend des 21. Juli gesehen habe, hat mich zu diesem Entschluss gebracht. Seither bin ich in Dijon nur geblieben, weil es nicht anders ging.«

Marie vergoss zwei Tränen, und aus der Schwäche, die ich für alle schönen Mädchen habe, sagte ich noch: »Falls ich je Priester werde, sollen unsere Abmachungen gelten – trotz allem, was passiert ist. Adieu, Mademoiselle Marie. Ich schreibe Ihnen, wenn es nötig sein sollte. Können Sie Handgeschriebenes lesen?«

»Sehr gut sogar.«

»Dann schreibe ich Ihnen also!«

Ich drückte ihr die Hand und kehrte zu meinen beiden Begleitern zurück, denen ich sagte, sie sei das Mädchen, das sich nach meiner Ankunft in Dijon um mich gekümmert habe. Auch sie verließen mich schließlich, als wir die Stelle erreicht hatten, wo sich die beiden Wege, der alte und der neue, trennen. Wir umarmten uns. Ich ging weiter, sie kehrten um. Ich sah noch zwanzigmal nach ihnen zurück und sagte mir voller Rührung: »Adieu, adieu, Manette!«

Vater und Sohn deuteten die Bewegungen, die sie mich machen sahen, ganz anders, als sie gemeint waren – sie antworteten mit allen erdenklichen Zeichen von Freundschaft.

An diesem Tag verließ ich, ohne sie je wiederzusehen: Manette, ihre Eltern, Marie Jehannin, meinen Kameraden Bachot, Hypsipyle, Omphale, Edmée-Colette ... Ich fühlte es, sobald ich allein war, und rief mit schmerzerfüllter Stimme: »Ach, Dijon! Und wenn ich dich nun nie mehr wiedersehe?«

Sobald ich wieder nach Paris kam, suchte ich Zuflucht bei Bonne Sellier wie in einem zweiten Vaterhaus. Ich machte mich ein wenig zurecht und stieg hinauf zu Zoé, die noch immer dort wohnte. Ich fand sie im Bett. Als sie mich sah, stieß sie einen Freudenschrei aus: »Da kommt mein einziger Freund!«

Ich warf mich in ihre Arme. Alle anderen Empfindungen verblassten. Ich dachte nur noch an Loiseau und Zoé. Sie aber erinnerte mich an Zéphire und Madame Parangon. Diese drei Frauen werden von nun in meinen Gedanken unzertrennlich sein. Dass Zoé sich über mein Auftauchen so freute, hielt ihre Krankenwärterin für ein Zeichen der Besserung. Beide wollten, dass ich mich ausruhe. Ich war tatsächlich am Ende meiner Kräfte.

Gleich nach dem Aufstehen am nächsten Morgen ging ich wieder zu Zoé. Mein Erscheinen, das sie so lange herbeigesehnt hatte, hatte den Schmerz über ihre Verluste neu entfacht, und der überstieg nun ihre erschöpften Kräfte. Am dritten Tag nach meiner Ankunft verlor ich sie. Ich wurde ihr Erbe. Ich glaube, einen heftigeren Schmerz habe ich nie erlebt. Aber Verzweifelung kam dabei nicht auf. Meine an schmerzliche Verluste gewöhnte Seele hatte sich verhärtet. Ich überließ Zoés Eltern deren ganzes Erbe. Nie, mein Freund und Leser, habe ich ganz aufgehört, tugendhaft zu sein. Ich steckte damals in der allertiefsten Armut. In Sens besaß ich nur noch siebenundzwanzig Livres – den Erlös aus einer Silbertasse, die mir mein Bruder Boujat irgendwann geschenkt hatte und die ich nun hatte verkaufen müssen.

Meine drei Freunde, Renaud, Boudard und Gaudet, waren benachrichtigt worden, ebenso Madame Deschamps, Sidonie Mentelle,

Manon und Madame Werkawin. Wir alle waren bei Zoés Begräbnis zugegen. Renaud fand es sehr richtig, dass ich die Hinterlassenschaft den Eltern zurückgegeben hatte, während Boudard und Gaudet unzufrieden damit zu sein schienen. Renaud sagte: »Er hat befürchtet, dass derart verbitterte Herzen unsere himmlische Freundin in die Verdammnis stürzen könnten.« Die vier Damen dachten so wie er.

Als alle an ihre Arbeit zurückgekehrt waren, blieb ich allein und arbeitslos zurück, denn in den Pariser Druckereien fehlte es gerade an Arbeit. Alle Anstrengungen meiner Freunde, mir Arbeit zu beschaffen, waren vergebens – vom 16. September, dem Tag meiner Ankunft, bis zum 3. November.

War mein verhängnisvolles Schicksal also unvermeidlich? Mir kommt es so vor. Ein Umstand ein wenig verschoben, die kleinste Kleinigkeit, ein Brief, der in die falschen Hände gerät, und mein Schicksal nimmt eine andere Richtung, für immer! Es war Monsieur Parangon beschieden, dies zu bewirken, und es gelang ihm. Seine Frau hätte mich glücklich gemacht. Ihr Gemahl wollte das Gegenteil, und der Tod ereilte ihn nicht im Augenblick seines teuflischen Erfolgs. Welcher unheilvolle Zufall, welcher Dämon hinderte meine beiden Freunde Renaud und Boudard und mich selbst daran, eine Stelle in einer Druckerei zu finden, eine Stelle, die meist leicht zu beschaffen ist? Wäre ich abergläubisch, so würde ich denken, ein böser Geist habe alle Möglichkeiten, in Paris zu bleiben, zum Verschwinden gebracht, um mich nach Auxerre zu lenken, wo das Unglück mich erwartete.

Ich beschloss, Paris zu verlassen. Aber ich besaß nur noch vierundzwanzig Sous. Na, wenn schon! Ich machte mich auf den Weg nach Rouen, kam aber nur bis zur Porte de Versailles, ohne hindurchzugehen, und abends war ich wieder zurück, weil ich mich nicht entschließen konnte, unterwegs zu betteln. Ich bereute es, dass ich nicht zu Madame Ponsardin gegangen war, die mir das Geld für meine Reise vorgestreckt hätte, und nahm es mir für den nächsten

Tag fest vor. Doch als ich wieder bei Bonne ankam, lag da ein Brief, den ich nicht erwartet hatte. Er war von Monsieur Parangon!

Es lebte damals in Auxerre ein intrigantes Mädchen – insgeheim liederlich und längst entehrt. Diese Kreatur hatte Parangon ins Auge gefasst – für sie hatte er mich ausersehen! Deshalb schrieb er und bot mir die Stelle des Werkstattleiters in seiner Druckerei an. Bourgoin hatte ihn verlassen, um die Papierfabrik in Clamecy zu übernehmen. In Anbetracht der Gefahr, die mir in Paris drohte, nahm ich das Angebot an – dabei war diese Gefahr viel kleiner und weniger schrecklich als die, mit der ich es in einer Stadt zu tun bekommen sollte, die mir so lieb gewesen war! Mir kam die Idee, an Gaudet d'Arras zu schreiben, an den ich so lange nicht mehr gedacht hatte. Aber ich hatte seine Adresse verloren und redete mir ein, dass ich sie mir in Auxerre leicht beschaffen könnte. Was für ein Irrtum! Parangon hatte schon mehrere Briefe dieses Freundes abgefangen, damit es so aussähe, als wäre ich undankbar und seiner überdrüssig.

Mir fehlte das Geld für die Fahrt. Ich lieh mir fünfzig Francs von meiner Schwester Margot und verkaufte heimlich ein paar Hemden, um Bonne zu bezahlen, die von mir nichts nehmen wollte.

Ich verließ Paris am 7. November 1759 mit ungefähr neun Livres, obwohl man mir am Morgen noch das Geld für die Reise überbrachte, wie es üblich ist, wenn man einen Arbeiter zu sich kommen lässt. Das lag daran, dass ich alles, was ich Bonne noch schuldete, in eine ihrer Schubladen legte. Dann zahlte ich sechs Livres und fünfzehn Sous für das Boot und den Rest für die Verpflegung, die mich auf dem Boot nach Auxerre nur sechs Sous am Tag kostete: zwei Butterbrote, zu drei Sous das Stück, morgens und abends.

Am 10. kam ich an. Meine Cousins besuchte ich nicht, denn ich wollte meine Ankunft in Auxerre eine Zeitlang vor meiner Familie geheim halten. Ich hatte vorgehabt, bei dem Traiteur Chavagny zu wohnen, wo auch der Uhrmacher Chambon, mein alter Bekannter aus der Rue des Poulies, in Pension war. Wäre ich meinem Unglück entgangen, wenn ich in dieser Pension geblieben wäre? Ich glaube es nicht, denn am nächsten Tag kam der verfressene, elende Rüttot*, dem der furchtbare Parangon einen Wink gegeben hatte, und schlug mir vor, bei ihm zu wohnen. Gegen meinen Willen nahm ich sein Angebot an – weil ich glaubte, dort mehr Ruhe und Frieden zu haben, und weil mein Schicksal es so wollte. Man wird bald sehen, welche Absicht Parangon verfolgte, indem er dafür sorgte, dass ich mich bei einem ihm ergebenen Bösewicht als Pensionsgast einmietete. Alles schien sich zu verschwören, mich ins Verderben zu stürzen.

Loiseau war, wie man sich erinnern wird, der Liebhaber von Maîne Lebègue gewesen. Wir sprachen in Paris einige Male über sie. Eines Tages, nachdem er seine Geliebte wieder einmal ausgiebig gepriesen hatte, fügte er hinzu: »Sie hat eine Cousine, Mademoiselle Agnès Lebègue, Tochter eines Apothekers, die, wie mir scheint, höchste Anerkennung verdient.« Auch diese unheilvollen Worte Loiseaus, die sich mir eingeprägt hatten, sollten die Ausführung der Pläne Monsieur Parangons begünstigen.

Ich war froh, dass ich nicht bei Monsieur Parangon essen sollte, wie es die bisherigen Werkstattleiter getan hatten. Wir fanden einander so unausstehlich, dass es uns beiden nicht gefallen konnte, Tag für Tag in familiärer Vertraulichkeit am selben Tisch zu sitzen. Aber Parangon hatte noch zwei andere Gründe: Zum einen sollte ich seine junge Cousine, die liederliche Agnès Lebègue, kennenlernen, die in dieser Zeit seine Bettgenossin war. Und nichts war leichter als das, denn der gefräßige Rüttot war damals der anerkannte Liebhaber der alten Lebègue, die Bett und Flasche gleichermaßen liebte. Parangons zweiter Grund: Um mich gefügig zu machen, ohne dass ich an seinem Tisch aß, wollte er mich, nachdem ich ihm beinahe ebenbürtig geworden wäre, erniedrigen und entwürdigen. Außerdem wollte er gewisse Gerüchte über meinen vertrauten Umgang mit seiner Frau zum Verstummen bringen. Die Leute sollten sagen: »Wenn da wirklich etwas gewesen wäre, hätte er ihn nicht wieder eingestellt…« Ich ahnte damals nicht, dass er sich tatsächlich auf diese Weise Genugtuung zu verschaffen suchte. Ich erfuhr das erst, als es endgültig zum Bruch zwischen uns kam.

Anfangs schien Monsieur Parangon sehr zufrieden mit der Betriebsamkeit, die ich entfaltete und die durch meine Notlage noch befeuert wurde. Diese Not raubte mir viel von meinem Mut und machte mich umgänglicher. Mein Tyrann wunderte sich über meine Freundlichkeit und mein Entgegenkommen: »Wenn Jupiter einen Mann in die Sklaverei verbannt, nimmt er ihm die Hälfte seines Wertes«, sagt Homer.* Parangon, der sich bei Homer gut auskannte, gründete hierauf den Erfolg seiner Pläne.

So stand es um mich, als ich am 27. November abends am Tisch meines Vermieters zwei Gäste erblickte, Mutter und Tochter. Sie wurden mir als Madame und Mademoiselle Lebègue vorgestellt. Sofort fiel mir die Bemerkung Loiseaus wieder ein, und schon verwickelte ich mich in meine eigenen Missverständnisse! (Man weiß, wie sehr ich Loiseau und seine Orakelsprüche respektierte!) Es war dieses fatale Wort meines einzigen und einzig aufrichtigen Freundes, was mich zugrunde richtete, und nicht etwa die Geschicklichkeit Parangons. Loiseaus Wort verlieh der hässlichen Agnès gewisse Reize und Vorzüge. Man nehme noch die Freundschaft hinzu, die ich für ihre Cousine Maîne empfunden hatte. Mich interessierte die ganze Familie derjenigen, die Loiseau geliebt hatte.

Sobald ich eine gewisse Bereitschaft zu erkennen gegeben hatte, unterrichtete Parangon die Mutter sowohl über seine Absichten wie auch über meinen Charakter und erklärte ihr, wie sie meine Sinnlichkeit ausnutzen könne, um sich bei mir einzuschleichen. Woraufhin diese kluge, wendige, bösartige Frau mit so viel Raffinesse zu Werke ging, mich so geschickt mit allerlei halbherzigen Gunstbeweisen aufs Glatteis führte und sogar meine Eltern zu verschiedenen Ausgaben für ihre Tochter veranlasste, dass ich mich aus alldem nicht mehr befreien konnte, als der hinterlistige Parangon, der dies alles eingefädelt hatte, mir durch die Rüttot den furchtbaren Schlag versetzen ließ, der mich in die Ehrlosigkeit stieß. Diese Einzelheiten sind für mich äußerst peinlich, aber wenn ich durch Aufrichtigkeit nützlich sein kann, darf ich keine von ihnen auslassen.

Ein Bündnis der Niedertracht wurde gegen mich geschmiedet. Nichtswürdige Gestalten setzten das in die Tat um, was ich fünfzehn Jahre später in meinem Roman *Der verführte Landmann* höhergestellten Personen zugeschrieben habe.* Wenn der Leser jenes Buch aus dem Jahr 1775 mit dem vorliegenden Werk vergleicht, so sieht er, wie man einen Roman verfasst und wie man Geschichte schreibt. Beiden Werken liegt der gleiche Stoff zugrunde. Aber als ich das erste schrieb, war ich den Ereignissen noch nahe, und fast alle auftretenden Personen lebten noch: Deshalb musste ich verschleiern. Heute hingegen sind fast alle tot. Mein Plan und mein Ziele nötigen mich, die Wahrheit zu sagen. So muss ich denn als Historiker schreiben.

Wie gesagt, man verführte mich durch die Lust. Agnès Couillard, meine künftige Schwiegermutter, war eine schöne Frau gewesen. Ein schöner Busen und ein paar andere Überreste waren ihr geblieben. Die setzte sie ein, um Parangon zu helfen und eine ehrlose Tochter loszuwerden.

Vielleicht stellte Madame Lebègue folgende Überlegung an: »Du bist begierig auf sinnlichen Genuss? Es verlangt dich nach Wollust? Aber die letzte Gunst führt irgendwann zur Sättigung. Also kümmere ich mich um das Vorspiel – zärtlich, aber behutsam. Und falls es dich noch vor der Hochzeit nach mehr verlangt, so werde ich diejenige sein, die es dir gibt. Und wenn du satt bist und genug hast, dann jedenfalls nicht von meinem Mädchen.«

Ich glaube, so dachte sie. Aber das war nicht ihr einziger Beweggrund. Sie war selbst so wollüstig, wie es eine Frau nur sein kann. Sie wollte als Erste alle Freuden der Liebe genießen, auch wenn eine andere Frau diese Liebe entzündet hatte. Wenn sich diese beiden Frauen verabredet hatten, mir eine doppelte Freude zu verschaffen, so war ihr Vorgehen doch zugleich auch am besten geeignet, mich durch meine Sinnlichkeit zu bezwingen, und so wurde ich denn auch bezwungen.

Unmerklich erwuchs aus der Gewohnheit ein künstliches Vergnügen. Mich überkam das Verlangen, die Freuden, die mir Agnès und ihre Mutter bereiteten, täglich zu genießen. Trotz meiner Erfahrung hielt ich dieses künstliche Vergnügen für Liebe. Und irgendwann überließ sich mir Agnès ganz – sei es aus Mangel an taktischem Geschick, sei es, dass sich die Taktik ihrer Mutter geändert hatte, oder wegen ihrer eigenen unersättlichen Lüsternheit. Sie war zu Rüttot gekommen und zum Abendessen geblieben, und nachher begleitete ich sie nach Hause. Zwischen der ersten und der zweiten Tür erlaubte sie mir alle Freiheiten, die ich mir wünschte. Ich stellte sogar fest, dass ihr Busen weit weniger fest war als der aller anderen, ehrbaren Mädchen, die ich schon berührt hatte. Ich war überrascht. Ich bat sie um die letzte Gunst. Sie vertröstete mich auf den nächsten Sonntag, um die Zeit, wenn ihre Mutter beim Hochamt wäre. Diese Verabredung ließ ich mir nicht entgehen.

Ich fand Agnès festlich gekleidet – aber bei ihr ihre kleine, zehneinhalb Jahre alte Schwester Suzette. Ich glaubte schon, aus unserem Plan würde nichts werden, und beklagte mich leise.

»Nein, nein«, sagte Agnès lächelnd, »es gibt da noch etwas zu tun. Plaudern Sie ein bisschen mit ihr, dann schicke ich sie, etwas für mich zu erledigen.«

Suzette mit ihrem niedlichen Stumpfnäschen kam und wollte mit mir spielen.

»Lieben Sie mich!«, sagte sie zu mir. »Aber so, wie meine Schwester oder Maman es machen.«

»Ja, gern – aber Sie mich auch«, sagte ich, um zu sehen, was sie wusste und wie weit sie kommen würde. Die Kleine gab mir Küsse auf den Mund, wobei sie ihre Zunge hervorschnellen ließ, weil es, wie sie mir sagte, ihr Cousin Couly (Deschamps) bei ihr genauso machte. Sie ging noch sehr viel weiter, ließ sich von meiner Hand berühren und berührte mich mit der ihren. Sie wollte … Kurz, ich erkannte, dass ihr auch die geheimsten Mysterien nicht verborgen geblieben waren.

»Wer hat Ihnen das gezeigt?«

»Ach, ich sehe es, ohne dass jemand etwas merkt.«

»Wen sehen Sie?«

»Ich sehe Maman, die sich viel besser auskennt als meine Schwester.« (Diese Bemerkung beruhigte mich etwas.)

»Aber das sind doch Sachen, die Ihre Maman mit mir gar nicht macht?«

»Sie macht sie mit einem anderen.«

»Und mit wem?«

»Mit Rüttot … aber Sie dürfen nicht sagen, dass ich es Ihnen erzählt habe.«

»Und Ihre Schwester?« (Die Kleine überlegte.)

»Oh, nur mit Ihnen – nur mit Ihnen.«

In diesem Augenblick kam Agnès zu uns, die vorher nebenan mit Wasser herumgeplanscht hatte.

»Was ist denn das für ein Plätzchen, Mademoiselle?« Sie hob sie mir vom Schoß.

»Holen Sie meine Schuhe bei Pointe ab. Sie wissen doch Bescheid, oder? Beim Hühnermarkt.«

»Ja, Schwester!«

Sie lächelte mir verschmitzt zu und verschwand.

»Was haben Sie denn da eben mit ihr gemacht?«, fragte Agnès.

»Nichts. Sie hat etwas mit mir gemacht. Sie hat mich vorbereitet.«

Agnès streckte sich auf ihrer Liege aus.

»Kommen Sie!«

Ja, bin ich denn in einer Lasterhöhle?, dachte ich. Dann machte ich mich über sie her. Agnès nahm mich in beide Arme und drückte mich – und doch wurde ich geleitet. Sie rutschte hin und her. Ich suchte noch das Ziel, während ich unversehens schon in ihm angelangt war. Da versetzte Agnès sich in eine Art von Beben, wie ich es nie erlebt habe – außer bei ihr. Ich war glücklich.

Ich war so nass, dass ich eine ausgiebige Waschung brauchte. Ich sah, wie Agnès die ihre machte, und in dieser Haltung glich sie den Straßenmädchen von Paris vollkommen. Man muss allerdings zugeben, dass die *Venus mit dem schönen Hintern* keinen schöneren hatte als sie und dass auch ihre Beine und die Füße von vollendeter Schönheit waren. Das war gewiss der Grund, warum sie dafür sorgte, dass ich sie sah. So bekam ich neue Lust ... Zuletzt bemerkte ich, dass Suzette mit dem Einverständnis ihrer Schwester dageblieben war, aber den Grund für dieses sonderbare Verhalten mochte ich mir nicht ausmalen.

Schließlich trafen am Abend des 21. April mein Vater und meine Mutter bei meinen Cousins ein, die mir böse waren, weil ich sie seit meiner Rückkehr nach Auxerre nur ein- oder zweimal kurz besucht hatte, worin sie ein Zeichen von Geringschätzung oder zumindest von Gleichgültigkeit erblickten, obwohl es nur an der vielen Arbeit lag und an den sorgenvollen Gedanken, die ich mir machte, seit ich durch Parangons Machenschaften in den Bann seiner Cousine geraten war.

Am nächsten Tag, dem 22. April, gingen Agnès und ich zum Altar. Es gab viele Schaulustige, die entlang der Straße von Agnès' Haus bis zur Kirche Saint-Loup ein Spalier bildeten. Ich glaube, es waren nicht weniger als fünfzehnhundert Personen aus allen Vierteln der Stadt und aus allen Schichten der Gesellschaft. Man verzeihe mir ein wenig Eitelkeit: Ich sah sehr gut aus an diesem Tag, dem Tag meines moralischen Todes. Man lobte mein Auftreten und sagte zugleich, Agnès habe mich nicht verdient. Die Braut, die sich vor der Kritik und dem Pfarrer Creuzot fürchtete, trug einen großen Hut und einen Batisteschleier. Man muss hinzufügen, dass Monsieur Creuzot zwar ein Bewunderer und Lobredner von Agnès Bérald war, der Großmutter mütterlicherseits meiner Zukünftigen, dass er aber gegen diese Letztere, über die er schon so manches gehört hatte, derart eingenommen war, dass er sie nicht, wie ihre Großmutter, von der Kanzel lobte, sondern beinahe zu erkennen gab, für wie anstößig ihm ihr Lebenswandel erschien. In der Kirche gaben wir einander dann das fatale Versprechen. Ein Wort drang an mein Ohr, gerade als ich mich nach meiner Cousine Edmée Servigné umblickte und sie etwas abseits mit Tränen in den Augen beten sah: »Da ist sie also endlich verheiratet!« Und ich dachte in diesem Augenblick traurig: »Unglücklicher! Jetzt bist du gebunden!« Ich verließ die Kirche mit dem unangenehmen Gefühl, ich sei verloren. Und das war ich auch!

Weder Edmée noch meine Cousins kamen mit in das Haus. Meine Eltern und meine Schwester Cathérine machten sich gleich nach dem Mittagessen auf den Heimweg. Wenig später begann der Tanz. Mademoiselle Maîne Blonde feierte unsere Hochzeit mit uns, aber die beiden Schwestern Baron und die drei Schwestern Bezanger, ebenfalls Cousinen von Agnès, erschienen nicht.

Als der Trubel der Hochzeit vorbei war, ging ich wieder an die Arbeit und beschränkte meinen Ehrgeiz darauf, gute Arbeit zu leisten. Ich sorgte dafür, dass Parangon erkennen musste, was er an mir hatte. Er hasste Nicolas, den einstigen Günstling seiner Frau, aber er liebte seinen Werkstattleiter. Manchmal war es lustig zu beobachten, wie diese beiden Empfindungen in Widerstreit gerieten. Gegen Nicolas packte ihn wegen irgendeiner Kleinigkeit der helle Zorn, und seine Wut wies alle Anzeichen von Bösartigkeit auf. Doch wenn dann die Wut am höchsten loderte, beruhigte er sich plötzlich, indem er sich selbst an meiner Stelle Antwort gab. Zu sich selbst sagte er Dinge, die eigentlich ich ihm hätte sagen können. Die Geolin, die Kammerfrau von Madame Linard, seine gewöhnliche Konkubine, sagte eines Tages zur Köchin: »Ich begreife unseren Dienstherrn nicht, er regt sich über seinen Werkstattleiter auf und versöhnt sich wieder mit ihm, so wie man sich über eine gute Freundin aufregt und sich wieder mit ihr versöhnt.« Tatsächlich entschludigte sich Parangon sehr oft bei mir für das, was er seine Lebhaftigkeit nannte.

Für unseren Haushalt ließ mir mein Vater regelmäßig Wein, Weizen und Eier schicken. Doch alles verschwand in den Händen einer verschwenderischen Schwiegermutter, so dass ich irgendwann darum bitten musste, mir nichts mehr zu schicken. Aber das war nicht alles. Mein ganzer Arbeitslohn, der damals sehr gering war und nicht mehr als fünfundvierzig Sous am Tag betrug, diente dazu, die himmelschreienden Schulden der Agnès Couillard zu begleichen. Parangon selbst räumte ein, er habe nicht geahnt, was für einen schlechten Dienst er mir mit Agnès Lebègue erwiesen hatte. Ich weiß nicht, ob er Gewissensbisse hatte – ich jedenfalls hatte bekommen, was ich mit meinem Betragen verdient hatte. Aber ich muss auch meiner neuen Gemahlin Gerechtigkeit widerfahren lassen. Sie warnte mich vor ihrer Mutter. Wir könnten unmöglich mit ihr zusammenleben. Und sie riet mir, wir sollten nach Paris gehen.

So weit der Bericht über meinen zweiten Aufenthalt in Auxerre und meine Heirat. Wir sind nun bis in den Monat Juni des Jahres 1761 gelangt. Es nahte die Krise, die zu meinem endgültigen Bruch mit Monsieur Parangon führte. Auch Agnès Lebègue spielte dabei eine Rolle. Sie hatte sich auf die Art, wie er von ihr Abschied nehmen wollte, nicht eingelassen. Das hatte ihn wütend gemacht. Aber er hatte ja schließlich seine Marianne Geolin. Der jedoch fehlte jener spezielle Reiz, den die Frau seines Feindes für ihn hatte. Ich hatte für ihn einen Lehrling geschult, der nun imstande war, mich teilweise zu ersetzen – einen meiner Cousins aus Vermenton. Sobald Parangon bei der Korrektur von dessen Druckfahnen erkannte, dass er dank der Intelligenz des jungen Manicat auch ohne Werkstattleiter zurechtkommen würde, begann er mich auf alle möglichen Weisen zu schikanieren – angefangen damit, dass er mir wegen meiner Schwätzchen, wie er sie nannte, mit Maîne Blonde Vorwürfe machte. Ich hielt ihm vor, dass diese Schwätzchen immer erst nach der Arbeit stattfänden und wenn es zu dunkel würde. Er wurde wütend. Er ließ zu, dass mich zwei Arbeiter beschimpften – Guillaume, der dann Buchhändler in Paris geworden ist, und sein Rüttot. Anfangs nahm ich das einigermaßen geduldig hin. Eines Sonntags, an dem in der Druckerei gearbeitet wurde, ohne dass ich davon wusste, verwüstete er die Pflanzen in einem Blumenkasten, den ich an mein Fenster gestellt hatte. Ich war traurig, als ich das am Montag sah. Yeury wiederholte mir einige der Beleidigungen, die sein Cousin Parangon von sich gegeben hatte. Ich wurde zornig. Mein Feind hörte, was ich sagte. Ich benutzte Ausdrücke, die mir der Hass auf jenen Mann eingab, der mir in der Person von Mademoiselle Fanchette meine Frau und mein Vermögen genommen hatte. Parangon platzte wütend herein, und fast wären wir handgreiflich geworden. Die Freude, mir zu kündigen, verdarb ich ihm. Ich zog meinen Mantel an und sagte ihm, ich würde gehen. Er nahm mich beim Wort – es blieb ihm auch nichts anderes übrig. Ich ging sofort. So verließ ich dieses einst so ehrenwerte Haus, das ich so geliebt hatte. Ich verließ es für immer.

Nach Paris kam ich mit zwölf Sous in der Tasche, die ich mit Mühe zurückbehalten hatte, indem ich während der dreitägigen Reise jeden Tag nur sechs Sous für meine Verpflegung ausgab.

In Paris bekam ich dann sogleich Arbeit – bei André Knapen. In der ersten Woche verdiente ich achtundzwanzig Livres – mit Memoranden für Gerichtsprozesse, die gesetzt und gedruckt wurden. Ich nahm die gleiche Stelle ein wie zu Zeiten von Zéphire und Loiseau und war deshalb mit Ernst und Konzentration bei der Sache, so dass ich schnell vorankam. Knapen staunte umso mehr, als er vor meiner Reise nach Sacy und Dijon gesehen hatte, wie nachlässig ich geworden war. Meine Frau war im Haus meiner Schwester Marie, Madame Beaucousin, abgestiegen und blieb dort auch wohnen. (Mit ihren achtzig Jahren hat mich Marie noch am 1. November des Jahres 1795 alten Stils* zum Abendessen eingeladen.) Auch ich stieg dort zunächst ab. Aber sobald ich Arbeit gefunden hatte, zog ich in das Universitätsviertel. Ich mietete eine Wohnung im zweiten Stock bei dem Weinhändler gegenüber der Fontaine Saint-Séverin* und arbeitete mit großem Einsatz. Aber ich nahm Knapen übel, dass er mich 1759 nach meiner Rückkehr aus Dijon nicht eingestellt hatte und so zur Ursache einer Heirat geworden war, die zu bedauern ich noch gar nicht recht begonnen hatte. Ich verließ ihn wieder, sobald ich eine feste Stelle in der Druckerei der Mutter des jungen Quillau hatte.

Ich blieb allerdings auch in diesem neuen Haus nur für kurze Zeit. Renaud, der sich immer noch Vorwürfe machte, weil er mir gegen Ende des Jahres 1759 keine Stelle in der Königlichen Druckerei im Louvre hatte beschaffen können, drängte unsere Freundin, Madame Werkawin, nun so heftig, dass er seinen Willen bekam. Er teilte mir die Neuigkeit mit, als ich die dritte Woche für die Witwe Quillau arbeitete. Ich gab die Stelle auf, obwohl ich in der Louvre-Druckerei weniger verdienen sollte – fünfzig Sous am Tag. Das reichte kaum für das Allernötigste, was ein verheirateter Mann brauchte, der schon Vater war. Meine Tochter Agnès war nämlich am 10. März 1761 zur Welt gekommen. Aber sie war in Sacy bei einer Amme, in der Nähe meiner Eltern, ohne deren Beistand ich nicht zurechtgekommen wäre. Und in der gleichen Zeit wagte es Madame Lebègue, mich um Geld anzugehen – sie, die die Überreste des Vermögens ihrer Töchter verschleuderte und meine schwierige Lage kannte – mich, der ich auf Stroh schlief und nur ein armseliges Bettgestell ohne Vorhänge hatte! Nein, ich wäre nicht ohne Erniedrigung, ohne Intrigen, wie ich sie immer vermieden habe, zurechtgekommen, wenn ich auch noch den Unterhalt meiner ersten Tochter hätte bestreiten sollen! Ich hätte mich verschulden müssen, um mich auch nur mit den allernötigsten Möbeln zu versehen – einem Tisch, einem Bett, ein paar Stühlen und ein wenig Geschirr. Agnès Lebègue verstand nichts von Hauswirtschaft. Von ihrer verschwenderischen Mutter, der größten Halsabschneiderin, die es je gab, konnte sie in dieser Beziehung nichts lernen. Mit ihrer Tochter hatte ich es weniger gut getroffen, als wenn ich eine Straßenhändlerin geheiratet hätte, die aus ihrem Bauchladen Obst verkauft, oder ein Pariser Marktweib oder ein Schustersmädchen aus Auxerre!

Agnès bekam eine zweite Tochter. Meine Schwester Beaucousin und ein Monsieur Defer aus Vermenton waren die Paten. Dieser Flegel sah mein Elend und verspottete mich grausam dafür. Von allen gedemütigt, verbitterte ich mehr und mehr. Ich wollte niemanden mehr sehen. Agnès Lebègue, die noch ziemlich auf sich hielt, wurde von den Nachbarn, sobald sie einmal bei uns gewesen waren, deshalb nur umso mehr verachtet, wie es allen mittellosen Leuten ergeht, die sich nicht zu helfen wissen. Man hielt sie für eine Hure, die jeden ranließ.

Einige Männer aus der Nachbarschaft machten ihr die schimpflichsten Angebote – der Weinhändler, unser Vermieter, zum Beispiel, der uns immer respektvoll begegnet war, bis er dann unser Mobiliar sah. Danach glaubte er, Agnès würde den Vorschlag, den er ihr machte, sofort annehmen: sich von ihm aushalten zu lassen – für neun Francs die Woche und ein paar Geschenke, zu denen auch unsere Miete zählen sollte.

Ich weiß nicht, aus welcher Manie heraus Agnès Lebègue mir damals (und auch später immer wieder) von solchen Anträgen erzählte. Aus Eitelkeit? Aus Schamlosigkeit? Weil sie mich demütigen wollte? Oder war es Leichtfertigkeit, Schwatzhaftigkeit? Vielleicht von allem etwas … Meine elende Lage hinderte mich, diesem Haus zu entfliehen. Ich hatte nicht das Geld, den Mietrückstand für ein Vierteljahr zu zahlen und umzuziehen. Eine Frau aus einfachen Verhältnissen, ob vom Lande oder aus der Stadt, hätte sich darum gekümmert, dass die fünfzig Sous, die ich verdiente, zum Leben und für die Miete reichen. Agnès Lebègue aber, die früher im Wohlstand gelebt hatte und noch immer gut angezogen herumlief, pflegte ihren Bürgerstolz. Dinge kaufen, die die Armen aßen, sparsam sein, meine Sachen flicken – all das hätte ihr die Schamröte ins Gesicht getrieben. Wenn überhaupt, dann ließ sie sich zu sauberer Arbeit herab, die einer Dame angemessen war. Grobe Arbeiten – Strümpfe, Druckerschürzen – gab man weg. Das kostete mehr, als die saubere Arbeit einbrachte, und die Ausgaben für das, was Agnès Lebègue sich und ihrem Niveau schuldig zu sein glaubte, überstiegen unsere

Einnahmen. Mit gutem Rindfleisch waren wir dennoch schlecht versorgt, weil es die ganze Woche immer nur nachlässig aufgewärmtes Kochfleisch zu essen gab. Ich hätte mich selbst um unsere Ausgaben kümmern sollen, aber Haushaltsangelegenheiten habe ich immer verabscheut.

Ich kaufte mir ein Stück Fleischwurst oder Obst. Oder ich aß an einem Tag mein trockenes Brot und ließ mir am nächsten eine kleine Fleischpastete backen. Ich machte mir den Magen kaputt. Und was tat Agnès Lebègue, die nicht wollte, dass ich zum Mittagessen nach Hause kam, weil sie das (so behauptete sie jedenfalls) bei der Arbeit störte? Ehrenwerter Leser, sie hatte ihren früheren Liebhaber Destianges in Paris nicht wiederfinden können – sei es, dass er nicht mehr in der Stadt war, sei es, dass er sich anderswo gebunden hatte. Deshalb hatte sie ihn durch drei Männerbekanntschaften ersetzt: Der erste war Chéreau de Villefranche, ein Bilderhändler, der früher nebenan seinen Laden hatte, jetzt aber mit seiner Frau, einer kleinen, rundlichen, sehr hübschen Person, in einem möblierten Zimmer gegenüber unseren Fenstern wohnte. Sie hatte keine Geschwister, wohl aber einen Vater, der (wie man sich erzählte) so boshaft war, dass er mit einer Pistole auf seinen Schwiegersohn geschossen hatte. Es kam zu einem Prozess, und der Laden wurde geschlossen, nachdem der Schwiegervater bei dem Schwiegersohn alles hatte beschlagnahmen lassen. Der zweite war Johnson, der sich als Engländer ausgab, in Wirklichkeit aber Cahuac hieß, Sohn eines Flüchtlings, der kürzlich konvertiert war, ein Nachbar von Chéreau. Und schließlich der Abenteurer Lafraie, ein Freund von Chéreau und der Liebhaber von dessen Frau. Diese drei Männer losten untereinander, welcher von ihnen die meine haben sollte – und es war Madame Chéreau, die ihnen den Hut hinhielt. Der Gewinner war Johnson-Cahuac.

Vor der Verlosung, als Lafraie noch nicht da war, hatte sich eine Schwierigkeit ergeben. Chéreau hatte gesagt: »Falls ihr Mann etwas dagegen hat – du weißt ja, wie geschickt und verführerisch meine

Frau sein kann, wenn sie nur will. Sie wird den Gemahl ein bisschen anwärmen, während wir uns die Frau gefügig machen. Vielleicht bringt sie die Sache ja sogar zu Ende, wenn ihr das Spiel Spaß macht. Lafraies Rechte sind nicht heiliger als meine eigenen.«

Madame Chéreau spielte ein wenig die Prüde, aber dann sagte sie: »Wir werden sehen.«

Diese Abmachung vermittelt eine Vorstellung von der neuen Gesellschaft, auf die Agnès Lebègue sich einließ. Und man vergesse nicht, dass mir diese Schamlose von dem, was da geschah, fortan kein Detail mehr ersparte. Zwei- oder dreimal brachte sie es sogar fertig, dass ich mitmachte, ohne mich wehren zu können – indem sie dafür sorgte, dass mich die kleinen Füße der Madame Chéreau in ihren weißen Schuhen verführten, die sich diese Dame dann auf ein Zeichen meiner Frau hin von mir binden ließ. Ein- oder zweimal ließ sie sich auch ihren entblößten, festen weißen Busen von mir schnüren. Es gab da auch noch eine fünfte Person, eine junge Blonde aus Antwerpen namens Lambertine – das Zimmermädchen der Frau und die Geliebte des Mannes. Sie hätte man an Johnson abgetreten, wenn ihm nicht das Losglück hold gewesen wäre.

Immer tiefer geriet ich in Erniedrigung und Kümmernis – ich, der ich von Madame Parangon zum Glück bestimmt worden war, der ich noch immer hätte glücklich sein können, wäre da nicht meine unbesonnene Heirat gewesen.

Wenn ich in mir selbst meine Ruhe suchte, fand ich sie nicht. Mit nichts von dem, was ich tat, mit keinem Schritt, den ich unternahm, mit keiner meiner Ansichten war ich zufrieden. Ich musste mich nach außen wenden, mich vergießen, mich äußern. Also schrieb ich, wenn ich keine Bücher hatte.

Der erste Entwurf, der meiner Einbildungskraft entsprang, war eine Geschichte meines Lebens, der Ursprung von *Das enthüllte Menschenherz*. Aber mir fehlte die Kraft: Ich war unzufrieden. Ich ließ ihn liegen … Nur die Bücher ließen mich meinen Schmerz vergessen, aber oft hatte ich keine. In meiner Bedrängnis leistete ich mir ein anderes Vergnügen – weniger erniedrigend als die Spiele bei Chéreau, wo sich niemand mit seinen Ansichten über meine Frau zurückhielt. Ich sah mich, vor allem abends, nach hübschen Personen in ihren Läden um. Ich schrieb ihnen zärtliche oder freimütige Briefe, die ich auch selbst zustellte, entweder morgens, wenn ich aus dem Haus ging, oder abends zwischen acht und neun Uhr, wenn ich zurückkam. Erleichtert wurde mir dies dadurch, dass meine Arbeitskleidung so ähnlich aussah wie die der Boten, die in der Stadt unterwegs waren.

Diese Briefe lenkten mich bisweilen für kurze Zeit von meiner Verzweiflung ab. Wenn ich an ein hübsches Mädchen schrieb, etwa an Mademoiselle Mazange in der Rue de l'Arbre-Sec oder an Mademoiselle Lavallée in der Rue Honoré, an Madame Machard, die Juwelierin, an Madame Laurens gegenüber der Oper, an Madame Meneau, die Schwester des Dichters Davé in der gleichen Straße wie die hübsche Mazange, an die Demoiselles Decour in der Rue des Cordeliers etc., dann glaubte ich für ein paar Momente, ich wäre das, was ich zu sein vorgab.

Von Überdruss und Kummer angefressen und die meiste Zeit über der Vergnügungen beraubt, die den Reiz meines Lebens ausmachten, ging ich, statt Karten zu spielen, wie die anderen, bisweilen aus und studierte den gewöhnlichen Alltag der Pariser Straßenmädchen. Ein ganz besonderes Vergnügen, das mir inzwischen sogar in gewissem Maße nützlich geworden ist, war es für mich, in die Flure und die Aufgänge zu den Zimmern der nobelsten Mädchen hinaufzuschleichen, die meistens offen waren, auf leisen Sohlen einzutreten und zu beobachten, wie in diesen Häusern jeder und jede, den eigenen Kaprizen folgend, die Natur empörte. Oft spielte ich ihnen komische Streiche, etwa indem ich Sachen, die auf den Stühlen lagen, anderswo hinlegte, oder indem ich das Mädchen, das gerade heftig bei der Arbeit war, mit einer Maus bewarf, die ich aus einer der zahlreichen Mausefallen in der Imprimerie Royale genommen hatte. Was für ein Aufruhr! Was für ein Gekreisch! Oft trug ich die

Kleider eines Mädchens, das sich in der zweiten Etage nackt ausgezogen hatte, hinunter in die erste Etage oder in ein anderes verrufenes Haus auf der anderen Straßenseite, und manchmal kam mir der Zufall dabei auf merkwürdige Weise zu Hilfe. In der Rue du Chantre fand ich eines Tages ein hübsches kleines Mädchen, eine gewisse Duplessis, in der gleichen Position wie eine wohlbeleibte, große Frau in der Nachbarschaft, namens Lebrun, die ich soeben ausgeplündert hatte. Ich legte die Kleidungsstücke der Großen bei der Kleinen ab und trug deren Sachen zu der Großen hinüber, die eben fertig wurde. Dank meiner ungeheuren Leichtfüßigkeit hörte mich niemand, als ich sie auf einen Stuhl legte. Ich wurde Zeuge ihres Erstaunens, als sie in das Hemd gar nicht hineinkam, und wie sie dann wütend wurde und herumfluchte. Ich lief dann wieder zu der anderen hinüber und kam gerade rechtzeitig, um die gleiche Szene dort noch einmal zu sehen: Das Hemd der Lebrun war für die Duplessis wie ein großer Sack. Deren Röcke schlackerten ihr um die Füße und wären heute (1790) der letzte Schrei. Bei der Lebrun reichten die Röcke hingegen nur bis zu den Waden, und das Korsett umschloss nicht einmal zwei Drittel ihres Umfangs, und das lange Kleid *à la française* sah aus wie ein *Pet-en-l'air**. Lustig wurde es dann, als diese beiden Mädchen beide auf die Idee kamen, sich in ihrer Verkleidung den Kolleginnen aus der Nachbarschaft zu zeigen. Sie verließen gleichzeitig ihre Zimmer und traten im gleichen Augenblick in die Gosse, zwei Schritte entfernt von dem Haus, wo der jüngere Crébillon wohnte. Verwundert sahen sie sich an und maßen einander mit Blicken. Die Duplessis brach in Gelächter aus. Die Lebrun zitterte vor Wut.

»Ah, du kleine Hündin, du Diebin! Du verkleidest dich mit meinen Sachen!«, keifte sie und packte die andere am Arm.

»Und du dich mit meinen! Aber sie stehen dir wirklich gut!«

Ohne darauf zu achten, was die Kleine sagte, hielt die Große sie mit einer Hand fest und riss ihr mit der anderen die Kleider vom Leib, wie ein Grillkoch aus der Rue de la Huchette einen Puter rupft.

»He, was soll das? Willst du mich etwa nackt ausziehen und meinen Arsch den Leuten zeigen?«

»Ist mir egal, ich nehme mir meine Sachen, wo ich sie finde.«

Während der drei Jahre, die ich in der Druckerei im Louvre arbeitete, spielte ich den Mädchen noch hundert andere Streiche und wurde doch nie ertappt – so sehr nahm ich mich in Acht. So war es auch in der Rue Tiquetonne, gegenüber dem Modegeschäft, das in *Der Fuß der Fanchette** vorkommt (heute befindet sich dort ein Café). Ein hübsches Mädchen, das inzwischen (seit 1776) eine Parfümerie an der Ecke Rue Gilles-Lecœurs, Quai des Augustins führt, wechselte das Hemd hinter einer halb offenen Tür. Sie legt das schmutzige auf einen Stuhl und tritt noch einmal in ihren Alkoven, bevor sie das saubere nimmt. Ich nutze diesen Moment, um beide in das Wasser der niedrigen Wanne zu werfen, in der sie soeben ein Bad genommen hat. Die Unglückliche hat nur diese beiden Hemden bei sich. Ich sehe sie zurückkommen. Ihre Verwunderung, als sie nichts findet, kennt keine Grenzen. Sie will zur Tür laufen. Aber ihre Nacktheit hält sie zurück. Deshalb also ans Fenster. Sie wickelt sich in den Vorhang. Ich sehe, wie sie sich in größter Verwirrung schließlich ohne Hemd ankleidet. Als sie fertig zum Ausgehen ist, erblickt sie beide in dem Wännchen. Sie muss geglaubt haben, der Teufel sei bei ihr gewesen…

Von anderen Streichen werde ich nicht berichten – lauter Auswüchse meiner Erniedrigung und meiner Armseligkeit. Sie haben mir vor Augen geführt, wie weit ein Mensch sich selbst erniedrigen kann, wenn er in die Ausweglosigkeit des Elends geraten ist und sich dafür selbst verachtet. Mit meinem Charakter hatten alle diese Bosheiten nicht das Geringste zu tun – es war das Elend, das mich so gemein und böse gemacht hatte. O du Schützling, du Freund der Madame Parangon! Wie tief bist du gefallen! – Eine Frau wird ihn wieder aufrichten, Rose Bourgeois.

Gegen Ende des Jahres verlor ich meinen Vater – er starb am 16. Dezember 1763. Weil mir die Mittel fehlten, konnte ich nicht hinfahren und dem ehrwürdigen Mann die Augen schließen. Erst in der Fastenzeit 1764 begab ich mich zu meiner guten Mutter – mit nicht mehr als zwölf Francs für die Reise und nur sechs für den Haushalt zurücklassend. Ich fand in Sacy alle meine Brüder und Schwäger versammelt. Die amtlichen Angelegenheiten waren binnen drei Wochen mehr schlecht als recht geregelt. Ich verletzte mich am Bein, als ich meine Tochter Agnès herumtrug, und kam hinkend nach Paris zurück. Agnès Lebègue hatte in meiner Abwesenheit wieder Schulden gemacht. Gleich nach der Ankunft mussten sie bezahlt werden.

In der Zeit meiner Genesung kam es zu einer Szene, bei der ich mich mit dem Werkstattleiter der Louvre-Druckerei verkrachte. Agnès besuchte ihren Galan, einen jungen Arzt namens Aubé, und ließ mich ohne irgendetwas Essbares allein, so dass ich schließlich einen Schwächeanfall erlitt. Ich rief eine Nachbarin zu Hilfe, die Geliebte von Haener (dem späteren Stadtrat, der dann guillotiniert wurde). Diese junge Witwe machte mir eine Suppe. Agnès, die wusste, dass sie sich falsch verhielt, hatte die teuflische Frechheit, nachher auch den ganzen Abend bei dem Werkstattleiter der Louvre-Druckerei zu verbringen. Der lud sie zum Abendessen ein, und sie blieb. Gegen zehn Uhr ließ sie sich schließlich von meinem Freund Renaud, von Monsieur und Madame Werkawin und deren Schwester nach Hause begleiten. Madame Duflot, die Nachbarin, schimpfte auf meine Frau, als sie zurückkam. Großes Getuschel, wobei mir der Werkstattleiter, dieser Giftzwerg, schließlich eine Fratze schnitt. Renaud war nicht mehr da, und zuletzt verlor ich, der ich so arm war, meine Stelle wegen des lasterhaften Lebenswandels von Agnès Lebègue, die obendrein auch noch unsere Möbel verkaufte – Möbel, die uns eine Nachbarin geschenkt hatte! Oh, was für eine schreckliche Plage ist doch eine liederliche Ehefrau, die von Sparsamkeit nichts versteht.

Während der Zeit meiner Genesung spazierte ich eines Abends nach der Arbeit durch die Rue Honoré, als mich der Anblick einer bezaubernden Person plötzlich in Staunen versetzte – es war die Tochter des Seidenhändlers an der Ecke Rue Traversière. Ich war einfach hingerissen! ... Meine Tugend, meine Seele, meinen Mut – alles hatte ich verloren. Aber wie ein Verrückter stürzte ich mich in eine unsinnige Leidenschaft...

Damals fürchtete ich, Werkawin werde mich demnächst entlassen, und erzählte auch einigen Arbeitern aus der Universitätsdruckerei von meinen Sorgen. Einer von ihnen, ein gewisser Gonnet, lobte mich überschwänglich und verschaffte mir die Stelle des Werkstattleiters bei Quillau in der Rue du Fouarre. Voller Freude kam er mit der guten Nachricht zu mir, denn er mochte mich gern. Für achtzehn Livres die Woche, ob mit oder ohne Feiertag, wurde ich eingestellt – hinzu kam ein Exemplar von jedem gedruckten Werk, was zusätzlich an die dreihundert Livres einbringen konnte.

Am 2. Juli 1764 trat ich als Druckereileiter bei François-Augustin Quillau an. Anfangs nahm mich diese Stelle ganz und gar in Anspruch. Mein Verdienst deckte ungefähr unsere Ausgaben. Einbußen hatte ich nicht mehr zu befürchten.* Agnès Lebègue, die zunächst in der Modebranche keine Arbeit bekommen konnte, fand schließlich doch etwas, als sie sagte, sie sei die Frau eines Druckereileiters. So arbeiteten wir nun beide, und das war sicherlich das Richtige, um auf Dauer in guten Verhältnissen leben zu können. Ich tat meine Arbeit, wie kein anderer Werkstattleiter in Paris die seine getan hat (noch heute könnte ich dafür fünfhundert Zeugen benennen). Es ging auch nicht anders. François-Augustin Quillau war noch minderjährig und ziemlich unerfahren. Man musste sich um seinen Betrieb wirklich kümmern. Das gelang mir durch Einsatz und Zuverlässigkeit. Unter meiner Leitung vergrößerte sich seine Druckerei in drei Jahren von vier auf zwölf Pressen. Arbeit war reichlich vorhanden. Aber ich brachte mich fast um dabei. Mein Magen war durch die Arbeit und die schlechte Verpflegung in der Louvre-Druckerei sehr geschwächt und wollte nicht mehr richtig verdauen. Fünfzehn Jahre lang habe ich darunter schrecklich gelitten! Aber ich war von

Natur aus so stark, dass ich immer durchhielt. Nie habe ich auch nur einen Arbeitstag pausiert. Und alle Augenblicke der Muße – immer unter der erdrückenden Last der Verantwortung für sechsundsechzig Arbeiter – verwendete ich, wie man bald sehen wird, auf die Abfassung meines ersten Werkes mit dem Titel *Die tugendhafte Familie.**

Meine Arbeit als Werkstattleiter bestand aus Folgendem: 1. sämtliche ersten Fahnenabzüge lesen; 2. die Druckpressen beaufsichtigen, auf dass sie gute Arbeit leisteten; 3. dafür sorgen, dass die verschiedenen Schriften sorgfältig sortiert, pfleglich behandelt und regelmäßig aufgefüllt wurden; 4. mit den Schriftsetzern den Stil der Überschriften und den Aufbau des jeweiligen Werkes besprechen; 5. die Lohnabrechnung mit den Arbeitern und die Buchhaltung an jedem Samstag; 6. darauf achten, dass die Arbeiter sich nicht zu weit im voraus bezahlen ließen, anders gesagt: einen Ausgleich zwischen den Interessen von Meister und Geselle herstellen; 7. die letzte Revision prüfen und korrigieren, wonach das Werk dann gedruckt und anschließend ausgeliefert wird, ohne dass es der Verfasser noch einmal sieht – die wichtigste und anstrengendste aller Aufgaben eines Werkstattleiters; 8. die allgemeinen Geschäfte führen, was eigentlich Aufgabe des Druckherrn war, der sich dem aber gern entzog und stattdessen ein sorgloses Leben führte und sich damit begnügte, einmal in der Woche einen Blick auf seinen Gewinn und die Geldeingänge zu werfen; 9. die griechischen Passagen in den verschiedenen Werken setzen. Außerdem behielt ich das Papier, die Trockengestelle und die Reinigung der Druckerei sehr genau im Auge, die ich an allen Sonn- und Feiertagen von den Lehrlingen erledigen ließ und mit eigenen Augen überwachte. In Druckereien muss oft am Sonntag gearbeitet werden. Ich legte dann auch selbst mit Hand an – vor allem bei lateinischem Satz, etwa in medizinischen Dissertationen oder wissenschaftlichen Vorträgen. Wenn ich meine Arbeit ganz erledigt hatte, ging ich nicht, wie während meiner Zeit im Louvre, vom Elend bedrückt und entmutigt nach Hause, sondern schloss mich in der Druckerei ein, schrieb einige Briefe an schöne Frauen und trug sie dann selbst aus. Das war mein einziges Vergnügen.

Ich dachte noch nicht daran, Autor zu werden. Diese Idee kam mir erst bei dem am wenigsten vorhergesehenen und zugleich wichtigsten Abenteur meines Lebens, das vielleicht deutlicher als alle anderen zeigt, wie weit meine Verehrung für die Frauen reichte. Der Leser weiß, dass ich mich während meiner Zeit in der Louvre-Druckerei im tiefsten Elend befand, in einem Zustand tiefster Erniedrigung und Entmutigung. Alle Tugend war mir verlorengegangen. Umstellt von bösartigen, verächtlichen Frauen, war mir der Sinn für die Vergötterung des schönen Geschlechts abhandengekommen. Und doch raffte ich mich gerade in diesem Augenblick wieder auf, kraftvoller denn je, angeregt von einer anbetungswürdigen Person, die ich so liebte, wie ich Jeannette Rousseau geliebt habe – also, ohne mit ihr zu sprechen. Ehre, Tugend, Gefühl – alles war in mir abgestorben. Ich vegetierte dahin wie irgendein Rohling – da erblickte ich die schöne Rose Bourgeois und hatte plötzlich wieder eine Seele! Ebenjene empfindliche Seele, mit der ich Madame Parangon geliebt, verehrt, geachtet hatte. Nie soll man bei regsamen, tätigen Wesen die Hoffnung aufgeben – und seien sie auch noch so lasterhaft. Sie haben das Zeug, aus sich etwas zu machen. Nur die Nullen ohne jede Leidenschaft taugen zu gar nichts.

Man wird sich erinnern, dass ich mich bei meinem Aufenthalt in Sacy am Bein verletzt hatte. Wenig später verletzte ich mich auch an dem anderen, weil ich jene junge, hübsche Person, die ich vorhin schon erwähnt habe, die Tochter eines Seidenhändlers, allzu aufmerksam angestarrt hatte. Es gab zwei Töchter in der Familie, beide sehr liebenswürdig. Aber die ältere, an die sich einige Leute noch heute erinnern, war ein Geschöpf von vollkommener Schönheit. Ihr Gesicht erinnerte in seiner Art an das von Madame Parangon, die gleiche Vollendung, die gleiche Hoheit.

In meiner Zeit als Werkstattleiter spazierte ich eines Sonntags die Rue Honoré entlang und begegnete bei der engen Rue Contrescarpe der Mutter mit ihren beiden Töchtern, die in Richtung des Palais Royal unterwegs waren. Noch nie hatte ich ein Wesen von solcher Vollkommenheit vor Augen gehabt. Rose Bourgeois war von Kopf bis Fuß schön. Ich bebte vor Vergnügen, während ich sie betrachtete, und folgte ihr so weit, wie der Auftrag, mit dem ich unterwegs war, es mir erlaubte. Sie bemerkte mich, und ein tiefes Bedauern überkam mich, als ich sie verlassen musste, wobei ich mir fest vornahm, oft wiederzukommen, um sie im abendlichen Schein der Lichter zu bewundern, wie ich sie an dem Tag, als ich mich verletzte, gesehen hatte.

An diesem Vorsatz hielt ich fest. Es war im Oktober. Anfangs suchte ich dieses Viertel einmal in der Woche auf. Doch schon bald entflammten mich ihr Anblick und meine Vorstellungskraft so sehr, dass ich keinen einzigen Tag mehr ausließ. Ich stellte mich an die Ecke der Rue Traversière, näherte mich dann einem der Schaufenster und betrachtete das bezaubernde Wesen, das ich so sehr verehrte. Diese sprach- oder wortlose Leidenschaft steigerte sich so sehr, dass mir ein Leben unerträglich wurde, in dem ich die schöne Rose nicht besaß. Ich quälte mich und ertrank fast in meinem Verdruss. Zuletzt fiel mir ein, dass ich ihr, wie es meine Gewohnheit war, schreiben könnte. Aber wie sollte ich ihr den Brief zustellen? Ich wollte ihr ja öfter schreiben. Doch vor allem wäre mir ein geringschätziger Blick von Rose unerträglich gewesen, selbst wenn sie mich dabei nur für einen Boten hielt. Ich schrieb meinen ersten Brief. Aber weil ich nie Entwürfe mache, kann ich ihn hier nicht wiedergeben. Abends ging ich hin, mit dem Brief in der Hand, und vergewisserte mich mit jenem wachen Blick, dem nichts entgeht, dass mich weder von drinnen noch von draußen jemand beobachtete. Ich passte einen günstigen Augenblick ab, und schon lag der Brief vor der schönen Rose, ohne dass irgendjemand mich bemerkt hatte. Ich hatte mich schon wieder zurückgezogen, um zu sehen, wann diese Schöne den Blick hob – da entdeckte sie meinen Brief. Verwundert nahm sie ihn an sich, und ihre Überraschung wuchs noch, als sie die Anschrift sah.

Eugénie, ihre jüngere Schwester, wollte ihn öffnen. Aber Rose war dagegen, und so wurde der Brief dem Vater im hinteren Teil des Ladens überbracht. Dort, so schien mir, las ihn Monsieur Bourgeois der ganzen Familie laut vor. Die beiden jungen Personen kehrten schließlich an ihren Platz zurück, und ich konnte mit Vergnügen beobachten, wie sie immer wieder auf die Straße blickten und Ausschau hielten nach dem Verfasser des Briefes oder seinem Boten. Erleichtert machte ich mich auf den Heimweg – befreit von meinen inneren Qualen dank diesem einen Gedanken: »Sie weiß jetzt, dass ein Mann sie anbetet, dass sie diesen Unglücklichen für sein Leben glücklich machen könnte ... Sie weiß, dass er für sie brennt. Und vielleicht beklagt sie sogar das Los dieses unbekannten Liebenden.«

Am nächsten Tag schrieb ich nicht, aber ich kehrte in das Viertel zurück. Am dritten Tag schrieb ich meinen zweiten Brief. Tags zuvor hatte ich beobachtet, dass man alle Leute, die sich dem Laden näherten, sehr genau musterte. Deshalb ging ich mit größter Vorsicht zu Werke, als ich meinen Brief ablegte – was mir auch glücklich gelang. Ich genoss die freudige Erregung Eugénies und das Erröten von Rose, als sie den Brief sahen. Sie trugen ihn zum Vater, der ihn vorlas und nachher, wie den vorigen, wegschloss. Die beiden Schwestern, vor allem Eugénie, waren mit ihren Augen so oft draußen, dass sie mich schließlich, reglos an der Ecke der Rue Saint-Honoré stehend, erblickten. Eugénie machte Rose auf mich aufmerksam, die aber kaum aufsah und sehr ernst dreinblickte.

Am nächsten und übernächsten Tag schrieb ich nicht. Aber ich sah, dass es im ganzen Haus sehr turbulent zuging. Ich hatte den Verdacht, man wolle einige der Gehilfen rund um das Haus postieren und Wache halten lassen. Ich schlich überall herum und sah mir alles genau an. Am vierten Tag kam ich mit meinem Brief in der Hand an, legte ihn im Vorübergehen rasch auf die Ladentheke und blieb auch nicht für den Bruchteil einer Sekunde stehen. Deshalb bekam der Gehilfe, der Wache hielt, nichts davon mit. Nachdem ich die Straße fünfzig Schritt weiter entlanggegangen war und dann wieder umkehrte, sah ich, dass man meinen Brief noch nicht gesichtet hatte, wegen des Schattens, den Roses Stickrahmen darauf warf. Schließlich entdeckte ihn der Gehilfe, als er den Laden betrat. Die Verwunderung war riesengroß. Fast hätte ich laut gelacht, als er sich mit einem Blick an die Decke vergewissern zu wollen schien, dass der Brief nicht vielleicht doch von dort oben herabgesegelt wäre. Man brachte ihn zum Vater. Ich erinnere mich noch, dass ich darin geschrieben hatte, es sei zwecklos, nach mir Ausschau zu halten, ich sei unsichtbar.

Die Freude, der schönen Rose zu schreiben, hatte mich zunächst erleichtert. Doch bald stellte ich fest, dass die Liebe dem Durst gleicht: Ein Tropfen Wasser macht ihn nicht kleiner, sondern größer. Je mehr ich mich verliebte, desto unglücklicher wurde ich. Acht Tage lang schrieb ich keinen Brief. Mir fiel nichts Besseres ein, was ich hätte tun können. Inzwischen war ich bei den Leuten im Laden ein wenig in Vergessenheit geraten. Ich sah die drei Gehilfen im hinteren Teil des Ladens. Rose saß allein an ihrem Platz. Ich legte meinen Brief ab, ohne dass sie mich sah. Eugénie kam zu ihr und nahm den Brief mit allen Anzeichen der Freude an sich. Weil der Vater nicht da war, öffnete ihn diesmal die Mutter. Ich sah auch, dass Rose es nie versäumte, nach hinten zu gehen und sich die Vorlesung anzuhören.

Als ich schließlich mit meinem zehnten Brief kam, saßen die beiden Schwestern an ihrem Platz vorn und die drei Gehilfen weiter hinten im Laden. Plötzlich erschien an einem kleinen Treppenfenster die Köchin des Hauses – ich spürte, dass sie mich bemerkt hatte, denn gleich darauf verschwand sie wieder. Die Aufregung, die sie verursachte, als sie nach den Gehilfen rief, verschaffte mir den Augenblick, meinen Brief loszuwerden. Ich ging dann sofort weiter, denn ich war mir sicher, dass die Köchin Verdacht geschöpft hatte, und machte mich gleich auf den Heimweg.

Tags darauf schrieb ich einen besonders zärtlichen Brief. Aber man soll nicht meinen, dass mich diese Briefe viel Zeit gekostet hätten: Auch für den längsten brauchte ich keine Viertelstunde. Ich rühmte mich darin meiner Unsichtbarkeit – ich sei nämlich ein Sylph und leidenschaftlich verliebt in die schöne Rose. Nun galt es noch, diesen elften Brief trotz der zunehmenden Wachsamkeit ringsherum abzuliefern. Doch bald bemerkte ich, dass man mich an diesem Tag nicht erwartete. Alle waren mit ihrer Arbeit beschäftigt. Nachdem ich mich kurz umgesehen hatte, legte ich den Brief vor Rose hin und versteckte mich dann in der Rue de l'Echelle. Von dort aus sah ich, wie Rose den Brief schließlich nahm und selbst zusammen mit Eugénie an die Tür kam. Sie blieben dort ungefähr fünf Minuten. Dann nahmen sie den Brief mit nach hinten. Alle Gehilfen schwärmten aus, während er vorgelesen wurde, und ich sah, wie sie sich um das Haus verteilten, so dass ich aus Angst vor einem unliebsamen Aufeinandertreffen genötigt war, über die Place du Carrousel heimzukehren.

Am nächsten Tag schrieb ich meinen zwölften und letzten Brief und kehrte schon gegen fünf Uhr beim Anzünden der Straßenlaternen in das Viertel zurück. Es gelang mir ohne weiteres, meinen Brief abzuliefern. Darin schilderte ich ausführlich, was man tags zuvor alles unternommen hatte, um meiner habhaft zu werden. Dann sagte ich der schönen Rose die ausdrucksvollsten, schmeichelhaftesten Sachen, wünschte ihr alles Glück dieser Welt und bezweifelte doch, dass es auch nur einen einzigen Menschen gebe, der ihrer würdig sei. Zuletzt erklärte ich ihr, da meine Sylph-Natur es nicht zulasse, sie zu besitzen, hätte ich beschlossen, der Unsterblichkeit zu entsagen, um von der Vorsehung die Freiheit zu erlangen, sie als ein Mensch zu lieben. Ich machte mir das Dämmerlicht zunutze. Auf der Straße hatten sich mehrere Wagen ineinander verkeilt, so dass viele Fußgänger die Stufe vor der Ladentür benutzten, um weiterzukommen. Auch ich stieg hinauf, deponierte meinen Brief und ging sofort weiter, wobei ich fast überfahren worden wäre. Ein paar Augenblicke später kehrte ich um und sah im Vorübergehen, dass mein Brief noch da war. Man fand ihn beim Anzünden der Lichter. Der

Vater war im Laden. Er las ihn. Rose hörte verwundert zu, und Eugénie machte ein komisches Gesicht dazu. Ich zog mich zurück, sobald der Vater meinen Brief weggeschlossen hatte.

Zur Katastrophe kam es dann ungefähr fünf Tage später. Ich war an jedem Tag dort gewesen, hatte mich aber immer sehr in Acht genommen. Doch mit der Zeit wurde ich nachlässiger in meinen Vorkehrungen, und eines Abends fand ich eines der Ladenfenster, die auf die Rue Traversière hinausgingen, offen und blieb stehen, um einen Blick auf die schöne Rose zu werfen. Ich schwelgte geradezu in diesem gefährlichen Vergnügen, als ich spürte, wie mich jemand beim Kragen packte. Die Feiglinge, die mich festhielten, riefen immer wieder: »Keine Gegenwehr, sonst hole ich die Wache.«

»Nein«, erwiderte ich, »keine Sorge, ich wehre mich nicht.«

Sie führten mich in den hinteren Teil des Ladens. Die Gemüseverkäuferinnen in diesem Viertel hielten mich mindestens für einen Dieb, und es bildete sich ein Auflauf um das Haus. Monsieur Bourgeois war nicht da. Die Gehilfen, die mich festgenommen hatten, fragten mich aus. Die schöne Rose und die lebhafte Eugénie standen beim Kamin, die Erste mit rotem Kopf, die Augen niedergeschlagen, die Zweite sehr für mich eingenommen und unablässig wiederholend: »Tut ihm bloß nicht weh!« Man ließ mich etwas schreiben, um festzustellen, ob ich die Briefe tatsächlich geschrieben hatte. Ich schrieb. Die nichtsnutzigen Gehilfen riefen immerzu: »Wir müssen ihn auf die Wache bringen.« Schließlich kam auch Monsieur Bourgeois dazu.

»Das ist der Mann!«, sagte man ihm.

Mit einer Handbewegung schickte er alle diese Leute weg. Ich blieb mit ihm, seiner Frau und seinen Töchtern im Esszimmer.

»Haben Sie diese Briefe geschrieben?« (Er zeigte sie mir.)

»Ja, Monsieur.«

»Wer gibt Ihnen das Recht, ohne meine Zustimmung im Herzen meiner Tochter ein für ihr Alter so gefährliches Gefühl wie das der Liebe zu wecken!«

»Fragen Sie mich nicht, Monsieur, weder nach dem Warum noch nach dem Recht. Ich weiß es nicht. Ein übermächtiges Gefühl hat sich meines Herzens bemächtigt. Es hat mir die Hand geführt. Ich habe zu sehr gelitten – deshalb suchte ich nach Erleichterung. Ich wusste nicht, dass man mit solcher Besessenheit lieben kann, ohne mit dem Wesen, das man liebt, zu sprechen, ohne von ihm empfangen zu werden, ohne seine Vorzüge zu kennen. Jetzt weiß ich es besser und würde mich vielleicht nicht noch einmal dazu hinreißen lassen.«

»Junger Mann, sie äußern sich mit Ungestüm. Ihre Briefe sind voller Glut. Sie haben Seele – aber Ihr Betragen ist unentschuldbar, und wenn ich weniger nachsichtig wäre … Meine Freundin … meine Kinder«, sagte er zu seiner Frau und seinen Töchtern, »lassen Sie uns einen Augenblick allein.«

Alle drei verließen das Zimmer und begaben sich in ihre Wohnung in der zweiten Etage – in der ersten befand sich das Lager.

»Mein lieber Freund«, fuhr der würdige Mann schließlich fort, »ich spüre an Ihren Briefen und an Ihren Antworten – Sie sind einer, der etwas taugt! Sorgen Sie dafür, dass man Sie kennenlernt. Nutzen Sie Ihre Talente, denn Sie haben welche, und kommen Sie wieder zu mir, sobald Sie mir etwas mitzuteilen haben, das zu Ihren Gunsten spricht. Bei Ihnen kann die Liebe Wunder wirken – ich habe das daran erkannt, wie Sie sich ausdrücken. Ich stelle Ihnen heute keine Fragen. Sie werden mir, ohne dass ich Sie ausfrage, von sich erzählen, wenn wir uns das nächste Mal sehen. Meine Tochter ist schön. Sie hat noch mehr Qualitäten, neben ihrer Schönheit. Wenn Sie ihrer eines Tages wert sind – warum sollten Sie sie dann nicht bekommen? Sie selbst sind Ihres Glückes Schmied. Gehen Sie durch diese Tür da hinaus, damit die Leute Sie nicht sehen.«

Er öffnete die Hintertür, trat mit mir nach draußen und gab mir die Hand, um den Gewürzhändlerinnen und den Marktweibern deutlich zu machen, wie es zwischen uns stand. Er kehrte erst ins Haus zurück, als er gesehen hatte, dass ich mich entfernen konnte, ohne beschimpft zu werden.

Sobald ich in Sicherheit war, stellte sich bei mir als Erstes ein Gefühl der Bewunderung für diesen würdigen Mann ein. Ich segnte ihn aus tiefstem Herzen. Aber, großer Gott, was für ein Sturm, als mir einfiel, dass ich die schöne Rose – dieses Wesen, das ich vergötterte, die auferstandene Madame Parangon – für mich hätte gewinnen können, wenn ich frei gewesen wäre!

Auf dem Heimweg wechselten meine Gefühle zwischen Nachdenklichkeit und Wut auf mich selbst – darauf, dass ich mich so überstürzt auf eine so unvorteilhafte Ehe mit der Tochter einer boshaften Frau eingelassen hatte, die dieser Tochter nichts mitgegeben hatte, sondern auch das noch verschleuderte, was ich von meinen Eltern bekommen hatte, und die Agnès in meiner Abwesenheit schlug, damit diese mir davon nichts verriet. Ich möchte hier noch einmal beteuern, dass ich mir vorgenommen hatte, mich mit ihr zu verbinden und ihr ein respektvoller Schwiegersohn zu sein. Aber sie war es, die das verhinderte: Sie selbst zerstörte in Auxerre gegenüber meinen Eltern den Ruf ihrer Tochter. Es war schändlich, wie sie ihre Tochter behandelte, als diese im September 1764 zu meiner Mutter reiste, um bei ihr ihre vierte Tochter zur Welt zu bringen. Deshalb war ich dann allein, als ich mich in die schöne Rose verliebte.

Als ich zu Hause war, spürte ich den ganzen Schrecken meines Schicksals über mich hereinbrechen. »Immer musste ich Tantalus-Qualen erdulden«, dachte ich. »Was ist das für ein böser Geist, der mich überall begleitet und alles Gute von mir abhält und alles Übel über mich hereinbrechen lässt?« Ich konnte nicht schlafen. Lange Zeit beherrschte mich eine Art von Wut, aber dann gewann die Vernunft doch wieder die Oberhand. Ich wagte mich nicht mehr in das Viertel, wo Rose wohnte. Ich machte Umwege, wenn ich dort etwas zu erledigen hatte. Irgendwann verlor der Schmerz an Schärfe, war nur noch ein Gefühl im Hintergrund, das mir sogar neue Kraft verlieh. »Wie kann ich der schönen Rose und ihrem Vater beweisen, dass ich ihrer nicht unwürdig bin, dass ich das Wohlwollen ihres Vaters verdient habe?« Lange dachte ich hierüber nach.

Das Jahr 1765 verging in einem unbeschreiblichen Durcheinander. Heftiger denn je von dem Verlangen getrieben, Mademoiselle Rose für mich einzunehmen, suchte ich mich auszuzeichnen. Stets waren es die Frauen, die über mein Schicksal richteten. Immer waren sie es, die bestimmt haben, womit ich mich beschäftigte, und die über mein Schicksal entschieden. Wie oft schon, seit Monsieur Bourgeois und seine Töchter nicht mehr in ihrem Haus wohnen, bin ich dort gewesen, um es mit diesen Worten zu begrüßen: *»Salve, o domus, quae me fecisti scriptorem!«**

Ich beende hier die schändliche Epoche meines Leben – die Epoche meiner Nichtigkeit, meines Elends, meiner Erniedrigung. Ich bin aufrichtig gewesen. Dieses Buch wird in der Unermesslichkeit der Zeitalter einmalig sein – das Leben eines Menschen in all seinen Einzelheiten und ohne Verkleidung.

SIEBENTE EPOCHE

Ich werde Autor
1765–1776

Scribis ut oblectem studio lacrymabile tempus,
Ne pereant turpi nostra pectora situ:
Difficile est quod, amice, mones, qui carmina laetum
Sunt opus, et pacem mentis habere volunt.

Ovid, *Tristia V*, Elegie 12, v. 1.*

Ihr ratet mir, zu schreiben, um meinen Schmerz zu bändigen. Zum Schreiben bedarf es der Muße, einer gewissen Leichtigkeit, der Gewissheit, dass alles, was man zum Leben braucht, vorhanden sei, und außerdem des freundlichen Umgangs im eigenen Haus! (Lauter kostbare und notwendige Vorteile, in deren Genuss ich nie gekommen bin!)*

Agnès Lebègue kam im Februar 1765 nach Paris zurück – mit meiner ältesten Tochter, die rasch meine Zuneigung gewann. Sie war ein großer Trost. Monsieur Bourgeois sah ich nicht wieder, auch nicht die schöne Rose. Meine Eléonore* hatte ich ebenfalls aus den Augen verloren. Sie lebte unter der Obhut der Gräfin d'Egmont. Desgleichen meine Edmée-Colette*, die bei Mademoiselle Omphale in Dijon sein musste. Diese alle ersetzte mir die kleine Agnès – die kleine Unglückliche! Aber wir wollen nicht vorgreifen.

Beim Fahnenlesen in der Louvre-Druckerei hatte ich nur unsere besten Autoren zu Gesicht bekommen. Sie alle wirkten, was die Prosa anging, auf mich genauso wie Racine im Hinblick auf die Verse: Sie entmutigten mich! Vor allem jener große Nichtsnutz Voltaire, mit dem Royou* wie mit einem kleinen Jungen umsprang. Ich fand ihn unnachahmlich, und er schien mir so hoch über allem zu stehen, was ich kannte, dass er in mir beinahe den Vorsatz, zu schreiben, erstickt hätte. Ich musste dann auch die Fahnen der Werke von Madame Riccoboni lesen, die Humblot bei uns drucken ließ. Auch diese ausgeprägte Eleganz konnte mich nicht ermutigen. Schließlich übergab man uns auch ein Werk der Madame Benoît, die man in Lyon so gut kannte – *Elisabeth,* Roman. So lautet der unbeholfene Titel dieser Hervorbringung. Während ich die Fahnen las, sagte ich mir immer wieder: »So mache ich es auch – ich schreibe einen *Roman!*« Es fehlten mir nur noch die Erfindungsgabe und ein Thema:

Ich fand beides. Eines Abends, als ich am Quai de Gèvres entlangspazierte, sah ich, wie eine hübsche Person in einem Modegeschäft etwas kaufte. Sie brachte mich auf die Idee zu meiner Léonore in *Die tugendhafte Familie*. Mademoiselle Rose gesellte sich zu ihr, und so begann ich schon am nächsten Tag ein Manuskript, das nie fertig wurde, mir dann aber doch ein Jahr später die Grundlage für mein erstes Werk lieferte.

Die Schwierigkeit, die mir das Schreiben anfangs bereitete, hatte zwei Ursachen. Zum einen wollte ich alles aus meiner Phantasie hervorziehen, alles erschaffen, denn den ersten Versuch, meine eigene Geschichte aufzuschreiben, hatte ich aufgeben müssen: Wie hätte ein Namenloser es wagen können, damals kaum vergangene Begebenheiten öffentlich zu machen, deren Beteiligte alle noch lebten, und eine Geschichte aufzuschreiben, nur um sich selbst in Szene zu setzen? Die zweite Ursache ergab sich aus der ersten: Solange ich alles erfinden wollte, fehlten mir oft eine Grundlage und vor allem der nötige Schwung. Nichts erregte, nichts bewegte mich. Auch die Geschichte um den Quai de Gèvres habe ich nie vollendet – ich schrieb davon nur jenes Stück, das dann in *Die untreue Frau** gedruckt wurde.

Das Abfassen der Briefe, aus denen die vier Teile der *Tugendhaften Familie* bestehen, machte mir so viel Vergnügen, dass ich ihnen jeden freien Augenblick widmete. Dabei waren Rose und ihre Schwester die treibende Kraft, und auch später haben diese beiden liebenswürdigen Mädchen meine Phantasie immer wieder in Schwung gebracht.

In den ersten Monaten des Jahres 1766 kam ich mit der *Tugendhaften Familie* gut voran. Ich konnte in Ruhe arbeiten, denn meine Lage hatte sich ein wenig verändert. Man wird gleich sehen, wie es dazu kam und dass Gutes tun Zinsen bringt.

Als das erste Manuskript fertig war und bevor ich mit der Reinschrift begann, wollte ich mir Rat holen bei einem kleinen Literaten. Aber auf wen fiel dabei meine Wahl? Auf den Verfasser von *Lurelu-*

*rette oder die Fortschritte des Wahns!** Er hatte gerade den dritten Teil dieses kleinen Romans (ein armseliges Produkt, dieser dritte Teil) drucken lassen, und dabei hatten wir uns kennengelernt. Er wohnte damals in der Rue Phélipeaux im Marais, gegenüber dem Temple. Ich besuchte ihn und schlug ihm vor, er möge mein Aristarch* sein. Er willigte ein, als wäre er dazu wirklich imstande. Wir vereinbarten, dass ich abends zu ihm kommen sollte und dass wir dann einen Teil der Nacht mit Lesen und Überarbeiten verbringen würden. Und so geschah es. Am ersten Abend lasen wir ungefähr zwanzig Seiten, von denen er mich die Hälfte streichen ließ. Gegen Mitternacht überkam uns die Müdigkeit. Wir hatten verabredet, dass ich bei ihm schlafen sollte. Nun aber sagte mir Progrès: »Sie werden mein Bett für sich allein haben. Ich habe hier im Haus eine Geliebte, bei der ich seit gestern schlafe. Wir kennen uns seit vier Tagen: Am ersten habe ich sie gesehen, am zweiten habe ich mit ihr gesprochen, und am dritten habe ich sie...«

»Sie sind ja ein Caesar!«, sagte ich. »Aber sie ist wohl eine alte Schnepfe?«

»Sie ist ein sehr nettes Mädchen!«

Ich musste laut lachen, als ich den kleinen Mamonet ansah, wie er mir, dunkelhäutig und schmutzig, sein ganzes Bett zur Benutzung überließ.

Als ich am nächsten Abend um die vereinbarte Zeit zurückkehrte, fand ich eine hübsche Dunkelhaarige bei ihm. Sie schielte ein bisschen, aber das konnte ihrem Aussehen nichts anhaben. Mich überraschte nur, dass sich ein solches Mädchen schon am dritten Tag mit einem Kerl einließ, der weder Hemden noch Hosen besaß, sondern seine wenigen Sachen unter einem kurzen Gehrock, der wie ein Bierbrauerkittel aussah, mit Stecknadeln zusammenstoppelte. Ich fand nicht bloß ein schönes Gesicht, ich entdeckte ein geistreiches Mädchen, das sich anständig und mit einer gewissen Vornehmheit auszudrücken wusste. Meine Verwunderung verdoppelte sich. Schließlich lasen wir.

In meinem Werk kam eine Person namens Jeannette vor. Progrès fand den Namen abscheulich (ach, dieser Unglückliche – der Jeannette Rousseau nicht gekannt hatte!). Er wollte, dass ich ihn änderte und durch Angélique ersetzte. Denn so hieß seine Geliebte – Mademoiselle Angélique Nimot, ein Fräulein großer Worte, Vorleserin einer Prinzessin, Abenteurerin, deren wahrer Name *Etouffemil** war und der ich später in *Die Zeitgenossinnen* eine Erzählung mit dem Titel *Die hübsche Brillenmacherin* gewidmet habe. Aus lauter Freundlichkeit gab ich schließlich in diesem Punkt nach. Nun hatte ich zwei Aristarche, aber Mademoiselle Nimot besaß unendlich viel mehr Geschmack als Monsieur Progrès. Am Ende unserer Sitzung wurde sie ganz verlegen, als sie sah, wie Progrès seine kleine, schmutzige Schlafmütze nahm und Anstalten machte, nach unten zu gehen. Reglos sah sie uns an.

»Na, dann wollen wir mal, Mademoiselle!«, sagte Mamonet zu ihr.

»Aber wo wollen Sie denn hin?«

»Zu Ihnen … schlafen gehen … Monsieur Nicolas weiß Bescheid. Vor meinen Freunden verheimliche ich gar nichts.«

»Na, so was! Einem Herrn, den ich gar nicht kenne, verraten Sie…«

»Aber ich kenne ihn doch! Sie brauchen ihn gar nicht zu kennen.«

»Also wenn dieser Herr genauso diskret ist wie Sie…!«

Ich überarbeitete mein Buch, ohne es Progrès noch einmal zu zeigen. Ich erkundigte mich nach einem Zensor. Man nannte mir den braven Monsieur Albaret, dem alle Literaten ein ehrenvolles Andenken bewahren müssten. Er las mein Werk mit solchem Vergnügen, dass er mir eine schmeichelhafte Genehmigung zukommen ließ – auch weil es ein wenig in einer neuen Manier geschrieben sei.

Die Genehmigung meines Zensors, die man am Ende des vierten Bandes lesen kann, beflügelte mich. Ich war allein in meiner Wohnung in der Rue de la Harpe, neben dem Collège de Justice, der vierten, die ich seit meiner Ankunft in Paris bezogen hatte. Ich schrieb an Monsieur Bourgeois und bat ihn um die Erlaubnis, das Werk, dessen Genehmigung ich beilegte, Mademoiselle Rose zu widmen, der ich die Kraft zu seiner Vollendung verdankte. Hier die Antwort, die ich erhielt:

»Monsieur, die Feinfühligkeit Ihrer Denkweise und die Bescheidenheit, die Ihren Widmungsbrief erfüllt, lassen den Wert Ihres Buches schon im Voraus erkennen. Meine Frau und mich hat es sehr berührt, dass Sie uns die Ehre erweisen, das Buch, welches Sie nun bald herausbringen werden, meiner Tochter widmen zu wollen. Da Sie nun meine Zustimmung in diesem Punkt erbitten, muss ich Ihnen zu meinem großen Bedauern mitteilen, dass ich Ihnen diese nicht gewähren kann. Familiäre Gründe zwingen mich dazu. Wegen dringender Geschäfte konnte ich nicht früher antworten, was mich befürchten lässt, dass Ihnen durch mein Schweigen womöglich eine Verzögerung beim Erscheinen Ihres Buches entstanden ist.«

Dieser Brief wurde am 17. Dezember 1766 geschrieben. Das Datum steht auf der Rückseite. Er ist aufrichtig und ganz so, wie er sein sollte. Wie konnte ich nur glauben, es könnte mir erlaubt werden, meinen Roman einer so anmutigen Person zu widmen, die zudem aus einer Klasse von Bürgern stammt, die sich mit ehrbarer Dunkelheit umgeben muss.

Ich verkaufte *Die tugendhafte Familie* an die Witwe Duchesne, zu fünfzehn Livres für den Bogen. Das ganze Werk bestand aus einundfünfzig Bogen, und so hielt ich mich für reich. Noch nie hatte ich eine so große Summe Geldes besessen. Gedruckt wurde während der ersten sechs Monate des Jahres 1767 unter meiner doppelten Aufsicht als Werkstattleiter und Verfasser bei F.-A. Quillau. Das Buch erschien allerdings erst zu Sankt Martin. Die Rechtschreibung darin ist seltsam, aber so, wie ich sie haben wollte – was dem Verkauf eher geschadet hat. Meine Stelle als Werkstattleiter gab ich auf, bevor ich wusste, ob mein Buch Erfolg haben würde oder nicht – heute erschreckt mich das Ausmaß meiner Selbstsicherheit. Aber siebenhundert Livres kamen mir vor wie ein unversiegliches Vermögen – und fünf oder sechs untaugliche Themen (die einzige Ausnahme: *Der Pornograph*) erschienen mir wie ein reicher, fruchtbarer, Erfolg versprechender Fundus an Ideen für weitere Bücher.

Eines Sonntags machte ich mit Agnès Lebègue und Sara Krammer* einen Spaziergang zu den erst kürzlich fertiggestellten Boulevards.* Dort begegneten wir einem kleinen Mann mit rotem Gesicht und bräunlichem Haar, der immer wieder zu Sara hinübersah. Sie flüsterte mir ins Ohr: »Den Mann habe ich im Haus der Piron gesehen. Aber er ist ein galanter Herr aus Mâcon. Er handelt mit Musselin-Stoffen und führt hier einen Prozess gegen die Steuerpächter. Meine Freundin versteht ja etwas von Mode. Dieser Mann verkauft auch Gaze und Taft. Er könnte eine sehr nützliche Bekanntschaft sein…« Kaum hatte sie das gesagt, da kam der Händler auf uns zu. Er grüßte Sara mit dem allergrößten Respekt. Sie erwiderte seinen Gruß und sagte zu ihrer Freundin: »Laden Sie ihn ein, uns zu begleiten. Falls irgendwelche Spitzel hinter mir her sind – das wird sie verwirren.«

Meine Frau tat, wie Sara ihr gesagt hatte, und ich ging neben ihr her. Irgendwann nahm ich den Mann beiseite und sagte ihm, ich sei ein Freund von Saras Bruder und hätte sie in dessen Namen von dort weggeholt, wo er ihr begegnet sei (im Haus der Piron). Diese Erklärung tat eine wundersame Wirkung! Der Händler, anscheinend überzeugt, dass nur mir Saras früherer Beruf bekannt sei, verdoppelte seine Aufmerksamkeiten. Und noch viel aufmerksamer machte ihn etwas, worauf ich am allerwenigsten gefasst war: Er verliebte sich in Agnès Lebègue! Als wir wieder zu Hause waren, machte er von sich aus und ohne dass Sara mit ihm gesprochen hatte, den Vorschlag, Ware bereitzustellen, die nach dem Verkauf bezahlt werden sollte, was uns äußerst vorteilhaft erschien. Monsieur Moulins (so hieß der Mann) war im Übrigen ein ehrbarer, offenherziger, zuvorkommender Mann, mit einem Wort so, wie Sara ihn mir geschildert hatte. Das also war die Bekanntschaft, die uns dieses gute Mädchen verschaffte. Sie hat mehr als alles andere zum weiteren Gang meines Schicksals beigetragen.

Monsieur Moulins ließ seinen Musselin nun auch durch meine Frau verkaufen – und der Gewinn wurde nach Ellen berechnet. Dazu brauchte sie mich nicht. Der Händler schlug uns vor, aus der Rue des Rats in ein Haus an der Rue de la Harpe zu ziehen, neben dem Collège de Justice. Im Frühjahr hatte er selbst eine Rundreise in der Picardie gemacht – mit Pferd und Planwagen. Agnès Lebègue ihrerseits verkaufte Musselin in der Umgebung von Paris, und solange sie unterwegs war, gaben wir unsere Tochter Agnès in Pension zu der Mutter von Mademoiselle Désirée. Ich unterhielt zu dieser Zeit die innigsten Beziehungen zu diesem hübschen Mädchen.

Ich gab meine Stelle als Werkstattleiter um den 27. Mai auf. Alles in allem besaß ich vierhundert Livres, die mir F.-A. Quillau noch schuldete, und hatte außerdem siebenhundertachtzig Livres für meine *Tugendhafte Familie* zu bekommen. Mit diesen beiden Beträgen hielt ich mich für einen Krösus. Da meine Frau mit dem, was sie bei Moulins verdiente, ohne mich zurechtkam, hatte ich mir vorgenommen, für einige Monate nach Sacy in das Haus meiner guten Mutter zu ziehen. Ich hoffte, inspiriert von der Einsamkeit, dort ein schönes Buch schreiben zu können, das ich dann im Winter in Paris verkaufen und drucken lassen würde. Noch vor meiner Abreise begann ich den *Pornograph,* den mir der Zensor Chenu zurückgab mit der Bemerkung, das Buch liefe darauf hinaus, ein *unmoralisches* Gewerbe zu legalisieren.

Eines Tages begegnete ich in der Rue Mercier-de-la-Nouvelle-Halle, Nr. 47, einer Frau, die ich vor etlichen Jahren gekannt hatte – Sailly. Ich stieß einen Freudenschrei aus, als ich sie sah, und flog ihr entgegen. Wie erneuerten unsere Bekanntschaft. Sie erzählte mir, dass sie als Statistin am Théâtre Français gearbeitet habe und im Augenblick mit niemandem zusammen sei. Ich sagte, dass ich Paris demnächst für einige Zeit verlassen würde und dabei sei, mich als Autor zu versuchen.

»Ein elendes Metier«, sagte sie. »Die ehrlichen Leute verhungern, und die Schlitzohren nehmen ein schlimmes Ende.«

Wir gingen zu ihr. Ich erzählte ihr von meinem *Pornograph* und bat sie um Auskünfte zu verschiedenen Dingen, etwa zur Zahl der Straßenmädchen. Sara Krammer hatte mich schon über so manches aufgeklärt, was mir nützlich war. Ich zeigte Sailly meine Notizen. Sie versprach mir weitere Einzelheiten, außerdem ungefähre Angaben über die Zahl der Mädchen, alles unter der Bedingung, dass sie die erste Frau wäre, die ich nach meiner Rückkehr besuchen würde. Das versprach ich. Wir aßen mit drei ihrer Gefährtinnen zu Mittag. Es war keine ganz und gar schlechte Gesellschaft, und die Unterhaltung war amüsanter, als ich zu hoffen gewagt hatte. Schließlich schlug eine von ihnen den anderen vor, mir für meinen *Pornograph* ein bisschen Material zu liefern.

»Ich bin ja nicht mehr im Metier, seit ich einen Festen habe«, sagte sie. »Aber ihm hier möchte ich heute ein bisschen Anschauungsunterricht geben. Setzt euch da in die Kammer hinter der Glastür.«

Vergeblich widersetzte ich mich dem, was sie vorhatte, während Sailly sie dazu ermutigte. Es dauerte nicht lange, da führten sie einen großen Greis herein, in dem ich einen Beamten aus dem Châtelet zu erkennen glaubte. Die Frauen zogen sich nackt aus. Das Skelett entkleidete sich ebenfalls. Die Frauen nahmen Ruten und verfolgten den Alten wie besessen. Schließlich entwaffnete er eine von ihnen und schlug sie beide blutig, trotz ihrer Schreie. Sailly lachte Tränen. Die dritte, die sich nicht ausgezogen hatte, kam den beiden anderen zu Hilfe, die an ihren Wunden wohl einen Monat zu laborieren haben würden. So bekam ich etwas zu sehen, was ich nicht erwartet hatte.

Ich habe erwähnt, dass ich meine älteste Tochter Agnès, wenn ihre Mutter in der Umgebung von Paris Musselin verkaufte, bei der Mutter von Mademoiselle Désirée in Pension gab. Diese nahm die Kleine oft mit in ihr Zimmer. Désirée war bisweilen sehr galant, vor allem seit ihre Ehe mit Monsieur de Roncy zu Bruch gegangen war und auch der alte Lefort nicht mehr da war, den ihr der Tod entrissen hatte. Sie hatte die Wohnung des Alten behalten und eine Schülerin angenommen, eine gewisse Fanchonnette Giet, deren Onkel Désirée den Hof machte und sie heiraten wollte. Désirée und Fanchonnette hatten beide ihre Liebhaber. Eines Tages, als sie anscheinend beide beschäftigt waren, erschien ein dritter. Dieser Elende war syphilitisch. Agnès war ein schönes Kind von fünf oder sechs Jahren. Er streichelte sie, man weiß nicht, wie und wo – aber sicherlich sehr innig. Sicher ist, dass Agnès, nachdem sie zu uns zurückgekehrt war, von einem ständigen Juckreiz geplagt wurde. Wir benutzten Pflaster und Salbe, die die Hautfeuchtigkeit wieder herstellten. Sieben oder acht Monate später, als wir in der Rue Quincampoix wohnten, tauchten bei dem Kind am ganzen Körper Pusteln auf. Das Mädchen schlief in einem kleinen Bett neben ihrer Mutter. Der Juckreiz führte dazu, dass sie die ganze Nacht über unruhig war. Ihre Mutter verlor die Geduld und wollte sie unbedingt zur Ruhe bringen. Aber damit verlangte sie etwas Unmögliches. Sie gab dem Kind ein paar Schläge mit der Rute, worauf es anfing zu schreien und auch mich weckte. Ich geriet in einen ungeheuren Zorn. Großes Schmollen bei Agnès Lebègue, das mehrere Tage anhielt (so war sie, wenn wir uns gestritten hatten, und heute muss ich zugeben, dass mir diese Furie, wie eine zweite Xanthippe, mit ihrer Launenhaftigkeit sehr nützlich gewesen ist; wäre sie immer gutmütig geblieben, hätte ich die Hälfte all der nützlichen Dinge, die ich in meinen *Zeitgenossinnen* und meinen anderen Werken untergebracht habe, nie erfahren). Aber bei der Gelegenheit, von der hier die Rede ist, verließ mich all mein Elan. Der Anfang des Buches* war durchaus interessant geraten, aber als ich es dann, von Zorn und Missmut abgelenkt, fortsetzte, kamen ihm

Zusammenhalt und Folgerichtigkeit abhanden, und bloßes Füllwerk ließ es anschwellen, wo das Gedächtnis die Einbildungskraft verdrängte. Trotz allem wurde es in elf Tagen fertig. Ich ging damit zu keinem Buchhändler. Monsieur de Crébillon der Jüngere war der Zensor, und ich druckte es im folgenden August auf eigene Kosten, wobei mir der kleine Theodore half, von dem in *Der verführte Landmann* und in *Die hübsche Wäscherin* die Rede ist. Das war ein Lehrling, den man mir damals zur Verfügung stellte.

Nachdem ich die erste Fassung dieses Buches fertiggestellt hatte, ging ich an die Reinschrift von *Die notwendige Vertraulichkeit** und dann von *Lucile.* Erst danach nahm ich mir wieder *Der Fuß der Fanchette* vor. Monsieur de Sartine hatte nicht *Confidence (Vertraulichkeit),* sondern *Confession* verstanden: *Die notwendige Beichte,* und hatte mir als Zensor einen Abbé Simon, den Bibliothekar des Grafen von Clermont, zugewiesen. Unmöglich konnte ein Abbé einen so lockeren Roman billigen. Ich selbst legte ihm das Manuskript vor, wobei ich mich als meinen Domestiken ausgab. Beim zweiten Mal unterhielten wir uns sehr offen über mich. Ungewollt leistete ich mir dabei einen schlechten Dienst. In der Absicht, mein Buch zu unterdrücken, schickte der Abbé das Manuskript an Marin, den Generalsekretär der Buchhändler, zurück. Dieser jedoch, der selbst als Zensor für die Polizei tätig war, reichte es einfach zurück und riet mir, die nötigen Änderungen daran vorzunehmen. Ich habe diesen Marin immer nur loben können. Er war zwar ein wenig ungestüm und ziemlich unnachgiebig, aber doch immer zuvorkommend, auch mit armen Teufeln wie mir, und ich bin ihm zu großem Dank verpflichtet. Man hat ihn sehr schlecht behandelt. Er gehört zu den fünf Persönlichkeiten, über die ich sehr viel Schlechtes gehört habe und bei denen ich doch immer nur Gutes gefunden habe. Außer Marin waren dies: Mairobert, der jüngere La Reynière, Beaumarchais und Pelletier de Morfontaine.* Das Publikum ist manchmal ein sehr parteiischer Richter! Es entscheidet sich nach Gerüchten, die oft von heimlichen Feinden der Geächteten ausgestreut werden.

Zu Beginn des Jahres 1769, nachdem *Die natürliche Tochter** gedruckt war, befasste ich mich ernsthaft mit dem *Pornographen*. Ich hatte, wie man sich erinnern wird, mit Gaudet d'Arras der Zügellosigkeit gefrönt; ich hatte die Mutter von Zéphire gekannt, auch eine Aurore und die Elsässerin Bathilde, außerdem Sailly, die Massé, Sara Krammer, die Piron usw. usw. Ich wusste genug über die Missstände und die nachteiligen Folgen der Prostitution, über die Sitten dieser Frauen und die wirksamsten Mittel, um Ordnung in diese Unordnung zu bringen – trotz der Polizeiinspektoren, die sehr daran interessiert waren, dass diese Missstände bestehen blieben. Aber ich will hier nicht näher darauf eingehen, was in einem Buch enthalten ist, das seither mehrere Auflagen erlebt hat und sich in den Händen meiner Leser befindet. Ich möchte nur darauf hinweisen, dass es unter allen Projekten zur Beförderung der Sittlichkeit, die der Regierung aufgegeben sind, vielleicht das nützlichste ist und vor allem dasjenige, dessen Ausführung am dringlichsten ist.+ Nach drei Monaten, in deren Verlauf mein ursprüngliches Manuskript von Grund auf überarbeitet wurde, ging das Werk zurück an die Zensur. Ein gewisser Philippe de Prétot lehnte es noch einmal ab. Dank des Ansehens, das ich bei dem Buchhändler Valade genoss, konnte ich erreichen, dass Monsieur Marchand es genehmigte und dem Polizeileutnant de Sartine eine vorteilhafte Beurteilung übermittelte. In den Monaten April, Mai und Juni wurde gedruckt. Als es dann in den Verkauf kommen sollte, wandte sich F.-A. Quillau auf Anraten von Domenc, meinem Nachfolger als Werkstattleiter, noch einmal an den Zensor, der drauf und dran war, seine Genehmigung zu widerrufen. Es hätte nicht viel gefehlt, und die Veröffentlichung eines nützlichen und mit einem Aufwand von zwölfhundert Francs be-

+ Seine Majestät Kaiser Joseph II. hat das wohl erkannt, denn er hat dessen Ausführung angeordnet, so ein Bericht in der *Gazette de Leyde* vom [22.] Dezember 1786. [Es hat den Anschein, dass sich Rétif hier selbst täuscht. Hinweise auf eine Verwirklichung seiner Reformpläne in Wien gibt es nicht. Wohl aber ist bekannt, dass sein *Pornograph* im Jahr 1787 in Wien öffentlich verbrannt wurde.]

reits gedruckten Werkes wäre durch die Dummheit dieser beiden Männer, F.-A. Quillau und Domenc, nicht zustande gekommen. Dabei gab es nur eine Frage, die mir Quillau und Domenc, die meine Vervielfältiger und nicht meine Zensoren waren, zu stellen hatten, nämlich die nach meinem ordnungsgemäß abgezeichneten Original. Aber weder Quillau noch sonst einer von den XXXVI* in Paris verstand etwas von seinem Metier: Diese Leute hielten sich für die Gebieter über die Literaten, dabei waren sie allenfalls ihre Sekretäre. Monsieur Marchand brachte sie mit Hilfe von Monsieur Pasquier zur Vernunft, und so konnte das Buch schließlich erscheinen. Ich muss gestehen, ich habe seither diesem F.-A. Quillau und seinem Werkstattleiter nie mehr so recht getraut – sie hatten das alles heimlich betrieben, als läge ihnen daran, dass ich von ihren Winkelzügen nichts erführe.

Die letzten acht Monate des Jahres 1768 hatte ich in der Cour d'Albret verbracht. In dieser Zeit besuchte mich ein junger Verwandter meiner Frau namens Martinville, ein Kaufmannsgehilfe. Er erzählte mir von seiner Cousine Elise Tulout, einem geistvollen Mädchen, das mich gern kennenlernen wollte, nachdem es *Die tugendhafte Familie* gelesen hatte. Ich ließ mich zu ihr führen.

Als ich bei Elise Tulout eintrat, verblüffte mich ihre anmutige, geistreiche, vornehme Erscheinung. Sie war ungefähr achtzehn Jahre alt. Ich las ihr aus *Der Fuß der Fanchette* vor, und sie machte allerlei scharfsinnige Bemerkungen zu dem Buch, das zwar noch nicht erschienen, aber leider schon gedruckt war. Wir verabredeten einen zweiten Besuch, bei dem ich allein kommen und ihr die Druckfahnen meines neuesten Buches zeigen würde – *Die natürliche Tochter*. So festigte sich die Verbindung zwischen uns. Wenn ich lang und angestrengt gearbeitet hatte, ging ich zu Elise, die mir mit ihren Talenten und ihrer Klugheit viel Freude machte. Sie sang, wobei sie sich auf dem Sistrum* begleitete, und machte Musik. Wir lasen gemeinsam, wir unterhielten uns, und bei diesen köstlichen Gesprächen anatomierten wir das menschliche Herz. Die Fragen, die dieses begabte Mädchen stellte, waren mir sehr nützlich. Sie zwangen mich zu gründlichem Nachdenken und erweiterten meinen Gesichtskreis. Elise war noch nicht ungläubig – so weit getraute sie sich nicht, aber sie wollte es werden und aus guten Gründen: Deshalb gerieten wir immer wieder in metaphysische Erörterungen, die sich über ganze Nachmittage erstreckten. So kamen auch die »Unterhaltungen eines Pfarrers aus Sacy« zustande, die sich in nicht mehr als hundert Exemplaren von *Die Schule der Väter** finden. Unmerklich mischte sich dem Geist dann auch die Materie bei. Denn eine Art von Gesprächen liebte Elise ganz besonders – nämlich darüber, auf welche Weise es ihr am besten gelingen würde, ihren Ehemann glücklich zu machen. Mit zum Merkwürdigsten, was ich im Laufe der Zeit erlebt habe, gehörte die Art, wie Elise bei dieser Gelegenheit *mich* glücklich machen wollte. Ich weiß nicht, ob sie noch Jungfrau war, jedenfalls war sie sehr sentimentös*, sehr zärtlich! Während sie über ihren künftigen Gemahl sprach (was ich nicht auf mich beziehen konnte, weil sie wusste, dass ich verheiratet war), setzte Elise fast alles, was zur Sprache kam, an mir in die Tat um. Unter ihren Händen wurde ich zu einer Art Puppe. Eines Abends, bei Einbruch der Dunkelheit, trieb sie die Dinge so weit, dass ich mich, entgegen meinen Grundsätzen, sehr ergriffen fühlte! Ich hätte erwartet, ein junges Mädchen würde die Kühnheiten eines verheirateten Mannes zurückweisen. Aber keineswegs! Während sie mir beschrieb, wie sie bei derartigen Gelegenheiten zärtlich sein wollte, überließ sie sich mir und half mir sogar voller Ungestüm. So kam ein köstlicher Genuss zustande … Als wir uns wieder besonnen hatten, sagte Elise, ohne verlegen zu werden: »Da sehen Sie, wie zärtlich ich wäre…!« Ich wusste damals nicht, dass sie mich liebte. Ich hatte angefangen, hiernach gar nicht mehr zu trachten, und erfuhr dies erst sehr viel später.

Die Unterhaltungen mit Elise waren für mich äußerst lehrreich, und ich habe für meine *Zeitgenossinnen* großen Nutzen aus ihnen gezogen, indem ich sie mit meinen eigenen Erfahrungen verquickte.

(All diese Geständnisse liefern einen neuen Beweis dafür, dass ich den Frauen fast alles verdanke, und wahr ist auch, dass sie es sind, die, ohne je Männer sein zu können, die Männer zu Männern machen – im Körperlichen wie im Moralischen.)

Ich taugte damals etwas mehr als heute: Ich war tugendhafter und hielt mich mehr an meine Grundsätze (denn die Schwäche, von der man soeben gelesen hat, war die Wirkung eines unwiderstehlichen Zaubers); ich nahm auch mehr Rücksicht auf mich als Schriftsteller. (Unglückliche sind wir alle! Das Alter macht uns nicht besser! Das Zeitalter der Körperkraft ist auch dasjenige der Tugend! Wenn es so aussieht, als würde der Greis ein besser geordnetes Leben führen, so ist das nur falscher Schein – er ist nur schwächer.)

Eines Abends kam ich zu Elise, die ich zweimal in der Woche besuchte – und fand sie nicht. Ich ging wieder nach unten, und als ich dann doch den Zwang verspürte, mich noch einmal umzusehen, traten mir Tränen in die Augen.

»Tränen!«, rief ich. »Tränen! Will mich die Liebe etwa überrumpeln?! Will sie mich noch einmal in die Qualen stürzen, die ich um Mademoiselle Rose Bourgeois erlitten habe? Nur weg von hier! Keine Besuche mehr bei diesem liebreizenden Mädchen! Soll ich mir, brotlos und mittellos, wie ich bin, zu all meinem Unglück auch noch die Liebe als Unglück aufbürden? Adieu, meine teure Elise! (denn ich spüre, dass Sie mir teuer sind!). Ich werde Sie nicht wiedersehen!« Und ich hatte die Kraft, sie nicht wiederzusehen. – Wir hatten uns geschrieben, und wir schrieben uns auch nachher noch. An einem Tag im Jahre 1772 sollten wir uns wiedersehen, ein einziges Mal.

Gegen Ende des Jahres 1774 habe ich die Reinschrift von *Der verführte Landmann* beendet und den Druck begonnen. Ich hatte einen Setzer, einen gewissen Logerot, dessen Mutter wohlhabend war. Dieser Arbeiter erbot sich, mir Geld vorzustrecken, wofür ich ihm Zinsen zahlen sollte. Ich nahm zunächst vierhundert Livres und stellte ihm einen Schuldschein über einen Betrag von vierhundertzwanzig Livres aus, der nach einem Jahr fällig sein sollte. Ich musste dieses Geld leihen, weil F.-A. Quillau, der so viel von mir gedruckt hatte und dem ich nichts schuldete, mir erklärte, er werde mir keinen Kredit mehr geben. Er sah, dass ich allein dastand, ohne Rückhalt. So begann ich denn jeweils bei der Lieferung der einzelnen Druckbogen zu zahlen. Ich hatte meinen Anteil am väterlichen Erbe an meinen Bruder, den Bauern, verkauft. Er zahlte mir dafür im Juli zweitausendfünfhundert Livres. Meine Frau, die er aufforderte, ebenfalls zu unterschreiben, kam dazu, und so musste ich ihr ungefähr tausend Livres zum Ankauf von Ware überlassen. Mir blieben fünfzehnhundert Livres, mit denen ich meine Ausgabe im Oktober vollendete.

Dieses Buch wird zu einer Wende in meinem Schicksal führen. Bis zu seinem Erscheinen war ich unbekannt geblieben. Auch der Erfolg des *Pornograph* hatte nicht dazu beigetragen, mich aus meiner Nichtigkeit hervorzuziehen: Das Buch war anonym erschienen und da es mir nichts einbrachte, konnte ich mich nicht aus dem Staub erheben, in dem ich herumkroch. Der Gewinn meiner nachfolgenden Erzeugnisse wurde entweder von unserem Haushalt verzehrt oder von den Rückzahlungen, die ich Dratsoc* leisten musste. Schließlich verteilte ich die Exemplare von *Der verführte Landmann* am 1. November 1775 an die Buchhändler, die sie verkaufen sollten. Ich ahnte nicht, wie erfolgreich dieses Buch werden würde, das der Buchhändler Delalain abgelehnt hatte.

ACHTE EPOCHE

Der »Verführte Landmann« und seine Folgen[+] 1775–1785

Songez qu'il est des temps où tout est légitime,
Et que si la patrie avait besoin d'un crime
Qui pût seul relever son esprit abattu,
Il ne serait plus crime, et deviendrait vertu.[*]

Mit diesen Versen aus der *Sophonisbe* von Lagrange-Chancel antworte ich auf die Kritik, die Bösewichter, Frömmler und Verzagte an meinem *Paysan perverti* geübt haben.

[+] *Die Gynographinnen; Der Vierzigjährige; Der Neue Abälard; Das Leben meines Vaters; Der väterliche Fluch; Die Zeitgenossinnen; Die Entdeckung des Südlandes; Das letzte Abenteuer eines Mannes von fünfundvierzig Jahren; Die nationale Voreingenommenheit; Die verführte Landfrau; Oribeau; Der Anthropograph; Die Französinnen; Die Pariserinnen; Mein Theater; Die untreue Frau; Die Nächte von Paris; Die Frau in der Trennung; Der Thesmograph; Die nächtliche Woche; Die Frauen der Provinz oder Das Jahr der Frauen dieser Nation.*

Mehr als zwei Wochen waren vergangen, seit der *Paysan perverti* in den Verkauf gekommen war, und man kannte den Verfasser noch immer nicht, obwohl mein Name auf der Titelseite stand. Es war das erste Buch, in dem ich mich genannt hatte, und das einzige, wo ich es vorsichtigerweise hätte bleiben lassen sollen. Ich weiß auch nicht, was mich dazu bewogen hat, eigenhändig ein Dutzend Titelblätter ohne Namen zu drucken und sie den Exemplaren beizufügen, die, wie es üblich war, für den Polizeichef und seine Untergebenen bestimmt waren.

In der dritten Woche nach Erscheinen, um den 25. November, traf ich Le Jay* in der Rue de la Vieille-Bouclerie. »Mir scheint«, sagte er, »Ihr *Paysan* kommt gut an. Der geht weg wie nichts!« Die Regung, die sich da bei mir hätte einstellen sollen, war natürlich Freude – doch ich fühlte nur Beklemmung und sah mich voller Unbehagen aus meiner Nichtigkeit hervortreten. Der Verkauf ging zügig voran. Der gute Le Jay, den Beaumarchais als einfaches Gemüt hingestellt hat, war das viel weniger als ich. Er war so geschickt, mir vierhundert Exemplare zu drei Livres das Stück abzukaufen – gegen Schuldscheine, während er für die Bücher bares Geld bekam und die Exemplare zu sechs oder sieben Livres verkaufte. Die Schuldscheine sind dann zwar abgegolten worden, aber erst nachdem sie verlängert wurden, so dass mir jedes Exemplar wegen der Geldentwertung schließlich nur noch vierzig Sous* brachte. Auch Esprit*, der Buchhändler im Palais Royal, verkaufte das Buch sehr gut. Als die erste Auflage nach sechs Wochen fast ausverkauft war, schlug er mir vor, nachzudrucken. Ich überließ ihm diese zweite Auflage, die er dann auf seine Kosten herstellen ließ. Mir gab er davon nur zweihundertfünfzig Exemplare, für die ich auch noch das Papier liefern sollte. Diese Auflage wurde in zwanzig Tagen fertig. Ich war nachher völlig erschöpft, denn ich hatte zahlreiche Fehler korrigiert und obendrein fast zwanzig Briefe hinzugefügt.* In dieser Zeit stellte ein gewisser Delaporte aus Toulouse, der heute eine Druckerei in Paris hat, einen Raubdruck nach der ersten Auflage her, wobei er sich allerdings so dämlich anstellte, dass er Vorwort und Inhaltsverzeichnis in der Reihenfolge vertauschte und beides an das Ende des ersten Teils stellte. Da ich von diesem Raubdruck nichts wusste, druckte ich zwei Jahre später, 1780, ein drittes Mal. Diese Auflage verkaufte sich nur langsam, da die ganze Provinz von mehr als zehn Raubdrucken überflutet wurde und weil die Ausgabe des unredlichen Delaporte, die billiger war als meine, auch in Paris verkauft wurde. So brachte mir das Werk, das meinen Wohlstand begründen sollte, fast nichts ein. Die Literaturpiraten raubten mir meinen ganzen Gewinn und obendrein noch die Möglichkeit, mein Buch durch nützliche Korrekturen zu vervollkommnen, die mir Monsieur de Crébillon der Jüngere und Collé* vorgeschlagen hatten.

In der Zeit, als ich *Die Gynographinnen* bei Quillau druckte, ließ dort ein gewisser Mourant, aus Lüttich stammend, früher Druckergeselle, inzwischen Buchhändler und ein ziemlich übler Halunke, auf seine Kosten die *Abenteuer der jungen Emilie* von Madame d'Ormoy* drucken. Wir waren gute Bekannte, aber keine Freunde. Dieser Mann hatte eine stets gefällige Dame kennengelernt, mit der er auch mich bekanntmachen wollte – Madame Lacroix von gegenüber, die Heldin einer meiner *Zeitgenossinnen*.

Diese Frau war sehr frei. Ich war kein einziges Mal bei ihr, ohne dass ich dort empörende oder unappetitliche Unanständigkeiten erlebt hätte. Mal bat sie mich, das Brennholz in ihrem Kamin in Ordnung zu bringen, kam dann mit bis über die Knie hochgezogenem Rock und zeigte mir ihre *concha veneris*, deren Schönheit ihr bewusst war. Dann wieder blätterte sie in Anekdoten- und Bildersammlungen und machte sich einen Spaß daraus, mit mir die Abbildungen darin zu erörtern. Eines Tages im Jahre 1773, während sie mir die Stiche in der *Akademie der Damen* zeigte, fasste sie mich an einem Knopf, den sie dabei abriss, lehnte sich nach hinten und schob sich unter mich, schlang ihre Beine um meine Hüften und stellte es so geschickt an, dass ich, bevor ich auch nur begriff, was da geschah, bei ihr eingefädelt war. Zwei- oder dreimaliges heftiges Aufbäumen vollendete die Sache, der Blitz der Lust fuhr herab, und ich sah vor mir Monsieur Lacroix, dem ich ohne Plan und ungewollt Hörner aufgesetzt hatte. Die Freiheiten, die sie sich mit mir erlaubt hatte, machten sie dann, als sie sich 1780 in meiner CLVII. *Zeitgenossin* wiederzuerkennen glaubte, so wütend, dass sie eines Tages in der Rue de la Parcheminerie auf mich losstürmte, als wollte sie mir eine Ohrfeige verabreichen. Ich sah ihr lächelnd entgegen, und sie ging vorüber, ohne mir etwas anzutun.

Eines Tages, als ich mit Mourant auf dem Treppenabsatz plauderte, hörten wir eine silberhelle Stimme rufen: »Monsieur Lajeunesse!« Dieser Monsieur Lajeunesse, der Bedienstete von Madame Lacroix, war ein sehr gut aussehender Bursche. Seine Herrin hatte ihm das Frisieren beigebracht, und so hatte er nun die Ehre, täglich mit besonders schönem Haar umgehen zu dürfen. Die ihn da riefen (es schienen nämlich zwei zu sein), waren Virginie, die mutmaßliche Tochter eines Bäckers namens François aus dem Faubourg Saint-Germain, der Pleite gemacht hatte; die andere war eine hübsche Dunkelhaarige, uneheliche Tochter einer Uhrmacherin, die ihr Kind weggegeben hatte, eine gelernte Friseuse.

Seit ungefähr zwei Jahren war mir Virginie aufgefallen, eine große, bezaubernde Blondine, immer geschmackvoll gekleidet. Sie wohnte in dem Haus neben dem, wo ich logierte, und ich hätte viel dafür gegeben, ihre Bekanntschaft zu machen.

Mourant beugte sich über das Treppengeländer und sah die beiden Mädchen, die offenbar Lajeunesse besuchen wollten. Er lief zu ihnen hinunter und erreichte sie noch. Nachher berichtete er mir von dem Gespräch. Lajeunesse hätte die beiden eingeladen, ihn zu besuchen und bei ihm einen Happen zu essen, solange seine Herrin abwesend sei, die den ganzen Sommer in einem Garten im Faubourg Saint-Jacques verbringe und sich dort in ihrem Pavillon viel freier fühle. Das sei nun ihr dritter Besuch bei ihm. Mourant schlug ihnen vor, am nächsten Montag, dem 24. Juni, einen Ausflug in den Bois de Boulogne zu machen, worauf sie gern eingingen. Nun drängte er mich, ebenfalls mitzukommen, damit man zu viert sei. Ich willigte ein – aus Neugier oder vielmehr aus dem Wunsch, meine wunderschöne Nachbarin kennenzulernen. Man ahnt, mit welcher Ungeduld ich diesen Montag herbeisehnte.

Endlich war er gekommen. Um die vereinbarte Zeit, gegen Mittag, begab sich Mourant auf den Platz vor Notre-Dame und bestieg mit den beiden jungen Frauen – der blonden und einer anderen, die die Stelle der dunklen Dartois einnahm – einen Wagen. Ich tat, als käme ich zufällig vorbei, und Mourant rief mich. Virginie errötete, als sie mich sah.

Wir fuhren los. Im Wagen wurde die Unterhaltung immer munterer. Am Gittertor von Chaillot stiegen wir aus und gingen zu Fuß bis Passy. Dort betraten wir ein Gasthaus und bestellten etwas zu essen. Wir tranken ein Glas, während die Sachen zubereitet wurden, und besuchten den Garten bei den neuen Mineralquellen.* Wir liefen in den Alleen und zwischen den Lauben herum. Dabei suchte Mourant immerzu nach Gelegenheiten, sich mit Virginie zu verdrücken, doch dann ließ er eine Bemerkung fallen, die ihm dies nicht leichter machte. Obwohl ich ein Nachbar der hübschen Blonden war, kannte sie mich nur vom Sehen. Nun sagte ihr Mourant, ich sei der Verfasser des *Paysan perverti*. Da kam das junge Mädchen und machte mir

Komplimente. Auch begann ihr Mourant lästig zu werden. Aber der ließ nicht locker, sondern glaubte, das Wahlrecht stehe ihm zu, weil er unseren Ausflug arrangiert hatte. Aber seine Hoffnungen erfüllten sich nicht so, wie er es erwartet hatte.

Ich fand an Virginie unendlich viele Einzelheiten, die mich entzückten. Sie war achtzehn oder neunzehn Jahre alt, also 1757 oder 1758 zur Welt gekommen. Ich kannte sie kaum besser, als sie mich kannte, und weil sie immer gut gekleidet war, hielt ich sie für die Tochter wohlhabender Leute, das heißt für eine Nichte des Monsieur Praeter, bei dem sie mit ihrer Mutter wohnte. Deshalb hatte ich Mourant auch zu erkennen gegeben, wie überrascht ich sei, dass ein Mädchen wie sie sich mit einem Bediensteten in Abwesenheit von dessen Herrschaft auf Ausflüge und Lokalbesuche einließ. Mourant, ungehobelt wie alle Lütticher, teilte diese Bedenken Virginie in meinem Beisein unverblümt mit, worauf diese errötete. Aber die Witwe, eine ziemlich freche Dunkelhaarige, die mir so sehr missfiel, wie mich die junge Blonde bezauberte, sagte zu Mourant: »Warum schimpfen Sie so auf Lajeunesse? Wenn ihm danach ist, dann hat er was, das Ihnen ewig abgeht!« Virginie versuchte sie mit einem unmerklichen Zwinkern zum Schweigen zu bringen. »Na, was denn!«, begann die Witwe wieder, »wenn er so redet, kann ich das auch!« Aber sie sagte dann doch nichts mehr – und verweigerte sich sogar den Fragen, die ihr Mourant nun stellte.

Virginie wollte mit mir sprechen, sobald sich ihr eine Gelegenheit bot, aber die Witwe sagte ihr in strengem Ton, sie möge sich doch an den halten, der sie für sich ausgewählt habe. Da Mourant dies offenbar genauso sah, gab ich aus Höflichkeit klein bei. Ich reichte der Witwe die Hand. Aber Virginie, die immer darauf achtete, dass sie vor uns ging, drehte sich andauernd um und unterhielt sich mit mir. Ich war entzückt. Die Witwe war auch nicht übel – aber dem Vergleich mit Virginie hielt sie nicht stand. Endlich war es Zeit, das Essen einzunehmen. Der Hunger und die Aussicht auf eine vergnügliche Tafelrunde trieben uns zur Eile.

Und wirklich, nachdem der erste Gang, unterstützt von einigen Gläsern eines ordentlichen Weins, die Damen in eine bezaubernde Stimmung versetzt hatte, öffneten sich die Herzen, und Virginies Purpurlippen entschlüpften allerlei freimütige Redensarten, die, so schien es mir, zu grob für ihren schönen Mund waren. Aber ich wusste ja, dass die Mädchen von Paris ein ziemlich lockeres Mundwerk haben. Mourant, auftrumpfend wie ein Grenadier, kam auf Unschuld und Unberührtheit zu sprechen.

»Lang ist's her«, antwortete die Witwe.

»Und bei Ihnen?«, wollte der Buchhändler wissen.

»Ach!«, sagte Virginie mit einem schmachtenden Lächeln und einem kurzen Blick zum Himmel, »gegen Gewalt ist man doch machtlos.«

Dieser Satz erstaunte mich. Dabei hätte ich mit meiner Erfahrung wissen müssen, dass ein junges Mädchen, das mit zwei ihr fast unbekannten Männern einen Ausflug in den Bois de Boulogne macht, keine tugendhafte Lukretia sein konnte. Wir aßen weiter und tranken dazu.

Zum Nachtisch gab es Erdbeeren. Mourant goß reichlich Wein darüber und gab viel Zucker dazu. Virginie mochte Erdbeeren sehr gern. Sie bekam beinah einen Rausch von dem Wein, in dem sie schwammen. Das war der Augenblick, in dem Mourant sie in ein Nebenzimmer bugsierte, wo er sie zweifellos überwältigt hätte, obwohl sie sich wehrte. Die Witwe warf mir einen Blick zu, aber als sie sah, dass ich mich nicht rührte, stand sie plötzlich auf und lief hinüber, um ihrer Gefährtin zu helfen. Mourant hätte sie beinahe geschlagen. Hinter vorgehaltener Hand machte er mir Vorwürfe, weil ich sie nicht zurückgehalten hätte. Virginie schämte sich nach seiner Attacke sehr vor mir, und ich glaube, sie nahm sich vor, ein vertrauliches Gespräch sorgfältig zu vermeiden.

Als wir vom Tisch aufstanden, ließen wir uns das, was übrig geblieben war, einpacken, um es am Abend zu essen, und gingen in den Bois de Boulogne. Mourant war tatsächlich ein Taugenichts: Er zwang Virginie, ihm den Arm zu geben – ungefähr so, wie Zuhälter die Mädchen, die unter ihrer Fuchtel stehen, laufen lassen. Mich trieb in diesem Augenblick die Eifersucht zu dem Entschluss, alle seine Absichten zu vereiteln. Die Sache war ganz einfach. Ich brauchte nur der Witwe weiterhin keine Beachtung zu schenken (wenn die Dartois an ihrer Stelle gewesen wäre, hätte sich alles ganz anders abgespielt, denn die gefiel mir genauso gut wie Virginie). Bei der Witwe konnte ich mir sicher sein, dass sie es nicht ertragen würde, wenn ihre Gefährtin mehr hofiert würde als sie. So war es denn auch. Mourant konnte mir, solange er wollte, durch Zwinkern zu verstehen geben, ich solle mich um die Witwe kümmern – ich tat es einfach nicht! So dass er keinen freien Augenblick hatte. Nachdem wir im Bois herumgelaufen waren und einige Male sehr angenehm gerastet hatten, kehrten wir bei Einbruch der Nacht zurück und beendeten unsere Mahlzeit. Dann bestiegen wir eine Droschke (wir hatten Glück, wir fanden eine, die gerade leer in die Stadt zurückfahren wollte) und brachten die beiden Schönen wohlbehalten und vor allem unberührt nach Hause.

Am nächsten Tag schrieb ich Virginie ein Kärtchen und schlug ihr ein Treffen am Flußufer nachmittags um zwei vor. Sie versäumte es nicht, sondern tauchte gerade in dem Moment auf, als ich anfing, mir Sorgen zu machen, ob sich Mourant womöglich auf die Lauer gelegt hätte. Sobald ich sie auf mich zukommen sah, eilte ich ihr entgegen.

»Wir sollten uns beeilen!«, sagte ich zu ihr und zog sie schon in Richtung der Porte Saint-Bernard fort. »Mourant könnte uns sehen.«

Es war gar nicht nötig, sie zu drängen – sie hatte es genauso eilig wie ich. Ich zeigte mich von einer ganz anderen Seite als bei unserem Ausflug am Tag zuvor: Ich machte ihr Komplimente, mit denen es mir ernst war. Ich sagte ihr zärtliche Dinge, ließ dabei aber nur die ehrbarsten Gefühle zum Vorschein kommen. Ich gab ihr Ratschläge. Ich riet ihr, die Witwe nicht länger aufzusuchen, die würde sie nur ins Verderben bringen.

Wir suchten uns ein Wirtshaus und einen Raum, um zu essen. Wieder einmal stellte ich fest, dass ich nur gegenüber einem Mädchen, das ich lange und lebhaft begehrt hatte, Zurückhaltung wahren konnte. Ich sprach mit ihr nur, um herauszufinden, wie sie lebte. Sie enthüllte mir das zum Teil. So erfuhr ich, dass sie kein Mädchen aus guten Verhältnissen war, sondern eine junge Unglückliche, deren Eltern sich ruiniert hatten. Ihre Mutter sei eine sehr schöne Frau gewesen, erzählte sie mir. Man habe sie im Faubourg Saint-Germain die *Schöne Bäckerin* genannt. Sie sei die Tochter eines Wachshändlers gewesen, habe eine gute Erziehung gehabt und über dreißigtausend Francs mit in die Ehe gebracht. Der Vater habe sie nur bekommen, weil er selbst mindestens doppelt so viel besaß und einen weithin bekannten Laden hatte. Die Eltern ihrer Mutter hätten immer gesagt: »Glanzvoll ist es nicht, aber solide. So weit, wie er es bisher gebracht hat, können sie ihren Kindern eines Tages hunderttausend Livres geben.«

»Aber«, fuhr Virginie fort, »meine Mutter war so hübsch, und es kamen so viele vornehme Leute, die ihr den Hof machten, dass mein Vater eifersüchtig wurde und zu trinken und vor allem zu spielen begann. In sechs Jahren brachte er mehr als neunzigtausend Livres durch. Als er dann in Zahlungsschwierigkeiten geriet, kam er eines Tages in das Zimmer meiner Mutter, wo sie sich gerade für die Komödie zurechtmachte. ›Madame‹, sagte er zu ihr, ›Sie hatten Ihr Vergnügen, und ich hatte meines. Jetzt habe ich kein Geld mehr und hoffe, dass Sie mir etwas geben können. Frauen wie Sie verdienen es inmitten so vieler Freuden, dass es für sie nichts zu bedauern gibt.‹ Meine Mutter versicherte ihm, sie habe kein Geld. ›Und was haben Sie mit dem gemacht, das Sie verdient haben mit Ihrer…?‹ – ›Was sind das für Ausdrücke, mein Herr Gemahl? Ich bin immer artig gewesen und habe nie…‹ – ›Ah! Himmelkreuzdonnerwetter!‹, rief mein Vater. ›Eine Nutte war sie und hat sich nicht mal bezahlen lassen! Sackerlot! Das hätten Sie mir sagen sollen! Dann hätte ich all Ihre Galane aus dem Fenster geworfen und nicht meinen Reichtum verzehrt! Wir haben nichts mehr! Den Lieferanten schulde ich mehr, als ich noch habe. Verkaufen Sie den ganzen Schnickschnack, damit wir sie bezahlen können. Behalten Sie ein Kleid, um Ihre elende … zu verdecken. Ich werde mein Geschäft aufgeben und mich als Gehilfe bei einem Meister verdingen. Was Sie betrifft – Sie sehen gut aus. Sie wissen schon, wie Sie sich aus der Affäre ziehen.‹ Dann riss er alles an sich, was meiner Mutter gehört hatte, machte es zu Geld, zahlte seine Schulden und wurde Bäckergeselle, oben an der Rue des Francs-Bourgeois, und da ist er noch immer. Meine Mutter, die nicht wusste, was sie mit mir, die ich gerade mal acht Jahre alt war, anfangen sollte, brachte mich bei dem Federhändler in der Rue Dauphine unter und ging mit einer fremden Dame nach Hamburg, wo sie als Gouvernante arbeitete. In den sechs Jahren, die sie nicht da war, wurde ich größer. Der Federhändler hatte mich aus Barmherzigkeit genommen, aber ich wurde dort schlecht behandelt. Eines Tages sah ich einen der alten Bekannten meiner Mutter vorübergehen, einen Anwalt namens Bonthoux. Ich lief ihm nach und bat ihn, etwas für mich zu tun. Er betrachtete mich einen Moment lang, dann sagte er: ›Gern! Halten Sie sich morgen Abend bereit.‹ Um acht Uhr holte er mich ab, brachte mich in ein kleines Zimmer in der Rue Serpente und tat mit mir … was er wollte, mit Versprechungen und mit Drohungen, gab mir zwölf Francs die Woche, bezahlte mein Zimmer, besorgte mir Wäsche und Kleider und kam mich jeden Tag besuchen. Vor zwei Wochen erst hat er mich verlassen. Deshalb habe ich bei dem Ausflug mit Ihnen und Mourant mitgemacht. So, das ist meine ganze Geschichte, außer dass sich meine Mutter in Hamburg noch in einen Mann vergafft hat, der sie von dort entführt hat, der ihr alles weggefressen und sie dann verlassen hat, so dass sie heute wieder bei mir ist und mich ständig vor Augen hat … so, wie ich bin.«

Diese Geschichte machte mir so manches klar. Ich schlug Virginie vor, eine Lehre in der Modebranche zu machen. Sie schien einverstanden und dankbar zu sein. Wir sprachen noch darüber, dass sie bei einer Madame Semen am Quai des Grands-Augustins unterkommen könnte. Nachdem das fürs Erste geklärt war, verließen wir das Wirtshaus. Das Wetter war herrlich. Wolken milderten die Hitze. Heiterkeit lag über dem blühenden Land.

Virginie meinte, wir könnten bis nach Bicêtre gehen. Ich hatte dieses Haus nicht wiedergesehen, seit ich es im November 1747 verlassen hatte. Der Vorschlag gefiel mir. Wir wanderten die schmalen, krummen Pfade durch die Weizenfelder entlang, in denen man sich so angenehm verirren kann. In Gedanken kehrte ich zurück in meine Jugendjahre. Ich erinnerte mich an Duprat und vor allem an den tugendhaften Molinisten Bonnefoi. Bereichert durch diese Erinnerungen, wurde die Unterhaltung mit Virginie noch inniger, noch argloser. Ich sprach mit ihr wie mit einer Tochter, und auch sie vergaß vielleicht für einige Zeit die Verderbtheit, in die sie geraten war. Die Treuherzigkeit, mit der sie sprach, passte jedenfalls gut zu ihrer sanften Stimme, und das war bezaubernd.

Mein Herz klopfte heftig, als wir nach Bicêtre kamen. Ich wurde still. Dreißig Jahre waren wie weggeblasen. Ich versetzte mich zurück in den Augenblick, als ich die Anstalt mit dem Abbé Thomas und Monsieur Maurice verließ. Ich sah vor mir meinen lieben Fayel, Jean-Baptiste Poquet und all meine Kameraden von damals. Fast vergaß ich darüber Virginie und konnte meine Tränen kaum zurückhalten.

»Gibt es hier jemanden, den Sie kennen?«, fragte mich meine Begleiterin.

»Ich habe hier gewohnt.«

»Gewohnt!?«

»Ja, als ich elf und zwölf Jahre alt war.«

»Ach! … Aber das war dann in der Besserungsanstalt?«

»Nein, ich war bei den Chorknaben. Mein Bruder war der Lehrer dort.«

»Oh, dann müssen wir sie besuchen. Das wird sie freuen, einen alten Kameraden wiederzusehen.«

»Ja – all die Chorknaben, die inzwischen zweiundvierzig sind!«

»Ach so, ja! – Mein Gott, bin ich dumm!«

Sie machte ein Gesicht, als wollte sie sich über mein Alter lustig machen, aber sie tat es mit solcher Anmut und Liebenswürdigkeit, dass mir dieses Geplänkel die allergrößte Freude machte.

Als wir die verschiedenen Höfe durchquerten, nahm meine Rührung noch zu. Auch Virginie war nicht mehr fröhlich zumute. Ich sah, dass sie eine mitfühlende Seele besaß. Das Elend, das sie um sich herum erblickte, entlockte ihr einige Tränen. Wir betraten die Kirche. Ich kniete vor dem Altar der Jungfrau nieder, an dem wir während meines Aufenthalts bei den Chorknaben an jedem Samstag die Litaneien gesungen hatten. Virginie kniete neben mir und betete ebenfalls aus tiefstem Herzen.

Nachdem wir uns wieder erhoben hatten, ging ich hinüber zum Chor und küsste den Platz, der damals meiner gewesen war. Virginie sah mir zu.

»Was machen Sie da?«

»Meine Liebe, vor dreißig Jahren war das mein Platz!«

»Vor dreißig Jahren!«

Sie lehnte sich wie ermattet an meine Schulter. Ein Lächeln zeigte sich in ihren noch feuchten Augen.

»So viel Freude wie mit Ihnen habe ich noch nie erlebt. Ach, mein Papa! Sie sind so anders als die Männer, die ich kenne.«

Wir verließen die Kirche und überquerten den großen Hof, um zum Schlafsaal der Chorknaben zu gelangen. Ich erinnerte mich nicht mehr so recht an den Weg und bat einen von den »guten Armen«, uns zu führen. Als wir schließlich eintraten, tollten ein paar Kinder zwischen den Tischen umher, auf denen früher Bücher, Papier und verschiedene Gerätschaften gelegen hatten. Ich ging auf den Lehrer zu, der vor dem Kamin stand, umarmte ihn und sagte: »Monsieur, ich grüße Sie. Ich bin ein ehemaliger Schüler dieser Klasse und bin tief gerührt, dies alles heute wiederzusehen.«

Die Kinder, sieben oder acht an der Zahl (früher waren wir zweiundfünfzig gewesen), umringten mich johlend. Ich begrüßte sie auch im Namen meiner lieben Mitbrüder und umarmte sie. Sie fragten mich, wie ich hieße. Ich sagte es ihnen. Man erinnerte sich noch an meinen Bruder. Die Kinder riefen: »Das ist ein alter Lehrer!«

»Nein, meine lieben Freunde, als mein Bruder hier Lehrer war, da war ich noch ein Schüler – so wie ihr jetzt.«

Der Lehrer empfing mich und Virginie sehr herzlich. Er führte uns in sein Zimmer, und auf meine Bitte hin zeigte er uns auch das kleine Krankenrevier. Die Statue des Jesuskindes mit den ausgestreckten Armen und der Inschrift *Venite ad me, Filii mei, et timorem Domini docebo vos** – rührte mich zu Tränen. Ich erinnerte mich, wie mich diese Figur damals berührt hatte – in der Trübsal, in die ich geraten war, so ähnlich wie ein junges, zartes Gewächs nach dem Umpflanzen. Ich erklärte Virginie die Worte auf der Statue, und dieses bedauernswerte, von Natur aus gute Kind vergoss die schönsten Tränen, die ich in meinem Leben gesehen habe.

»Ach!«, sagte der Lehrer, der sie für meine Tochter hielt, »was für ein Glück, dass Sie ein so schönes und empfindsames Fräulein haben!« Ich drückte Virginies Hand an mein Herz und sagte nichts.

Als wir schließlich zum großen Bedauern des Lehrers und der Kinder gehen wollten, begegneten wir an der Tür einem Priester des Hauses, der zu den Chorknaben wollte. Ich erkannte ihn nicht. Er ging hinein, und dort sagte man ihm offenbar meinen Namen. Jedenfalls wurde die Tür wieder aufgerissen, und im nächsten Augenblick lag mir der Priester in den Armen.

»Bruder Augustinus!«, rief er. »Ich bin Bruder Paterne.«

Nun erkannte ich ihn. Ich freute mich, einen alten Kameraden wiederzusehen. Er ging mit uns hinunter in den Hof und erbot sich, uns herumzuführen. Er war aus Orléans.

Er führte uns zuerst zu dem großen Brunnen. Die Maschine ist ganz plump und unvollkommen konstruiert, aber man zeigt sie als eine bedeutende Sehenswürdigkeit. Ich erinnerte mich, dass ich sie auch mit meinem guten Vater besichtigt hatte. Nichts in diesem

Haus ließ mich unberührt. Virginie sah sich neugierig um, und das naive Erstaunen in ihren Zügen war so liebreizend, dass ich mich an diesem Tag wirklich in sie verliebte – allem zum Trotz, was ich wusste, trotz meiner Vorsätze, meiner Erfahrung und meines Alters. Paterne schien hiervon ganz entzückt zu sein. Immer wieder sagte er zu mir: »Wie viel glücklicher ist doch der Vater eines derart bezaubernden Geschöpfs – als einer, der sich für ein einsames Leben wie das meine entschieden hat.« Da ich damals meine Tochter Agnès schon hatte, die Virginie dem Gesicht nach ähnelte und die ich zärtlich liebte, nahm ich diese Komplimente bedenkenlos entgegen und dachte mir: »Im Grunde genommen hat er recht…«

Nachdem wir den Brunnen gesehen hatten, wandten wir uns der sogenannten »Force« zu, der Haftanstalt. Vorher passierten wir noch die Irrenabteilung. Wir fanden einige, die sich sehr ruhig verhielten. Sie hatten sich allerlei Merkwürdigkeiten ausgedacht, die sie uns vorführten, um Almosen zu erlangen. Großer Gott! Was für ein Los! Dazu verurteilt, ihr Leben in einem Gefängnis zu fristen, das ihre Leiden nur noch vermehrt, stehen diese von der ganzen Natur im Stich gelassenen Unglücklichen noch unter den Tieren. Bei der geringsten Regung misshandeln ihre Wächter sie gnadenlos, als hätten sie keinerlei Empfinden. Man stellt sich taub gegen ihre Klagen, man lacht darüber. Ein schreckliches Schicksal! Virginie leerte ihre Geldbörse an diesem traurigen Ort.

Dann gelangten wir vor die Pforte der »Force«, wo man die Spitzel gefangen hält, die sich der Untreue schuldig gemacht haben. Da diese Leute allesamt Verbrecher sind, werden sie nicht geschont. Man will sie zugrunde gehen lassen oder sie so sehr einschüchtern, dass man von ihnen nach ihrer Entlassung nichts mehr zu befürchten hat. Dieser abscheuliche Ort gibt einem eine lebhafte Vorstellung vom Tartarus. Auf engstem Raum zusammengepfercht, schreiend, fluchend, von Ungeziefer zerfressen, einen so grauenhaften Lärm machend, dass wir uns wie betäubt fühlten, als wir vor ihrem Gittertor einen Augenblick stehen blieben, finden diese ebenso unglücklichen wie ruchlosen Geschöpfe nie auch nur einen Augenblick der Ruhe. Die verpestete Luft, die sie einsaugen, bringt ihnen tausenderlei Krankheiten. Diese von ihrem eigenen Atem verschmutzte Luft scheint die Seele und den Körper gleichermaßen anzugreifen und zu zersetzen.

Wir wandten uns dann den Gefängniszellen zu, die man *cabanons* nennt. Ein neuer Schauplatz des Schreckens. Ein großes Gebäude aus behauenem Stein, bestehend aus mehr als zehn sehr niedrigen Etagen, die in kleine, dunkle, vergitterte Zellen von neun Fuß Länge und sechs Fuß Breite unterteilt sind. Darin schließt man Menschen ein – als würde es auf dieser Erde an Platz mangeln! Welcher Busiris* hat sich eine solche Strafe ausgedacht? Die unteren Zellen sind feucht, und die höhergelegenen sind nicht besser, denn dort versperren die Gitterstäbe den Blick in den Hof. Mit teuflischer Bosheit hat man dieses Gebäude so verwinkelt gebaut, dass man von vielen Zellen nicht nach draußen sehen kann. Die meisten der unglücklichen Insassen haben kleine Spiegel, mit denen sie das Bild der Personen, die in den Hof kommen, aufzufangen versuchen. Mit einem Gefühl des Abscheus sah ich, dass all diese Zellen besetzt waren. Fünfzig Spiegel waren auf uns gerichtet. Virginie sah bezaubernd aus. Mit einer gewissen Freude stellte ich mir vor, ihr Anblick könnte einen Moment lang die Leiden dieser Unglücklichen lindern. Sie sprachen miteinander, mussten dazu aber, um sich verständlich zu machen, aus Leibeskräften schreien. (Immerhin eine Erleichterung ihrer Gefangenschaft, die diese nutzlose, geheim gehaltene Barbarei ihnen nicht genommen hat. In der schrecklichen Bastille gibt es diesen schwachen Trost nicht! Ach, Gott! Sind die Gefängniswärter und ihre Gefangenen überhaupt noch Menschen?) Die einen machten allerlei Bemerkungen, die zeigten, wie sehr der Anblick meiner Gefährtin sie mit Bewunderung erfüllte, andere stießen sehnsüchtige Schreie aus, die mich nun wieder auf den Gedanken brachten, der Anblick Virginies könnte ihre Leiden vielleicht auch vermehren.

Wir betraten die Kapelle. Paterne zeigte uns die Stelle, von wo die Gefangenen die Messe hörten – abwechselnd, jeweils etwa zu zehnt. Ich stellte mir den schmerzerfüllten Schrei vor, den diese Unglücklichen ausstoßen würden, wenn sie gemeinsam Gott anriefen – und wie die Rache an ihren Unterdrückern ausfiele … falls es denn einen vergeltenden, rächenden Gott gibt! Wir hörten schreckliche Flüche, die durch die runden Öffnungen einer durchlöcherten Steinplatte im gepflasterten Boden der Kapelle hervordrangen. Paterne erklärte, das sei der Metzger, der Sartine* einen glühenden Holzscheit in den Bauch geworfen habe, als der ihm drohte, ihn in der *Correction* einzusperren und auspeitschen zu lassen. (Er blieb siebenundzwanzig Jahre in den Zellen von Bicêtre und kam erst während der Revolution wieder frei.)

Schließlich gingen wir hinaus. Traurigkeit durchtränkte meine Seele. Paterne führte uns in sein Zimmer, wo er uns eine kleine Erfrischung anbot. Ich nahm nur ein Glas Wasser. Virginie aß einen kleinen Teller Erdbeeren. Ich umarmte Paterne, der mich nach meiner Adresse in Paris fragte. Dann machten wir uns auf den Heimweg.

Nachdem Paterne uns verlassen hatte, ungefähr fünfzig Schritte vom Haus entfernt, legte mir Virginie den Arm um den Hals und sagte: »Ich werde Sie nie vergessen. Wie es mir heute mit Ihnen ergangen ist, so etwas habe ich noch nie erlebt, mit niemandem. Ja, ja, ich bin plötzlich eine ganz andere – so, wie ich nie geglaubt hätte, dass ich sein könnte … Also, mit der Witwe gebe ich mich nicht mehr ab! Meine einzige Freundin wird von nun an die liebe Dartois sein!«

So kamen wir als gute Freunde zurück. Die Sonne ging unter. Wir atmeten eine reine, frische Luft. Wir kehrten durch die Porte Saint-Marceau in die Stadt zurück – Virginie beschleunigte ihren Schritt, sobald wir dort waren. Am Fuß der Montagne Saint-Geneviève ließ sie meinen Arm los und kam mir plötzlich unruhig, kühl, sogar kalt vor! Dieser Umschwung überraschte mich, aber er blieb ein Geheimnis, das ich noch nicht durchschaute. Ohne jenes unbekannte, geheime, unüberwindliche Hindernis, das damals schon vorhanden war, wäre ich mit Virginie glücklich geworden und vielleicht auch sie mit mir, trotz meines Alters. Sie bat mich, sie nicht bis in die Rue du Fouarre zu begleiten, wo sie wohnte. Sie versprach mir ein Treffen zum Mittagessen am folgenden Freitag. Ich bog in die Rue de Bièvre ein und ging zu mir.

Am Freitag kam Virginie. Wir aßen zusammen und waren wirkliche Freunde. Ich gab ihr einen Louisdor, um sie für die zwei Wochen zu entschädigen, die Bonthoux (so sagte sie jedenfalls) nicht gekommen war. Samstags war das Fest des heiligen Petrus.

Seit meinem glücklichen Spaziergang hatte ich Mourant nicht mehr gesehen. Ich traf ihn in der Druckerei. Seine Vorwürfe amüsierten mich. Ich sagte ihm nichts von meinem Ausflug mit der hübschen Blonden. Und auch als Virginie vorüberging, hielt ich mich zurück und schwieg. Sie trug ein hübsches, weißes Baumwollkleid, das ihr sehr gut stand. Weder Mourant noch ich hatten sie je so schön gesehen. Wir standen am Fenster. Lajeunesse, der Lakai, war an der Tür. Er grüßte sie, und da sie mich und Mourant nicht sah, ließ sie sich auf ein Gespräch mit ihm ein.

»Ah«, sagte er zu ihr, »ich habe von Ihnen gehört! Am Donnerstag haben Sie einen Ausflug gemacht – mit unserem Philosophen, nicht wahr?«

»Woher wissen Sie das?«

»Er hat es mir selbst gesagt.«

»Das glaube ich nicht.«

»Doch, bestimmt. Sie sind durch die Porte Saint-Bernard gegangen, die Decan hat Sie dort gesehen.« Er zählte einige Einzelheiten von unserem Besuch in Bicêtre auf.

»Das hat Ihnen doch die Dartois erzählt! Was die sagt, ist mir egal. Und was Sie sagen, auch.«

Leichtfüßig ging sie weiter. Mourant wollte nach unten und ihr nachlaufen. Ich hielt ihn einen Moment lang zurück, dann war Virginie verschwunden. Ich ließ ihn dann bei Lajeunesse zurück und bog auf gut Glück in die Rue de la Bûcherie ein. Gegenüber von Saint-Julien-le-Pauvre erblickte ich Virginie, die sich dem Übergang am Petit-Châtelet näherte. Ich ging schneller und folgte ihr in großem Abstand.

Sie betrat das Hôtel-Dieu, das Krankenhaus auf der Ile de la Cité. Ich war versucht, ihr dorthin zu folgen. Ich war ganz durchdrungen von dem Gedanken, dieses großherzige, gutmütige Mädchen sei unterwegs, um dort einen Kranken zu trösten. In Gedanken stellte ich die galante Virginie schon über die ehrbarsten Frauen, als ich sie fröhlich lächelnd zwischen zwei jungen Medizinstudenten herauskommen sah, von denen der kleinere ein charmanter braunhaariger Bursche war. Ich folgte ihnen heimlich die Rue Notre-Dame entlang, zum Petit-Châtelet, über die Rue du Petit-Pont und die Rue Saint-Jacques, bis sie das Haus des Lebensmittelhändlers Machy gegenüber der Rue des Mathurins betraten. Ich wusste nicht, dass ich von der Treppe aus hätte beobachten können, was sich dort abspielte. Traurig und nachdenklich kehrte ich um. Der Eindruck, den Virginie auf mich gemacht hatte, war erschütternd. Ich begann zu ahnen, dass sie nicht nur ausgehalten wurde, sondern auch einen Liebhaber hatte, den sie liebte – also einen elenden Zuhälter. Schmerzlich spürte ich, wie schwach einen die Eifersucht macht.

Ich sah in Virginie nur noch ein Straßenmädchen, das es gewohnt ist, sich herzugeben – und dem Respekt entgegenzubringen lächerlich wäre, nachdem es einem kleinen Medizinstudenten, einem Lakaien und ähnlichen Leuten seine Gunst erwiesen hatte. Ich fühlte mich schwach, entmutigt und gierte nach Lust. Ich war über vierzig, das heißt, es wurde mir (darin besteht das große Unglück des reifen Alters) nach und nach gleichgültig, ob ich geliebt wurde oder nicht, wenn ich nur zum Genuss kam. Ich verlor jenes Zartgefühl, das den jungen Leuten aus gutem Hause ihren Anstand oft noch lange bewahrt.

In dieser Stimmung war ich, als Virginie am nächsten Tag, einem Sonntag, zum Essen zu mir kam. Ich hatte mir vorgenommen, ihr ein paar Fragen zu stellen und auf meinen Vorteil bedacht zu sein. Aber schon ihr Anblick ließ mich alles vergessen, was nicht mit meiner Leidenschaft für sie zusammenhing. In meiner Nähe fand sie ihre Arglosigkeit wieder. Ich vergaß, was ich erfahren hatte. Ich folgte den Regungen meines Herzens, und dieses gestattete mir nur Äußerungen der allerzärtlichsten Art. Ich bezahlte meine Freuden, indem ich ihr Geld für die Lehre bei Madame Semen gab, und bekam sie dann auch ... Ich werde rot bei diesen Geständnissen, aber sie müssen gemacht werden.

Dass Virginie einen jungen Stutzer liebte, weckte in mir den verqueren Ehrgeiz, sie dem Rivalen, auf den ich eifersüchtig war, nun meinerseits wieder abspenstig zu machen. Virginie war zu allem bereit, was ich von ihr zu begehren schien. Ihr Mund log mir etwas von den Gefühlen vor, die ihr Herz kannte. Ich wusste das und machte mir trotzdem Illusionen. Die Lust verstärkte (meiner verrückten Zuversicht zum Trotz) meine Leidenschaft, statt sie zu löschen: Virginie verstand sich nicht auf die Kunst der Liebe, aber sie hatte Empfindungsvermögen, eine seltene, kostbare Eigenschaft. Sie hatte die Schönheit von Rosette, dem Malermodell, in einer Vollkommenheit, die den Frauen so oft fehlt. Dieser halbe Tag verfloss im Rausch...

Gegen fünf Uhr hatte es Virginie plötzlich sehr eilig, mich zu verlassen. Als Grund nannte sie ihre Mutter, die sonst schimpfen werde. Ich ließ sie gehen, nachdem wir vereinbart hatten, uns alle zwei Tage zu treffen.

Ein Zufall ließ auch mich kurze Zeit nach ihr das Haus verlassen. Ich ging zum Flußufer, um dort einen Augenblick Luft zu schöpfen und meine Freuden, die ich mein Glück nannte, nachzukosten. Ich träumte, und plötzlich war mir, als hätte ich Virginie mit den beiden Medizinstudenten gesehen. Ich beschleunigte meine Schritte und sah sie tatsächlich, wie sie sich zwischen dem aufgetürmten Material auf dem Bauplatz am Quai de la Tournelle vor mir versteckte. Ein schmerzlicher Augenblick! Aber was sollte ich tun? Ich ließ ziehen, was ich nicht halten konnte.

Ich ging in die Druckerei. Gegenüber Mourant tat ich so, als sei nichts. Aber mit Lajeunesse wollte ich sprechen, um eine Last, die mich innerlich plagte, loszuwerden. Er ließ mich wissen, dass Virginie an Sankt Peter mit ihren beiden Medizinstudenten, die zusammenwohnten, ein Gartenlokal besucht hatte und dass sie die beiden bewirtet hatte, weil sie (so hatte sie gesagt) frisches Geld habe, das sie schon deshalb gern ausgeben würde, weil es von einem Geizhals käme.

»Aber wer gibt ihr Geld?«, fügte Lajeunesse noch hinzu. »Ihr Onkel (ihr Verderber Bonthoux) verwöhnt sie so nicht. Sie muss irgendeine neue Bekanntschaft gemacht haben!«

Eine ungeheure Wut überkam mich. Mit meinem Louisdor hatte sie diese elenden Medizinstudenten ausgehalten, und das Geld, das für die Lehre bei Madame Semen bestimmt gewesen war, würde sie vielleicht genauso durchbringen. Ich ärgerte mich schwarz, dass ich es ihr gegeben hatte. Und im nächsten Augenblick begriff ich, wie Virginie mit ihrem guten Herzen und ihrem vornehmen Charakter trotzdem ein vollkommenes Luder sein konnte: Sie hatte einen Mann, der sie verdarb; sie hatte einen Liebhaber oder vielmehr einen Strolch, der sie ausnutzte; und sie hatte einen Mann, der sie unterstützte und den sie mit ihrer Gunst entlohnte. Virginies Strolch hieß Compain und war der Sohn eines Schneiders aus der Beauce. Protegiert wurde er vom Herzog von Chartres (heute: von Orléans), der ihn für eine Stelle als Arzt bei der Armee ausersehen hatte. Virginie, hingerissen von einer wahnsinnigen Leidenschaft, glaubte fest, dass Compain sie heiraten würde, und opferte ihm alles. Nachdem ich ihr das Geld für die Lehre gegeben hatte, war mir aufgefallen, dass er neue Seidenstrümpfe trug, einen leichten, sehr adretten Sommeranzug und neue, geschmackvolle Silberschnallen. Lauter Geschenke von Virginie.

Ihre Leidenschaft brachte Virginie dahin, sich noch auf ganz andere, sehr viel gefährlichere Exzesse einzulassen! Um einem jungen Mann Geschenke zu machen, der ihr versicherte, er werde sie eines Tages zu seiner Frau machen, ließ sie sich – soll ich es sagen? – darauf ein, Ausflüge in das Haus der Decan zu machen. Sie prostituierte sich.

Ich wäre nie auf den Gedanken gekommen, dass die Zärtlichkeiten eines, verglichen mit den Straßenmädchen, so jungen und zurückhaltenden Fräuleins eine Gefahr für meine Gesundheit werden könnten. Doch am elften Tag unseres intimen Umgangs miteinander, also am 10. Juli, bemerkte ich meine Unpässlichkeit. Ich war verzweifelt. Zum Glück wusste ich, woher die Ansteckung kam, und der Äskulap, der sie zum Verschwinden bringen sollte, war mein Freund. Ich rannte zu ihm und fragte ihn um Rat. Ein wirksames Mittel, rechtzeitig angewendet, verhinderte, dass sich das Übel festsetzte. Aber unbegreiflich bleibt doch, dass ich im Zuge der Genesung von der körperlichen Krankheit nicht auch von der Krankheit meines Herzens geheilt wurde.

Es war im Jahr 1780. Ich ging die Rue de la Harpe hinauf, als mir zwei Häuser oberhalb der Rue Serpente ein kleines Tonschälchen, wie man sie für Lampions verwendet, vor die Füße fiel. Ich sah nach oben und erblickte – Virginie! Ich ging zu ihr hinauf. Sie warf sich mir in die Arme. Sie hatte Delport, diesen eifersüchtigen, von unstillbarer Gier nach ihren Gunstbeweisen erfüllten Mann, weggeschickt, hatte einen Fürsten de Tingry oder de Ligne gehabt, oder beide. In diesem Augenblick war sie die Beinahe-Frau eines knauserigen Anwaltsgehilfen, der sie, ihre Mutter und ihre jüngere Schwester schlecht und recht aushielt. Virginie bot mir die Rose ihrer Schwester an. Ich war beschämt, aber ablehnen konnte ich nur, indem ich der Älteren den Vorzug gab.

Ich besuchte Virginie fünf- oder sechsmal, bevor es zu einer großen Entdeckung kam. Eines Tages traf ich Rosette, die jüngere

Schwester, ganz allein in der Wohnung an. Die Kleine neckte mich und schäkerte mit mir herum und war dabei so zudringlich, dass ich mich ihrer kaum erwehren konnte. Ich wollte mich gerade aus einer Lage, die gefährlich zu werden drohte, befreien, als ihre Mutter erschien. Ich glaubte, ich sei in Sicherheit, und sagte der Mutter auch noch, sie solle auf ihre jüngere Tochter aufpassen. Doch dieses Töchterchen sagte zu mir: »Ja, glauben Sie denn, ich wäre mit jedem so?«

»Nein«, sagte die Mutter, »so ist sie nur mit Ihnen. Sie kann nicht mehr brav sein. Sie braucht jemanden. Aber die Art, wie Sie mit ihrer älteren Schwester umgegangen sind, die Wohltaten, die Sie ihr erwiesen haben, die Betrügereien, die sie sich Ihnen gegenüber geleistet hat – all das hat uns zu dem Entschluss gebracht, Ihnen als Entschädigung das erste Mal mit meiner Rosette zu schenken.«

Das verblüffte mich noch mehr als alles andere. Ich machte Einwände.

Aber die Mutter sagte: »So soll es sein.«

»Ja, so soll es sein«, rief das Mädchen.

»So soll es sein«, sagte auch Virginie, die gerade hereinkam, »und zwar bald, denn sie kann nicht mehr länger warten. – Los, Rosette, auf deinen Platz, dann ist es im Nu geschehen.«

Die drei Frauen liebkosten mich, und Rosette drückte ihre Lippen auf die meinen. Zum Glück kam in diesem Augenblick jemand dazwischen! (Ein unerhörtes Abenteuer, aber es ist wahr...)

Nach diesem Fast-Fehltritt plauderten wir. Die Mutter wirkte munter, die Kleine strahlte, und Virginie zeigte sich mir besonders anhänglich.

»Ich brauche mir dann keine Vorwürfe mehr zu machen, dass ich dich betrogen habe«, sagte sie. »Denn so wird es sein.«

»Jedes Mal, wenn ich Sie sehe«, sagte die Mutter zu mir, »muss ich an den jungen Mann denken, der mich drei oder vier Tage vor meiner Hochzeit mit Monsieur Pointot geliebt hat!«

(Es war das erste Mal, dass sie den Namen ihres ersten Mannes nannte. Ich hatte geglaubt, sie habe nur einmal geheiratet, nämlich jenen Monsieur François.)

»Pointot?«, rief ich überrascht.

»Ja, so heißt mein erster Mann. Ich nannte mich Jarrye Datté. Mein Vater war Wachsgießer. Dieser junge Mann wohnte im vierten Stock in der Rue des Trois-Portes bei einer Bonne Sellier. Virginie ist seine Tochter.«

»Seine Tochter!«, rief ich erbleichend.

»Ja, ja.«

Ich wollte es vertuschen. Doch als Virginie ganz nah an mich herantrat, sagte ich zu ihr: »Tochter! Tochter! Der junge Mann aus der Rue des Trois-Portes – das war ich!«

Darauf gab jede der drei Frauen einen Freudenschrei von sich. Mit ihren Umarmungen erdrückten sie mich fast. Ohne die geringsten Gewissensbisse! Rosette beglückwünschte sich als Erste, dass man sie für mich ausersehen hatte. Virginie betete mich an. Die Mutter umarmte mich unzählige Male. Die Gefühlsverwirrung, in der ich dieses Haus verließ, war ohnegleichen…

Seit diesem Augenblick behandelte mich Virginie wie einen … Gott. Das liebe Mädchen bescherte mir neues Vaterglück. Die Mutter umarmte mich. Sie machte sich von nun an immer fein, wenn ich kam – was ihr früher nie in den Sinn gekommen war. So verjüngt, sah ich sie wieder wie früher … Einmal noch, besiegt von ihren Zärtlichkeiten, bin ich später schwach geworden, und das Ergebnis war eine Tochter, die heute, am 27. April 1792, elf Jahre alt ist.

Hier etwas über meine Lebensweise: Ich trinke keinen Wein, außer in Gesellschaft. Ich esse wenig und die allergewöhnlichsten Sachen. Ich wohne in der vierten Etage und habe nur Möbel, die ich wirklich brauche.

Feuer mache ich bloß, damit andere arbeiten können. Ich selbst schreibe im Bett. Der Gesundheit und den guten Sitten kann das allerdings gefährlich werden: Oft hatte ich, wenn ich nachher ausging, Anfälle von Erotismus, weil mich das Bett zu sehr erhitzt hat. Dürftige Ausrede! Von 1773 bis zum heutigen Tag, dem 6. Dezember 1796, habe ich mir keine Straßenkleidung mehr gekauft. Es fehlt mir an Hemden.

Ein alter blauer Gehrock, das älteste meiner Kleidungsstücke, wärmt mich jeden Tag, weil mein ganzes Vermögen in den Druck von Büchern fließt, mit denen ich (anders als die Buchhändler) seit 1789 immer nur Verluste mache.

Anfang September 1780 hielt der Knilch* um die Hand meiner Tochter Agnès an, die damals bei ihrer Tante Bizet (meiner Schwester Margot) wohnte. Diese stellte mir ihn als eine sehr vorteilhafte Partie dar. Er sei der einzige Sohn seiner Eltern und habe, wie es hieß, mit seiner ersten Frau in einer Ehe, die kinderlos geblieben sei, sehr gut zusammengelebt. Er rühme sich, über eine Rente von tausend Talern zu verfügen – und seine Eltern hätten noch mehr. Das sei eine sichere Existenz und sehr viel besser als irgendein zweifelhafter Laden. Der Mann sehe nicht gut aus, sei aber gutherzig und geistreich. Er werde die Stelle seines Vaters bei der Behörde für die Erhebung der Kopfsteuer übernehmen. So wollte es der Roman, den meine Schwester Bizet erzählte – er klang wahrscheinlich, ermangelte aber jeder Wahrheit. Margot jedoch wollte meine Tochter verheiraten, um sie loszuwerden. Sie war eine unbedarfte Frömmlerin und fand die Art, wie ihre Nichte sich kleidete, viel zu mondän. Nur aus diesem Grund log sie mir etwas vor und richtete meine Tochter zugrunde, indem sie uns beide täuschte.

Es wurde ein Tag vereinbart, an dem mir der Knilch vorgestellt werden sollte. Sein Vater sollte ihn begleiten. Madame Bizet hatte es so eilig, dass sie den beiden Männern ein Mittagessen anrichtete, als sei es ihre Sache, die nötigen Schritte zur Anbahnung der Ehe meiner Tochter zu tun. Während des Gesprächs bei Tisch fiel mir die Dummheit des Knilchs kaum auf, und der Vater schien ein braver Mann zu sein. Er sagte nichts Schlechtes über seinen Sohn, aber auch nichts Gutes. Ich sah sogar, wie seine Augen ein- oder zweimal feucht wurden, während er meine Tochter betrachtete, die an diesem Tag in Gegenwart anderer Leute wirklich bezaubernd wirkte. Die zurückhaltende Art des Vaters gab mir allerdings zu denken.

Nach dem Essen kam der Sohn zu mir und drängte in ungehöriger Weise auf Antwort. Ich ließ mich darauf nicht ein, sondern sagte ihm, ich würde ihn noch nicht kennen. In der Zeit danach ging ich ihm aus dem Weg. Er schrieb mir, und nach diesem ersten Brief stand mein Urteil über ihn fest. Ich erkannte einen Dummkopf, der sich in lauter großartige Worte verwickelte, deren Bedeutung er nicht kannte. Sein Brief war nicht nur nicht geistreich, er hatte weder Sinn noch Verstand. Damit stand meine Ablehnung unumstößlich fest. Ich antwortete ihm nicht. Aber mit meiner Tochter beriet ich mich immer wieder, statt mich auf meine Autorität zu berufen. Ich fragte sie, was für einer Beschäftigung dieser Mann nachgehe. Sie konnte es mir nicht sagen. Ich nannte dies als Grund für meine Ablehnung. Aber meine Schwester kam immer wieder auf die tausend Taler Rente zurück und räumte damit alle Einwände aus dem Weg, obwohl sie genau wusste, dass es diese Einnahmen nicht gab.

Der Knilch schrieb weiter, obwohl ich meine Ansicht kundgetan hatte. Er war so dumm, dass er gar nicht merkte, wie albern seine Briefe waren. In jeder neuen Epistel fand ich meinen unüberwindlichen Widerwillen gegen ihn bestätigt, und der wurde mit der Zeit so stark, dass ich auch seinen Anblick nicht mehr ertrug.

Eines Abends klopfte er an meiner Tür. Aus einer abscheulichen Gefälligkeit hatte Margot meiner Tochter erlaubt, ihn zu begleiten. Agnès klopfte, nachdem der Knilch aus dem Wagen gestiegen war, und rief nach mir. Als ich ihre Stimme erkannte, verlor ich die Geduld. Was ich in diesem Augenblick zu ahnen begann, erfüllte mich mit Unwillen, mit einer ungeheuren Empörung. Ich öffnete die

Tür – aber nur, um meiner Tochter eine Ohrfeige zu verpassen. Ich sagte ihr, sie solle sich einen solchen Mann für immer aus dem Kopf schlagen oder sich von mir als ihrem Vater lossagen. Das geschah Ende September 1780. Sara* kannte ich damals noch nicht. Von diesem Tag an bekam ich den Knilch bei Margot nicht mehr zu Gesicht. Aber heimlich kam er noch immer zu ihr.

Ende Oktober begegnete er mir eines Tages auf der Rue Saint-André. Ich unterhielt mich höflich mit ihm, aber ohne meine entschiedene Weigerung zu verhehlen. Ich glaubte, damit sei alles gesagt. Aber eine Frömmlerin, und zwar eine bornierte Frömmlerin, hatte sich in den Kopf gesetzt, dass die Hochzeit stattfinden sollte. Ich kam in dieser Zeit etwas zur Ruhe. Ich vergaß den stupiden Knilch. Ich konnte mir einfach nicht vorstellen, dass sich ein Mädchen von neunzehn Jahren, ein Mädchen, von dem ich wusste, dass es Verstand hatte, in einen hässlichen, dummen Mann, einen Witwer von fast vierzig Jahren verlieben könnte. Und ich gebe zu, ich war mir meiner Sache ganz sicher.

Dennoch musste ich feststellen, dass Agnès die Heirat wollte. Sie fühlte sich nicht wohl bei ihrer bigotten Tante, die ihr ständig wegen der Art, wie sie sich kleidete, in den Ohren lag – dabei hielt sich Agnès sehr schlicht. Die Frömmlerin machte ihr Angst, wenn sie sagte, dass ich es nie zu etwas bringen würde, weil ich keine Religion hätte. Da sie sehr hübsch war, versuchte der lügnerische Knilch, sich durch vorgetäuschten Wohlstand und Angeberei Geltung zu verschaffen. Mit Hilfe der törichten Tante, die den verfluchten Kerl in seiner Prahlerei noch bestärkte, ließ sich Agnès Rétif von der Hoffnung auf ein ehrbares Leben verleiten. Hinzu kam, dass sie ihre Mutter verabscheute, von deren Schandtaten sie ebenso wusste wie von den Briefen, mit denen diese Unverschämte nachweisen wollte, dass weder Agnès selbst noch Marion meine Töchter seien. Vielleicht glaubte Agnès Rétif sogar ein wenig daran, und vielleicht war dies der Grund für ihren Ungehorsam. Ich kann dazu nur sagen, dass diejenige, die sich damit selbst in Verruf brachte, nur ein Ziel verfolgte: mich so weit zu bringen, ihre Verleumdungen in die Tat umzusetzen, indem sie behauptete, ein in meiner Obhut befindliches hübsches Mädchen von sechzehn, siebzehn, achtzehn, neunzehn Jahren sei nicht meine Tochter. Sie kannte durch Montlinot eine Episode aus dem Leben eines Mannes, der eines Tages anhand der Briefe seiner verstorbenen Frau herausfand, dass seine vermeintliche Tochter von einem anderen Mann stammte. Der gekränkte Ehemann rächte sich zunächst, indem er dieses Mädchen, sobald es im heiratsfähigen Alter war, verführte. Er unterwarf sie dann all seinen wollüstigen Phantasien, überließ sie, als er dessen nach zwei Jahren müde wurde, dem Buchhändler Pecoucna, indem er sagte, er solle sie zu seiner Hure machen und sie nicht schonen. Der raffinierte Libertin machte sich die junge Frau gefügig und entwürdigte sie so sehr, wie er nur konnte, indem er sie misshandelte wie die Freudenmädchen, die im tiefsten Elend leben ... Dies Schicksal, so scheint es, hatte Agnès Lebègue auch für ihre Tochter ausersehen. Doch daraus wurde nichts. Es ist allerdings wahr, dass die Unglückliche dann doch dem Knilch zufiel.

Ich gehe wie auf brennenden Dornen! Und immer wieder bleibe ich stehen, beunruhigt von den Blicken, der Geringschätzung, den Grimassen der sogenannten ehrbaren Leute. Ich zögere und sage mir: »Soll ich vielleicht doch lieber einen Roman schreiben, damit mich all diese ehrbaren Leute nicht erwürgen?« Nein, nein! Ich werde die Wahrheit sagen.

In dieser Zeit, ihr Puristen, kam es zu der Begegnung, aus der dann die Erzählung *Die hübsche Poliererin** in meinen *Zeitgenossinnen* hervorgegangen ist. Im Jahre 1786 traf ich dann Félicité. Und 1796, halbwegs zugrunde gerichtet, fast tot und ruiniert, erweckte mich Marthe-Victoire bisweilen wieder zum Leben. Ach, die Frauen, immer waren die Frauen für mich Feuer, Luft und Wasser!

Aber unmittelbar nach der hübschen Poliererin machte ich zwei oder drei sonderbare Bekanntschaften. Die erste war Madame Dumoulin, eine lebhafte, äußerst wollüstige Dunkelhaarige; die zweite war Madame Dupont-Lambert, eine hübsche Dunkelhaarige, eine Feinwäscherin mit dem schönsten Busen, den man sich vorstellen kann; und die dritte war Madame Damourette, eine kleine Person, die mit Bildern, Stichen und Miniaturen handelte. Durch Zufall machte ich diese Bekanntschaften bei Audinot und Nicolet*, im zweiten Rang, den ich oft lieber nahm als die besten Plätze – wegen der Grisetten.

Madame Dumoulin stammte aus Lüttich, die Frau eines Druckergesellen, mit dem sie aber nicht mehr zusammenlebte. Sie fabrizierte Uhrzeiger, und immer trug sie sehr hohe, sehr geschmackvolle Schuhe. An dem Abend unserer Bekanntschaft stolperte sie, als sie hinter mir Platz nehmen wollte. Ich fing sie auf. »Eine Sekunde später, und ich wäre…!«, sagte sie. Sie war federleicht und sehr klein. Ich überließ ihr meinen Platz im ersten Rang. Als sie die Sitzreihe entlangkam, sah ich ihren schönen Fuß, was sie mir noch viel reizvoller machte. Wir unterhielten uns. In den Pausen drehte sie sich dann ganz unbefangen nach mir um. Ich hielt sie nicht für ein Straßenmädchen (die sind in Paris nicht so verschmust, wie sie es war), sondern eher für eine junge Witwe auf der Suche nach jemandem, mit dem sie leben konnte. Nach der Aufführung begleitete ich sie nach Hause. Sie wohnte in der Rue Mazarine, weit entfernt vom Boulevard. Als wir bei ihr waren und sie bemerkte, wie ich nach ihren Füßen sah, fragte sie mich, ob mir ihre Art von Schuhwerk gefiele. Ich sagte ihr, ich sei ganz verrückt danach.

»Dann muss ich wohl allerlei Gelüste in Ihnen wecken, denn wem so etwas gefällt, der mag auch meine Art und meinen Gang.«

Ich antwortete, alles an ihr sei für mich äußerst reizvoll.

»In Ihrem Alter ist es nicht mehr so, dass man sich vor lauter Frauen nicht retten kann, nicht wahr? Kommen Sie mich doch gelegentlich besuchen – ich habe bei den Uhrmachern allerlei Bekannte. Ich tue für Sie, was ich kann. Sie gefallen mir. Ich wäre entzückt, Sie daran erinnern zu dürfen, dass Sie ein Mann sind.«

Ihre Sprache verblüffte mich. Ich nahm sie auf den Schoß, und sie streichelte mich in einer Weise, die mir sehr behagte. Ich sagte ihr, ich würde sie gern besitzen. Sie antwortete: »Dass glaube ich Ihnen – nach dem, was wir bisher schon getan haben.« Und sie empfing mich mit offenen Armen. Ich gebe zu, ein solches Abenteuer hatte ich noch nie erlebt. Während des Akts sagte sie: »Nur zu, nur zu, mein lieber Verfasser von *Der Fuß der Fanchette!*«

Ich fragte sie, woher sie mich kenne.

»Einer von den Uhrmachern, für die ich arbeite, hat mir dein Buch zu lesen gegeben, und eines Tages hat er dich mir gezeigt, auf der Place Dauphine, als du die Schell nach Hause brachtest. Er sagte mir auch, dass du sie liebst…«

Meine anderen Besuche verliefen ganz ähnlich wie dieser.

Bei Audinot fand ich auch Madame Dupont-Lambert. Sie war allein und nahm ein Billett für einen Platz bei der Tür. Ihre Schuhe hatten etwas aufreizend Sinnliches. Das brachte mich dazu, das gleiche Billett wie sie zu nehmen. Wir gingen zusammen nach oben. Ich sorgte dafür, dass sie einen guten Platz bekam. Es war noch früh, so dass uns die Dunkelheit, die um diese Zeit in den Theatersälen herrscht, zugutekam, als wir uns gesetzt hatten. Die Dupont-Lambert entblößte ihren Busen – welche Schönheit! Ich machte ihr ein Kompliment.

»Ich freue mich, dass er dir gefällt«, sagte sie ganz leise. Überrascht von solcher Vertraulichkeit, zierte ich mich nicht. Ich streichelte ihren Busen unter dem Mantelet und zog die Schöne ein wenig zu mir herüber. Sie gab mir einen Kuss … so waren wir denn Freunde. Die Lichter gingen an. Die Stücke machten ihr viel Vergnügen. Ich begleitete sie nach Hause.

Als wir bei ihr waren – sie wohnte im zweiten Stock an der Ecke Rue de la Vieille-Bouclerie, Rue Huchette –, machte sie es sich bequem. Nun sah ich die ganze Schönheit ihres festen, milchweißen Busens. Ich liebkoste diese schöne Hellbraune.

»Sieh an!«, sagte sie. »Jetzt sehe ich, was du möchtest. Ich möchte es auch. Ich habe solche Lust.«

Sie zog sich nackt aus. Oh, dieser herrliche Körper! Was für ein Meisterwerk! Wie wunderbar! Ich sagte ihr, wie sehr es mich überraschte, dass sie sich mir mit solcher Schönheit, mit solch frischen Reizen so leicht überließ.

»Nun denn, mein armer Verfasser von *Briefe eines Mädchens an seinen Vater*, von *Lucile*, von *Der Fuß der Fanchette* und *Die notwendige Vertraulichkeit*, glaubst du etwa, ich gäbe mich allen Männern so leicht hin? Bestimmt nicht! Aber dir gehöre ich ganz. Sag mir, was ich tun soll, und du bekommst alle Freuden, die du dir wünschst – wann immer du willst, wann immer es dich packt. Ich bin meine eigene Herrin…«

Ich war sehr glücklich mit diesem Mädchen, das mir sogar anbot, bei ihr zu schlafen, was ich aber nicht annahm, wegen meiner Arbeit, die es erforderlich macht, dass ich allein schlafe.

Eines Abends stand ich am Eingang des Theaters von Nicolet am Boulevard und las die Programmankündigungen. Da spüre ich, wie sich ein Arm unter den meinen schiebt. Ich wende mich zur Seite und sehe eine niedliche, hübsche Person, die mir schon in einem Bilderladen in der Rue du Battoir aufgefallen war. Sie lächelt mich an und sagt: »Jetzt habe ich Sie schon zweimal im Theater gesehen: beim ersten Mal mit der Dumoulin und beim zweiten Mal mit der Dupont-Lambert, der Feinwäscherin. Sie könnten gut auch mal mit mir hingehen, denn ich bin allein.«

»Aber gern, mein Schöne!«

Sie hatte eine Eintrittskarte für zwei, und wir gingen hinauf. Unser Gespräch war amüsant. Sie schilderte mir die Charaktere meiner beiden ersten Bekanntschaften.

»Die Dumoulin ist eine brave, kleine Frau mit einem großen Herzen, freimütig und arglos. Die Dupont-Lambert ist ein bisschen verdreht, aber gutherzig – und vor allem bei Ihnen, denn ich weiß, dass sie Sie sehr gernhat. Sie gibt Ihre Bücher ihren Freunden zu lesen, und wenn sie sieht, dass sie ihnen gefallen haben, dann wirft sie sich in die Brust und sagte: ›Ich kenne den Verfasser. Er war schon da, da und … *da!‹ (wobei sie auf ihren Mund, ihre Brust und ihr Allerbestes deutet)*. Neulich sagte sie zu uns: ›Ich habe ihn als Erste bemerkt, an der Ecke der Rue de Buci. Er hatte gerade das Lachen der schönen Pelzhändlerin bewundert. Ich sagte mir: Ich muss ihm unbedingt Freude machen … Aber was nützt es mir, dass ich schön bin? Irgendwann wird er meiner überdrüssig – irgendwann werden sie aller einmal überdrüssig, selbst der Venus. Dagegen gibt es nur ein Mittel: Ich habe zwei Freundinnen, ich bin blassbraun; Dumoulin ist pechschwarz, und Damourette ist blond. Er soll uns alle drei haben – wenn ihn das Blassbraun nicht mehr reizt, geht er zum Blondhaar, und nach dem Blondhaar zu Pechschwarz. So wird er keine von uns satt, denn die Abwechslung bringt ihn immer wieder von der einen zur anderen…‹ Die Dumoulin, die Sinnlichste von uns allen, ist Ihnen als Erste nachgegangen, dann die Dupont-Lambert, und heute bin ich an der Reihe.«

Ich küsste das hübsche Kind, und der Vorhang hob sich. Ich begleitete sie nach Hause und entdeckte in ihr eine hinreißende Schönheit – kleine Füße, goldblondes Haar, herrliche Reize und köstliche Zärtlichkeiten, mit denen sie mich überschüttete. Ich willigte ein, die Nacht über bei ihr zu bleiben – was zur Folge hatte, dass ich, als ich die beiden anderen ein zweites Mal besuchte, auch bei ihnen die Nacht über bleiben musste.

Ich glaube, diesen drei Freundinnen habe ich es zu verdanken, dass es mir leichtfiel, den verbrecherischen Fallen zu entgehen, die Agnès Lebègue mir stellte. Um später über mich herzufallen, hätte sie es nämlich gern gesehen, wenn ich versucht hätte, die Keuschheit der Agnès Rétif anzutasten oder auch die von Marion, ihrer jüngeren Tochter, die zu einem bezaubernden Mädchen heranwuchs. Damit ich auf einen solchen Gedanken verfallen wäre, hätten mich diese beiden Kinder provozieren müssen. Aber keineswegs! Beide waren immer die Schamhaftigkeit in Person, schon wegen des Schauders, den ihnen das schamlose Betragen ihrer Rabenmutter einflößte. Wenn irgendetwas vorgefallen wäre*, würde ich es schreiben, um den Leser auf meine Kosten und auf Kosten meiner Angehörigen ins Bild zu setzen – zumal dieses Buch erst nach meinem Tod und zu einer Zeit erscheinen soll, wenn auch meine Töchter kein Geschlechtsleben mehr haben werden. Dass ich die Wahrheit sage, erkennt man auch daran, dass ich nicht verschweige, meine natürlichen Töchter besessen zu haben, die mir anscheinend das Schicksal zuführte und die ich stets zu spät als solche erkannte. Aber ich kann versichern, dass meine Empfindungen stets ehrenhaft waren, indem sie ihnen gegenüber väterlich und zärtlich wurden.

Hingerissen von diesen beiläufigen Abenteuern, sah ich meine Tochter seltener. Ich hielt es für richtig, ihrer intriganten Mutter zu raten, ein Auge auf sie zu haben. Meine fromme Schwester konnte Agnès Lebègue nicht ausstehen und machte sich einen Spaß daraus, deren Pläne zu durchkreuzen, indem sie den Knilch begünstigte. Dabei ging sie vielleicht sogar so weit, ihm eine Schandtat zu empfehlen.*

Zu meinem größten Erstaunen sah ich mich um die Karnevalszeit des Jahres 1781 plötzlich gedrängt, einer Heirat zuzustimmen, die ich immer abgelehnt hatte. Ich verlieh meiner Empörung den denkbar kräftigsten Ausdruck. Aber fromme Leute haben eine sonderbare Eigenschaft – sie lassen sich durch nichts erschrecken. Sie hüllen sich in ihre Unnachgiebigkeit, die sie »Gottes Willen« nennen, und nachher bringt sie nichts mehr aus der Ruhe – selbst einem Blitz würden sie trotzen. Weder mein Reden noch mein Schweigen, noch meine Ablehnung – nichts hinderte den Knilch daran, mich aufzusuchen. Toren können bisweilen ein Maß an Unverschämtheit entwickeln, mit dem sie tatsächlich durchkommen. Ich nahm mich zusammen gegenüber diesem Mann, der mich als Fremder und Verliebter nicht noch mehr kränken konnte. Ich sagte ihm ganz ruhig, dass ich meine Tochter frühestens in zwei Jahren verheiraten würde. Und dies sei mein letztes Wort. Ich beendete die Mahlzeit und ging. Und was sagt dieser Elende, den ich immer zurückgewiesen habe? Dass er als Ehrenmann über mich nur lachen könne, und außerdem verdiente ich einen Tritt von ihm in den…!

Aber dieser Knilch war nicht nur durch und durch unfähig, er hat es auch nie geschafft, eine Stelle für längere Zeit zu behalten – wegen seiner Unverschämtheit, seiner Rohheit, seiner Bosheit gegenüber den Kollegen und seiner Frechheit gegenüber den Vorgesetzten. Außerdem hat dieses Monstrum mit dem bösen Gesicht seinen Vater, einen einfachen Angestellten bei der Steuerbehörde, durch seine jugendlichen Schandtaten mehr als dreißigtausend Livres gekostet. Meine Schwester Bizet wusste das alles, aber ein paar Kreuzzeichen, die der Knilch vor ihr machte, hatten ihn von allen Sünden reingewaschen. Sie wusste, dass dieser Vater unter dem Kummer seufzte, den ihm der missratene Sohn noch immer machte. Es gibt Dinge, die kann man und muss man verzeihen. Aber ich glaube, die Schuld, die die fromme Margot mir gegenüber auf sich geladen hat, ist nicht von dieser Art. Ich finde in meinem Herzen eine unüberwindliche Regung, die sich einem Pardon widersetzt. Wenn die Beleidigung und das Unrecht nur mich allein betroffen hätten, wären sie wohl längst vergessen gewesen.

Ich ließ mich auf nichts ein, trotz der Drohungen, die man meine Tochter gegen mich erheben ließ. Tatsächlich Drohungen…! Und es war ihre Mutter, die sie ihr einflüsterte! Aber sie hatten in dem unschuldigen Mund, der sie dann aussprach, nicht mehr die schreckliche Bedeutung, die die Anstifterin ihnen gab. Agnès Rétif wollte sich nur unter den Schutz des Magistrats begeben, um eine Ehe einzugehen, die sie für vorteilhaft hielt…

Meine Tochter wurde von ihrer Mutter und von ihrer Tante getäuscht. Diese Letztere wandte sich allerdings von dem Knilch ab, als sie sah, dass ihre Schwägerin ihn unter ihre Fittiche nahm. Dennoch öffnete sie ihrer unglücklichen Nichte nicht die Augen. Der Knilch wiederum setzte die Mutter immer mehr unter Druck. Man wagte es sogar, mir gegenüber zu äußern, ich müsse mich schon um meiner Ehre willen einverstanden erklären – eine widerliche Zumutung und völlig abwegig. Mit meinem aufbrausenden Temperament hätte ich das niemals ertragen. Nach Ostern jedoch – gedrängt, verfolgt und, wie ich gestehen muss, auch von Sara in Bann geschlagen, die sich mir als Tochter (die sie auch war), als Trösterin, als Freundin darbot – erklärte ich mich schließlich bereit, zuzustimmen: aber nur vor einem Notar und ohne Beisein einer aus der Art geschlagenen Tochter und eines Unholds, den ich verabscheute, und nur unter der Bedingung, dass ich nichts geben würde, nichts sehen wollte und mich von einer Tochter lossagte, die mir einen Mann zum Schwiegersohn machte, den ich nicht ausstehen konnte. So ließ man mich denn unter all diesen entsetzlichen Bedingungen unterschreiben! Die Mutter wünschte eine Hochzeit, die mir missfiel und mir eine Tochter entfremden würde, die von ihrer Mutter gehasst wurde. Sara und deren Mutter taten ihrerseits ebenfalls, was sie nur konnten, um meine Tochter und mich ins Verderben zu stürzen.

Der weitere Gang der Dinge hat dann gezeigt, wie berechtigt mein Widerstand war. Agnès Rétif hat es bei dem Knilch nicht lange ausgehalten. Sie hat ihn verlassen, hat sich nach zehn Jahren scheiden lassen. Sie hat noch einmal geheiratet und nun (1796) endlich ihre Ruhe gefunden.

Im Jahre 1782 hatte ich keine ältere und keine jüngere Tochter mehr – und auch keine Sara. Ich kam mir so abgetrennt von allem vor wie noch nie. Mein einziger Trost waren die drei Freundinnen, von denen schon die Rede war. Ich rackerte mich ab, um Zerstreuung zu finden, und hatte kein anderes Vergnügen, keine andere Erholung, als jeden Tag einen kurzen Spaziergang rund um die Ile Saint-Louis zu machen, bei dem ich die Schmerzen und Ängste, die mir gewisse Stellen in meinen Büchern verursachten, in die Steine der Brüstungen ritzte.* Ich druckte damals noch die *Zeitgenossinnen*, deren tatsächliche oder nur vermeintliche Ähnlichkeiten mit der Wirklichkeit mir oft Kummer machten. Es hätte jederzeit geschehen können, dass man eine fertiggestellte Folge von neuen Erzählungen kurz vor dem Erscheinen beschlagnahmte, was mich ruiniert und mich möglicherweise auch meine Freiheit gekostet hätte. Und so wäre es wohl tatsächlich gekommen, wenn die Obrigkeit so gedacht hätte wie gewisse skandalumwitterte Frauen, die sich und ihr Gebaren in all dem Verwerflichen wiedererkannten, das ich darstellte. Aber bald hatte ich noch viel schlimmere Ängste auszustehen, von denen nun die Rede sein soll.

Ich druckte *Die verführte Landfrau* im Jahre 1782, unmittelbar nachdem ich die vierte Auflage des *Verführten Landmannes* fertiggestellt hatte. Mein Zensor war der Abbé Terrasson, der Privatlehrer des Marquis du Louvois. Er ist ein furchtsamer Mann. Und doch hat er all meine Werke nach *Der väterliche Fluch* genehmigt, also sämtliche *Zeitgenossinnen, Die Entdeckung des Südlandes,* in der er mich allerdings zwang, noch nach dem Druck große Veränderungen an Stellen vorzunehmen, die man heute nicht mehr beanstanden würde; *Das letzte Abenteuer eines Mannes von fünfundvierzig Jahren; Die nationale Voreingenommenheit* und den *Oribeau,* den er mir völlig verschandelte. Bei der *Verführten Landfrau* hatte er wenig zu beanstanden, aber dafür tat er etwas viel Schlimmeres. Er reichte zu diesem Werk, das schon gedruckt war, einen Bericht ein, der so beschaffen war, dass der Direktor Neville* es von der Liste der genehmigten Bücher wieder streichen ließ. Seit diesem Augenblick fuhr ich jede Nacht aus dem Schlaf hoch und rief: »Ach! Mein Leben ist vergiftet!« Und das sage ich noch heute, wenn ich an all den Kummer denke, den mir die Veröffentlichung dieses Werkes bereitet hat.

Ich beendete den Druck von *Die verführte Landfrau* im Mai 1783 und begann gleich darauf mit der Arbeit an einem Drama auf der Grundlage meines Buches *Der väterliche Fluch.* (Gemeint ist das schon erwähnte Stück *Die nationale Voreingenommenheit.*) Ich hatte es für das Théâtre des Italiens vorgesehen, mit dem berühmten Schauspieler Granger in der Hauptrolle. Aber bis heute habe ich noch keinen Schritt in diese Richtung unternommen.

Die Sorgen, die mir die Streichung der *Verführten Landfrau* bereitet hatte, wuchsen noch an, als im Jahre 1784 der *Verführte Landmann* mit Illustrationen zum Verkauf kam – und zwar deshalb, weil ich nachträgliche Änderungen im Text der Zensur nicht mehr vorgelegt hatte. Nachher kam ich mir vor wie der Vogel auf dem Zweig, den der Jäger erspäht hat. Ich schwirrte hin und her, ließ mich mal hier, mal dort nieder, und suchte nach Mitteln, den Schlag abzuwenden, aber ohne Hoffnung auf Erfolg. Auf der Insel schrieb ich in Stein: »Wenn ich doch nur bis zum 6. Oktober 1785 unversehrt bliebe!« Der 6. Oktober war der Tag, bis zu dem alles erschienen sein sollte. Aber ich konnte mir die Zukunft aus gutem Grund nur schrecklich vorstellen! Die Bastille war für mich ein Todesurteil. Und doch war ich gerade dabei, ein vorteilhaftes, beruhigendes Geschäft mit einem ehrenwerten Buchhändler abzuschließen! Und heute, am 13. Dezember, während ich dies setze, bin ich auf dem Gipfel des Unglücks!

Tatsächlich, was für ein Unterschied zwischen damals und der Lage, in der ich mich heute befinde! Die Witwe Duchesne kaufte von mir:

1. 1200 Exemplare des *Verführten Landmannes*, 4. Auflage;
2. 3000 Exemplare der *Landfrau*, 1. Auflage;
3. die 5. Auflage des *Landmannes* und die zweite der *Landfrau*, beide Werke vereint, miteinander verschmolzen, so dass sie nur noch eines bilden.
4. *Das Leben meines Vaters*, 3. Auflage.

All diese Werke, die ich auf meine Kosten gedruckt hatte, mit 166 Stichen, die ich hatte herstellen lassen, wurden mir für 56 000 Livres abgekauft. Ich schuldete für den Vorschuss auf die Stiche 20 000. Mir blieben also 36 000 Livres, die mir in Raten von 60 Francs pro Woche gezahlt wurden. Ich hatte zwölf Bände der höhergestellten *Zeitgenossinnen*, zwölf des Nachdrucks der gewöhnlichen *Zeitgenos-*

sinnen, die ich inzwischen für 13 000 Livres verkauft habe, in Assignaten*; 1500 Exemplare der *Nächte von Paris,* die von ursprünglich 3000 Exemplaren übrig geblieben waren, verkaufte ich für 9600 Livres.

Von alledem ist mir nichts geblieben. Ich habe nichts mehr außer den *Frauen der Provinz,* die ich dem Buchhändler Garnery geliefert habe, und dem vorliegenden Werk, das ich verkaufen musste. Aber werden diese Einnahmen ausreichen, meine Schulden zu tilgen?

Meine moralische Situation ist noch unerfreulicher als meine finanzielle. Seit 1760 bin ich mit einer zänkischen Frau verheiratet, die alle Bosheit der Frauen von Auxerre mitbringt, aber nicht einen ihrer Vorzüge: stinkfaul und dabei so tuend, als sei sie arbeitsam, kokett und groß im Geldausgeben, aber ohne die geringste Ahnung vom Haushalten oder von der Kindererziehung. Als sie 1773 Privatschüler annahm, wurde ich hundertmal Zeuge ihrer Launenhaftigkeit und der raubeinigen, verqueren Art, in der sie ihnen ohne Not und Grund den Spaß am Lernen verdarb. Diese Frau will nicht reich, geachtet, gutherzig, fleißig, sparsam, verständnisvoll, also letztlich glücklich sein, sie will nur den Anschein erwecken, es wäre so. In der Wirklichkeit gibt es nichts, was ihr schmeichelt. Sie hatte es sich vor allem zur Pflicht und zur Gewohnheit gemacht, mich zu täuschen, und vielleicht hätte ich dies nie bemerkt, wenn nicht die empörten Kinder sie verraten hätten. So steht es mit meiner Lebensgefährtin, die mir das Leben zur Qual macht. Es lässt sich unmöglich schildern, wie ich während der ersten Jahre gelitten habe! Da konnte es nicht ausbleiben, dass das Elend mein Feingefühl abstumpfte: Wenn Jupiter einen Mann in die Sklaverei verbannt, nimmt er ihm die Hälfte seines Wertes.* Sie hatte Liebhaber und wurde nur noch zänkischer, noch dreister gegen mich. Und doch sagte ich nichts dazu, außer dass ich mich bisweilen selbst beschuldigte. Zutraulich, wie ich war, kaum jemals streng, in jeder Beziehung nachlässig, ausgenommen, was meine Arbeit angeht, wollte ich nichts überwachen und nichts kontrollieren. Ich sah, ich litt und sagte nichts, um keinen Streit zu entfachen. Aber bei einem solchen Charakter darf man sich nur mit vortrefflichen Frauen einlassen. Deshalb sind die Fehler von Agnès Lebègue meine Verbrechen. Ich entschädigte mich anderswo, aber dadurch vergrößerte ich nur das allgemeine Durcheinander.

Meine Tochter Marion kam am 2. Januar 1785 nach Hause zurück. Sie pflegte mich während der schweren Krankheit, von der ich bald sprechen werde. Ein betrüblicher Gedanke, der mir heute durch den Kopf geht – seit der Rückkehr von Agnès Lebègue im September 1778 ist kein Jahr und kein Monat vergangen, in dem sich meine Lage nicht verschlechtert hätte: 1779 war schon weniger glücklich oder vielmehr: Es war das erste Jahr meiner verhängnisvollen Krankheit, drei Tage vor dem Tod von Mairobert.* Im März verlor ich diesen Freund und meine Gesundheit. Das Jahr 1780 brachte mir durch die Bekanntschaft mit Sara neues Unglück. 1781 wurde noch schmerzlicher. 1782 fingen meine Geldverlegenheiten an, 1783 begannen die grausamen Sorgen, die bis heute anhalten. Das Jahr 1784 sah mich zittern, wegen der *Zeitgenossinnen* und wegen der Stiche für den *Landmann*, von denen einige mich die Zensur fürchten ließen: Ich habe die Kutte von Gaudet d'Arras besudeln lassen* usw. Im Jahr 1785 brachen anfangs die größten Unglücksfälle über mich herein: Ich wurde krank, verraten und verkauft an Scaturin, Naireson, Milpourmil.* Aber meine *Landfrau* wurde genehmigt und erschien. Gegen Ende des Jahres (am 25. November) verließ mich Agnès Lebègue endgültig. Meine Tochter hatte deren Haushalt am 23. Juli verlassen, und ich hatte sie in Pension zu meinem Kupferstecher gegeben. Am Tag nach dem Weggang ihrer Mutter zog sie mit ihrer Schwester zu mir.

Im Jahre 1786 begegnete ich Félicitette und scheiterte mit einem Plan, meine jüngere Tochter zu verheiraten, was ein großes Unglück war.* Im Jahr 1787 begann ich die *Nächte von Paris* (was kein Unglück gewesen wäre, wenn die Witwe Duchesne sie gekauft hätte; sie hätte an ihnen dreißigtausend Francs gewonnen und ich nicht fünfzehntausend verloren).

Im Jahr 1788 verlor ich meinen Freund Guillebert de Préval*, den ich so sehr schätzte wie liebte ... 1789 begann mein Ruin. 1790 beschleunigte ihn ein Bankrott: ich war gezwungen, den Druck meiner *Frauen der Provinz* zu unterbrechen. 1791 begann ich mittellos mit dem Druck des vorliegenden *Menschenherz*, auf ein Versprechen von Geldern hin, das nicht lange genug gehalten wurde. 1792 ließ ich mich auf eine unvorteilhafte Geschäftsverbindung ein. 1793 brach ich sie mit Verlust wieder ab. Auch verließ mich meine älteste Tochter in diesem Jahr.* 1794 erhielt ich von den versprochenen Geldern nichts mehr. Die Schreckensherrschaft ging zu Ende. 1795 stieg ich bis zu den Pforten des Grabes hinab, belegte ein Bett und nahm fünfundzwanzig Bäder in einem Lehrhospital.* Im Jahr 1796 wurde ich ruiniert, indem man mir alles, was man mir noch schuldete, in Assignaten zurückzahlte. Um leben zu können, war ich gezwungen, das vorliegende Werk zu verkaufen, obwohl es eigentlich erst nach meinem Tod erscheinen sollte. In diesem Jahr ruinierte ich mich vollständig, indem ich meine *Frauen der Provinz* mit einem Verlust von achtzehntausend Francs verkaufte. Wann wird mein Unglück wohl endlich aufhören? Man hat meine *Physik des Moniseur Nicolas* gedruckt und ausgeliefert, aber mir hat sie noch nichts eingebracht usw.

Was ich hier notiert habe, ist eine bloße Aufzählung dessen, worauf ich in der folgenden Epoche näher eingehen werde. (Diese Epoche werde ich noch nicht beenden, sondern darauf zurückkommen, um mein Abenteuer mit Sara* zu schildern, das ausführlichste von allen, dasjenige, welches das Menschenherz am gründlichsten enthüllt. Es scheint mir angebracht, zunächst die weniger bedeutsamen Geschehnisse zu verfolgen, die jene lange Geschichte allzu häufig unterbrechen würden.)

Wird nun die neunte Epoche die letzte sein? Ich weiß es nicht, weil kein Mensch genau weiß, wann seine Tage gezählt sind. Aber wie dem auch sei, ich habe noch reichlich Material, um die sechzehn Bände zu füllen, die ich angekündigt habe, denn meinen »Kalender« werde ich darin kaum unterbringen können. Nicht um mich in Szene zu setzen, schreibe ich, sondern um die Ursachen und Wirkungen menschlichen Handelns sichtbar zu machen. Dazu bedarf es einer Masse von Einzelheiten. Man liest hier ein Buch, das vor allem nützlich ist, und wenn es außerdem gefällt und unterhält, so ist dies nur sein zweites Verdienst.

NEUNTE EPOCHE

Meine schwere Krankheit
1785–1797

Ultima semper
Expectanda dies homini est, dicique beatus
Ante obitum nemo, supremaque funera debet.
Ovid, *Metamorphosen III*, v. 135–137.*

Hier nun, von meiner Langlebigkeit herbeigeführt, die neunte Epoche. Eine Menge von Ereignissen bleibt mir noch zu schildern, und ich sehe, sie reichen aus, auch diese Epoche interessant zu machen. Zunächst aber muss ich hier einen Überblick über den Kreis meiner Bekannten geben, wie er zu Beginn des Jahres 1785 beschaffen war, zwei Jahre nachdem ich mich von Sara abgewandt hatte.

Der erste Mann, der meine Gesellschaft gesucht hat, ist Doktor Guillebert de Préval. Er war mein ältester Freund, als ich ihn 1788 verlor. Mit seinen Ratschlägen und seinen stets zweckmäßigen Heilmitteln hat er mir seit 1774, als wir uns kennenlernten, immer wieder alle erdenklichen Erleichterungen verschafft. Außerdem verdanke ich ihm einen Teil meiner vernünftigsten Ideen in der Physik.

2. Monsieur Pidansat de Mairobert* – er hätte mir die größten Dienste erwiesen, wenn mir die Verzweiflung ihn nicht allzu früh entrissen hätte. Er wollte mich Madame de Montesson vorstellen, die aus meinem kleinen Roman *Der Fuß der Fanchette* ein Theaterstück entwickelt hatte. Er setzte sich für mich ein, er rühmte mich. Mit seinem Tod habe ich alles verloren, denn in Frankreich ist man nichts, wenn man nicht gerühmt wird.

Meine dritte Bekanntschaft war Monsieur Bultel-Dumont.* Er hat mir Annehmlichkeiten verschafft, aber wenig Nutzen. Seine Sparsamkeit wäre Umsicht gewesen, wenn wir unsterblich wären. Aber ich in seinem Alter und in seiner Stellung hätte mir erlaubt, zu meinen Lebzeiten ein wenig mehr Gutes zu tun. Mein verstorbener Bruder Baptiste in seiner freimütigen Art hätte ihm gesagt: »Was habe ich von Ihrer Bekanntschaft? Sie taugen zu gar nichts.« Und Gronavet* hat das zu mehr als einer Person gesagt.

Die vierte Bekanntschaft, die ich machte, war Monsieur de Beaumarchais. Er wollte mich zum Leiter der Druckerei machen, in der er seine schöne Voltaire-Ausgabe herstellte. Ich konnte nicht annehmen. Seither hatten wir gelegentlich miteinander zu tun. Hier der letzte Brief, den er mir schrieb:

*7. Frimaire, Jahr V**

Also wirklich, mein armer Nicolas, Sie haben vergessen, mir mitzuteilen, wo Sie wohnen – so wusste ich denn nicht, wie ich Sie erreichen kann. Aber was Sie nicht wissen, ist dies – das ehrenvolle Diplom, das mich meinem Land, nach drei Jahren der Ächtung, zurückgegeben hat und das die Ideen von Recht und Gerechtigkeit bestätigt, welche die gegenwärtige Regierung hegt, hat doch die Plünderung und den Zerfall eines beträchtlichen Vermögens nicht wiedergutgemacht. Seit fünf Monaten bin ich zurückgekehrt und habe von meinem ganzen Kapital und meinen ausstehenden Renten nicht mehr als dreieinhalb Louisdor erhalten. So habe ich denn, mein Freund, die größte Freude eingebüßt, die mein Wohlstand mir bereitete: die Möglichkeit, auszuhelfen – jedenfalls so lange, bis weniger desaströse Zeiten heraufziehen. Ich leide, ich warte, ich hoffe. Hoffen ist immer gut. Aber neben einem hemmungslosen Luxus ein grauenhaftes Elend zu sehen! Zu sehen, wie die Lakaien, die früher hinten auf den Droschken standen, jetzt aus dem Inneren der Wagen all diejenigen beleidigen, die sie zum Aussteigen genötigt haben, und dabei die großen Worte Freiheit und Gleichheit, die Gesetze und die öffentliche Moral entehren – man muss schon ein großer Stoiker sein, um darüber nicht die Beherrschung zu verlieren.*
Ich liebe Sie, aber helfen kann ich Ihnen nicht.

Beaumarchais

Die fünfte Bekanntschaft ist ein ehrenwerter alter Herr, Monsieur le Chevalier de Saint-Sarm*, Inspekteur der Artillerie, der beinahe meine Tochter Marion geheiratet hätte.

Der Vicomte de Toustain-Richebourg*, ein vorzüglicher Mann, der mir wertvolle Dienste erwiesen hat, war meine sechste Bekanntschaft. Er hat mir *Die verführte Landfrau* abgezeichnet und genehmigt, nachdem Neville sie schon gestrichen hatte – und außerdem auch den *Oribeau**, den Terrasson mir abgelehnt hatte.

Die siebente war der Baron de Biaudos, Oberst des Dragonerregiments von Artois.

Monsieur le Baron du Rullencour war die achte.

Die neunte, Monsieur Vanrod, Parlamentsrat von Douai, ein Cousin von Calonne.

Meine zehnte Bekanntschaft war der Graf von Clermont-Tonnerre und einer seiner Freunde.

Die elfte: Monsieur Le Pelletier de Morfontaine, Intendant von Soissons und später Vorsteher der Kaufleute von Paris.* Ihm verdanke ich einen der schönsten Abende meines Lebens. Wie anbetungswürdig sind die Reichen und die Großen, wenn sie einem solche Gelegenheiten verschaffen! Einige Zeit nachdem ich diese elfte Bekanntschaft gemacht hatte, wurde Monsieur de Morfontaine von einigen Damen, die mich gelesen hatten, gebeten, für sie ein Abendessen mit mir zu veranstalten. Ich wurde eingeladen. Man bat mich allerdings, etwas zum Vorlesen mitzubringen. Ich steckte mir *Die Landfrau* ein. Sie war noch nicht erschienen, aber man wusste, dass sie inzwischen vollständig gedruckt war. Ich kam gegen neun Uhr. Um zehn erschienen drei schöne Damen. Vor allem eine entzückte mich. Ich war hingerissen von ihr. Ein heimliches Gefühl nahm mich für sie ein. Sie war es gewesen, die um das Abendessen mit mir gebeten hatte, die schöne Marquise de Mntlmbrt*, begleitet von Madame de Bnnl und der jungen, hübschen Madame Gdt. Ein Monsieur de Vllnv hatte sie hergeführt. Ich las den Brief von Fanchon, in dem sie den Empfang des noch nicht ganz genesenen Edmond im

Haus seines Vaters schildert. Diese Lesung machte einen ungeheuren Eindruck! Monsieur de Morfontaine rief bei jedem Abschnitt: »Wie wahr! Wie natürlich!« Nachher wurde gegessen. Ich kann gar nicht sagen, wie dankbar mir Madame de Mntlmbrt war und was für reizende Dinge sie mir nach dem Essen sagte. Mir erschien sie so schön, so verführerisch, so göttlich wie Madame Parangon…

Im November 1789 nahm ich an einem Mittagessen etwa von der Art teil, wie es die Mitglieder der Akademie von Amiens* für mich veranstaltet hatten. Ich kannte Monsieur Sénac de Meilhan* seit zwei Jahren. Er war damals Intendant von Valenciennes. Nachdem wir zu Beginn der Revolution unsere Bekanntschaft erneuert hatten, wurde ich zu einem großen Mittagessen eingeladen, das erst nach dem Ende der Sitzung der Nationalversammlung begann. Ich war schon um zwei Uhr gekommen, aber man erwartete noch zwei Damen und mehrere Herren. Ich traf einen Schwerhörigen, der schon vor mir gekommen war, und außerdem den Hausherrn und seine beiden Söhne. Die anderen Gäste trafen gegen halb fünf ein. Eine der Damen wirkte wie eine Amazone – männliche Gebärden, laute Stimme, fester Blick. Man stellte sie mir vor als Madame Denis aus Cambrai, die mit gestreiftem Musselin Handel trieb. Die andere Dame war zurückhaltender oder hatte mehr Stolz, und ihr Stand wurde nicht näher bezeichnet. Ein kleiner Mann fiel mir auf, der in seiner Reinlichkeit an Jean-Jacques* erinnerte. Sodann ein gutaussehender Bursche von zwanzig oder fünfundzwanzig Jahren. Ein Mann mit einem offenen Gesicht. Ein Vierter, der ein wenig hinkte, und ich glaube, zwei andere, die ich kaum in Augenschein nahm. Ich saß zwischen der Musselinhändlerin und dem Reinlichen in seinem Überrock aus weißer Wolle. Die Händlerin freundete sich gleich mit mir an, fragte mich mehrmals: »Was sagt das Volk?«*, und wollte sich nur mit mir unterhalten. Der Schwerhörige erzählte, man habe ihn auf Reisen in einem Dorf beinahe mal erhängt, weil man ihn für einen adeligen Beamten hielt – nämlich für seinen Bruder, der in Lothringen unterwegs nach Metz gewesen war. Er griff nach seinem Hörrohr, um die Fragen zu verstehen, die man ihm stellte. Der Musselinhändlerin ging er auf die Nerven, und sie sagte das auch. Wir sprachen über Politik und befanden uns tatsächlich an der Quelle, aber ich ahnte nichts davon. Nach dem Essen hatte ich Gelegenheit, etwas zu sagen, was dem Mann mit dem offenen Gesicht sehr gefiel. Mir schien, er sei der Gemahl der anderen Frau. Madame Denis fand Gefallen an mir. Sie fragte, ob sie mich einmal besuchen dürfe. Als ich eine Frage zu meinem *Verführten Landmann* beantwortete und dabei Madame Parangon besonders hervorhob, hörte ich zu meiner Überraschung, wie der Reinliche in der weißen Wolle sagte: »Das ist ja romanesk.« Ich fand dies unpassend, aber schließlich wurde es Zeit, sich zurückzuziehen. Am nächsten Tag schrieb mir Monsieur de Meilhan:

*Madame Denis, die Musselinhändlerin, ist die Herzogin von Luynes. Die andere Dame ist die Gräfin von Laval. Der Mann, der sie mit so großem Interesse nach dem Verführten Landmann ausgefragt hat, ist der Vicomte de Laval. Der Schwiegersohn, der sich Nicodème nannte, ist Matthieu Montmorency. Der etwas mürrische, leicht hinkende Mann ist der Bischof von Autun. Der Mann im weißen Überrock ist der Abbé Sieyès. Den Namen des Schwerhörigen haben Sie erraten. Diese Gesellschaft war Ihretwegen hier. Man hatte mich beauftragt, Sie einzuladen.**

Ich weiß nicht, welchen Eindruck man von mir gehabt hat. Aber man beäugte mich ausgiebig. Es sah allerdings ganz so aus, als hätte ich nur zwei Personen gefallen: der Herzogin und Monsieur de Laval. Erstere hatte sich während der ganzen Mahlzeit mit mir unterhalten und Letzterer danach, wobei er mir ein sehr freundliches Entgegenkommen bezeugte. Allerdings schickte mir auch der Abbé Sieyès am nächsten Tag seine politischen Schriften. Indessen (ob man mir glauben wird?) habe ich ihm bis auf den heutigen Tag noch nicht dafür gedankt und nicht einmal geantwortet! Die Herzogin von Luynes machte mir drei Wochen später einen Besuch. Sie kam wiederum als Amazone, begleitet von einem Abbé, dem früheren Privatlehrer der jungen Herren von Meilhan. Sie trug einen Hut mit Federbusch, weshalb meine Tochter Marion, die ihr die Tür geöffnet hatte, sie die ganze Zeit mit *Monsieur* ansprach. Der letzte Besuch, den mir diese Dame machte, zusammen mit ihrem Neffen, einem Montmorency, ist unter dem Datum des 27. Juli 1793 eingetragen. Im Hinblick auf den Abbé Sieyès möchte ich hier noch anmerken, dass ich, wenn ich mich absichtlich dumm stelle, die borniertesten Leute an Idiotie um das Zehnfache übertreffe.

Hier komme ich nun auf eine meiner ehrwürdigsten und zugleich angenehmsten Verbindungen überhaupt zu sprechen, auf die mit der Gräfin de Beauharnais.* Sie begann um die Mitte des Jahres 1787. Es war Monsieur Mercier*, der mich bei ihr einführte. Es lässt sich unmöglich beschreiben, mit welcher Freundlichkeit und welchem Wohlwollen die Gräfin mich empfing! Madame de Beauharnais verbindet ein glänzendes Talent für die Poesie mit einer engelhaften Sanftmut – schon ihr Blick und der Klang ihrer Stimme lassen diese Eigenschaft erkennen, die kostbarste von allen, über die ihr Geschlecht verfügt. Ihre Gestalt schien von den Grazien selbst geformt und wiegte sich über ihrem aufreizend weichen Schritt mit sinnlicher Geschmeidigkeit. Sie war schön gewesen und war es noch immer. (Inzwischen ist es Jahre her – Jahre voller Schmerz und Entbehrungen –, dass ich sie zum letzten Mal gesehen habe!) Wenn man sie sieht oder hört oder liest, spürt man, welche Köstlichkeit, welcher Zauber den Liebesfreuden innegewohnt haben muss, die sie zu geben wusste. Sie hat etwas von Madame Parangon, etwas von jenen himmlischen Wesenszügen, in die sich die Gottheit bisweilen hüllt, um den Sterblichen eine Vorstellung von ewiger Schönheit und dem Glück zu geben, das sie stiftet.

Ich besuchte die Gräfin jeden Freitagabend. Vor dem Essen plauderten die stets zahlreichen Gäste in kleineren Gruppen, bis man sich gegen halb zwölf zu Tisch begab. Da wurde die Unterhaltung dann allgemein. Gegen Viertel nach zwölf kehrte man in den Salon zurück, und es stand einem frei, die Nacht dort zu verbringen. Die Hausherrin ließ einen nie im Stich. Oft bin ich erst um fünf Uhr morgens zurückgekehrt. Während dieser Stunden fanden die Lesungen statt. Meist dauerten sie bis drei Uhr. Auch ich habe dort manche Epochen aus diesem Werk vorgelesen. Die Gäste, die blieben, plauderten miteinander. Das war die Zeit der indiskreten Anekdoten (so wie der Beginn des Abends den allgemein zugänglichen Neuigkeiten gehörte). Wer zu spät kam und zu früh wieder ging, konnte an diesen Gesellschaften teilnehmen, ohne überhaupt etwas zu erfahren. Erst nach drei Uhr begann der Marquis de La Grange, ehemals Offizier der Musketiere, uns Anekdoten von den Höfen Ludwigs XV. und Ludwigs XVI. zu erzählen. Ein Genie war er nicht, aber er hatte ein ausgezeichnetes Gedächtnis.

Zu denen, die mir bei der Gräfin begegnet sind, gehörten Cubières, der Nachfolger von Dorat*; Cazotte*, der mir die innigste Freundschaft bezeugte; Rabaud-Saint-Etienne*, damals ein ziemlicher Laffe; La Ferté und Vic d'Azir, sein Schwager; der Graf Arconati, ein Italiener und auf seine Art ein Kosmopolit, der die ganze Welt bereist hatte, sogar Lappland; Robinson, ein Engländer, dessen Mutter eine Inderin war – von ihr hatte er den ausgeprägt romantischen Charakter dieses Volkes geerbt; Stanislas Potocki, der Bruder des Großmarschalls der polnischen Krone, ein geistreicher, umgänglicher Mann, der ein so reines Französisch wie unsere besten Autoren schrieb; im vierzehnten Band der *Nächte von Paris* habe ich einen sehr geschmackvollen, kenntnisreichen Essai von ihm über die *Gemälde im Salon des Jahres 1788* abgedruckt. Und dann war da auch der junge Fürst Czartorinski, ein ebenso schöner wie gebildeter und bescheidener Mann. Eines Abends jedoch kam es zwischen uns zu einer kleinen Meinungsverschiedenheit. Ich kannte ihn noch nicht. Er trug einen einfachen, grauen Frack und äußerte sich abschätzig über Aristoteles. »Junger Mann!«, sagte ich zu ihm. »Sie sollten über große Männer mit mehr Ehrfurcht sprechen! Wissen Sie über diesen Aristoteles, den Sie zu beurteilen wagen, denn wirklich Bescheid? Er ist der Vater des gesunden Menschenverstandes, der Logik und der nützlichen Regeln in der Literatur. Man lästert gegen ihn, wie man heute gegen Gott lästert…« Nachdem ich dem jungen Fürsten dies auseinandergesetzt hatte, räumte er in sanftem Ton ein, dass er im Unrecht sei. Ich sah noch einen anderen jungen polnischen Fürsten, ich glaube, er hieß Malachowski, mit dem wir uns bei einem Abendessen, an dem nur ganz wenige Gäste teilnahmen, einmal wunderbar unterhalten haben. Alle Polen, die ich bei der Gräfin kennenlernte, waren äußerst liebenswürdig. Ich sah dort auch den schon erwähnten Marquis de La Grange; den Fürsten Gonzaga, dem das Haus Österreich in der Gestalt seines Großvaters die Herrschaft über Mantua entrissen hatte, weil er sich im Spanischen Erbfolgekrieg auf die Seite der Franzosen gestellt hatte (derjenige, der an unseren Abendessen teilnahm, war der Letzte seines Namens). Ich sah den Sohn von Buffon und einen Schweizer Grafen, der eine Tochter hatte, die genauso schön war wie Julie d'Etange. Ich sah auch fast alle schätzenswerten Literaten und eine große Zahl ausgezeichneter Offiziere – mit einem Wort, fast ganz Europa.

Dieser aufgeklärten Gesellschaft habe ich meine ersten Epochen vorgelesen. Wie sehr wurde da Madame Parangon bewundert! »Was für eine himmlische Frau!«, rief die Gräfin. Wie sehr hat man auch Zéphire liebgewonnen! Über die Episode mit Louise und Thérèse* hinaus habe ich nicht gelesen, weil ich die letzten Epochen vor Unbekannten nicht lesen wollte.

Bei unseren Gesprächen im kleinen Kreis, nach 3 Uhr, hat die Gräfin oft auch selbst interessante Geschichten erzählt, etwa jene, die eine namhafte Person zu einem sehr reizvollen Buch mit dem Titel *Les Posthumes** ausgearbeitet haben soll – aber auch andere Anekdoten, die sie persönlich betrafen.

Am Ende dieses Abschnitts möchte ich noch hinzufügen, dass

Madame de Beauharnais auch Anteil genommen hat an der Ehe meiner jüngeren Tochter Marion mit ihrem Cousin Edmond, dem Sohn meines Bruders Pierre Rétif, der als Landmann in Sacy auf dem Gut La Bretonne geblieben und dort im Jahr 1778 gestorben ist.

Erst nach seiner Rückkehr aus der Schweiz und nachdem sein exzellenter »Auszug aus den *Zeitgenossinnen*« im *Journal de Neufchâtel* erschienen war, habe ich mich mit dem Bürger Mercier wirklich angefreundet. Vorher, als er mich schon so überschwänglich lobte, glaubte ich immer, er wolle sich über mich lustig machen, und fragte mich, aus welchem Grund er das tat. Erst als mir jemand sein *Tableau de Paris* zeigte, wo ich so sehr gelobt werde, ließ ich mich davon überzeugen, dass all dies ernst gemeint sei, und war doch zutiefst verwundert! Ein Pariser Schriftsteller, der mich lobt! Das kann nicht sein! Er hat eine Heroide geschrieben* und lobt mich! Ist er denn aus anderem Holz geschnitzt als die übrigen?

Ein Bürger namens Chénier* kann den Bürger Mercier nicht ausstehen. Er wirft ihm Torheit vor und mir, dass ich sein *Akolyth in der Torheit* sei. Und warum? Wieso? Was ist überhaupt ein Akolyth? Du übler Dichter und übler Tragiker, Chénier, lass mir die Ruhe! Ich bin nicht dein Bruder! Ich weiß wohl, dass du deine Manieren aus dem Land deiner Geburt mitgebracht hast, aus Byzanz, gleich neben dem Serail! Aber lass mir die Ruhe, ich habe kein Erbe mit dir zu teilen! Und merk dir, du Verleumder: Ich bin nicht Merciers Akolyth in der Torheit, auch nicht der von Descartes oder von Voltaire – wir sind einander diametral entgegengesetzt. Nutzloser Kläffer, mach dich schlau, bevor du schreibst, und besudele nicht den Mann von Genie mit dem Geifer deiner Lügen. Erinnerst du dich an die schwülstige Hymne, die du für das Fest des Höchsten Wesens geschrieben hast? Sie hatte weder Poesie noch Philosophie – man spottete nur über dich … Dein Akolyth in der Torheit (sein Name ist mir entfallen) war jener platte Journalist, ein Verleumder wie du.

Ich bin einer Meinung mit Mercier, was die Lotterie angeht, was die Wiedereinführung der Tabak- und der Salzsteuer angeht, weil sie kaum auffallen. Aber der Zorn reißt mich fort…

Ich war in glücklicheren Zeiten zu Gast bei Monsieur Mercier in Montrouge: eine heitere Reise, ein bezaubernder Ort mit lauter Gärten, sanft gewelltes, blühendes Land bis in die Ferne und angenehme Gesellschaft. Ach, Sie, seine Sara, Sie waren noch so sanft, arglos, unschuldig, inzwischen schrill und untreu. Ihr sagte ich, als wir dort mit Collot* (damals noch ein braver Mann) und Courcelles (der das Theater im Marais baute) aßen, mit ihren Frauen, mit Raimond und noch zwei anderen: »Wie kann das sein! So lieblich, und doch ohne Schönheit!« Sie hat sich seither sehr verändert. (Ach, alles verändert sich! Unglückliche Sterbliche, die wir sind!)

Wir sehen uns nur noch selten, der Bürger Mercier und ich. Zu seinem Glück wollte ich beitragen. Er wehrte sich dagegen, aus Unwissenheit. Dabei war ich mir dessen, was ich versprach, sicher…

Als ich die *Geschichte der Freudenmädchen des Palais-Royal** schrieb, im Jahr 1789, entdeckte ich eine ungeheure Masse erstaunlicher Tatsachen, wie man in den drei Bänden, die diesen Titel tragen, nachlesen kann. Aber mein Aquilin des Escopettes* brachte damals doch nicht alles in Erfahrung, denn er entdeckte nichts von dem, was ihn persönlich anging. Erst 1790 und 1791, als er durch beharrliche Beobachtung noch tiefer eindrang, fand er schließlich heraus, wonach er, wie ihm schien, gar nicht gesucht hatte.

Man weiß, das neue Palais-Royal ist der allgemeine Treffpunkt der politischen Initiativen, der Geschäfte, der Vergnügungen, der Wollust, der Ausschweifung, des Glücksspiels, der Finanzspekulation, des Handels mit Geld, Assignaten und Geldanweisungen und wurde infolgedessen zum Tempel oder Prostibulum, wo man alles betrachten und studieren kann. Deshalb lockte mich dieser berühmte Basar schon von sich aus und außerdem durch die Reize, denen ich auf dem Weg dorthin begegnete. Zuerst sah ich Daelie oder

Adèle, Madame Tesaumenu (Mademoiselle Nazanje war nicht mehr da!), Filette oder Alanette, die Mädchen von Léonor Ebor, Cerisette, Prunette und Dapiette (diese Namen hatte ihnen ihr Onkel, der Dichter, gegeben); die Tochter von Pétronille, der Getränkeverkäuferin an der Ecke der Rue de Grenelle; Adelaide Tipetin und schließlich auch einige junge Palasttäubchen, die mich, ohne dass ich es eigentlich wollte, interessierten.

Zuerst beschäftigte mich vor allem die Politik, wie alle anderen auch. Ich versuchte den Geist der Anträge, die da gestellt wurden, zu durchdringen und stellte schließlich nicht ohne Verwunderung fest, dass sie alle oder fast alle vom Ausland angestiftet waren. Ich hörte das Gestotter von Camille Desmoulins.* Aber da hasste ich ihn schon. Ich beteiligte mich bei diesen Anträgen nicht, weil ich keinem Club angehörte und zu keiner Partei Verbindung hatte. Ich hätte mich womöglich in der Richtung geirrt, während ich doch nur der guten Sache dienen wollte.

Soll ich hier auf die Revolution zu sprechen kommen, dieses seltsame Geschehen, dessen Lärm noch lange Zeit durch den Gang der Jahrhunderte hallen wird? Nein! Ich habe diese Revolution in den beiden letzten Bänden der *Nächte von Paris* geschildert, außerdem in einem Manuskript, das ich 1796 fertiggestellt habe*, und auch in dem hier vorliegenden Werk werde ich noch auf sie eingehen, nämlich am Schluss, im letzten Abschnitt der vierteiligen *Philosophie des Monsieur Nicolas*. Er wird der »Politik« gewidmet sein und den drei anderen Teilen folgen, der »Physik«, der »Moral« und der »Religion«. Aber kehren wir zurück zum Palais-Royal!

Ich Unglücklicher! Betört von hübschen Gesichtern und schlanken Gestalten, löste ich mich aus den Menschenansammlungen. Verlockt von der Wollust (so schien es mir zumindest), folgte ich mal Victorette, mal Septimanette oder auch Séraphine, Estelle-Henriette, Cécile, Rosette, Lutine, Fédérique, Sophiette, Eléonorine, Yvette, Céleste, Dorothée, Nina, Reine, Alzacette, Issine etc. Noch nicht wissend, wonach ich wirklich suchte, sagte ich mir im Stillen: »Ach, wenn sich solche Frauen schon in meiner Jugend so aufreizend gezeigt hätten – ich wäre verloren gewesen!« Ich ahnte nicht, dass es nicht die Wollust war, die mich anzog.

Als ich meinen *Pornograph* schrieb, waren meine Sinne so leicht entzündlich, dass ich dem Drang bisweilen erlag, und weil ich auch mit den Straßenmädchen immer zärtlich umging, wurden selbst die abgestumpftesten unter ihnen fruchtbar. So kam es, dass ich im Laufe von zehn Jahren an die sechzig dieser Unglücklichen zu Müttern machte und sie auf diese Weise, mit Hilfe der Liebe und der Natur, der brutalen Ausschweifung und der Nutzlosigkeit entriss. Denn würden alle Männer mir gleichen, wären die Prostituierten nicht allesamt verlorene Frauen. Sie wären auch nicht alle so erniedrigt und nicht so verächtlich, denn sie würden sich doch nie gegen die Natur vergehen. Sie könnten sich auch in ihrem Elend eine Sittlichkeit bewahren. Es ist also kein schlechtes Gewissen, was ich hier bekunden möchte, sondern der Schmerz, den ich empfinde. Einige dieser meiner Kinder haben Glück gehabt, weil ihren Müttern Seele und Gefühl erhalten geblieben sind. Andere jedoch, die Ärmsten und Hartherzigsten oder Verderbtesten unter ihnen, haben diese Unschuldigen in öffentliche Waisenhäuser gegeben. Manche haben es noch schlimmer getrieben. Sie haben die Mädchen, die sich als hübsch erwiesen, großgezogen und sie dann als Einnahmequelle missbraucht. Mademoiselle Julie d'Etange und etliche andere haben Kinder bekommen, die sie in Ehren großzogen. Aber die meisten anderen öffentlichen Mütter haben die Mädchen, die sie hübsch fanden, nur großgezogen, um sie eines Tages auszubeuten. Die meisten von ihnen haben sich von den eigenen Kindern die Kosten für ihre Erziehung nachträglich zurückzahlen lassen! Daher rührt mein Schmerz – daher, dass ich all das nicht verhindern konnte, dass mir das Geld dazu fehlte und dass ich sie ja nicht einmal kannte! Diese Elenden haben die zarten, knospenden Blumen noch vor der Pubertät verkauft. Sie profitierten von den allerersten Anfängen der Prostitution und ließen sie laufen, sobald sie sie nicht mehr halten konnten.

All diese blutigen Opfer wurden im schändlichen Palais-Royal vollzogen. Viele unermüdliche Besuche musste ich machen, um diese Kinder mit dem Thermometer meines Herzens aufzuspüren. Denn ohne ein solches wäre das Wiedererkennen unmöglich gewesen. Ich verdanke dies einem natürlichen Spürsinn, der auf bloßem Aberglauben zu beruhen scheint, aber er hat mich noch nie getäuscht. Regelmäßig jeden Abend besuchte ich den Basar. Ich achtete nicht auf das Getue, all die Tricks und Kniffe, von denen andere Augen sich verzaubern lassen. Sobald ich etwas erspürt, eine erste Entdeckung gemacht hatte, ließ ich mich, wenn ich den Freudenmädchen nachging, von dem Magneten meines Wohlgefallens lenken. Wenn mir also der Anblick einer jungen Schönheit nicht schon wegen ihrer flachen Schuhe den Magen umdrehte, wenn sie mir im Gegenteil kindlich und angenehm erschien, studierte ich aufmerksam ihre Züge, und es dauerte nicht lange, bis ich das Erkennungszeichen gefunden hatte. Meistens waren es die Augen, die Brauen, die schmale Adlernase und ein paar andere Einzelheiten. Die Mode von 1791 war entzückend, vor allem die der jugendlichen Frauen: ein eng anliegendes Kleid, das eine schmale, gertenschlanke Figur zur Geltung brachte, ein langer Rock, der die abscheulichen flachen Schuhe verbarg oder nur die erträglichen Spitzen davon sehen ließ, eine kapriziöse, also eigenwillige, keine brave Frisur – eben das, was ich mir bei den Frauen immer gewünscht hatte. Es lässt sich kaum sagen, wie sehr mir in dieser Aufmachung manche dieser jungen Schönheiten zu Herzen gingen. Ich musterte sie, verglich die Eindrücke, überlegte.

Doch genug von diesen Einzelheiten. Ich möchte mich nun dem Festmahl zuwenden, das ich in diesem schmutzigen Basar mit all denen veranstaltete, die ich wiedererkannt und mit der Unterstützung von Madame Letâhc* und dem Beistand meiner liebenswürdigen natürlichen Tochter Rosalie Pierre-Sarrazin und ihrer Schwester Sophie vor dem Verderben bewahrt habe. Die Fräulein, die ich schließlich zusammenführte, waren Dorothé Decan, Madame Drahciug und unsere Tochter Leonora; Mademoiselle Drasiob, die Mutter von Brunette; Mademoiselle Favrin, die Mutter der jungen Petite-Beauté; Mademoiselle Adélaide Fôlin, die Mutter von Lutine; ich hatte auch Mademoiselle Desgrès erreicht, obwohl sie in einem Laden arbeitete, und dazu auch ihre Nichten Cécile, Rosette und Fédérique, die im gleichen Alter waren wie sie; schließlich auch Septimanette und Septimanilette mit Mademoiselle Desglands, die sie in die Ehrbarkeit zurückgeholt hatte…

Kurz zuvor hatte ich einen Brief von Mademoiselle Adélaide Collart aus Cayenne* erhalten, wo sie sich niedergelassen hatte. Sie schrieb mir, sie habe dort wieder geheiratet, und bat mich, falls ich einige liebenswürdige Mädchen ohne Vermögen kennen würde, ihr diese zu schicken, wobei sie mir versicherte, ich könnte ihnen getrost einen wohlhabenden Ehemann und alle erdenklichen Annehmlichkeiten versprechen. Voller Freude berichtete ich meinen Töchtern von diesem Brief und konnte ihnen gleichzeitig in Aussicht stellen, dass, wenn einige unter ihnen dieser Einladung folgen wollten, sie obendrein das Vergnügen hätten, dort einer Schwester zu begegnen.

Um zwei Uhr waren wir alle versammelt. Auch Rosalie und Sophie, die ich benachrichtigt hatte, ließen nicht auf sich warten. Ich machte sie alle miteinander bekannt, indem ich jede von ihnen mit ihrem Namen aufrief und bei jeder erklärte, in welcher Beziehung ich zu ihr stand. Wir speisten. Inmitten meiner Frauen und meiner Kinder kam ich mir vor wie ein Patriarch. »Was für ein herrlicher Moment!«, rief ich.

Nach dem Essen las ich ihnen den Brief von Adélaide Collart vor. Ich sah, wie die Augen von Sophie Vaudreuil, von Rosalie Pierre-Sarrazin und meinen anderen Töchtern vor Freude zu leuchten begannen. Schließlich sind alle meine Töchter aus dem Palais-Egalité* in die Kolonie Cayenne abgereist. Diejenigen, die als Erste bereit waren, haben auch die anderen zum Mitkommen bewogen. Im Jahr 1795 schrieb mir Mademoiselle Collart, alle seien wohlbehalten eingetroffen und inzwischen mit reichen Grundbesitzern verheiratet.

Sie seien sehr begehrt gewesen und hätten heftige Leidenschaften erregt. Alle seien nun gut untergebracht und vor allem artig. Auch ich hatte ihnen schon erklärt, wie notwendig das sei.

Ich hatte mir eine kleine Druckerei eingerichtet und glaubte, sie werde mir bei der Sicherung meines Lebensunterhalts von Nutzen sein, aber sie hat meinen Ruin nur beschleunigt. Sollte man es für möglich halten, dass mir zwei Arbeiter die ganze Auflage eines Druckbogens absichtlich noch ein zweites Mal bedruckten? Dass wir zu dem Friedensrichter Huë gingen, der genauso unwissend war wie der kleine Werkstattleiter Clousier? Dieser Clousier wurde dann zum Schiedsmann bestellt, aber er war unaufrichtig, und so lautete das Urteil am Ende, ich müsse den angerichteten Schaden selbst bezahlen. Dabei hatte dieser spitzbübische Werkstattleiter eine Strafe wirklich verdient. Er wollte die beiden Arbeiter nur auf seine Seite bringen.

Ich hatte mit dem Buchhändler Guillot über das Manuskript von *Das enthüllte Menschenherz* verhandelt. Aber nachdem dieser Mann sein Leben verloren hatte, kam der Handel nicht zustande.* Ich weiß nicht, ob mir das besonders geschadet hat. Ich hatte, wie gesagt, auch all meine in den vergangenen zehn Jahren entstandenen Druckwerke schon mit Verlust verkauft und bin nun vollkommen ruiniert. Ich ende so, wie es Madame Parangon befürchtet hat! Ich habe alles verloren. Aber was ich wirklich bedauere, ist der Verlust meiner Freunde beiderlei Geschlechts und derjenigen meiner Kinder, die mir ein Trost gewesen wären, aber schon nicht mehr leben.

Im Jahr 1793 verließ mich meine Tochter Agnès Rétif. Ein paar Monate zuvor hatte sie die Scheidung ihrer Ehe beantragt und erlangt. Nachher hatte ich mich darauf gefasst macht, dass Agnès Lebègue nicht zögern würde, es ihr nachzutun. So kam es dann auch – aber nicht in allem. Agnès Rétif hatte sich trotz der Niedertracht ihres Mannes anständig verhalten und ihren Antrag mit *Un-*

vereinbarkeit der Charaktere begründet. Die tückische Agnès Lebègue hingegen betrieb ihre Sache mit so viel Gemeinheit wie nur eben möglich. Es war mitten in der Zeit der Schreckensherrschaft des Wohlfahrtsausschusses, als ich eines Morgens* vor der Tür der kleinen Druckerei, die ich noch hatte, den sansculottischen Friedensrichter Huë erblickte, der mit tiefernster Miene das furchterregende *St!* von sich gab. Auch der Satz, den er noch hinzufügte, klang nicht beruhigend.

»Man will dich sprechen.«

Ich trat vor das Haus. Ein anderer Mann, der neben der Tür gestanden hatte, versetzte mir einen Stoß, so dass ich mich nun zwischen den beiden befand. »Jetzt bin ich an der Reihe«, dachte ich. Und meine hitzige Phantasie, die mich Nacht für Nacht so unglücklich macht, die mich in der Zeit, als das Verhältnis mit der jungen Sara zerbrach, so sehr leiden ließ, diese ausschweifende Phantasie stellte mir das Bild einer Sitzung des Revolutionstribunals vor Augen – Dumas oder Coffinhal und ihre blutgierigen Geschworenen; die Tribüne; die Gendarmen mit den aufgepflanzten Bajonetten; das vernichtende *Du hast nicht mehr das Wort!*; das schauerliche Abscheren der Haare; die so abscheulich hinter dem Rücken zusammengebundenen Hände; der Karren mit den Gefangenen; das höhnische Gebrüll der entfesselten Volksmasse; das Heruntersteigen vom Wagen, bei dem sich einem das Herz zusammenschnürt; die fatale Treppe; das Umgekipptwerden auf das schmale Brett; das Sausen des niedergehenden Fallbeils … die Ströme von Blut. Huë unterbrach diese Gedanken.

»Mach die Tür auf. Wir wollen bei dir die Siegel anbringen.«

»Die Siegel!«

»Jawohl.«

Ich bebte, während eine lange Stille eintrat. Hatte ich mir denn etwas zuschulden kommen lassen? Aber ja! Ich hatte auf unserer Tribüne im Pantheon gesprochen – ich hatte zu Gunsten des Ministers Roland* das Wort ergriffen, dem das souveräne, sansculottische

Volk sein Vertrauen entzogen hatte. Ich fürchtete, dass man sich dessen erinnerte – ich war verloren … Endlich sprach der Friedensrichter weiter.

»Wo ist deine Frau?«

»Sie hat vor neun Jahren das Haus verlassen.«

»Auf ihren Antrag kommen wir, um die Siegel anzubringen.«

Bei diesen Worten atmete ich auf, und an die Stelle des Schreckens trat, weniger quälend, die Empörung. Huë veranstaltete nun eine Hausdurchsuchung im revolutionären Stil, während sein Schreiber das Protokoll aufnahm. Er las unter anderem alle Briefe, die der Bürger Beaumarchais an eine gewisse Camille geschrieben hatte – sie lagen vergessen in einer Schublade. Ich war sehr erbost. Und nachher habe ich sie vernichtet, indem ich auf den Rückseiten dieser Blätter* die Geschichte meiner Scheidung notierte. Aber – zum Glück! – fand Huë nicht die letzte Antwort, die mir der Minister Roland geschickt hatte. Sie lag versteckt ganz zuunterst. Auch Geld oder Assignaten fand man nicht bei mir. Um die angeblichen Rechte von Mademoiselle Agnès Lebègue zu sichern, die dieses Haus grundlos verlassen, ausgeplündert und ruiniert hatte, die Rechte einer Frau, die ihrer Aufgabe nie gerecht geworden war und ihre Pflichten nicht erfüllt hatte – klebte man die Siegel … auf nichts! Agnès Lebègue, die ihre Beweggründe für die Scheidung zunächst nicht hatte nennen wollen, brachte nur allerlei jämmerliche Ausflüchte vor. Sie verzichtete schließlich auf ihre Forderungen, nachdem sie zwei ebenso wahre wie erschütternde Briefe von ihren Töchtern bekommen hatte. Endlich wurde die Scheidung ausgesprochen. Sie zu beantragen, war die einzige Freude, die mir Mademoiselle Agnès Lebègue in den letzten dreißig Jahren gemacht hat.

Zu schildern bleibt noch der letzte Keulenschlag, den mir die Natur oder vielmehr Agnès Lebègue im Jahr 1795 versetzte. Eine ähnlich schlimme Attacke hatte ich 1785 schon einmal erlebt. Aber damals hatte ich eine Unvorsichtigkeit begangen, die mich ins Ungewisse stürzte. Zehn Jahre und zwei Monate später, am 27. Germinal*, hatte ich mir nichts vorzuwerfen. Und doch zeigten sich die gleichen Symptome, und ein ungeheuer schwerwiegendes kam noch hinzu – ein vollständiger Blasenverschluss. Dem Drucker, der mir zulieferte, sagte ich: »Ich habe keine vierundzwanzig Stunden mehr zu leben.« Aber wirklich traurig machte mich das nicht. Nur eines schmerzte mich zutiefst. Das vorliegende Werk, an dem mir unendlich viel lag, war bis zum Ende des siebten Teils gedruckt.* Und nun war ich drauf und dran, es unvollendet zurückzulassen – mit einem so flüchtig hingeworfenen Manuskript für den Rest, dass nur ich es setzen konnte.

Ich legte mich zu Bett und zweifelte nicht daran, dass ich sterben würde. Meine verängstigte Familie machte sich auf die Suche nach Ärzten. Ein Pfuscher und ein Ignorant stoppelten an mir herum. Bei der Anwendung des Katheters verlor ich eine Pinte Blut. Ich wartete auf den Tod, aber die Schmerzen waren unerträglich. Ich bat nur darum, man möge ihn mir erleichtern. In diesem Augenblick erschien mir ein Gott, Äskulap selbst in der Gestalt von Choppart! Der Ignorant, der sich für sein Versagen schämte, hatte ihn geholt. Die gefüllte Blase reichte bis an den Magen. Der ganze Unterleib war geschwollen und schmerzte. »Dieser Mann ist so gut wie tot«, sagte Choppart, »aber versuchen wir es trotzdem.« Er lässt mich umdrehen, so dass ich auf dem Rücken zu liegen komme. Er führt den Katheter ein. Der Weg ist versperrt. Er zieht ihn wieder heraus. Er setzt noch einmal an, trotz der von Hämorrhoidalblut geschwollenen Drüsen. Der Katheter verursacht unbeschreibliche Schmerzen. Endlich dringt er durch. Choppart spürt es: »Sie werden leben!«, sagt der geschickte Mann zu mir – und der Urin schießt hervor. Vier Tage blieb der silberne Katheter an Ort und Stelle, bis er sich verstopfte. Nun musste er entfernt werden. Man ersetzte ihn durch einen anderen aus elastischem Gummi, den ich nochmals vier Tage lang behielt.

Am letzten, dem achten Tag meiner Krankheit ging es mir noch immer so schlecht, dass ich mein Testament machte. Ich zog mir selbst den Katheter heraus und überließ mich meinem Schicksal, als Professor Lassut erschien. Ich solle Bäder nehmen, meinte er und schlug mir vor, dazu in die *Ecoles de santé** zu kommen. Ich war sofort einverstanden, und eine Stunde später schaffte man mich dorthin. Ich befand mich in einem so elenden Zustand, dass Professor Pelletan die Hoffnung verlor. Aber schon nachdem ich das erste Bad genommen hatte, ging es mir deutlich besser, so dass ich bis zum 1. Prairial* damit fortfuhr und in dieser Zeit fünfundzwanzig Bäder nahm. Choppart rettete mir das Leben, und Lassut bewahrte es mir mit Unterstützung des geschickten Pelletan. Auf dem Land oder unter dem ignoranten Regime der Jakobiner wäre ich gestorben. »Und was hat die Revolution davon?«, hätte mir Dumas entgegnet, wie er es gegenüber Lavoisier tat.* Aber *ich* habe etwas davon, ich, der ich nur einen kurzen Augenblick in der Unermesslichkeit der Jahrhunderte existieren darf – ich habe ein Interesse daran, mich zu erhalten! Wer weiß denn, ob nicht doch noch das Glück am Ende dieses Weges auf mich wartet, den du mir verkürzen willst? Ein Augenblick des Glücks ist ein Augenblick Göttlichkeit, denn glücklich sein heißt Gott sein…

Seit meiner Krankheit von 1795, die jederzeit wieder ausbrechen kann, und noch geschwächt von derjenigen im Jahr 1779, warte ich nun auf den Tod, indem ich meiner Arbeit nachgehe. Mein Herz ist samt meinen Sinnen abgestorben, und wenn mich bisweilen noch eine zärtliche Regung ergreift, so handelt es sich um eine Täuschung, wie man ihr im Traum begegnet oder wie Eunuchen sie erleben. Eine solche Täuschung stürzt mich jedes Mal in tiefe Trübsal. Immer habe ich mit Zartgefühl geliebt und oft platonisch. Niemand hat zärtlicher gedacht und gesprochen und ist mit mehr Zärtlichkeit zu Werke gegangen. Aber nun erkenne ich auch, dass die Quelle der Herzenszärtlichkeit in den Organen der körperlichen Liebe liegt. Denn noch immer erforsche ich an mir selbst das Menschenherz, das ich enthüllen möchte, und habe nun auch die Ursache der abscheulichen Gelüste alter Männer ausfindig zu machen versucht. Gefunden habe ich sie in ihrer Impotenz. Bei ihnen bedarf es zur Erregung der obszönsten Ausdrücke, der empörendsten Berührungen. Aus dieser Quelle rührt auch die Grausamkeit der widerwärtigen Werke, die seit der Revolution geschrieben wurden – *Justine*, *Aline*, das *Boudoir*, die *Theorie der Libertinage*.* Und wenn es den Anschein hat, als wollte ich den Verfasser dieser Bücher im siebten Teil dieses Werkes* namhaft machen, so deshalb, weil ich, indem ich ihm zeige, dass man ihn kennt, die Veröffentlichung jener *Theorie* verhindern wollte, die noch nicht erschienen ist und die ich nur im Manuskript gelesen habe.

Der verderbte, abgestumpfte alte Mann, der selbst sein Vergnügen nicht mehr findet, ist auch nicht bestrebt, der Frau ihren Genuss zu bereiten – aber das ist nicht alles. Dieses Ungeheuer will im Gegenteil, dass sie leidet, dass sie seufzt und jammert – je jünger und schöner sie ist, desto mehr. Und wenn sie sehr schön, sehr hübsch und von hoher Geburt ist, dann soll sie an den Qualen, die er ihr bereitet, zugrunde gehen. Je mehr sie zum Glücklichsein bestimmt war, desto unglücklicher soll sie werden. So denkt der ruchlose Dolmancé im *Boudoir*. Falls die *Theorie der Libertinage* je erscheinen sollte (womit ich in diesen demoralisierten Zeiten durchaus rechne), wird sie die schlimmsten Verbrecher erschauern lassen. Heute, am 1. Vendemiaire des Jahres V*, sehe ich, dass man in diesem Werk – in Anlehnung an meinen *Pornograph* – vorschlägt, Büros einzurichten, wo die unterschiedlichen Preise für öffentliche Frauen zu entrichten sind. Allerdings kommt hier nun noch eine Abscheulichkeit hinzu. Von den neun Büros, die dieses infame Werk vorsieht, sollen die letzten drei den Libertins Frauen liefern, die so gefoltert und zu Tode gebracht werden können, wie es diesen Verbrechern Vergnügen bereitet, die dem gleichen Geschmack frönen wie der Urheber jenes Werkes selbst. Der Preis für das Billet verdoppelt sich, wenn die Frau schwanger ist. … An dieser Stelle würde man den abscheulichen Verfasser am liebsten erdolchen. Aber das ist noch nicht alles! Am Ende des Manuskripts wird die Opferung eines hübschen Mädchens von achtzehn Jahren namens Angélique geschildert, das eine Marquise, seine Herrin, den schrecklichen Qualen und dem Tod überlässt, die ihm ein Fräulein von achtzehn Jahren sowie die Marquise selbst und der Tiger Dolmancé bereiten.

Der Verfasser, dieses Ungeheuer, plant eine Fortsetzung dieses abscheulichen Werkes. Die Einzelheiten daraus, die ich mir schon notiert hatte, lasse ich nun doch lieber weg. Am Schluss treten dort drei Waisen auf, zwei Mädchen und ein Junge, alle schön, feinfühlig, wohlerzogen, aber ohne Eltern, die nun infolge einer seltsamen Verblendung in die Obhut ebenjener Marquise gegeben werden. Sie sind die Opfer, die in einer Fortsetzung zur *Theorie der Libertinage* (die ihrerseits die Fortsetzung des *Boudoir* ist) gepeinigt werden sollen. Möge unsere Regierung dem Verbrecher in den Arm fallen, der zwanzigtausend Frauen einen grausamen Tod bescheren könnte, falls er von Soldaten gelesen würde ... Aber wenden wir uns ab von diesen Scheußlichkeiten.

Ich weiß kaum noch, was das ist – Verlangen! Und doch muss ich sagen, dass ich im Jahr IV, um die Mitte des Fructidor*, eine Frau von zweiunddreißig Jahren beim Verlassen eines Ladens in der Rue de Thionville sah, die ich einfach bewundern musste. Sie ging vor mir her, raffte ihr Kleid und ließ mich Beine sehen, die vollkommen waren. Ich sprach sie an.

»So lassen Sie doch Ihren Rock sinken!«

Das Fräulein lächelte.

»Also wirklich!«, sagte ich. »Macht es Ihnen denn gar nichts aus, alle Welt völlig zu verwirren – sogar die armen alten Männer!?«

»Oh! Ich kenne Sie«, antwortete sie. »Und Sie kennen mich! Madame Hollier ist meine Maman.«

»Madame Hollier? Von der Place Dauphine?«

»Genau die.«

»Ich freue mich, Mademoiselle. Wie sich das trifft!«

»Ich freue mich auch. Sie sind sehr freundlich.«

»Sie sind die zweite oder dritte von meinen Töchtern, die ich an den Beinen erkenne.«

»Ganz recht – dass sie schön sind, bekomme ich öfter zu hören.«

»Bewundernswert!«

Sie brach in Lachen aus.

»Das haben meine beide Schwestern auch gesagt – meine Zwillingsschwester und Virginie!«

»Wie heißt denn Ihre Zwillingsschwester?«

In diesem Moment kam ein Kabriolett über den Pont Neuf gefahren – leichtfüßig wie der Wind folgt ihm die Hollier, überholt es und darf einsteigen, winkt mir zu und schwebt davon … Bis heute habe ich sie noch nicht wiedergesehen.

Ich bin jetzt dreiundsechzig und lebe allein, einsam. Meine Tochter Marion, bei der ich esse, ist verwitwet – und lebt in misslichen Umständen, mit drei Kindern und ohne Vermögen. Ich bräuchte eine Lebensgefährtin im Alter zwischen vierzig und sechzig und wohlhabend genug, mich zu ernähren. Mir bleiben noch ein paar vorzügliche Bücher zu schreiben, die Pläne liegen vor. Ich würde sie in aller Ruhe schreiben und damit Einnahmen erzielen, die meine Ausgaben übersteigen.

So viel zu meiner Lage, meinen Plänen, meinen Mitteln.

Nun bin ich im Jahr 1797 angelangt und muss meine neunte Epoche beenden. Ich habe frei und offen geschrieben – wie Rabelais, Francion* und Montaigne, mit denen ich mich einig weiß. Ich habe ohne Bewilligung geschrieben, wie man es nach diesen dreien nie mehr getan hat – wegen der geistlosen Zensoren. Aber da meine Seele nicht verdorben ist wie die des Verfassers von *Aline*, schildere ich die Liebe und nicht die Ausschweifung und erst recht nicht die Grausamkeit. Das liegt daran, dass die Liebe – auch die unbändige, ausufernde Liebe, der Virginie, Sara und Daelie ihr Dasein verdanken – bei mir immer eine Tugend war. Nie habe ich eine Frau entwürdigt, die ich besessen habe. Diejenige, die ich zur Mutter machte, habe ich immer in Ehren gehalten, und wenn ich über Agnès Lebègue gelästert habe, so deshalb, weil sie als Erste über die Liebe gelästert hat, im Jahre 1770. Was sind das bloß für Zeiten und was für Männer, denen gegenüber man es sich schon als Verdienst anrechnen kann und anrechnen muss, wenn man den Frauen einfach nur menschlich begegnet – von Zärtlichkeit gar nicht zu reden?

ZEHNTE EPOCHE

Letzte Schmerzen und mein nahes Ende

Ultima semper
Expectanda dies homini est, dicique beatus
Ante obitum nemo, supremaque funera debet.
Ovid, *Metamorphosen III*, v. 135–137.*

Am Ende meines Lebensweges, von falschen Freunden betrogen, die mich durch Aushungern gezwungen haben, dieses Werk zu veröffentlichen, von aller Welt verlassen, von nichtswürdigen Männern in Verruf gebracht, träume ich nur noch von Verzweiflung! All meine Mittel sind erschöpft. Das Werk, das Sie hier lesen, war das letzte, und man hat es zugrunde gerichtet, indem man es zur falschen Zeit herausbrachte – ohne die angekündigten Stiche und in einer Aufmachung, die ich dem Publikum lieber nicht zugemutet hätte. Die Veröffentlichung ist im Übrigen verfrüht: Die am längsten vergangenen Ereignisse, die sich in Städten abspielen, liegen für Paris fünfzig Jahre zurück; für Auxerre sechsundvierzig, fünfundvierzig, vierundvierzig und dreiundvierzig Jahre; für Paris dann wieder zweiundvierzig, einundvierzig, vierzig und neununddreißig Jahre; für Dijon achtunddreißig Jahre; für Auxerre siebenunddreißig und sechsunddreißig Jahre; für Paris fünfunddreißig Jahre und bis heute. Es ist bloß ein Augenblick ... Möge ein anderer als ich mein Ende verzeichnen, das nicht mehr fern sein kann ... Ich weiß nicht, Leser, ob ich Ihnen hiermit Adieu sage. 1797.

Nachtrag zur zehnten Epoche

Man hat gesehen, dass ich Sara verehrt habe*, dass ich sie gehasst, verabscheut, verachtet habe. In diesem Augenblick empfinde ich nur noch Zärtlichkeit und Schmerz … Wo wird man das Menschenherz so gut, so wahrhaftig geschildert finden wie in dieser Geschichte? Ach, der Abbé Delille* hatte recht: Sie ist ein Meisterwerk! Aber die Natur, nicht der Verfasser, hat es geschaffen.

Was bleibt mir jetzt noch zu schreiben? Die Fortsetzung dieser Epoche, falls es denn eine geben wird. Zu drucken bleibt mir noch »Mein Kalender«, ein sehr notwendiger Anhang! Und die Fortsetzung oder Ergänzung meiner *Philosophie*, nämlich: die »Moral«, die »Religion« und die »Politik«, abgehandelt auf ganz neue Weise. Bonneville, Rue du Théâtre-Français, hat meine »Physik«, den ersten Teil meiner *Philosophie*, gedruckt. Aus dem, was noch übrig ist, werden sich drei Teile ergeben und dieses Werk auf sechzehn Teile oder acht Bände erweitern.

Nun kann ich, wie Horaz und Ovid*, sagen: *Exegi monumentum* – ein Denkmal habe ich mir gesetzt. Und eines Tages wird dieses Denkmal Staunen erregen.

Anmerkungen

7 *'Een ékastos … pellem portat* – Das erste Motto seines Buches gibt Rétif in Griechisch und Latein: »Jeder trägt seine eigene Haut.« Eventuell nach einer römischen Redensart – im Sinne von »Keiner kann aus seiner Haut heraus«. Die genaue Herkunft dieses Satzes ließ sich bisher nicht ermitteln.

9 *»…kein Wort.«* – Vgl. Montaigne, *Essais,* Buch 3, Kap. 8. Rétif zitiert Montaigne nicht wörtlich.

15 *Sunt et queis virtus…* – »Mannhaftigkeit erwächst manchen vor der Zeit. / Über die Jahre hinweg schwingt rasch ein himmlischer Geist sich / Und duldet nur schwer den Verlust, den träges Warten erzeugt.« Ovid, *Ars amatoria I*, v. 184–186.

17 *22. November 1734* – Das Datum ist falsch. Rétif hat sein richtiges Geburtsdatum nicht gekannt. Erst lange nach seinem Tod wurde dieser Irrtum anhand des Kirchenbuches von Sacy aufgedeckt. Rétif kam am 23. Oktober 1734 zur Welt.

Barbe Ferlet de Bertrô – Edme Rétif heiratete Barbe Ferlet drei Jahre nach dem Tod seiner ersten Frau. Auch für seine zweite Frau war dies die zweite Ehe. In erster Ehe war sie mit Edme Boujat (1668–1733) verheiratet gewesen, mit dem sie drei Kinder hatte, die daher Halbbrüder bzw. Halbschwestern mütterlicherseits von Nicolas und seinen jüngeren Geschwistern waren. Rétif erweckt einen Anschein von adeliger Herkunft seiner Mutter, indem er ihrem Namen ein »de Bertrô« anhängt. Einer der adeligen Herren von Bertreau war an ihrer Taufe beteiligt – aber nur als Pate.

19 *beide glühend verehrt* – Gemeint sind Colette Collet, die spätere Madame Parangon, und Jeannette Rousseau. Von beiden wird noch die Rede sein.

27 *La Bretonne* – Im Jahre 1742 bezog die Familie dieses Hofgut, das am westlichen Ende von Sacy, außerhalb des Ortes lag.

meine beiden älteren Brüder – Nicolas-Edme, Rétifs ältester Bruder, wird später Pfarrer von Courgis, einem Dorf in der Nähe von Sacy. Thomas holt seinen jüngeren Bruder Nicolas schließlich an die Schule der Chorknaben von Bicêtre bei Paris.

28 *sanctificetur…* – Aus dem Vaterunser: »geheiligt werde dein Name«.

30 *…Stulti vos, abite!* – »Sie setzte uns, die wir vollkommen unwissend waren, einander gegenüber und sagte: ›Nun los, tut euch zusammen!‹ Marie-Louison befolgte dies, soweit sie es verstand; ich hingegen war weder willens noch fähig und stellte mich ganz ungeschickt an. Schließlich begann sich auch Margot zu schämen und schickte uns weg, ohne dass wir uns befleckt hätten, wobei sie uns nachrief: ›Ihr Dummköpfe, verschwindet!‹«

32 *meinem Freund Loiseau* – Vgl. S. 315.

35 *Scioto* – Ein Nebenfluss des Ohio River, in dessen Umgebung etwa 500 Franzosen zu Beginn der Französischen Revolution eine Siedlung gründeten. Das Projekt scheiterte bald. Ein Bekannter wollte Rétif im Jahre 1790 bewegen, sich daran zu beteiligen.

40 *Hippolyt* – Ein Held der griechischen Mythologie, der Aphrodite und Phädra geringschätzte.

41 *Parvus pes…* – »Kleiner Fuß, großes Loch.«

42 *aus den Dörfern am Fluss* – Gemeint sind die Dörfer am Ufer des Flusses Serein zwischen Noyers und Chablis nordöstlich von Sacy.

46 *altae rigidaeque erectionis* – Eine hohe, feste Erektion.

47 *… futuente gratis* – Nach dem Koitus sind alle Lebewesen traurig, ausgenommen der Hahn und der Schüler, der es gratis treibt.

49 *eine sehr interessante Szene* – Im Jahre 1748. Vgl. S. 154 f.

52 *…fecerit Hippolytum* – »So verführerisch reizt, so zitternd schwingt sie die Hüften, / Dass sie sogar den Hippolyt zum Masturbator hätte gemacht.«

Théâtre-Français – Die Comédie Française in Paris. Die Karriere der Schauspielerin Victoire Geayant, genannt Guéant, war tatsächlich sehr kurz. Sie starb 1758 im Alter von 25 Jahren.

53 *Aurore Marie Parizot* – Eine Pariser Bekannte, der Rétif wahrscheinlich im Jahr 1777 begegnete. Das Adjektiv »kytherisch« verweist auf Kythera – in der griechischen Mythologie die Insel der Aphrodite.

54 *zum Vespergottesdienst getragen* – Vgl. S. 21 f.

in Gefahr gebracht – Vgl. S. 29 f.

55 *Berührung von Ursule Rameau* – Bei einer Rauferei zwischen einigen Jungen und Mädchen Jahre zuvor war Nicolas unabsichtlich mit einer Hand unter den Rock dieser Ursule Rameau geraten und fühlte dort »etwas so Weiches und Seidiges, wie ich es noch nie berührt hatte«. (MN I, 33, Fn. A).

…inpuberemque concham – Meine Hände tasteten sich voran und befühlten die Geschlechtsteile und die unbehaarte Muschel.

Monerast … Polyerast – Aus den griechischen Wörtern bzw. Wortteilen *mono* – »einer«, *poly* – »mehrere« und *erastos* – »Liebender« zusammengesetzt. Rétif sagt also über sich, er sei keiner gewesen, der nur eine liebte, er habe vielmehr stets gleichzeitig mehrere geliebt.

60 *Tutto il mondo…* – Die ganze Welt ist wie unsere Familie.

65 *Rodomont* – Ein Aufschneider, eine Gestalt aus Ariosts Epos *Der rasende Roland*.

66 *Père Busée* – Dieser Père Busée (1547–1611) hat neben vielen anderen Werken ein *Manuel de méditations dévotes sur les évangiles des dimanches et fêtes de l'année* verfasst.

71 *…in fremdem Lande* – Psalm 137. Nach der Übers. von Martin Luther.

72 *Edme Boujat* – Ein Sohn aus der ersten Ehe von Barbe Ferlet mit Edme Boujat, geboren 1723, gestorben bei einem Sturz vom Pferd 1750.

73 *»Viererfallen«* – *Quatre de chiffres*, eine Klappfalle, bei der drei Hölzchen so vorbereitet und zusammengesetzt werden, dass sie in Form einer »4« ein schräg auf der Spitze der Vier liegendes und mit einem Stein beschwertes Brett hochhalten. Der Köder wird an der Seite befestigt, wo das diagonale und das horizontale Hölzchen zusammentreffen. Indem die Maus den Köder berührt, bringt sie die ganze Konstruktion zum Einsturz.

74 *In meinen Mußestunden* – Unter dem Ansturm all dessen, was Rétif über das Schreibenlernen mitzuteilen hat, bleibt der hier begonnene Satz auch im Original unvollendet.

aus zwei Gründen – Gemeint sind wohl Nicolas' besondere körperliche Empfindlichkeit und die Sorge um sein Ansehen bei den anderen Kindern.

75 *Monsieur Berthier aus Nitry* – Der Lehrer, bei dem Nicolas' Vater in die Schule gegangen war.

78 *Père Ange* – Hier lässt sich Rétif von seiner Erinnerung täuschen. Der Kapuziner Père Ange ist eine Figur in dem Erbauungsroman eines gewissen Caillière oder Callière aus dem Jahr 1662 – *Le Courtisan prédestiné ou le Duc de Joyeuse capucin.* Vgl. MN I, 91, Anm. 3.

Polexandre – Dieser Roman von Martin de Gomberville erschien zwischen 1618 und 1637 in fünf Teilen.

82 *…dedit esse beatis* – Nie lässt Jupiter zu, dass die Undankbaren glücklich sind. – Dieser Vers lässt sich, wie es scheint, weder bei Horaz noch anderswo nachweisen. Vgl. MN I, 96, Anm. 4.

82 *...exprobare voluptas* – Es ist eine Art Lust, dem Undankbaren die Wohltat vorzuhalten. Ovid, *Heroides – Briefe der Heroinen.* XII, 21. Medea an Iason. (Übers. D. Hoffmann, Chr. Schliebitz, H. Stocker).

85 *Manna* – Wahrscheinlich das sogenannte Sizilianische Manna, eine Ausschwitzung der Esche.

89 *La Découverte australe* – »Die Entdeckung des Südkontinents«, ein Werk, das Rétif 1781 veröffentlicht hat.

93 *...puellam irrumarat* – Er hatte sie masturbiert, hatte ihr Geschlecht und ihre Brüste geleckt, hatte ihr mit großer Mühe beigewohnt und hatte dem geschändeten Mädchen sein Glied mehrmals in den Mund geschoben.

94 *Isle-sous-Mauréal* – Heute: L'Isle-sur-Serein, eine Ortschaft flussabwärts von Montréal.

95 *Herren im roten Mantel* – In Rot kleideten sich Chevaliers, Ärzte und andere vornehme, mächtige Herren.

101 *...non habuere suas* – Woher kam's, dass die Luft einst Daedalus sicher durchflogen / Und dass die mächtige Flut Ikarus' Namen erhielt? / Doch wohl, weil dieser zu hoch dahinflog, niedriger jener; / Denn das Gefieder war ja bei allen beiden geborgt. Ovid: *Tristia* (Gedichte der Trauer) *III*, Elegie 4, v. 21–24. (Übers. Alexander Berg, Liselot Huchthausen).

103 *...suspicor esse viam* – »Glücklich die, denen die Erfahrung hilft. Ich dagegen, völlig ahnungslos, habe den Verdacht, dass der Weg der Schuld nicht so ganz einfach ist.« Ovid, *Heroides (Briefe der Heroinen)* XVII, v. 145 f. Helena an Paris. (Übers. D. Hoffmann, Chr. Schliebitz, H. Stocker).

106 *Caylus* – Monseigneur Caylus (1669–1754), seit 1704 Bischof von Auxerre, war ein Anhänger des Jansenismus.

113 *Meine Schwester* – Marie, die einen Monsieur Beaucousin geheiratet hatte und in Paris wohnte.

114 *Coqueley-Chaussepierre* – Ein Jurist und Journalist (gest. 1791), der sich darauf verstand, seine Zeitgenossen zu parodieren.

114 *Beaucousin* – Nicolas' Schwager, der Mann seiner Schwester Marie.

115 *Langlois* – Eine Buchhandlung in der Rue du Petit-Pont am unteren Ende der Rue Saint-Jacques in Paris.

116 *ein rotes Käppchen trugen* – Rote Käppchen trugen die angehenden Priester.

119 *philandrisch* – Die Neigung zu Männern betreffend, androphil.

121 *Massé* – Eine bekannte Pariser Zuhälterin.

122 *drei Theater* – Gemeint sind die drei großen Pariser Bühnen: das Théâtre-Français, das Théâtre-Italien und der Saal des Ambigu-Comique.

vor lauter Schrecken – Es geht hier um Ängste, die Rétif im Jahre 1784 plagen, während er dies schreibt. Wegen seines Romans *La Paysanne pervertie* hat er in dieser Zeit große Schwierigkeiten mit der Zensur.

123 *Santeuil* – Jean de Santeuil (1630–1697), ein französischer Poet, der in Neulatein dichtete und nicht zuletzt durch seine Eitelkeit bekannt wurde.

125 *Bourdaloue ... Abbé Poulle* – Zwei französische Prediger des 17. bzw. 18. Jahrhunderts.

126 *In manus* – Das Abendgebet: *In manus tuas, Pater, commendo spiritum meum...* – In Deine Hände, Vater, lege ich meinen Geist (Psalm 31, 6 ff.).

127 *Christophe de Beaumont* – Gegner der Jansenisten und der zeitgenössischen Philosophen. Rousseau hat ihm in seinem »Brief an Christophe de Beaumont« auf dessen »Hirtenbrief« über seinen *Emile* geantwortet.

y poco mas – Spanisch: und ein bisschen mehr.

128 *Molinist* – Die Theologie des Molinismus geht auf den spanischen Jesuiten Luis de Molina (1536–1600) zurück. Die Vertreter dieser Glaubensrichtung gerieten in heftigen Streit mit den Jansenisten.

129 *Bei Monsieur Denattes* – Gemeint ist die von François Denattes ins Französische übersetzte *Dissertatio theologica de conversione peccatoris* des flämischen Theologen Johann Opstraet.

132 *Geburtstag* – Vgl. Anm. zu S. 17.

135 *Nicolas Caussin* – Ein jesuitischer Prediger (1583–1651).

Miroir des passions – Gemeint ist wahrscheinlich das Werk *Miroir de pitié chrétienne* von Flore de Sainte-Foi (1670). Vgl. MN I, 182, Anm. 2.

137 *Esthers Toilette* – Wahrscheinlich ein von Beauvarlet geschaffener Stich eines Gemäldes von Jean-François de Troy.

141 *...suadere malorum* – »Zu derart Bösem konnte Aberglaube raten.« Lukrez, *Über die Natur der Dinge I*, v. 101 (Übers. Klaus Binder).

144 *alte Kameraden* – Aus Bicêtre.

150 *...Denêvres. Der Eintrag im Kirchenbuch* – Rétif zitiert dieses Dokument aus dem Gedächtnis – daher haben sich einige Fehler bei den Eigennamen eingeschlichen. Im Übrigen aber ist es ihm über fast vierzig Jahre hinweg gelungen, den Eintrag zu rekonstruieren. Vgl. dazu MN I, 199, Anm. 2.

zur Welt gekommen war – Vgl. die Anm. zu S. 17.

...ipsis faucibus angat – »Denn aus jeder Quelle der Freuden quillt unversehens etwas wie Bitterkeit empor, das einem die Kehle zuschnürt.« Lukrez, *Über die Natur der Dinge IV*, 1133 f. Die meisten Lukrez-Ausgaben folgen an dieser Stelle der Lesart »floribus« statt »faucibus« – also etwa: »...das selbst die Blumen abschnürt«. Vgl. MN I, 199, Anm. 6.

151 *...mihi carissimae* – »Der neunzehnte Dezember 1731 war der glückliche Geburtstag des allerschönsten Mädchens, Jeanne Rousseau, das mir die Allerliebste ist.«

152 *...14. Juni 1793* – Diesen Zusatz hat Rétif erst spät während der Satz- und Druckarbeiten an seinem Buch eingefügt.

...dieses Mädchen schon erwähnt – Rétif verwechselt hier offenbar Marguerite Miné mit Reine Miné.

154 *»Schöner Sonntag« – Beau Dimanche,* der Tag, an dem die werktags geschlossene Hochzeit im großen Kreis gefeiert werden konnte. Hier wird der Festtag wegen einer anderen unaufschiebbaren Arbeit noch einmal verschoben.

157 *Constitutio Unigenitus* – Eine von Papst Clemens XI. 1713 verfasste Bulle gegen den Jansenismus.

158 *Pamphilus, Glycerium* – Figuren aus der Komödie *Das Mädchen von Andros* des Terenz.

die Gefährlichen Liebschaften – Les Liaisons dangereuses, Roman von Choderlos de Laclos, erschienen 1782.

178 *Monsieur de Sacy* – Rétif denkt hier an Louis Isaac Lemaistre de Sacy (1613–1684), von dem es allerdings keine *Cantiques spirituels – Geistliche Lieder* gibt. Dessen *Psaumes de David* aus dem Jahre 1666 kann Rétif nicht gemeint haben, denn sie sind in zwölfsilbigen Alexandrinern verfasst. Vgl. MN I, 235, Anm. 2.

eine bezaubernde Blondine – Gemeint ist Fanchette Collet, die jüngere Schwester von Colette Collet oder Madame Parangon. Von ihr wird noch die Rede sein.

179 *Sérées* – »Abende« (Soirées), ein Werk von Guillaume Bouchet (1513–1594).

Histoires prodigieuses – »Wundersame Geschichten«, eine Sammlung von Erzählungen, erstmals 1560 von Pierre Boaistuau (1517–1566) allein herausgegeben, später zusammen mit François de Belleforest (1530–1583) und anderen in erweiterter Form neu aufgelegt.

Le Théâtre du Monde – Welttheater, zunächst in Latein, später (1558) in frz. Sprache herausgegeben von Pierre Boaistuau.

Poésies – Die zweite Ausgabe der Dichtungen von Mathieu de Montreuil (1620–1691), erschienen 1671.

Muses françaises – Rétif verwechselt hier anscheinend ein Werk von Duduit de Mézières von 1764 mit den im Jahre 1600 erschienenen *Muses gaillardes* von Antoine du Breuil. Vgl. MN I, 236, Anm. 2.

188 *Kalk* – Wahrscheinlich für medizinische Zwecke.

189 *Tragödie von der heiligen Königin* – *Le Martyre de la glorieuse saint-Reine d'Alyse,* 1716 von dem Drucker Oudot in Troyes innerhalb der Bibliothèque Bleue herausgebracht.

Chorier – Nicolas Chorier (1612–1692), Historiker und Schriftsteller, publizierte eine *Satire sotadique sur les arcanes de l'Amour et de Vénus,* die im 18. Jahrhundert vielfach übersetzt und nachgedruckt wurde.

198 *ertragen müssen* – Eine nachträglich eingefügte Anspielung auf das Unheil, das Rétifs ältester Tochter Agnès und damit auch ihrem Vater aus deren unglücklicher Ehe erwachsen ist. Vgl. S. 587 ff.

200 *Nouvelles ecclésiastiques* – Eine mehr oder weniger heimlich gedruckte jansenistische Zeitung, die zwischen 1728 und 1803 erschien. Vgl. MN I, 166, Anm. 28.

201 *Tu qui manducabas…* – »Du, der du mit mir mein Brot aßest, hast deinen Fuß gegen mich erhoben.« Psalm 41, 10.

211 *mit dem Beinamen Apostat* – »der Abtrünnige«.

217 *Der Leser kennt dieses Haus* – Vgl. S. 43 u. 178.

222 *Gradus ad Parnassum* – Titel einer Sammlung poetischer Wendungen von Pierre Joulet, Sieur de Chastillon (1545–1621). Unter dem gleichen Titel erschienen später auch Lehrbücher zur musikalischen Kompositionstechnik, etwa diejenigen von Paul Aler (1687) und Johann Joseph Fux (1725).

Justin – Justinus der Märtyrer (100–165), ein Kirchenvater.

229 *Non equidem…* – »Ich kann gewiss nicht alle Schuld von mir weisen, aber ein Teil meines Verbrechens beruht auf einem Irrtum.« Ovid, *Tristia III*, Elegie 5, v. 51–52.

232 *Dörfer am Fluss* – Vgl. die Anm. zu S. 42.

250 *Morvan* – Eine Region südlich der Gegend, aus der Monsieur Nicolas stammt.

254 *Madame de Villedieu* – Marie-Catherine Desjardins, genannt Madame de Villedieu (etwa 1640–1683), schrieb Gedichte und

einige Theaterstücke, bevor sie mit ihren Romanen *Mémoires de la vie de Henriette-Sylvie de Molière* (1671) und *Désordres de l'amour* (1675) großen Erfolg hatte.

257 *meinem Geburtstag* – Vgl. Anm. zu S. 17.

262 *Soufflot* – Jacques Germain Soufflot, der Architekt der Kirche Sainte-Geneviève, des späteren Pantheon, in Paris. Irancy liegt in der Nähe von Auxerre.

264 *Colette C…* – Rétif verschlüsselt hier Colettes Nachnamen Collet, den er zuvor schon mehrmals offen genannt hat.

269 *Robinson … Visionen* – *Robinson Crusoe* erschien zuerst 1719. Im Jahr darauf fügte Daniel Defoe seinem Buch einen Anhang hinzu: »Serious Reflections during the Life and Surprising Adventures of Robinson Crusoe, with his Vision of the Angelick World«.

271 *Jacquette C…* – Eine jüngere Schwester von Madame Parangon.

280 *gotische Seite des Uhrturms* – Der Uhrturm von Auxerre ging hervor aus einer gallo-römischen Befestigungsanlage. Die gotische Seite ist die nach Osten gewandte, auf der die während der Französischen Revolution zerstörte Kirche Saint-Regnobert und auch die Buchhandlung und die Druckerei von François Fournier (Monsieur Parangon) lagen. Als römische Seite des Uhrturms bezeichnet Rétif dessen Westseite.

281 *meiner Guten* – Im Französischen *bonne* – eigentlich »Kindermädchen«, hier aber der Kosename für eine besonders gutmütige, duldsame Stiefmutter.

304 *gaudeamus!* – Lateinisch: Freuen wir uns!

311 *das geweihte Brot* – Ein Brauch in der katholischen Kirche Frankreichs: Gemeindemitglieder stiften Brot, das während der Messe vom Priester geweiht und nachher an die Besucher der Messe verteilt wird, die es nach Hause mitnehmen. Das geweihte Brot – *pain bénit* – hat nicht den Rang eines Sakraments wie die Hostien, die nach der Wandlung bei der Kommunion

verteilt werden. Es ist ein Sakramentale, ein »Segenszeichen«, wie das Weihwasser oder die Palmzweige.

312 *adhuc ... viro* – eine bisher von keinem Mann berührte Jungfrau.
vela ... penetralium – die geheimen Schleier ihres Intimsten.

318 *Briefe des Marquis de Roselle – Les Lettres du marquis de Roselle,* ein Roman von Madame Elie de Beaumont aus dem Jahr 1764.

323 *Je cherche un cœur* – Das Lied stammt von Charles Dauphin, der es 1730 veröffentlichte. Manon und Rétif haben es gegenüber dem Originaltext abgewandelt.
November ... Monat meiner Geburt – Vgl. Anm. zu S. 17.

325 *auf diese verschiedenen Gesänge* – Nicht alle Namen der hier genannten Mädchen werden in der vorliegenden Ausgabe noch einmal auftauchen.

330 *Ovids Liebesbriefe* – Gemeint sind Ovids *Heroides – Briefe der Heroinen.*

334 *bis ... locupletata* – In Liebe zweimal dreifach befriedigt.

336 *Titus* – Eine Figur aus dem Drama *Bérénice* von Racine. Vgl. Akt IV, 4. Szene.

347 *...erigere nequebamus* – Sie besitzen oder sterben! Heute beim Lesen einer Korrekturfahne, während sie in der Nähe stand, bekam ich eine derart starke Erektion, dass ich nicht aufrecht hinausgehen konnte.

360 *acht Nächte ... in den Armen von Flipote* – Dass er die zweite dieser acht Nächte nicht mit Flipote verbrachte, behält Nicolas hier noch für sich. Auch er selbst – und mit ihm der Leser – erfährt dies erst später, auf S. 390.

361 *Fontenoy und ... Bergen op Zoom* – Zwei französische Siege im Österreichischen Erbfolgekrieg in den Jahren 1745 und 1747.

364 *mit dem Genießen beeilen* – Kein wörtliches Zitat aus dem *Satyricon* des Petronius, aber eine Anspielung auf den Satz des Trimalchio im 72. Kapitel: »Nun, wo wir wissen, dass wir sterben müssen, warum genießen wir nicht das Leben?« Zit. nach der Übers. von H. C. Schnur.

364 *Adhuc non feci* – Bis jetzt habe ich es noch nicht gemacht.

367 *Cacus* – Rétif verwechselt diesen Cacus, einen Räuber der antiken Mythologie, mit dem Riesen Antaios, einem Sohn der Erde, den seine Kräfte verließen, sobald er die Erde, seine Mutter, nicht mehr berührte. Deshalb musste Herakles ihn im Kampf in die Höhe heben, um ihn zu erdrücken.

382 *Similis simili gaudet* – Die ähnlich sind, gefallen einander. Oder: Gleich und gleich gesellt sich gern.

389 *Monsieur Bourgoin* – Der Onkel des Werkstattleiters und Bruder von Manon Bourgoin, der Geliebten von Gaudet d'Arras, ist Chirurg.

394 *emittebat* – Sie ließ der Lust ihren Lauf.

397 *Crébillon* – Claude-Prosper Jolyot de Crébillon, genannt »Crébillon fils« (1707–1777), Verfasser zahlreicher lizenziöser Erzählungen und Romane.

398 *Salocin … Gicours* – Anagramme aus den Namen *Nicolas* und *Courgis*.

Madame Demnod aus Nomverten – Anagramme aus *Vermenton* und vermutlich aus *Dondaine*, dem Mädchennamen der ersten Frau von Edme Rétif, dem Vater von Nicolas.

406 *in meinem Pornographe* – Rétifs Buch *Le Pornographe* erschien 1769 und ist kein pornographisches Buch, sondern ein ausführlicher Vorschlag zu einer Reform der Prostitution.

Der verführte Landmann – Rétifs Roman *Le Paysan perverti* erschien 1775.

411 *Labitur occulte* – »Heimlich gleitet dahin und versteckt die flüchtige Jugend, / Wie mit raschem Gefäll schleunig entgleitet der Bach.« Ovid, *Amores* (*Liebeselegien*) *I*, Elegie 8, v. 49–50 (Übers. W. Hertzberg, H. Lindemann, L. Huchthausen).

413 *Mein Gedicht de mi is* – Welches seiner Werke Rétif hier zitiert, ist nicht klar.

413 *Quis non e timidis* – »Wer unter den Furchtsamen scheut nicht die Berührung eines Kranken aus Angst, er könnte sich bei ihm anstecken?« Ovid, *Epistolae ex ponto III*, 2, v. 13–14.

416 *bei seiner Mutter* – Monsieur Parangon stammte aus Paris, seine Mutter und andere Angehörige lebten noch dort.

420 *heute* – Ein Zusatz aus dem Jahre 1795 oder 1796 und nicht aus dem Jahre 1784, als Rétif den größten Teil seines *Monsieur Nicolas* schrieb.

Medio tutissimus ibis – Auf dem mittleren Weg wirst du am sichersten fahren. Ovid, *Metamorphosen II*, 137.

421 *nach neununddreißig Jahren* – Also im Jahr 1794, während Rétif sein Buch druckt.

die Unterhaltung mit Madame Parangon – Vgl. S. 327 ff.

427 *Arlequin sauvage* – Eine Komödie von Delisle de La Drevetière (1682–1756). Carlin war der Schauspieler Carlo-Antonio Bertinazzi. Coraline war der Beiname der Schauspielerin Anna-Marina Veronese.

emittebam … contactu – erlebte ich einen Erguss ohne jede Berührung.

429 *Rose Lambellin* – Sie gehörte zu den Mädchen, die Nicolas in Auxerre besonders innig geliebt hatte.

meam imbecillitatem – erstaunt über meine eigene Verrücktheit und Torheit.

430 *Pornographe* – Vgl. Anm. zu S. 406.

431 *schon zurückgegeben* – Eine Bemerkung, die Rétif erst 1794 während der Satz- und Druckarbeiten an seinem Buch hinzugefügt hat.

Anthropographe – So lautete der ursprüngliche Titel einer Schrift, die Rétif 1782 veröffentlicht hatte: *L'Andrographe, ou Idées d'un honnête homme sur un projet de règlement, proposé à toutes les nations de l'Europe, pour opérer une réforme générale des mœurs et, par elle, le bonheur du genre humain.*

433 *Naturstudien von Bernardin* – Bernardin de Saint-Pierre, *Etudes de la nature*, 1784.

435 *Mandrin-Bande* – Louis Mandrin (1725–1755), ein Räuber und Schmuggler, der mit seiner Bande vor allem die königlichen Steuerpächter attackierte und auf diese Weise zum Volksheld wurde.

Richequeurs – Ein anderer Gast in der Pension von Bonne Sellier.

Manchinel-Baum – Ein hochgiftiger Baum mit apfelähnlichen Früchten, der in der Karibik, Florida und Mittelamerika vorkommt.

438 *Nicaise* – Eine Posse von Jean-Joseph Vadé, die 1756 erstmals aufgeführt wurde.

Die Geist-Sucherin – *La Chercheuse d'esprit*, Komische Oper von Charles-Simon Favart aus dem Jahr 1741.

Der Spieler – *Le Joueur*, eine Komödie von Jean-François Regnard aus dem Jahre 1696.

Zaire – Eine Tragödie von Voltaire aus dem Jahr 1732. Der Part des Orosmane ist darin die Hauptrolle.

450 *Cacus* – Vgl. Anm. zu S. 367.

451 *in Richtung der Oper* – Die Räumlichkeiten der Oper befanden sich zu dieser Zeit im Palais-Royal.

464 *obsoleti* – Die alten, ihrer Kraft beraubten Männer.

469 *Dom Bougre. Pförtner der Kartäuser* – *L'Histoire de dom Bougre, portier des Chartreux* von Jean-Charles Gervaise de Latouche erschien 1740 oder 1741. *Thérèse philosophe ou Mémoires pour servir à l'Histoire* von Jean-Baptiste d'Argens erschien 1748. *Die Nonne im Hemd* ist der Untertitel von *Vénus dans le Cloître* (Venus im Kloster). Die Verfasserschaft und das Erscheinungsjahr sind nicht geklärt – genannt werden ein Abbé Barrin oder Chavigny und das Jahr 1719.

Molet – Vgl. S. 435.

471 *Satyrium-Pflanzen* – Eine Orchideen-Gattung, die wegen ihres Aussehens für ein Aphrodisiakum gehalten wurde.

Justine – Der Roman des Marquis de Sade *Justine ou Les malheurs de la vertu* erschien erstmals 1791. Rétif hat 1798 einen pornographischen Gegenentwurf zu de Sades Werk begonnen, aber nicht zu Ende geführt, *L'Anti-Justine ou Les délices de l'amour.*

484 *Julia* – Iulia minor, eine Tochter Agrippas und der Tochter Julia des Kaisers Augustus. Dass Ovid Beziehungen zu ihr hatte und deshalb ans Schwarze Meer verbannt wurde, ist bloß eine Vermutung.

...condita nocte – »Und was Beschämung sogar herbeizuführen imstand ist, / muss geziemend bedeckt werden mit dunkler Nacht.« Ovid, *Tristia III*, Elegie 6, v. 31 f. (Übers. Alexander Berg, Liselot Huchthausen).

485 *...grave est* – »Oh, wie schwer trägt man das, was man doch ablegen will.« Ovid, *Amores II*, Elegie 4, v. 6 (Übers. Niklas Holzberg).

491 *Eléonore* – Die Tochter von Marguerite Pâris und Nicolas.

498 *Großmutter Simon* – Anne-Marguerite Simon ist die erste Frau von Pierre Rétif, dem Großvater von Nicolas.

516 *Rüttot* – Ein Arbeiter in der Druckerei von Monsieur Parangon.

517 *Wenn Jupiter...* – Homer, *Odyssee,* 17. Gesang, Vers 322 f.

518 *...was ich ... zugeschrieben habe* – Pierre Testud (MN II, S. 1102 f.) weist darauf hin, dass die Parallelen zwischen *Monsieur Nicolas* und dem *Paysan Perverti* an dieser Stelle viel weniger weit gehen, als Rétif es hier andeutet.

524 *alten Stils* – Der »neue Stil« war zu dieser Zeit der im November 1793 eingeführte republikanische Kalender.

Fontaine Saint-Séverin – Ein Brunnen an der Ecke Rue Saint-Jacques und Rue Saint-Séverin, der 1836 bei der Verbreiterung der Rue Saint-Jacques abgerissen wurde.

530 *Pet-en-l'air* – Ein kurzes Kleid, das höchstens bis zu den Knien hinabreicht.

531 *Der Fuß der Fanchette* – Rétifs dritter Roman, *Le Pied de Fanchette*, erschienen 1769.

533 *Einbußen … nicht mehr zu befürchten* – Einbußen durch unbezahlte Feiertage.

534 *Die tugendhafte Familie* – Rétifs erster Roman, *La Famille vertueuse*, erschienen 1767.

543 *Salve, o domus…* – Sei gegrüßt, o du Haus, das mich zum Schriftsteller gemacht hat!

545 *Scribis … volunt* – »Ich soll, schreibst du, schaffend die traurige Zeit mir erheitern, / Dass sich in Trägheit nicht schmählich verzehre mein Geist. / Schwer ist, was du mir rätst, o Freund; denn ein fröhliches Werk ja / Ist der Gesang und verlangt Frieden der Seele für sich.« (Ovid, *Tristia V*, Elegie 12, v. 1 (Übers. Alexander Berg, Liselot Huchthausen).

Ihr ratet mir… – Rétif hat dem lateinischen Ovid-Zitat eine Übertragung ins Französische beigefügt, die sich so viele Freiheiten gegenüber dem Original nimmt, dass eine Übersetzung dieser Übersetzung sinnvoll ist.

547 *Meine Eléonore* – Die Tochter, die Nicolas mit Marguerite Pâris hatte. Die Comtesse d'Egmont hatte sie adoptiert.

meine Edmée-Colette – Die Tochter, die Nicolas mit Madame Parangon hatte und die Omphale Cœurderoi bei sich aufgenommen hatte. Vgl. S. 503 ff.

Royou – Thomas-Marie Royou (1743–1792), ein Literat und Journalist. Er gab von 1790 bis 1792 das gegen die Revolution gerichtete Journal *L'Ami du Roi* heraus.

548 *Die untreue Frau* – Rétifs Roman *La Femme infidèle* erschien 1788.

549 *Verfasser von »Lurelurette…«* – Gemeint ist Pierre Jean-Baptiste Nougaret (1742–1823), der 1765 *Lucette ou les Progrès du*

libertinage herausgebracht hatte. Rétif bedenkt ihn im Folgenden mit verschiedenen Scherznamen: Progrès, Mamonet.

549 *mein Aristarch* – Aristarch von Samothrake (gest. 144 v. Chr.), Leiter der Bibliothek von Alexandria und einer der großen Philologen der Antike, wurde zum Inbegriff des strengen Kritikers, der sich jeder Schmeichelei gegenüber dem Verfasser eines Textes enthält.

550 *Etouffemil* – Im wirklichen Leben hieß diese Frau Angélique Tomin-Mitouflet. Sie war die Tochter des Hofoptikers Marc Thomin. *Nimot* und *Etouffemil* sind Anagramme auf ihre Namen.

552 *Sara Krammer* – Ein Mädchen, das sich in dem Haus einer Madame Piron als Prostituierte betätigt hat. Nicolas und seine Frau Agnès haben sie diesem Gewerbe entrissen. Aber noch besteht die Gefahr, dass Spitzel sie verfolgen, um sie zurückzuholen.

zu den … fertiggestellten Boulevards – Gemeint sind die Boulevards im Süden von Paris – L'Hôpital, Blanqui, Saint-Jacques, Raspail, Montparnasse, Invalides.

555 *Der Anfang des Buches* – Gemeint ist hier der Roman *Le Pied de Fanchette*. Vgl. die Anm. zu S. 531.

556 *Die notwendige Vertraulichkeit* – Rétifs Briefroman in zwei Bänden erschien 1769 zuerst unter dem Titel *Lettres de Lord Austin de N** à Lord Humphrey de Dorset son ami* und noch im gleichen Jahr unter dem Titel *La Confidence nécessaire*.

Mairobert … Morfontaine – Mathieu-François Pidansat de Mairobert (1727–1779), Anwalt, königlicher Zensor und Journalist. Er nahm sich am 29. März 1779 das Leben. – Balthazar Laurent Grimod de La Reynière (1758–1837). – Louis Le Peletier de Mortefontaine (1730–1799).

557 *Die natürliche Tochter* – Rétifs Roman *La Fille naturelle* in zwei Bänden erschien 1769.

558 *XXXVI in Paris* – Die Zahl der Druckereien war seit 1704 auf sechsunddreißig beschränkt. Die übrigen arbeiteten im Untergrund.

Sistrum – Ein schon im alten Ägypten gebräuchliches Rassel-Instrument.

559 *Die Schule der Väter* – Rétifs *L'Ecole des pères* erschien 1776 in drei Bänden.

sentimentös – Im Original *sentimenteuse* statt *sentimental* – ein Neologismus, wie Rétif sie bisweilen gern prägte.

561 *Dratsoc* – Anagramm auf den Namen des Buchhändlers Costard. Rétif war in die ruinösen Geschäfte dieses Mannes verwickelt und verlor dabei 15 000 Livres. Vgl. MN II, S. 248.

563 *Songez … vertu* – »Bedenkt, es gibt Zeiten, da ist alles recht, / Und wenn das Vaterland eines Verbrechens bedarf, / Das allein ihm aus seiner Bedrückung heraushelfen könnte, / So wär' dies kein Verbrechen mehr, sondern würde eine Tugend.« François-Joseph Lagrange-Chancel (1677–1758) betätigte sich vor allem als Dramatiker und Poet. Von seinem Theaterstück *Sophonisbe* haben sich nur diese vier Verse erhalten – im *Mercure de France* von Januar 1717. Das Stück wurde viermal aufgeführt und nie gedruckt.

565 *Le Jay* – Edme-Jean Lejay, ein Buchhändler.

Vierzig Sous – Das entspricht anderthalb Livres. Diesen Wertverlust verursachte der deutliche Anstieg der Lebenshaltungskosten in den Jahren nach 1770.

Esprit – Jacques Esprit, ein Buchhändler, gestorben 1782.

567 *zwanzig Briefe hinzugefügt* – P. Testud macht darauf aufmerksam, dass diese Nachauflage nur drei neue Briefe enthält, und vermutet, dass Rétif hier irrtümlich von Briefen spricht, statt von zwanzig weiteren Seiten.

Collé – Rétif lernte Collé 1776 bei Crébillon fils kennen und schätzte vor allem seine Komödien *Dupuis et Desronais* und *La partie de chasse d'Henri IV*.

567 *Madame d'Ormoy* – Richtig lautet der Titel *Les Malheurs de la jeune Emilie*. Das Buch erschien 1777.

568 *Mineralquellen* – Diese im 17. Jahrhundert entdeckten Quellen von Passy wurden seit 1720 genutzt. In der zweiten Hälfte des 19. Jahrhunderts versiegten sie infolge der regen Bautätigkeit in dieser Gegend.

576 *Venite … docebo vos* – Kommt zu mir, meine Söhne, und ich werde euch die Gottesfurcht lehren.

578 *Busiris* – In der griechischen Mythologie ein ägyptischer König und Priester des Osiris, der seinem Gott regelmäßig Menschen opfert.

579 *Sartine* – Gemeint ist hier vermutlich Antoine de Sartine (1729–1801), der von 1759 bis 1774 Chef der Pariser Polizei war.

587 *der Knilch* – Charles Marie Augé. Rétif nennt ihn meist nur bei dem Spitznamen, den er seinem verhassten Schwiegersohn gegeben hat – im Französischen: L'Echiné.

589 *Sara* – Gemeint ist Sara Debée, Nicolas' letzte große Liebe. Der »Geschichte mit Sara« widmet Rétif einen »Nachtrag zur achten Epoche«, der in diese Auswahl wegen seiner Länge nicht aufgenommen werden konnte. Vgl. das Nachwort S. 686.

590 *Die hübsche Poliererin* – »La Jolie Polisseuse«, in: *Contemporaines*, Bd. 24, S. 283–309, Nr. 144.

591 *Audinot und Nicolet* – Audinot und Nicolet leiteten seit etwa 1770 Bühnen, auf denen mit großem Erfolg Stücke aus dem Repertoire des Théâtre-Italien von Marionetten oder Kindern nachgeahmt wurden.

594 *Wenn etwas vorgefallen wäre* – Dieser Abschnitt ist nach 1793 – wahrscheinlich im Jahre 1795 – geschrieben, als Agnès Lebègue die Scheidung ihrer Ehe mit Rétif betrieb. Nach dem, was Rétif in seinem *Journal* und in *Mes Inscripcions* notierte (vgl. Literaturverzeichnis), hat er in der Zeit von 1788 bis 1793 tatsächlich inzestuöse Beziehungen mit seiner Tochter Agnès und wahr-

scheinlich auch mit Marion unterhalten. Vgl. die Ausgabe von Pierre Testud. MN II, Anm. 3, S. 346.

595 *ihm eine Schandtat zu empfehlen* – Gemeint ist wohl der Rat, Agnès Rétif zu schwängern und die Heirat auf diese Weise zu erzwingen.

597 *in die Steine der Brüstungen* – Vgl. das Nachwort S. 678 ff.

598 *Neville* – Le Camus de Neville (1750–1813) war von 1776 bis 1783 Generaldirektor des französischen Buchhandels.

600 *Assignaten* – Papiergeld, das während der Revolution eingeführt wurde und später einen drastischen Wertverfall erlebte.

Wenn Jupiter… – Vgl. Anm. zu S. 517.

601 *Tod von Mairobert* – Vgl. die Anm. zu S. 607.

die Kutte von Gaudet d'Arras besudeln lassen – Rétif musste zwei Stiche abändern, die Gaudet mit Kutte bei Handlungen zeigten, die eines Mönchs unwürdig sind: Auf dem einen zeigt er Edmond, der Hauptfigur des Romans, Bilder von nackten Frauen, auf dem anderen macht er ihn mit Madelon Baron bekannt.

Scaturin, Naireson, Milpourmil – Spitznamen für drei Literaten, die sich zunächst für Rétif und seine Werke interessierten, im Laufe der Zeit dann aber immer mehr für seine Frau. In Rétifs Ehestreit ergriffen sie Partei für Agnès Lebègue und wurden auf diese Weise zu Feinden Rétifs. Scaturin steht für Louis de Fontanes (1757–1821), Naireson für Joseph Joubert (1754–1824) und Milpourmil für François Marlin (1742–1827).

ein großes Unglück – Die Episode mit Félicitette und dem Scheitern von Rétifs Heiratsplänen für seine Tochter wurde in diese Ausgabe nicht aufgenommen. Vgl. MN, II, S. 385 ff.

602 *Guillebert de Préval* – Vgl. S. 607.

in diesem Jahr – Vgl. S. 621.

in einem Lehrhospital – Vgl. S. 625.

mein Abenteuer mit Sara – Vgl. die Anm. zu S. 589.

605 *Ultima semper … debet* – »Doch man muss immer den letzten Tag eines Menschen abwarten, und keinen darf man vor seinem

Tode und dem Leichenbegängnis glücklich nennen.« Ovid, *Metamorphosen III*, v. 135–137 (Übers. Michael von Albrecht).

607 *Pidansat de Mairobert* – Mathieu-François P. d. M. (geb. 1727), Advokat, Journalist und königlicher Zensor, nahm sich im Jahr 1779 das Leben.

Bultel-Dumont – Georges Marie B.-D. (1725–1789).

608 *Gronavet* – Anagramm auf den Namen von Rétifs literarischem Ratgeber Nougaret. Vgl. Anm. zu S. 549.

7. Frimaire, Jahr V – 27. November 1796.

meinem Land … zurückgegeben hat – Beaumarchais war im August 1792 wegen Verrats an der Republik für kurze Zeit verhaftet worden und konnte dann ins Ausland – nach Holland, England, Hamburg – gehen. 1796 kehrte er aus dem Exil zurück.

609 *le Chevalier de Saint-Sarm* – Eigentlich: Chevalier de Saint-Mars (gest. 1795) – ein Offizier bei der königlichen Artillerie, der sich, noch in hohem Alter unverheiratet, für Rétifs Tochter Marion interessiert zu haben scheint, was ihm zu Auftritten in verschiedenen Werken von Rétif verholfen hat.

Vicomte de Toustain-Richebourg – (1746–1836), Militär und Schriftsteller. Von 1783 bis 1790 war er königlicher Zensor und hat mehrere Werke von Rétif geprüft und genehmigt. – Zu den im Folgenden genannten, hier nicht weiter erläuterten Personen vgl. die ausführlichen Anmerkungen von Pierre Testud in MN II, S. 1313 ff.

Oribeau – Gemeint ist ein Werk Rétifs, das 1785 erschienen ist: *Les Veillées du Marais, ou Histoire du grand prince Oribeau, roi de Mommonie, au pays d'Evinland, et de la vertueuse princesse Oribelle* (Die Nachtwachen im Marais). Es gehört zu den Büchern, die Rétif die größten Schwierigkeiten mit der Zensur verursacht haben. Der Abbé Terrasson war der erste Zensor, dem es vorgelegt wurde.

609 *Vorsteher der Kaufleute von Paris* – Seine Amtsgewalt entsprach etwa der eines Bürgermeisters, den es vor der Revolution in Paris nicht gab.

Marquise de Mntlmbrt – Marie de Comarieu (1750–1832), die Frau des Marquis de Montalembert. Das Kürzel Bnnl ließ sich, den Angaben von Pierre Testud zufolge, nicht auflösen. Gdt steht für eine Madame Godot bzw. Godeau. Vllnv steht für Monsieur Villeneuve. Auch er lässt sich nicht mit Sicherheit identifizieren.

610 *Mitglieder der Akademie von Amiens* – Diese »Akademiker« hatten Rétif schon im Januar 1787 zu einem Essen eingeladen, weil sie neugierig auf ihn und seine Gedankenwelt waren. Vgl. MN II, S. 414 ff.

Sénac de Meilhan – Gabriel Sénac de Meilhan (1736–1803), der Sohn des ersten Arztes von Ludwig XV., machte eine Karriere in der königlichen Verwaltung. Er emigrierte 1791 nach Deutschland, Polen, Russland und starb in Wien. Unter seinen literarischen Werken gilt der Roman *L'Emigré* (Braunschweig 1797) als das bedeutendste.

Jean-Jacques – Gemeint ist Jean-Jacques Rousseau.

»Was sagt das Volk?« – Rétif spielte im Dezember 1789 und zu Beginn des Jahres 1791 mit dem Gedanken, eine Zeitung mit diesem Titel – *Qu'en dit le peuple?* – zu gründen, hat diesen Plan aber nicht weiterverfolgt.

611 *Madame Denis … einzuladen* – Guyonne-Elisabeth-Josèphe de Montmorency-Laval war die Frau des Herzogs von Luynes (1755–1830); Catherine-Jeanne Tavernier de Boullongne war die Frau von Mathieu de Montmorency-Laval, Vicomte de Laval, des Bruders der Herzogin von Luynes; der Bischof von Autun war Charles-Maurice de Talleyrand-Périgord, der spätere Außenminister Napoleons (1754–1838); Emmanuel-Joseph Sièyes (1748–1836) spielte zu Beginn der Revolution in der Nationalversammlung eine wichtige Rolle beim Entwurf

der neuen Verfassung. Um wen es sich bei dem Schwerhörigen handelt, ist nicht bekannt.

612 *Gräfin de Beauharnais* – Marie-Anne-Françoise Mouchard de Chaban wurde durch die Heirat mit Claude de Beauharnais zur Comtesse de Beauharnais. Die Ehe wurde 1762 gütlich aufgelöst. Claude-Joseph Dorat, Schriftsteller und Herausgeber eines *Journal des Dames*, wurde 1777 ihr Liebhaber. Nach dessen Tod im Jahr 1780 trat Michel de Cubières-Palmézeaux an seine Stelle. Von ihm stammt eine frühe biographische Skizze über Leben und Werk von Rétif de la Bretonne.

Mercier – Louis-Sébastien Mercier (1740–1814), Verfasser des *Tableau de Paris* (1781) und zahlreicher anderer Werke. Vgl. S. 615 f.

613 *Cubières, der Nachfolger von Dorat* – Vgl. die Anm. zu S. 612 über Fanny de Beauharnais.

Cazotte – Jacques Cazotte (1719–1792) betätigte sich nach seiner Zeit in der französischen Marine, ab 1757, als Schriftsteller. Von ihm stammt die phantastische Novelle *Le Diable amoureux* (Der verliebte Teufel), 1772. Er soll den Ausbruch der Revolution prophezeit haben, die er zunächst begrüßte, dann jedoch verurteilte. Im September 1792 wurde er hingerichtet.

Rabaud-Saint-Etienne… – Einzelheiten zu den übrigen Bekanntschaften, die Rétif im Salon von Fanny de Beauharnais macht, finden sich in den Anmerkungen der Ausgabe von Pierre Testud, MN II, S. 1392 ff.

614 *die Episode mit Louise und Thérèse* – Sie findet sich gegen Ende der siebten Epoche des *Monsieur Nicolas*, MN II, S. 228 ff. In der vorliegenden Auswahl ist sie nicht enthalten.

Les Posthumes – *Les Posthumes, lettres reçues après la mort du mari, par sa femme, qui le croit à Florence, par feu Cazotte.* (Briefe aus dem Grab – nach dem Tod ihres Gemahls empfangen von dessen Frau, die ihren Mann in Florenz vermutet). Das 1802 erschienene Buch stammt von Rétif, der es jedoch dem 1792 gestorbenen Jacques Cazotte zuschreibt. Vgl. die Anm. zu Cazotte, S. 613.

615 *eine Heroide geschrieben* – Mercier hat zu Beginn seiner literarischen Laufbahn sogar mehrere Heroiden oder Heldenbriefe verfasst – als allerersten: *Hekuba an Pyrrhus* (1760).

Ein Bürger namens Chénier – Marie-Joseph Chénier (1764–1811), Dramatiker, Anhänger der Jakobiner während der Revolution im Unterschied zu seinem älteren Bruder André (1762–1794), der in den letzten Tagen der Schreckensherrschaft hingerichtet wurde. Beide wurden in Konstantinopel geboren.

616 *mit Collot* – Jean-Marie Collot d'Herbois (1750–1796), vor der Revolution ein Schauspieler, später ein radikaler Anhänger der Jakobiner. Er war an den Septembermorden beteiligt und ordnete in Lyon Massenerschießungen an.

Geschichte der Freudenmädchen des Palais-Royal – *Le Palais-Royal*, in drei Bänden, 1790.

Aquilin des Escopettes – So heißt Rétifs Erzähler in *Le Palais-Royal*.

617 *Camille Desmoulins* – Advokat und Journalist, einer der tonangebenden Radikalen der Revolution. Er wird zusammen mit Danton Anfang April 1794 hingerichtet.

Manuskript, das ich 1796 fertiggestellt habe – Gemeint sind die *Posthumes*, die erst 1802 im Druck erschienen. Vgl. Anm. zu S. 614.

619 *Madame Letâhc* – Eigentlich Madame Châtel, eine wohlhabende Dame, die einen großen Teil ihres Vermögens für die Unterstützung und Rettung gefallener Mädchen einsetzte. Vgl. MN II, S. 422 f.

620 *Cayenne* – Die Hauptstadt der früheren Kolonie und des heutigen Übersee-Départements Französisch-Guayana.

Palais-Egalité – So hieß das Palais-Royal während der Revolution.

621 *kam der Handel nicht zustande* – Guillot hatte sich auf Geschäfte mit gefälschten Assignaten eingelassen und war deshalb im August 1792 guillotiniert worden.

622 *eines Morgens* – Nach Rétifs Tagebuch geschah dies am 26. November 1793. Vgl. MN II, Anm. 1 zu S. 440.

zu Gunsten des Ministers Roland – Jean-Marie Roland de La Platière (1734–1793) wurde seit 1792 als einer der führenden Girondisten von den Montagnards bekämpft. Nachdem er von der Hinrichtung seiner Frau Manon erfahren hatte, nahm er sich am 10. November 1793 das Leben. Ein Jahr zuvor hatte Rétif bei einer Sitzung im Panthéon zu seinen Gunsten gesprochen.

623 *die Rückseite dieser Blätter* – Rétif verwendete gebrauchtes Papier oft noch einmal. Vgl. den Anhang, S. 664.

624 *am 27. Germinal* – Am 17. April 1795.

bis zum Ende des siebten Teils gedruckt – Das heißt, bis wenige Seiten vor dem Ende der 4. Epoche.

625 *Ecoles de santé* – Eine im Jahre 1795 neu eingerichtete Lehranstalt für Mediziner, die einige Jahre später dann wieder Medizinische Fakultät genannt wurde.

bis zum 1. Prairial – Dem 21. Mai.

gegenüber Lavoisier – Nicht Dumas, sondern dessen Richterkollege Coffinhal tat beim Prozess gegen Lavoisier den Ausspruch: »Die Revolution braucht weder Wissenschaftler noch Chemiker.« Lavoisier wurde am 8. Mai 1794 auf der Guillotine hingerichtet.

626 *Justine … Theorie der Libertinage* – Die drei zuerst genannten Werke stammen von Donatien Alphonse François de Sade – *Justine oder die Leiden der Tugend* (1791), *Aline und Valcour* (1795), *Die Philosophie im Boudoir* (1795). Eine *Theorie der Libertinage* von de Sade ist nie erschienen. Pierre Testud vermutet, dies sei der Obertitel eines dreiteiligen Werkes, bestehend aus der *Philosophie im Boudoir*, den *Unterhaltungen im Château de Charnelle*, deren Manuskript verlorengegangen ist, und ei-

nem dritten Teil, den de Sade im Jahr 1796 noch nicht abgeschlossen hat.

626 *im siebten Teil dieses Werkes* – Gemeint ist die Szene in der fünften Epoche, S. 471.

1. Vendemiaire des Jahres V – 22. September 1796.

627 *Jahr IV ... Fructidor* – Ende August, Anfang September 1796.

628 *Francion* – Er ist nicht der Verfasser, sondern der Held des 1623 erschienenen Picaro-Romans *Histoire comique de Francion* von Charles Sorel.

631 *Ultima semper ... debet* – Ovid, *Metamorphosen III*, v. 135–137. Dieses Zitat diente schon als Motto der Neunten Epoche. Vgl. S. 605 u. Anm.

634 *...gesehen, dass ich Sara verehrt habe* – Zwischen der halben Seite, die mit »Zehnte Epoche« überschrieben ist, und dem folgenden »Nachtrag zur zehnten Epoche« findet sich in der vollständigen Ausgabe des *Monsieur Nicolas* der »Nachtrag zur achten Epoche«, in dem die Geschichte mit Sara erzählt wird. Vgl. Anm. zu S. 589.

der Abbé Delille – In der 9. Epoche schildert Rétif ein Essen bei dem Grafen Gemonville im Februar 1793, wo der Abbé Delille, Dichter und Übersetzer (1738–1813), sich äußerst lobend über Rétifs romanhafte erste Fassung der Geschichte mit Sara äußert. MN II, S. 417 f.

wie Horaz und Ovid – Horaz schreibt in seinen *Oden* (3. Buch, XXX, v. 1): *monumentum aere perennius exegi* – Dauerhafter als Erz baute ich ein Denkmal mir. Ovid schreibt am Ende des ersten Buchs seiner *Fasti: sed iam prima mei pars exacta laboris* – aber schon ist der erste Teil meiner Arbeit getan.

Anhang

L. Binet del. E. Loizelet sc. d'après l'original de L. Berthet

Son esprit libre et fier, sans guide, sans modèle,
Même alors qu'il s'égare étonne ses rivaux;
Amant de la nature, il lui dut ses pinceaux
Et fut simple, inégal et sublime comme elle.

Rétif de la Bretonne und sein ungekanntes Meisterwerk

Von Reinhard Kaiser

Zu Beginn des Jahres 1798 entdecken Deutschlands große Dichter das neueste Buch eines in Paris ansässigen Kollegen. *Monsieur Nicolas*, so lautet der Haupttitel des umfangreichen Werkes. Er verweist auf den Verfasser, Nicolas Edme Rétif de la Bretonne. Und der Untertitel – *Das enthüllte Menschenherz* – verheißt die Offenlegung intimer Bekenntnisse. Am 2. Januar 1798 schreibt Schiller aus Jena an Goethe in Weimar:

*Haben Sie vielleicht das seltsame Buch von Rétif: »Cœur humain dévoilé« je gesehen oder davon gehört? Ich habe es nun gelesen, soweit es da ist, und ungeachtet alles Widerwärtigen, Platten und Revoltanten mich sehr daran ergetzt. Denn eine so heftig sinnliche Natur ist mir nicht vorgekommen, und die Mannigfaltigkeit der Gestalten, besonders weiblicher, durch die man geführt wird, das Leben und die Gegenwart der Beschreibung, das Charakteristische der Sitten und die Darstellung des französischen Wesens in einer gewissen Volksklasse muß interessieren. Mir, der so wenig Gelegenheit hat, von außen zu schöpfen und die Menschen im Leben zu studieren, hat ein solches Buch (...) einen unschätzbaren Wert.**

* Schiller an Goethe, Jena, 2. Januar 1798, *Der Briefwechsel zwischen Schiller und Goethe*, Leipzig: Insel o. J. [1955], Bd. 2, S. 3 f.

Goethe antwortet postwendend, er habe das Buch »noch nicht gesehen«, wolle es aber »zu erhalten versuchen«.* Ein paar Monate später liest er dann an einigen Tagen selbst in *Monsieur Nicolas*. Auch seine Neugier wird geweckt. Und sie wächst weiter, als Schiller ihm schreibt, ein gemeinsamer Bekannter, der junge Wilhelm von Humboldt, der sich damals mit seiner Familie für längere Zeit in Paris aufhält, habe Rétif de la Bretonne sogar persönlich kennengelernt. Schließlich liefert Humboldt in einem langen Brief an Goethe, was dieser sich offenbar gewünscht hat: ein ausführliches Porträt dieses »wirklich seltenen Mannes«.

*Trotz seiner ungewöhnlich starken schwarzen Augenbrauen, von denen die eine lang über das Auge herüberhängt, hat er dennoch nichts Wildes oder Hartes in seiner Physiognomie; aber sehr viel Freimütigkeit, offene Heiterkeit, gutmütige Redlichkeit und ein unbeschreibliches Feuer. Diesem Ausdruck entspricht auch seine Art zu reden. Er spricht viel, laut, mit Heftigkeit und ohne allen Rückhalt. (...) Dem äußern Anblick nach scheint seine Armut in der Tat groß und beklagenswert. Er ist äußerst dürftig und ganz altmodisch gekleidet, schreibt, wie man erzählt, seine Manuskripte auf Papiere, die er auf der Straße zusammensucht und dann zu Hause trocknet u. s. w. Indes behaupten andere, daß hieran auch eine Art zynischer Verwöhnung schuld sei.***

Trotz mancher Sonderbarkeiten, so fährt Humboldt fort, würde er sich wünschen, Rétif öfter zu sehen.

Nur ist das beinahe eine unmögliche Sache. In seinem Hause geht es, wie man mir allgemein sagt, seiner häuslichen Lage wegen gar nicht an. Man muß ihn also in einem Kaffeehause aufsuchen, in dem er meist täglich Schach spielt. Da findet man sich in einer engen Stube mit ei-

* Goethe an Schiller, Weimar, 3. Januar 1798, ebd., S. 5.

** Wilhelm von Humboldt an Goethe, Paris, 18. März 1799. Zit. n. Michael Farin: Dossier zu R. d. l. B., *Der verführte Landmann oder Die Gefahren der Stadt*, Propyläen 1993, S. 957 ff.

ner Menge von Leuten zusammen, und diese Umgebungen verleiden einem unleugbar in hohem Grade den Genuß des Gesprächs mit ihm selbst. Dies Kaffeehaus scheint übrigens ein Rendezvous noch anderer Dichter und Gelehrten, die, wenn sie Rétif an Genie nicht gleichkommen, ihm wenigstens in der äußeren Lebensart ähnlich sind. Er zeigte mir Komödien- und Tragödiendichter, von denen sonst niemand je gehört hat (...)

*Rétifs »Cœur humain dévoilé« hat auch auf mich einen außerordentlichen Eindruck gemacht. Ich zweifle, ob es sonst noch irgendwo ein Buch geben mag, in dem so vieles, so wahres und so individuelles Leben zu sehen ist. Man kann es keine Dichtung nennen, auch dem Verfasser kaum einmal Dichtungsvermögen darum zuschreiben. In der Tat scheint er dessen nicht viel zu haben (...) Auf der andern Seite halte ich freilich auch die historische Wahrheit wenigstens nicht durchaus für streng, und möchte das Buch nicht geradezu als Selbstbiographie psychologisch brauchen. Auch geben Rétifs Freunde ihm Schuld, daß er Begebenheiten erdichtet und hernach steif und fest glaubt. Aber die allgemeine innere Wahrheit, (...) die ist es gerade, die ich in ihm finde.**

Humboldts anschaulicher Bericht bringt jeden der beiden Dichter sogleich auf eine Publikationsidee. Goethe schlägt Humboldt vor, jene Passagen, die ihm für einen Abdruck geeignet erscheinen, »vorn herunter mit einem Strich zu bezeichnen«.** Aber ein Abdruck von Humboldts Rétif-Porträt in Goethes Zeitschrift *Propyläen* kommt dann doch nicht zustande.

Schiller seinerseits macht dem Berliner Drucker und Verleger Johann Friedrich Unger den Vorschlag, in dessen *Sammlung der Romane* einen »verständigen, geistreichen Auszug« aus den bisher erschienenen acht Bänden des *Monsieur Nicolas* abzudrucken, den er für eine der »wichtigsten Schriften in der ganzen neuern Litteratur« hält.

* Ebd., S. 958 f.

** Goethe, *Werke, Briefe 1799*, Weimarer Ausgabe. IV. Abteilung, 14. Bd. Reprint. DTV, Bd. 107, S. 99 u. 255 f.

*Diese acht Bände in zwei zusammengezogen müssten unendlich interessieren, doch muss ich hinzusetzen, daß sie nicht immer von züchtigen Materien handeln.**

Als Schiller, Goethe und Humboldt sich über Rétif austauschen, ist dessen Stern in Frankreich schon seit längerem im Sinken begriffen. Dabei war ihm zunächst eine erstaunliche Karriere beschieden gewesen, seit er in den Jahren nach 1760 angefangen hatte, sich literarisch zu betätigen. Das Schreiben ging ihm leicht von der Hand, und in den beiden Jahrzehnten vor der Revolution war er einer der wenigen Schriftsteller in Frankreich, die vom Verkauf ihrer Werke leben konnten – ohne Pensionen oder Zuwendungen wohlhabender Gönner. Inzwischen jedoch ist dieser Reichtum zerronnen – nicht durch Leichtsinn oder Verschwendung, sondern durch den katastrophalen Wertverfall des Papiergeldes, der »Assignaten«, während der Revolution.

Gerade noch rechtzeitig, im Jahre 1790, hat Rétif eine kleine Druckerpresse gekauft und bei sich zu Hause aufgestellt. Er ist gelernter Setzer und Drucker und hat, ehe er beschloss, Schriftsteller zu werden, zwölf Jahre lang zuerst als Geselle und dann als Werkstattleiter für verschiedene Druckereibesitzer gearbeitet – die meiste Zeit in Paris. Sein letztes großes, umfangreichstes Werk, den *Monsieur Nicolas,* setzt er nun eigenhändig und druckt es selbst – sechzehn Bände im handlichen Duodez-Format, aber alles in allem fast 5000 Seiten. Bei diesem Umfang und solchem Übergewicht bleibt der Erfolg lange aus, sehr lange. Eigentlich muss man – außer vielleicht für Frankreich – sagen: bis heute.

*

* Zit. n. Michael Farin: Dossier zu R. d. l. B., *Der verführte Landmann oder Die Gefahren der Stadt,* Propyläen 1993, S. 956.

Rétif de la Bretonne stammt aus Burgund. In Sacy, einem Dorf südöstlich von Auxerre, kommt er am 23. Oktober 1734 zur Welt. Sein Vater, Edme Rétif, ein wohlhabender Bauer, versieht im Ort auch die Ämter des Notars und des Friedensrichters. Das Ansehen, das er genießt, überträgt sich auf seine Kinder. Auch der kleine Nicolas Edme wird schon als Kind »Monsieur« genannt – »Monsieur Nicolas«.

Aus seiner ersten Ehe hat der Vater sieben Kinder. Nicolas ist das achte – das erste aus der zweiten Ehe. Von den acht Kindern, die noch folgen, erreichen sechs das Erwachsenenalter. Aber wichtiger für den Werdegang von Nicolas sind die älteren Geschwister, vor allem seine Brüder, die beide eine geistliche Laufbahn eingeschlagen haben.

Als Rétif acht Jahre alt ist, bezieht die Familie das Hofgut »La Bretonne« in Sacy, das der Vater zwei Jahre zuvor gekauft hat. Nicolas fügt den Namen dieses Anwesens später seinem eigenen Namen hinzu. Mehr als einen Anschein von Adel kann er damit wohl nicht erwecken, und vielleicht nicht einmal den. Aber daran liegt ihm auch weniger als vielen anderen Zeitgenossen. – Der Name Edme ist eine Abwandlung von Edmond. Er kommt in diesem Teil von Burgund häufig vor. In einer nahegelegenen Abtei ehrt man das Grab eines aus England stammenden Geistlichen, des heiligen Edme.*

Zur Schule geht Nicolas anfangs in Nachbardörfern von Sacy. Später, als er elf Jahre alt ist, lebt und lernt er eine Zeitlang in der Anstalt Bicêtre, die am südöstlichen Stadtrand von Paris liegt und zugleich als Invalidenheim, als Hospital, als Irrenhaus und als Gefängnis dient. Einer seiner erwachsenen Brüder, der Abbé Thomas, führt dort die Aufsicht über die Schule der Chorknaben. Auch für Nicolas findet sich hier ein Platz. So lernt der Junge aus der Provinz schon früh die riesige Hauptstadt kennen. Sie macht ihm keine Angst.

* Baruch, S. 12.

Nicolas Rétif bleibt etwas mehr als ein Jahr in Bicêtre. 1747 wird die dortige Schule auf Betreiben des Pariser Erzbischofs wegen jansenistischer Abweichungen vom rechten Glauben aufgelöst. Nicolas kehrt nach Burgund zurück und lernt bei seinem ältesten Bruder, der in Courgis, einem Nachbarort von Sacy, als Pfarrer wirkt, nun auch Latein, und zwar gründlich: nicht nur zu verstehen und zu übersetzen, sondern auch zu schreiben und selbst zu sprechen.

Er lernt leicht. Er ist wissbegierig. Er verfügt über eine rasche Auffassungsgabe und ein außerordentliches Gedächtnis. Er verschlingt alle Bücher, die ihm in die Hände geraten. Seine älteren Brüder misstrauen ihm trotzdem. Ihnen entgeht nämlich jener Wesenszug nicht, von dem Rétif de la Bretonne in seiner Lebensgeschichte schon auf den allerersten Seiten zu sprechen beginnt, ohne nachher je wieder ein Ende zu finden: »Seit frühesten Kindertagen fühlte ich mich instinktiv zum anderen Geschlecht hingezogen…«*

Mit dreizehn oder vierzehn Jahren entwickelt Nicolas eine wahre Lust daran, Verse zu schmieden für die Mädchen und Frauen, die er verehrt und liebt. Für sich selbst stellt er einen regelrechten Kalender zusammen – zwölf Poeme, für jeden Monat eines und jedes an eine andere Freundin gerichtet. Schon in dieser frühen Zeit ist ihm dies ein ernsthaftes Unterfangen. Denn da ihm die Liebe zu den Mädchen und den Frauen von klein auf und bis ins hohe Alter das Wertvollste im Leben ist, folgt gleich hinter ihr, auf dem zweiten Rang, die Erinnerung an diese Lieben und all die herrlichen Wesen, mit denen er Umgang hatte. So kommt notwendigerweise auch das Schreiben ins Spiel, das Aufschreiben, das Festhalten der Erinnerung.

Sehr früh muss Rétif allerdings auch schon erfahren, wie riskant solches schriftliche Gedenken werden kann. Das Heft mit seiner Kalenderdichtung fällt dem älteren Bruder Thomas in die Hände. In dem gleichen Heft hat Nicolas – auf Latein – zu allem Überfluss

* S. 21.

und nicht ohne Akribie auch festgehalten, was sich unterdessen zwischen ihm und einer gewissen Marguerite abgespielt hat. Die Aufregung in der Familie ist riesengroß. Man nimmt ihm nicht nur dieses Heft, sondern auch seine geliebten Bücher und schließlich sogar das blanke Papier samt seinem Schreibzeug weg.

Nicolas revoltiert in einer Weise, die seine älteren Brüder fürchten lässt, er sei nahe daran, vom rechten Glauben abzufallen. Sie drängen den Vater, Nicolas nicht weiter *studieren* zu lassen. Besser sei es, wenn er einen soliden Beruf, ein *métier,* erlerne. So beschließt die Familie, den widerspenstigen Knaben ein Handwerk erlernen zu lassen, aber doch eines, das den Studien, der Bildung und der geistigen Arbeit verhältnismäßig nahe ist: Er soll in der nächstgelegenen größeren Stadt, in Auxerre, eine Drucker- und Setzerlehre machen. Paris hat er schon kennen- und schätzen gelernt. Nun zeigt sich ihm, dass auch weniger große Städte gewisse Vorteile bieten – vor allem, wenn man dort auf sich allein gestellt zurechtkommen soll.

Was für ein Wendepunkt in meinem Leben! Er teilt es in zwei vollkommen verschiedene Abschnitte! Plötzlich bin ich mein eigener Herr, was die Sitten und das Betragen angeht! (...)

*Ich, der ich die Frauen nur mit Zittern ansehen konnte, bin plötzlich in einer Stadt, wo die Häuser nicht abgesondert voneinander stehen, wie das Pfarrhaus in Courgis oder das Hofgut La Bretonne. Sie stoßen aneinander, und sie sind voll hübscher Mädchen.**

Rétif ist siebzehn, und er verehrt sie alle. Er verehrt und vergöttert auch die Frau des Druckereibesitzers. Er bestürmt sie mit seiner Liebe, und nicht ohne Erfolg. Vier Jahre später und um etliche Liebesverwicklungen reicher an Erfahrung, geht er – im Herbst 1755 – als Geselle nach Paris. Er arbeitet in verschiedenen Druckereien, solange er Arbeit findet. Und als er schließlich keine mehr fin-

* S. 233.

det, wandert er zurück nach Sacy und weiter nach Dijon, bevor er schließlich Werkstattleiter bei seinem früheren Lehrherren in Auxerre wird, dessen liebreizende Frau inzwischen gestorben ist.

In Auxerre lernt Rétif Agnès Lebègue kennen und heiratet sie im Frühjahr 1760. In den folgenden Jahren kommen vier Töchter zur Welt, von denen zwei das Erwachsenenalter erreichen. Aber die Ehe ist von Anfang an unglücklich. Die meiste Zeit über leben Rétif und seine Frau getrennt voneinander – auch in Paris, wohin sie 1761 übersiedeln. Später nennt er die Zeit nach der Druckerlehre seine »verlorenen Jahre«. Sie enden 1766, als ein verheißungsvoller Plan nach und nach Gestalt annimmt: nicht mehr, wie früher, bloß für seine Geliebten und sich selbst zu schreiben, sondern von nun an für ein größeres Publikum.

*

Der erste Roman heißt *Die tugendhafte Familie*. Als er Ende 1767 – in vier Bänden – zum Verkauf gelangt, gibt Rétif seinen Beruf als Drucker auf und entfaltet von nun an eine literarische Produktivität, die bald gigantische Ausmaße annimmt. Zwischen 1768 und 1791 vergeht kein Jahr, in dem nicht wenigstens ein neues Buch aus seiner Feder erscheint – nicht selten auch mehrere. Zu einem ersten wirklichen Erfolg wird 1769 *Der Fuß der Fanchette*, geschrieben innerhalb von zwölf Tagen – drei Bände im Duodez-Format, zusammen 400 Seiten. Eine Verlockung, die von kleinen, schönen Frauenfüßen und Frauenschuhen ausging, hat Rétif schon früh verspürt und später dann – vielleicht als Erster – beschrieben, auch in *Monsieur Nicolas.** So kam es, dass die Sexualwissenschaft um die Wende vom 19. zum 20. Jahrhundert mit seinem Namen – nach dem Modell »Sade/Sadismus« – den Schuhfetischismus mit dem inzwischen als veraltet geltenden Begriff »Retifismus« bedachte.

* Vgl. S. 41 f., 165 f. und 311 f.

Ebenfalls im Jahr 1769 beginnt Rétif mit der Arbeit an einem großen Briefroman *Le Paysan perverti – Der verführte Landmann oder Die Gefahren der Stadt*. Vieles darin hat er aus dem eigenen Leben genommen: Ein Jüngling vom Lande geht in die Stadt – zunächst als Lehrling nach Auxerre, in das Atelier eines Malers, dessen Frau er verführt, später nach Paris, wo er sich erst recht den Verlockungen der großen Stadt überlässt und darin schließlich untergeht. Als das Buch 1775 erscheint und viel Aufsehen erregt, ist Rétif schon wieder mit neuen Projekten beschäftigt. *La Vie de mon père – Das Leben meines Vaters* erscheint 1779 in zwei Bänden. Eine Sammlung von Erzählungen – *Contemporaines – Zeitgenossinnen oder Die Abenteuer der schönsten Frauen des gegenwärtigen Zeitalters* – erscheint ab 1780 fünf Jahre lang in zweiundvierzig Bänden.

Neben seinen erzählenden Werken lässt Rétif auch verschiedene Abhandlungen mit Projekten zur Verbesserung der Welt erscheinen. Reformieren will er die Schauspielkunst in *La Mimographe*, die Erziehung in *L'Educographe*, die Stellung der Frauen in der Gesellschaft in *Les Gynographes*, die menschlichen Sitten überhaupt in *L'Andrographe*, die Gesetze ganz Europas in *Le Thesmographe* und die Sprache samt ihrer Rechtschreibung in *Le Glossographe*.

Man erkennt – die Titel all dieser Reformprojekte enden auf »graph«. Und Rétifs allererstes Projekt war *Le Pornographe* – auch dies nicht etwa ein Roman, der einen Verfasser unzüchtiger Schriften zum Helden hat, sondern ein sachlicher, ernstgemeinter Vorschlag zur Reform der Prostitution. Erschienen ist die Schrift im Jahre 1769, und auf dieses Jahr wird das Auftauchen des Wortes »pornographe« im Französischen datiert. Zunächst bedeutet es »Verfasser einer Abhandlung über die Prostitution«. Etwas später kommt dann die zweite Bedeutung dieses Wortes hinzu: »Verfasser obszöner Schriften« – und es erscheint als zweites Wort die Bezeichnung für das, was dieser Verfasser produziert: »Pornographie«. »Porne« ist das griechische Wort für »Hure«, und »graphe« verweist auf »schreiben« und den »Schreiber«.

Rétif de la Bretonne war nicht nur ein Vielschreiber, sondern auch einer, der nach dem Schreiben so süchtig war wie nach den Frauen, ein manischer Schreiber oder »Graphomane«. Und er schrieb ungeheuer schnell. Gelegentlich kommt er selbst darauf zu sprechen – aber nicht etwa, um sich anzuklagen oder zu entschuldigen. Er will vielmehr andeuten, dass die besonders schnell geschriebenen Passagen seiner Bücher keineswegs die flüchtigsten und schwächsten sind, sondern – im Gegenteil – oft sogar zu seinen gedankenvollsten und mitreißendsten gehören.

*Unsere Handschrift zeigt unseren Charakter (...) Der meinen sieht man die Unordnung meiner Leidenschaften und meiner hitzigen, ausschweifenden Phantasie an. Sie ist unregelmäßig: Die Fülle der sich einstellenden Gedanken treibt die Feder voran und verhindert die Akkuratesse. Deshalb war ich auch immer ein Feind der nutzlosen Buchstabenverdoppelungen, die sich in so vielen Wörtern finden.**

Michel Cubières de Palmézeaux, der während zwanzig Jahren mit Rétif befreundet war und nach dessen Tod sein erster Biograph wurde, berichtet, wie er dem so ungeheuer produktiven Schriftsteller eines Tages auf der Straße begegnet sei und ihn wegen seines langen Bartes kaum erkannt habe:

»Er wird erst fallen, wenn ich den Roman vollendet habe, an dem ich gerade arbeite.«

»Gerechter Himmel! Und wenn Ihr Roman nun mehrere Bände hat?«

»Fünfzehn sollen es werden!«

»Und wie viele haben Sie schon?«

»Drei!«

»Nur drei?! Da bleiben Ihnen ja noch zwölf; wenn Sie also einen Band im Jahr schaffen, werden Sie Ihren Bart erst in zwölf Jahren stutzen.«

* *Monsieur Nicolas*, Ed. Pierre Testud, Bd. 1, S. 115 f., Fußnote.

*»Beruhigen Sie sich, junger Mann; ich schaffe einen halben Band am Tag; also werde ich in vierundzwanzig Tagen wieder so hübsch glattrasiert sein wie Sie.«**

Bei diesem Tempo kommt Rétif de la Bretonne zeit seines Schriftstellerlebens mit der Arbeit gut voran. Pierre Testud, der große Kenner seines Œuvres, hat nachgezählt und kommt zu dem Ergebnis: Die 44 Werke, die Rétif geschaffen hat, erstrecken sich auf 187 Bände und füllen alles in allem rund 57 000 Seiten.**

*

Schon früh, um die Zeit, als er sich entschloss, Schriftsteller zu werden, hat Rétif mit dem Gedanken gespielt, die Geschichte seines eigenen Lebens aufzuschreiben. Sie erschien ihm schon damals als das Interessanteste, was er zu erzählen hatte. Aber so viel Offenheit, wie hierzu erforderlich gewesen wäre, war ihm zunächst denn doch vermessen und allzu riskant erschienen.

*Wie hätte ein Namenloser es wagen können, damals kaum vergangene Begebenheiten öffentlich zu machen, deren Beteiligte alle noch lebten, und eine Geschichte aufzuschreiben, nur um sich selbst in Szene zu setzen?****

Andererseits ahnte Rétif wohl schon, dass aus ihm nie ein großer Geschichten-*Erfinder* werden würde. So bleibt ihm denn gar keine andere Wahl. Von Anfang an macht er das eigene Leben zur Quelle seiner Geschichten und zum Ausgangspunkt seiner Erzählungen und Romane. Aber nicht offen und direkt, sondern in romanhaf-

* Cubières-Palmézeaux: »Notice historique et critique…«, in: P. L. Jacob (Lacroix) *Bibliographie et Iconographie*, S. 57.

** Testud, Pierre, *Rétif de La Bretonne et la création littéraire*, Genf, Paris: Droz 1977, S. 3.

*** S. 548.

ter Verkappung, gemäß den literarischen Konventionen seiner Zeit. Fünfzehn Jahre lang. Bis ihm plötzlich klar wird, dass unverstelltes autobiographisches Schreiben möglich ist – auch für ihn. Zum Auslöser werden die *Bekenntnisse* von Jean-Jacques Rousseau. 1782 – vier Jahre nach dessen Tod – erscheint ihr erster Teil im Druck, und für Rétif müssen schon die ersten Sätze faszinierend geklungen haben, in denen Rousseau sein Projekt umschreibt:

*Ich beginne ein Unterfangen, das ohne Beispiel ist und das niemand nachahmen wird. Ich will einen Menschen zeigen in der ganzen Wahrheit seiner Natur, und dieser Mensch werde ich sein.**

Als einer der Ersten von vielen, die noch folgen sollten, macht sich Rétif de la Bretonne daran, die Prophezeiung Rousseaus, niemand werde ihn je nachahmen, zu widerlegen. In seinen Aufzeichnungen notiert er über den 14. November 1783:

An diesem Tag habe ich die ersten sieben Seiten des wichtigsten, interessantesten meiner Werke geschrieben, der weitläufigsten Produktion, obwohl weit weniger umfangreich als die Zeitgenossinnen. *Aber diese ist nun aus einem Guss, ein großes Ganzes: während die* Zeitgenossinnen *bloß die Zusammenstellung einer Vielzahl kleinerer Arbeiten sind.***

Ein neues, weites Feld öffnet sich vor Rétif. Wer es zu betreten wagt, der *darf* und *kann* und *muss* sogar anderen Regeln folgen als den Gepflogenheiten, die in der herkömmlichen Romanproduktion üblich sind. Wo es um die Anatomie der eigenen Person geht, gelten neue Maßstäbe für das Schreiben. Was in der Literatur schockieren und sich verbieten würde, wird hier zur Pflicht.

* Rousseau, *Les Confessions*, Buch 1, Der erste Satz.

** *Mes Inscripcions. Journal Intime 1780–1787.* Hrsg. v. Paul Cottin, Paris: Plon 1889, S. 80.

*Gewiss, schriebe ich einen Roman, würde ich gegen die guten Sitten und die Wahrscheinlichkeit verstoßen. Doch ich schreibe eine wahre Geschichte, bei der mir die Tatsachen den Gang der Erzählung vorgeben. Ich schildere den Menschen, wie er ist, und nicht, wie er sein soll …**

Schon eine einzige Unwahrheit würde das ganze Unternehmen in Misskredit bringen und unglaubwürdig werden lassen. Deshalb siedelt Rétif seine Beschreibung des eigenen Lebens eher in der Nähe der Wissenschaft als in der Nachbarschaft zur Kunst an:

Mein Leser, ich bin aufrichtig; das muss sein; ich stelle dar, was keiner vor mir, selbst Rousseau nicht, dargestellt hat: das vollständige Leben eines Menschen. Das hier ist keine alberne Nettigkeit in der Art von Marmontel, von Gorgy, von La Harpe, von d'Alembert oder Louvet, stattdessen biete ich Ihnen eine nützliche Ergänzung zur Naturgeschichte *von Buffon, zum* Geist der Gesetze *von Montesquieu und zu Montaigne.***

Keine Verhüllung also, keine Schonung, keine Schminke. Der Verfasser macht es sich zur Pflicht, auch das und gerade das, was in anderen Zusammenhängen anstößig wäre, zur Sprache zu bringen – selbst wenn es schwerfällt und notfalls in Latein. Und der erste Notfall dieser Art ereignet sich schon wenige Seiten nach dem Beginn von Rétifs eigentlicher Erzählung – dort, wo er bei der Schilderung einiger bruchstückhafter Erinnerungen aus seinem vierten Lebensjahr nicht umhinkommt, sich selbst und seinen Lesern einzugestehen, wie gut ihm schon damals die Liebkosungen eines Mädchens aus der Nachbarschaft, einer gewissen Marie Piôt, gefallen haben.***

Die Glaubwürdigkeit, die Rétif für sich beansprucht, scheint er über weite Strecken auch zu verdienen. Eine Ausnahme hiervon bildet allerdings vieles von dem, was er über sein Vatersein erzählt.

* S. 418.

** *Monsieur Nicolas*, Ed. Pierre Testud, Bd. 2, S. 255.

*** S. 21 f. und die Anmerkung von Rétif.

Verhältnismäßig glaubhaft wirkt noch, dass er seinem Bericht zufolge mit zehneinhalb Jahren zum ersten Mal Vater geworden sei.* Weniger glaubhaft klingt es schon, wie er dreizehn Jahre später dem bei dieser Gelegenheit gezeugten Kind – der reizenden Zéphire – in Paris wiederbegegnet sein will.** Mehrere Geschichten nehmen einen ähnlichen Verlauf. Immer wieder begegnet Rétif Mädchen, die sich als seine Töchter entpuppen – dies aber erst, nachdem er sie geliebt hat. Ihren unglaublichen Höhepunkt erreichen Rétifs Vaterschafts-Phantasien bei einem festlichen Diner, zu dem er alle seine Töchter aus dem Palais Royal, etwa sechzig an der Zahl, einlädt, um sie anschließend der Prostitution glücklich zu entreißen, indem er sie nach Cayenne in Französisch-Guyana verschickt, wo eine gute Freundin von ihm eine entsprechende Anzahl von reichen Landbesitzern aufgetan hat, die nur darauf warten, die jungen Damen aus Paris zu heiraten und glücklich zu machen.***

*

Rétif hat die Beschreibung seines Lebens in »Epochen« eingeteilt, von denen er die ersten acht folgerichtig und über weite Strecken mit packender Anschaulichkeit erzählt: seine Kindheit auf dem Lande, bis er das zwölfte Lebensjahr erreicht; dann die Zeit, die er in Bicêtre bei Paris an der Schule der Chorknaben verbringt; es folgt der Aufenthalt in Courgis bei seinem ältesten Bruder, dem Pfarrer des Ortes, wo er es mit dem Lateinischen und der wirklichen Liebe zu tun bekommt; dann die Zeit seiner Lehre in Auxerre und seiner Liebe zu Madame Parangon, der Frau seines Lehrherren; seine Gesellenzeit in Paris, wo er zum ersten Mal mit der Prostitution und der Halbwelt des Theaters in Berührung kommt; die Rückkehr nach Auxerre, die Ehe mit Agnès Lebègue und seine erneute, diesmal dauerhafte

* S. 47.

** S. 451 f.

*** S. 620 f.

Ansiedlung in Paris; seine Anfänge als Schriftsteller; und schließlich die achte Epoche, die Zeit seiner literarischen Erfolge.

Aber wie gelingt es ihm, mit einer solchen Masse an Material, einer solchen Mannigfaltigkeit von Figuren und Schauplätzen, von kleinen und großen Dramen, von Glücksmomenten und Schrecknissen, Demütigungen, Niederlagen und Erfolgen umzugehen und sie in seinem *Monsieur Nicolas* Gestalt annehmen zu lassen?

Zwei wichtige Voraussetzungen bringt er jedenfalls mit: ein vorzügliches Gedächtnis und einen sorgfältig gehüteten Schatz von Aufzeichnungen, die er seit seinem fünfzehnten Lebensjahr mit großem Eifer angefertigt und aufgehoben hat.

Schon bevor er sich auf sein autobiographisches Projekt einlässt, hat Rétif das eigene Leben immer wieder als ergiebigste Stoffquelle für seine zahlreichen Bücher angezapft. Deshalb könnte man annehmen, dass sich diese Quelle mit der Zeit erschöpft hat und nun gar zu versiegen droht. Doch das geschieht nicht. Im Gegenteil: Der Plan, unverhüllt und ganz und gar aufrichtig zu schreiben, scheint neue, ungeahnte Erinnerungskräfte in Rétif freigesetzt zu haben. Eine Fülle von bisher nie in Betracht gezogenen Lebensbruchstücken, Einzelheiten, Momentaufnahmen geraten in Bewegung, tauchen aus der Vergessenheit auf, beginnen erst jetzt zu leuchten und wollen erzählt werden.

So lesen wir die Geschichte eines Lebens, das der Liebe zu den Frauen gewidmet ist – eines Lebens, das mit dem Lieben, Begehren und Verehren schon fast ausgefüllt scheint. Was aber von diesem Leben nicht der Liebe zugutekommt, das widmet Rétif dem Schreiben. Er wird es nicht müde, Dutzende von Liebesverhältnissen und Liebesverläufen, von amourösen Begegnungen und Verfehlungen im Detail festzuhalten. Es ist, als triebe ihn die Sorge, alles Gelebte und alles Geliebte, das er nicht notiert, könnte ihm – als nur halb gelebt oder gar wie nie geschehen – verlorengehen.

Deshalb ist Rétif nicht nur ein lebhafter Frauenverehrer, sondern auch ein großer Freund von Listen, Verzeichnissen und Notizen. Sie bilden die Grundlage für seine Behauptung, er habe nie etwas erfunden, sondern halte sich immer und überall an die »Wahrheit«.

Tatsächlich wäre er ohne tägliche Aufzeichnungen schon früh in Gefahr geraten, das Knäuel seiner vielfältigen Beziehungen selbst nicht mehr entwirren zu können. Nach dem Modell des Kalendergedichts, das ihm in Courgis so viel Ärger eingetragen hat, beginnt er während seiner Zeit als Lehrling in Auxerre ein neues Poem – *Le Séjour des Grâces – Der Aufenthalt der Grazien* –, eine Galerie von etwa vierzig Porträts aller hübschen Personen der Stadt, denen er seine Liebe erklärt hat.

*Hätte ich die datierten Originale nicht vor Augen (…), ich könnte mir schwerlich gewiss sein, dass ich die Geschehnisse nicht durcheinanderwerfe. Aber da sind sie, die alten Hefte, seit vierzig und fünfundvierzig Jahren getreue Bewahrer all meiner Gedanken, die ich nach und nach notiert habe – für mich und nicht, um andere zu täuschen (…) Mein Hauptzweck war es, mir Gedenktage einzurichten, ein Vergnügen, dem ich mein Leben lang gefrönt habe und das mir zweifellos als Letztes abhandenkommen wird. Die Zukunft ist für mich ein tiefer, schauderhafter Abgrund, den ich nicht auszuloten wage. Aber ich mache es wie die Leute, die Angst vor dem Wasser haben; ich werfe einen Stein hinein: also ein Geschehnis, das mir in der Gegenwart widerfährt. Ich schreibe es auf und füge hinzu: »Woran werde ich in einem Jahr, an diesem Tag, um diese Stunde denken?« Dieser Gedanke hat für mich großen Reiz.** *

Rétif ist nicht mehr vierzehn, sondern fünfundvierzig Jahre alt und ein erfolgreicher Schriftsteller, da entdeckt er für sich eine neue, sehr spezielle Art, Daten aufzuzeichnen und ihrer zu gedenken – Graffiti. Mit einem Schlüssel und später mit zwei eigens zu diesem Zweck angefertigten »Eisen« ritzt er kurze, oft lateinische Inschriften in die steinernen Brüstungen, die die Ile Saint-Louis umgeben, die klei-

* S. 326.

nere der beiden Seine-Inseln in der Mitte von Paris. Am 5. November des Jahres 1779 beginnt er mit einem Wort: »Malum – Übel«. Rétif ist krank.

Angaben über Gebrechen, die ihn plagen, finden sich auch später bisweilen. Vor allem aber verzeichnet er Anfänge oder Enden von Beziehungen zu Frauen – ebenso Daten zu seiner Arbeit: über Beginn und Abschluss eines Manuskripts und das Fortkommen zwischendurch, die Besuche bei seinem Zensor, den Verlauf der Satzarbeiten und des Drucks seiner Bücher und manches mehr. Die Bewohner der Insel nennen ihn *griffon*, den »Kritzler«. Aber sie nehmen keinen Anstoß an seinen Kritzeleien – ebenso wenig wie die Obrigkeit. Später kommt es vor, dass Straßenjungen ihn verfolgen und mit Steinen bewerfen, so dass er die Ile Saint-Louis nur noch spätabends betritt. Er hat es nicht weit dorthin. Er wohnt bis an sein Lebensende gleich gegenüber am linken Seine-Ufer unter wechselnden Adressen in der Rue de Bièvre, der Rue des Bernardins, der Rue de la Bûcherie. In den Schilderungen seiner Spaziergänge durch das nächtliche Paris, die er zwischen 1788 und 1794 in zahlreichen Bänden herausbringt, schildert er, worin das Vergnügen besteht, das er sich mit den »Inscripcions« auf der Ile Saint-Louis bereitet:

Der Rundgang auf dieser Insel ist für mich etwas Köstliches geworden! Alle Tage sind dort in den Stein geritzt: ein Wort, ein Buchstabe drückt meinen Seelenzustand aus: Drei Jahre geht das nun schon so. Wenn ich allein spazieren gehe, fällt mein Blick auf diese Spuren, die mir meine Ängste, meine Freuden, die Begegnungen mit Freunden vergegenwärtigen; und da sich dort alle Tage und die Wörter oder Ereignisse zu diesen Tagen finden, fühle ich mich köstlich berührt, selbst von der Erinnerung an einen Schmerz! Denn ich lebe viermal in einem einzigen Augenblick, im gegenwärtigen Moment und den drei vorangegangenen Jahren: Vor drei Jahren, in diesem Augenblick, an diesem Tag, ging es mir so! Vor zwei Jahren so! Und letztes Jahr so! … Und heute? Habe ich an Glück gewonnen oder verloren? … Ich drücke meinen Zustand mit dem passen-

den Wort aus und vergleiche das Bild. Und dieses Vergleichen lässt mich ebenso in der Vergangenheit wie im gegenwärtigen Augenblick leben! Immer wieder neu angestellt, verhindert es, dass die verflossenen Jahre verlorengehen und dass ich mir selbst ein Fremder werde.[*]

Rétifs Freude an seinen »Memoranda« wird gründlich getrübt, als er eines Tages feststellen muss, dass ein bösartiger Zeitgenosse, sein Schwiegersohn Augé, begonnen hat, seine Inschriften unleserlich zu machen. Sofort beginnt Rétif, seine Einritzungen in ihrer zeitlichen Reihenfolge eine nach der anderen abzuschreiben. Im Laufe von sechs Jahren ist ihre Zahl auf über 500 angewachsen. Aber zuletzt erweist sich das Papier gegenüber dem Stein doch als der solidere Untergrund. Außerdem fügt Rétif seinen *Inscripcions* beim Abschreiben mehr oder weniger ausführliche Erläuterungen bei – zunächst wohl nur für sich selbst. Denn inzwischen muss ihm klar geworden sein, dass selbst er sich irgendwann nicht mehr auf jede dieser knappen Inschriften einen Reim wird machen können. Erst hundert Jahre später wird das schwer lesbare Manuskript Rétifs von einem Gelehrten wiederentdeckt, entziffert und unter Hinzufügung zahlreicher weiterer Erläuterungen veröffentlicht.[**] Die Einritzungen selbst waren auf der Ile Saint-Louis schon um die Mitte des 19. Jahrhunderts nicht mehr zu erkennen.

*

Rétif prahlt nicht mit seinen Liebes- und Lebensgeschichten. Er schreibt im Bekenner-Ton. Aber schuldbewusst oder reumütig wirkt er dabei nur selten, und von Zerknirschung ist nicht sonderlich viel zu bemerken. Zu groß ist das Vergnügen, das ihm sein Schreiben bereitet. Die Erinnerungen, die er festhält, und das Festhalten

* *Les Nuits de Paris,* Bd. 11, S. 2506 f.

** *Mes Inscripcions. Journal Intime 1780–1787.* Hrsg. v. Paul Cottin, Paris: Plon 1889.

selbst, das Aufschreiben, das Wiedererleben dessen, was sein Leben ausmacht – all dies bewegt ihn tief und bereitet ihm eine ungeheure Freude. Sein Nachruhm, das ehrende Andenken, das andere ihm über den Tod hinaus möglicherweise bewahren, scheint ihm viel weniger wichtig als das Sich-selbst-Erinnern – die Selbstbereicherung am eigenen Leben.

Zunächst also für sich selbst hält er seine Erinnerungen fest und *dann* erst für seine Leser, womit er aber wiederum die eigene Freude an dem, was er tut, vermehrt. Denn er weiß sehr gut: Geteilte Freude – auch *mit*geteilte Freude – ist doppelte Freude. Aus der Zeit, als er sechs oder sieben Jahre alt war, berichtet er, welchen Genuss es ihm bereitete, kleine Leckerbissen, die er sich beschaffte, mit seinem ersten Freund zu teilen – ein Stück Weißbrot, Erbsen, Linsen, Reibekuchen, Honig, Johannisbeeren, Rosinen, Nüsse:

*Ich brachte alles mit in unsere Höhle, und Edmlot, indem wir uns die Sachen teilten, verdoppelte mir das Vergnügen beim Verspeisen dieser Leckereien. (Genauso habe ich mir später die Freuden der Liebe verdoppelt, indem ich meinem Freund Loiseau davon erzählte.)**

Schon in jungen Jahren hat sich Rétif wie ein geborener Großstädter gefühlt. Und seit er anfing, Bücher zu schreiben, hat er nie mehr für längere Zeit anderswo als in Paris gelebt. Dennoch blieb er dort ein Einzelgänger und Sonderling. Sein Talent zur gehobenen Geselligkeit und sein Verlangen nach Umgang mit anderen Literaten und der besseren Gesellschaft waren wenig ausgeprägt. Das Büchermachen und das Lieben – so könnte er es empfunden haben – ließen ihm zu anderen Lustbarkeiten kaum Zeit. In den letzten Jahren vor der Revolution blieb es – dank seiner wachsenden Bekanntheit – allerdings nicht aus, dass er einige angesehene Kollegen und eine kleine Zahl von Angehörigen der guten Gesellschaft kennenlernte. Zu ihnen

* S. 32.

gehörte Louis-Sébastien Mercier, der Verfasser des *Tableau de Paris.* Rétif lernt ihn 1782 kennen und freundet sich mit ihm an. Möglicherweise hat Mercier ihn mit seinen Skizzen und Reportagen über die französische Hauptstadt dazu angeregt, sich deren Nachtseite vorzunehmen und über sie zu berichten.

Seit 1787 besucht Rétif de la Bretonne regelmäßig den literarischen Salon von Fanny de Beauharnais, einer Tante von Joséphine de Beauharnais, der späteren Kaiserin an Napoleons Seite. Im Salon der Fanny de Beauharnais hat Rétif mehrmals bis in den frühen Morgen Abschnitte aus seinem *Monsieur Nicolas* vorgelesen.*

Die Niederschrift der ersten acht »Epochen«, des Hauptteils seiner Lebensgeschichte fällt in die Zeit, in der Rétif sein Tagebuch in die Steine der Ile Saint-Louis graviert. Daher sind wir über den Fortgang seiner Arbeit an *Monsieur Nicolas* gut informiert. Er beginnt am 14. November 1783 mit der Niederschrift und hat nach einem Monat 170 großformatige Seiten gefüllt, von denen jede später im Buch etwa dreieinhalb Druckseiten ergibt. Er arbeitet nicht kontinuierlich an seinem großen Buch. Es gibt wochen- und monatelange Unterbrechungen. Aber Anfang 1785, vierzehn Monate später, sind 910 Manuskriptseiten fertig. Im Druck werden daraus später 3300 Seiten.

Im April 1785 übergibt Rétif das Manuskript seinem Zensor. Dieser Vicomte de Toustain-Richebourg gehört zu jenen Literaturwächtern, die sich eher als Ratgeber denn als Besserwisser oder Kontrolleure der Literaten verstehen. Aber er lässt sich mit Rétifs großem Buch sehr viel Zeit. Fast drei Jahre vergehen, bevor er das Manuskript mit seinen Änderungswünschen dem Verfasser im Februar 1788 zurückgibt.

Rétif ist in der Zwischenzeit nicht untätig geblieben. Seit längerem arbeitet er an seinen *Nächten von Paris,* deren Druck gerade in den Tagen beginnt, als er das Manuskript des *Monsieur Nicolas* zu-

* S. 613.

rückerhält. Die ersten zwölf Teile jener *Nuits de Paris* erscheinen im Dezember 1788. Zwei weitere Bände sollen das Werk im April 1789 abschließen. Doch schon bevor der Sturm auf die Bastille am 14. Juli 1789 losbricht, ahnt Rétif, dass es für ihn in der Rolle des nächtlichen Beobachters, des »Spectateur nocturne«, noch für längere Zeit vieles zu berichten geben wird, getreu seinem Leitspruch: »Was gibt es nicht alles zu sehen, wenn aller Augen geschlossen sind.«*

Tatsächlich füllt er bis in die Zeit der Schreckensherrschaft noch zwei weitere Bände mit nächtlichen Spaziergängen durch Paris, die ihm – trotz mancher Anwandlungen von Ängstlichkeit und Opportunismus – zu den faszinierendsten der ganzen Serie geraten.

*

Dem *Monsieur Nicolas* hingegen bekommt die große Geschichte mit ihren Umwälzungen ausgesprochen schlecht. Für ihn beginnt mit dem Ausbruch der Revolution eine Misserfolgsgeschichte, die nachher kein Ende nimmt – bis heute nicht. Zuerst findet Rétif nicht die Zeit, die Veröffentlichung seines Buches voranzubringen. Dann schmilzt sein Vermögen infolge der Entwertung des revolutionären Papiergeldes dahin. Und schließlich kommen ihm allzu viele seiner potentiellen Leser abhanden. Die einen fliehen vor der Revolution ins Ausland, andere enden unter der Guillotine, und den übrigen geht entweder das Geld zur Anschaffung von Büchern aus oder das Interesse an einer inzwischen fast altmodisch wirkenden Lebensgeschichte oder beides. Rétif verhandelt mit einigen Buchhändlern über eine Publikation, aber ohne Erfolg. Anfang 1790 kauft er eine kleine Druckerpresse, die er bei sich zu Hause aufstellt, sorgt auch dafür, dass ihm – bei sich daheim oder in einer benachbarten Druckerei – alles zur Verfügung steht, was zum Schriftsatz notwendig ist, und geht daran, die eigenen Bücher nun auch selbst herzustellen.

* *Les Nuits de Paris*, Bd. 1, S. 2.

Aber Vorrang in seinen Arbeitsplänen genießen noch für längere Zeit die *Nächte von Paris*. Die Arbeit an *Monsieur Nicolas* kommt nur stockend voran.

Immerhin, binnen drei Wochen liest und überarbeitet Rétif das vorhandene Manuskript und beginnt Ende August 1790 mit dem Satz und dem Druck seines Werkes. Im September erweitert er es noch um ein kommentiertes Verzeichnis all der Frauen, die ihm in seinem Leben etwas bedeutet haben, ungefähr in chronologischer Reihenfolge, wie sie ihm begegnet sind, und abermals – wie schon bei den Gedichtsammlungen in seiner Jugend – in Form eines Kalenders. *Mon Calendrier* lautet auch der Titel dieses 300 Druckseiten füllenden Teils. Wie bedeutsam der Umgang mit diesen verschiedenen Frauen für ihn war, kann der Leser schon an der Größe der Schrift ermessen, in der die einzelnen Einträge im Buch gesetzt sind. Sieben verschiedene Schriftgrade kommen dabei zum Einsatz – je größer, desto wichtiger, eine mühselige Arbeit, die wohl nur Rétif zu leisten vermochte, weil nur er über den dafür erforderlichen Vorrat an Leidenschaft verfügte.

Man kann es bedauern, dass von der Revolution selbst in *Monsieur Nicolas* so wenig die Rede ist. Aber in gewisser Weise bildet die Revolution doch den Hintergrund von allem. Denn Rétif behielt über das Schreiben hinaus, mehr als zehn Jahre lang, bis das Buch gedruckt war, die vollständige Kontrolle über die Arbeit an seinem Riesenwerk. Er war nicht nur der Verfasser, sondern auch sein eigener Lektor, sein eigener Setzer, sein Korrektor und sein Drucker. Auch wenn er das Manuskript der ersten acht Epochen vier Jahre vor dem Ausbruch der Revolution beendete, fallen doch alle anderen Etappen der Buchwerdung seines *Monsieur Nicolas* in die Zeit der Revolution und die Jahre nach der Schreckensherrschaft. So lange hatte er jederzeit die Möglichkeit, Änderungen und Ergänzungen an seinem Text vorzunehmen – im Manuskript, während des Setzens, im Zuge der Korrektur und noch bis zur letzten Revision unmittelbar vor dem Druck. Und er hat von diesen Möglichkeiten Gebrauch gemacht – sparsam zwar, aber doch immer wieder. So weiß Rétif, dass der knauserige Drucker, bei dem er 1755 eine erste Stelle in Paris fand, einen noch viel habgierigeren Nachfolger haben wird, der dann 1794 unter die Guillotine gerät, während sich seine Arbeiter »inzwischen eine unerträgliche Frechheit angewöhnt« haben.* Und an einer anderen, vor allem für ihn selbst besonders ergreifenden Stelle – als er bei seinem Weggang aus Auxerre nach Paris Madame Parangon zum letzten Mal sieht –, notiert er in einer Fußnote:

Oh! oh! Mir kommen die Tränen, während ich dies wiederlese – am 27. Mai 1788, dreiunddreißig Jahre später! Mir kommen die Tränen am 12. August 1790! am 12. Mai 1791! am 5. Dezember 1794, während ich dies setze! am 12. Februar 1795, beim Lesen der letzten Korrektur![**]

Während der Revolution entsteht nur noch die Neunte Epoche des *Monsieur Nicolas*. Sie soll die ereignisreiche Zeit seit 1785 umfassen. Aber Rétif findet – nach der langen Unterbrechung – den Erzählfaden nicht wieder. Was er über die Jahre seit 1789 zu berichten hatte, hat er größtenteils in den letzten Bänden seiner *Nuits de Paris* untergebracht. So ist von der Revolution in der Neunten Epoche des *Monsieur Nicolas* viel weniger die Rede, als man erwarten sollte. Sie bleibt über weite Strecken eine Aneinanderreihung von Nachträgen und einzelnen Stücken, darunter allerdings immer wieder Passagen von großem Interesse. Sie führen bis in das Jahr 1797, in dem Rétif das Buch in einer kräftezehrenden Parallelaktion auf den verschiedenen Ebenen von Niederschrift, Schriftsatz und Druck fast gleichzeitig abschließt. Die zunächst geplante zehnte Epoche bleibt unausgeführt. Sie besteht am Ende aus zwei halben Seiten, die wie bloße Platzhalter oder wie eine ziemlich knappe Nachbemerkung wirken.

* S. 420.

** S. 409.

So belassen, hätte das Buch – trotz seiner Ausmaße – wie ein Fragment gewirkt. Um den Eindruck eines Zerfaserns und Verflachens am Ende nicht aufkommen zu lassen, stellt Rétif einen umfangreichen »Nachtrag zur achten Epoche« an den Schluss seines großen Buches: die gekürzte Fassung eines Romans, den er Anfang 1783, kurz vor dem Beginn der Arbeit an *Monsieur Nicolas,* herausgebracht hatte und nun als Teil seiner eigenen Lebensgeschichte »enthüllt«. Damals lautete der Titel *Das letzte Abenteuer eines Mannes von fünfundvierzig Jahren.* Diese dramatische Liebes- und Eifersuchtsgeschichte war in Rétifs wirklichem Leben noch gar nicht zu Ende gewesen, als er schon damit begann, sie in Literatur zu verwandeln. Nun gibt er ihr den Titel *L'Histoire de Sara – Saras Geschichte.* Sie ist allerdings so umfangreich, dass sie in die vorliegende Auswahl nicht aufgenommen werden konnte.

Auf die zehn oder vielmehr neun Epochen der erzählten Lebensgeschichte des *Monsieur Nicolas* folgen noch der erwähnte *Kalender* der Frauen sowie *Die Philosophie des Monsieur Nicolas,* aufgeteilt in *Meine Moral, Meine Religion* und *Meine Politik,* und als sechzehnter und letzter Teil *Meine Werke* – ein Katalog von Rétifs gedruckten Büchern mit ausführlichen Erläuterungen und eine Liste zukünftiger Projekte. Mit all diesen Anbauten hat Rétifs *Monsieur Nicolas* in seiner ersten Ausgabe einen Umfang von 4840 Seiten. Ohne die philosophischen Teile, auf die spätere Verleger zumeist verzichtet haben, sind es immer noch mehr als 4200 Seiten.

*

Schon dass die ersten acht Teile dieses Riesenwerkes überhaupt zu Schiller nach Jena gelangt sind, ist erstaunlich. Dass ihn auch die letzten acht Teile erreicht hätten, ist nicht überliefert und nicht wahrscheinlich. In Frankreich ist das Interesse an dem Werk, das Rétif für sein wichtigstes und bestes hält, gering. Da wird der Pariser Buchhandel mit einer Nachfrage im Ausland schon gar nicht gerechnet haben. Früher hatten die Erstauflagen von Rétifs Büchern bei zwei- oder dreitausend Exemplaren gelegen, und nicht wenige seiner Werke erlebten Nachauflagen, manchmal sogar mehrere. Von der ersten Hälfte des *Monsieur Nicolas* hingegen kann Rétif auf der eigenen kleinen Presse bei sich zu Hause nur bescheidene 450 Exemplare drucken, und von den übrigen Teilen sogar nur noch jeweils 250. Es fehlt ihm an Geld für Papier, und man nimmt an, dass diese Bücher am Ende zum größeren Teil bei Rétif liegen geblieben sind.

In einer sehr späten, erst kurz vor dem Abschluss des Drucks im Jahre 1797 geschriebenen Passage schildert Rétif seine damalige Situation:

Ich bin jetzt dreiundsechzig und lebe allein, einsam. Meine Tochter Marion, bei der ich esse, ist verwitwet – und lebt in misslichen Umständen, mit drei Kindern und ohne Vermögen. Ich bräuchte eine Lebensgefährtin im Alter zwischen vierzig und sechzig und wohlhabend genug, mich zu ernähren. Mir bleiben noch ein paar vorzügliche Bücher zu schreiben, die Pläne liegen vor. Ich würde sie in aller Ruhe schreiben und damit Einnahmen erzielen, die meine Ausgaben übersteigen.

*So viel zu meiner Lage, meinen Plänen, meinen Mitteln.**

Auch im Alter bleiben ihm die eigenen Erinnerungen als ein höchst lebendiger Teil seiner selbst wichtiger als die Aussicht auf dauerhaften Nachruhm. Und dennoch – den Nachtrag zur zehnten Epoche seiner Lebensgeschichte schließt er mit den Worten: »Nun kann ich, wie Horaz und Ovid, sagen: *Exegi monumentum* – ein Denkmal habe ich mir gesetzt. Und eines Tages wird dieses Denkmal Staunen erregen.«**

Paul Lacroix, ein Bücherfreund und Bibliograph, der 1875 unter

* S. 628.

** S. 634.

dem Pseudonym P. L. Jacob eine umfangreiche Beschreibung von Rétif de la Bretonnes Werk veröffentlicht hat, berichtet in seinem Kapitel über den *Monsieur Nicolas:*

Man hat uns erzählt, Rétif habe bisweilen seufzend einen Blick auf die staubbedeckten Bücherstapel geworfen und zu seiner Tochter Marion gesagt: »Da liegt ein Vermögen. Aber ich muss erst unter die Erde, bevor man mich würdigen wird und mir meinen Platz anweist – in der ersten Reihe der Romanciers und Philosophen.«[*]

Rétif de la Bretonne stirbt am 3. Februar 1806 in Paris. An seinem Begräbnis zwei Tage später auf dem Friedhof Sainte-Cathérine sollen 1500 Trauergäste teilgenommen haben. Nachher sind jene verstaubten Bücherstapel, darunter wohl auch beinahe die gesamte Auflage der zweiten Hälfte des *Monsieur Nicolas,* verkauft worden – nach dem Gewicht des Papiers, zum Makulieren.[**]

*

Und heute? Wie steht es heute um Rétifs Nachruhm und das Denkmal, das er sich gesetzt hat? Im Verzeichnis des deutschen Buchhandels findet sich, während ich dies schreibe, nur *ein* gedrucktes Buch von Rétif, das lieferbar ist: *Anti-Justine,* das einzige im heutigen Sinne »pornographische« Buch aus seiner Feder – ein Versuch, dem Roman *Justine* des ihm wegen seiner grausamen Frauenverachtung verhassten Marquis de Sade etwas entgegenzustellen, das »die Frauen ihren Männern getrost zu lesen geben können, damit diese ihnen nachher desto besser zu Diensten sind«.[***] Ein »schlimmes Buch mit guter Absicht« hat Rétif seine *Anti-Justine* genannt. Aber

* Lacroix (P. L. Jacob), *Bibliographie et iconographie de tous les ouvrages de Restif de la Bretonne,* Paris 1875, S. 403.

** Ebd.

*** *Anti-Justine,* Paris 1798, Vorrede, S. 3.

vielleicht hat er auch selbst noch bemerkt, dass die gute Absicht allein nicht reicht. Jedenfalls hat er dieses triste Elaborat nicht vollendet, sondern mitten in einem Satz abgebrochen. Trotzdem scheint es heute das bekannteste, sichtbarste und am meisten nachgefragte Buch Rétifs zu sein.

Sein Meisterwerk hingegen führt seit eh und je ein Dasein im Abseits, wo es wenig Chancen hat, Aufmerksamkeit zu erregen. Zunächst haben seine Überlänge, die winzige Erstauflage und obendrein die ungünstigen Zeitumstände ihm seinen Auftritt gründlich verdorben. So dauerte es fast hundert Jahre, bis ein waghalsiger Verleger, Isidore Liseux, im Jahre 1883 erstmals einen vollständigen Nachdruck in 14 Bänden riskierte. In Frankreich folgten im Laufe der Jahrzehnte vier weitere Ausgaben, bis Rétif dann, wie er es erhofft hatte, tatsächlich in die erste Reihe der Klassiker aufgenommen wurde – im Jahre 1989, mit dem Erscheinen einer von Pierre Testud exzellent edierten Ausgabe des *Monsieur Nicolas* in der »Bibliothèque de la Pléiade«. Fraglich bleibt allerdings, ob diese Ehrung auf feinstem Dünndruckpapier und in einer Schrift von geringer Größe ihm auch viele neue Leser gewonnen hat.

Im deutschen Sprachraum ist nie eine vollständige Ausgabe des *Monsieur Nicolas* unternommen worden. Aber auch Schillers Wunsch nach einem »verständigen, geistreichen Auszug« ging nicht so in Erfüllung, wie er sich dies wohl vorgestellt hatte. Eine Auswahlausgabe, die zu Beginn des 20. Jahrhunderts erschien und sechs Bände umfassen sollte, blieb ein Torso. Sie scheiterte, indem ihr dritter und ihr fünfter Band – möglicherweise infolge von Behinderungen durch die Justiz – nie erschienen sind. Und in den Jahren nach 1960 präsentierte sich eine dreibändige Auswahl unter dem törichten Titel *Monsieur Nicolas' Abenteuer im Lande der Liebe* als ein Edel-Erotikon, das nur für den Spezialitätenmarkt gedacht gewesen zu sein scheint.

Rétif de la Bretonne würde wohl auch angesichts derart misslicher Umstände die Hoffnung nicht aufgeben, dass sein erstaunlichstes Werk eines Tages noch jenes Interesse zu wecken vermag, das es verdient hat. Zeit seines Lebens pflegte er ein von Respekt und Zuneigung geprägtes Verhältnis zu seinen Leserinnen und Lesern, und er hat es nicht versäumt, sich auszumalen, was aus diesem Verhältnis nach seinem Tod werden würde. Der Gedanke, den er hier entfaltet, ist nicht neu. Aber selten hat man ihn so gelassen und voller Zuversicht, so würdig und schlicht ausgedrückt gefunden wie an einer Stelle in der Vierten Epoche seines *Monsieur Nicolas:*

Am Ende soll bei mir die nackte Wahrheit stehen, denn dieses Werk wird meinen Lebensweg beschließen, und wenn du, Leser, es in Händen hältst, werde ich nicht mehr sein. Und doch werde ich weiter mit dir leben, indem nämlich meine Gedanken sich mit den deinen mischen. Ich werde auch weiterhin deine Seele rühren, und so existieren wir gemeinsam. *

* S. 317.

Lebensdaten*

1734 23. Oktober: Rétif kommt in Sacy bei Auxerre (Burgund – heute Departement Yonne) zur Welt – als erstes Kind aus der zweiten Ehe des Vaters, als achtes von 14 Kindern, die das Erwachsenenalter erreichen. Nach dem Tod seiner ersten Frau, Marie Dondaine, im Jahr 1730 hat der Vater am 25. Januar 1734 ein zweites Mal geheiratet: Barbe Ferlet, verwitwete Boujat. Sie ist 31, Rétifs Vater 44 Jahre alt.

1742 Die Familie Rétif bezieht das Hofgut La Bretonne, das der Vater 1740 gekauft hat.

1745 Nicolas besucht die Schule in Joux-la-Ville. Sein Lehrer ist Christophe Berthier.

1746 Frühjahr: Nicolas erkrankt an den Blattern. Im Oktober geht er nach Bicêtre bei Paris und besucht dort – unter der Aufsicht seines erwachsenen Halbbruders Thomas – die »Schule der Chorknaben«.

1747 Dezember: Unter dem Druck der antijansenistischen Politik des neuen Erzbischofs von Paris, Christophe de Beaumont, löst sich die Gemeinschaft von Bicêtre auf. Der Abbé Thomas und Nicolas kehren nach Auxerre zurück. Am 29. Dezember trifft Nicolas in Courgis ein. Er lebt dort bei dem Pfarrer des Ortes, seinem erwachsenen Halbbruder Nicolas-Edme.

1749 Nicolas beginnt regelmäßige Aufzeichnungen in Heften festzuhalten.

* Bei der Zusammenstellung dieser Stichworte zum Leben von Rétif de la Bretonne habe ich mich mit großer Dankbarkeit auf die ausführliche *Chronologie* gestützt, die Pierre Testud seiner Ausgabe des *Monsieur Nicolas* (Bd. 1, S. XXVII–LIII) vorangestellt hat.

1750 November: Nicolas wird aus Courgis nach Hause geschickt, weil er sich zu sehr mit den Mädchen des Ortes eingelassen hat. Acht Monate lang befasst er sich auf dem väterlichen Hof mit Landwirtschaft und Gartenarbeit.

1751 Juli: Er beginnt eine Lehre als Setzer und Drucker in der Druckerei von François Fournier in Auxerre. Im November kehrt dessen Frau Marguerite, »Madame Parangon«, von einem Aufenthalt in Paris zurück. Sie ist 26 und hat vier Kinder.

1752 24. Juni: Rétif beginnt, Verse, die er dichtet, in Heften festzuhalten.

1755 9. Mai: Er wird Druckergeselle. Er geht im September nach Paris und arbeitet in der Königlichen Druckerei im Louvre, ab Januar 1756 dann bei dem Drucker Hérissant auf der Ile de la Cité.

1757 Rétif wechselt die Stelle, geht zu dem Drucker André Knapen. – 28. Dezember: Madame Fournier stirbt im Alter von 32 Jahren in Auxerre.

1759 Ende April, Anfang Mai: Rétif hält sich in Sacy auf. 20. Juni: Er geht zu Fuß nach Dijon und findet dort Arbeit bei dem Drucker Causse. 7. August: Er verlässt Dijon, kehrt über Sacy und Auxerre nach Paris zurück, wo er keine Stelle findet. Deshalb geht er Anfang November nach Auxerre zurück, wo ihn sein früherer Lehrherr Fournier als Werkstattleiter anstellt. Dort lernt er Agnès Lebègue kennen.

1760 22. April: Rétif heiratet Agnès in Auxerre. Die Ehe ist von Anfang an unglücklich. Mit Agnès hat er vier Töchter: Agnès (geb. 10. März 1761), Marie (geb. Dezember 1761, sie stirbt Ende September 1763), Elisabeth (geb. 1763, sie stirbt 1770) und Marie-Anne (geb. 5. November 1764, genannt Marion).

1761 Juni: Rétif geht mit seiner Frau nach Paris. Er arbeitet zunächst bei Knapen, dann im Juni und Juli bei Quillau, bevor er in die Königliche Druckerei im Louvre zurückkehrt.

1762 Er beschließt, für ein größeres Publikum zu schreiben, und beginnt mit einer Geschichte seines eigenen Lebens, gibt dieses Vorhaben aber bald wieder auf. Erst gegen Ende seiner literarischen Karriere – nachdem er den autobiographischen Stoff in vielfacher Verkleidung mehrfach in zahlreichen Romanen, Erzählungen und mehreren Theatertexten verwendet hat – kommt er in *Monsieur Nicolas* zum autobiographischen Schreiben zurück.

1763 16. Dezember: Rétifs Vater stirbt.

1764 Im März und April hält sich Rétif in Sacy auf. Im Juli ist er zurück in Paris und wird Werkstattleiter bei dem Drucker Quillau.

1765 Zu Beginn dieses Jahres kommt auch seine Frau mit der ältesten Tochter Agnès in die Hauptstadt. Rétif beginnt seinen ersten Roman: *La Famille vertueuse – Die tugendhafte Familie.*

1766 In diesem Jahr lernt Rétif Pierre-Jean-Baptiste Nougaret kennen, einen höchst produktiven Schriftsteller, wie er selbst auch einer werden wird. Nougaret hilft ihm, seinen ersten Roman zu publizieren.

1767 Im Mai ist der Druck von *La Famille vertueuse* beendet. Rétif gibt seinen Beruf als Drucker auf, um sich ganz der Schriftstellerei zu widmen. Am 11. November gelangt sein erstes Buch zum Verkauf. Inzwischen hat er mehrere neue Projekte begonnen, darunter *Le Pornographe – Der Pornograph oder Ideen eines ehrbaren Mannes über ein Projekt zur Regulierung der Prostitution.*

1768 April: Er schreibt *Le Pied de Fanchette – Der Fuß der Fanchette* – in zwölf Tagen.

1769 Le Pied de Fanchette (3 Bde.) und *Le Pornographe* erscheinen. Ende 1769 beginnt Rétif mit der Niederschrift des *Paysan perverti – Der verführte Landmann oder Die Gefahren der Stadt.*

1770 La Mimographe – Die Mimographin oder Ideen einer ehrbaren Frau zu einer Reform des nationalen Theaters erscheint.

1774 Rétif beendet die Niederschrift des *Paysan perverti.*

1775 Le Paysan perverti (4 Bde.) erscheint.

1777 Beginn der Niederschrift der ersten einer langen Reihe von Erzählungen, die von 1780 bis 1785 unter dem Obertitel *Les Contemporaines – Die Zeitgenossinnen* erscheinen.

1779 La Vie de mon père – Das Leben meines Vaters (2 Bde.) – Februar: erster Besuch Rétifs bei Beaumarchais. – 5. November: Rétif ritzt seine erste »Inscripcion« in die steinerne Brüstung der Ile Saint-Louis.

1781 La Découverte australe par un homme volant – Die Entdeckung des Südkontinents durch einen fliegenden Mann (4 Bde.). Ende November erscheint: *L'Andrographe – Der Andrograph oder Ideen eines ehrbares Mannes zu einer allgemeinen Reform der Sitten in Europa und hierdurch des Glücks der Menschheit.*

1782 Januar: Die dritte Auflage des *Paysan perverti* erscheint. September: Rétif macht die Bekanntschaft von Louis-Sébastien Mercier. November: Rétif begegnet dem Literaten und Gastrosophen Grimod de La Reynière. In diesem Jahr erscheinen auch von Choderlos de Laclos: *Les Liaisons dangereuses – Gefährliche Liebschaften* – und von Rousseau, der im Juli 1778 gestorben ist: *Les Confessions – Die Bekenntnisse* und *Les Rêveries du promeneur solitaire – Träumereien eines einsamen Spaziergängers.*

1783 La Dernière aventure d'un homme de quarante-cinq ans – Das letzte Abenteuer eines Mannes von fünfundvierzig Jahren erscheint. Später wird daraus das letzte große Stück des erzählten Teils von *Monsieur Nicolas*, den Rétif am 14. November 1783 zu schreiben beginnt. 13. Dezember: Rétif gelangt in seinem Manuskript an die Seite 170.

1784 Rétif arbeitet in diesem Jahr mit einigen Unterbrechungen vor allem an der Niederschrift seines *Monsieur Nicolas.*

1785 Ende Januar erreicht Rétif in *Monsieur Nicolas* die Seite 910. 20. August: Rétif vollendet die achte Epoche seines *Monsieur Nicolas.* – 1. September: Rétif beginnt die *Inscripcions*, die Daten, die er auf den Brüstungen der Ile Saint-Louis in Stein geritzt hat, auf Papier zu übertragen. Es entsteht das Manuskript *Mes Inscripcions.* Die Kopierarbeit wird am 4. November beendet. Rétif beschließt, dieses Tagebuch bis an sein Lebensende weiterzuführen. 26. November: Agnès Lebègue verlässt ihren Ehemann endgültig. Tags darauf zieht seine Tochter Agnès Rétif zu ihrem Vater.

1786 9. März: Rétif nimmt am zweiten Souper von Grimod de la Reynière teil. 1. August: Er macht die Bekanntschaft von Sénac de Meilhan. 22. Dezember: Er beginnt mit der Abfassung der *Nuits de Paris – Die Nächte von Paris.*

1787 8. Juni: Rétif besucht zum ersten Mal Fanny de Beauharnais. Er wird ein regelmäßiger Gast ihres Salons.

1788 20. Januar: Vorläufiges Ende der Arbeit an den *Nuits de Paris.* Im August und Oktober fügt er den schon vorhandenen 358 Nächten weitere 14 hinzu. 27. Februar: Rétif erhält von seinem Zensor Toustain-Richebourg das Manuskript des *Monsieur Nicolas* zurück, das seit 1785 bei ihm zur Prüfung gelegen hat. März: Der Druck der *Nuits de Paris* beginnt und endet am 9. November 1788. Mai: Die inzestuöse Beziehung zwischen Rétif und seiner ältesten Tochter Agnès beginnt. Am 10. November muss er seine Zimmer in der Rue des Bernardins verlassen und bezieht eine Wohnung in der Rue de la Bûcherie, Nr. 11. Dies ist seine letzte Adresse. Dezember: Die ersten zwölf Teile der *Nuits de Paris* erscheinen.

1789 April: Verhandlungen mit dem Buchhändler Guillot über die Veröffentlichung des *Monsieur Nicolas.* – Auslieferung des 13. und 14. Teils der *Nuits de Paris.* – Juni bis Dezember: Rétif besucht häufig das Palais-Royal. – 14. Juli: Am Tag der Erstürmung der Bastille wird Rétif für kurze Zeit verhaftet, nachdem sein Schwiegersohn Augé ihn denunziert hat. Der Vorgang wiederholt sich am 29. Oktober. – 17. November: Rétif ist zu Gast bei einem Essen im Haus von Sénac de Meilhan, an dem inkognito die Herzogin von Luynes, der Vicomte de Laval, Talleyrand, der Abbé de Sieyès und einige andere Personen teilnehmen, die allesamt neugierig auf Rétif sind. – 23. Dezember: Rétif hat die Idee, eine Zeitschrift herauszugeben: *Qu'en dit le peuple? – Was sagt das Volk dazu?* – Schon im Februar 1786 hatte er an eine Zeitschrift mit dem Titel *Le Contradicteur – Der Widersprecher* gedacht.

1790 Januar: Rétif beschafft sich eine kleine Druckerpresse und stellt sie in seiner Wohnung in der Rue de la Bûcherie auf. Am 9. Februar beginnt er *à la maison*, also daheim, zu drucken. – 31. Juli: Rétif liest und überarbeitet *Monsieur Nicolas* bis zum 21. August. Am 24. August beginnt er mit dem Druck von *Monsieur Nicolas*. – 14. September: Er beginnt die Niederschrift von *Mon Calendrier* und beendet sie am 6. Oktober.

1791 Druck und Satz von *Monsieur Nicolas* kommen nur langsam voran. – 29. April: Beginn der Niederschrift der Neunten Epoche, die er bald unterbricht. – September: Rétif gibt eine Einladung zur Subskription des *Monsieur Nicolas* heraus.

1792 Der Druck von *Monsieur Nicolas* und die Arbeit an der Neunten Epoche kommen nicht voran.

1793 7. Februar: Rétif setzt den Druck von *Monsieur Nicolas* fort und arbeitet bis Dezember regelmäßig daran. – 29. März: Er beginnt mit der Niederschrift des 16. Teils der *Nuits de Paris*, den er am 5. April beendet. Arthaud de Bellevue, ein wohlhabender Freund von Rétif, stellt ihm Mittel für die Veröffentlichung des *Monsieur Nicolas* zur Verfügung. – 5. Mai: Der Druck des ersten Teils von *Monsieur Nicolas* wird beendet, der des zweiten Teils am 30. Juli. – Im Juli beantragt seine Tochter Agnès die Scheidung von Augé. – 6. November: Der Druck des dritten Bandes von *Monsieur Nicolas* wird beendet.

1794 Rétif druckt im Laufe des Jahres die Vierte Epoche von *Monsieur Nicolas* – 11. Januar: Die Ehe von Rétifs Tochter Agnès und Charles Augé wird geschieden. – 5. Februar: Die Ehe von Agnès Lebègue und Rétif wird geschieden. – 7. Februar: Agnès verlässt die Wohnung des Vaters und zieht mit Louis-Claude-Victor Vignon zusammen. Im Dezember beginnt der Druck der Fünften Epoche von *Monsieur Nicolas*.

1795 Januar: Der Name Rétifs erscheint auf einer Liste von Empfängern öffentlicher Unterstützung für notleidende Literaten der »Convention«. Rétif erhält 2000 Livres. – 16. April: Rétif erleidet einen vollständigen Blasenverschluss und verbringt, um sein Leben fürchtend, lange Wochen im Krankenhaus. – Mitte August: Der Druck des achten Bandes von *Monsieur Nicolas* wird beendet. – 30. Dezember: Rétif gelangt mit dem Druck bis zur Seite 2552.

1796 Rétif wird nicht, wie Mercier es vorgeschlagen hat, zum Mitglied des Institut de France gewählt. – Juli/August: Rétif beendet die Niederschrift der Neunten Epoche des *Monsieur Nicolas.* – Oktober: Er übergibt den Vertrieb der ersten acht Bände des *Monsieur Nicolas* an den Buchhändler Nicolas de Bonneville. – Oktober: Rétif bittet das Direktoriumsmitglied Carnot um eine Unterstützung und erhält 5 Livres für Brot pro Tag.

1797 21. September: Ende des Drucks von *Monsieur Nicolas.* – Gegen Ende des Jahres (November) wird *Monsieur Nicolas* ausgeliefert.

1798 2. Januar: Schiller erwähnt in einem Brief an Goethe das Erscheinen des *Monsieur Nicolas,* dessen erste Hälfte er gelesen hat. – Frühjahr: Rétif schreibt *L'Anti-Justine.* – Ende April: Rétif bekommt im Polizeiministerium einen Posten bei der Stelle zur Überwachung der Korrespondenz von Emigranten und Ausländern. – 10. November: Agnès Rétif heiratet Louis Vignon. Einen Sohn von ihm hat sie schon 1794 zur Welt gebracht.

1802 13. Juni: Rétif verliert seine Stelle im Polizeiministerium. – 2. Juli: Beschlagnahmung der *Posthumes* in seiner Wohnung. Dank der Bemühungen von Fanny de Beauharnais erscheint das Buch später dann doch.

1803 8. März: Rétif schreibt an den Innenminister Chaptal und bittet um eine Pension als Literat. Ein weiterer Bittbrief an den Justizminister folgt am 3. November. Eine Unterstützung von 50 Francs wird ihm am 22. Dezember gewährt und am 28. Februar 1804 ausbezahlt.

1805 Zu Anfang des Jahres schreibt Rétif einen Bittbrief an Prinz Louis, einen Bruder Napoleons.

1806 3. Februar: Rétif stirbt im Alter von 72 Jahren. 5. Februar: Begräbnis auf dem Friedhof Sainte-Cathérine.

1808 29. August: Agnes Lebègue stirbt bei ihrer ältesten Tochter in Paris.

1812 Agnès Rétif, Rétifs älteste Tochter, stirbt mit 51 Jahren. Sie hinterlässt zwei Söhne, Jean-Nicolas Augé, der Drucker geworden ist, und Frédéric-Victor Vignon, der Schriftsteller wurde.

Literaturhinweise

Monsieur Nicolas – Verwendete Ausgaben

Monsieur Nicolas ou le Cœur humain dévoilé. Hrsg. von Pierre Testud, Paris: Gallimard 1989, vollständige Ausgabe, 2 Bde. Bibliothèque de la Pléiade, Bd. 359 und 360. (MN I bzw. II).

Monsieur Nicolas ou le Cœur humain dévoilé, Mémoires intimes de R. d. l. B. Mit einer Notiz des Verlegers. Paris: Isidore Liseux 1883, vollständige Ausgabe, 14 Bde.

Monsieur Nicolas. Das enthüllte Menschenherz. Siena, Berlin: Julius Eichenberg 1905–1906. Auswahl, Bd. 1: Monsieur Nicolas' erste Abenteuer. Übers. Julius Nestler. Bd. 2: Madame Parangon I. Übers. Arthur Schurig. Bd. 3: Nicht erschienen. Bd. 4: Pariser Liebschaften. Übers. Peter Aretin (Wolfgang Schumann). Bd. 5: Nicht erschienen. Bd. 6: Sara. Liebesbekenntnisse eines Fünfundvierzigjährigen. Übers. Arthur Schurig.

Monsieur Nicolas' Abenteuer im Lande der Liebe. Hrsg. von H. Lewandowski, Hamburg-Altona: Gala 1961–62, Auswahl, 3 Bde.

Monsieur Nicolas or The Human Heart Laid Bare. Übers. und hrsg. von Robert Baldick, London: Barrie and Rockliff 1966, Auswahl.

Werke von Rétif de la Bretonne

Der verführte Landmann oder Die Gefahren der Stadt [Le paysan perverti]. Aus dem Französischen von Karl Ludwig Leonhardt. Mit einem Dossier von Michael Farin, Berlin: Propyläen 1993.

L'Anti-Justine ou Les délices de l'amour. Première Partie. Au Palais-

Royal; chez feue la Veuve Girouard très connue, 1798. 2 Teile. (BnF Gallica).

Les Nuits de Paris ou Le Spectateur Nocturne, Londres 1788 – Paris 1794, 16 Bde. (BnF Gallica).

Die Nächte von Paris. 1789–1793. Übers. u. hrsg. von Martina Bender, Leipzig, Weimar: Gustav Kiepenheuer 1989.

Mes Inscripcions. Journal intime (1780–1787), nach Rétifs in der Bibliothèque de l'Arsenal in Paris befindlichem Manuskript herausgegeben und mit einem Vorwort, Anmerkungen sowie einem Register versehen von Paul Cottin, Paris: Librairie Plon 1889. (BnF Gallica).

Zahlreiche frühe Ausgaben der Werke von Rétif de la Bretonne sind in digitaler Form im Internet auffindbar. Besonders reichhaltig sind nach meinem Eindruck die Sammlungen der Bibliothèque Nationale in Paris (BnF Gallica) (*http://gallica.bnf.fr/accueil*) und der Bayerischen Staatsbibliothek in München (*https://www.digitale-sammlungen.de*).

Quellen, Schriften und Internet-Seiten zu Rétif de la Bretonne

Assezat, J., *Vie de Restif / Restif écrivain, son œuvre et sa portée.* In: Restif de la Bretonne, *Les Contemporaines mêlées,* Paris: Charpentier 1884. (BnF Gallica).

Baruch, Daniel, *Nicolas Edme Restif de la Bretonne,* Paris: Fayard 1996.

Blei, Franz, »Rétif de la Bretonne«, in: F. B., *Die galante Zeit und ihr Ende,* Berlin: Bard, Marquardt 1905 (Die Literatur, hrsg. von Georg Brandes).

Cubières-Palmézeaux, Michel de, *Notice historique et critique sur la vie et les ouvrages de Nicolas-Edme Restif de la Bretonne (1811),* in: Lacroix, *Biographie et iconographie,* S. 1–75. (BnF Gallica).

Darnton, Robert, »Die Hochaufklärung und die Niederungen des literarischen Lebens«, in: R. D., *Literaten im Untergrund. Lesen, Schreiben und Publizieren im vorrevolutionären Frankreich,* München: Hanser 1985, S. 11–44.

Darnton, Robert, *Die Wissenschaft des Raubdrucks. Ein zentrales Element im Verlagswesen des 18. Jahrhunderts,* München: Carl Friedrich von Siemens Stiftung 2003.

Dühren, Eugen (Iwan Bloch), *Rétif de la Bretonne. Der Mensch, der Schriftsteller, der Reformator.* Berlin: Harrwitz 1906.

Englisch, Paul, *Geschichte der erotischen Literatur,* Stuttgart: Julius Püttmann 1927. Nachdruck: Wiesbaden: Fourier 1977, S. 480–484.

Lacroix, Paul (P. L. Jacob), *Bibliographie et iconographie de tous les ouvrages de Restif de la Bretonne,* Paris: Auguste Fontaine 1875. (BnF Gallica).

Monselet, Charles, *Rétif de la Bretonne. Sa vie et ses amours; documents inédits; ses malheurs, sa vieillesse et sa mort; ce qui a été écrit sur lui; ses descendants; catalogue complet et détaillé de ses ouvrages, suivi de quelques extraits.* Paris: Alvarès Fils 1854. (BnF Gallica).

Société Rétif de la Bretonne – Die Gesellschaft wurde 1985 gegründet. Hier erscheinen in jährlichem Rhythmus, herausgegeben von Pierre Testud, die *Etudes rétiviennes.* Die Internet-Seite bietet weiterführende Informationen zu Rétif und seinem Werk. *(http://retifdelabretonne.net).*

Testud, Pierre, *Rétif de la Bretonne et la création littéraire,* Genf, Paris: Librairie Droz 1977.

Turgot, Michel-Etienne, *Plan de Paris,* 1734–1739. – Eine gute Möglichkeit, sich im Paris der Zeit von Rétif zu orientieren, bietet ein Stadtplan, der auf Betreiben Turgots, des damaligen Oberhaupts der Stadtverwaltung von Paris, in den Jahren 1734 bis 1739 angefertigt wurde. Er besteht aus 21 Blättern im Format von 50 x 80 cm, von denen sich 20 zu einem 250 x 320 cm großen Gesamtplan zusammenfügen lassen. In Wikipedia unter dem Stichwort »Plan de Turgot« sind die einzelnen Blätter zu betrachten.

Zu dieser Ausgabe

Grundlage der hier vorgelegten Übersetzung ist der Text des *Monsieur Nicolas* von Rétif de la Bretonne, den Pierre Testud 1989 in seiner zweibändigen Ausgabe für die bei den Editions Gallimard in Paris erscheinende »Bibliothèque de la Pléiade« ediert und ausführlich kommentiert hat. Angesichts der Ausmaße des Textgebirges, das Rétif aufgetürmt hat, schien es mir unumgänglich, eine Auswahl zu treffen. Dabei sollte Nicolas' Lebensgeschichte in ihren »Epochen« und ihren großen Linien so deutlich erkennbar wie möglich bleiben. Auch war mir daran gelegen, die Vielfalt der Erzählweisen und Erzählebenen sowie Rétifs Freude am Risiko beim Erzählen ins Licht zu rücken. Etwaige Anstößigkeit konnte deshalb nirgendwo ein Grund dafür sein, diese oder jene Szene, diesen oder jenen Satz wegzulassen. Bei der Zusammenstellung der Anmerkungen zu den ausgewählten Textteilen und der Lebensdaten von Rétif im Anhang habe ich mich dankbar auf den materialreichen Apparat gestützt, den Pierre Testud seiner Ausgabe beigegeben hat.

Das Vorsatzpapier zeigt einen Ausschnitt aus der Karte »Nördlicher Teil des Herzogtums Burgund« (Partie septentrionale du Duché de Bourgogne) von Guillaume Delisle (1675–1726) aus dem Jahre 1709. Sacy (Sassy), der Geburtsort von Rétif, findet sich in der dritten Reihe der Planrechtecke, im vierten Rechteck von links. Die von Rétif häufig genannten und besuchten Nachbarorte liegen in der Umgebung: Vermenton (Vermanton), Joux la Ville, Nitry. Courgis (Gurgy) findet sich genau über Sassy im vierten Planrechteck der obersten Reihe unterhalb der Straße von Auxerre nach Chablys. Die Karte stammt aus den Beständen der Bibliothèque Nationale de France.

Das Nachsatzpapier zeigt einen Ausschnitt aus dem »Plan de Turgot« – einem Stadtplan von Paris, den das Oberhaupt der Pariser Stadtverwaltung, Michel-Etienne Turgot, in den Jahren 1734 bis 1739 anfertigen ließ. Auf der linken Seite erkennt man einen Teil der Ile de Cité mit der Kathedrale Notre-Dame, sodann den südlich der Insel verlaufenden Arm der Seine und die Straßenzüge, die nördlich der heutigen Place Saint-Michel liegen. In der Rue de la Bûcherie, die ungefähr von der Mitte des oberen Bildrandes ausgeht, hat Rétif – in dem Haus, das heute die Nummer 16 trägt – während der letzten fünfzehn Jahre seines Lebens gewohnt und gearbeitet, und hier ist er gestorben.

Danksagung

Hans Sarkowicz und die Literaturredaktion des Hessischen Rundfunks haben es mir ermöglicht, in Form eines Radio-Features einen ersten Versuch der Annäherung an Rétif de la Bretonne und sein Werk zu unternehmen. Dafür danke ich ihnen. Wolfgang Hörner danke ich für die Entschlossenheit und die ermutigende Offenheit, mit der er und sein Verlag sich auf dieses Projekt eingelassen haben. Elena Balzamo danke ich für Rat und Hilfe bei der Erhellung dunkler Textpassagen und der Erschließung entlegener Vokabeln. Rainer Wieland danke ich für sein umsichtiges Lektorat und seine Zuverlässigkeit. Zuletzt und vor allem danke ich Pierre Testud für seine editorische Arbeit, die mir die Erschließung von Rétifs *Monsieur Nicolas* um Vieles erleichtert und bisweilen überhaupt erst ermöglicht hat.

Frankfurt am Main, 1. Mai 2017
Reinhard Kaiser

In Erinnerung an meinen Vater, den Maler und Grafiker Hanns-Josef Kaiser (1920–2017), der mir die Sympathie für Frankreich und seine Sprache aus der Kriegsgefangenschaft in der Provence mitgebracht hat.

Namenregister

Ausführliches Inhaltsverzeichnis

Zweite Epoche

Dritte Epoche

Vierte Epoche

Cloître N.D.
Parvis N.D.
S. CHRISTOPHE
HOTEL DIEU
R. Neuve N.D.
Ecole de Medecine
Petit Chatelet
Petit Pont
R. de la Licorne
Rue de la Juiverie
R. de la Lanterne
MARCHE NEUF
BARNABITES
R. de la Barillerie
Grande Salle
Cour du Palais
PALAIS
St. Michel
Cour du Palais
Horloge du Palais
Quai de l'Horloge
Conciergerie
Cour neuve du Palais